Roberto Zacco

Ich, Nofretete

Roman

Deutsch von Christine Ott
und Mariadora Mangini

Deutscher Taschenbuch Verlag

Hinweise zur Zeitrechnung im alten Ägypten
sowie ein Personen-, Sach- und Ortsverzeichnis
befinden sich im Anhang.

Deutsche Erstausgabe
Dezember 1999
2. Auflage März 2000
Deutscher Taschenbuch Verlag GmbH & Co. KG,
München

Titel der italienischen Originalausgabe:
›Le braccia del sole‹

Umschlagkonzept: Balk & Brumshagen
Umschlagbild: Nofretete, Büste aus der Werkstatt
des Thutmosis, um 1350 v. Chr.
(Foto: Margarete Büsing/© BPK, Berlin)
Satz: Fotosatz Reinhard Amann, Aichstetten
Gesetzt aus der Aldus 10,5/12˙ (QuarkXPress)
Druck und Bindung: Kösel, Kempten
Gedruckt auf säurefreiem, chlorfrei gebleichtem Papier
Printed in Germany · ISBN 3-423-24187-X
dtv im Internet: www.dtv.de

Vorwort

In dem Land, in das die Pflanze der westlichen Kultur ihre ersten Wurzeln senkte, dem alten Land Ägypten, hinterließ vor etwa dreitausenddreihundert Jahren eine Frau Zeugnis von sich: Als Fremde angelangt, lebte sie dort als Königin.

Edel waren ihre Herkunft und ihre Bestimmung, edel aber auch ihr Geist und ihr Herz, denn Gedankenreichtum und lebhaftes Gefühl bewahren vor Mittelmäßigkeit.

Was in diesem Buch aufgezeichnet ist, kann als das erste Tagebuch der Menschheitsgeschichte gelten: geschrieben in Keilschrift auf Tontäfelchen und in hieratischer Schrift auf Papyrus.

Diese Funde wurden vor einigen Jahren unweit von El Amarna in Ägypten geborgen.

Der Verfasser dieses Buchs hat sich darauf beschränkt, den alten Text frei zu übersetzen und die lückenhaften Stellen mit Bildern seiner Phantasie auszufüllen.

Ich widme dieses Buch Ägypten,
dem großen Ägypten des Altertums,
der Heimat des Geistes und des Göttlichen,
der Geburtsstätte der Schönheit, der Kunst, des Wissens,
der Urwurzel jener menschlichen Haltung,
die Voraussetzung für das Entstehen von Kultur ist.

Mit noch größerer Leidenschaft jedoch
widme ich dieses Buch dem gepeinigten Ägypten von heute
und träume davon, es geheilt zu sehen
von Selbstvergessenheit
und von all dem, was sich den alten Tugenden entgegensetzt.

Erster Teil

39. Jahr der Regierung des Horus Amenophis III.

24. Tag des Monats Mesore

Ich, Taduchepa, Tochter des Tuschratta, des Königs von Mittani, bin zum letzten Abschnitt meiner Reise gelangt.

Elf Tage lang fuhr ich durch Syrien und den Sinai auf ägyptischen Wegen, bis ich das Herz des Großreichs erreichte. Heute habe ich hier, in der Stadt On, zum ersten Mal den Nil gesehen. Ich werde bald das königliche Schiff des Pharaos Amenophis III. besteigen, dem ich zur Gemahlin bestimmt bin und der mich in Theben erwartet.

In dieser Gegend Unterägyptens ist mir die Zukunft begegnet in Gestalt großer Menschenmengen, Feierlichkeiten, Prunk und Gaben, so daß meine Augen es nicht vermögen, all das Gesehene aufzunehmen und ebensowenig mein Herz es vermag, alle Empfindungen für sich zu behalten.

So lebe ich wie in einem Traum und bin verwirrt und wünschte, die Zeit würde langsamer vergehen, um alles besser auszukosten.

Aus diesem Grund, aus Angst, viel zu rasch zu leben, beschloß ich, meine Tage auf diesem Tontäfelchen festzuhalten. So will ich es jedesmal tun, wenn das Leben meiner würdig scheint oder ich seiner.

Ich werde mir weitere Täfelchen bringen lassen und meine Worte darauf einritzen, und ich werde sie versteckt aufbewahren lassen, damit ich in Zukunft wiederfinden kann, was ich gelebt habe.

Alles erscheint mir anders in diesem Land, doch während einige Unterschiede auf der Hand liegen, sind andere kaum spürbar und schwer in Worte zu fassen.

Was mir als erstes auffiel, war die andersartige Luft. Es ist eine warme, weiche und trockene Luft, die zum Nacktsein verlockt. Denn in nördlichen Gegenden friert man zu dieser Jahreszeit schnell, wenn man nackt ist; und die kalte Hülle um einen herum oder die Kleider, in die man sich flüchtet, trennen einen ein wenig von der Welt. Und diese gleicht dann einem Herrscher, der von seinem fernen Thron zu uns spricht. Lege ich aber hier die Kleidung ab, dann ist die Luft um mich wie eine zweite Haut und ich weiß nicht mehr, wo mein Körper endet und wo der Himmel beginnt.

Auch der Nil ist ganz anders als der Tigris oder der Euphrat: Es ist nicht nur sein geheimnisvoller Ursprung und die unermeßliche Länge und der magische Rhythmus seines Überfließens und sein Einfluß auf die Erde und den Menschen. Es ist auch, weil er nach Süden zu fließen scheint, in Wirklichkeit aber nach Norden strömt. Und anders ist die Farbe seines Wassers: Nicht der trübe, schlammige Ton, der sich erst der Mündung zu in ein schwaches Blau verwandelt. Sondern grün, als verberge sich dort unten ein unendlicher Wiesengrund.

Und Erde und Himmel sind anders.

Hat man den Sinai hinter sich gelassen, wechselt die Wüste ihre Farbe, man sieht keine Felsen und Steine mehr, überall ist feiner Sand. Die Berge verlieren an Schroffheit, ihr Profil wird weicher, bis sie am Ende unmerklich verschwinden. Grau und Violett werden abgelöst von Rosa und Gelb, als hätte die Sonne, die seit ewigen Zeiten dieses Land inständig anblickt, ihm ihre Farben geliehen. Und so selten sind Wolken am Himmel zu sehen, daß man meinen könnte, die Sonne habe hier ihr Reich errichtet.

In der Nähe des großen Flusses weicht die Wüste plötzlich einem grünenden Tal, entlang einer scharfen Trennlinie; eine Handbreit danach keimt alles, was grün ist, eine Handbreit davor aber vernichtet die Dürre erbarmungslos jedes Leben. Hier kennen Leben und Tod keinen Zweifel, in engster Nähe bieten sie einander die Stirn, jedoch ohne Grimm, sondern jeder in der lächelnden Gewißheit des eigenen Triumphes.

Die Männer sind schön.

Alle haben sie glattrasierte Gesichter und schmale Hüften, und ihre Hautfarbe kennt unzählige Schattierungen: vom weißen Teint der Bewohner der nördlichsten Regionen Chattis bis zum tiefen Schwarz der Völker aus Punt.

Sie haben große, dunkle Augen, tief und extrem weit auseinanderliegend, was ihrem Blick etwas Rätselhaftes und Geheimnisvolles verleiht.

Die Frauen sind feingliedrig und kaum kleiner als die Männer. Sie sehen mir ähnlicher, als ich dachte, so als bestätige sich die hier geläufige Meinung, in mir fließe etwas ägyptisches Blut.

Sie bedecken ihren Körper nicht allzusehr, zumindest bemühen sie sich kaum, ihn vor den Augen der Männer zu verbergen. Brüste und Arme sind häufig nackt, und ihr Busen bleibt im Alter viel länger straff als bei den Frauen aus Mittani.

Doch vor allem sind sie elegant. In ein buntes Tuch gewickelt, sehen sie viel anziehender aus als die Edelfrauen Mittanis in ihren überladenen Prachtgewändern. Bei vielen ist der Kopf geschoren, und sie wirken dadurch nackt, auch wenn sie bekleidet sind, und noch begehrenswerter, wenn sie sich ausziehen.

Was mich an diesen Menschen am meisten fasziniert, ist aber etwas Rätselhaftes in ihrem innersten Wesen, wofür mir die genaue Bezeichnung fehlt. Stolze Gemütsruhe, lächelnder Anstand, natürliche Eleganz, eine Art allgemeiner Würde, die angeboren zu sein scheint: Dadurch unterscheidet sich der Sklave nicht so sehr vom Herrn, der Schreiber wirkt nicht geringer als der Würdenträger, der einfache Ruderer nicht viel anders als sein Vorgesetzter.

Alle Augen scheinen einen Gedanken zu spiegeln, der sie anders macht als die übrigen Völker.

Ich hoffe, daß die Götter Erbarmen mit mir haben. Ich hoffe wirklich, daß sie meinen Geist erweitern, denn er ist wie ein kleines Faß, in das ein ganzer Fluß seine Wasser ergießt und sie hindurchfließen läßt. Aber das kleine Gefäß kann nur wenig behalten, es läuft Gefahr, vom Strom fortgerissen zu werden oder unterzugehen oder zu zerbrechen.

Eine Gedächtnisstütze von den Täfelchen zu erwarten, halte ich allerdings für fraglich: Von den unzähligen Dingen, die mir denkwürdig erscheinen, kann ich ja nur ganz wenige aufzeichnen; zudem sind es vor allem die Regungen meines Herzens, die sich unmöglich festhalten und beschreiben lassen.

Freude, aber auch Furcht, Hoffnung, aber auch Zweifel, die Angst, all dem, was mir geschieht und mich erwartet, nicht zu genügen, aber auch der Wille, mich zu behaupten; ein Gefühl grenzenloser Einsamkeit bei der Begegnung mit dieser neuen, so vielfältigen und fremden Welt; die Augen eines ganzen Volkes und die tausend Augen des Pharaos auf mich gerichtet zu wissen.

All das, wie kann ich es auf die Täfelchen schreiben?

Manchmal spüre ich, wie mein Herz vor Angst zittert, manchmal höre ich aber auch seinen mutigen Kampfruf.

Mein bester Trost ist der Gedanke, daß ich auf gar keinen Fall umkehren möchte.

Als ich vor zwei Tagen in On ankam, stand auf dem großen Platz vor dem Hafen ein Lagerzelt für mich bereit.

Hinter dem meinen waren die Zelte für mein Gefolge errichtet worden, ringsum lagerten die ägyptischen Truppen und die Soldaten aus Mittani, die mir auf der Reise das Geleit gegeben hatten.

Mir blieben nur wenige Stunden, um mich auszuruhen und bei einem erfrischenden Bad den Sand abzuwaschen, mit dem die nordöstliche Wüste mich fast zwei Wochen lang gequält hatte.

Meine Leibdienerinnen gaben sich die größte Mühe, mich für die Feier herauszuputzen; zum letzten Mal sollte ich nun die Tracht Mittanis tragen.

Drei Stunden vor Sonnenuntergang wurde ich hinausgeführt. Zehn Offiziere aus Mittani und ebenso viele ägyptische Offiziere gaben mir das Geleit; vor mir gingen Kuschar, der Botschafter meines Vaters, und der Hohe Priester der Göttin Ischtar. Man führte mich zu einem kleinen Thron aus Ebenholz, der auf einem Podest stand, so daß sich das Haupt dessen, der darauf saß, auf derselben Höhe mit den Köpfen derer befand, die vor ihn traten.

Links und rechts von meinem Sitz hatte man Stühle für meine beiden Begleiter aufgestellt.

Wir nahmen Platz, und zwei hinter mir stehende Sklaven begannen mit langsamen Bewegungen mir Luft zuzufächeln. Da erst merkte ich, daß die Augen einer großen Menschenmenge auf mich gerichtet waren.

Ich wollte unbefangen, sogar ein wenig gleichgültig wirken; so ließ ich sehr gelassen meine Blicke umherschweifen und sah, daß sich die ägyptischen Soldaten an der westlichen, die aus Mittani an der östlichen Seite des Platzes aufgestellt hatten.

Vor mir öffnete sich nach Süden hin ein großes, freies Rechteck, in dessen Mitte das Standbild der Großen Göttin, das wir mitgeführt hatten, aufgerichtet worden war; weiter hinten waren die Zelte der beiden diplomatischen Vertretungen zu sehen.

Die ringsum aufgereihte nubische Garde bildete eine Absperrung gegen die ungeheure Menge weißgekleideter Zuschauer, die sich unter der Sonne wie ein blendendes Meer ausnahm.

Ich weiß nicht, wieviel Zeit verging, ohne daß etwas geschah, kann mich aber gut an das gleißende Licht erinnern, das meine Augen und mein Herz in gleichem Maße durchflutete.

Ich war aufgeregt wie noch nie zuvor, spürte zugleich ein Brennen in den Augen und machte mir Sorgen wegen der Schminke.

Ich erinnere mich, daß es plötzlich ganz still wurde, als zwei hochgewachsene Gestalten von der Mitte des Platzes aus feierlich auf mich zuschritten.

Der eine, sicherlich ein Priester, war ein kräftiger, mit kostbaren Brustriemen und Halsbändern behängter Mann; sein Kopf war kahlgeschoren, um seine Hüfte war ein Leopardenfell geschlungen, an dem hinten ein langer Schweif baumelte.

Der andere war ein älterer Würdenträger mit dichtem, silbergrauem Haar: Er trug nichts als einen langen Lendenschurz aus gewirktem Leinen, der von einem goldenen Gürtel festgehalten wurde, und ebenfalls vergoldete Sandalen. Sein Körper war straff und sehnig, die Haut leicht sonnengebräunt. Sein Gesichtsausdruck ließ Weisheit und Beherrschung erkennen, und in seinen Augen schien ein wohlwollendes Lächeln zu liegen.

Sein Aussehen und seine Haltung waren so würdevoll, daß ich einen Augenblick lang dachte, der Pharao selbst schreite auf mich zu.

Drei Schritte von uns entfernt blieben die beiden Männer stehen und verneigten sich tief. Der Mann mit dem silbergrauen Haar sah mir fest in die Augen, und in der Sprache Mittanis sagte er ungefähr dies:

»Ich bin Amenhotep, der Sohn des Apu. Mein Herr Amenophis, Herrscher über Ober- und Unterägypten, Horus-Sohn Großer Stier, der in der Wahrheit lebt, schickt mich zu dir, Taduchepa, Tochter des Tuschratta, des Königs von Mittani, um dich zu empfangen und aufzunehmen, dir zu danken und dir seine Hand, sein Herz, seinen Schutz und seinen ganzen Besitz anzubieten. Ober- und Unterägypten, das Rote Land und das Schwarze Land und jedes andere Land, über das sich die Herrschaft des Horus-Sohnes erstreckt: all das möge Deine neue Heimat sein.«

Er schwieg einen Augenblick, wandte sich an Kuschar und fuhr fort:

»Der Große Herr über die beiden Länder dankt dem Bruder Tuschratta, dem Herrn über die beiden Flüsse, für seine unschätzbaren Geschenke. Denn es hat ihm gefallen, den Großen Horus-Sohn mit dem besten Teil seines Blutes zu beehren, nämlich mit der, deren Schönheit von göttlicher Abstammung zeugt.«

Zum Priester der Großen Göttin gewandt, sprach er weitere Worte des Dankes an meinen Vater aus, der zum zweiten Mal das wundertätige Standbild der Ischtar gesandt hatte, als segenbringenden Glückwunsch für Ägypten und für unsere Ehe.

So sprach er und vermied jede Anspielung auf den wahren Zweck der Sendung, das heißt den schlechten Gesundheitszustand des Pharaos.

Als Amenhotep seine Rede beendet hatte, war die Zeremonie

noch nicht einmal zur Hälfte vorüber: Nach ihm richtete der ägyptische Priester eine endlose und unverständliche Rede an seinen Amtsbruder aus Mittani. Dann standen meine beiden Begleiter auf und stiegen mit einer Verbeugung vom Podest. Ihr Platz wurde nun von den zwei ägyptischen Würdenträgern eingenommen, die sich zu meinen Seiten niederließen.

Dann begannen die Reden von neuem. Der Platzwechsel sollte den Anwesenden unmißverständlich anzeigen, daß ich den Besitzer gewechselt hatte. Und so dachte ich über mich selbst nach, während Kuschar und der Priester der Ischtar sich einige Minuten lang umständlich in ihrem dürftigen Ägyptisch ausließen.

Ich betrachtete den Platz, und meine Augen, die dem Angriff des Lichts ausgesetzt waren, mußten sich einen Augenblick lang auch der Tränen erwehren, als mir einfiel, daß im Zeremoniell kein Wort meinerseits vorgesehen war, nicht einmal als Antwort auf Amenhoteps Ansprache. Es wurde mir wieder bewußt, daß ich im Grunde nur eine Sache war, eine Statue wie das Standbild der Ischtar, der Gegenstand eines Handels; und daß ich in dieser Absicht nach Ägypten geschickt worden war. Und doch bemerkte ich, daß während des Wortschwalls die Augen aller unverwandt auf mich geheftet waren.

Auch Amenhotep betrachtete mich, ohne den Worten der Leute aus Mittani allzuviel Aufmerksamkeit zu schenken. Ich bin es gewohnt, betrachtet zu werden, und es fiel mir auf, daß sich der Blick dieses Mannes erheblich von denen der anderen unterschied.

Ein feines Lächeln spielte um seine Mundwinkel, als kenne er meine Gedanken. Es verriet Interesse, Anteilnahme, Ironie und auch eine Spur von Traurigkeit; er war neugierig, aber nicht nur auf mein Aussehen wie die anderen. Er wollte tief in mir lesen, und ich fühlte, daß ihm dies gelang.

Endlich wurden die Reden mit einer Verbeugung abgeschlossen, die mir wie eine plumpe Nachahmung der vorhergehenden vorkam. Da erhoben sich die beiden Würdenträger an meiner Seite und sahen mich an, als wollten sie mich auffordern, ebenfalls aufzustehen.

Auf diesen Augenblick hatte ich gewartet.

Ich ließ mir Zeit und erhob mich erst, nachdem ich Lahariat das vereinbarte Zeichen gegeben hatte. Als ich stand, waren zwei Dienerinnen hinter mir schon bereit. Ich streckte die Arme gegen den Platz aus, und sie zogen an den an meinem Kleid angebrachten Schnüren, so daß es jäh zu meinen Füßen niederfiel und ich nackt dastand.

Die Stille war nun so vollkommen, daß ich das ferne Tschilpen der Schwalben hörte.

Vier Herzschläge lang stand ich unbeweglich da; dann streifte man mir rasch eines der Kleider über, die der Pharao für mich geschickt hatte, und auf meinen Kopf setzte man eine Perücke, auf der sein prächtigstes Geschenk prangte: eine zierliche Krone aus Gold und Lapislazuli mit ausgebreiteten Falkenschwingen.

Da erhob ich in die Stille hinein meine Arme gegen die Sonne, und jedes Wort betonend, damit mich auch die am weitesten Entfernten hören konnten, sagte ich:

»Jetzt bin ich eine Ägypterin.«

Alle Umstehenden waren bestürzt und sprachlos, doch aus der Menge ringsum erhob sich ein so heftiger Ruf, daß jede Stimme, selbst die nächste und lauteste, darin untergegangen wäre. Allmählich nahm der Laut Form an und wurde zu einem Wort, das ich nur halbwegs verstand, das der mächtige Chor aber immer wieder ausrief: »Nofre-te-te«.

Erst beim offiziellen Gastmahl erklärte mir Amenhotep dann seine Bedeutung: »Die Schöne ist gekommen.«

27. Tag des Monats Mesore

Heute sollen die Schiffe den Anker lichten, und der Geleitzug wird sich gen Theben richten.

Lahariat hat mir erzählt, Amenhotep sei noch unschlüssig wegen der Rangordnung der Schiffe während der Fahrt.

Das erste muß zweifellos das Schiff des Befehlshabers sein, also seines, auf dem ein Teil der Eskorte mit der königlichen Garde fahren wird. Doch welches Schiff soll als zweites folgen? Das mit dem Standbild der Göttin Ischtar und mit der Priesterschaft oder mein Schiff? Eine Frage des Zeremoniells, dem die Ägypter sehr große Bedeutung beimessen.

Lahariat (woher weiß sie das alles?) hat mir soeben berichtet, das Problem scheine dadurch gelöst, daß man mich und die Göttin auf demselben Schiff fahren lassen wird.

Dies ist für mich eine schreckliche Vorstellung: Ich will nicht mit diesem Haufen mittanischer Priester fahren, deren Prahlereien und Zoten ich nur allzugut kenne.

Darum habe ich gleich zu einem Täfelchen gegriffen und eine Botschaft für Amenhotep geschrieben mit der Bitte, dem heiligen Bild den Vortritt zu geben.

Ich habe keine Gründe für meinen Wunsch genannt, doch er wird es gewiß als ein Zeichen meiner Verehrung gegenüber der heimischen Gottheit deuten. Ich habe es jedenfalls vorgezogen, ihn nicht anzulügen, denn es scheint mir, daß dieser Mann keine Lüge verdient.

Bevor sich Lahariat mit der Botschaft auf den Weg machte, ist mir bewußt geworden, daß ich noch eine Bitte an ihn richten möchte, weshalb ich auf ein weiteres Täfelchen geschrieben habe:

> »Großer Amenhotep, laß mich nicht immer alleine auf dieser Fahrt. Gewähre mir eine Unterredung, denn die Dinge, die ich nicht kenne, und die Fragen, die ich Dir stellen möchte, sind so zahlreich wie die Flußellen, die zwischen uns und Theben liegen.«

28. Tag des Monats Mesore

Der Geleitzug, den Amenophis mir entgegensandte, hat gestern mittag On verlassen und die Fahrt flußaufwärts begonnen.

Das Problem des Vorrangs hat der weise Alte dadurch gelöst, daß er die Göttin und ihr Gefolge in das zweite Fahrzeug einschiffen ließ und das Standbild am Bug aufstellte.

Das dritte Schiff aber, auf dem ich fahre, ist das königliche Schiff, es heißt »Funkelnder Aton« und ist zweifellos das größte und schönste auf der Welt.

Schon oft hatte ich Märchenhaftes darüber gehört und konnte doch nicht glauben, es gebe tatsächlich ein hundertzehn Ellen langes Schiff, das mit Ausnahme der Ruder, Maste und Segel ganz mit Blattgold beschichtet ist.

Das spiegelnde Licht, das es unter dieser Sonne begleitet, macht es seines Namens würdig, denn Aton ist der Sonnengott, und das dahingleitende Schiff bringt die Wasseroberfläche zum Leuchten und wirft ihren Schein bis auf die nahen Ufer.

Ich fahre also im Glanz dahin, wie es in der Vorstellung des Volkes nur eine Göttin vermag. Falls Amenophis mich in Erstaunen setzen wollte, ist es ihm wohl gelungen.

Ich habe niemals genau erfahren, wieviel Gold er für mich an meinen Vater gezahlt hat, aber das Gold, das dieses Schiff enthält, ist bestimmt genug, um jede Königstochter der Welt zu kaufen.

Schön ist es gewesen, die Abfahrt der Schiffe zu betrachten.

Als die Sonne ihren Höhepunkt erreicht hatte, ertönte aus Amenhoteps Schiff ein tiefer, langgezogener Klang der Pauken, und an den Rumpfseiten streckten sich wie Schwingen die Ruder aus. Eines nach dem anderen folgten ihm die übrigen Schiffe, und der Geleitzug glitt in der festgelegten Ordnung aus dem Hafen hinaus.

Eine dichte Menschenmenge drängte sich auf den Kais. Mit einem Raunen der Bewunderung verfolgten sie unsere Abfahrt und winkten uns nach.

Die grünen Auen von On glitten vor meinen Augen vorüber, und inmitten von ihnen ein großer Tempel, üppige Palmenhaine und die Villen der Edelleute, halb versteckt in ihren Gärten, und später einfache Häuser aus dunklem Lehm und wieder andere, die weiß oder in zarten Pastellfarben verputzt waren.

Wir fuhren an einer Insel vorbei, und die Schiffe bogen nach rechts in einen Flußarm ein, der noch enger wurde, als eine zweite, langgestreckte Insel auftauchte. An den Ufern wucherten Papyrus und Schilfrohr, und ich sah zahlreiche Enten auffliegen und sich dicht über dem Wasserspiegel entfernen, als wir uns näherten.

Später erreichten wir eine weite Flußschleife, die fast an die

Wüste grenzte. Anstatt sie zu durchqueren, fuhren die Schiffe mit nach Westen gerichtetem Bug lange Zeit die Küste entlang.

Ich genoß die sanfte und vielfältige Flußlandschaft. Da tauchten am westlichen Horizont die zwei weißen Pyramiden von Giseh auf und hoben sich von dem mit seltsamen dunklen Wolken verhängten Himmel ab. Sie waren so hoch und glänzend, daß ich sie zunächst für zwei Strahlenbahnen hielt, die durch die Wolken drangen und sich der Erde zu fächerartig ausbreiteten. Doch sie veränderten sich nicht, und ich begriff, daß es menschliche Schöpfungen waren: Ich erkannte Cheops und Chephren und bei genauerem Hinsehen auch die kleinere Pyramide des Mykerinos, die sich dunkel und bescheiden wie ein Schatten ausnahm.

Die große Entfernung bewirkte, daß sie nur langsam vor dem Auge vorbeizogen, und ich wünschte mir, diese Denkmäler aus der Nähe betrachten zu können, um ihre Erhabenheit ganz zu erfassen und sie mit dem legendären Ruf zu vergleichen, der in ihrer Gestalt das ureigenste Herz dieses Landes rühmt.

So dachte ich, als uns von den vorausfahrenden Schiffen ein durch rhythmische Paukenschläge erzeugtes Signal erreichte. Sofort hörte man die Stimme unseres Kapitäns Anweisungen erteilen und die Pauke auf unserem Schiff das Signal weiterleiten, das die nachfolgenden Schiffe wie ein Echo aufnahmen und wiederholten.

Da sah ich, wie sich die Ruder langsamer hoben und mit weniger Schwung wieder eintauchten, allmählich verlangsamte sich der Rhythmus, bis alle Schiffe stillagen.

»Es ist wahrscheinlich deinetwegen, damit du sie bewundern kannst«, sagte Lahariat hinter mir. War das wirklich der Grund, dann hatte Amenhotep tatsächlich meinen Wunsch verstanden.

»Sieh hin«, sagte ich zu Lahariat, »die Wolken verziehen sich, und die Pyramiden sehen jetzt aus wie Juwelen aus Bergkristall.«

»Das sind keine Wolken, Herrin, sondern ein kleiner Sandsturm, der nun weiterzieht.«

Wir hielten nicht lange. Kurz darauf war auf jedem Schiff ein reges Hin und Her von Männern zu sehen. Sie hißten das große viereckige Segel, das sich brausend aufblähte und gleich von Licht und Wind überflutet wurde. Und weiter ging die Fahrt.

Ich sah immer noch gebannt zu den Pyramiden hinüber, als Lahariat auf eine Gruppe zeigte, die am Ufer stand: An die hundert Männer in dunklem Gewand und mit kahlrasiertem Kopf verfolgten unbeweglich und stumm das ferne Vorbeiziehen des Schiffsverbandes, ohne ein Winken oder einen Gruß.

»Es sind die Priester der Pyramidentempel.«

Sie sahen aus wie ein Schwarm gefährlicher Insekten.

29. Tag des Monats Mesore

Bei Sonnenuntergang wird die Fahrt unterbrochen. Selbst wenn kein Hafen oder ein bewohnter Ort zu sehen sind, werden die Segel gestrichen, die Schiffe zum Ufer gelenkt und an Palmengruppen festgemacht.

Der Kapitän, den ich über die Nilschiffahrt ausgiebig ausgefragt habe, erzählte mir, daß es zu dieser Jahreszeit am westlichen Ufer zwischen On und Theben mindestens fünfzig solcher Anlegestellen gibt.

Der Kapitän heißt Philae, so wie der Ort, aus dem er stammt. Seine Redeweise ist knapp wie sein Name, doch wenn er über das Schiff, das er führt, befragt wird, leuchten seine Augen auf, die Stimme nimmt den feierlichen, fast mystischen Ton eines Priesters an und seine Rede wird lebendig.

»Sollte die Welt auch noch für weitere hunderttausend Jahre bestehen«, hat er einmal gelassen verkündet, »so wird es niemals ein besseres und schöneres Schiff geben als dieses hier.«

Er erzählte mir, daß er persönlich in den Libanon gefahren sei, um das Bauholz zu erwerben, und daß er Tag für Tag dem Entstehen des Schiffes in der Werft beigewohnt und daran mitgewirkt habe.

»Hast du die Arbeit geleitet?« Meine Frage schien ihn zu überraschen.

»Aber nein, Amenhotep war der Bauleiter, und die Pläne stammten selbstverständlich auch von ihm!«

Selbstverständlich. Ich wollte ihn fragen, ob er verheiratet war, und wenn ja, ob seine Frau auf dieses Schiff nicht eifersüchtig sei. Er kam aber meiner dummen Frage zuvor und bat mich seinerseits um die Erlaubnis, sich zu entfernen, denn wir waren inzwischen auf der Höhe von Memphis, und er mußte den Steuermann anweisen.

Und so sah ich die große Hauptstadt vergangener Zeiten sich nähern, die jetzt allerdings viel bescheidener wirkt als On und vom Wasser aus nur hie und da zwischen dem Grün der Flußauen zu sehen ist.

Auch hier stand eine große Menge und grüßte uns, doch die Schiffe glitten vorbei, ohne sich dem Ufer zu nähern oder das Tempo zu verlangsamen.

Gestern legten wir also bei Sonnenuntergang an. Die Soldaten stiegen aus den Begleitschiffen und errichteten am Ufer ein Lager, während an Bord die Wachen eingeteilt wurden. Schließlich zündete man die Lampen an, und eine tiefe Stille breitete sich aus.

Ich sah nach Westen auf den glühenden Himmel: Von allen Gedanken, Ereignissen und Eindrücken war in mir nur ein Gefühl freudiger Unruhe geblieben, gleich einem tiefen Seufzer, der sich auf diesem Täfelchen nicht festhalten läßt.

Als ich mich später in der Nacht zurückzog – ich hatte die Lampen gelöscht und lange den Mond betrachtet –, sah ich durch den leichten Stoff des Zeltvorhangs seinen hellen Schein durchschimmern.

Es war vielleicht all die Müdigkeit der vergangenen Tage, die mich am Einschlafen hinderte; oder lag es am merkwürdigen Bau des königliches Bettes, auf dem das Haupt niedriger liegt als der Rest des Körpers; oder an den vielen Gedanken, die dadurch in meinem Kopf zusammenströmten? Es änderte sich aber auch nichts, als ich versuchte, mich andersherum hinzulegen.

Gegenwart und Vergangenheit drehten sich im Kreis. Ich dachte daran, daß Amenhotep auf meine Botschaft nicht geantwortet hatte. Es fielen mir die widerwärtigen Worte ein, mit denen mein Vater mich hatte überreden wollen, für ihn am Hof Amenophis' zu spionieren; und Kuschars scharfe Mißbilligung, als ich so schnell und so schamlos die Kleidung Mittanis abgelegt hatte.

Gedanken und Erinnerungen, manche noch aus der Kindheit, ließen mich nicht zur Ruhe kommen.

Ohne die Sklavinnen zu wecken, mischte ich schließlich in einem Kelch etwas Schlafmohn mit Wein und trank und betrachtete den Mondschein.

Bald beruhigte sich mein Herzschlag, die Vergangenheit schien mir weniger bedrückend, und ich fühlte mich mit mir selbst versöhnt.

Bereits an der Schwelle zum Schlaf, horchte ich erstaunt auf. So etwas hatte ich noch nie vernommen: Unerwartet stieg der leise Ton einer Flöte vom Fluß oder vom Ufer zu mir herauf.

Lange lauschte ich dem Spiel. Es war mehr als eine Stimme und sagte mehr als jedes Wort. Der Flötenklang war vom leichten Klirren eines Sistrums begleitet und vom kaum hörbaren Pochen einer Trommel (oder war es etwa mein Herz?).

Ich begriff seine Sprache mit einem Teil von mir, begriff ihn mit all dem, was in mir nicht Verstand ist. Er durchdrang die Nachtluft und die Schiffswände, drang durch mich hindurch wie das Licht durch den Raum, wie das Wasser das Schilf durchtränkt und der Wein sich mit dem Blut vermengt.

Die Töne verloren allmählich an Tiefe, schwangen sich gefühlvoll hinauf, sanken bedächtig herab. Jede Bewegung wurde zu einem Tremolo, das einer göttlichen Offenbarung zu gleichen schien.

Daß eine so einfache und ruhige Weise es vermochte, so viel Wahrheit zu verkünden, gewaltiger als jede Hymne: Es war unfaßbar, und vielleicht war es dies, was mich so sehr erschütterte.

Lange Zeit war ich in einer unbestimmten Sehnsucht gefangen, wie wenn man träumt und sich vorstellt, zu lieben und geliebt zu werden. Dann verstummte der Klang und hinterließ in mir ein Gefühl grenzenlosen Verlustes. Doch ich spürte keine Trauer.

Ich dachte über mich nach, fühlte mich alleine auf dem fremden Fluß. Und doch schien Ägypten bereit, mich in seine Arme zu schließen, und ich durfte auf eine großartige Zukunft hoffen. Ich spürte Wohlbehagen im Herzen, wischte meine Tränen ab und überließ mich dem Schlaf der Götter meines Gastgeberlandes.

Groß und freudig war die Überraschung heute morgen.

Als ich die Augen öffnete, sah ich als erstes das besorgte Gesicht Lahariats. Sie zögerte, und ich mußte sie zum Sprechen drängen.

»Die Sonne steht schon hoch, Herrin, und die Schiffe sind zur Abfahrt bereit. Doch Amenhotep ist jetzt auf deinem Schiff und bittet um die Erlaubnis, einen Tag lang mit dir fahren zu dürfen.«

Ich sprang aus dem Bett. »Worauf wartest du denn? Sag ihm, daß ich mich sehr über seinen Wunsch freue. Sorge dafür, daß man ihn ehrerbietig empfängt, und sage ihm, daß ich so schnell wie möglich bei ihm sein werde. Stelle Speisen und Getränke bereit und schicke mir jemanden, der mir beim Ankleiden hilft.«

Während ich mich fertigmachte, setzte sich das Schiff in Bewegung. Also hatte Amenhotep auf meine Zustimmung gewartet, bevor er die Weiterfahrt veranlaßte.

Drei Sklavinnen halfen mir, und bald war ich bereit, mich zu zeigen. Ich ging auf Deck, um den Großen Weisen aufzusuchen. Er stand am Heck und sprach gerade mit Philae.

Bei seinem Anblick wurde mir warm ums Herz; es war ein Gefühl tröstlicher Geborgenheit; das Gegenteil von Einsamkeit würde ich es nennen.

Er unterhielt sich freundlich und vertraulich mit Philae, der seinerseits zu ihm emporsah wie zu einem Gott. Als Amenhotep jedoch meiner gewahr wurde, entließ er ihn rasch, trat zu mir und verneigte sich. Ich war ihm so dankbar, streckte ihm die Hände entgegen und sagte:

»Verneige dich nicht vor mir, Großer Amenhotep. Denn die Jugend soll sich vor der Weisheit verbeugen.«

Er sah mich lächelnd an und erwiderte: »Solange es mein Rückgrat erlaubt, werde ich mich stets vor der Braut meines Herrn verneigen. Dies werde ich als Untertan tun. Und immer werde ich mich vor der Schönheit und Klugheit verbeugen, Nofretete. Dies habe ich stets als Mann getan. Denn ich weiß, täte ich dies nicht, würden sie auf jeden Fall mich beugen.«

Ich hatte ihn also weise genannt, und er lohnte es mir dadurch, daß er mich als schön und klug bezeichnete. All dies klang vielleicht wie höfliche Floskeln, und doch fühlte ich, daß zwischen uns eine große Ehrlichkeit herrschte, und das tiefe Wohlgefühl, das mir seine Nähe verursachte, wuchs.

Wir durchquerten das Schiff bis zum Bug und ließen uns dort auf zwei bequemen Sitzen nieder, die unter einem schattenspendenden Segeltuch aufgestellt waren. Er beließ es nicht lange bei dem Lächeln und fragte: »Nun, was hält Nofretete von den ägyptischen Betten?«

»Ach, Amenhotep«, antwortete ich amüsiert, »ich führte letzte Nacht einen langen Kampf mit dem hervorragendsten unter ihnen und konnte es schließlich nur dadurch bezwingen, daß ich meinen Kopf dort hinlegte, wo der Pharao seine Füße ausstreckt.«

»Wundere ich nicht, Prinzessin: Du wirst bald entdecken, daß die Ägypter vieles auf die genau umgekehrte Weise tun wie die anderen Völker. So zum Beispiel schreiben sie auch von rechts nach links. Und in manchen Gegenden kneten sie den Brotteig mit den Füßen und den Ton mit den Händen. Es sind häufig die Frauen, die auf dem Markt die Geschäfte abwickeln, während die Männer daheim sitzen und weben: dabei schlagen sie den Faden nach unten ein, nicht nach oben, wie es in der restlichen Welt üblich ist. Und viele Männer tragen die Lasten auf dem Kopf, einige Frauen aber tragen sie auf den Schultern. Und ...« Ich sah vermutlich sehr verwundert drein, denn er hielt inne, sah mich an und fügte hinzu: »... mach dir aber keine falschen Hoffnungen ... auch bei uns sind es die Frauen, die die Kinder gebären!«

Wir lachten beide, und ich hatte auf einmal Lust, mich ihm anzuvertrauen. Unvermittelt sagte ich: »Ich danke dir, daß du gekommen bist, Amenhotep. Ich muß viele Dinge lernen, ich brauche Lehrer ... Ich weiß so wenig über dieses Land. Dort, woher ich komme, spricht man viel von Ägypten, doch in Wirklichkeit weiß man sehr wenig darüber. Die Frauen insbesondere, sie kennen nur den Schmuck, die Edelsteine, die feinen Leinen, Perücken und ähnliches. Ich lerne zwar gerade, die Hieroglyphen zu lesen und die hieratische Schrift zu gebrauchen. Dennoch bin ich über meine Unwissenheit sehr bekümmert, denn sicher ist es viel wichtiger und dringender, die Dinge und die Menschen verstehen zu lernen ... Gestern habe ich die Pyramiden für Sonnenstrahlen gehalten und einen Sandsturm mit einem Gewitter verwechselt!«

Er schien beeindruckt von meinen Worten, sah mich mit leicht gerunzelter Stirn aufmerksam an wie einer, der in seinem Gedächtnis nach einer Stütze sucht, und sagte schließlich:

»Du hast dich nur halbwegs getäuscht, Nofretete: Jene Steine wie Sonnenstrahlen wirken zu lassen, gehörte nämlich auch zu den Absichten der Erbauer.«

Darüber unterhielten wir uns lange. Ich stellte ihm viele Fragen über die Pyramiden, vielleicht zu viele und zu hastige, und hatte plötzlich den Eindruck, ihn mit meiner Ungeduld zu überfordern.

Ich schwieg also, und er schien darüber erfreut: Offensichtlich suchte er nach einem Weg und nach geeigneten Worten, um die vielen Münder meiner Neugier gleichzeitig zu sättigen.

»Die Pyramide ist viele verschiedene Dinge zur gleichen Zeit«, sagte er unvermittelt. »Gewiß, sie ist das Grabdenkmal eines Königs, aber dies ist lediglich ein Vorwand. Sie ist das größte und vollkommenste Bauwerk auf Erden, und doch wird man ihr mit diesen Worten allein nicht gerecht. Es wäre wie bei einem Brief, von dem man nur das schöne Papyrusblatt lobte, auf dem er geschrieben ist. Ich könnte dir wunderbare Sachen erzählen, die jedoch schwer zu glauben und zu begreifen sind. Soll ich dir sagen, daß ihre Höhe eine Milliarde mal mit sich selbst multipliziert exakt der Entfernung zwischen Erde und Sonne entspricht? Oder daß die Summe ihrer Seiten geteilt durch das Doppelte ihrer Höhe die magischste aller Zahlen ergibt, eine unendlich genaue und unvollständige Zahl, die der Schlüssel zur Lösung zahlloser Probleme ist?«

Amenhotep hielt inne und sah mich an, seine Augen forderten keine Antwort, sondern nahmen mein Erstaunen ruhig auf. Denn ich saß vermutlich mit offenem Mund da und konnte nur leicht den Kopf schütteln. Er sah hinauf zum Segel, das im Augenblick nur mühsam dem Nordwind standzuhalten schien, und fuhr fort:

»Aber das ist noch lange nicht alles. Die Pyramide feiert den Tod, der das Eingangstor zum Höchsten ist. Also muß sie notwendigerweise all das enthalten, was im Menschen schon zu Lebzeiten das Höchste ist. Zu dem Wunsch gesellen sich Wissen und Mühe in einem heftigen Verlangen nach Erhebung, in steilem Emporstreben. Alles, was auf Erden sichtbar, gegenständlich und schwer ist, verwandelt sich im Aufstieg zum Gegenteil seiner selbst; vor allem aber nimmt es ab, wird schwächer, entschwindet. Nichts ist schwerer als die Grundfläche der Pyramide, die auf dem Wüstenboden lastet, und nichts ist leichter als ihre Spitze. Denn die Spitze ist nur ein Punkt, und ein Punkt wiegt nichts. Dieser Punkt ist die Große Schwelle. Über sie hinaus verliert das Menschenwesen an Gewicht ...«

Er warf mir einen besorgt forschenden Blick zu und fuhr fort: »... denn die Linien, verstehst du, die Linien der Pyramide setzen sich über deren Spitze hinaus fort. Denn eine Linie ist eine Idee, man kann sie nicht aufhalten. Die Linien überschreiten also diesen Punkt und beginnen auseinanderzulaufen, sie öffnen sich und bilden eine umgekehrte Pyramide, die wächst und wächst, bis sie den ganzen Himmel umfaßt, wie ein Kelch. Und in diesem Kelch ruht jene andere Form des Lebens, in der es weder Stein noch Fleisch mehr gibt, und auch nicht die Zeit, welche die schmerzlichste und trostreichste Dimension der Dinge ist.

Dies ist die Bestimmung, die die Form der Pyramide dem Menschen andeutet, oder, wenn du willst, die Deutung, die der Mensch dieser Form zugedacht hat. Um dies auszudrücken, hat er keine Mühe gescheut, er hat die Würze seines Geistes und das Salz seines Schweißes dafür eingesetzt, die unerbittliche Strenge seiner Wissenschaft und die Vielseitigkeit seiner Kunst. Noch mehr hat er getan: in diesem Werk hat er das Kleine in sich veredelt, denn die Liebe zum Himmel war für ihn die beste Weise, den eigenen Stolz auszudrücken, und das Verlangen nach Vereinigung mit den Göttern die beste Auswirkung des gegen sie gehegten Neids; und schließlich ist sein hochmütiges Tun durch die Berührung mit der Ewigkeit so heroisch geworden wie das der Götter, die ihn beharrlich mit Sterblichkeit schlagen.«

Hier brach Amenhotep ab und ich hatte den Eindruck, es geschehe aus Anstrengung, und nicht, weil sein Gedanke ausgeschöpft war. Dann setzte er wieder an: »Dies habe ich dir gesagt,

Nofretete, weil du eine Fremde bist und dennoch eine Ägypterin sein willst; und weil Wißbegierde in dir ist. Wisse auch, daß die Fremden, zu Füßen einer Pyramide angelangt, zunächst überwältigt sind, und ... sich nach einer Weile zu fragen beginnen, ob all der Aufwand, der Schweiß, das Blut und die Zeit, die für den Bau geopfert wurden, eigentlich der Mühe wert waren.

Nun, wenn du meine Worte richtig verstanden hast, wirst du selbst antworten: ›Ja, es war der Mühe wert. Es wäre einer noch viel größeren Mühe wert, wenn dies für ein Volk überhaupt vorstellbar wäre.‹«

Der Geleitzug segelte gerade durch eine träge Flußschleife, und die vorausfahrenden Schiffe waren nun deutlich zu unserer Linken zu sehen. Amenhotep aber blickte hinüber zu einer Stelle nahe am Ufer: Auf zwei Kähnen aus Papyrus, die kaum aus dem Wasser ragten, hantierten zwei Knaben mit ihren Harpunen.

Die Schiffe waren wohl überraschend vor ihnen aufgetaucht, denn sie schienen durch den ungewohnten Anblick verwirrt. Wie versteinert starrten sie uns lange an, dann drehten sie flink den Bug in unsere Richtung und knieten nieder, bis ihr Kopf den Boden ihrer Boote berührte. In dieser Haltung verharrten sie dann, bis sie aus unserem Blickfeld entschwanden.

Da sagte ich: »Amenhotep, vor deinen Worten empfinde ich das gleiche wie soeben die Fischer vor diesen Schiffen.«

Ohne den Blick vom Fluß abzuwenden, lächelte er, und ich hätte ihn gerne geküßt.

1. Tag des Monats Thot

Etwas Unvorstellbares ist vor zwei Tagen geschehen: Ich konnte wirklich nicht ahnen, daß gleich nach der Begegnung mit den beiden jungen Fischern die vierundzwanzig aufregendsten Stunden meines Lebens beginnen würden.

Ich will also erzählen, wie sich an den Ufern dieses so sanften und ruhigen Flusses unerwartete Dinge zutragen können.

Ich dachte eben über Amenhoteps Worte nach und kämpfte gegen das Verlangen, ihm neue Fragen zu stellen, als ich ein Boot entdeckte, das uns entgegensegelte, sich ohne Umschweife dem Leitschiff näherte und gleich darauf auf unser Schiff zusteuerte. An Bord waren zwei Männer, die sich als ägyptische Offiziere auswiesen und mit dem Geleitzugführer zu sprechen verlangten. Amenhotep stand an der Reling und befahl ihnen, an Bord zu kommen.

Während unser Schiff weiterfuhr, kletterten die beiden mit Hilfe unserer Matrosen an Deck. Amenhotep entschuldigte sich bei mir für den Zwischenfall und ging zu ihnen.

Am Bug stehend empfing er sie: Die Männer schienen von der Dringlichkeit und Bedeutung ihrer Botschaft getrieben, er aber hörte ihnen nach außen hin ungerührt zu und warf nur selten ein Wort ein, musterte sie jedoch aufmerksam, als wäre es ihm wichtiger, diese Männer richtig einzuschätzen, als ihrem Bericht zu folgen.

Die Offiziere sprachen lange und eindringlich, dann verharrten sie in ehrerbietigem und erwartungsvollem Schweigen. Auch Amenhotep stand eine Weile schweigend da, bevor er in ruhigem Ton zu antworten begann. Da sah ich, wie aus den Mienen der beiden die Unruhe allmählich wich und schließlich der Freude Platz machte.

Auf einmal bedeutete er ihnen, zu warten. Er kam zu mir, und erst jetzt nahmen mich die beiden wahr. Auf ein Zeichen Amenhoteps eilte nun Philae herbei. In meiner Gegenwart wurde ihm befohlen, auf allen Schiffen zusätzlich zu den Segeln auch die Ruderer einzusetzen und bei höchster Geschwindigkeit die ganze Nacht hindurch weiterzufahren, denn vor Sonnenaufgang müsse die Nilinsel erreicht werden, die Schedet am nächsten liegt.

»Schedet, Herr?«

Amenhotep warf Philae einen so harten Blick zu, daß ich um ihn bangte.

»Muß ich mich wiederholen, Philae?«

Der Kapitän verneigte sich, als hätte er einen unverzeihlichen Fehler begangen, und machte Anstalten, sich zu entfernen, um die Befehle auszuführen; Amenhotep hielt ihn aber mit einem halb belustigten und halb gereizten Ausdruck zurück.

»Ich habe dich noch nicht entlassen.«

Philae verneigte sich wieder und rührte sich nicht mehr.

»Die schnellen Boote, die uns geleiten, sollen sich nähern. Ich muß ihnen drei Botschaften übergeben, die an verschiedenen Orten am westlichen Ufer abzuliefern sind. Eine vierte Botschaft werde ich den beiden Offizieren dort drüben anvertrauen, sorge also dafür, daß ihr Boot ins Schlepptau genommen wird. Ich werde bei Sonnenuntergang auf mein Schiff zurückkehren. Denke daran: Bis wir die Stelle erreicht haben, die Schedet am nächsten liegt, dürfen die Schiffe auf gar keinen Fall haltmachen. Bringe mir jetzt Täfelchen und Siegel, damit ich schreiben kann.«

Sobald Philae sich entfernt hatte, sagte ich: »Amenhotep, neben der Aufgabe, mich nach Theben zu bringen, warten nun neue auf dich. Also werde ich dich alleine lassen, damit du deine Arbeit erledigen kannst, und hoffe, kein Hindernis für dich zu sein. Du wirst mich wieder aufsuchen, wenn du es kannst und magst, denn du weißt, daß ich mich immer freue, mit dir zu sprechen.«

Mit diesen Worten stand ich auf; er tat das gleiche und antwortete: »Freundlich bist du, Prinzessin, und taktvoll. Ich hoffe jedenfalls, dich bald wiederzusehen.«

Ich kehrte in mein Zeltgemach zurück und glaubte schon, daß Amenhotep nur zu einem kurzen Abschied erscheinen und der Tag mir nichts mehr bringen würde. Es kam indes anders. Die Sonne war nur wenig vorangeschritten, als er Lahariat wissen ließ, ich könne nun über ihn verfügen – vorausgesetzt, ich hätte mich nicht gerade zur Ruhe gelegt.

Als wir wieder nebeneinander saßen, war Amenhotep ganz einfach ein Mensch, der sich nach getaner Pflicht die verdiente Zerstreuung gönnt, indem er an anderes denkt und von anderem spricht. Seine Ruhe schien mir im Gegensatz zu den besorgten Mienen und dem erregten Benehmen der zwei eingetroffenen Boten zu stehen. Als hätte er meine Gedanken erraten, sagte er unvermittelt:

»Ein großes Heer libyscher Räuber hat in der westlichen Wüste eine Oase überfallen, die kleine Standortbesatzung überwältigt, geraubt und gemetzelt.« Er verzog das Gesicht und setzte hinzu: »Es ist lange her, seit sie es das letzte Mal versucht haben.«

Ich errötete vermutlich vor Freude bei der Feststellung, daß er gerade dabei war, mich ins Vertrauen zu ziehen und mir Dinge mitzuteilen, die zweifellos zu den Staatsangelegenheiten zählten.

Obwohl ich eine Königstochter bin, war mir so etwas noch nie widerfahren: In meinen Augen hat dies meinen Stand als Königin und als Ägypterin stärker unterstrichen als all die Ehrbezeigungen der vergangenen Tage.

Amenhotep hatte mir eine Tür geöffnet, also benutzte ich sie, zu hastig vielleicht, und fragte ihn, was er zu tun gedenke.

»Es sind an die tausend Männer der Sandwüste. Ungestüme, gefährliche Barbaren. Sie sind vollkommen haltlos. In ihnen steckt nur Raublust. Ihr Anführer ist der Sohn eines gewissen Königs Gadhu, eines Nomaden aus der westlichen Wüste. Sie sind gut bewaffnet und im Moment wohl ausgeruht und gesättigt – doch ihr Erfolg muß ihnen zu Kopf gestiegen sein, denn anstatt sich zurückzuziehen, wagen sie sich nun bis zum Nil vor und bedrohen eine der reichsten Gegenden Ägyptens. Sie haben es wohl auf Schedet oder Itjtaui abgesehen. In beiden Städten haben wir jeweils knapp zweihundert Soldaten und ein paar tapfere Offiziere. Und das wissen sie. Nichts wissen sie aber von diesem Geleitzug hier und von den vierzig Streitwagen, die uns als Eskorte entlang des westlichen Ufers folgen; und nichts von dem ausgezeichneten Netz von schnellen Reitern, die sie nicht aus dem Auge lassen und uns über ihre Bewegungen auf dem laufenden halten. Die Offiziere, die du vorhin gesehen hast, baten um unser Eingreifen, deshalb habe ich Anweisungen an den Hauptmann der Eskorte und an sämtliche Truppenstandorte in der Gegend gesandt.«

»Wirst du sie morgen angreifen, Amenhotep?«

»Unsere Truppen werden es tun. Ich habe nur das Vorgehen festgelegt. Wichtig ist, daß ich vor Sonnenaufgang bei Schedet eintreffe und daß die Wagen die ihnen zugeteilten Stellungen einnehmen, bevor es hell wird. Um die Krieger in unserem Gefolge von ihrer Aufgabe als Beschützer der Schiffe zu entbinden, wird der Geleitzug bei einer Insel auf der Höhe von Schedet ankern und in Sicherheit den Gang der Dinge abwarten. Dort wirst du auf uns warten müssen, Nofretete; doch nicht lange, denn das Problem wird im Laufe des Tages erledigt. Da ich außerdem vorhabe, diese und die morgige Nacht hindurch weiterzufahren, um die verlorene Zeit wieder einzuholen, hoffe ich jegliche Verzögerung deines Eintreffens in Theben zu vermeiden.«

Ich bewunderte das Selbstbewußtsein und den Scharfsinn dieses Mannes, der sich anschickte, seinem König neben einer neuen Braut auch einen neuen Sieg über den Feind zu bringen; noch mehr bewunderte ich seine Ruhe, als ich erfuhr, daß er einer Horde von etwa tausend wilden Barbaren mit nur hundertzwanzig Kriegern auf den Streitwagen und knapp hundertfünfzig aus den zwei nächstgelegenen Standorten entgegentreten wollte.

Ich ließ einige bewundernde Worte über den Mut verlauten, den ein solcher Plan voraussetzte, aber Amenhotep wehrte ab, als wolle er meine Naivität, vielleicht auch meine vorschnelle Zunge zurechtweisen: »Kein Lob für das, was noch nicht geschehen ist«, und er wechselte sogleich das Thema.

Er erzählte mir von Schedet und seinem riesigen See, beschrieb die Gegend als die üppigste und fruchtbarste von ganz Ägypten. Alles dort sei ein Werk des Menschen, sagte er. Der See sei aus einer Bodensenke der Wüste entstanden, in die man schon zu Urzeiten einen Kanal leitete, den man vom Nil siebzig Iteru weiter südlich abgezweigt hatte. Der See heißt Mer-wer, der Kanal Jusuf. Vor etwa vierhundert Jahren, erzählte Amenhotep weiter, ließ der mächtige Pharao Amenemhet III. durch den Bau eines Dammes den seichteren Teil des Sees trockenlegen. Auf dem dadurch gewonnenen, außerordentlich fruchtbaren Landstreifen entstand Schedet. Östlich von hier erbaute der Pharao am Rand der Wüste seine Pyramide mit dem Totentempel, dem herrlichsten und geheimnisvollsten Palast Ägyptens.

»Geheimnisvoll?« Ich horchte auf.

»Ja ... manche nennen ihn den Zauberpalast, doch sein wahrer Name ist ›Palast der Täuschung‹. Ich kenne ihn, kein anderer Bau hat einen größeren Eindruck auf mich gemacht. Er ist ...«

Amenhotep wird schöner, wenn er zögernd nach den richtigen Worten sucht. Die Unsicherheit, die über sein Gesicht huscht, lüftet den Schleier des Gleichmuts und der Weisheit und gibt ihm für Augenblicke den bebenden Ausdruck jugendlicher Erregung wieder.

»Er ist großartig, wunderschön; alles in ihm ist Rhythmus, Ordnung, Harmonie ... und auch Einfalt. Alle seine Türen sehen gleich aus und öffnen sich auf ebenfalls gleiche Innenhöfe; um sie sind wiederum gleiche Räume angelegt, die zu anderen Höfen führen, und diese ihrerseits zu weiteren Räumen ... Die Säulen sind wunderschön gearbeitet, die Decken der Räume bestehen aus einer einzigen Steinplatte. Und zu jeder Tageszeit spielt das Licht, das durch breite Öffnungen an der Decke eindringt, da und dort in den Räumen.«

»Was ist aber das Geheimnis, der Zauber des Palastes?«

Amenhotep begegnete meiner Ungeduld mit ausgesprochener Geduld.

»Keiner, der alleine hineingeht, findet wieder hinaus. Nur wenige Schritte über die gewählte Tür hinaus, und schon ist er – egal, wer er ist – verloren: seine Beine werden ungeheure Entfernungen zurücklegen, ohne je den Ausgang zu erreichen. Das bange Herz wird die Beine hetzen, und die Beine werden das Herz peinigen. So wird der Eindringling von Schreck und Verzweiflung übermannt und kann als Gefangener nur noch auf den Hungertod warten.«

»Darin liegt also der Zauber: den zu überlisten, der sich hineinwagt? Oder besitzen jene Steine die Macht, den Geist des Menschen zu verwirren?«

»Magisch ist die Wirkung des Palastes auf den, der ihn betritt, aber ich glaube, daß seine Mauern nicht anders beschaffen sind als die anderer Bauten auch. Ich kenne mich gut mit Mauerwerk und Steinen aus und weiß, es haftet nichts Magisches an ihnen. Viele sind darin umgekommen: einige aus Gier, denn um zum Pyramidenschatz Amenemhets zu gelangen, muß man die unterirdischen Gänge des Palastes durchwandern – und viele Diebe haben es versucht. Andere dagegen sind gestorben, weil sie einfach die Herausforderung angenommen haben.«

»Also gilt die gleiche Strafe sehr unterschiedlichen Vergehen: Denn eine Herausforderung anzunehmen ist vielleicht gar kein Vergehen; sollte es aber in diesem Fall tatsächlich ein Vergehen sein, so glaube ich, daß es weniger wiegt als die Plünderung eines Königsgrabs. Ist es nicht so?«

Leicht verlegen zögerte Amenhotep mit seiner Antwort, dann sagte er:

»Im Nomos von Schedet heißt es, auf diese Weise bestraft Sobek, der Große Krokodilgott oder ›Wille des Pharaos‹, dem diese Stätten geweiht sind, diejenigen, die ihn in seinem Tempel herausfordern. Ich aber glaube, daß in dem Palast nicht die Sünde bestraft wird, sondern nur der Fehler, der in der Sünde – wie auch in der Tugend – liegen kann. Dieser Wirrwarr von Mauern und Räumen gleicht unserem Leben, das der Sünde keine übergroße Bedeutung beizumessen scheint, unsere Fehler aber niemals verzeiht.«

Ich habe diese Worte nicht gleich verstanden. Erst jetzt, beim Schreiben, begreife ich ihre wahre Bedeutung. Doch ich war fasziniert, wie jemand, der spürt, daß sich bald eine Erkenntnis vor ihm auftun wird. Und ich fragte:

»Und kam keiner, der diesen Ort alleine betreten hatte, lebend heraus?«

»Fast keiner.«

»Wenn ich richtig verstanden habe, liegt der grausame Zauber des Palastes nicht in ihm selbst, sondern im Herzen des Menschen, der sich ihm stellt. Ist es so, Amenhotep?«

Er sah mich eindringlich an und antwortete sehr leise:

»Im Herzen und im Geist, Nofretete. Ich habe es nicht gesagt, doch du hast es verstanden.«

Bei diesen Worten erhob sich seine Hand, als wolle sie mein Gesicht streicheln, sank aber fast reumütig wieder, ohne mich berührt zu haben. Und Amenhoteps Blick floh hastig in die Ferne, hin zum Flußufer.

Wir schwiegen wieder längere Zeit, und ich verspürte ein seltsames Glücksgefühl. Und ich weiß nicht, wie es kam, aber plötzlich hörte ich mich Worte sagen, die nicht aus einer Überlegung, sondern aus der unbändigen Freude kamen, die ich empfand:

»Ich bitte dich, Amenhotep: Nimm mich morgen mit!«

Ich glaube, keiner vor mir hat je auf seinem Gesicht ein solches Erstaunen gesehen. Fassungslos zog er die Hand, auf die ich die meine gelegt hatte, zurück. Dann brach er in offenes Lachen aus.

»Aber Prinzessin! Morgen findet ein Kampf statt ... und du möchtest, daß ich ... Ich muß dich nach Theben bringen! Außerdem ...« Erleichtert schien er das schlagende Argument gefunden zu haben. »Außerdem werde ich gleich nach der Landung einen Trupp Offiziere antreffen und mit ihnen zehn oder zwölf Iteru zu Pferd zurücklegen müssen, in eine Richtung, die mir selbst noch unbekannt ist. Wie könnte ich dich mitnehmen?«

»Nichts ist einfacher als das, Amenhotep: Ich reite besser und schneller als ein Soldat, und meine Ausdauer kennt keine Grenzen. Tagelang bin ich neben meinem Vater hergeritten. Bitte, Amenhotep, ich möchte so gern den Palast sehen!«

»Wir werden vielleicht gar keine Zeit dazu haben.«

»Wenn es nicht möglich sein wird, werde ich ihn nicht sehen. Aber ich werde einen Teil Ägyptens, seine Menschen, seine Krieger sehen. Um nichts auf der Welt will ich dir hinderlich sein oder die Last deiner Verantwortung auf dieser Fahrt noch erschweren. Doch glaube mir: Mein Verlangen ist groß!«

Er schüttelte leicht den Kopf, schien aber nicht mehr so entschlossen, es mir zu verweigern.

»Du kannst wirklich so gut reiten?«

Ich jubelte innerlich vor Hoffnung.

»So glaube mir doch, ich habe nicht übertrieben! Und niemals könnte ich einem Menschen wie dir etwas erzählen, um ihn auch nur in einer Winzigkeit zu täuschen.«

Er sah mich lange mit strenger Miene an, dann sagte er:

»Ich glaube dir, Nofretete. Deine jugendliche Begeisterung überzeugt mich. Ich werde dich mitnehmen, aber ...« Mir entfuhr ein kleiner Freudenschrei, den er mit einer schroffen Handbewegung quittierte. »... aber ich muß dir einige Bedingungen stellen.«

»Was du willst.«

»Während der gesamten Zeit, die wir an Land sind, wirst du mir gehorchen wie jeder andere Krieger.«

»Ja, Amenhotep.«

»Und in meiner Abwesenheit wirst du auf gleiche Weise Philae gehorchen, denn er wird mit uns kommen und das Kommando und die Verantwortung für deine Eskorte übernehmen.«

»Ja, Amenhotep.«

»Sollte irgendwann auch nur die kleinste Gefahr für dich auftreten, wirst du so schnell wie möglich zum Schiff zurückgebracht. Entweder ich oder Philae werden darüber entscheiden, auf gar keinen Fall wirst du dich dem widersetzen.«

»Gewiß. Ganz in meinem Sinne. Du hast mein feierliches Versprechen.«

»Dann werde ich dich morgen also mitnehmen, und wenn es möglich ist, wirst du den Palast der Täuschung sehen.«

Am liebsten hätte ich ihn umarmt, er aber blieb bei seiner steifen und distanzierten Haltung, als wolle er meine überschwengliche Begeisterung von vornherein abwehren. Er sah jedoch meine Dankbarkeit und lächelte wohlwollend.

Die Götter würden uns beschützen, erklärte er dann, denn sicher waren sie mir wohlgesinnt. Bereits eine Stunde vor Sonnenuntergang verabschiedete er sich schließlich von mir mit den Worten:

»Du sollst jetzt speisen und dich dann ausruhen, Nofretete, denn in der Nacht wird man dich aufwecken, und der morgige Tag wird anstrengend. Ziehe die Männerkleider an, die Philae dir besorgen wird. Dann bleibe an meiner Seite und unternimm nichts, um mir deine Gewandtheit zu Pferd zu beweisen, es ist wirklich nicht nötig.«

Ich zog mich in mein Zeltgemach zurück und legte mich glücklich auf das königliche Lager. Aber ich war zu aufgeregt, um zu ruhen, also begann ich zu schreiben, um all die Ereignisse dieses Tages bis zu der Begegnung mit den beiden Fischern festzuhalten.

Erst eine Stunde nach Sonnenuntergang legte ich mich wieder hin: Ich ließ mich vom rhythmischen Schlag der Ruder wiegen, die in der nächtlichen Stille ins Wasser tauchten und spürte mit Genuß, wie das Schiff sich vorwärtsbewegte und ich mit ihm.

Als ich an Deck ging, war der Mond schon untergegangen, doch der nächtliche Himmel war klar und voller Sterne. Das Schiff lag am Steilufer einer Insel mitten im Fluß vor Anker. In der Dunkelheit wartete Philae auf mich. Er empfing mich ehrerbietig und herzlich zugleich, denn meine Teilnahme an der Expedition machte auch seine Anwesenheit erforderlich und dafür, sagte er, war er mir dankbar.

Über einen Steg gingen wir an Land und liefen dann die Böschung hinab zu einem kleinen Sandstrand. Hier erwartete uns ein Boot mit zwei Männern, die uns über diesen Nilarm zum Westufer übersetzen sollten.

Während wir über das dunkle Wasser glitten, war es mir, als wehe die kalte Nachtluft unbekannte Düfte heran und lasse die Augen der Ruderer aufblitzen.

Ich spürte in mir etwas wie eine aufregende Vorahnung bedeutender Taten und glücklicher Ereignisse: Sie erfüllte mich mit Liebe zu den unbekannten Dingen und Orten, denen ich entgegenstrebte.

Philae sah mich an, als wolle er die Wirksamkeit der Verkleidung prüfen, die er selbst mir besorgt hatte. Ein weiter Umhang über der kurzen Tunika, Reitstiefel und ein Turban, der meinen Kopf und einen Teil des Gesichts umhüllte: nichts verriet auch nur im entferntesten mein Geschlecht.

Der tanzende Schein einer Fackel am Ufer zeigte an, daß wir uns der Anlegestelle näherten. Dahinter sah man den dunklen, dichten Fleck eines Palmenhains nahe der Küste. Mit einem leichten Ruck legte unser Boot an. Weitere lagen dort vor Anker, und an die zwanzig Ruderer und Krieger schienen am Strand Wache zu halten. Als sich einige uns forschend näherten, sprach Philae sie in gebieterischem Ton an:

»Eure Aufgabe ist, diese Boote unter Einsatz eures Lebens zu schützen; bei Gefahr werdet ihr Verstärkung bekommen. Macht kein Feuer und seid auf der Hut.«

Mit der Fackel winkte er den Sklaven heran, der uns durch den Palmenhain führte. Wir schritten im Dunkeln vorwärts und erreichten bald eine weite, von umstehendem Gebüsch völlig abgeschirmte Lichtung, in der es von Kriegern und Pferden wimmelte.

Unter einer kleinen Palme saßen einige Offiziere beim Licht einer Öllampe um eine große Papyrusrolle herum: Unter ihnen war Amenhotep, der leise sprach und abwechselnd seinen Blick auf das Blatt senkte, auf gewisse Punkte deutete und mit einem Elfenbeinstäbchen Linien zog, dann wieder seinen Männern fest in die Augen blickte.

Philae näherte sich geräuschlos, und ich folgte ihm; doch Amenhotep hatte uns kaum bemerkt, als überraschend ein Reiter im Galopp aus der Dunkelheit hereinbrach. Noch bevor das Pferd zum Stehen kam, glitt er aus dem Sattel, warf sich vor Amenhotep nieder und redete hastig auf ihn ein.

Amenhotep hörte den Boten offensichtlich erfreut an. Er forderte ihn auf, an den Plan heranzutreten, zeigte auf etwas und erklärte dem Mann seine neue Aufgabe; dann entließ er ihn, und der Reiter schwang sich auf ein frisches Pferd und verschwand wieder in der Dunkelheit, aus der er gekommen war.

Nun stand Amenhotep auf: Damit war die Versammlung aufgehoben, und alles setzte sich in Bewegung. Die Anwesenden bestiegen ihre Pferde und entfernten sich einzeln oder in kleinen Gruppen in verschiedene Richtungen. Auf der Lichtung blieb außer Amenhotep, Philae und mir ein Trupp von sieben Reitern zurück, die offensichtlich unsere Eskorte bilden sollten.

Endlich kam Amenhotep auf mich zu und sprach: »Komm, Prinzessin, dein Pferd steht bereit.«

Er führte mich zu einem grauen Hengst, dessen ruhige Augen im Dunkeln leuchteten. Ich nahm sein Maul in meine Hände, legte meinen Mund an seine Nüstern und blies sanft hinein, griff nach den Zügeln und schwang mich zu Philaes großer Verblüffung ohne seine Hilfe in den Sattel.

»Ich bin bereit, Amenhotep«, sagte ich.

Nun wandten alle den Blick von mir ab und stiegen ihrerseits auf die Pferde. Amenhotep gab ein Handzeichen, und drei Reiter setzten sich in Bewegung, er folgte ihnen, und ich hielt mich an seiner Seite; unmittelbar danach kamen Philae und die übrigen Männer.

Nachts über Wiesen und durch Palmenhaine reiten, durch Gräben und auf schmalen Pfaden, und in der Stille nur der Klang der Hufe auf dem Erdboden. Galoppieren, ohne zu wissen, wo ich bin und wohin der Weg führt, und doch einer festen Straße folgend, von einem unbekannten Führer geleitet, der ständige Bezug auf die Entfernung der Sterne und auf die Nähe der Schatten: All das war so unwirklich und kostbar, daß ich an einen Traum dachte und sein jähes Verwehen fürchtete.

So ritten wir, ich weiß nicht wie lange, kann mich aber erinnern, am Rande einer weiten, bebauten Ebene plötzlich Vogelsang vernommen zu haben. Ich wandte mich um und sah am Himmel hinter uns den hellen Schein, der den Sonnenaufgang ankündigte. Gleich darauf erklommen wir eine knapp zehn Ellen hohe Böschung und machten auf der Anhöhe halt.

Vor uns dehnte sich, so weit das Auge reichte, eine weiße, unermeßliche Leere aus. Erst als die Hufe meines Pferdes auf den elfenbeinfarbenen Sand traten, erkannte ich, daß es die Wüste war.

Amenhotep ritt an meiner Seite und beugte sich mit dem Oberkörper zu mir, er flüsterte fast: »Sieh hin, Nofretete.« Mit dem Finger zeigte er auf einen Punkt, der niedrig am Himmel schien. »Das ist Sopdet, das Horus-Auge, Ägyptens schützender Stern. Nach langer Abwesenheit ist er wieder an unserem Himmel erschienen. Er verkündet am Tag den Aufgang der Sonne und im Jahr den Beginn der Nilüberschwemmung. Nun verkündet er aber auch deinen Einzug in Theben.«

»Und heute«, sagte ich, »verkündet er Amenhoteps Sieg.«

Er nahm meinen Glückwunsch mit einem Lächeln entgegen, das seine Zähne wie die eines jungen Mannes aufblitzen ließ.

Wir hatten den Hufschlag von Pferden von Norden her vernommen. Bald sahen wir, wie sie längs des Wüstenrandes näherkamen. Gleich stellte sich Philae vor mich, und die sieben Reiter zogen das Schwert und bewegten sich auf die schattenhaften Gestalten zu. Jemand forderte das Erkennungszeichen, und eine Stimme entgegnete: »Botschaft für das Oberhaupt der Flotte!«

»Gelobt sei eure Pünktlichkeit. Kommt näher!«

Zwei Reiter erreichten uns und enthüllten ihr Gesicht. Sie stiegen ab, und der eine begann zu berichten. Er komme von der Seegegend; die Feinde, die sich am Tag zuvor nördlich von dieser Gegend befunden hatten, waren gegen Sonnenuntergang nach Süden gezogen und hielten sich in der Wüste auf, in gehöriger Entfernung zu der bebauten Gegend.

»Das weiß ich bereits«, schnitt ihm Amenhotep das Wort ab, »ich weiß schon, daß sie dabei sind, nach Schedet zu ziehen, daß sie sich von Itjtaui entfernen und daß sie ihr Lager sieben Iteru nördlich von der Seila-Pyramide aufgeschlagen haben. Aber kannst du mir vielleicht sagen, wo sie jetzt sind?«

»Vor zwei Stunden haben sie den Marsch nach Süden wieder aufgenommen. In der Gegend dort kann man die Wüste gut durchqueren, so können sie an die zwei Iteru pro Stunde zurücklegen.«

»Wie viele Pferde haben sie dabei?«

»Hundertvierzig, aber als Nachhut, um Beute und Wasser zu befördern.«

Da sah ich, wie ein Lächeln Amenhoteps Gesicht erhellte: Es war ein lautloses Lachen vor Freude und Erleichterung.

»Diese idiotischen Räuber!« sagte er, wie zu mir gewandt, dann fragte er noch: »Wo befindet sich die Standortbesatzung von Schedet?«

»Sie hat deine Befehle um die erste Stunde nach Mitternacht erhalten und ist sogleich ausgerückt. Um diese Zeit müßte sie die vereinbarte Stelle erreicht haben.«

»Weißt du etwas von den Wagen, die vom Nil kommen sollen?«

»Ja, Herr. Ich bin ihnen vor etwa einer halben Stunde begegnet. Sie überquerten gerade diesen Wüstenstreifen, der etwas nördlich von hier liegt. Es sind zwanzig Wagen, und der Kommandant sagte mir, er wolle das bebaute Gebiet am See erreichen. Sie würden dort gleich feste Stellung einnehmen und die Wagen zwischen den Bäumen verstecken.«

»Sehr gut, sie werden Zeit genug haben, damit die Pferde ausruhen können. Sie haben dafür gesorgt, keine Spuren zu hinterlassen?«

»Sie fuhren in strengen Reihen hintereinander, und am letzten Wagen waren die Tücher angebracht. Ich bin selbst nachgegangen, um den Weg zu überprüfen, und habe keine Spuren bemerkt ... Ich habe lediglich zweimal angehalten, um Pferdekot zu verscharren.«

»Bravo.« Amenhotep lächelte leicht und fügte hinzu: »Ich werde den Pharao bitten, auch diese Art von Leistungen zu belohnen.«

Unter den Anwesenden brach Gelächter aus, dem Amenhotep schnell ein Ende machte, indem er schroff den anderen Boten anredete.

»Und wo kommst du her?«

»Mich schickt der Kommandant des Zuges, der diesen Wüstenstreifen durchquert. Er wird in ein paar Minuten eintreffen und bittet um weitere Anweisungen.«

»Sag ihm, er soll genau hier haltmachen und da unten, wo Schatten und Wasser sind, die Pferde versorgen lassen; in vier Stunden soll er sich wieder in die Wüste begeben und in Richtung Westen einen halben Iteru lang weiterziehen. Siehst du die Dünenkette da drüben?«

Ich sah auch hin. Der Himmel hatte sich rasch aufgehellt, und die Wüste hatte an Licht und Tiefe gewonnen. Wir konnten alle die Dünen sehen.

»Er soll also bis dorthin ziehen und seine zwanzig Wagen auf dieser Seite hinter den Dünen verstecken. Oben auf den Dünen soll er Späher aufstellen. Das Signal zum Angriff wird ein Pfeil aus Feuer und Rauch sein, der in eurer Richtung in den Himmel aufsteigen wird.«

Damit schien alles geklärt, doch der Bote sagte noch: »Herr, es werden vierundzwanzig Wagen eintreffen, denn vier sind als Verstärkung aus Itjtaui dazugekommen.«

»Dann sollen die vier Wagen noch einen halben Iteru weiter ziehen, bis sie auf eine etwas höhere Düne stoßen. Dort oben werde ich mich mit meinen Reitern versteckt halten. Sie sollen südlich am Fuß der Düne haltmachen und auf meine Befehle warten. Philae! Die Karte, bitte.«

Philae zog eine Rolle hervor und breitete sie vor ihm aus.

Amenhotep winkte die beiden heran. Ich sah auch hin und begriff endlich, daß die Wüste vor uns nichts anderes war als ein Zipfel der westlichen Wüste, der sich zwischen die Gebiete am Mer-wer-See und entlang des Nils gedrängt hatte. Ein Trichter also, in den die Libyer gerade hineinschlüpften, um gegen Schedet zu ziehen, und an dessen engster Stelle Amenhotep auf sie wartete.

»Seht hin: Wir sind jetzt hier; hier werden die Wagen aus dem Osten und hier die aus dem Westen warten. Hier werden die Krieger aus Schedet stehen, hier werde ich sein. Nun geht und meldet, daß die Schlacht an dieser Stelle stattfinden wird.«

Und die Schlacht fand genau an jener Stelle statt.

In den Stunden davor ritten wir zwischen Wüste und Ackerland über das, was die Ägypter das »Schwarze Land« nennen.

Wir trafen auf die Fußtruppen von Schedet, die aus etwa hundert Kriegern und zweiundsechzig Bauern bestanden, kurz bevor sie die ihnen bestimmte Stellung in der Wüste bezogen; dann suchten wir den Westflügel auf, der sich mit den Wagen in einem großen Bananenhain versteckt hielt.

Amenhotep sprach mit Offizieren und Soldaten, erteilte noch genauere Anweisungen, besprach Einzelheiten, klärte Zweifel und beantwortete jede Frage. Unterdessen trafen in regelmäßigen Abständen berittene Kundschafter ein, die den Feind ständig beobachteten und uns über seine Bewegungen auf dem laufenden hielten.

Wir machten eine Stunde lang im Hof eines kleinen Bauernhauses Rast, um uns zu erfrischen und etwas zu essen; dann ging es unter der sengenden Sonne weiter durch die Wüste, bis wir unsere Stellung erreichten. Am Fuß der Düne warteten schon die Wagen aus Itjtaui.

Amenhotep erklomm mit seinem Pferd den Gipfel, und wir folgten ihm.

Aus einer Höhe von fünfzig Ellen beherrschte der Blick die darunterliegende Wüste. Das Auge hatte für einige Iteru freie Sicht nach Norden, seitlich traf es in kleiner Entfernung auf das Schwarze Land beim See, etwas weiter weg auf die Nilauen.

Unterhalb von uns lagerten dreihundert Ellen weiter nördlich in einer kleinen Senke die Truppen aus Schedet; sonst war ringsum nur Weite und blendendes Licht. Keine Menschenstimme erreichte uns, man vernahm nur den Hauch des Windes, der das Ohr streifte und den Saum des Turbans leicht flattern ließ.

Amenhotep atmete tief ein und wandte sich dann zur Sonne, die hoch über uns stand. »Mehr als eine Stunde noch bis zum Mittag«, sagte er. »Amun-Re steht hinter unseren Köpfen und wird unsere Feinde blenden.« Gleich darauf fügte er hinzu: »Nun schnell weg hier, verstecken wir uns. Es bleiben nur zwei Späher ohne Pferd hier, sie sollen sich flach auf den Boden legen!«

Während wir die Düne hinabritten, sagte er zu Philae: »Ich

habe reichlich Zeit, um nach den Wagen im Osten zu sehen!« Und mit zwei weiteren Reitern verschwand er im Galopp in der Wüste.

Hinter der Düne war es windstill und unerträglich heiß. Ich grübelte über Amenhoteps Worte nach und forschte in den Mienen der Männer, ob auch sie, wie ich, den seltsamen Widerspruch darin bemerkt hatten. Ich sah aber nur die Erregung wegen des bevorstehenden Kampfes.

»Amun-Re wird unsere Feinde blenden ... verstecken wir uns!«

Vielleicht ist auch der höchste Gott aufgeregt im Kampf. Lieber kein Risiko eingehen.

Alles begann mit einem großen schwarzen Fleck am Horizont, der durch die flirrende Wüstenluft vielleicht noch größer erschien.

Wir lagen im glühenden Sand am Dünengipfel und sahen ihn herankriechen auf dem weißen Boden, aus dem die Mittagssonne jeden Schatten verbannt hatte.

Er kam näher und breitete sich sehr langsam aus. Amenhotep sandte ein erstes Signal für die Truppen aus Schedet, da sah ich, wie sie ohne Hast eine gewisse Betriebsamkeit entwickelten: Manche Männer tranken aus den kleinen Wasserschläuchen, die sie dabeihatten, andere prüften ihre Waffen, wieder andere knieten sich für ein kurzes Gebet zu Boden.

Amenhotep ließ die Menge noch weitere zehn Minuten lang näherkommen und ließ dann ein zweites Signal losschicken: Darauf gingen unsere Männer aus der Deckung und zeigten sich dem Feind. Eine Wellenbewegung schien durch den schwarzen Fleck zu gehen, von beiden Enden lösten sich je zwei Reiter und schnellten vorwärts auf unsere Flanken zu, wobei sie sich außerhalb der Reichweite unserer Pfeile hielten.

»Sie wollen herausbekommen, wie viele wir sind. Seht ihr weitere Reiter außer denen dort?«

Amenhoteps Stimme verriet keine Aufregung, aber sein Blick schweifte unruhig in jede Richtung, als fürchte er ein Pferd mehr als fünfzig Männer. Als er sah, daß die zwei Späher zu unserer Rechten viel zu weit in den Streifen vorwärtsdrangen, der uns von den Wagen im Osten trennte, konnte er seinen Verdruß nicht unterdrücken und ließ gleich das dritte Signal aufsteigen, um den Vorgang zu beschleunigen. Aus den Truppen von Schedet erhob sich der Kampfruf, eine Art kurzer, tiefer und rhythmischer Gesang, und die Krieger bewegten sich im Gleichschritt vorwärts.

Das lenkte die Aufklärer ab. Sie stellten fest, daß – soweit das Auge reichte – hinter der geringfügigen Schar keine weiteren Einheiten nachrückten, also wandten sie die Pferde um und ritten zurück. Die ägyptischen Krieger fuhren fort, den Feind herauszufordern, sie schrien und hüpften und versuchten, so viel Staub wie möglich aufzuwirbeln: Es sollte so aussehen, als stürmten sie im Angriff vorwärts, in Wirklichkeit bewegten sie sich nur wenige Ellen nach vorne. Amenhotep hatte die vier Reiter nicht aus den Augen gelassen. Als er sah, daß sie das Gros der feindlichen Truppen wieder erreicht hatten, wandte er sich zu mir mit den Worten:

»Jetzt wirst du den Schrei der Barbaren hören.«

Tatsächlich erscholl ein gellender, endloser Schrei durch die Wüste, der schwarze Fleck bewegte sich auf uns zu, umgeben von einer riesigen weißen Wolke.

»Haltet eure Pfeile bereit.«

Schon trugen zwei Männer unserer Eskorte kleine brennende Fackeln heran, zwei andere hatten einen großen Pfeil auf ihren Bogen gesetzt.

»Vorwärts, nur weiter vorwärts«, flüsterte Amenhotep den feindlichen Kriegern zu, die inmitten funkelnder Waffen immer deutlicher zu erkennen waren.

»Großer Amenhotep«, sagte Philae, »es sind anscheinend über tausend Mann!«

»Sag mir lieber, ob du irgendwo Pferde siehst.«

»Nein Herr, keine Pferde.«

»Fertig mit dem Pfeil nach Osten!« rief Amenhotep aus.

Der Pfeil wurde angezündet, und der Schütze zielte nach oben gen Osten.

»Los!« Eine Rauchfahne stieg ganz hoch und zeichnete einen Bogen in den Himmel.

Die Ljibiu rannten weiter vorwärts und schrien unentwegt. Sie wirkten wie ein riesiger Felsbrocken, der einen Hang herunterpoltert; die Männer aus Schedet sahen aus wie eine dürftige Strohhütte, die sich anmaßt, sich ihm in den Weg zu stellen.

»Der Pfeil nach Westen ... los!«

Der Pfeil brannte schon und stieg schneidend wie eine Stimme empor.

Die Feinde waren von ihrer eigenen Staubwolke überholt worden, denn der Wind weht dort, wie am Nil auch, von Nord nach Süd. Dadurch hatten sie keinen ständigen Überblick über das Schlachtfeld. Sicher übersahen sie beide Rauchsignale und dachten vielleicht, unsere Soldaten würden noch immer vorwärtsstürmen. Diese aber standen nun unbeweglich da; angespannt wie ihre Bogen, sahen sie diesem Orkan aus Staub und blinder Wut zu. Als die anderen schon ganz nahe waren, bemerkten sie erst, daß unsere Männer stillstanden, und dachten gewiß, die Angst hätte sie gelähmt. In ihrem Kampfruf schwang ein wilder Jubel über das bevorstehende Gemetzel und den sicheren Sieg mit.

»Amenhotep«, flüsterte ich ihm ins Ohr, »ist es der Mut, der sie ausharren läßt?«

»Bis auf zweihundert Ellen Entfernung war es so. Jetzt ist es vermutlich die Angst oder die Scham, zu fliehen, etwas, das nicht viel anders ist als der Mut. Ich habe ihnen versprochen, sie zu retten: In diesem Augenblick glauben sie mir allerdings nicht mehr. Sie sind überzeugt, daß sie sterben werden.«

»Das scheint offensichtlich, und ist doch unwahrscheinlich, oder?«

»Die Kunst der Kriegführung besteht darin, das, was unwahrscheinlich oder sogar unmöglich ist, offensichtlich scheinen zu lassen ...« Er drehte sich abrupt um und rief: »Der Offizier aus Itjtaui soll zu mir kommen, und seine Wagen sollen sich hier unten im Kreis bewegen.«

Er sah wieder auf das Schlachtfeld hinaus: Die beiden Heere waren nur noch wenige hundert Ellen voneinander entfernt.

»Jetzt! Jetzt!« rief er mit geballten Fäusten.

Als erste tauchten die Wagen aus dem Westen auf. Sie rasten Seite an Seite, in geschlossenen Reihen, jeder Wagen zwanzig Ellen vom nächsten entfernt, gleich einem Sandsturm durchflogen sie die Wüste. Pro Wagen waren es zwei Pferde und drei Männer.

Die Rosse ähnelten geflügelten Ungeheuern, die mit ihren Klauen den Raum zerfetzten. Die ledergepanzerten Männer, ein Wagenführer und zwei Bewaffnete, hatten das Aussehen von unverwundbaren Statuen.

Die als erste dem Angriff ausgesetzten Libyer verstummten und hielten verblüfft inne, nur wenige versuchten, ihn abzuwehren, die meisten aber wichen zurück in die Mitte ihrer Streitmacht und stießen beim Laufen gegen die verständnislosen Kameraden.

In diesem Augenblick erschienen an der entgegengesetzten Seite die Wagen aus dem Osten am Gipfel eines leichten Abhangs. Von da aus rollten sie hinab, auf den Feind zu, und steuerten den Wagen aus dem Westen entgegen, mit gleicher Aufstellung, aber noch höherer Geschwindigkeit.

Die zwei Krieger, die in jedem Wagen seitlich postiert waren, begannen schon von weitem Pfeile abzuschießen; als sie näher kamen, warfen sie mit Speeren, und als sie durch die aufgewühlten feindlichen Reihen fuhren, benutzten sie ihre Schwerter mit unglaublicher Geschicklichkeit. Doch ihre wirksamsten Waffen waren die Schnelligkeit, der Schwung, die Wucht, was es so schwer machte, sie zu treffen. Die Pferde durchpflügten die Menschenmenge, überrannten sie und trampelten sie nieder, die Wagenräder holperten über die hingestreckten Körper.

Diejenigen, die vor der herannahenden Sturmwelle flohen, liefen unvermeidlich auf die von der entgegengesetzten Seite auf sie hereinbrechende zu. Und die, die noch Waffen trugen, wurden als erste getroffen, die, die sie verloren oder weggeworfen hatten, behinderten durch ihre Flucht jeden Abwehrversuch.

Die beiden angreifenden Flügel trafen östlich von der Mitte des feindlichen Heeres aufeinander. Als sich jeder Wagen in den freien Raum zwischen den beiden ihm entgegenkommenden Fahrzeugen einkeilte, erreichte die Schlacht dank dem geballten Angriff der Ägypter ihren blutigen Höhepunkt.

Dann begannen die Flügel sich wieder voneinander zu trennen und auf den Teil des Feldes zu stürmen, der von den Kampfgenossen gerade verwüstet worden war.

Beim Erscheinen der Wagen war Amenhotep aufgestanden.

Wir alle waren seinem Beispiel gefolgt und standen nun aufrecht im Staub, der vom Schlachtfeld zu uns heraufwehte.

»Zeigen wir uns«, befahl er, und wir stiegen auf die Pferde, die nun herangeführt wurden. So, wie wir nun auf dem Dünengipfel standen, vor der Staubwolke, die die Wagen aus Itjtaui hinter uns aufwirbelten, konnte man uns sehr wohl für die Vorhut einer weiteren Streitmacht halten.

Die Männer aus Schedet sahen uns und stießen, wie von einem Alptraum erlöst, einen wiederholten Jubelruf aus, während sie ihre Schilde zum Gruß erhoben. Doch die Schlacht war noch nicht zu Ende. Amenhotep beugte sich nieder und sprach zu dem Kommandanten aus Itjtaui. Erst als dieser den Hügel hinunterlief, richtete er seinen Blick wieder auf das Schlachtfeld.

Dort unten war die Wüste ein glühendes, staubiges, blutiges Becken: Viele Feinde lagen unbeweglich, andere krochen mühevoll umher. Die meisten aber, die ihre Waffen noch bei sich hatten, erholten sich nun aus ihrer Betäubung und versammelten sich, um sich langsam gen Norden zurückzuziehen.

Inzwischen hatten sich die Streitwagen in einiger Entfernung postiert und zwei lange Reihen an beiden Seiten der Wüste gebildet, um den Pferden eine Ruhepause zu gönnen, den Feind aber gleichzeitig weiter in Schach zu halten. Auf ein Zeichen Amenhoteps stürmten schließlich die intakten Truppen aus Schedet laut schreiend vorwärts: Ich dachte, sie würden nun angreifen, doch nach zweihundert Ellen blieben sie bei den ersten Leichen wieder stehen und verstummten. Sicher war der Feind verwirrt von dem, was geschah, und ebenso von dem, was nicht geschah. Mir ging es genauso und ich konnte meine Neugier nicht länger im Zaum halten: »Wozu die Kampfpause bei den Wagen, Amenhotep, und wozu dieser Scheinangriff der Krieger?«

»Sie waren dazu da, um die Räuber herzulocken, jetzt dienen sie dazu, sie nach Norden zu treiben … selbstverständlich mit Hilfe dieser Streitmacht hier, die aus neun Männern, einer Frau und … viel Staub besteht. Was die Streitwagen angeht, weißt du, um beim Angriff tatsächlich wirksam zu sein, brauchen sie eine hohe Geschwindigkeit und eine gute Aufstellung: Beides ist sehr schwer zu haben auf einem von Leichen blockierten Feld. Sie werden angreifen, sobald der Feind freieres Gelände erreicht hat.«

Dies geschah in der Tat wenig später. In vollkommener Übereinstimmung stürmten beide Flügel plötzlich zum Angriff, ein zweiter folgte unmittelbar danach.

Es war, als seien auf einem Ameisenhaufen zwei Rechen am Werk, die mit jedem Zug von Osten nach Westen und von Westen nach Osten Tod und Verwüstung hinterließen. Während die Flügel zwischen dem zweiten und dem dritten Angriff sich gerade voneinander lösten, brachen auch die vier Streitwagen aus Itjtaui unerwartet von Süden herein, so daß der Feind den Eindruck haben mußte, von allen Seiten umzingelt zu sein.

Lange betrachtete ich entsetzt und gebannt zugleich dieses zähe Brodeln von Raserei und Stärke, Mut und Verzweiflung, Beharrlichkeit und Wut, das kein Ende zu nehmen schien. Mehrmals erschauderte ich unter dieser Sonne, die nicht weniger grausam schien als die Menschen.

Ich sah, wie ein Feind, kurz bevor er überfahren wurde, sich an den Zügel eines Pferdes hängte und den Kopf des Tieres so weit nach unten zog, daß es stürzte und das zweite Pferd mit zu Boden riß. Der Wagen kam ins Wanken und prallte gegen ein anderes, von der entgegengesetzten Seite herannahendes Fahrzeug. Die ägyptischen Krieger wurden durch den Zusammenstoß hinausgeschleudert und gingen unter Dutzenden von Speeren unter.

Das gleiche Los erfuhren die Insassen eines Streitwagens, der inmitten der feindlichen Truppen ein Rad verloren hatte; ebenfalls die Männer vom Wagen daneben, die versuchten, den Kameraden zu Hilfe zu kommen.

Ich sah ein Pferd, dem ein dicker Speer aus dem Bauch ragte, weitergaloppieren und erst zu Boden stürzen, als sein Wagen eine vor den Feinden sichere Stelle erreichte; ich sah einen ägyptischen Wagenführer einen Gegenangriff durchführen, obwohl seine beiden Begleiter tot auf dem Wagen lagen und er nur mit der Peitsche gegen den Feind vorgehen konnte.

Nach den drei Doppelangriffen der Flügel und dem Einbruch der Wagen aus Itjtaui waren die Ljibiu jedoch bezwungen. Sie hatten große Verluste erlitten, und die Überlebenden begannen, sich in der Wüste zu zerstreuen. Nun machten die Wagen einzeln oder in kleinen Gruppen eine Hetzjagd auf sie und hörten damit erst auf, als die Fliehenden die Waffen niederlegten und sich vor den Siegern zu Boden warfen.

Kurz zuvor waren die Krieger aus Schedet vorwärtsgestürmt; als sie aber den Feind erreichten, mußten sie nichts weiter tun, als die Gefangenen zusammenzutreiben.

»Alle diese Bauern werden zu ihren Feldern zurückkehren«, murmelte Amenhotep zufrieden; dann sah er mich verwundert an und fragte:

»Was füllt denn deine Augen mit Tränen, Nofretete?«

Ich schüttelte den Kopf und wußte keine Antwort. Ich meinte immer noch das Geschrei der Barbaren zu hören, und von dem ganzen Gemetzel hatte ich nur jenes Pferd vor Augen, das mit einem Speer im Bauch weiterrannte. Ich fuhr mir mit den Fingern über das Gesicht, wo sich die Tränen mit Sand vermischt hatten.

»Es ist die Sonne«, gab ich zur Antwort.

Die unbarmherzige Sonne Ägyptens hatte das Land und die Menschen kaum von ihrer beklemmenden Hitze erlöst, als Amenhotep und ich nachmittags den Palast der Täuschung erreichten und ihn ohne Begleitung betraten.

Mit großer Erleichterung tauchte ich ein in die Stille und die Kühle, die dort herrschten.

Ich hatte den Eindruck, an einen von der Welt abgeschiedenen Ort gelangt zu sein, wo die Müdigkeit verschwand und der Geist erwachte. Und all das, was mich in den letzten Stunden noch erfüllt hatte, der Lärm der Schlacht und das noch entnervendere Kreischen beim Gastmahl im Hause des Nomarchen von Schedet, wurde plötzlich zu einer weit zurückliegenden Angelegenheit.

Die Schiffe, die uns am Nil erwarteten, und die Stadt On, die mich empfangen hatte, das Reich meines Vaters und das Volk, das ich für immer verlassen hatte, alles, was hinter mir zurückgeblieben war, war nur noch eine schwache Erinnerung an ein früheres Leben, vom Vergessen schon verwischt, während Theben und der Pharao einer ungewissen, in jedem Fall noch unendlich fernen Zukunft anzugehören schienen.

Von der Vergangenheit unberührt und gleichgültig gegenüber der Zukunft, war ich ganz vom Glück über den gegenwärtigen Augenblick erfüllt, so wie es meiner Vermutung nach die Götter immer sind.

Die starke Veränderung meiner Gemütslage weckte jedoch auch eine leichte Unruhe in mir. Es war vielleicht die Furcht vor dem Zauber dieses Ortes. So heftete ich den Blick fest auf Amenhotep, der mit einem amüsierten Lächeln neben mir ging. Das half mir, denn um dieses Lächeln zu deuten, mußte ich mir das unmittelbar davor stattgefundene Gespräch ins Gedächtnis rufen und fand dadurch in die Wirklichkeit zurück.

Der Hohe Priester Tather, der über den Tempel des Sobek und die Pyramide Amenemhets wachte, hatte uns zu einem Portal geführt und gesagt:

»Großer Amenhotep, einmal ließ ich dich allein im Herzen dieses Palastes zurück, und du kamst durch diese Tür wieder heraus. Du hattest mir verboten, dir zu Hilfe zu kommen, falls du versagen würdest, und gesagt: ›Laß mich sterben, wenn ich nichts wert bin.‹ Nun willst du die edle Fremde von königlicher Bestimmung auf ihren und deinen Wunsch hin durch diese Mauern begleiten. Obwohl am Wohlwollen des Gottes Sobek dir gegenüber kein Zweifel besteht, gestatte doch, daß ich mich selbst, solltet ihr euch verspäten, auf die Suche nach euch mache.«

Ohne zu zögern und fast lachend erwiderte Amenhotep:

»Ach Tather! Du Hoher Priester Sobeks und alter Freund! Damals war ich ein junger Mann, dem es an Mut nicht fehlte und der das Verlangen hatte, sich selbst kennenzulernen. Jetzt liegen sowohl die Jugend wie dieses Bedürfnis weit hinter mir, deshalb sage ich dir ganz im Gegenteil: Wenn ich nichts mehr wert bin, laß mich wenigstens leben! Vielmehr, das würde ich sagen, wenn ich allein wäre. Doch meine Aufgabe ist jetzt, diese Prinzessin zum Pharao zu geleiten, und uns ist keine allzu große Verzögerung gestattet. Also füge ich hinzu: Komm uns holen, wenn wir binnen einer Stunde nicht durch diese Tür herauskommen.«

Wir schritten durch einen langen überdachten Gang, dessen Ende man nicht sehen konnte, eine Art Zwischenraum zwischen den Außenmauern des Gebäudes. Von da aus gelangten wir in einen zweiten, parallel verlaufenden Korridor. In der dem Eingang gegenüberliegenden Wand öffneten sich unendlich viele Durchgänge, die teils ins Helle, teils in die Dunkelheit führten.

Wir gingen durch eine der lichtdurchfluteten Öffnungen und traten in einen riesigen Hof, der von einer herrlichen Säulenhalle umgeben war. Die Sonne fiel schräg ein, und ein Teil des Hofes blieb im Schatten; über uns war der freie Himmel, an den Seiten waren im Säulengang weitere Türen zu sehen.

Wir blieben in der Mitte des Hofes stehen, und ich sah mich um: Ich fühlte mich hier wie gefangen und verirrt, aber nicht verlassen. Nie zuvor hatte ich so etwas gesehen. Durch die Stille und Schönheit dieses Ortes entstand zwischen Amenhotep und mir ein Gefühl der Vertrautheit; es bestärkte die geistige Nähe, die ich seit Tagen wachsen und nun aufblühen sah.

Taktvoll brach er das Schweigen und sagte:

»Sieh dir diese Säulen an …«

Mit Hieroglyphen bedeckt und in Kapitellen in Form von Lotusblüten endend, strebten sie hinauf und entschwanden unseren Blicken; und ebenso wuchs die Stille ins Unermeßliche, während mein Herz immer schneller klopfte. Da hielt es Amenhotep wahrscheinlich für ratsam, einen Anker aus Stein und Zahlen zu werfen, denn er sagte:

»Zwölf gleiche Höfe enthält jedes Stockwerk, und eintausendfünfhundert Räume verbinden sie miteinander, auf einer Gesamtfläche von fünfhundert Ellen mal sechshundert …«

Ich wehrte mich innerlich gegen all diese Zahlen. Lieber trat ich zu einer der Säulen und versuchte mich zaghaft in der Deutung dieser Zeichen, die jede Fläche bereichern, die sie bedecken. Ich las:

»Ich habe vier gute Taten im Säulengang des Horizontes begangen …«

Ich stockte unsicher, und Amenhotep las mir weiter vor. Leider habe ich den Text vergessen, ich erinnere mich aber noch an seine feierliche Schönheit und Schlichtheit, denn er stammt von Re, dem Schöpfergott, wie mir Amenhotep zum Schluß sagte.

Zwölf gleiche Höfe, dachte ich, umgeben von eintausendfünfhundert Räumen: eine ganze Stadt. Und doch eine unbekannte, nur vom Geheimnis bewohnte Stadt, die ihre Entstehung einer unfaßbaren Liebe verdankt. Das Schöne um seiner selbst willen, abgeschirmt, in ein verborgenes Heiligtum eingeschlossen. Ein Ort, an dem mit der gleichen Vollkommenheit die Steine behauen und zusammengefugt und alle Oberflächen mit Tausenden von Worten bedeckt wurden wie diese hier, die mir rein zufällig auffielen und mich doch trafen wie ein Blitz. Nein, ich will nicht weiterlesen: aus Furcht, an die Grenze übermenschlicher Größe oder taumelnden Wahns zu stoßen, oder eher aus Furcht, auf gar keine Grenze zu stoßen und mich auf einem weiten Meer zu verirren. Aus Furcht, mein Staunen könnte zum Schwindel werden.

Und wer war hier der Urheber? Wer hat diesen Ort mit Bedeutung gefüllt? Durch seine Schönheit zuerst, dann durch den Geist, und schließlich durch den absolut undurchsichtigen Plan, der sich hinter der scheinbaren Einfachheit und Symmetrie verbirgt?

Mein Blick, der über Säulen und Wände streifte, traf plötzlich den Amenhoteps. Es war der gleiche wie bei unserer ersten Begegnung, ein freundlicher, vielsagender Blick, der aber auch ohne Hemmung im Inneren lesen konnte.

Ich machte einen Schritt auf ihn zu, und er zeigte auf den Säulengang und fragte:

»Welche Tür wählst du?«

Ich zeigte auf die erstbeste, und nachdem wir den Hof überquert hatten, gelangten wir durch sie in einen Saal voller Schatten und Pfeilerreihen, die die Gesamtansicht verstellten. Meine Augen mußten sich erst an das spärliche Licht gewöhnen, das aus engen Schlitzen unmittelbar unter der Decke hereinfiel. Dann bemerkte ich, daß einige Wände ganz mit Fresken bedeckt waren: Es waren Darstellungen von Jagd und Fischfang.

Die flachen, farbenfrohen Figuren strahlten eine fröhliche Helle aus, die in starkem Kontrast zum düsteren, verwinkelten Aussehen des Raums stand. Vor dem Hintergrund eines fliehenden Schwarmes lag eine vom Pfeil getroffene Ente; und ein Netz voll großer Fische erfreute rothäutige ägyptische Bauern mit lachenden schwarzen Augen: schlichte, saubere und anmutige Gestalten inmitten einer fruchtbaren und heiteren, friedvollen Natur. War dies eine treue Darstellung des Alltagslebens oder eher das gefällige Idealbild jenes Malers, der vergessen hatte, die anmutige, fast weibliche Spur wegzuwischen, die sein Finger im Grün eines Papyrusbusches hinterließ?

»Wärst du imstande, in den Hof zurückzufinden?«

Ich drehte mich um. Ich konnte nichts falsch machen, ich brauchte nur zu der lichtdurchfluteten Tür zurückzukehren, durch die wir eben erst gegangen waren.

»Sicher«, antwortete ich.

»Dann führe mich.«

Ich ging den Weg von vorhin zurück, oder glaubte es zumindest, bis ich vor einer Tür stand, deren Öffnung durch eine Alabasterplatte versperrt war: Hier konnte nur das Licht hindurch. Überrascht erkannte ich vor meinem amüsierten Begleiter den Fehler und sah mich nach einem anderen Ausweg um. Weiter weg entdeckte ich noch einen hellen Lichtschimmer, der hinter einem großen Pfeiler dicht bei der Mauer durchdrang, und fast im Laufschritt eilte ich dorthin.

Tatsächlich war da eine Tür, und dahinter sah ich den riesigen Hof wieder, die Säulenhalle mit der schattigen und der sonnigen Seite und den immerblauen Himmel darüber.

Ich war glücklich, nicht nur, weil ich die Stelle hatte wiederfinden können, sondern auch, weil sich die zweifellos kindische Furcht zerstreut hatte, ein Zauber habe diesen Ort und seine ganze Schönheit verschwinden lassen.

Deshalb drehte ich mich zu Amenhotep um und schrie beinahe:

»Hier! Ich habe ihn wiedergefunden!«

Er näherte sich und lächelte schwach über meine überschwengliche Begeisterung. Er sah mich gedankenvoll an, sah mich aber nicht als die, die in diesem Augenblick vor ihm stand. Ich merkte, daß er an die frühere Taduchepa dachte, an die künftige Nofretete. Seine Augen schienen mich zu ertasten wie Finger, die auf meinem Körper die Schönheit und die Narben, die Jugend und die Dummheit, die Lebenslust und die Einsamkeit berührten.

Götter der ganzen Welt, in diesem Augenblick wünschte ich mir, er würde sich meines Körpers bemächtigen mit der gleichen Selbstverständlichkeit, mit der er mich immer wieder zu durchschauen schien. Aber er sagte:

»Dies ist ein anderer Hof, Nofretete. Sieh hin: Die Säulen sind nicht bemalt, und der Stein ist ein wenig heller ...«

Ich hatte mich also getäuscht und war vielleicht dabei, noch einen Fehler zu machen.

Ich weiß nicht, wie es dazu kam: Plötzlich schlangen sich meine Arme um seine Taille, und mein Kopf schmiegte sich an seine Brust. Ohne die Spur eines Gedankens, einfach aus einer süßen Regung heraus tat ich dies.

Und im nächsten Augenblick, während ich so bei ihm blieb, fühlte ich Scham, Freude und eine warme Geborgenheit, als wäre seine Brust mein Zuhause in Ägypten. Wir standen reglos, beide wie versteinert durch meine Kühnheit.

»Verlaß mich nicht, Amenhotep«, flüsterte ich »versprich, daß du mich nicht alleine lassen wirst«, und drückte ihn noch fester an mich. Ich sah, wie sich seine Hände zu meinem Kopf hin bewegten und die Finger, die ihn schon berühren wollten, leicht zitterten.

»Ach, Amenhotep, wenn du auch zitterst ...«

Sanft schob er meinen Kopf von seiner Brust weg und sah mich an. Er war blaß und ernst.

»Es gibt eine Alterskrankheit, die die Hände zittern läßt«, sagte er, »und es gibt eine Jugendkrankheit, die dieselbe Wirkung hat. Sie tritt auf, wenn man das Gesicht einer Frau berührt, oder ... vielleicht auch nur ein Frauengesicht wie deines. Nun, es könnte sein, daß ich jetzt an beiden Krankheiten leide. Aber ich weiß: Gäbe ich der süßesten der beiden nach, dann wäre es so, als würde ich einen Palast betreten, der tausendmal schöner ist als dieser, dessen Ausgang ich aber niemals finden könnte und in dem ich einen schmerzvollen und unehrenhaften Tod erleiden müßte.«

Ich nickte mit dem Kopf, den er immer noch festhielt. Ich hätte ihn gern um etwas gebeten, um Verzeihung vielleicht, doch er fuhr mit einem Lächeln fort:

»Ich werde dir immer ein Freund sein, Nofretete.«

Jetzt waren sich unsere Münder ganz nahe, doch schon begann der seine, wenn auch sehr zögernd, zurückzuweichen. Ich begriff, daß sie sich niemals berühren sollten, und empfand dabei eine schwache Erleichterung und ein tiefes Bedauern zugleich.

Die Erregung, die uns erfaßt hatte, drängte uns mit dem Vorwand der Zeit, die schon verflossen war, zum Ausgang. Doch viele Minuten vergingen auf der Suche, und aus Amenhoteps wachsender Unsicherheit wurde allmählich Ratlosigkeit und schließlich Mißmut.

Ich folgte ihm still und gefügig, fragte mich, welche der beiden Krankheiten, so hatte er sie genannt, ihn jetzt daran hinderte, den richtigen Weg zu finden. Und fand die Antwort in dem Schuldgefühl, das ich empfand, wenn ich zu ihm hinüberschielte.

Endlich vernahmen wir die Stimme Tathers, der uns bald einholte und aus dem Palast hinausführte. Es kam mir vor wie eine plötzliche Rückkehr in die Wirklichkeit. Und zum ersten Mal an diesem Tag spürte ich, daß ich müde war.

Draußen warteten Philae und die Eskorte. Zusammen traten wir den Rückweg an, im erholsamen Licht des späten Nachmittags, das das Auge schonte und die Farben sanft und angenehm erscheinen ließ wie die der Fresken im Palast der Täuschung.

Obwohl Amenhotep verfügt hatte, die Stadt zu umgehen, waren die Straßen, auf denen wir fuhren, ganz anders als am Vormittag voller Menschen: Offensichtlich war nach der Furcht vor dem Kampf der Siegesrausch eingetreten, und alle strömten fröhlich aus ihren Häusern.

Amenhotep mit seinem Gefolge zu begegnen, das überstieg an diesem Tag wohl die kühnsten Hoffnungen der Einwohner. Noch dazu, mich in seiner Schar zu sehen: Zu der Begeisterung gesellte sich offensichtlich die Neugier, die erstaunliche Frau zu erblicken, die eher wie ein Krieger aussah als wie die künftige Gattin des Pharaos.

So fielen sie alle, während wir vorbeiritten, vor uns auf die Knie, doch so gemächlich, daß jedem noch die Zeit blieb, den siegreichen Führer zu preisen, mich mit den Augen zu verschlingen und mit den Fingerspitzen unsere Füße an den Flanken der Pferde zu berühren.

Wir ritten im Trab durch die Menge, und eine große Schar begann vor und hinter uns mitzulaufen, bis wir gezwungen waren, uns im Schritt durch das Gewühl hindurchzuarbeiten. Da setzte sich Philae an die Spitze des Zuges und hieß die Eskorte sich zu unseren Seiten aufstellen. Trotzdem glückte es einer Frau, sich zwischen den Pferden durchzudrängen und bis zu mir zu gelangen. Sie rief mir etwas zu, das ich nicht verstand.

Amenhotep übersetzte es mir lächelnd:

»Sie sagt: ›Amun führt dich zu uns, zusammen mit dem Sieg. Die Götter und die Menschen Ägyptens segnen dich.‹« Mit einem ironischen Lächeln fügte er hinzu:

»Ist es nicht so?«

Weiter an der Nilstraße hatten wir eine weit weniger freudige Begegnung: Es war das andere Gesicht des Kampfes.

Im Schatten eines Palmenhains zwischen der Straße und der Wüste saßen oder lagen im Sand viele Dutzende aneinandergefesselte Männer. Es waren die von den Truppen aus Schedet festgenommenen libyschen Gefangenen.

Bei ihrem Anblick hielt Amenhotep zunächst sein Pferd zurück; dann gab er ihm die Sporen, und ein ägyptischer Offizier lief ihm ehrerbietig entgegen.

»Wie viele sind es?« fragte ihn Amenhotep.

»Zweihundertdreiundfünfzig, Herr. Aber es müßten noch weitere von Norden kommen, wo man sie gefangengenommen hat, zusammen mit den Pferden und der Beute.«

»Und die Schwerverletzten?«

»Alle getötet, Herr.«

Amenhotep nickte zustimmend und warf mir einen flüchtigen Blick zu.

»Wo ist Bengadhu, ihr Anführer?«

»Kommt, Herr, ich werde ihn Euch zeigen.« Er nahm das Pferd bei den Zügeln und führte es die Straße entlang.

Im Vorbeireiten betrachtete ich die Männer. Die Gesichter mit dem pechschwarzen, borstigen Kopf- und Barthaar, die zerrissenen Kleider und die halbnackten Körper waren staubig und grau, und aus der Blässe, die die Farbe der Verzweiflung zu sein schien, flakkerten Augen, die alles mögliche ausdrückten, sich jedoch allesamt angstvoll auf die Gestalt Amenhoteps hefteten.

Es waren fassungslose und ängstliche, resignierte oder finstere, bewundernde und flehende Blicke; manche dürsteten nach Wasser, andere nach Wohlwollen. In allen aber lag der traurige Schatten der erlittenen Demütigung und der Furcht.

Auf einmal ließ der Offizier die Zügel los und schritt zu einem Mann, der unter anderen Gefangenen dalag. Seine Arme waren hinter den Rücken gebunden, und ein Bein trug Spuren von Blut, man sah aber keine Verletzung. Mit einer Hand packte der Offizier ihn am Haar, in der anderen hielt er das Schwert: Er zog seinen Kopf nach hinten, damit wir ihm ins Gesicht sehen konnten, und sagte:

»Hier, Herr: Das ist Bengadhu.«

Die unglaubliche Ähnlichkeit mit meinem Bruder Mattiwaza ließ mich schaudern: dasselbe jugendliche Alter, die gleiche scharfe Nase, die niedrige Stirn und der ausweichende Blick, all diese Züge, dic in meiner Erinnerung mit einem Gefühl der Ablehnung und des Hasses verbunden sind.

Er stellte ein zweideutiges Grinsen zur Schau, das seine panische Angst, auf der Stelle getötet zu werden, nicht verbergen konnte; und einen Augenblick lang wünschte ich, Amenhotep möge dies tatsächlich befehlen.

»Laß ihn los«, sagte er statt dessen. Er ritt noch näher und sah den Mann eindringlich an.

»Warum hast du diese Dummheit begangen?« fragte er.

Die Antwort kam halblaut und undeutlich, doch ich vernahm etwas von Hunger und Armut.

»In der Oase, die ihr angegriffen habt, starben fünfzehn ägyptische Frauen, die deine Männer mit dem Schwert vergewaltigt haben«, rief Amenhotep mit einem kurzen Blick auf mich aus. »Welche Art von Hunger mag euch zu einer solchen Tat bewegt haben?«

Auf diese Frage folgte keine Antwort – konnte es überhaupt eine geben? Dann wandte sich Amenhotep an den ägyptischen Offizier und sagte:

»Übergib diesen Mann dem Kommandanten der Wagen, die uns nach Theben folgen werden. Ich will, daß der Pharao ihn sieht.«

Wir wollten uns wieder in Bewegung setzen, als sich aus dem Trupp der Gefangenen eine Stimme erhob, die ruhig und in schlichter, korrekter ägyptischer Sprache fragte:

»Welches wird unser Schicksal sein, Herr?«

Ebenso überrascht wie wir alle, drehte sich Amenhotep nach einem Mann um, der nicht sehr weit von Bengadhu aufgestanden war und mit einer Ruhe gesprochen hatte, die angesichts seiner Lage als Gefangener als dreiste Anmaßung erscheinen konnte.

Amenhotep betrachtete ihn mit gerunzelter Stirn, und erst nachdem er ihn lange mit seinen Blicken gemessen hatte, sagte er in die allgemeine Stille hinein:

»Kein Mensch kennt sein Schicksal. Warum solltet ihr es kennen?«

»Es stimmt, Herr: Niemand kennt sein Schicksal, doch fast immer kennt der Sieger das Schicksal des Besiegten.«

»Da ist einer, mit dem sich reden läßt«, sagte Amenhotep zu mir, und lauter:

»Wie ist dein Name, Ljibiu?«

»Ich heiße Rechab, Herr, aber ich bin kein Ljibiu. Ich bin ein Habiru, Herr.«

»Also sind die Habiru Verbündete der Ljibiu im Banditentum?«

Die Hände des Mannes waren auf seinem Rücken gefesselt, er konnte die Arme nicht ausbreiten, um seine Betrübnis zu zeigen. So zuckte er nur mit den Schultern und sagte:

»Habiru findet man an jedem Ort, Herr, und in jeder Lage, besonders in den schlimmsten.«

»Hauptmann!« rief Amenhotep laut. »Sorge dafür, daß er zusammen mit dem anderen nach Theben gebracht wird!«

Sogleich gab er seinem Pferd die Sporen, und wir folgten ihm.

Wir nahmen unseren Ritt wieder auf, und die Müdigkeit begann die Rückkehr süß zu machen.

Philae und die Männer der Eskorte ritten schweigend, mit denselben tapferen und zuverlässigen Mienen, die sie den ganzen Tag über gezeigt hatten.

Plötzlich hob Amenhotep einen Arm und zeigte auf den Himmel zu unserer Linken: Eine schwarze Haube von Geiern breitete sich über dem Schlachtfeld aus.

Viele Bilder von diesem Mann sind in mein Gedächtnis eingemeißelt; sollten aber alle ausgelöscht werden, so wäre dies, glaube ich, das einzige, das weiterbestehen würde. Vielleicht werde ich ihn immer so sehen, mit diesem erhobenen Arm, der auf etwas zeigt und der gleichsam eine distanzierter, bewußter Abschied ist von dem, was zurückbleibt, aber auch eine Aufforderung, weiterzugehen und nicht zu vergessen.

2. Tag des Monats Thot

In den letzten beiden Tagen habe ich Amenhotep nicht mehr gesehen. Nur wenn der Geleitzug in eine Flußschleife einbiegt, sehe ich sein Schiff an der Spitze des Zuges.

Gestern habe ich nur geschrieben, heute habe ich die ganze Zeit den vorbeigleitenden Fluß betrachtet. Doch auch gestern unterbrach ich dann und wann mein Schreiben, um ihn anzusehen, und während ich ihn heute betrachtete, dachte ich darüber nach, was ich vom längsten Tag meines Lebens niedergeschrieben hatte und was zu sagen mir nicht gelungen war. Was ich erfahren habe, hat einen Glanz in mir hinterlassen, dem ich mich genausowenig entziehen kann wie dem Licht über dem Fluß, das auch durch die geschlossenen Lider die Pupillen erreicht.

Wie männlich ist der Fluß und wie weiblich die Erde. Sie liegen in ewiger Umarmung.

Er schlängelt sich durch ihren Körper, streichelt, wühlt, macht kehrt. Will sie berühren. Offensichtlich will er sie so oft wie möglich berühren, er tut es mit verlangender Ungeduld.

Er prüft ihre Formen, verweilt genießerisch an ihren weichen Sandufern, läßt sich von den felsigen Ufern zurückweisen, aber nicht entmutigen.

Er drückt kleine Inseln wie Brustwarzen sanft zwischen seinen Fingern, und diese scheinen sich dadurch ihrer Existenz bewußt zu werden und tauchen erstaunt an die Oberfläche empor, um sich dem Betrachter zu zeigen.

In den Ebenen weitet er sich aus und tritt über die Ufer, durchfließt die Ebenen selbstvergessen und auf Tiefe verzichtend. Doch dort, wo sich die Erde mit Erhöhungen aufbäumt und Schluchten und Klammen schafft, stürmt er mit erhöhter Kraft hinein und erzeugt Wirbel, die aus der Berührung zu entstehen scheinen: Hier ist er tief, angriffslustig, beharrlich, als triebe eine besondere Eile sein Herz voran.

Geheimnisvoll sind nicht so sehr seine Ziele, die sich doch immer gleich bleiben – Eindringen und Fortfahren –, sondern vielmehr die Gründe, die ihn aus der Stille zum Rauschen treiben: Dann trüben sich Farbe und Klarheit seines Wassers, und Oberfläche und Tiefe werden durcheinandergewirbelt.

Der Fluß kommt, der Fluß geht, offensichtlich spielt er sich als Herr über die Erde auf. Er beschenkt. Wo er den Durst löscht, ermöglicht er das Leben. Dabei scheint er eine ewige Verpflichtung einzugehen, und diese Verpflichtung scheint er sich aufzubürden und durch sie seine gewaltsame Stärke zu rechtfertigen.

Sicher dürstet der Fluß wie ein erobernder Herrscher nach Ruhm und Genuß. Die weisere Erde dagegen dürstet nur nach Wasser. Liegend wartet sie auf ihn, nimmt ihn auf, lächelt über seine Narrheit und entflammt bei seinem Durchfließen zu Leben. Sie scheint seine Macht abzuwarten, um ihre eigene zu offenbaren.

Doch während er die blinde Kraft besitzt, die eindringt und befruchtet, hat sie Augen, um ihn zu führen. Nur die Erde weiß, wo der Fluß hinfließen wird.

Hätte die Erde es so gewollt, wäre der Nil in das Meer von Punt gemündet statt in das nördliche Meer, und es hätte niemals Ägypten gegeben.

Der Fluß ist alles, nur sein eigenes Los nicht.

3. Tag des Monats Thot

Ich nehme mir immer vor, Amenhotep über tausend Dinge zu befragen, wenn er aber bei mir ist, wendet sich unser Gespräch unwiderstehlich und selbstverständlich völlig ungeahnten Themen zu. Und wie in diesen Gesprächen scheint auch im Leben alles viel zufälliger und unabhängiger von durchdachten Plänen zu sein, als ich vor nicht langer Zeit noch glaubte.

Über sich selbst wollte ich ihn reden hören, über den Ursprung seiner Weisheit, das Wesen seiner Macht und möglicherweise über seine Lebensgeschichte. Doch kaum hatten wir an Deck Platz genommen, als schon Philae erschien und, als erledige er einen vorher erhaltenen Auftrag, Amenhotep zwei Täfelchen übergab. Er las sie rasch durch und überreichte sie mir.

Ich hatte beim Lesen keine Schwierigkeiten, denn die Täfelchen enthielten fast nur Zahlen, und Zahlen sind das erste, was ich gelernt habe.

Auf dem ersten stand geschrieben:

Ägyptische Verluste:
Zerstörte Wagen 7
Getötete Pferde 19
Getötete Wagenkämpfer 29
Verletzte Wagenkämpfer 27
Getötete Fußsoldaten 0
Verletzte Fußsoldaten 0

und auf dem zweiten:

Feindliche Verluste:
Im Kampf Getötete 431
Auf dem Feld getötete Verletzte 428
Gefangene 280

So werden also die Ereignisse festgehalten und niedergeschrieben, knappe Worte und Zahlen. Nur zwei Täfelchen, aber sie werden jahrelang die Verhältnisse an der westlichen Grenze maßgeblich beeinflussen. Ich vertraute ihm meine Gedanken an.

»Wie viele Dinge stehen auf so kleinem Raum geschrieben! Wenn ich denke, Amenhotep, daß ich so viele Worte verwende, um persönliche, nutzlose Gedanken festzuhalten, die bestimmt keine Auswirkung auf die Welt haben werden!«

»Das stimmt nicht«, tröstete er mich gleich. »In den Texten der Pyramiden heißt es, das Schreiben sei eine göttliche Tätigkeit, denn beim Schreiben spricht man aus, was ist, und erschafft, was nicht ist. Du mußt es tun, wenn du das Bedürfnis dazu verspürst.«

»Schreibst du, Amenhotep?« fragte ich, wieder aus dem Wunsch heraus, ihn von sich reden zu lassen.

»Ja, doch ich benutze Steine anstelle von Worten: Sie bringen die Gedanken genausogut zum Ausdruck, sie stören die Stille nicht und halten der Zeit besser stand.«

Aus diesem und ein paar anderen Sätzen erfuhr ich also, daß Amenhotep auch der Baumeister des Pharaos ist. Und als solchen betrachtet er sich in erster Linie. Aber von der Gesprächswendung zu dem gewünschten Thema hatte ich nicht viel, denn er war im Augenblick nicht bereit, über sich zu reden. So ließ ich von weiteren persönlichen Fragen an diesen seltsamen Baumeister ab, der Schlachten gewinnt, Schiffe baut, diplomatische Aufträge erledigt und wer weiß was sonst noch alles kann.

Ich blickte wieder auf die Tontäfelchen und fragte ihn, was er mit den zweihundertachtzig Gefangenen vorhabe.

»Nicht ich werde über ihr Los entscheiden. Jedenfalls wird man diejenigen, denen Greueltaten nachgewiesen werden können, bei der Stadtmauer von Schedet an den Füßen aufhängen und so dem Tod überlassen; die übrigen werden wahrscheinlich in die Goldminen des Südens gebracht oder anderswo bei öffentlichen Bauarbeiten eingesetzt.«

»Und Bengadhu?«

»Über ihn wird der Pharao entscheiden. Sollte dieser jedoch auf meinen Rat hören wollen, werde ich vorschlagen, ihn wie in alten Zeiten einem Scheinprozeß zu unterziehen.«

»Ein Scheinprozeß?«

»Ja, ein Verfahren, das sich bewährt hat und es verdient, wieder angewendet zu werden. Nahm man in früheren Zeiten den Sohn eines feindlichen Königs oder irgendeinen bedeutenden jungen Heerführer gefangen, so wurde dieser einem förmlichen Prozeß unterzogen, etwa mit der Anschuldigung, ein Verbrechen gegen den ägyptischen Staat begangen zu haben. Doch das wahre Ziel des Prozesses war nicht, Gerechtigkeit zu üben, was schwer durchführbar und nutzlos gewesen wäre, sondern den Angeklagten in intellektueller und moralischer Hinsicht zu beurteilen. Deshalb wurde ihm ausreichend Freiheit gewährt, sich zu äußern und zu verteidigen. Fiel die Beurteilung günstig aus, das heißt, erwies sich der Angeklagte als wertvoller Mensch, wurde er zum Hof geführt und blieb dort mindestens zehn Jahre lang als Gast. Während dieser Zeit wurde er im Haus des Lebens unterrichtet und in Sitten und Gebräuche des ägyptischen Adels eingeführt: Oft genoß er sogar die gleiche Erziehung wie die Kinder des Pharaos. Später übergab man ihn wieder seinem Herkunftsland, in dem er häufig König wurde und als solcher im allgemeinen ausgezeichnete Beziehungen zu Ägypten unterhielt. Durch diese Art der Behandlung besiegter Feinde sicherte man sich günstige Bündnisse und lange Zeiten des Friedens, deshalb wünschte ich mir, man möge wieder so verfahren.«

»Was aber, wenn sie sich beim Prozeß als nicht besonders begabt und wenig zuverlässig erwiesen?«

»Ach, in diesem Fall glich ihr Schicksal dem eines gewöhnlichen Gefangenen.«

Eine Zeitlang sann ich über den politischen Kunstgriff nach, den sich die Ägypter ausgedacht hatten. Gleichzeitig aber tauchte eine Erinnerung aus der Kindheit lebhaft und schmerzvoll auf, die in meinem Geist das Gegenteil von Bewunderung auslöste.

Ich war ungefähr fünf Jahre alt, als mein Vater einen kleinen Fürsten des Retschenu, der sein Vasall war und ihn schamlos verraten hatte und zum Feind übergelaufen war, im Kampf besiegte und gefangennahm.

Die dafür vorgesehene Strafe war der Tod des Verräters und dessen ganzer Familie, und in solchen Fällen pflegte man die Hinrichtungszeremonie sehr feierlich zu gestalten.

Vor dem angetretenen Heer, vor den Gefangenen, den verbündeten Herrschern und Angehörigen sowie unserer ganzen Familie begann man also, all diese Menschen zu köpfen.

Traditionsgemäß würde der verräterische Fürst als letzter sterben, nachdem er der Hinrichtung sämtlicher Familienangehöriger beigewohnt hatte.

Der erste Kopf, der fiel, war der der Fürstin, dann fuhr man mit den Kindern fort: angefangen mit dem erstgeborenen, eines nach dem anderen bis zum jüngsten, das in diesem Fall ein Mädchen in meinem Alter war. Sie verhielt sich sehr würdevoll, als wäre ihr

Tod Teil eines Schauspiels oder eines Rituals. Ich sah ihren Blick streng über die ungeheure Menge der Zuschauer gleiten und plötzlich auf mir haften bleiben: Und da schienen ihre Augen um einen Beistand zu bitten, der mir fremd war.

Der Henker mußte das Schwert nur ein wenig heben, um ihren kleinen Hals zu durchtrennen. Und diese Hand, die sich fast zerstreut zu senken scheint, fällt auf mein Herz, jedesmal, wenn ich an damals zurückdenke. Und jedesmal stelle ich beschämt fest, daß es möglich ist, einen Teil des eigenen Herzens abtrennen zu lassen und mit dem, was übrigbleibt, weiterzuleben.

Plötzlich neigte sich Amenhotep zu mir hin, und als ob er ahnte, mit dieser Geste eine böse Erinnerung zerstreuen zu können, zog er unter seinem Gewand ein Täfelchen hervor, reichte es mir und sagte freundlich:

»Es sind die Worte Res, die dir im Palast der Täuschung so gefielen.«

In Keilschrift auf der einen und in Hieroglyphenschrift auf der anderen Seite konnte ich lesen:

> »Ich habe vier gute Taten im Säulengang des Horizonts vollbracht: Ich habe die vier Winde geschaffen, auf daß sich jeder Mensch die Lungen damit fülle, wie alle seinesgleichen – meine erste Wohltat. Ich habe die große Flut geschaffen, auf daß der Arme wie der Reiche daraus Nutzen ziehe – meine zweite Tat. Ich habe jedermann wie seinesgleichen geschaffen und nicht befohlen, daß sie Unrecht tun; ihre Herzen waren es, die meine Gebote verletzten – meine dritte Tat. Ich ließ ihre Herzen aufhören, den Westen zu vergessen, auf daß sie Opfergaben den Göttern der Nomoi weihten.«

Als ich sie jetzt erneut las, gefielen mir die Worte dieses Gottes um so mehr: Seine Gedanken und seine Fürsorge gelten nicht allein Ägypten, sondern der ganzen Welt. Und er zeigt keinen Zorn über die Sünden der Menschheit, sondern nur Trauer.

Er ist zärtlich und unermeßlich, mit seinen vier Gaben ist er der menschlichen Einfalt viel näher als dem Göttlichen; die vierte, das Wissen um den Tod, verrät das Bedürfnis, dem Menschen seine Unterlegenheit beständig vor Augen zu führen.

Er ist vielleicht ein besserer Gott als all die, die ich bisher kannte, und sei es auch nur wegen seiner strahlenden Aufrichtigkeit.

Wir sprachen dann über die Götter: die Götter Ägyptens und die meines Landes, die ewigen Götter der ganzen Menschheit.

Ich befragte ihn über Osiris, den sein Bruder, der grausame Seth, tötete. Den Körper zerstückelte er dann in vierzehn Teile und versteckte sie in ebenso vielen Nomoi Ägyptens. Ich erfuhr, daß Osiris' Schwester und Ehefrau Isis fast alle zerstreuten Teile finden und zusammenfügen konnte und so den Körper des Gottes beinahe unversehrt wiedererstehen ließ. Wobei sie aber festhielt, daß auch einem einzigen Teil der ganze Gott innewohnt.

Ach, der Mythos. Anspielung, Symbol, Bedeutung. Mühsal ist für die Götter das Dasein, wie für die Menschen das Leben.

Ach, Seth. Neid, Haß, Grausamkeit, Verirrung, Wüste des Seins!

Ach, der Krieg: Bei Göttern wie bei Menschen entsteht er dadurch, daß es immer einen schlechten Bruder gibt, der lange Zeit siegreich ist; und sein größtes Verbrechen besteht nicht darin, das Böse zu erfinden, sondern zu bewirken, daß dieses Böse bei denen, die für gerecht hätten gelten können, zur notwendigen Reaktion und unbedingten Pflicht wird.

Überall brauchen die Menschen Götter, doch vor allem brauchen sie ihren eigenen Gott. Gott muß etwas Großes und Überirdisches sein, ein Herrscher und Gebieter, der Furcht einflößt und verzaubert, aber auch eine einfache, persönliche Beziehung zuläßt.

Ein Gefühl verbindet uns mit Gott: das Bedürfnis zu wissen, daß ein allwissender und allsehender Vater, der viel mächtiger ist als unser natürlicher Vater, für uns sorgt oder zumindest um unser Dasein weiß; daß er uns dann und wann mit zorniger oder gütiger Stimme anspricht, damit wir ihm antworten können. Überall, hier und in Babylon, in Mittani wie bei den Hethitern: Dies ist, glaube ich, das Urbedürfnis der Menschheit. Und in der Tat verehren sehr unterschiedliche Menschen sehr ähnliche Götter. Schimige, der Sonnengott Mittanis, ist kein anderer als der ägyptische Re. Zu ihm habe ich schon als Kind immer wieder gebetet:

»Schimige, Du Hirte des Himmels und der Erde,
Wie ein Netz umfängt Dein Glanz die Welt,
Und bis zu den weiten Bergen erhellst Du alles Dunkle!«

Immer habe ich den Sonnengott verehrt, weil in der Sonne alles Leben wurzelt und weil die Wärme, die ich in meinem Herzen spüre, sicher ein Teil von ihr ist. So liebe und verehre ich etwas, an dessen Dasein ich keinen Zweifel haben kann.

Während ich diese Dinge erzählte, hörte Amenhotep aufmerksam zu und nickte manchmal zustimmend, andere Male schwieg er verlegen und fast bekümmert.

»Von nun an werde ich ihn Re nennen, meinen Gott. Denn ich habe nie einen anderen Gott als die Sonne geliebt.«

Aber Amenhotep antwortete, daß noch andere Götter außer Re die Sonne darstellten: Atum sei der Sonnengott von On, Amun der Sonnengott von Theben; in dieser Stadt habe sich aber in letzter Zeit der Kult Atons verbreitet, eines anderen Sonnengottes, nach dem unser Schiff benannt wurde; in Memphis dagegen heiße der wahre Sonnengott immer noch Chepre.

Er bestätigte, daß es von ihnen verschiedene Darstellungen oder gleiche Darstellungen mit verschiedenen Namen geben kann. So vielfältig sind die Götter Ägyptens.

Ich vertraute ihm an, im Ausland spotte man darüber, daß die Ägypter so viele Tiere zu Gottheiten erhoben haben.

Er lächelte weise und erklärte:

»In der Sonne verehren die Ägypter den großen Re, den Schöpfer aller Dinge, den Vater der Isis und des Osiris, der Menschen und der Erde, der das Diesseits schuf und das Jenseits, in das wir nach Verlassen des Lebens gelangen werden. Aber der Gott Re ist groß und unzugänglich. Er ist Licht und Feuer. Einen Zugang zu ihm bietet jenes Werk, das ihm nach dem Menschen das teuerste und wichtigste ist. Welche ist also diese Zwischenstufe, dieses Mittelglied, die lebendigste Verbindung zwischen Gott und dem Menschen, wenn nicht die Tierwelt? Also hat sich die große göttliche Kraft vor der Erschaffung des Menschen gerade in den Tieren offenbart. Und der Mensch hat sie zu Gottheiten gemacht, indem er in ihnen die Natur verehrt, das Werk Gottes, das vor Gott selbst ist. Die Kräfte der Tiere stellvertretend für die Kraft Gottes. Er hat sie zu Gottheiten gemacht, wohlgemerkt, nicht zu Idolen.«

Unter den vielen aufschlußreichen Worten, die Amenhotep gesprochen hatte, waren zwei gewesen, die mich besonders aufhorchen ließen, obwohl sie mit den Tieren eigentlich nichts zu tun hatten. Es waren zwei Ausdrücke, die er in bezug auf Re gebraucht hatte: LICHT und FEUER. Sie stehen in einem tiefen und verwickelten Widerspruch zueinander, aus dem ich mir jedoch die Anziehung erklären kann, die ich seit eh und je für den Sonnengott empfinde, ob er nun Schimige heißt oder Re.

LICHT ist das, was uns das Sehen, das Lesen, das Kennen und Erkennen ermöglicht, uns also vor dem Blindsein bewahrt. Und FEUER ist die Kehrseite, die verbrennt, austrocknet, auslaugt, zu Asche macht, das heißt, vernichtet.

So widersprüchlich also ist Gott.

Beide Begriffe enthalten aber auch eine positive und eine negative Ausrichtung. Das Licht führt, aufs Äußerste getrieben, zur Blendung; somit wird das, was unser Blindsein verhindert, im äußersten Fall zur Ursache derselben. Und wie verhält es sich mit dem Feuer? Ist es nicht etwa eine Steigerung der Wärme, die für das Wachsen des Kindes im Mutterleib, für die Ausbreitung jeden Lebens und das Gedeihen der Ernte unentbehrlich ist; ist es nicht Ergebnis und Voraussetzung der Liebe selbst?

Dies also ist die göttliche Möglichkeit, etwas zu sein und das Gegenteil davon; diese Fähigkeit zum Übermaß; Gut und Böse, Leben und Tod, Qual und Lust zugleich zu sein. Einzigartiges Sonnenfeuer, das es in seiner Ganzheit und in gleicher Weise zu lieben und anzunehmen gilt. Ob es erhellt oder blendet, belebt oder vernichtet.

So und nicht anders ist die Sonne. So und nicht anders ist Gott. Und dies ist die einzige Religion, die ich anerkenne. Anderswo und hier, früher so wie jetzt werde ich annehmen, was seine Strahlen mir bescheren, mit gebeugtem Knie zwar, aber mit erhobenem Antlitz und einem unerschütterlichen Lächeln als Antwort auf Gnade und Heimsuchung, auf Glück und Tod.

Da er allein entscheiden kann, was er mir zuteil werden läßt, und uneingeschränkte Macht über mich hat, soll er mich niemals daran hindern, all dem, was er mir auferlegt, mit einem Lächeln zu begegnen.

Meine Religion besteht ganz aus diesem Lächeln.

Aber nichts davon sagte ich Amenhotep. Ich weiß nicht, was er darauf erwidern würde, ob er sich eher erstaunt oder besorgt gezeigt hätte.

Inzwischen schienen die Berge im Osten, die uns von fern immer begleitet und sich kurz zuvor dem Fluß genähert hatten, zuerst zurückgewichen und gleich darauf wieder nach vorne gerückt: Den so entstandenen Kessel umschloß ein sanfthügeliges Gelände, einer weichen Handfläche ähnlich.

Es gab Wiesen und Palmenhaine und Vögel und all das, was einen Landstrich heiter macht. Nahe beim Ufer waren spielende Flußpferde zu sehen, die prustend untertauchten.

»Welch reizender Ort«, rief ich aus.

»Es ist die Ebene von Hatnub. Und die Berge dort sind aus reinem Alabaster.«

»Man merkt, daß dieser Ort dem großen Re teuer ist. Oder auf andere Weise einem göttlichen Einfluß untersteht. Denn die Schönheit gesellt sich zu solcher Ruhe und Vollkommenheit, daß das Herz davon berührt wird.«

Ich sah, wie Amenhotep leicht verwundert die Stirn runzelte und ein Lächeln andeutete, aber er sagte nichts.

Erst als die Gegend hinter uns dem Blick zu entschwinden begann, brach er sein Schweigen mit diesen Worten:

»Du trägst auf der Stirn den Uräus der Schönheit, Nofretete.«

Ich fragte ihn, was er damit meine, denn soweit ich wußte, ist dies die vom König getragene Stirnschlange und das Symbol der Macht des Pharaos: Ich kannte keine anderen sonst.

Da sagte er mir, daß es seiner Ansicht nach auch einen Uräus der Schönheit gibt: ein imaginäres Diadem, das nicht die Herrschaft über die Menschen darstellt, sondern die Ehrfurcht vor dem Schönen offenbart und die Fähigkeit, es überall zu erkennen. Eine unsichtbare, doch wahrnehmbare Auszeichnung, die nicht von den Menschen verliehen, sondern von den Göttern wenigen Erwählten und den echten Künstlern geschenkt wird.

Amüsiert entgegnete ich, daß seine Meinung bestimmt zuträfe: Denn manchmal hätte ich das Zeichen gespürt, fuhr ich fort und berührte dabei meine Stirn.

Er lachte ebenfalls, fügte aber in ernstem Ton hinzu:

»Doch dieses Diadem hat auch seinen Preis.«

4. Tag des Monats Thot

Seit ich begonnen habe, die Ereignisse meines neuen Lebens in Ägypten schriftlich festzuhalten, habe ich ein Problem, nämlich die große Anzahl der von mir beschriebenen Tontäfelchen, die es zuverlässig und geheim aufzubewahren gilt.

Damit hatte ich von Anfang an Setha beauftragt, eine der zehn Sklavinnen, die ich unter den dreihundert wählte, die mir der Pharao als Geschenk nach On entgegenschickte.

Ich hatte mich für sie entschieden, weil sie mir klug und gewissenhaft schien; und weil ich festgestellt hatte, daß sie des Lesens und Schreibens völlig unkundig ist. Der Tatsache, daß sie von außerordentlicher Schönheit ist, glaubte ich keine Bedeutung beigemessen zu haben. Doch jetzt weiß ich, daß es vielleicht nicht so war.

Vielleicht beherbergt mein Herz manchmal Zweideutigkeit und Widerspruch, ist also nicht anders als das Herz einfacher Leute. In diesem Fall ist es aber besser, wenn ich mir als erste darüber im klaren bin, wenn ich es in der Tiefe meiner Seele erkenne. Denn eine Besserung, wenn es überhaupt eine geben kann, kann nur aus diesem Bewußtsein erwachsen. Auch deswegen mag das Niederschreiben der Dinge, die mir geschehen, wichtig sein. Und deswegen muß auch das, was ich über mich schreibe, geheim bleiben, so geheim wie meine Gedanken.

Als ich nun Setha mit dieser Aufgabe betraute, erklärte ich ihr, wie wichtig es mir damit war. Sie gelobte, jedesmal wenn ich mein Schreiben beende, die Täfelchen in einer großen Truhe, von der sie allein den Schlüssel haben sollte, zu verbergen und die Truhe nur in meiner Anwesenheit wieder zu öffnen; und für all dies als einzige die Verantwortung zu tragen. Doch schon zwei Tage später stieß ich auf eines meiner Täfelchen, das vergessen in einer Ecke meines Zeltgemaches lag. Da rief ich Setha und schalt sie mit großer Schärfe und drohte ihr mit Strafe.

Ich glaubte sie dadurch beeindruckt zu haben, denn sie wurde blaß und verlegen; gleichzeitig aber merkte ich, daß die Verwirrung ihre Schönheit noch steigerte und sie zerbrechlicher und zarter erscheinen ließ; und ich bemerkte ihre gepflegte Kleidung und das saubere, glänzende Haar, ihre feine Haut und die glatten Achselhöhlen.

Ich dachte, daß sie sich vielleicht, wie viele Frauen, nur um die eigene Person kümmere oder daß ihre Aufmerksamkeit einem der Männer auf unserem Schiff gelte und der Gedanke an ihn jede andere Sorge zerstreut hatte.

Ich glaubte schließlich, mein Problem sei nun gelöst, doch ich täuschte mich.

Kurz vor Sonnenuntergang entdeckte ich heute eines der gestern beschriebenen Täfelchen: Es lag am Boden unter dem Pult, an dem ich schreibe. Jeder, der zu meinem Zelt Zugang hat, hätte sich seiner bemächtigen oder es zumindest lesen können.

Ich wurde von Zorn gepackt und begann laut zu schreien, bis alle Sklavinnen, die Schuldige inbegriffen, vor mir standen. Sie sahen mich erschrocken mit fragendem Blick an, sie aber starrte auf das Täfelchen.

»Hinaus mit euch und kommt auf keinen Fall wieder, außer ich rufe euch mit Namen.«

Sie entfernten sich alle bis auf Setha, die mit gesenktem Haupt dastand.

Sie rührte sich nicht, und ihre Schönheit hatte etwas Beleidigendes. Sie schien erschrocken, aber auch gleichgültig, als fühle sie sich ergeben und zugleich unantastbar, als wäre sie zu allem bereit, ohne etwas anzunehmen oder preiszugeben.

Ich glaubte vor Wut zu ersticken und konnte erst wieder freier atmen, als ich die Geißel, die als Hoheitszeichen des Pharaos an der Wand hing, endlich in der Hand hielt.

»Zieh dich aus«, zischte ich leise.

Zu meiner großen Überraschung entdeckte ich nun, daß mein

Befehl für Setha schon ein erster Peitschenhieb war, denn wider Erwarten sah ich das Mädchen von Schamhaftigkeit gequält. Als das Kleid ihr zu Füßen fiel und nur noch ein kleiner Lendenschurz sie bedeckte, forderte ich mit Genuß:

»Den auch.«

Die Farbe ihrer Haut und das Dunkel der Brustwarzen und ihre Scham, die nach der vollkommenen Enthaarung in kindlicher Betrübnis zu schmollen schien – etwas, das so aufregend unwirklich und unecht ist, und doch vollkommen und unerreichbar und die Schönheit meines Geschlechtes ausmacht: All dies minderte meine Wut nicht oder stachelte sie vielleicht geradezu an.

Ich begann Setha zu peitschen, und schon war es keine bloße Wut mehr, sondern der Zorn mischte sich mit Lust.

Ich traf sie an den Schenkeln und am Bauch, dann von hinten am Gesäß und am Rücken. Bei jedem Hieb entfuhr ihr ein kurzes Stöhnen, eigentlich ein sehr sanfter, zarter Klang. Sie duckte sich und lag schließlich ergeben auf dem Teppich. Nun versuchte ich, sie auf der Innenseite der Schenkel zu treffen: Da stieß sie einen Schrei aus, und ich hielt inne.

Was maßte sie sich an, in ihrem Schmerz so schön zu sein? Gerade deshalb vielleicht verpaßte ich ihr einen letzten Peitschenhieb.

Und wie konnte sie mir nur derart ähnlich sein? Ihr Körper war genauso wie der meine, gleich einem Spiegelbild: Die Peitsche entglitt mir, und ich starrte sie an.

Ein blutiger Streifen verlief auf ihrem Bauch knapp über der Scham. Die einzige andere Verletzung, die zu sehen war, lag in dem Ausdruck ihres Gesichts, das die Peitsche nicht einmal gestreift hatte.

Ich beugte mich über sie und drückte eine mit Duftöl getränkte Mullbinde, die ich gewöhnlich zur Gesichtspflege benutze, auf die kleine Wunde.

Ich sah ihr fest in die Augen und las darin den Schrecken, den ihr mein Näherkommen bereitete. Mein Gefallen an ihr wurde dadurch noch größer, und es war uns beiden klar, daß ich auf dem Weg, den ich eingeschlagen hatte, nun nicht mehr haltmachen würde.

Um sie für die erlittene Schmach zu entschädigen, nahm ich

ihren Kopf und zog sie zu mir hin. Ich flüsterte: »Verzeih mir«, redete sehr langsam auf sie ein und gab dabei meine Erregung preis.

Ich küßte sie sanft, lange und immer wieder, setzte mich über ihr verblüfftes Entsetzen hinweg, mißbrauchte schließlich Schamgefühl und Schönheit.

Dann merkte ich, wie meine Hand die kleine Verletzung verließ und zu der anderen Wunde hinabglitt, die mit uns geboren wird und die allein der Mond bluten läßt: Ich fand sie von einer Woge unerwarteter Lust überflutet. Und der Schmerz, den ich ihr mit der Peitsche zugefügt hatte, wurde ihr nun tausendfach vergolten. Und von ihr verlangte ich auch für mich das, was ich ihr gab. So verbrachten wir einige nächtliche Stunden und stießen Seufzer aus, die so süß waren wie Lieder, und ein Glanz strahlte in uns und aus uns, im Körper und in den Augen, der uns Göttinnen ähnlich machte.

5. Tag des Monats Thot

Es ist inzwischen zur Gewohnheit geworden: In den frühen Morgenstunden erscheint Amenhotep auf der Brücke meines Schiffes, um von mir empfangen zu werden. Wir begeben uns zu unseren Sitzen und nehmen zusammen ein kleines Mahl ein. Er bevorzugt Stücke von getrocknetem Fisch, Brot und Bier, ich hingegen Datteln, Honig und Milch. Man redet, sieht sich um, denkt nach. Inzwischen kommt Ägypten näher, und wir dringen immer weiter vor in dieses Land.

Es ist alles so schön. Ich wünschte, daß diese Reise nie zu Ende ginge, daß der Nil Tausende Iteru lang wäre und wir nie zum Ziel gelangten. Jahre sollten so vergehen. Ich bin sicher, wenn dies unser Schicksal wäre, würden Amenhotep und ich uns sehr lieben. Dann und wann würden wir am Ufer anlegen, und er würde mir Sehenswürdigkeiten und zauberhafte Plätze zeigen. Ich glaube, daß er genauso glücklich darüber wäre. Dann und wann würde er an Land gehen, um Feinde zu bekämpfen, und ich würde neben ihm in der Sonne und im Staub reiten.

Doch all dies sind lächerliche Hirngespinste: In wenigen Tagen wird die Fahrt zu Ende sein, und alles wird anders, aber nicht besser werden. Ein alter König erwartet mich als seine Braut, doch er hat bereits viele Frauen und eine Große Königsgemahlin an seiner Seite: es wird also keine richtige Ehe. Was werde ich aber mit dem Feuer anfangen, das ich im Herzen trage?

Man hat mir Amenophis als einen müden, kranken Mann beschrieben. Ischtar, die Göttin, die uns begleitet, soll ihm zu Hilfe kommen und ihn retten, so wie sie früher schon einmal nach Ägypten kam und den Pharao heilte. Wird sich das Wunder jetzt wiederholen?

Amenhotep hat mir einige Fragen über Ischtar gestellt, und bei der Gelegenheit haben wir uns wieder über die Götter unterhalten. So konnte ich etwas mehr über die unendliche Götterschar der Ägypter erfahren.

Von Amenhotep weiß ich auch, daß Chepre ebenfalls ein Sonnengott ist, wie Amun, wie Aton, wie Atum, wie Re, doch im Gegensatz zu ihnen wird er in der Erscheinung der aufgehenden Sonne verehrt. Dadurch unterscheidet er sich von den übrigen Sonnengöttern und gilt auch als Symbol der Erneuerung, der Wiederkehr, des Werdens schlechthin. Chepre wird als geflügelter Skarabäus dargestellt, denn dieses Tier beginnt sich beim Licht der ersten Morgenstunden zu regen. Er ist ein Gott aus sehr frühen Tagen und wurde besonders in On zur Zeit des Pyramidenbaus verehrt.

Amenhotep erzählte mir auch von Hathor, der großen, sanften und mütterlichen Göttin. Sie ist die Tochter des Re, des Vaters vieler Pharaonen. Sie wird als Kuh dargestellt, häufiger aber in Menschengestalt mit feinen weiblichen Zügen und mit weit auseinanderliegenden Hörnern, zwischen denen die Sonnenscheibe liegt. Sie herrscht und wacht über ganz Ägypten und alle angrenzenden Länder und ist die Hüterin des Jenseits.

Doch vor allem ist sie die Göttin der Fruchtbarkeit und der Liebe, der Musik und des Tanzes und alles Weiblichen.

Er erzählte mir auch von Thot, dem Gott der Schriftgelehrten und im weiteren Sinne der Kultur, der Künste und Wissenschaften. Ein erhabener Gott, der alles, was im Menschen erhaben ist, beschützt. Als Gott der Weisheit, des Rechts und der Gerechtigkeit wohnt er dem Jenseitsgericht bei, in dem das Herz des Menschen vor den richtenden Göttern auf die Waagschale gelegt wird.

Und er erzählte mir von Anubis, dem hundsköpfigen Totengott, der über die Einbalsamierung, die Bestattung und die Gräber wacht: Er begleitet den Verstorbenen auf seiner Reise und bedient die Waage beim Jenseitsgericht.

Und er erzählte mir von Sachmet, der Kriegs- und Rachegöttin, die Seuchen entfesselt und bezwingt: die tod-, aber auch heilbringende Göttin der Medizin, die im ›Buch der Tore‹ als die Beschützerin der Seelen der Asiaten, der Schwarzen und der Ljibiu genannt wird. Sie ist die Tochter des Re und Gemahlin des Ptah; und durch ihren wunderschönen Frauenkörper mit dem Löwenkopf stellt sie die Grausamkeit der Liebe dar, und die Liebe, die in der Grausamkeit von Leben und Tod verborgen liegt. Dies glaube ich wenigstens aus Amenhoteps Worten verstanden zu haben.

Er beschränkte sich aber nicht auf diese Gottheiten, sondern wies auf die unglaubliche Vielzahl der weiteren Götter hin, die in dem Geist und der Überlieferung Ägyptens Platz finden. Ich war verwirrt, die Vorstellung von Gott überhaupt flößte mir nun ein Schwindelgefühl ein.

Ich verzichtete auf die müßige und naive Frage, wieso Hunderte von Göttern über Ägypten herrschen, was dem menschlichen Herzen eine große Auswahl bietet, es aber gleichzeitig in große Verlegenheit bringt.

Trotzdem spüre ich Zuneigung zu diesem ägyptischen Volk, das einen Gott in allen Dingen und viele Dinge in jedem Gott sieht, auch wenn es auf diese Weise wahrscheinlich mehr Verwirrung als Trost findet, wenn es zum Himmel blickt.

In der Tat, warum so viele Götter?

Gesetzt den Fall, die Götter würden immer mehr und wären am Ende so zahlreich wie die Menschen, könnte vielleicht jeder Mensch seinen eigenen Gott haben.

Doch hätte jeder Mensch seinen persönlichen Gott, auf den er sich im Guten und Bösen berufen könnte, dann wäre dieser Gott nichts anderes als ein Teil des Menschen selbst, das heißt, sein Gewissen. Dann aber würden Gott und Mensch ihre Identität verlieren und wären ein und dasselbe.

Doch wie immer man das Verhältnis zwischen dem Menschen und den Göttern betrachten mag, so sind es letzten Endes doch die Götter, die den Menschen brauchen: denn einzig ihre Existenz muß bewiesen werden. Und nichts ist diesem Zweck dienlicher als die Sehnsucht, die im Herzen des Menschen wohnt.

Amenhotep hatte wohl gemerkt, daß diese vielfältige Götterwelt dazu angetan war, viele Fragen und Zweifel im Geist einer Fremden, wie ich eine bin, zu erwecken; um so mehr, als mein Verlangen, eine richtige Ägypterin zu werden, immer offensichtlicher wurde. In der Absicht, mir Klarheit zu verschaffen, sagte er deshalb:

»In Ägypten steht es jedem frei, an irgendeinen Gott, auch einen fremden, zu glauben und ihn zu verehren. Wenn du willst, kannst du also deiner Göttin Ischtar treu bleiben, der übrigens eine Kapelle im Hathor-Tempel zu Theben geweiht ist. In Ägypten gibt es aber noch eine Göttin, die du meiner Ansicht nach verehren solltest, Nofretete. Und ich bitte dich, ihre Gebote streng einzuhalten. Denn sie ist die Göttin der Pharaonen, der Königinnen und Prinzen; die Bewahrerin der Staatsordnung und aller Bürgertugenden. Willst du eine echte Ägypterin sein, mußt du ihr treu sein, in Benehmen, Wort und Tat, und im Inneren deines Herzens.«

Seine Worte überraschten mich sehr: nicht, weil plötzlich eine neue Gottheit auftauchte, sondern weil es das erste Mal war, daß Amenhotep mich überhaupt zu etwas ermahnte; und weil er noch nie mit so viel Nachdruck gesprochen hatte. »Wer ist denn diese Göttin, Herr?« fragte ich voller Staunen und Neugier.

»Es ist Ma'at«, und mit einem Lächeln fügte er hinzu: »Diejenige, die auf der anderen Waagschale sitzen wird, wenn das Herz einmal gewogen wird.«

Ma'at: Ich hatte dieses Wort schon gehört, es aber nicht mit einer Göttin in Verbindung gebracht. Ich erinnerte mich, daß er auf der Fahrt durch die Wüste Kuschar einmal erklärt hatte, unserem mesopotamischen Kittu u Mesaru entspräche in Ägypten Ma'at.

»Ma'at ist doch nichts anderes als Kittu u Mesaru: Wahrheit und Gerechtigkeit! In Mittani ist es ein ethisches Prinzip, keine Gottheit!«

Amenhotep sah mich an, als hätte er ein vorlautes Kind vor sich, dann senkte er den Blick und entgegnete:

»Kittu u Mesaru hat mit Ma'at etwas gemeinsam, doch es ist nicht dasselbe. Ma'at ist nicht nur Gerechtigkeit und Ordnung. Es ist Ägyptens tausendjährige Weltordnung. Das, was richtig ist, weil es seit Urzeiten besteht und weil es durch die Weisheit der Zeit und der Götter Bestand hat. Mit einem Wort, es ist die Überlieferung. Es ist das, was als solches weder verändert werden kann noch darf.

Ma'at ist Wahrheit, Gerechtigkeit, Harmonie, Gleichgewicht und Beständigkeit. Es ist all das im weitesten Sinne: Das heißt, Ma'at sind der Umlauf der Gestirne und der Wechsel der Jahreszeiten, die zyklischen Überflutungen des Nils, die Geburt und der Tod des Menschen; und Ma'at ist der Aufstieg eines Pharaos und die Ordnung, die dem Staat und jedem Menschen und jedem Ding auferlegt wird. All dies ist heilig, und die Vergangenheit lehrt uns, daß jede Verletzung, Aufhebung oder Veränderung dieser Ordnung für Ägypten die furchtbarsten Folgen bedeutet hat. All dies ist in solchem Maße heilig, daß es sich in der Gestalt einer Göttin gleichen Namens verkörpert hat.«

Er zögerte ein wenig, dann fügte er hinzu:

»Ja, Nofretete, von allen Gottheiten Ägyptens ist diese diejenige, zu der ich am häufigsten bete.«

Wir sahen uns an, und ich hatte den Eindruck, daß diese wohl die einzige Gottheit ist, zu der er betet. Wir schwiegen nun eine Weile, und mir kam es vor, als kannte ich ihn jetzt besser.

»Worum bittest du diese Göttin, Amenhotep, wenn du zu ihr betest?« fragte ich unvermittelt.

»Daß Ägypten durch nichts verändert wird. Daß sie es uns aufrechterhält, wie es ist. Daß sie unseren Fluß, unsere Ernten, unseren Geist, unsere Stärke, unsere Weisheit erhält ...« Er überlegte einen Augenblick und fügte hinzu:

»... und auch unsere Plagen, das heißt, unsere Krankheiten, unsere Dummheit, unsere Einfalt, Armut, Unwissenheit und sogar unseren Tod. Ich bitte die Göttin Ma'at, zu sein; und danke ihr dafür, daß sie da ist. Ich bitte sie, Ägypten vor jeder Veränderung zu bewahren.«

Ich hörte ihm zu und sah den Nil vorbeifließen. Seine Ufer, das Wasser, die Landschaft, die Tiere: Sie wirkten in der Tat unveränderlich und glückselig. So wie ich sie jetzt sah, waren sie wohl vor tausend Jahren gewesen, und sicher werden sie in tausend Jahren noch so sein. Sie schienen die unzweifelhafte Bestätigung der Worte Amenhoteps zu sein und einen Lobgesang auf die Göttin Ma'at zu verkörpern. Und doch spürte ich deutlich einen gewissen inneren Widerstand gegen das, was ich gerade gehört hatte.

»Warum darf sich nichts verändern?« fragte ich.

»Weil, wenn sich heute etwas verändert, sich morgen wieder etwas verändern wird. Und dann wird es eine ständige Veränderung geben. Doch wenn sich alles ständig verändert, wo bleibt dann die Wahrheit? Wenn auch das, was wir für wahr halten möchten, in Frage gestellt werden kann, so wird die Wahrheit zunächst angezweifelt, dann geleugnet werden. Was aber in Frage gestellt wird, schafft Auseinandersetzung, Streit, Feindschaft, Krieg und Gewalt. Wenn die Menschen ihre Zeit damit verbringen, zu streiten und Parteien zu bilden, dann entfernen sie sich vom Leben und verirren sich in einen riesigen Palast der Täuschung. Ägypten wird nicht mehr einig sein. Jeder Glaube wird vernichtet werden. Das Wort wird die Oberhand über die Arbeit gewinnen. Das Gerede wird über die Vernunft siegen, die Willkür über das Recht, denn zu viele Worte können alles und das Gegenteil von allem als wahr erscheinen lassen.«

Ich konnte mich nicht sehen und weiß also nicht, welchen Gesichtsausdruck ich gerade hatte. Jedenfalls sah mich Amenhotep befremdet an und fragte:

»Beunruhigt dich irgend etwas, Nofretete? Stimmst du mir nicht zu?«

»Ich weiß nicht ...«, entgegnete ich unsicher. Ich fühlte, daß ich im Begriff war, ihm zu widersprechen, und das tat mir außerordentlich leid. Doch ich antwortete:

»Amenhotep, sicher verdienst du es nicht, die Dummheiten eines Mädchens aus Mittani anhören zu müssen, aber noch weniger verdienst du, daß jemand seine Meinung vor dir verbirgt oder, schlimmer noch, um dir zu gefallen, dich anlügt.

Nun, Amenhotep, ich glaube, daß alles, was lebt, wandelbar ist: einzelne Menschen und ganze Völker, die gesamte Natur genauso wie die einzelnen Orte. Wenn du ›Ägypten‹ sagst, meinst du wahrscheinlich das ägyptische Volk oder den ägyptischen Staat: In beiden Fällen handelt es sich um etwas Lebendiges, von dem man nicht verlangen kann, daß es sich nicht verändert. Es läßt sich gewiß nicht leugnen, Amenhotep, daß ich, genauso wie du, jetzt ganz anders bin als vor zehn oder fünfzehn Jahren. Es hat also eine Veränderung gegeben; und so wie wir uns verändert haben, kann sich auch ein Volk oder die ganze Menschheit verändern.

Ich halte es für sehr wichtig, daß man sich dieser Möglichkeit bewußt ist: Wenn wir nämlich wissen, daß bei uns eine Veränderung möglich ist, können wir auf sie Einfluß nehmen, um dadurch etwas zu verbessern. Ich glaube, daß die Menschen sich selbst und ihr Leben besser machen können. Ich glaube, daß sie es tun müssen.«

Amenhotep stieß einen Seufzer aus, der aus den Tiefen seiner unergründlichen Geduld zu kommen schien. Er sagte:

»Illusorisch und vage sind deine Worte, Nofretete.«

Ich war auf so viel Strenge nicht gefaßt, es verschlug mir die Sprache. Lächelnd fuhr Amenhotep fort:

»Illusorisch, weil jede zyklische Veränderung in Wirklichkeit keine echte Veränderung ist. Selbstverständlich waren wir vor fünfzehn Jahren ganz anders: Du warst kaum schwerer als eine große Katze, und ich ... ich hätte ohne zu zögern aus dem Palast der Täuschung herausgefunden. Im Laufe des Lebens sind wir ständigen Veränderungen ausgesetzt, bis zu unserem Tod. Doch wenn wir sterben, nimmt ein anderer unseren Platz ein und beginnt sich auf ähnliche Weise wie wir zu verändern. Und dies ist der immer gleichbleibende Lauf der Menschheit. So heißt die Sonne am Morgen Chepre, zu Mittag Re und am Abend Atum. Ihr Licht verändert sich unaufhörlich während des Tages, und dennoch bleibt sie durch die Jahrtausende hindurch immer dieselbe.«

Er hielt inne, um Luft zu holen, wie einer, der sich anschickt, den schwierigsten Teil seiner Aufgabe in Angriff zu nehmen. Dann fuhr er fort:

»Vage und illusorisch zugleich ist dagegen dein Gedanke, wenn du die Besserung der Menschheit ansprichst. Wenn du dir selbst nicht im klaren bist, wenn du dich nur vom Zauber der Worte mitreißen läßt, werden sich große Irrtümer und große Gefahren in dein Leben drängen. Ich sage dir: Ein einzelner Mensch kann, wenn ihm ein langes Leben vergönnt ist und er die Mittel und den Willen dazu besitzt – er kann mit großer Anstrengung eine geringfügige Besserung an sich bewirken. Doch für ein ganzes Volk oder für die Menschheit genügen, glaube ich, viele Jahrtausende nicht, um eine kaum wahrnehmbare Besserung zu erzielen. Das heißt, daß es den wenigen nie gelingen wird, die Allgemeinheit zu verbessern. Was dein ›Ihr Leben besser machen können‹ angeht, ist es nicht klar, was du damit meinst ...«

»Ich dachte eben an das Elend, den Hunger, die Krankheiten, die Armut ...«

»Du wirst es mit eigenen Augen sehen, Nofretete: In Ägypten ist es nicht wie anderswo ... Es gibt kein Elend. Selbst der Elendste unter den Menschen kann sich hier satt essen und hat ein Dach über dem Kopf. Armut und Krankheit, das ist etwas anderes. Sie stellen kein gesellschaftliches Problem dar und dürfen nicht als solches betrachtet werden. Denn sie sind das Nechechu, das die Götter für ihre Herde gebrauchen: Armut ist die sanfte Geißel, die die Phantasie der Menschen anregt und sie zwingt, über das Leben nachzudenken; Krankheit ist die harte Geißel, die sie dazu zwingt, über den Tod nachzudenken. Ihm kann niemand entgehen, nicht einmal der Pharao ... Vielleicht bedeuten diese beiden am Ende gar kein Unheil ... sie sind vielleicht ... die Schattenseiten des großen Plans. Man muß lernen, über alles nachzudenken, vor allem aber über das Unheil ... oft entdeckt man, daß es gar keines ist, sondern nur der beschwerliche Weg, der zum Heil führt.«

Ich dachte in der Tat nach: nicht über das Unheil Ägyptens, sondern über Amenhoteps Worte, die wie immer aus der Ferne herzukommen schienen und von einer dunklen und doch erhellenden Überzeugungskraft erfüllt waren.

Aber ich fragte mich, ob er am Ende nicht etwa so sprach, als wäre Ägypten seine eigene Kreatur, die er mit liebevollem und optimistischem Blick betrachtet – oder unterscheidet sich dieses Land wirklich so sehr von allen anderen?

Trotz der Bewunderung und der Gefühle, die ich für diesen Mann hege, konnte ich einen gewissen Vorbehalt und vielleicht sogar Mißtrauen gegen seine Worte nicht unterdrücken, und zum ersten Mal hatte ich den Eindruck, seine Überzeugung nicht teilen zu können.

Deshalb knüpfte ich lieber an das an, was mir in seiner langen Erklärung am treffendsten erschienen war.

»Wird es wirklich so sein, daß unser Herz auf der einen Schale gegen die Göttin Ma'at aufgewogen wird?«

»So steht es geschrieben, und so ist es auch richtig. Unser Leben wird nach der Schwere beurteilt, die auf unserem Herzen lastet.«

»Und wieviel wiegt denn diese Göttin?«

»Nicht mehr als die Feder, die sie auf dem Haupt trägt.«

Ich schüttelte mutlos den Kopf und lächelte dabei:

»Woher soll ich so viel Tugend nehmen, Amenhotep, um in Ägypten leben zu können?«

6. Tag des Monats Thot

»Ein Mann besitzt einen Obstbaum und verbringt seine ganze Zeit damit, ihn zu pflegen, zu umsorgen, zu schützen. Tag für Tag bewässert er seine Wurzeln, und einen nach dem anderen tötet er die Schädlinge, die ihn gefährden; er stutzt ihn und düngt ihn mit eigenem und mit fremdem Kot; und wenn es erforderlich ist, auch mit eigenem und mit fremdem Blut. Er trennt sich nie von seinem Baum. Er kostet den Mann viel Mühe, doch er hat nichts anderes im Kopf. Tag und Nacht verbringt er unter seinem Baum, und seine Augen sehen nichts anderes: Denn der Baum ist alles für ihn. Auf diese Weise vergißt der Mann all die Dinge, die es sonst noch auf der Welt und im Leben gibt. Ist aber die Zeit reif, erntet er viele große Früchte und ernährt sich davon und ist zufrieden.

Ein anderer Mann besitzt ebenfalls einen Obstbaum und schickt sich an, ihn zu pflegen. Während er ihn aber betrachtet, schweift sein Blick über den Baum hinweg und wandert in alle Richtungen: Er sieht den Himmel, die Sonne, die Wolken, den Horizont, die Berge und die Wüste. Er versenkt sich in die Betrachtung, entdeckt, begreift, verspürt Sehnsucht, und dabei vergißt er beinahe seinen Baum, denn er erreicht das, was er sieht, und geht darin auf. Was auch immer mit ihm geschieht, wird er also, wenn er zu seinem Baum zurückkehrt, nur wenige kleine Früchte ernten können. Am Ende wird man deshalb vom ersten Mann sagen, daß er gegessen hat, vom zweiten, daß er gesehen hat.«

Amenhotep beschloß seine Erzählung und führte einen Kelch Bier an die Lippen. Über dem Rand des Gefäßes sah ich seine verschmitzt lächelnden Augen, die mich zum Fragen verlockten.

»Ist sie von dir, diese Erzählung, Amenhotep?«

»Es ist ein altes ägyptisches Märchen, das gut zu den Ereignissen meiner Jugend paßt. Nur in diesem Sinne gehört es mir. Ich habe es dir erzählt, weil ich den Eindruck hatte, daß du etwas über mich erfahren möchtest.«

»Ja«, entgegnete ich, »ich möchte gerne wissen, ob einer schon als Amenhotep auf die Welt kommt, oder ob er es erst werden muß.«

»Mein eigentlicher Name ist Amenhotep, Sohn des Hapu; geboren wurde ich in Athribis im Delta, wo die Menschen Ackerbauern und Viehzüchter sind. Mein Vater war jedoch kein Bauer, sondern Handwerker. Er fertigte Sandalen und Schuhe, so schön und bequem, wie keiner vor ihm in Ägypten es vermocht hatte. Mit seinen Ersparnissen hatte er Ländereien mit einer großen Anzahl von Dattelpalmen gekauft und wollte sie seinen beiden Söhnen zunächst zur Nutzung übergeben und später als Erbschaft hinterlassen. Doch sein Ruf als geschickter Handwerker war bis nach Theben gedrungen, und der Pharao, der gerade erst den Thron bestiegen hatte, ließ ihn holen, damit er am Hof arbeite.

Ich war damals knapp über zwanzig Jahre alt und, anders als mein Bruder, nicht sonderlich daran interessiert, mich nur mit dem Anbau von Datteln und Getreide zu beschäftigen. Ich überredete meinen Vater, mich mitzunehmen, und erst in der Hauptstadt lebte ich so richtig auf. Ohne Schwierigkeiten wurde ich zunächst in das Haus des Lebens und kurz darauf in das Haus der Buchrollen aufgenommen. Ich wurde königlicher Schreiber und erwarb einige Kenntnisse in der Heilkunde. Daraufhin erhielt ich meinen ersten offiziellen Auftrag durch die Ernennung zum ›Schreiber der kampftüchtigen Jugend‹. Es war ein militärischer Auftrag, der neben der Auswahl der neu Eingezogenen auch die medizinische Betreuung der Krieger in der Heimat und im Krieg vorsah; als ich im vierten Jahr die Truppen nach Nubien begleitete, versorgte ich also viele Verletzte. Bei meiner Arbeit führte ich einige Änderungen ein, die beim Pharao Anklang fanden.«

»Zum Beispiel?« warf ich ein und war erfreut, zu erfahren, daß er etwas geändert hatte.

»Zum Beispiel verfügte ich, daß sich die Auswahl der Neuen nicht nur nach den körperlichen Eigenschaften richten, sondern auch die persönlichen Neigungen des Einzelnen berücksichtigen sollte; ich förderte auch den Meinungsaustausch zwischen der Mannschaft und den Offizieren. Auf diese Weise verbesserten sich die Leistungen der Truppen, denn jeder Krieger wurde persönlich miteinbezogen und fand größere Befriedigung in seinem Dienst. All dies bewirkte, daß der Pharao auf mich aufmerksam wurde. Seitdem hörte man auf mein Wort und kam meinen Forderungen entgegen.«

»Doch wie bist du vom Arzt zum Baumeister geworden?«

»Es geschah im gleichen Jahr. Ich befand mich mit dem Pharao und seinem Heer in Oberägypten; wir hatten uns in der Festung Buhen einquartiert, die einige Jahrhunderte vorher errichtet worden war, um die im Tal angesiedelten Nubier zu überwachen. Eines Tages hörte ich, wie der Kommandant der Festung betrübt dem Pharao erklärte, eine solche Anlage wirksam zu schützen sei eigentlich keine leichte Aufgabe. Ich erklärte meinerseits, daß der Kommandant recht habe, und erläuterte auch, warum. Dabei zeichnete ich Umrisse und Linien in den Sand, um meine Ansicht klarer darzustellen. Während der Kommandant mich verblüfft ansah und zustimmend mit dem Kopf nickte, betrachtete uns der Pharao mit einem amüsierten Gesichtsausdruck.

Das Problem war folgendes: Beim ursprünglichen Bau der Festung hatte man in den Außenmauern Schießscharten mit auseinandergehenden Wurfbahnen für die Bogenschützen angebracht; diese garantierten zwar, daß die Männer praktisch unverwundbar waren, andererseits aber verhinderten sie in höchstem Maße deren Einsatz und machten ihn unwirksam. Außerdem stand die dadurch erforderliche große Anzahl von Bogenschützen in gar keinem Verhältnis zu ihrer Kampfleistung.

Schließlich sagte der Pharao: ›Gut, Amenhotep, Du wirst mich also nicht auf dem Feldzug begleiten, sondern hierbleiben und an der Festung alle Änderungen vornehmen, die du für nötig erachtest. Auf dem Rückweg werde ich dein Werk überprüfen.‹«

»Und wie lief es dann?«

»Ich hatte drei Monate Zeit und an Sklaven und Kriegern zweihundert Mann zur Verfügung. Ich ließ die Schießscharten schließen und fast überall die Mauern erhöhen und davor Wehrbauten errichten. Zum Fluß hin erbaute ich zwei Wehrtürme und entwarf neue Strebemauern. Am Ende war aus der Festung nicht nur eine wirksamere Wehranlage, sondern auch ein schönes Bauwerk geworden. Als der Herrscher wiederkam, sagte er: ›Es ist so schön und bedrohlich wie die Tatze eines schlafenden Löwen. Wer würde es wagen, ihm zu nahe zu kommen?‹«

»Und da erblühte der Uräus der Schönheit auf deiner Stirn?«

Er lachte belustigt und antwortete genauso ironisch, wie ich gefragt hatte:

»Nicht doch, er war bereits seit längerer Zeit da. Seit ich in das Haus der Buchrollen einzog und die Liebe zum Schönen und das Verlangen, diese Leidenschaft zum Ausdruck zu bringen, in mir immer stärker wurden. Und dann abwechselnd medizinische Bücher und Abhandlungen über Baukunst und andere Wissenschaften las. Es war die Zeit, in der mein Geist begierig jede Nahrung verschlang und sich für alles interessierte und begeisterte und nichts ausließ. Alles wollte ich kennenlernen, und mit allem wollte ich mich messen. Wie jung war ich damals, Nofretete!«

»Ich glaube, deine Jugend ist noch gar nicht vorbei, Amenhotep. In Buhen begann also deine Laufbahn als Architekt?«

»Ja. Danach erhielt ich einen Auftrag nach dem anderen. Ich habe Tempel in Luxor, Karnak, Memphis und On erbaut, Festungsanlagen im Norden und im Süden; ich schuf den Königspalast in Malkata und errichtete für meinen Herrn das Haus des Westens. Ich habe Statuen gemeißelt und Stelen und Obelisken aufgestellt und Schiffe entworfen.«

»Wirst du mir deine Werke zeigen?«

»In Theben wirst du sie nicht übersehen können, sie werden dir fast so nahe sein wie die Gegenstände auf diesem Schiff.«

»Arbeitest du gerade an etwas?«

»An meiner Grabstätte, ja. An meinem Haus des Westens: Es wird nicht weit von demjenigen meines Herrn entstehen, denn er hat mir die Ehre erwiesen, ihm nach dem Tode so nahe zu sein, wie ich es im Leben gewesen bin.«

»Aber dann ist dir der Auftrag, dich um das mittanische Mädchen zu kümmern, dazwischengekommen und hat dich von deiner Arbeit abgelenkt.«

»Ganz im Gegenteil. Es war so schön, von Todesgedanken wegzukommen und deiner Jugend zu begegnen. Es ist übrigens oft vorgekommen, daß ich meine Arbeit unterbrechen mußte, um diplomatische Aufträge zu erledigen.«

»Auch um den Oberbefehl im Krieg zu übernehmen?«

»Nein, das ist bisher noch nie geschehen und war ein unvorhergesehener Zwischenfall. Da ich aber für deine Sicherheit verantwortlich bin, ist mir vom Pharao uneingeschränkte Gewalt über die Gebiete, die wir auf der Reise durchqueren, erteilt worden. Ein so wichtiges Unternehmen konnte ich schlecht einem viel zu jungen Streitwagenoffizier anvertrauen.«

Ich dachte, welch ein Glück es für einen Herrscher sei, einen solchen Mann an seiner Seite zu haben.

»Du hast sehr viel für deinen Herrn getan«, sagte ich.

Er antwortete nicht gleich. Gedankenvoll wie einer, der zum ersten Mal über eine Frage nachdenkt, entgegnete er schließlich:

»Ich glaube, vieles für Ägypten getan zu haben, für ihn jedoch ... glaube ich nicht. Im Gegenteil, er hat viel für mich getan. Zwei Dinge vor allem: Als ich jung war, hat er mich dazu ermutigt, Vertrauen in mich selbst zu haben; und in reifem Alter hat er mir Ehrungen und Reichtum gewährt. Wie ein gnädiger Gott hat er mir das Gute zur rechten Zeit geschenkt.«

Er schwieg lange, bevor er mir wieder in die Augen sah und sagte:

»Ich wünschte mir so sehr, deine Göttin Ischtar könnte ihn heilen!«

»Ist er denn so krank?«

»Ja, sehr«, antwortete er leise, und ich begriff, daß es um den Gesundheitszustand des Königs schlimmer stand, als man allgemein vermutete.

Der Gedanke an den Tod des Pharaos senkte sich wie ein Schatten über uns und ließ uns in nachdenklichem Schweigen verharren. Vor allem meine Anwesenheit in Ägypten wurde dadurch absurd und beinahe grotesk. Bei diesem Gedanken erschrak ich im Inneren, als Amenhotep plötzlich ausrief:

»Sieh dort, schau!«

Er zeigte gegen das blendende Mittagslicht zum linken Ufer des Flusses, wo sich gerade ein Schwarm großer, dunkler Vögel vom Wasser erhob und geschlossen in die Höhe schwang. Gebannt verfolgten wir das großartige Schauspiel: Eine endlose Kurve durchzog den Himmel in südlicher Richtung und begann dann mit stetigem Flügelschlag gegen Osten aufzusteigen.

»Es sind die schwarzen Ibisse. Nach der Sage fliegen sie zum östlichen Meer, woher die geflügelten Schlangen kommen, die zu dieser Jahreszeit Ägypten überfallen. Sie fliegen ihnen entgegen, um sie an bestimmten Stränden anzugreifen und zu vernichten.«

Ich lächelte über die Sage, aber Amenhotep fügte hinzu: »Ich habe solche Strände gesehen: Dort gibt es Berge von Schlangenskeletten.«

Ich überlegte nicht gleich, wieviel Mythos und wieviel Wahrheit diese Legende wohl enthalten mag. Erst jetzt, beim Schreiben, habe ich darüber nachgedacht, den Versuch aber sofort wieder aufgegeben, denn es ist mir klargeworden, daß eine solche Unterscheidung in Ägypten schwieriger, und vor allem sinnloser ist als anderswo in der Welt.

Nach Amenhoteps Worten dagegen fühlte ich mich genauso wie er: dem Angriff zahlloser Schlangen ausgesetzt, die die Flügel meiner Gedanken und die Farbe der Ibisse hatten. Und ich sehnte mich danach, Amenhotep würde sich im Flug erheben, um mich zu beschützen. Deshalb konnte ich die recht unschickliche Frage nicht zurückhalten:

»Was wird aus mir, Amenhotep, wenn der mir vorbestimmte Gemahl nicht mehr da ist? Ich werde allein und unerwünscht in einem fremden Land sein. Das Schlimmste ist aber, daß ich niemals zurückgehen könnte und wollte, denn für mich gibt es keine Heimat und kein Zuhause mehr.«

»Beruhige dein Herz, kleine Nofretete. Ich bin zwar kein Prophet oder Wahrsager, trotzdem aber habe ich nicht den geringsten Zweifel, wenn ich dir sage: Wie das Schicksal anderer auch aussehen mag, du wirst weder allein noch unerwünscht sein. Du wirst niemals zurückkehren müssen; und da zu deinen Tugenden mit Sicherheit auch der Mut zählt, sollst du ihn gebrauchen, um jede Minute ohne Furcht zu leben. Mehr kann ich dir nicht sagen.«

Auf einmal lag das Gerippe meiner traurigen Gedanken irgendwo verlassen auf einem Strand weit hinter mir. Soviel Hoffnung in den wenigen Worten: »... habe nicht den geringsten Zweifel ... wie das Schicksal anderer auch aussehen mag ...« und das rätselhafte »Mehr kann ich dir nicht sagen«, das ich immer noch nicht deuten kann.

Und außerdem: Zum ersten Mal hat er mich »kleine Nofretete« genannt.

7. Tag des Monats Thot

Wie war es nur möglich, zu vergessen, daß dies der vorletzte Tag unserer Fahrt ist? Und doch hatte ich es vergessen. Oft schafft das Gedächtnis, um uns vor Leid oder Unannehmlichkeiten zu bewahren, ähnliche Löcher wie die, die vor den Festungsmauern gegraben werden.

Lahariat mußte mich also daran erinnern, und ich habe aufs neue die Furcht vor der Ankunft, vor dem, was mich erwartet, gespürt. Und sicher auch die Angst, Amenhotep entbehren zu müssen. Wie schön und erfüllt und süß sind diese Reisetage gewesen! Und wieviel Zeit scheint vergangen zu sein, seit wir On verließen.

Wohl hatte ich in den letzten Tagen gesehen, wie wir an der Stadt Sijut vorbeifuhren und an Abodu, mit seinem großen Osiris-Tempel: Ein Zeichen, daß unsere Fahrt schon weit fortgeschritten war.

Morgen abend werden wir also in den Hafen von Theben einlaufen.

20. Tag des Monats Thot

Vor vielen Tagen ist meine Reise durch den Raum zu Ende gegangen, und eine andere hat begonnen, eine Reise durch die Zeit.

Früher bewegte ich mich auf dem Fluß und steuerte auf ein bekanntes Ziel zu; jetzt dagegen verharre ich auf der Stelle, und die Zeit fließt an mir vorbei auf einen unbekannten Punkt zu. Früher eilte ich einer Stadt entgegen, die auf meine Ankunft wartete; jetzt dagegen stehe ich still und warte darauf, daß mein Schicksal mich ereilt.

Und so viel anderes noch! Hatte ich in On die erste offizielle Begegnung mit Ägypten, so bin ich in Theben an der Wurzel meiner Zukunft angelangt. Oft sehe ich mich verwundert um und sage mir: Dies ist mein Palast, dies ist meine Stadt.

Theben. Zumindest in meinen Augen schienen an dieser Stadt die Blüten der Hoffnung und der Glanz der Wünsche zu haften; jedenfalls ist es ohne Zweifel die schönste Stadt der Welt.

Ihre Farben sind zart aufeinander abgestimmt: das überall vorherrschende Grün, das den Eindruck erweckt, die Stadt sei auf einem Wiesengrund inmitten einer vielfältigen Vegetation erbaut; die glühende Farbe der Bausteine und des Erdbodens; das tiefe Blau des Himmels und des Flusses; und im Westen die Felsmulde, die sich gegen die fernen Palmenhaine abhebt, und wie eine Muschel schimmert: tagsüber rosa, bei Sonnenuntergang violett und weiß in der Nacht.

Eine Stunde vor Sonnenuntergang, als Theben in Sicht war, wurden die Segel gestrichen und die Ruderer eingesetzt. Amenhotep hieß mich auf dem Thron Platz nehmen, der am Bug für mich bereitstand. An den Seiten stellten sich zwei Sklaven mit ihren Wedeln auf, um mich vor den Strahlen der sinkenden Sonne zu schützen. Amenhotep selbst saß neben mir und sprach über das, was gerade in unser Blickfeld kam. Gütig spielte er seine Vermittlerrolle zwischen mir und der Welt, die auf mich zukam, damit ich alles kennenlernen und begreifen konnte.

Am linken Flußufer kam uns die Stadt entgegen: Auf der Höhe von Karnak zeigte mir Amenhotep die beiden kleineren Tempel des Month und der Mut, die in der Ferne aus dem Grün hervorschauten, und zwischen ihnen den viel imposanteren Amun-Tempel, den er, wie er sagte, zum Teil selbst erbaut hatte. Wir fuhren dann an dem dicht besiedelten Stadtzentrum und am Hafen vorbei, wo viele Schiffe vor Anker lagen und ein reger Betrieb herrschte. An den Kais standen Tausende von Menschen und winkten dem ankommenden Geleitzug zu.

Wir liefen aber nicht hier ein, sondern fuhren weiter in südlicher Richtung, bis wir eine langgestreckte stattliche Anlage sichteten, die nahe am Ufer lag und vor der zwei riesige Obelisken aufragten: Dies seien der südliche Amun-Tempel beziehungsweise der Tempel von Luxor, erklärte Amenhotep und beschrieb mir die rituellen Verbindungen, die zwischen diesen beiden dem Gott Amun geweihten Heiligtümern bestehen. Letzterer Bau stamme fast vollständig von ihm.

Sobald die Stadt hinter uns lag, änderte der Geleitzug, der nun unter Philaes Führung stand, seine Fahrtrichtung und beschrieb einen großen Bogen. Auf diese Weise näherten wir uns zunächst dem anderen Flußufer und wandten uns dann nach Norden.

Über einen engen Flußarm erreichten wir einen Kanal, der in westliche Richtung fließt. Er war kaum breiter als das Schiff, so daß man den Eindruck hatte, auf einem Wiesengrund zwischen den Palmen dahinzugleiten.

Ich sah mich staunend um, und Amenhotep betrachtete mich lächelnd, vielleicht bereitete ihm meine Verwunderung Freude. Wir schwiegen beide, als fürchteten wir, von den Bauern belauscht zu werden, die sich auf den Feldern und Wegen lautlos vor den vorbeifahrenden Schiffen verneigten.

Als wir aus einem mit sehr hohen Palmen dicht bepflanzten

Hain hinausfuhren, standen plötzlich zwei ungeheure Standbilder vor uns: Sie beherrschten den Horizont, und gleich hinter ihnen war ein großer Tempel zu sehen. Sie standen nebeneinander und stellten beide einen sitzenden Pharao dar, der aus seiner Höhe ganz Ägypten mit Wohlwollen zu betrachten schien.

Ich sah fragend zu Amenhotep hinüber, und er sagte:

»Es ist dein Herr Amenophis mit dem Ka an seiner Seite. Ich habe diese Standbilder errichtet; zwischen ihnen siehst du den Durchgang zum Tempelhaus. Kein ägyptischer Herrscher hatte je imposantere Statuen.«

Ich war von der faszinierenden Vision derart überwältigt, daß ich vergaß, Näheres über den Ka zu erfragen, was ich schon längst vorgehabt hatte. Als wir in unmittelbarer Nähe der Denkmäler waren und es bereits so aussah, als würde der Kanal uns zwischen ihnen hindurchführen, gab es eine scharfe Wendung nach Süden. Die Standbilder blieben hinter uns zurück, und schon tauchte ein neues Wunder vor meinen Augen auf: ein großer, rechteckiger See. Drei seiner Uferseiten waren dicht mit Weiden und Palmen bewachsen. Auf der vierten Seite war eine Wiese angelegt, mit großen, blühenden Büschen bepflanzt, die sanft zum Wasser hinabfiel und auf der sich das schönste Bauwerk erhob, das ich jemals gesehen habe: der Palast von Malkata.

Nun hatten die Schiffe genügend Platz, um nebeneinander zu fahren. Langsam näherten sie sich dem breiten, mit rotem Porphyr gepflasterten Kai, der die Gärten vom Wasser trennt. Von hier aus führt eine Freitreppe aus demselben Stein sanft ansteigend zu einer Terrasse, auf der in einem Pavillon ein doppelter Thron steht.

Hier saß Amenophis neben Königin Teje und erwartete mich.

Die Sonne, die gerade hinter dem Rücken des Pharaos und dem Palast unterging, sandte ihre Strahlen zu uns herüber. Ich hieß die Sklaven mit ihren Fächern zurücktreten, um das Licht und die Wärme im Gesicht zu fühlen.

Es war mir, als strecke die Sonne mir ihre Arme entgegen, und ich spürte eine große Erregung und hatte den Eindruck, im Goldglanz des »Funkelnden Aton« selbst zu leuchten.

»Rühre dich nicht«, flüsterte Amenhotep. »Wie du dasitzt, in dem Prachtgewand und bei diesem Licht, das von deiner Haut auszustrahlen scheint, siehst du wirklich aus wie eine Göttin. Die Ägypter werden dich wahrlich für eine halten, denn nichts bezaubert sie mehr als Schönheit und Reglosigkeit.«

»Kann man wirklich so naiv sein und mich mit einer Gottheit verwechseln?« gab ich, ohne mich zu rühren, zurück.

»Ja, denn Schönheit macht bei dem Gewitzten alle Waffen der Erfahrung zwecklos und bestrickt den Einfältigen mit allen erdenklichen Illusionen.«

Jenseits des Kais, auf dem man mit dem Anlegen begonnen hatte, herrschte eine seltsame Stille. Auf der Terrasse hatte sich eine kleine Schar Würdenträger um den Pharao gesammelt, und unten, neben dem Schiff, schickte sich eine Patrouille Bogenschützen an, die für mich vorbereitete Sänfte zu eskortieren.

Amenhotep stand jetzt hinter mir und sprach weiter, auch wenn ich sein Gesicht nicht mehr sehen konnte.

»Bleib noch so sitzen, Nofretete.«

»Sag mir, Amenhotep: Wer sind all diese Menschen?«

»Außer Königin Teje, die an Pharaos Seite sitzt, sehe ich links von ihm Aja stehen, den Wesir von Unterägypten und Nomarchen von Theben, den wichtigsten Staatsmann nach Amenophis. Daneben ist Ptahmosis, der Hohepriester des Anubis und Erster Prophet des Amun. Dann Tuja, die Mutter der Königin, und ihr Mann Juja, der das Amt des Vorstehers der Königlichen Reitställe innehat. Weiter sehe ich andere Priester niedrigeren Ranges und drei Künstler, die mit mir befreundet sind: Juti, Bak und Thutmosis ...«

»Und die beiden Knaben bei den Frauen?«

»Der kleinere ist der jüngste Sohn der Königin, den sie in bereits reifem Alter gebar: er heißt Tutanchamun. Der andere ist Semenchkare, ein weiterer Sohn des Pharaos und einer Haremsfrau. An wichtigen Persönlichkeiten fehlen da noch Amenophis, der Kronprinz, und Haremhab, der Befehlshaber des Heeres. Sie sind beide im Ausland, der eine auf Studienreise und der andere in diplomatischem Auftrag.«

»In der Gruppe fehlst auch du, Amenhotep.«

»Und du ebenfalls, Nofretete. Also laß uns gehen. Erhebe dich nun langsam und schreite zum Steg. Ägypten erwartet dich.«

Wie immer gehorchte ich ihm: Ich stand auf und ohne mich umzudrehen, sagte ich: »Warte auch du auf mich, Amenhotep. Mögen die Götter erlauben, daß ich über dein Wort immer verfügen kann.«

»Wahrscheinlicher ist, daß mein Wort dich zu guter Letzt langweilen wird.«

5. Tag des Monats Paofi

Mich hinsetzen und auf den Weg, der hinter mir liegt, zurückschauen. Dies möchte ich gerne tun.

Den weitesten Weg aber habe ich in meinem Inneren zurückgelegt. »Mir geschah«, »ich sah«, »ich fühlte«, »ich lernte«, »ich entdeckte«.

Ich habe gestaunt und tue es fortwährend. Ich habe mich also verändert, und ich weiß, daß dies nur der Anfang ist. Ich nehme Kenntnisse und Gefühle in mir auf und spüre, daß ich dadurch erwachsen werde.

Nichts von alldem hätte ich je erfahren, wäre ich weiterhin die geblieben, die ich war: eine Prinzessin am Hof von Waschukkanni.

Dafür schulde ich diesem Pharao Dank. Mehr denn für sich selbst, wollte er mich für Ägypten hierhaben; und die Zeremonie, in der er mich gestern zur Frau genommen hat, war kürzer als der feierliche Empfang in On und auch der in Theben.

Von meiner Terrasse im Palast von Malkata schaue ich nach Westen und nach Norden zu den hohen Felsen des Qurn-Gebirges hinüber, dorthin, wo die Herrscher Ägyptens begraben sind; im Süden sehe ich grüne Weiden und Ackerland und einen Streifen Wüste; im Osten ein Stück See und die weite Wiese um den Palast, die mit Hibiskusbüschen und unbekannten türkisfarbenen Blumen übersät ist.

Und der Palast, in dem ich lebe, ist wie die Natur ringsum, frei von jeder Schärfe und Härte, leicht und ungezwungen. Die Farben sind lebhaft, aber nirgends grell. Das kostbare Holz aus dem Libanon fügt sich harmonisch zu dem Stein in den Decken und Pfeilern. Die Kapitelle auf den Säulen sehen aus wie Blumen. Und die Glätte des Steins beruhigt das Herz, wenn die Hand streichelnd über die Statuen fährt. Vergeblich sucht das Auge nach Fugen zwischen den Platten, die den Boden verkleiden; es findet keine und ergibt sich schließlich staunend vor dieser Vollkommenheit.

Im Festsaal besteht der Boden aus einem mir unbekannten Stoff, der härter ist als Stein und durchsichtig wie Wasser: So kann man durch ihn hindurch in verschiedenen Höhen wunderbare Bilder von Algen und Fischen sehen und hat den Eindruck, über einen klaren Teich zu gehen. So zeugt der Palast vom Genie eines großen Architekten wie Amenhotep: Die Dinge aber, die er enthält, seien es Möbel, Vasen, Geschirr oder Gebrauchsgegenstände, drücken ihrerseits eine vollkommene handwerkliche Fertigkeit aus, die anderswo undenkbar wäre und die mich am allermeisten erstaunt.

Zwischen einem Hochstuhl etwa oder einer Truhe aus diesem Palast und den entsprechenden Stücken aus Ninive oder Babylon besteht der gleiche Unterschied wie zwischen einem Lapislazuli und einem Erdklumpen. Wenn solche Wunder tatsächlich das Werk irgendwelcher namenlosen Handwerker sind, kann das meiner Ansicht nach nur eins bedeuten: Es stecken Jahrtausende Arbeit und Erfahrung und ständiger Verbesserung dahinter, und zwar nicht nur in dem harten Werkstättenalltag, sondern auch im Denken und im Geschmack eines ganzen Volkes. Und mit Denken meine ich nicht nur das Kunstdenken, sondern das geistige Leben überhaupt.

17. Tag des Monats Paofi

Bestimmt wäre es mir viel schwerer gefallen, hätte ich mich einer so neuen und andersartigen Welt ganz alleine stellen müssen, doch es kam anders: Schon auf der Fahrt fand ich in Amenhotep einen Freund, und nun, gleich nach meiner Ankunft in Malkata, erwies sich Königin Teje, der Mensch, vor dem ich mich am allermeisten fürchtete, als vollkommen frei von jeder Eifersucht und warb sogar inständig und offenbar aufrichtig um meine Freundschaft.

Sehr viele Stunden haben wir in ihren Gemächern gemeinsam verbracht und uns unterhalten und gegenseitig ausgesprochen.

Teje ist nicht mehr jung, aber noch sehr schön. Sie stammt aus einem nubischen Adelsgeschlecht aus Napata, und in ihrem Blut vermischen sich gewiß verschiedene Rassen, was sich aus ihrem eher dunklen Teint und der Form ihres Mundes erahnen läßt. Im Palast sah ich Standbilder von ihr als junge Frau: Diesen Darstellungen zufolge war ihre Schönheit gewiß nicht geringer als die meine.

Sie liebt es, freimütig von sich und ihrer Familie zu erzählen, und nimmt einen zutiefst ehrfürchtigen Ton an, wenn es um den Pharao geht. Spricht sie aber von ihrem Sohn Amenophis, sind aus ihren Worten nur Begeisterung und Liebe herauszuhören.

Bei unseren Gesprächen forschte sie unverwandt in meinem Gesicht, und ich betrachtete sie mit der gleichen Aufmerksamkeit. Ich suchte vor allem, sowohl in ihren Zügen wie in ihrer Rede, zwischen Geschminktem und Echtem zu unterscheiden: Daraus entstand das im großen und ganzen positive Bild einer klugen und erfahrenen Frau, der sehr daran liegt, mir näherzukommen, mir ihre Zuneigung und wenn möglich ihre Überlegenheit zu zeigen.

Als ich sie über den Gesundheitszustand des Pharaos befragte, schüttelte sie den Kopf und sagte:

»Trotz allen Versuchen und Bemühungen um ihn glaube ich nicht, daß er noch lange leben wird. Doch du«, fügte sie ein wenig zynisch hinzu, »du brauchst dir keine Sorgen zu machen, denn Ägypten wird auf keinen Fall lange ohne Pharao sein.«

Da fielen mir Amenhoteps Worte wieder ein. Mir wurde klar, daß man in Malkata bereits eine Ehe zwischen mir und dem jungen Amenophis in Erwägung gezogen hat, als mögliche und zweckmäßige Lösung nach dem Tod des Königs, den ich gerade geheiratet habe.

Teje bemerkte meine Verwunderung und lächelte:

»Keine Angst, Nofretete; was auch immer geschehen mag, du wirst dadurch auf gar keinen Fall einen Nachteil haben. Über dein Schicksal wirst du immer frei bestimmen können. Du wirst auch in deine Heimat zurückkehren dürfen, wenn du es wünschst.«

Ich zögerte nicht zu antworten:

»Dies ist meine Heimat, Teje. Aufgrund der Liebe, die ich für Ägypten empfinde und der Tatsache, daß ich einen ägyptischen König geheiratet habe, ist dies meine Heimat. Niemals werde ich dorthin zurückkehren, woher ich gekommen bin.«

Sie sah mich an, verblüfft über den entschlossenen Ton meiner Antwort, und um ihren Mund spielte ein kleines anerkennendes Lächeln.

»Ich glaube dir, Nofretete«, entgegnete sie. »Etwas hat dich in dieses Land geführt, und etwas hält dich, wie du sagst, hier fest. Nun beantworte mir, doch nur, wenn du es magst, diese Frage: Gibt es auch etwas, das dich aus deinem Land weggetrieben hat? Oder das dir den Abschied willkommen machte?«

Es wurde mir plötzlich klar, daß ich selbst diese Frage herausgefordert hatte, daß ich sie mir gewünscht hatte, mit demselben Verlangen vielleicht, mit dem man eine heilende Berührung für ein krankes und schmerzendes Glied herbeisehnt. Doch diese Erkenntnis ersparte mir weder den Schmerz noch linderte sie ihn.

Ich schämte mich, als sich meine Augen mit Tränen füllten, und ein lautes Schluchzen begleitete mein heftiges Kopfnicken. Viel lieber wäre ich vor Amenhoteps Augen zusammengebrochen als vor denen Tejes. Doch sie nahm meine Hände mütterlich in die ihren und schüttelte sie sanft:

»Es geht um Liebe, nicht wahr?«

»Um Haß und Liebe«, stieß ich hervor und weinte nun hemmungslos.

Ich schämte mich entsetzlich und schäme mich immer noch wegen dieser Tränen, die so unschicklich sind für die Frau, die ich sein und als die ich erscheinen möchte. Teje, die sah, daß ich so schnell nicht mit dem Weinen aufhören würde, nahm aus einer Truhe ein kleines Tuch aus feinstem Leinen, faltete es auseinander und trocknete mir damit das Gesicht. Sie zeigte mir dann die zahlreichen Schminkspuren und lachte:

»Siehst du? Eine Ägypterin kann sich Tränen nicht leisten!«

Ich lächelte auch und vollendete mit dem Tuch das Werk der Zerstörung auf meinem Gesicht.

Sie rief eine Sklavin und befahl ihr, Wein zu holen; eine zweite Dienerin brachte ein frisches Leinentuch.

»Trink, er wird dir guttun. Danach kannst du mir erzählen, wenn du willst.«

Ich hatte schon aufgehört zu weinen, doch sie reichte mir trotzdem einen Becher, in dem sie Rotwein, Honig und ein nach Zimt riechendes Pulver gemischt hatte.

Wir tranken beide, und gleich breitete sich eine wohlige Wärme in meinem Herzen aus, und mein Geist fühlte sich frei von Leid und Angst.

Nun konnte ich an die Vergangenheit zurückdenken, ohne diese Pein, die Stimme und Gedanken zerbricht. Nur noch Wehmut begleitete die Erinnerung an Dinge, die seit undenklicher Zeit tief in mir begraben lagen und die zu erzählen ich nun bereit war, auch wenn ich noch zögerte, mich einem Menschen anzuvertrauen, den ich kaum kannte.

War es die Wirkung des Weines oder war es die Ruhe, die sich nach heftigem Weinen über das Herz senkt: Jedenfalls wurden meine Bedenken kleiner, und geringer erschienen mir »Tragweite« und »Gewicht« dessen, was ich erzählen wollte. So, als spräche ich über jemand anderen. Also begann ich unvermittelt:

»Einmal, ich war acht Jahre alt, kam mein Bruder Mattiwaza, der Thronerbe von Mittani, in meine Gemächer und vergewaltigte mich. Ich wußte nichts über diese Dinge, und ebensowenig, daß ein Bruder so etwas tun kann. Viele Tage lang weinte ich verzweifelt. Alles, was in mir Leben war, erstarrte in atemlosem Entsetzen. Alles, was Körper war, verdichtete sich in dieser blutigen Wunde zwischen meinen Beinen. Alles, was nicht Körper war, wurde für mich zur Demütigung. Und jedes liebevolle Gefühl wurde von der Enttäuschung ausgelöscht. Meine aufkeimende Weiblichkeit war zertreten und war fast zur Komplizin der Gewalt geworden. Und meine Fähigkeit zu lieben erstickte unter einem furchtbaren, unvermeidlichen Haßgefühl.

Ich forderte Gerechtigkeit bei meinem Vater Tuschratta. Aber seine Unterstützung war schwach, sein Richtspruch unerheblich. Ich sah, daß zu dem einen Unrecht ein weiteres hinzukam.«

Ich schwieg und merkte, daß meine Erzählweise genauso brutal gewesen war, wie die Ereignisse, die ich beschrieb. Teje sah mich fassungslos an, und seltsamerweise flüsterte sie:

»Ein Inzest! Und du wußtest nicht, daß es in unserer Welt verboten ist, Kind zu sein!«

»Nur ein Inzest, Teje? Nein ... hör zu. Einige Monate später drang er eines Nachts erneut in meine Gemächer, um die Tat zu wiederholen, die einzige, für die er mit seinen achtzehn Jahren berühmt war. Diesmal aber zog ich unter meinem Kissen einen Dolch hervor und warf mich wie ein Raubtier auf ihn und verletzte ihn im Gesicht. Ich schrie so laut, daß sämtliche Hofleute Waschukkannis aufwachten, Wachen eilten herbei, und es versammelte sich eine kleine Menschenmenge. Er erschrak über das Blut und den Lärm und flüchtete, nachdem er mir für die Kränkung Rache geschworen hatte.«

»Und natürlich hielt er sein Versprechen?«

»Nicht sofort. Einige Jahre vergingen, und ich wurde zur Frau. Die erlittene Kränkung glich einer Narbe, die nun seltener schmerzte und vollständig zu verheilen schien, als ich im Alter von dreizehn Jahren Asshar Enlil begegnete. Er war ein achtzehnjähriger adeliger Offizier der Königlichen Wache.

Eines Tages trafen sich unsere Blicke, und es war, als gerieten wir beide in ein Spinnennetz, aus dem sich zu befreien unmöglich war. Tausend Stricke fesselten uns aneinander und machten den einen dem anderen unentbehrlich. Er war großzügig, schön, feurig, klug und voll Tugend wie ein Gott. Ich fühlte, daß mein Herz lebte und so heftig lieben konnte, wie ich es nie vermutet hätte. Wir verbrachten Stunden, Tage, Nächte und Monate im Rausch unseres Glückes und kümmerten uns kaum darum, unsere Liebe zu verheimlichen. Das war falsch, denn einer beobachtete uns und schmiedete Rachepläne. Mein Bruder mußte sich rächen: Nicht nur, weil ich mich seiner Gewalt widersetzt und mit einem Kratzer sein Gesicht gezeichnet hatte. Vor allem wollte er sich für etwas rächen, das ihm – ich bin mir sicher – unerträglich war: eine große Liebe im allgemeinen und mein Glück insbesondere.«

»War er denn so niederträchtig?«

»Niederträchtig ist das richtige Wort. Seinem Verhalten hatte es seit jeher an Größe gemangelt, und all seine Unternehmungen waren nichts als grundlose Grausamkeiten und peinliche Versuche, die anderen auf sich aufmerksam zu machen.«

»Und doch wird er eines Tages das Königreich Mittani regieren.«

»Ich weiß. Die bloße Vorstellung macht mich schaudern.«

»Und du wirst vielleicht auf diplomatischem Weg mit ihm verhandeln müssen«, bemerkte Teje mit einem Lächeln.

Vielleicht wollte mich Teje mit diesen Worten auf die Probe stellen; ich unterdrückte die schroffe Antwort, die mir spontan auf die Lippen kam, und erwiderte:

»Ich hoffe, andere werden es an meiner Stelle tun: Ich weiß, daß sich das Herz in diplomatischen Beziehungen nur selten zu Wort melden darf.«

Teje nickte nachdrücklich, um ihre Zustimmung auszudrücken, und bat mich, weiterzuerzählen.

»Es traf sich also, daß ein wichtiger Priester der Göttin Ischtar, der nicht zufällig ein enger Freund meines Bruders war, vor meinen Vater trat und ihm von gewissen immer wiederkehrenden Träumen erzählte, die auf eine große Gefahr für Mattiwaza hindeuteten. Als mein Vater ihn fragte, was zu tun sei, um das Unglück zu bannen, zeigte er sich seiner Sache ganz sicher und behauptete, die einzig mögliche Abhilfe sei, einen Ersatzkönig zu benennen.«

Bei diesem Ausdruck horchte Teje neugierig auf und sagte mir, sie habe von diesem Brauch schon gehört, sei aber der Meinung gewesen, daß er nur im Retschenu und in Babylon gepflegt werde, jedoch nicht bei den Mittani.

»Erzähle mir doch, wie der Brauch bei euch aussieht«, bat sie.

»Im Verlauf unserer Geschichte ist dieser Brauch äußerst selten angewendet worden, und immer zugunsten eines Königs, niemals eines Kronprinzen. Es wurde davon Gebrauch gemacht, wenn genaue Wahrsagungen eine Gefahr für das Leben des Herrschers befürchten ließen. In diesem Falle wählte man einen Untertan aus, der ihm in Aussehen, Alter, Charakter und Auftreten möglichst ähnlich war, und übertrug ihm sämtliche königlichen Attribute.

Der Erwählte mußte sich fortan kleiden wie der König, an dessen Stelle öffentlich auftreten, dessen Gemächer bewohnen, die Gewohnheiten und Neigungen des Königs übernehmen und ihn aufs genaueste nachahmen. Ihm wurde jede königliche Macht zugestanden, einschließlich des Beischlafs mit den Haremsfrauen; davon ausgenommen waren jedoch die gesetzgebende und vollstreckende Gewalt in der Politik, im Verwaltungs- und Militärbereich. All dies diente dazu, dem vorausgesagten Verhängnis eine falsche Zielscheibe zu bieten und damit den Herrscher vor dem Unglück zu bewahren.«

»Wie lange konnte diese Vertretung dauern?«

»Wochen, Monate. Es hing mit gewissen geheimnisvollen Umständen zusammen, die nur den Priestern bekannt waren. Häufig gab es einen Zusammenhang mit einer Sonnen- oder Mondfinsternis. Schließlich war es vorbei, oder, wie die Priester es formulierten, der Ersatzkönig ›trat das Los an‹. Das Opfer wurde vollzogen, der Unglückselige, der sich die Härte eines fremden Schicksals aufgebürdet hatte, nahm das ganze Unglück des Königs mit ins Grab: Er gab sich selbst den Gifttod, wenn es ihm befohlen wurde.«

»Und verdiente er sich dadurch wenigstens ein glückliches Leben im Jenseits?«

»O doch. Es hieß, die Gunst aller Götter und die Aussicht auf ewiges Glück seien ihm sicher.«

Teje legte mitfühlend ihre Hände auf die meinen und drückte sie sanft.

»Ich glaube zu wissen, was geschah, meine arme Nofretete.«

»Ja, die Niedertracht siegte. Die gegen mich angezettelte Verschwörung führte kraft eines unwiderruflichen königlichen Beschlusses dazu, daß Asshar Enlil zum Ersatz des Prinzen ernannt wurde. Alle waren gegen uns: mein niederträchtiger Bruder, der Priester, der sich mit seinen schändlichen Lügen die Dankbarkeit des künftigen Königs sichern wollte, und mein Vater, der unfähig war, die Wahrheit zu sehen und sich erpressen ließ aus Angst, den Thronfolger zu verlieren.

Damals wurde mir also klar, in welcher Welt ich lebte, und ich empfand Ekel davor. Alles war wichtig, nur nicht der wahre Sachverhalt, alles wurde berücksichtigt, nur nicht die Folgen, und jede Ungeheuerlichkeit wurde gutgeheißen, wenn man dadurch auch nur den geringsten Vorteil erzielte.

Da begann ich diese Welt zu hassen, ich haßte meine Familie

und den Hof, an dem solche Dinge geschehen konnten. Und nachdem ich erfolglos versucht hatte, meinen Vater aufzuklären, nachdem ich ihn vergeblich angefleht hatte, ja dann begann ich, auch ihn zu hassen.«

»Wieviel Zeit wurde deinem Geliebten zugestanden?«

»Dreiunddreißig Tage, sagte man uns. In dieser Zeit war mein Bruder verschwunden, und Asshar ersetzte ihn überall, er trug seine Kleider und bewohnte seine Zimmer. Er war Krieger, also fiel es ihm nicht schwer, dem Befehl seines Königs zu gehorchen. Wir trennten uns nie während dieser Zeit, Tag und Nacht waren wir zusammen, unsere Körper wollten nicht voneinander lassen, und unsere Liebe wurde mit jedem Tag, der verging, brennender und verzweifelter.

Ich hatte für mich beschlossen, mich mit ihm zu vergiften, wenn es soweit wäre. Doch drei Tage vorher wachte ich morgens auf und fand an meiner Seite im Bett nur ein Tontäfelchen mit den Worten: ›Ich habe das Los angetreten, Geliebte. Ich wollte deinen Schlaf nicht stören. Nun störe du den meinen nicht mit Schmerzensschreien. Geh deinen Weg, der fortan der Weg des Lebens ist. Und lege eine Hand auf deine Augen, damit sie die Sonne nicht sehen und die Tränen zurückhalten können.‹«

Als ich das ausgesprochen hatte, fuhr ich mir mit der Hand über die Augen, um die Tränen, die ich nicht ersticken konnte, zu verbergen. Teje hatte mir bis zuletzt gespannt zugehört und sagte nun:

»Du hast viel gelitten, Nofretete, obwohl du noch so jung bist. Doch ich glaube, daß dein Herz auch sehr viel früher gereift ist, denn neben dem Leid hast du die Liebe erfahren. Und es gibt keine größere und heftigere Liebe als die, der das Schicksal ein strenges Verbot oder Hindernis in den Weg legt. Ach, ich kann mir vorstellen, wie glücklich du in jenen Tagen bei deinem Geliebten warst! War es nicht so?«

»Ja, doch ... aber nur in gewissen Augenblicken ... in anderen dagegen erfaßte mich eine Art Verwirrung ...«

Teje sah mich fragend an.

»Vergiß nicht«, erklärte ich, »Asshar war ständig als Mattiwaza verkleidet, und oft mußten wir uns in seinem Gemach treffen, das heißt, im Gemach meines Bruders. Und dieser Zwang, sich mit ihm zu identifizieren, verwirrte in meinen Augen ihre Identitäten. Dann aber kämpften, im Augenblick höchster Erregung, Liebe und Gewalt in mir um das, woran sie beide teilhaben, das beider Wonne und Fluch, das göttlich und grausam ist: das Geschlecht. Manchmal war es, als werfe die Lust über mich den gleichen Schatten wie der Haß. Dies beraubte mich dann für Augenblicke jenes Glücks, von dem du sprichst und das ich doch auch erfahren habe.«

Ich dachte, ein undeutliches Empfinden mit vagen Worten beschrieben zu haben, und war sehr überrascht, als Teje mit Überzeugung erwiderte:

»Ja ... ich verstehe dich.«

Wir schwiegen eine Weile. Im Geist gingen wir vielleicht den Spuren jenes Gedankens nach, der, kaum ausgesprochen sich in Luft aufgelöst hatte.

Ich dachte, Teje sei durch meine Erzählung berührt worden und habe darin eine Verbindung zu ihrer eigenen Erfahrung entdeckt. Vielleicht war es so. Als sie aber das Schweigen brach, zeigte es sich, daß sie sich wieder davon entfernt hatte. Sie sagte:

»Wer weiß, warum es im Leben und in der Liebe und im Krieg immer einen geben muß, der sich für den anderen aufopfert. So war es bei Asshar und Mattiwaza. Im allgemeinen ist es der Bessere, der sich für den Schlechteren aufopfert. Die Menschen lassen ihren minderwertigen Vertretern immer den Vortritt. Der Schlechtere fordert dieses Opfer, der Bessere nimmt es auf sich und scheint fast darum zu bitten. Und die anderen schauen einfach zu, und die Götter tun, als wäre nichts, und niemand weiß, auf welcher Seite sie eigentlich stehen.

All das mag manchmal schön, erhellend und großzügig erscheinen, doch auf einmal merkst du, daß sich der Vorfall wiederholt, ohne daß sich dadurch etwas verändert. Dies erscheint dir dann als die größte Verschwendung der Menschheitsgeschichte.«

Wieder schwieg Teje. Ihre finsteren Augen und der abwesende Gesichtsausdruck schienen mir die Anteilnahme zu verweigern, die ich bis vor kurzem gespürt hatte. Aber ich irrte mich ein weiteres Mal.

Denn ihre nächste Frage lautete: »Was hast du nach dem Tod Asshars getan, Nofretete?«

»Als er verschwunden war, wurde mein Herz eine Wüste, und in meinem Geist spukten immer neue Rachepläne und Selbstmordabsichten. Doch eines Tages erfuhr ich, daß Ägyptens Pharao um meine Hand geworben hatte und mein Vater sich mit ihm in Verhandlungen befand.

In meiner Vorstellung war Ägypten immer ein Märchenland gewesen, aber ich wußte kaum etwas darüber. Ich kaufte dann Lahariat, eine ägyptische Sklavin, um von ihr möglichst viel zu erfahren. So wurde der Gedanke an Ägypten allmählich ein Heilmittel, um meinen Schmerz zu lindern, und ohne daß ich mir dessen voll bewußt war, wurde Ägypten zum Gegenstand all meiner Zuneigung. Durch das, was ich gesehen und kennengelernt habe, seit ich hier bin, ist aus Zuneigung Liebe geworden, Teje. Nun kannst du mich verstehen, wenn ich behaupte, daß dies meine Heimat ist.«

Teje schien eine Weile über meine Worte nachzudenken, und ihr ohnehin ernstes Gesicht wirkte noch strenger. Doch schließlich faßte sie mich am Kinn, und mit verändertem Ton und Ausdruck rief sie freudig:

»So soll dies deine Heimat sein, und möge sie dich niemals enttäuschen! Jetzt soll aber jede Spur der Trauer aus deinem Gesicht gewischt werden, damit deine Schönheit wieder in vollem Glanz aus ihm strahlen kann!«

Und ohne auf meine Einwilligung zu warten, klatschte sie in die Hände und befahl, die für das Schminken zuständige Sklavin zu rufen. Als diese erschien, erhielt sie den Befehl, mein Gesicht von jeder Tränenspur zu reinigen.

Die Sklavin holte zwei Gehilfinnen, die mit ihrer umfangreichen Ausrüstung hereinkamen. Aus einigen Truhen kamen unzählige Döschen und Fläschchen, Farben, Cremes, Salben, Pasten und Pulvermischungen, Pinsel und Federn, Tupfer, duftende Öle, Parfüm, Lack, Stäbchen, Feilen, Pinzetten, Rasierklingen und noch viel mehr zum Vorschein.

Die Sklavin untersuchte mein Gesicht, als hätte sie eine Statue vor sich. Dann bat sie mich, noch etwas Wein zu trinken und mich hinzulegen. Sie legte meinen Kopf auf eine besondere Stütze und begann mit ihrer Arbeit.

Sie bemühte sich lang und eifrig, und ich hatte den Eindruck, daß sämtliche Werkzeuge zum Einsatz kamen.

Mein Gesicht wurde gewaschen, abgetrocknet und massiert; die Haut sanft mit Pasten und Pulvern behandelt; schließlich wurden mit größter Sorgfalt der Mund und die Augenlider, Brauen und Wimpern nachgezeichnet und bemalt.

Endlich sah mir das Mädchen in die Augen und hielt mir mit einem bescheidenen Lächeln einen Spiegel hin.

Ich starrte fassungslos auf den Gegenstand und auf das Bild, das sich darin abzeichnete.

Es war kein gewöhnlicher Spiegel aus poliertem Kupfer oder Bronze wie die, die ich bis dahin benutzt hatte: Hier sah mir mein Gesicht wie durch ein kleines Fenster entgegen, und seine Umrisse und Farben waren so genau und natürlich wie die Gesichter der Umstehenden und wie die Gegenstände, die ich direkt ansah. Ich betrachtete mich voll Entzücken und entdeckte in meinem Antlitz eine ungeahnte Schönheit, die von der Schminke, die meinem Mund feurige Wärme und meinem Blick die Schärfe eines Dolches verlieh, zweifellos unterstrichen wurde.

Erfreut und ein wenig erregt von dieser Entdeckung, drehte ich mich zu Teje um, um zu fragen, ob ich wirklich so schön war, wie der Spiegel sagte. Doch sie stand abseits beim großen Fenster, das auf den Malkata-See geht, und schien die ersten Worte dieser Frage, die gleich auf meinen Lippen erstarb, nicht einmal gehört zu haben.

Immer wieder überraschte mich Teje durch ihr Schwanken zwischen Anteilnahme und Gleichgültigkeit, Mitgefühl und Distanz. Ich fragte mich, ob dies in der Absicht geschah, mich in Verlegenheit zu bringen und den Abstand zwischen uns aufrechtzuerhalten; oder ob sie auf diese Weise versuchte, eine übertriebene Zuneigung zu mäßigen; oder verriet sich hier am Ende ein inneres Unbehagen, das nicht von Worten oder Schweigen abhing?

Und ich war sehr verblüfft, als ich zu ihr trat und sie, ohne den Blick vom Seeufer abzuwenden, mich fragte:

»Hat er tatsächlich geschrieben: ›... Ich wollte Deinen Schlaf nicht stören. Nun störe Du nicht den meinen mit Schmerzensschreien‹? Und dann: ›… lege eine Hand auf Deine Augen, damit sie die Sonne nicht sehen und die Tränen zurückhalten können‹?«

»Gewiß«, erwiderte ich verwundert, »er hinterließ mir diese Worte auf dem Tontäfelchen.«

»Das ist ja Dichtung!« rief sie mit tiefer Bewunderung aus.

Ich hatte dieses Wort noch nie gehört und kam aus dem Staunen nicht heraus.

»Dichtung, was ist denn das?«

»Es ist ein Wortzauber. Der gute Zauber des Wortes.«

»Ein ägyptischer Zauber?«

»Nein, aber nur hier wird er erkannt und anerkannt.« Und sie unterstrich dieses »hier«, indem sie mit dem Finger entschlossen zum Boden zeigte, als meine sie damit nicht so sehr Ägypten als vielmehr ihr eigenes Gemach.

30. Tag des Monats Paofi

Wie groß war meine Freude, als ich Amenhotep wiedersah! Seit dem Tag meiner Ankunft hatten wir nicht mehr miteinander gesprochen und uns seit dem Hochzeitstag nicht mehr gesehen. Und ich hatte ihn die ganze Zeit über sehr vermißt. Nach unserem Gespräch habe ich jetzt wieder die Gewißheit, daß es ihn wirklich gibt und daß er mein Freund ist.

Er kam und bat um Audienz bei Lahariat, die Anweisung hatte, ihn unverzüglich bei mir einzulassen.

Doch gerade weil ich ihn so unbefangen empfing, bin ich von ihm getadelt worden. Er kam mir entgegen und sagte als erstes:

»Die Gemahlin des Pharaos darf ihre Audienzen nicht so großzügig und unüberlegt gewähren!«

Doch er lachte dabei, und man sah ihm die Freude an.

Ich hatte vergessen, wie schön und drahtig er aussieht, und hätte ihn gern umarmt. Besser gesagt, ich wünschte mir, er würde mich in seine Arme nehmen, aber wie immer mied er peinlichst jede körperliche Berührung.

»Ein Mensch wie Amenhotep«, äffte ich ihn nach, »sollte Freunden gegenüber nicht so mit Besuchen geizen!«

Wir nahmen Platz, doch ich begriff gleich, daß er nicht lange bleiben würde, denn andere Dinge warteten auf ihn.

So sprach ich schnell über vieles.

Als erstes fragte ich ihn über die Dichtung aus, und er gab mir dieselbe Antwort wie Teje. Dann fügte er hinzu:

»Wenn Worte dein Herz erzittern lassen und dich zwingen, immer wieder auf sie zurückzukommen und sie zu wiederholen; und du aus unerklärlichen Gründen einen Genuß aus dieser Wiederholung ziehst; wenn sie von Dingen sprechen, die du seit eh und je kennst, aber niemals auszudrücken vermochtest; wenn sie dich von der Last einer lang empfundenen Unzulänglichkeit befreien, so daß du den Eindruck hast, wie ein schwarzer Ibis in die Luft aufzusteigen und dich dann schnell hinabzusenken, um eine Wahrheit zu ergründen: all dies ist die Zauberkraft der Dichtung.«

»Wortzauber also. Der gute Zauber des Wortes, hieß es. Doch dies läßt vermuten, daß es auch einen bösen Zauber gibt, oder?«

»Sicher. Doch das ist eine schwierige Frage, die es verdient, in Ruhe behandelt zu werden.«

Als ich versuchte, etwas über Teje zu erfahren, mußte ich feststellen, daß unsere Freundschaft seine Verschwiegenheit nicht ins Wanken bringen kann.

Er erwähnte nur, daß sie sich mit Zauberei beschäftigt, und als ich andeutete, sie sei eine geheimnisvolle Frau, widersprach er nicht und lächelte bloß.

Amenhotep fragte dann, ob es mir in meiner Residenz gefiele und ob ich mir etwas wünsche. Ich zögerte nicht und antwortete sofort, daß ich zwei Wünsche habe: Erstens möchte ich Theben besichtigen, aber ganz privat, vielleicht als Mann verkleidet, um wirklich überallhin zu gelangen. Er antwortete, er werde mit Philae darüber reden, damit eine angemessene Begleitung zu meinem Schutz organisiert werden könne.

Ich bedankte mich herzlich, und er fragte weiter:

»Und dein zweiter Wunsch?«

»Ich möchte einen Streitwagen lenken.«

»Was?«

Seiner Verblüffung begegnete ich mit einem Lächeln, das meine Worte bestätigen sollte.

»Von meiner Terrasse aus kann ich die Strecke in der Wüste sehen, auf der die Wagenlenker ihre Übungen abhalten, und ich habe jetzt kein größeres Verlangen, als mich im Wind auszutoben, wie sie es tun.«

Er schüttelte nur den Kopf. Da griff ich nach seiner Hand und sah ihm fest in die Augen. Ich sagte:

»Amenhotep, meinst du nicht, daß meine Jugend sich auf irgendeine Weise austoben muß?«

Was ich damit meinte, klang so eindeutig und vielleicht derart erpresserisch, daß ihm meine Idee nicht mehr ganz so verrückt erschien. Er wirkte nachgiebiger, als er entgegnete: »Ich will mit Juja darüber reden ... oder sogar mit dem Pharao, wir werden sehen. Soviel ich weiß, hat an diesem Hof niemals eine Frau um derartiges gebeten.«

Offensichtlich verstieß mein Wunsch gegen jede Tradition und war demnach nicht leicht zu erfüllen; ich wußte aber auch, daß Amenhotep immer bereit war, mir zu helfen. In seinem Gesichtsausdruck lag aber eine Spur Enttäuschung, als er schmollend hinzufügte:

»Ich hatte, ehrlich gesagt, geglaubt, dein zweiter Wunsch wäre, die Tempel von Luxor und Karnak zu besichtigen. Nicht nur, damit ich dir mein Werk zeige ... Ich darf dich darauf aufmerksam machen, daß du Amun und seiner Priesterschaft deine Ehrerbietung bezeigen mußt.«

»Aber Amenhotep, dies ist zweifellos mein allererster Wunsch. Ich hätte ihn dir gleich vorgetragen, wenn ich nicht den Eindruck gehabt hätte, daß eine wichtige Verpflichtung im Augenblick deine ganze Zeit in Anspruch nimmt und dir sogar etwas Sorge bereitet. Sag mir doch lieber, was dich so beschäftigt.«

»Wie du schon weißt, wird der Pharao nicht mehr lange leben, und ich will, daß sein Haus des Westens bis dahin fertig und gut ausgestattet ist; noch mehr wünsche ich mir aber, daß er auf der westlichen Mauer des Grabtempels bei Malkata die feierliche Darstellung seines Sieges über die Ljibiu, den Sieg von Schedet, noch sehen kann.«

»Zum zweiten Mal wirst du also der Urheber ›seines‹ Sieges sein?«

»Ja, aber die Entwürfe, die Bak mir unterbreitet hat, gefallen mir nicht, sie stimmen nicht. Der Künstler hat die Ljibiu gezeichnet, ohne sie jemals gesehen zu haben; so versteht man gar nicht, wer sie sind, und die Darstellung der Schlacht wirkt sehr ungenau. Also muß man wieder von vorne anfangen.«

Ich begann zu lachen, und er fragte mich sehr verwundert warum.

»Weil deine Miene nicht die geringste Sorge verriet, damals in der Wüste, als diese Männer leibhaftig vor dir standen und sich drohend näherten, zehn gegen einen. Jetzt dagegen, wo du dich nur um ihr Bild auf einer Mauer kümmern mußt, scheinst du ganz außer dir zu sein!«

Nach einem Augenblick der Verblüffung brach er ebenfalls in Gelächter aus, und dieses gemeinsame Lachen ließ uns unsere Freundschaft noch stärker empfinden.

7. Tag des Monats Athir

Das Leben in diesem Palast droht langweilig zu werden und mein Dasein auf ein tägliches Ritual unbedeutender Beschäftigungen zu reduzieren – wie übrigens bei allen Prinzessinnen und Königinnen der Welt, wenn sie nicht gerade damit beschäftigt sind, Kinder zu gebären. Um so mehr schenkt mir ein ereignisvoller Tag wie der heutige etwas Hoffnung und Zuversicht.

Die erste Neuigkeit brachte mir Lahariat heute früh: Sie betrifft die baldige Ankunft des jungen Amenophis. Wie es scheint, ist er nach seiner langen Reise durch Ägypten und ins Ausland nun im Begriff, nach Theben zurückzukehren.

Aus der Art, wie Lahariat darüber berichtete, erregt und mich eindringlich anblickend, als gehe die Sache mich und nur mich an, ist mir klar geworden, wie viele doch um meine Zukunftsaussichten Bescheid wissen. Scheinbar sehen mich alle bereits als die Frau eines jungen Pharaos, den es noch gar nicht gibt und der mich womöglich nicht einmal will, statt in mir die schon verehelichte Gemahlin eines alten Pharaos zu sehen, der zwar im Sterben liegt, aber doch die einzige tatsächliche Wirklichkeit darstellt.

Spät am Vormittag kam die zweite Überraschung: Sie war greifbarer und nicht in Vermutungen eingehüllt. Teje schickte mir zwei Sklavinnen mit einem beschriebenen Täfelchen und dem silbernen Spiegel, über den ich so gestaunt hatte. Auf dem Täfelchen stand geschrieben:

> »Schöne Dinge gehören demjenigen, der sie begreift. Treue Spiegel nur demjenigen, der ein Gesicht wie das Deine besitzt. Nimm also diese zwei Geschenke an, denn sie gehören bereits Dir.«

Nachdem ich die Botschaft gelesen hatte, fragte mich die Sklavin, die das Täfelchen hielt, wo das Standbild aufzustellen sei.

»Das Standbild?«

Aber ja, sicher. Es fiel mir wieder ein, daß ich während meines Besuchs bei Teje eine lebensgroße Quarzitfigur bewundert hatte, die eine Ecke ihres Gemaches schmückte. Sie zeigt eine am Boden sitzende Frau. Das Gewand, das sie umhüllt, bildet einen Würfel, der die Formen ihres Körpers in sich birgt, ohne sie zu verschleiern: oben die über den Knien gekreuzten Arme, vorne die Beine, seitlich die Schenkel und hinten das Becken.

Unter dem Gewand spürt man eine leise, verborgene Bewegung, die die Schönheit des Körpers diskret andeutet, während die unbedeckte Kopf- und Fußpartie diese Schönheit unumwunden bestätigen.

Ich hatte die Statue eindringlich betrachtet, und Teje, die meine Bewunderung bemerkte, fragte:

»Was gefällt dir so sehr an dieser Steinfigur?«

»Ach, ich weiß nicht. Wenn es einem Bildhauer jemals gegeben ist, etwas Tieferes hinter der Form, die er schafft, zu zeigen, so ist es hier, in dieser Statue ... als hätte er diese Tiefe verdoppelt. Es ist hier nicht nur eine Form, die eine bestimmte Haltung zum Ausdruck bringt, sondern auch eine Form, die auf eine andere Form anspielt.«

»Dieses Gewand ... ach, dieses Gewand, das sie umspannt. Es verrät das Ausmaß der Gefühle, die dieses Werk beseelt haben. Ich glaube, der Bildhauer hat diese Frau sehr geliebt ...«

»Wenn du es willst«, sagte Teje, »werde ich dir eines Tages diesen Bildhauer vorstellen. Er heißt Thutmosis.«

Als ich vor kurzem das Werk wieder betrachtete, entdeckte ich, wer diese Frau ist: Es ist Teje. Mit Absicht zeigen die Gesichtszüge keine Ähnlichkeit, bis auf den Mund. Es ist zweifellos Tejes Mund, und er ist so vollkommen, als hätte Thutmosis nichts anderes von ihr gekannt.

Ich hatte mich noch nicht an die Statue gewöhnt und stand aufs neue bewundernd vor ihr und freute mich über die glückliche Wahl des Standortes (ich habe sie vor der breiten Terrassentür aufstellen lassen, und wenn sie gleich hinter dem Vorhang vom Licht getroffen wird, wirkt sie fast lebendig, als kauere sie dort und betrachte die Landschaft), als eine Botschaft von Amenhotep eintraf. Er schrieb:

> »Erinnerst Du Dich an Benghadu und Rechab? Ihr Prozeß wird bald stattfinden. Wenn Du daran interessiert bist, am Rat der Richter teilzunehmen, laß es mich gleich wissen. Ich empfehle Dir, es zu tun, denn man wird Deine Meinung anhören, und sie wird für den Prozeß gewiß von Nutzen sein.«

Ich war sehr geschmeichelt und dankbar für die Achtung, die man mir auch auf offizieller Ebene entgegenbringt. So antwortete ich:

> »Es ist eine große Chance für mich, um Ägypten und seine Feinde besser verstehen zu lernen. Mit Freuden sage ich zu und hoffe, mich des Anlasses würdig zu erweisen.«

Das letzte bedeutende Ereignis des Tages war das unangenehmste und am wenigsten überraschende, denn es war mir schon vor Tagen angekündigt worden.

Die Gruppe mittanischer Priester, die das Standbild der Ischtar hierherbegleitet hat, wird morgen aufbrechen und in das Land zurückkehren, aus dem ich gekommen bin. Ein Abschiedstreffen stand also auf dem Programm, aber es war nicht klar, ob es sich dabei um meinen Abschied von ihnen (und folglich von der heiligen

Ischtar-Statue) oder um ihren Abschied von mir handeln sollte. Ich habe diese zweite Auslegung vorgezogen und ihnen mitgeteilt, daß ich sie am heutigen Nachmittag empfangen würde.

Die Begegnung war eisig und zum Glück kurz ausgefallen.

Sie wissen, daß ich sie nicht mag, und ich weiß, daß sie mich nicht mögen; und wir alle wissen, warum.

Mit keinem Wort erwähnt wurde das völlige Scheitern der Göttin Ischtar hinsichtlich der ersehnten Heilung des Pharaos, im Gegensatz zu dem, was sich vor Jahren zugetragen hatte. Meiner Ansicht nach läßt sich dies durch die schwerere Krankheit oder das fortgeschrittenere Alter des Kranken erklären oder naturgemäß durch das Zusammenwirken dieser beiden Umstände.

Ich habe den Priestern sehr förmlich eine gute Reise gewünscht.

Sie fragten, ob ich eine Botschaft für meinen Vater hätte.

»Keine Botschaft für meinen Vater.«

»Und für deinen Bruder?« fragte einer mit herausforderndem, verächtlichem Grinsen.

Ich habe ihn lange angeschaut, bevor ich antwortete. Es war einer dieser jungen Priester, die so stolz sind auf ihre Mittelmäßigkeit und so arrogant aufgrund der Macht, die sie aus ihrem Beruf und den politischen Beziehungen gewinnen.

»Bist du ein Freund meines Bruders?«

»Ja«, gab er zurück.

»Dann sage ihm, er soll sich seine Freunde genauer aussuchen, denn eines Tages wird er kluge Leute um sich brauchen.«

Ohne auch nur ein Wort hinzuzufügen, habe ich sie mit einem Handzeichen verabschiedet und mich zurückgezogen.

12. Tag des Monats Athir

Es geschah heute nacht um die vierte Stunde nach Sonnenuntergang.

An der Schwelle zur Terrasse ließ die Brise nur den dünneren Vorhang flattern. Lahariat hatte bereits meinen Körper für die

Nacht mit Duftöl eingerieben, und so spürte ich nur ein leises Streichen auf der feuchten Haut.

Ich betrachtete den Mond über dem See, den dritten, fiel mir ein, den ich am Himmel Ägyptens bewundere: So glänzend, silbern und scharf gezeichnet, so schön wie die ägyptischen Spiegel, so schamlos und hinreißend wie die Nacktheit.

Schon wollte ich Setha zu mir rufen, als von nebenan ein Licht und leises Geflüster kamen. Und gleich stürzte Setha selbst in mein Gemach, warf sich mir zu Füßen und stammelte erschrocken:

»Herrin, der Pharao ist hier und verlangt dich zu sehen!«

Ein grenzenloses Staunen erfaßte mich.

»Laß Leuchten holen und such mir das schönste Kleid aus! Schnell!«

Sie trippelte hin und her zwischen den anderen Dienerinnen, die, plötzlich aufgeweckt und fieberhaft zu ihren Aufgaben getrieben, durch das halbdunkle Zimmer stolperten und sich gegenseitig anrempelten.

Ich zog das Nachtgewand aus und wartete auf ein geeigneteres Kleidungsstück. Inzwischen versuchte ich mit Schminke die Augen nachzuzeichnen, als ich plötzlich in Tejes Spiegel eine unbestimmte stattliche Gestalt erblickte, die unbeweglich an der Tür stand. Ruckartig drehte ich mich um und starrte ihn an: Ich hätte mich verbeugen sollen, blieb aber mit dem Spiegel in der Hand sitzen, nackt und regungslos, und dachte, wie dumm ich gewesen war, den Pharao warten zu lassen.

Er war in einen weiten Mantel gehüllt, der seinen Kopf größtenteils bedeckte, und sah mich schweigend an.

Auf einmal stürmte Setha herein: Als sie den Pharao bemerkte, verfing sie sich in dem Kleid, das sie mir gerade bringen wollte, und blieb dann wie versteinert stehen.

Da ging er, ohne den Blick von mir abzuwenden, zu ihr, nahm ihr das Kleid ab und entließ mit einem einzigen Handzeichen sie und die übrigen Dienerinnen, die mit den Händen voll leuchtender Lampen an der Tür erschienen waren. Er wartete, bis es im Zimmer wieder halbdunkel und still war und kam endlich zu mir.

Als ich aufstand, merkte ich, wie klein ich bin, denn mein Kopf reichte knapp bis zu seinem Kinn. Er nahm mir den Spiegel ab, den ich dumm noch in der Hand hielt, und legte mir das Gewand auf die Schultern.

»Bedecke dich, Nofretete«, sagte er. »Du bist zu schön. Zu schön für einen alten Mann, der am Körper und in der Seele krank ist.«

Seine Stimme, die mühevoll die Worte ausstieß, klang verbittert.

»Mein Gesicht ist abscheulich, mein Atem verpestet, meine Glieder sind vom Fieber gebeutelt. Das Übel, das mich verzehrt, hat bereits mein Herz angegriffen und bahnt sich einen Weg zum Gehirn. Wie könnte sich ein solcher Mann einer Frau wie dir nähern?«

Er schüttelte den Kopf, und eine große Traurigkeit ließ sich aus seinen Worten vernehmen.

»Du bist immerhin der Pharao. Warum bist du gekommen?«

»Um mich an deinem Aussehen zu erfreuen, um dich sprechen zu hören und mit dir zu sprechen. Um dich kennenzulernen. Weil du meine Frau bist.«

Ich bedankte mich, und gleich meinte auch er, mich mit den üblichen Anspielungen auf seinen Sohn über meine Zukunft beruhigen zu müssen.

Aber ich sah ihn an und dachte nur an ihn: an den Amenophis, von dem ich bereits als Kind hatte reden hören. An den edelmütigen Pharao und unerschütterlichen Herrscher, der den Frieden in der Welt verbreitete, ohne jemals zu wanken; der seine Feldzüge bis an die äußersten Grenzen des Landes geführt hatte und durch sein bloßes Erscheinen die Treue der Untertanen festigte; an den meisterhaft gewandten Reiter und Wagenlenker und unermüdlichen Jäger von Stieren und Löwen; an den gerechten und großzügigen Mann.

Eher ein geschickter Bogenschütze als ein redegewandter Mann, der sich lieber auf die Kraft seiner Muskeln als auf die seines Geistes verließ und die Freuden des Harems denen der Familie vorzog, war er dennoch ein guter Kenner der Männer, der Frauen und der Dinge der Welt gewesen.

Ein ganz anderer Mensch stand nun vor mir. Ich versuchte seine Augen zu erreichen, die unter den dunklen Falten des seltsamen Umhangs, der seinen Kopf bedeckte und sich wie eine Maske oder ein Vorhang zwischen uns schob, verborgen blieben. Nach seinen Worten, die so voll von Resignation waren, empfand auch ich Wehmut.

Da hob ich die Arme und befreite ihn von dem merkwürdigen Umhang, der ihn verbarg: Dabei glitt das Gewand von meinen Schultern und ich stand wieder nackt vor ihm.

Sein Gesicht war entstellt und beinahe grauenhaft anzusehen. Die linke Partie war gerötet und schrecklich angeschwollen; hier saß wohl der Krankheitsherd, der ihm entsetzliche Schmerzen verursachte. Er hatte schütteres graues Haar und trübe Augen, aber es fiel mir auf, daß er frisch rasiert war, auch oberhalb der Schwellung, und daß sein Körper stark parfümiert war.

»Du willst doch nicht, daß dieses unglückselige Gesicht mit deiner Schönheit in Berührung kommt?« sagte er und wandte den Mund ab.

Mit einem Lächeln streckte ich die Hand zu der ungeheuren Beule aus und legte sie so sanft wie möglich darauf.

Er schloß kurz die Augen und sagte:

»Wie kühl deine Hand ist.« Dann fuhr er fort: »Die Götter haben mich verlassen, Nofretete. Auch deine Göttin Ischtar, die mir in der Vergangenheit wohlgesinnt war, hat mir jetzt jegliche Hilfe verweigert.«

»Ach, Amenophis, nachdem ich ihre Priester richtig kennengelernt habe, bin ich der Meinung, daß sie diejenige ist, die unsere Hilfe braucht.«

Von diesen Worten überrascht, war er in Lachen ausgebrochen; aber dies verursachte ihm Schmerzen und er versuchte, es zu unterdrücken; inzwischen hatte er meine Hand von der Wange liebevoll zu den Lippen geführt, bis ein Hustenanfall ihn zwang, sie endgültig loszulassen. Da führte ich ihn zum Bett und hieß ihn sich setzen, während er den Husten unter den Falten des Umhangs zu ersticken suchte. Als es vorüber war, sagte er:

»Du bist wirklich so, wie Amenhotep gesagt hat: herrlich und bestürzend.«

»Das hat er von mir gesagt?«

»Er hat noch viel mehr gesagt. Mir wäre fast der Verdacht gekommen, er habe sich in dich verliebt, hätte seine Meinung nicht auf wunderbare Weise mit der Tejes übereingestimmt.«

Wir sahen uns lange schweigend an. Offensichtlich schweiften unsere Gedanken ab und eilten diesen letzten Worten Amenophis' voraus oder hinterher.

Ich hatte den mächtigsten Mann der Welt vor mir, und zugleich ein Beispiel davon, wie zerbrechlich und vergänglich Macht sein kann. Die Beklemmung, die aus dieser Erkenntnis erwuchs, erfaßte mein Herz, aus dem seltsamerweise auch das plötzliche Verlangen kam, mich mit Amenophis zu vereinigen.

Vielleicht war es nur der Wunsch, ihm die Hoheitsinsignien zurückzugeben, die ihm allmählich abhanden kamen: Gesundheit, Männlichkeit, Freude, Lebenskraft. Oder war es eine Belohnung für seine gespielte Gleichgültigkeit gegenüber dem Schmerz; oder der Wunsch, sein Leiden durch das Heilmittel der Lust zu lindern, um in seinen Augen tüchtiger zu erscheinen als die Göttin Ischtar. Oder es war einfach Zärtlichkeit, wie für einen alten, zu Tode verwundeten Löwen.

Aus all diesen Gründen oder aus einem einzigen: was spielt es für eine Rolle? Das Verlangen ist vielleicht die einzige Regung des Herzens, die keiner Begründung bedarf, deshalb ist es Verlangen.

Er hatte es mir von den Augen abgelesen, noch bevor meine Hand sich rührte. Und versuchte schwach, mich abzuwehren mit den Worten:

»Amenhotep sagte mir, daß du dich gern in der Führung eines Streitwagens üben möchtest. Wir haben darüber gesprochen, aber ... es tut mir leid, es ist unmöglich. Keine Frau hat je so etwas getan in Ägypten.«

Während er sprach, hatte meine Hand seinen Mantel geöffnet und kämpfte vergebens mit der komplizierten Gürtelschnalle.

»Es macht nichts«, habe ich geflüstert. »Dann laß mich doch tun, was Frauen immer getan haben in Ägypten.«

Ich drängte ihn sanft, sich hinzulegen, und er öffnete den Gurt. Jetzt konnte meine Hand über seinen ganzen Körper gleiten und sie hörte nicht auf, ihn zu streicheln, bis sie sicher war, willkommen zu sein. Dann entfachte ich eine Begierde, von der er nichts mehr wußte, und er fand wieder, was verloren schien: eine allerletzte, verzweifelte, inbrünstige Kraft.

Ich hörte ihn keuchend eine Pyramide aus Wollust und Jubel errichten, auf deren Gipfel er für einen endlosen Augenblick wieder der Pharao wurde. Dann ergoß sich alles in einem Schrei gegen die Kissen, in die sich sein Gesicht vergrub, um sich vor dem meinen zu verstecken.

30. Tag des Monats Athir

Allerhand getan in diesen Tagen.

Philae ist vorläufig zu meinem offiziellen Begleiter auf jedem Gang in die Stadt avanciert. Er ist nach wie vor freundlich, zuvorkommend, aufmerksam und diskret und reißt sich gerne Beine und Arme aus, um mir in Fragen des Protokolls und der Verwaltung behilflich zu sein. Von ihm habe ich erfahren, daß ich über siebenhundert Deben jährlicher Apanage verfügen kann und wie ich damit umgehen soll.

Wenn wir losziehen, kümmert er sich um jedes Detail und sorgt vor allem für eine geeignete Tarnung, damit wir in der Menge nicht erkannt werden. All dies erfordert mein Wunsch, jeden Ort in Theben zu besuchen, einschließlich derer, die für eine Frau am wenigsten geeignet sind. Manchmal hieß er mich wieder männliche Kleider anziehen; so konnte ich sogar das Kneipenviertel am Hafen und das Dirnenviertel besichtigen. Philae ist immer sehr schweigsam, aber hinter seiner Wortkargheit, die ein Zeichen von Bescheidenheit ist, verbergen sich Treue und liebevolle Hingabe. Ich glaube, daß er mich als Menschen, nicht nur als Frau mag, und manchmal verrät er sich durch eine zärtliche und irgendwie naive Geste. Gestern auf dem Markt stand ich wie verzaubert vor riesigen Haufen bunter Früchte, die ich zum ersten Mal sah. Gleich kaufte er ein Stück von jeder Sorte und bot sie mir, nachdem er sie sorgfältig gewaschen hatte, alle an. Während ich die erste Frucht probierte, sah er mich erwartungsvoll an, um mein Urteil zu hören. Ich war von dem Wohlgeschmack entzückt und sagte lächelnd: »Sie ist so süß wie du, Philae.« Darauf errötete er so heftig, daß ich meine Worte bereute.

Theben ist herrlich und so abwechslungsreich mit seinem farbenfrohen Verkehr und Handel überall. Es gibt einen riesigen Markt, auf dem – sagte Philae – man alles kaufen kann, was das Herz begehrt.

Ich habe dort mittanische Tuchwaren gesehen, die billiger sind als in Waschukkanni, und neue Edelsteine, Harze und Seidengewebe entdeckt, auch einige Fischsorten, die mir völlig unbekannt waren.

Überall trippeln kleine Esel, die mit Waren beladen sind oder zwei, drei, vier Kinder auf dem Rücken tragen, flink und fröhlich durch die Menge. Dieses kleine Tier scheint alle Last Ägyptens zu tragen. Als ich noch auf dem Schiff war, sah ich auf den Wegen entlang des Flusses endlose Züge vorwärtsmarschieren. Manch ein Esel verschwand beinahe unter der riesigen Last, und doch zogen sie alle schnell dahin unter der unerträglichen Sonne.

In Theben wimmelt es von diesen sanftäugigen, rundmäuligen Eselchen, die so viel leisten und aushalten, aber auch unglaublich störrisch und widerspenstig sein können, was sie übrigens nicht weniger rührend macht.

Einmal fragte ich Amenhotep halb im Spaß, wieso dem Esel und dem Pferd nicht die Auszeichnung zuteil wurde, die fast alle anderen Tiere Ägyptens genießen, nämlich als Verkörperung irgendeiner Gottheit verehrt zu werden. Im gleichen Ton erklärte er mir, daß Esel und Pferde in Ägypten nicht zu den Tieren zählen, sondern allgemein als Bürger gelten.

Ich hatte Gelegenheit, mich davon zu überzeugen, als er mich vor kurzem die königlichen Reitställe besichtigen ließ: Nicht einmal die Kinder des Pharaos werden so gehegt und gepflegt wie die königlichen Pferde, die übrigens die schönsten sind, die ich jemals sah.

Dort habe ich Juja, den Vater der Königin und Vorsteher des Marstalls und der Pferdezucht, kennengelernt. Mit großer Begeisterung hat er mir vielerlei über die neuen, von ihm zustande gebrachten Kreuzungen erzählt und mir ein seltsames Pferd gezeigt, das – wie er sagte – aus dem Fernen Osten eingeführt wurde. Ein merkwürdiges Tier mit schmalen, schrägen Augen und langem, struppigem Haar, das gerade von zwei Stallknechten gestriegelt wurde.

Juja wußte von meinem Ausritt an Amenhoteps Seite während der Schlacht von Schedet und zeigte sich sehr beeindruckt; als er aber meinen Wunsch, einen Streitwagen zu führen, ansprechen wollte, wechselte Amenhotep schroff das Thema.

Haremhab, der Oberste Befehlshaber des ägyptischen Heeres, ist von einer langwierigen diplomatischen Mission zurückgekehrt und bat mich über Lahariat um Audienz.

Lahariat ist vorzüglich über ihn informiert, und in der Vergangenheit erzählte sie mir häufiger von ihm, als eigentlich nötig gewesen wäre. Nun scheint sie die Angelegenheit sehr aufzuregen, und sie drängt mich zu einer Antwort.

»Gefällt dir Haremhab denn so sehr?« fragte ich sie. Sie wurde rot und nickte heftig. Dann erklärte sie mir, warum: Als Kind diente sie als Sklavin im Haus der Gemahlin Thutmosis' und lernte dort den nur ein paar Jahre älteren Haremhab kennen. Sie verliebte sich in der bedingungslosen und schwärmerischen Weise, die für Kinder typisch ist, in ihn. Seitdem hat sie nie aufgehört, wo immer er auch war, sich für ihn zu interessieren.

Ich habe ihr befohlen, Haremhab zu einer Audienz in zwei Tagen einzuladen.

4. Tag des Monats Choiak

Haremhab war da.

Er ist eine angenehme Erscheinung, geschmeidig und braungebrannt. Er ist zehn Jahre jünger als der Pharao, aber man könnte ihn leicht für seinen Enkel halten. Er kleidet sich mit der für ranghohe Soldaten typischen Eleganz: schweres Leder und glänzende Metallborten.

Bekannterweise behauptet er, ein unehelicher Sohn des letzten

Thutmosis, des Vaters meines Herrn, zu sein; aber ich weiß mit Sicherheit, woher die Gunst, die er genießt, in Wirklichkeit kommt: Sein Vater war ein Krieger, der sich im achten Jahr der Herrschaft Thutmosis' beim Niederkämpfen eines Aufstandes in Nubien aufopferte, um seinen König zu retten. Der Pharao ließ das Kind des Kriegers am Hof aufwachsen und stellte es, als er kurz darauf verstarb, unter den Schutz Amenophis'.

Er schlug die Militärlaufbahn ein und bewährte sich außerordentlich, so daß er jetzt der angesehenste und ranghöchste Befehlshaber des ägyptischen Heeres ist.

Er erschien pünktlich, und um mir die Ehre zu erweisen, die der Königin zusteht, warf er sich ausgestreckt zu Boden, zunächst an der Türschwelle und dann noch einmal vor meinem Sitz. Dort blieb er unbeweglich liegen, bis ich ihn ansprach. Ich war auf so etwas nicht vorbereitet und war verwundert und auch etwas mißtrauisch.

Ich bat ihn, Platz zu nehmen, und erwiderte seine Höflichkeit, indem ich ihn freundlich fragte, aus welchem Grund er mich sehen wolle.

Da erzählte er mir, daß er soeben von seiner diplomatischen Reise in das Land der Hethiter, auf die Inseln Alasia, Rhodos und Caftor zurückgekehrt sei, und daß er überall von diesen Fremden aufgefordert worden sei, von der jüngsten Frau seines Pharaos zu sprechen: von der, die alle nunmehr Nofretete nennen und deren Ruf so sehr die Phantasie weit entfernter Völker entzündet, daß sie in der ganzen Welt bereits zu einer Legende geworden ist.

Wahrscheinlich log der Mann in der zweifachen Absicht, mir zu schmeicheln und sich selbst zu rechtfertigen: Und doch tat er das mit einem für einen Krieger ziemlich ungewöhnlichen Charme.

Ich wollte ihn gerade unterbrechen, als Lahariat mit vier Sklaven erschien: Zu zweit schleppten sie mit Mühe je einen riesigen Krug, der übervoll mit unbekannten Blumen war. Sie stellten diese Geschenke nah bei mir ab, und ein fünfter Sklave legte eine kleine Truhe aus goldenem Obsidian zu Haremhabs Füßen.

Als das unerwartete und im Grunde unerlaubte, geschäftige Durcheinander vorbei war, hieß Lahariat die Männer hinausgehen und schickte sich an, ihnen zu folgen; in diesem Augenblick entdeckte ich eine Spur von Enttäuschung auf ihrem Gesicht, denn obwohl sie sich wiederholt unter Haremhabs Augen aufgehalten hatte, schien dieser sie nicht wiedererkannt, ja nicht einmal Notiz von ihr genommen zu haben. Als sie nun gerade zwischen mir und meinem Gast vorbeigehen wollte, bedeutete ich ihr mit einem Zeichen, stehenzubleiben. An Haremhab gewendet, aber den Blick auf Lahariat gerichtet, sagte ich dann mit einem Lächeln:

»Ich bin nicht viel herumgekommen, General, doch eins kann ich dir versichern: Wenn die Achtung, die du in der Welt genießt, derjenigen gleicht, die dir in diesem Saal entgegengebracht wird, ... dann übersteigt dein Ruhm den meinen bei weitem.«

Lahariats Wangen wurden rot wie zwei Mohnblumen, sehr zum Vorteil ihres Gesichts, das plötzlich sehr viel jünger wirkte. Sie blinzelte kurz zum General hinüber, der verständnislos dastand. Dann sagte ich:

»Haremhab, kennst du diese Frau nicht?«

Endlich sah er sie aufmerksam an. Sogleich sprach er ihren Namen aus und fügte hinzu:

»Kleine Lahariat ... wie viele Jahre ...«

»Zu viele, Herr«, antwortete sie und kniete vor ihm nieder. Doch gleich stand sie wieder auf und lief aus dem Saal, wie eine, die vor ihrem eigenen Gefühl die Flucht ergreift.

Durch diesen Zwischenfall war nicht nur Haremhabs Rede unterbrochen worden: In gewisser Hinsicht war auch das selbstsichere Auftreten, das er am Anfang gezeigt hatte, ins Wanken geraten. Und er war in der Tat verlegen, als er wieder ansetzte:

»Wie gesagt ... auf all diese Fragen über deine Person mußte ich, ein Ägypter und General und Botschafter des großen Amenophis, mit Beschämung gestehen, daß ich dich gar nicht kannte. Deshalb habe ich darum gebeten, dich zu sehen.«

Ich lächelte ihn an und dachte zufrieden, daß es am Ende nicht schwer gewesen war, einen so wichtigen und starken Mann in Verlegenheit zu bringen. Darum beschloß ich, ihm entgegenzukommen:

»Und doch hast du gehandelt, als würdest du mich nur zu gut kennen. Wenn diese Blumen ein Geschenk von dir sind: Nichts wäre mir willkommener gewesen.«

»Diese Vasen enthalten alle Blumen Ägyptens, und ich ließ sie für dich sammeln. Betrachte sie als ein Geschenk dieses Landes.«

Kein Geschenk von ihm also, sondern von diesem Land. Seine Rede klang wohlgesetzt und höflich, und ich hielt sie für reine Galanterie. Bis er sagte:

»Da ich aber wußte, daß deine Schönheit sämtliche Blumen Ägyptens übertreffen würde, habe ich dir auch die Samen einer Blume gebracht, die nur auf der Insel Rhodos wächst. Sie ist unvergleichlich schön, und keine andere hat einen zarteren Duft. Ich lege diese Samen in deine Hände, damit du sie pflanzen kannst und auf ägyptischem Boden zum Blühen bringst.«

Dabei hob er den Obsidianschrein auf und reichte ihn mir.

Ich dankte ihm und erklärte, dies sei für mich ein weiterer Grund, diesem Land, in dem ich so vielen wunderbaren Dingen und menschlichen Tugenden begegnet war, dankbar zu sein. Nun nahm unser Gespräch einen weniger mondänen und offiziellen Ton an und wurde ungezwungener.

Wie schon Juja war auch er über meine Anwesenheit in Schedet unterrichtet, äußerte sich aber nicht über die Schlacht an sich, sondern lobte lediglich meinen Mut und meine Geschicklichkeit zu Pferde. Ich konnte es mir aber nicht verkneifen, ein Loblied auf Amenhoteps militärische Fähigkeiten und seine Tüchtigkeit auf dem Schlachtfeld anzustimmen.

Er stimmte zwar meinem Urteil mit einem lauen Lächeln zu, ließ dann aber gleich die Bemerkung einfließen, das Besetzen der Streitwagen mit drei Mann statt mit zweien sei eine von ihm selbst neuerdings eingeführte Verbesserung, die sich offenbar sehr bewährt habe. Dieser schwache Punkt, den ich in seinem Charakter entdeckte, ließ ihn mir kleiner erscheinen. Ich versuchte das Gespräch auf seine Reisen zu bringen.

Über das Reich Hatti war er sehr zurückhaltend, als gäbe es Geheimnisse, die er nicht preisgeben darf; aber aus den knappen Bemerkungen zu den Hethitern entnahm ich, daß er ihre Streitkräfte fürchtet und mehr noch die finstere, erbarmungslose Gewalttätigkeit dieses Volkes.

Ausführlicher fiel dagegen sein Bericht über die Inselbewohner aus. Er erzählte mir, er habe in Alasia über die künftige Einfuhr von Kupfer verhandelt und das Angebot, dort Söldner anzuwerben, ausgeschlagen, denn im Augenblick brauche Ägypten zur Verstärkung seines Heeres mehr Waffen und Wagen als Männer.

In Rhodos hatte er den Auftrag zum Bau von drei Hochseeschiffen erteilt, die sich aber auch für die Schiffahrt auf dem Nil eignen. Er sagte, die Achäer auf Rhodos legten mehr Wert auf ein Bündnis mit uns als auf unser Gold, denn sie lebten in ständiger Furcht vor einem möglichen Überfall der Hethiter. Schließlich erzählte er mir von den Keftiu, den letzten Erben der minoischen Kultur, die vor mehr als dreihundert Jahren durch das Große Erdbeben auf der Insel Caftor zugrunde ging. Sie leben sehr bescheiden von Viehzucht und Handwerk: Die schöne Truhe, die er mir geschenkt hat, stammt von dort. Diese Fertigkeiten und eine mythenreiche Religion scheinen diesem Volk zu genügen, so daß es zufrieden, aber doch unfähig ist, den vergangenen Glanz wiederzubeleben.

Es machte mir Freude, ihm zuzuhören, und mir wurde klar, daß seine Kenntnis der Dinge weitaus tiefer ist als die, die er nach außen hin zeigt: Und dies ist ein guter Zug an ihm.

Während er sprach, bohrten sich seine dunklen Augen in die meinen und untersuchten flüchtig, aber beharrlich jede Einzelheit meines Körpers. Ich bin dies gewöhnt, und es machte mich gewiß nicht verlegen. Aber genau das hinderte mich wahrscheinlich daran, ihn vertraulich über den jungen Amenophis auszufragen. Man hört im allgemeinen, daß er im Begriff ist, heimzukehren, manche behaupten gar, er sei schon da, aber niemand hat ihn bis jetzt in Malkata gesehen.

Später, als Haremhab sich verabschiedete, war ich wegen eines Details nachträglich froh, auf Fragen verzichtet zu haben. Bevor er niederkniete, nahm er aus einer der Vasen eine langstielige Didi-Blüte und reichte sie mir so hin, daß die Blütenblätter zweimal meine Brust berührten. Ich nahm die Blume und gab sie ihm lächelnd zurück:

»Bring deiner Frau Mutnodjme diese Blume von mir und sage ihr, daß in Mittani der Volksglaube ihr die Eigenschaft zuschreibt, im Weibe Liebeslust und Fruchtbarkeit anzuregen.«

Darauf verfinsterte sich sein Blick, und mit leicht gesenktem Kopf erwiderte er leise:

»Auch die Ägypter kennen die Macht dieser Blume.«

Er ist Krieger und mußte seine Tapferkeit zeigen, doch ich sah, daß er mit einem gequälten Lächeln fortging wie ein enttäuschtes Kind.

Und vielleicht bedauerte ich es selbst ein wenig.

15. Tag des Monats Choiak

Manchmal gibt es im Leben kleine Ereignisse, die große Bedeutung haben, und große Ereignisse, die ziemlich unwichtig sind.

Manchmal glaubt man, auf einem ebenen Weg zu gehen, dabei steigt er unmerklich an; oder auf einem geraden Weg, der jedoch kaum wahrnehmbar, aber beständig in eine andere Richtung führt. So ist man am Ende ganz woanders, als man dachte. Ich habe mich oft gefragt, wie die Schiffskapitäne in der immer gleichen Weite des Meeres ihren Zielhafen finden können. Sie sehen hinauf zu den Sternen, ja. Auch wir blicken zum Himmel empor und bitten die Götter um Licht, doch, wie ich meine, mit weniger Erfolg.

Ein kleines Ereignis, das mir allerdings sehr bedeutend vorkommt, ist mein Fortschritt in der Kenntnis der ägyptischen Sprache. Es gibt nur wenige Wörter, die ich noch nicht kenne, und ich kann nun ziemlich flink die hieratische Schrift anwenden und die schönen Papyrusblätter benutzen, die Philae mir besorgt hat. So bin ich von der Keilschrift und den Tontäfelchen abgekommen: Ich verwende sie nur noch, um Botschaften zu schicken (ich verdanke Lahariat viele praktische Ratschläge). Und von dieser Sprache beherrsche ich inzwischen zufriedenstellend auch die nicht leichte Aussprache, die mich fesselt und begeistert. Denn sie gleicht fast einer Liebesübung, bei der sich die Lippen leicht öffnen, um gewisse Rauheiten zu glätten, in der die Zähne ihre Härte spüren lassen und die Zunge immer in Bewegung ist, um die Laute zu fangen und sie miteinander zu verschlingen, während der Gaumen vibriert, als träfe ihn ein Wind, der aus dem Herzen kommt.
Ein großes Ereignis, das aber nur scheinbar wichtig ist, ist dagegen meine Ehe mit Amenophis: Denn unsere Beziehung war

flüchtig und aussichtslos und könnte sich nur dann ändern, wenn er durch ein Wunder genesen würde und länger lebte, als man im Augenblick erwartet.

29. Tag des Monats Choiak

Noch während unserer Schiffahrt hatte Amenhotep angedeutet, daß ich nach meiner Ankunft in Theben bei Ptahmosis, dem Ersten Propheten des Amun und Oberhaupt der thebanischen Priester im Karnak-Tempel, um Audienz würde bitten müssen. Dies sei aus politischen und zeremoniellen Gründen notwendig, um der religiösen Obrigkeit und ihrem mächtigen Vertreter meine Ehrerbietung zu bezeigen.

Da dies bisher noch nicht geschehen ist (und bei den Priestern scheint jemand auf die Verzögerung aufmerksam geworden zu sein), teilte mir der besorgte Amenhotep vorgestern mit, er habe die Begegnung für morgen festgelegt und wünsche vorher in Ruhe mit mir darüber zu sprechen.

So suchte er mich heute morgen auf, und wir unterhielten uns lange.

Es war kein eigentliches Gespräch, sondern ein ausführlicher und sehr zweckmäßiger Unterricht über die gegenwärtige innenpolitische Lage Ägyptens.

Wie immer hörte ich ihm sehr aufmerksam zu, bemerkte aber, daß sich seine Worte diesmal an jemand anderen richteten: nicht mehr an das Mädchen, das durch die Ehe in ihre Familienrolle eingeführt werden mußte, sondern an eine Person, der in den politischen Kreisen eines Königshofs eine offizielle Stellung zugewiesen worden war, gemäß einem Brauch, den es zu begreifen und anzunehmen galt.

Also ist dies ein wichtiger Tag, denn er bezeichnet die Übernahme meiner Rolle und meinen Eintritt in die Welt Ägyptens.

Davon abgesehen, habe ich nach diesem vorbereitenden Gespräch den Eindruck gewonnen, daß sich die ägyptischen Priester nicht sonderlich von den mittanischen unterscheiden.

Seit vielen Jahren schon, genauer seit Beginn der Herrschaft Thutmosis', Amenophis' Vater, ist anscheinend eine Art Machtkampf zwischen der Amun-Priesterschaft und dem Staat im Gange.

Soweit ich verstanden habe, handelt es sich um einen stillen, aber erbitterten Kampf, der eher durch Taten als durch Worte ausgetragen wird.

Durch seine Priester hat Amun die übrigen Götter Ägyptens in den Schatten gestellt, und durch den neuen Namen Amun-Re erhebt er sozusagen Anspruch auf die Sonnenattribute des Re, der in den verschiedenen Mythen über die Abstammung der Götter Ägyptens immer als der Urgott galt.

Amuns Reichtümer gehören selbstverständlich seinen Priestern und sind über Hunderte von Jahren unermeßlich angewachsen: Zu ihnen zählen die größten Gutshöfe des Landes, riesige Viehherden, zahlreiche Betriebe jeder Art, Bergwerke, sogar die vollständigen Tributzahlungen einiger vor kurzem unterworfenen Städte an der östlichen Grenze oder so manches ägyptische Nomos.

All dies selbstverständlich zum Ruhme Amuns, nicht etwa zum Wohlergehen seiner Verwalter, die sogar Armut und Askese heucheln.

Was den Pharao in letzter Zeit am meisten erzürnt hat, war angeblich die Meldung des Nomarchen von Abodu – die im übrigen vom Regierungsinspektor bestätigt wurde –, im vorigen Jahr habe die freiwillige Spende an die dortige Amun-Priesterschaft den Steuerertrag überstiegen.

Es handelt sich also nicht nur um einen Staat im Staat, sondern um eine Art Innenstaat, der dabei ist, den eigentlichen Staat buchstäblich zu erdrücken: durch seine Macht und, was noch schlimmer ist, mit der Zustimmung und unbewußten Unterstützung des Volkes.

Demnach gibt es zwei Lager: auf der einen Seite die Priester im allgemeinen, angeführt von der Amun-Priesterschaft im besonderen; auf der anderen Seite den Pharao mit seiner Familie, dem Hofstaat, dem Adel und dem Beamtentum. Doch, unterstrich Amenhotep, ist die Lage nicht so einfach, denn das wachsende

Ansehen der Amun-Priesterschaft hat viele weltliche Persönlichkeiten dazu bewogen, ihr beizutreten; man denke nur, daß Tejes Bruder Anen Zweiter Prophet des Amun ist, und viele junge Adelige schlagen, von Macht und Reichtum angezogen, die Priesterlaufbahn ein, statt in den Staatsdienst zu treten.

Andererseits gibt es auch innerhalb des Klerus Spaltungen, denn die Macht und der Erfolg der Amun-Priester erwecken Neid und Widerstand bei den anderen. In Theben zum Beispiel hassen die Priester der Mut und des Month ihre mächtigen Amun-Kollegen wegen der untergeordneten Stellung, die diese ihnen aufzwingen. Diese Abhängigkeit ist allerdings viel geringer geworden, nachdem der Pharao mit kluger Einsicht ihren Tempeln beachtliche Schenkungen und einige Pfründen zukommen ließ.

Während seiner Herrschaft hat Amenophis vielfach versucht, diese ungebührliche Übermacht einzudämmen: am wirksamsten durch einen königlichen Beschluß, der die Trennung des Re-Kults vom Amun-Kult vorschreibt. Andere Maßnahmen hatten dagegen lediglich symbolische Bedeutung wie die Errichtung des Malkata-Palastes am westlichen Ufer des Flusses, das heißt, weit entfernt von den Tempeln Amuns, oder die Benennung der königlichen Barke »Funkelnder Aton«. Oder die frühere Angewohnheit des Pharaos, sich längere Zeit in Memphis als Gast der Ptah-Priester aufzuhalten, die traditionell mit denen Amuns verfeindet sind. Nebensächlichkeiten also, wenn man bedenkt, daß der Pharao der Überlieferung nach die lebendige Erscheinung des Sonnengottes ist und »Der, dem jede Gewalt zusteht«, einschließlich der Ernennung der Priester.

Amenhotep meint andererseits, der Pharao hätte kaum mehr unternehmen können, ohne zu riskieren, der Ketzerei bezichtigt zu werden und vor allem die Zustimmung des Volkes zu verlieren. Deshalb erhielt er den Amun-Kult aufrecht, mit einigen Einschränkungen für die Priesterschaft und ohne die anderen Götter Ägyptens zu vernachlässigen.

Amenhotep behauptet, vor diesem Hintergrund und angesichts der wahrscheinlichen Eheschließung zwischen mir und dem künftigen König seien die Priester in Theben sehr neugierig auf mich geworden und würden gerne wissen wollen, ob sie in Zukunft in mir eine Feindin haben werden und, wenn ja, eine wie gefährliche.

»Zu diesem Zweck werden sie dich ausfragen«, sagte er abschließend. »Dies solltest du wissen.«

Wir sahen uns so tief in die Augen, daß ich glaubte, seine Antwort bereits zu kennen, als ich die Frage stellte:

»Möchtest du mir einen Rat geben, Amenhotep?«

»Nein, Nofretete. Du kennst deine Gedanken und deine Stellung, und ich kenne sie ebenfalls.«

Ich war sehr stolz, daß er mich diese Hürde allein nehmen ließ und seine Hand nur ausstreckte, um mir den Weg zu zeigen, nicht um mich zu stützen. Deshalb erwiderte ich:

»Ich danke dir von Herzen, Amenhotep.«

30. Tag des Monats Choiak

Beim Betreten des großen Westtores im Karnak-Tempel an der Seite Amenhoteps fiel mir unser Besuch im Palast der Täuschung wieder ein.

Doch wie verschieden sind die beiden Orte, und wieviel Zeit scheint zwischen den beiden Ereignissen zu liegen.

In Schedet war es die Ungewißheit über den richtigen Weg, die Anspannung der Wahl und die Angst vor dem Fehler, vor der möglichen Verirrung, es war die Herausforderung, die von den Mauern und den Türen kam und vom Wanderer angenommen und weitergegeben wurde, das bange Sich-Hineinwagen ins Unbekannte, willkürlich auf Licht oder Schatten setzend, die Verwegenheit, nur auf sich gestellt zu sein, und als einzigen Lohn die vollkommene Freiheit.

In Karnak dagegen Weite und Licht, und darin eine einzige Straße, die dich einladend lockt: eine Perspektive wie ein Trichter, in dem es keiner Wahl bedarf, wo alles klar darliegt, so daß du ohne quälende Zweifel und ohne jede Verantwortung voranschreitest; von der Last möglicher Fehler befreit kennst du, selbst wenn du dich selbst aufgegeben hast, immerhin dein Ziel.

Wir wandelten auf der Widderallee, die zum Tempel führt, bis wir über eine riesige Säulenhalle den Zugang zum großen Pylon erreichten. Davor fing uns ein weiter Vorbau in seinem angenehmen Schatten ein und lud uns zum Verweilen.

Die Reliefs auf den Säulen erzählen vom Ruhm Amenophis' III. Eines zeigt Amun und eine kleine, wunderschöne weibliche Gestalt, die vor dem Gott niederkniet. Ich las die Inschrift:

> »Der Gott kam, um sie zu besitzen; und das Weib roch den Duft des Gottes und empfand Lust nach ihm, und gezeugt wurde der König von Ober- und Unterägypten.«

Wir schritten langsam vorwärts und betrachteten die Wände.

»Hast du diesen Teil des Tempels gebaut, Amenhotep?«

»Ja. Diesen und andere Teile auch. Vor der Regierung unseres Pharaos war der Tempel viel kleiner, es gab noch nicht den Heiligen See und andere Bauten, die ich dir zeigen werde.«

»Du sagtest einmal, daß du mit dem Stein schreibst. Nichts ist wahrer als dies, Amenhotep.«

»Was habe ich denn an diesem Ort geschrieben?«

Ich hob einen Arm und zeigte vor uns auf die Flucht endloser Zugänge: Jeder wirkt wie ein Versprechen weiterer Befreiung. Ich sagte:

»Dies ist die Religion, dies ist der Glaube. Du mußt nur glauben, folge den Anweisungen und schreite vorwärts, und du wirst zum Gott gelangen. Ein Tor nach dem anderen, ein Pylon nach dem anderen: Hier mußt du weder zögern noch fürchten ... du mußt vielleicht nicht einmal denken!«

»Nicht ich, Nofretete, habe dies geschrieben. Ich habe nur wiederholt, habe nur abgeschrieben, was der ägyptische Tempel ist und sein soll.«

Wir gingen durch das erste Tor und traten in einen kleineren Hof. Zwischen zwei hohen Obelisken öffnete sich ein zweites Portal. Die pyramidenförmigen Spitzen der Obelisken leuchteten wie Fackeln unter den Sonnenstrahlen, die sich in den goldverkleideten Oberflächen spiegelten.

Zwei weitere, noch höhere Obelisken standen in der Mitte des nächsten Hofes, der von einem Säulengang umgeben war. Hier traten zwei junge Priester auf uns zu, grüßten mit einer knappen Verbeugung und sagten eilig:

»Folgt uns, man erwartet euch.«

Die Begegnung mit Ptahmosis gehört nicht zu denen, an die man gerne zurückdenkt. Schon die Art, wie er uns empfing! Auf einem sehr hohen Thron sitzend, sprach er zu uns. Ich glaube, kein Pharao hat jemals den geringsten seiner Untertanen so behandelt. Und wie um diese Haltung auszugleichen, ließ er in einer widerwärtigen Zurschaustellung seiner diplomatischen Tugenden falsche Ehrerbietung auf uns herabregnen.

Es war, als sagte er uns: Wir sind Gott auf Erden und ihr gemeine Sterbliche – aber ihr habt Glück, denn wir sind großzügig und wohlwollend.

Also wurde Amenhotep mit »unser genialer Baumeister« betitelt, ich war »die göttliche Kleine« oder so ähnlich. Jedes heuchlerische Lob barg zugleich einen Widerruf in sich, der in salbungsvoll-väterlichem Ton verabreicht wurde und das unüberwindliche Gefälle zwischen Herrscher und Untergebenen unterstreichen sollte.

Ich hatte den Eindruck, daß Amenhotep einen solchen Empfang auch nicht erwartet hatte und ihn keineswegs schätzte.

Im übrigen bestand das Gespräch aus Gemeinplätzen, außer als er mich fragte, welchen Gott ich bis jetzt angebetet habe.

»Schimige«, lautete meine Antwort.

»Das heißt unseren Amun-Re, nur unter einem anderen Namen.«

»Ja«, erwiderte ich und fügte gleich hinzu: »Das heißt, die Sonne.«

Er sah mich einen Augenblick lang unschlüssig an und fragte dann:

»Wärest du bereit, Priesterin des Amun zu werden?«

Bei dieser Frage glaubte ich zu spüren, wie Amenhoteps Augen voll Unruhe auf mich gerichtet waren.

»Ich fühle mich dessen noch nicht würdig«, erwiderte ich ohne lange zu überlegen, hatte aber den Eindruck, die richtige Antwort gefunden zu haben.

Plötzlich ertönten im Tempel einige Gongschläge. Wie ich später erfuhr, kündigten sie die Mittagszeremonie an.

Darauf erhob sich Ptahmosis und stieg von seiner Kanzel herab zu uns. Er bedeutete uns, ihm zu folgen, und sprach zugleich einige Abschiedsworte. Von einer Schar beflissener Priester umgeben, schritt er dann durch unzählige lange Gänge bis zu einer Vorhalle, deren Decke auf zahlreichen Säulen ruht. Ein große Türe aus schwerem Gold öffnete sich und gab den Blick auf einen Saal frei, in den das Licht von oben als senkrechter Sonnenstrahl auf einen Katafalk fiel, um den sich ein dünner, blütenweißer Vorhang bauschte.

Mit Ausnahme des Ersten Propheten, der unbeweglich und mit gesenktem Kopf vor dieser Tür stehenblieb, knieten alle Anwesenden nieder und wir beide ebenfalls.

»Das ist das Heiligtum des Gottes. Hier hat niemand Zutritt, der sich nicht durch viele Jahre Priesteramt geläutert hat«, flüsterte Amenhotep mir ins Ohr.

Ich schaute hinein und sah, wie der Schleier, der Gott verbarg, einem leichten Windstoß nachgab: Langsam hob er sich und fiel wieder in sich zusammen, es sah aus wie eine müde Handbewegung.

Dann betrat der Prophet den Raum, und die Tür ging hinter ihm zu. Und wir waren unwiderruflich ausgeschlossen.

Als wir wieder alleine waren, zeigte mir Amenhotep die übrigen Bereiche des Tempels und all das, was sich innerhalb des ausgedehnten heiligen Bezirkes befindet.

So sah ich das blaue Wasserbecken, in dem die Priester mehrmals am Tag ihre Waschungen vornehmen, und die Warenspeicher und Schatzhäuser und das Gehege für die Vogelzucht.

Die Mittagssonne brannte erbarmungslos auf uns herab, und auch das leichte Chepresch, das ich auf dem Kopf trug, bot keinen Schutz mehr vor ihren Strahlen. Wir blieben vor einem niedrigen Bau stehen.

»Siehst du«, sagte Amenhotep, »das ist das Haus des Lebens, in dem ich studiert und Medizin gelehrt habe. Wir werden hier sicher jemanden finden, der uns eine Erfrischung anbietet.«

In der Tat war jeder, dem wir begegneten, sichtlich erfreut, Amenhotep zu sehen, und alle grüßten ihn herzlich und respektvoll. Offensichtlich war ein Schreiber oder ein Student vorausgeeilt, um die älteren Gelehrten über den Besuch zu informieren, denn wir hatten kaum einige der für den Unterricht bestimmten Innenhöfe gesehen, als Senufer, der Leibarzt des Pharaos und Höchste Lehrer im Haus des Lebens, uns entgegenkam.

Er umarmte Amenhotep sehr herzlich und entschuldigte sich bei mir für seine Überschwenglichkeit: Der Grund dafür sei die seltene Freude über den Besuch eines Freundes, der, wie er wörtlich sagte, »... groß und verschwiegen ist wie der Gott Toth«.

Wie Amenhotep vorausgesagt hatte, führte uns Senufer in sein kleines privates Gemach und bot uns köstlich frisches Wasser und leckeres Honiggebäck an.

Dann setzten wir unsere Besichtigung des Lebenshauses fort. So unauffällig wie möglich gingen wir durch einige Innenhöfe, in denen einzelne Fächer der Heilkunst unterrichtet wurden. In jedem war auch ein Schreiber anwesend, der sich Notizen machte und den Text des behandelten Stoffes niederschrieb.

Als wir uns dem dritten Hof näherten, hörten wir ungewöhnlich lebhafte Stimmen, die aber sofort verstummten, als wir uns zeigten.

Es waren einige Studenten, darunter ein Priester, und zwei weltliche Lehrer höheren Ranges. Beim Anblick Senufers verneigten sich alle. Er erwiderte ihren Gruß und fragte in freundlichem Ton:

»Welch aufregendes Thema läßt denn eure Stimmen so hoch hinauf fliegen?«

Sie lächelten verlegen. Dann ergriff der eine Lehrer das Wort und sagte, indem er auf seinen Kollegen zeigte:

»Ein alter Streit, der immer noch aktuell ist, entzweit uns, Meister. Ich behaupte, dem großen Unwissen der Ärzte über Form und Funktion vieler Körperteile könnte beträchtlich abgeholfen werden, wenn man Zugang zu den Kenntnissen der Einbalsamierer hätte, die täglich Dutzende von Leichnamen öffnen und sezieren. Ich glaube, daß sie bereits viel mehr wissen als wir Ärzte. Wenn aber irgendein Gesetz oder Brauch uns verbietet, uns ihre Erfahrung zunutze zu machen, dann sollten wir selbst mit großer

Demut ihre Kunst erlernen, selbstverständlich mit einem anderen Ziel, nämlich dem, zu lernen.«

Bei diesen Worten verstummten alle Anwesenden. Amenhotep und ich wechselten einen Blick. Der Priesterstudent war puterrot angelaufen und konnte sich nicht beherrschen:

»Wie kann man etwas Derartigem nur Gehör schenken!« rief er und hätte wer weiß was noch hinzugefügt, wenn Senufer ihm nicht schroff das Wort abgeschnitten hätte. Er sah ihn streng an und sagte:

»Ganz gleich, welcher Irrtum begangen oder welche Dummheit gesagt wird: du bist hier in jedem Fall der letzte, der das Wort ergreifen darf; besser noch, du sagst überhaupt nichts, denn du bist vor allem hier, um zuzuhören.«

Dann ging sein scharfer Blick von dem Studenten, der sich wohl durch seinen Status als Priester zu dieser unvorsichtigen Rede berechtigt hielt, hinüber zu dem jungen Lehrer, der vor dem großen Meister ebenfalls waghalsige Meinungen vertreten hatte.

»Wie heißt du?« fragte er ihn.

»Ich heiße Pentu, Meister.«

»Gut. Erstens darfst du mich nicht Meister nennen, nachdem du von mir anscheinend nicht viel gelernt hast. Dann mußt du wissen, daß es sich mit dem alten Streit genauso verhält, wie du gesagt hast, und zwar deshalb, weil die menschliche Dummheit eben alt und leider immer noch aktuell ist. Nun antworte mir, Pentu: Kennst du die Pyramidentexte?«

»Ja, Herr.«

»Und kennst du auch die Sarkophagtexte?«

»Ja, Herr.«

»Willst du uns sagen, was sie sind und was sie enthalten?«

»Es sind heilige Texte unserer Religion, und sie enthalten eine Vielfalt von Regeln, die eingehalten werden müssen, um das Wohlergehen des Verstorbenen, sein Weiterleben im Jenseits, sein Aufsteigen in den Himmel und sein ewiges Leben zu sichern.«

»Nun, Pentu: Was ist wichtiger für dich, das irdische oder das ewige Leben?«

»Das ewige Leben, Herr.«

»Und hättest du es gern, wenn nach deinem Tod ein Kollege

oder meinetwegen ein Einbalsamierer daranginge, deinen Körper zu zerstückeln, und dadurch dein Weiterleben im Jenseits vernichtete, und sei es, um die gelehrte Wißbegierde der Medizin zu befriedigen?«

Pentu antwortete nicht gleich, obgleich die Augen aller auf ihn gerichtet waren. Ich betrachtete ihn aufmerksam und sah, daß ein quälender Gedanke ihn am Sprechen hinderte. Schwankte er zwischen dem Wunsch nach dem ewigen Leben und der Furcht, es zu verlieren? Oder stellte er als Arzt seine Wissenschaft über jedes Jenseitsversprechen und zögerte nur, weil er seinem Meister nicht mißfallen wollte?

»Ich warte auf deine Antwort, Pentu.«

»Viele Krieger geben ihr Leben hin für das Vaterland. Warum sollte ein Arzt nicht seine Seele für die Medizin hingeben dürfen?«

Ein Raunen ging durch die Anwesenden, und Senufer wirkte so zornig, als wolle er Pentu verfluchen. Da hob Amenhotep die Hand und sagte:

»Gestatte, großer Senufer, daß ich dem jungen Kollegen antworte.«

»Gewiß«, erwiderte Senufer, »ich bin dir dankbar, denn du befreist mich von einer qualvollen Aufgabe.«

Durch das Gemurmel und die entgeisterte Mißbilligung der Anwesenden war der arme Pentu ganz blaß geworden und schien sich seiner Sache nicht mehr so sicher. Ich war die einzige, die ihn freundlich ansah, doch er schien es nicht zu bemerken; oder aber er hielt nicht viel von der Meinung einer Frau.

Mit Erleichterung vernahm ich also Amenhoteps Worte:

»Unser kleiner Bruder ist einem großen Irrtum unterlegen, aber es mag euch wundern, ich kann ihn deswegen nicht verurteilen. Denn ich bin alt genug, um zu wissen, daß ein Irrtum, der aus einem Übermaß an Großmut entspringt, besser ist als eine rechte Tat, die ihren Grund nur im eigenen Nutzen hat. Im ersten Fall haben nämlich die anderen, von denen mich mancher hier so entsetzt ansieht, nichts zu fürchten, denn: Liegt ein Irrtum tatsächlich vor (so wie hier), wird er nur für den, der ihn begangen hat, Folgen haben. Im zweiten Fall aber wird der mögliche Irrtum (der fast immer verborgen bleibt und doch vorhanden ist), vor allem diejenigen treffen, die ihn nicht begangen haben.

Doch nun zu dir, Pentu. Angenommen, du überließest uns, um den Preis deiner Seele, deinen Körper als Erbe; und wir machten, um den Preis einer Handlung, die die Götter verabscheuen, davon Gebrauch, um einige Einzelheiten des menschlichen Körpers zu erkunden: Glaubst du denn, die Wissenschaft würde daraus einen großen Nutzen ziehen?

Ach, ich weiß wohl, was du mir antworten willst! Ja, willst du antworten. Und hinzufügen: Wäre der Nutzen auch gering, so würde er durch die häufige Wiederholung schließlich zu einem großen Nutzen anwachsen. Doch ich sage dir: Nein. Das Ziel der Medizin ist nicht so sehr, über die Natur zu triumphieren, indem man Krankheiten und letzten Endes den Tod besiegt, sondern vorläufige Heilungen herbeizuführen, Schmerzen zu lindern, den Menschen von der Demütigung des Krankseins zu befreien und ihn angesichts des Todes stark zu machen. Angesichts des Todes, der sich einen Schritt jenseits der Grenze zwischen Medizin und Religion befindet.

Es ist wahr, daß eine bessere Kenntnis unseres Körpers uns auf Umwegen dabei helfen könnte, ihn besser zu pflegen und, im günstigsten Fall, manche Krankheit zu beseitigen. Aber für jede besiegte Krankheit träte eine neue auf, und immer wird es eine geben, die uns unwiderruflich den Tod bringt.

Weder sollen wir die Natur besiegen noch uns ihrem Lauf entgegenstemmen. Vergeblich würden wir dem Nil Dämme und Hügel in den Weg stellen, um ihn daran zu hindern, das Meer zu erreichen. Er würde lediglich seinen Lauf ändern, einen längeren Weg brauchen, aber früher oder später doch zum Meer finden.

So wird jeder Fortschritt unserer Heilkunst, sei es durch Forschung, Entdeckungen, große Opfer oder große Grausamkeiten, uns nur gestatten, die Tür zum Tod um einige Schritte zu verlegen – niemals aber, sie zuzumauern. Denn gelänge es uns tatsächlich, den Tod zu besiegen, so würden wir gleichzeitig auch das Leben besiegen. Wenn es aber so ist, mein lieber Pentu, bist du dann bereit, für einen so geringen Vorteil mit deiner Seele zu bezahlen oder mit der Seele irgendeines Menschen, sei es auch der schlimmste Feind Ägyptens? Sag mir, Pentu. Bist du dazu bereit?«

In dem allgemeinen quälenden Schweigen begann Pentu, den Blick zu Boden gesenkt, langsam den Kopf zu schütteln. Es war nicht klar, ob er damit sagen wollte, daß er nicht bereit war, oder aber, daß er alles verwarf, was Amenhotep gesagt hatte.

Doch anscheinend hatte Amenhotep keine Zweifel in dieser Hinsicht. Er meinte nur noch:

»Nun gut. Ihr alle sollt aber wissen, daß der Irrtum, der heute so viel Anstoß und Mißbilligung in diesem Kreis hervorgerufen hat, dieser Vorschlag unseres kleinen Bruders, eines Tages gewiß nicht mehr Anstoß und Mißbilligung erregen und im Gegenteil allseits angenommen werden wird. Denn nichts ist faszinierender und erfolgreicher als ein großer Irrtum. Dies ist meine Überzeugung.«

Als wir später im Boot saßen, um nach Malkata zurückzukehren, und ich mir Amenhoteps Rede ins Gedächtnis rief, um sie hier wiedergeben zu können, fragte er mich:

»Warum magst du die Priester nicht, Nofretete?«

»Weil sie fast immer so tun, als wäre Gott ihre Erfindung, ihr Monopol oder Eigentum, etwas, das sie zum eigenen Vorteil verwalten.

Und weil sie offenbar davon überzeugt sind, daß Gott immer auf ihrer Seite stehen muß.«

Nach einer Weile war es an mir, zu fragen:

»Sag mir, Amenhotep: Kanntest du diesen Pentu schon?«

»Ja, er hat den Ruf, ein guter Arzt zu sein.«

»Wird ihm etwas geschehen, weil er so gesprochen hat?«

»Man wird ihm sicherlich die Lehre verbieten; dafür wird er aber berühmter werden, und viel mehr Menschen werden ihn aufsuchen.«

»Genau. Ich möchte ihn nämlich auch als Arzt haben.«

Er lachte herzlich und entgegnete:

»Ich dachte, bei Bedarf würdest du mich rufen.«

»Gewiß werde ich dich rufen, falls ich erkranke.«

»Und was möchtest du dann mit ihm?«

»Ich möchte ihn haben, solltest du krank werden.«

Die Zeit vergeht, und seltsamerweise erfährt man nichts Näheres über den jungen Amenophis. Schon viel zu lange sagen alle: »Er wird bald eintreffen«, wie sie von seinem Vater sagen: »Er wird bald sterben.«

Der Malkata-See ist viel kleiner, seit die Nilschwemme zurückgegangen ist. Im Augenblick ist die Lage gut, allerdings weiß ich erst seit ein paar Tagen darüber Bescheid. Manchmal kann die Überschwemmung nämlich zu stark oder zu schwach ausfallen, dann ist sie in beiden Fällen schädlich. Wenn sie aber das richtige Ausmaß erreicht, ist das ein Segen für den Ackerbau in ganz Ägypten, vom südlichen Nubien bis zum Delta.

Dieses Jahr sind die Meldungen der Nilvermesser sehr gut gewesen, und man erwartet ertragreiche Ernten.

Ich wollte es nicht glauben, doch es ist so: Im Volk schreibt man mir diesen Erfolg zu, vielleicht, weil man ihn mit dem Sieg über die Libyer in Verbindung bringt. Man sagt, seit ich ägyptischen Boden betreten habe, seien die Götter Ägypten wohlgesinnt. Wie schön, wenn es wirklich so wäre!

Auf jeden Fall kann ich sagen, daß ich mich allen ägyptischen Göttern gegenüber korrekt verhalten habe. Nach dem großen Tempel in Karnak besuchte ich die von Mut und Month und Chons; in der Nähe des Tals der Könige den Tempel der Göttin Hathor, in dem ich auf ein Standbild der Göttin Ischtar traf. Da Amenhotep mir geraten hatte, mich fromm zu zeigen, wird er mit mir zufrieden sein. Die Besichtigung dieser Bauten – von den Göttern einmal abgesehen – war für mich ein prägendes Erlebnis.

Das schönste Bauwerk ist auch das neueste: der Amun-Tempel in Luxor, Amenhoteps Werk. Er hatte mir einen solchen Eindruck gemacht, daß ich vor drei Tagen mit Lahariat wieder dorthin fuhr, nur um noch einmal den gewaltigen Säulengang zu durchlaufen. Als ich aber aus dem heiligen Bezirk trat, sah ich im spärlichen Schatten des Gebäudes ein Dutzend Männer sitzen. Sie lagen in Ketten, und ich ging ohne zu zögern hin, obwohl ich mir bewußt war, daß ihre Neugier wahrscheinlich ganz anderer Art sein würde als die meine.

Als ich aber nahe genug war, um in ihren Augen zu lesen, erkannte ich darin das ernste und hoffnungslose Warten, das im Blick todkranker Hunde liegt.

Ich begriff, daß sie zum Tode verurteilt waren, was mir eine der beiden Wachen auch bestätigte.

»Es sind Grabräuber. Sie wurden bei der Pyramide in Seila gefaßt, als sie sich mit der Beute davonmachen wollten, genau in der Nacht, in der die Libyer einfielen. Sie wurden heute früh von diesem Gericht zum Tode verurteilt.«

»Ich hatte gar keine Beute bei mir«, wandte einer ein, als spräche er mit sich selbst.

»Wieso war dann die Schatzkammer der Pyramide leer?«

Er machte eine ärgerliche Geste und sagte zornig:

»Nein. Ich war nicht dort, um zu stehlen!«

»Nein? Warum dann?«

Ein anderer antwortete an seiner Stelle: Er hob beide gefesselten Hände und tippte sich mit einem Finger an die Stirn:

»Weil er verrückt ist«, sagte er leise zwinkernd. Als er mein ungläubiges Gesicht sah, beharrte er:

»Ja, wirklich! Er wollte nichts von den Sachen mitnehmen. Er wollte nur die Gegenstände betrachten, Kartuschen kopieren, Siegel prüfen. Als sie ihn festnahmen, hatte er nichts bei sich, nur einige Papyrusblätter mit Notizen.«

Ich betrachtete den Mann aufmerksamer: Er war jung und beinahe schön. Er war ziemlich kräftig, und seine Haltung hatte etwas Natürliches, Unbezähmbares, das seinen Anblick angenehm und seine Mimik unterhaltsam machte.

»Sieh mich an«, sagte ich. Er richtete ein Paar dunkle, unruhige Augen auf mich, die sich weigerten, mir zuviel Aufmerksamkeit zu schenken, und musterte mich mit dem spöttischen Ausdruck desjenigen, der nichts mehr zu verlieren hat. Dies mißfiel Lahariat, die ihn streng zurechtwies:

»Du sprichst mit der Gemahlin des Pharaos!«

Dies schien die anderen Gefangenen mehr zu beeindrucken als ihn. Er lächelte und gab zurück:

»Schön. Ich stehe zu ihren Diensten, fürchte aber, daß ich ihr nicht mehr viel Zeit widmen kann, denn bald wird man mich abholen, und ich werde gehen müssen.«

Diese Antwort, der Ton, der ganze Mensch riefen in mir Bilder der Gegenwart und der Zukunft wach. Gefühl und Vorahnung tobten wild in meinem Kopf. Ich begriff plötzlich, was für ein Mensch er war und daß sein Schicksal in meinen Händen lag.

»Wie heißt du?«

»Sipturi ... Herrin.«

»Ein syrischer Name, würde ich sagen ...«

»Meine Eltern kamen aus Syrien, doch ich bin in Ägypten geboren, und keiner ist mehr Ägypter als ich«, entgegnete er stolz.

»Und du hast studiert?«

»Ich wurde im Lebenshaus in Theben zum Schreiber ausgebildet. Doch ich habe mich immer geweigert, für andere zu arbeiten.«

»Und lieber mit Grabräubern gemeinsame Sache gemacht?«

»Nur, um in die Pyramide von Seila hineinzukommen.«

»Wozu denn, wenn nicht um zu stehlen?«

»Um die Vergangenheit zu erforschen. In Ägypten hat man kein großes Interesse an der Vergangenheit. Oft wird sie vergessen, manchmal sogar ausgelöscht. Es ist aber sehr wichtig, sie zu kennen und in Erinnerung zu behalten, und die Gräber sind der beste Ort dazu.«

»Hast du dies alles dem Richter erzählt?«

»Ja, aber er hat mir nicht geglaubt. Er warf mir vor, ihn betrügen zu wollen. Er sagte, auch ich sei ein Dieb wie die anderen, und wenn man bei mir keine Beute gefunden habe, sei es nur deswegen, weil ich mich ihrer entledigt habe oder weil ich für die anderen Schmiere stand.«

Da sagte ich zu ihm:

»Verzweifle nicht: Ich glaube, daß wir uns wiedersehen werden.«

Sein Blick wurde ernst und hoffnungsvoll. Er hob ein wenig die Schultern und erwiderte:

»Du alleine kannst es wahr machen.«

»Ich alleine, ja. Aber wenn ich dir das Leben rette, wirst du dann alles tun, was ich von dir verlange?«

Er wurde nachdenklich und zögerte. Dies war für mich entscheidend: Hätte er nämlich gleich zugesagt, dann hätte ich ihn vielleicht seinem Schicksal überlassen. Schließlich antwortete er:

»Alles, was ich kann. Das heißt, nicht viel.«

»Ich werde dich genau um das bitten, was dir gefällt: die Vergangenheit zu erkunden.«

»Na dann . . .« Er lächelte, wirkte aber ungläubig und fragte sich wohl, ob ich mich etwa über ihn lustig machte.

»Dann«, wiederholte ich, »werden wir uns wiedersehen.«

Er hob die gefesselten Hände zum Gesicht, mit einer Geste, die einen Gruß oder eine Bitte bedeuten konnte, und in seinen Augen lag ein helles Lächeln.

10. Tag des Monats Tybi

In den letzten Tagen hatte ich einen Briefwechsel mit Aja, dem Wesir von Unterägypten, Gerichtsvorsitzenden des Nomos Theben und Leiter des Obersten Staatsgerichts.

Ich bat ihn zunächst um Auskunft über die Gründe, die zum Todesurteil gegen den Schreiber namens Sipturi geführt hatten.

Aja antwortete unverzüglich: Sipturi und weitere acht Männer seien wegen Raubes von heiligem Gut vom Gerichtshof in Schedet zum Tode verurteilt und zur Bestätigung des Urteils nach Theben gebracht worden; dies sei zu Friedenszeiten bei Verhängung der Höchststrafe die übliche Praxis, und er habe das Urteil bestätigt; er gebe jedoch zu, nicht gewußt zu haben, daß sich unter den Verurteilten ein Schreiber befand.

Als ich feststellte, daß das Urteil nicht von ihm verhängt, sondern nur von Amts wegen bestätigt worden war, wurde ich kühner: Ich gab ihm zu verstehen, daß die Ermittlungen bezüglich des unglücklichen Sipturi sehr oberflächlich geführt worden waren, und daß es keinen Grund gab, die Erklärungen des Beschuldigten als unwahr zu verwerfen. Dann fragte ich Aja in aller Form, ob es möglich sei, das Todesurteil in lebenslängliche Knechtschaft zu verwandeln und Sipturi in meinen Dienst zu nehmen. Ich fügte hinzu, daß es in jedem Fall mein Wunsch sei, ihn persönlich zu treffen, um ihn besser kennenzulernen und ihm eventuell darzulegen, was ich mit dem Mann vorhatte.

Jetzt ist der Mann hier bei mir. Er lebt, weil ich sein Leben gerettet habe. Er ist jung, denn ich habe seine Jugend gerettet. In diesen Tagen ließ ich ihn aufpäppeln, säubern und einkleiden. Dann übergab ich ihn meinen Sklavinnen, damit sie ihn erfreuten.

Heute ließ ich ihn schließlich zu mir kommen und fragte ihn:

»Hast du dich nun mit dem Leben wieder versöhnt?«

Er warf sich zu Boden und antwortete:

»Für alles danke ich dir, doch vor allem dafür, daß du mir den Glauben an die Götter wiedergegeben hast. Denn du bist bestimmt eine Göttin. Ich hätte es gleich wissen müssen, als ich dich sah. Jetzt verlange von mir, was du willst und ich werde es tun.«

»Die Vergangenheit fasziniert dich, nicht wahr, Sipturi?«

»Ja, Herrin.«

»Die Zeit ist wie ein Fluß. Wie der Nil, dessen Gegenwart in Theben und dessen Zukunft im Nildelta liegt, meinst du nicht auch?«

»Ja, das stimmt«, gab er, neugierig geworden, zu.

»Nun frage ich dich, Sipturi: Wo liegt seine Vergangenheit?«

»In Nubien, glaube ich, oder noch ...«

»Noch weiter weg, nicht wahr? Doch wo genau?«

Er hatte verstanden. Ich sah ihn fest an und fuhr fort:

»Also, Sipturi, ich will, daß du der Vergangenheit des Nils nachgehst, bis du seinen Geburtsort erreicht hast.«

Seine Augen waren weit geöffnet und sahen mich erschrocken und ungläubig an; aber ich entdeckte auch eine Spur Neugierde in ihnen. Deshalb sprach ich weiter:

»Ich weiß genau, was ich von dir verlange. Doch wenn es in Ägypten einen Menschen gibt, der Aussichten hat, die Quelle zu finden, dann bist du es: Denn du bist jung, stark und klug und außerdem neugierig auf Entdeckungen und wißbegierig. Du wirst auch einen festen Willen und eine außerordentliche Ausdauer brauchen; besitzt du aber diese beiden Tugenden, wird dir das größte Unternehmen gelingen, das ein Ägypter jemals wagen kann. Und dafür wirst du Freiheit, Ehre und reichlichen Lohn erhalten, und eine Grabstätte, die deinem Ruhm entspricht.«

»Durch deinen Befehl, Herrin, nimmst du das Leben wieder zurück, das du mir geschenkt hast. Denn du weißt sicher, daß keiner, der sich auf dieses Abenteuer eingelassen hat, jemals zurückkam. Trotzdem gehorche ich dir gerne aus den Gründen, die du erwähnt hast, und aus anderen, die ich verschweigen muß. Ich werde alles Menschenmögliche tun, um den Auftrag zu erfüllen, und wäre es nur, um dir eine Freude zu machen, wäre es nur, um dich wiedersehen zu dürfen.

Dir werde ich mein Unternehmen widmen, falls ich erfolgreich sein werde; und falls ich, was viel wahrscheinlicher ist, daran scheitere, widme ich dir gleichwohl meinen Tod, denn du hast mir die Hoffnung auf ein ehrenvolles Leben wiedergegeben. Ich bitte dich, für mich zu den Göttern zu beten, falls ich nicht zurückkomme.«

Übermorgen wird Sipturi aufbrechen, und ich werde ihn nicht mehr sehen. Es wurde für alles gesorgt, was er auf Reisen benötigt: im Grunde wenige Dinge, gemessen an der Ungeheuerlichkeit des Vorhabens.

Ein unbefristeter Passierschein für alle ägyptischen Schiffe und ein Befehl an alle nubischen Bürger, mit denen er zusammentreffen wird, ihm Beistand zu leisten. Beides ist auf ein einziges Täfelchen geschrieben und mit dem Siegel des Pharaos und dem meinen versehen.

Geld, ein Bogen, einige leichte Waffen, festes Schuhwerk und etwas Kleidung.

Er wollte keine Gefährten mitnehmen, die mit ihm Tod oder Ehre teilen sollten.

Bei einer langjährigen Reise in unwirtliche Gegenden kann man nicht für alles vorsorgen; aber das Wesentliche hat Sipturi in sich, ich glaube und hoffe es zumindest. Eines bin ich mir sicher: Er wird mich nicht verraten.

Ich denke mit Rührung an seine Worte zurück: »... und wäre es nur, um dich wiedersehen zu dürfen.« Darauf ließ ich ihn meinerseits wissen, daß seine Treue und sein Erfolg mit einem Preis belohnt werden sollen, der seine Vorstellung weit übersteigt: Denn mir wurde klar, daß es Gefälligkeiten gibt, die nicht einmal eine Königin abweisen darf, denen nicht einmal sie sich entziehen kann.

Jetzt habe ich beinahe Sehnsucht nach ihm und bereue fast, ihn nicht im voraus entlohnt und ihn wehrlos in das Unbekannte geschickt zu haben. Und ich wünschte, er wäre hier bei mir.

Ich wünschte, einen jungen und leidenschaftlichen Mann bei mir zu haben, der riskiert hat, geköpft zu werden, nur um ein paar Einzelheiten über das schon vergessene Leben eines längst verstorbenen Pharaos zu erfahren.

15. Tag des Monats Tybi

Dinge, mit denen man lange Zeit gerechnet hatte, treffen dann unerwartet ein. So der Tod des Amenophis.

Es war die vierte Stunde nach Mitternacht, als Lahariat mich weckte. Eine Botschaft war vom Hof gekommen, die mich dringend zum Gemach des sterbenden Pharaos rief.

Ich eilte hin und traf dort auf viele andere, die vor mir gekommen waren. Im Schein der wenigen Lampen erkannte ich Teje, Aja, Amenhotep und Haremhab; außerdem waren Beamte, Ärzte, Diener und viele Frauen anwesend.

Man sagte mir, der Pharao wolle mich sprechen, und führte mich zu ihm. Ich setzte mich neben sein Bett, und alle zogen sich taktvoll zurück, so daß wir in dem weiten Raum ganz für uns waren. Seine linke Gesichtshälfte mit dem geschlossenen Auge, die nun völlig entstellt war, sank tief hinein in das schweißdurchtränkte Kissen; eine Hand entfernte die Kopfstütze aus Elfenbein, die andere streckte sich mir entgegen, und ich ergriff sie fast unwillkürlich.

Er klammerte sich fest an mich, und mir war, als spürte ich sein Gewicht auf meinem Herzen.

Um ihn zum Reden zu ermuntern, neigte ich ein wenig den Kopf und lächelte schwach.

»Ach, Nofretete, ich bitte dich: Wenn es einmal an der Zeit ist, sage du meinem Sohn, er soll sein Herz von der Reue frei machen ... Reue schickt sich nicht für einen Pharao.«

Es fehlte ihm weder an der Stimme noch an Worten. Doch er war außer Atem, wie ein Bote, der nach langem Lauf seine Nachricht verkünden soll. Und seine Augen schweiften unruhig hin und her, als gäbe es nichts mehr, das einen Blick verdiente.

Nur diese atemlosen Worte und meine Hand, die er in der seinen gefangenhielt, schienen nunmehr zu zählen.

»Sage ihm, daß ich ihm verziehen habe. Sage ihm das.«

»Mein Herr«, entgegnete ich, »wann soll es aber sein?«

»Mache dir darüber keine Sorgen, der Augenblick wird kommen, und du wirst ihn erkennen.« Er drückte meine Hand noch fester und wiederholte: »Du wirst verstehen, wann und warum: Dann wirst du es ihm sagen.«

Es schien, als wolle er nichts mehr hinzufügen, und ich setzte gerade an, ich weiß nicht mehr was, zu fragen, als er mit erstickter Stimme noch sagte:

»Nichts von dem, was geschieht, ist wichtig. Nur Ägypten ist ...«

Jäh brach sein Keuchen ab, und ich las in seinem starren Auge, daß auch Ägypten aufgehört hatte, wichtig zu sein.

Aber er hielt immer noch meine Hand fest, als wolle er sie mitnehmen, und ich wagte nicht, sie zurückzuziehen. Lange blieben wir so, still und unbeweglich, als wäre er noch am Leben oder ich auch schon gestorben; als müsse sein Tod ein Geheimnis zwischen uns beiden bleiben.

Die einzigen Tränen, die mein Gesicht benetzten in diesem Sterbegemach, waren Tejes Tränen, als wir uns umarmten. Doch später, nachdem ich mich unauffällig aus dem königlichen Trakt entfernt hatte, um Lahariat und Philae zu meiden, die draußen auf mich warteten, nachdem ich alleine durch die dunklen Gärten Malkatas gewandelt war und am Ufer des Sees sitzend lange auf den ersten Schimmer der aufgehenden Sonne gewartet hatte: Als vom östlichen Ufer das Blut des neuen Tages sich in das Wasser ergoß, stieg angesichts dieser bevorstehenden Geburt die Trauer über Amenophis' Tod in mir auf. Und ich begann zu schluchzen.

Ich weinte um einen Mann, den ich nicht geliebt, der aber die

Phantastereien eines schlacksigen Kindes am Hof von Waschukkanni belebt hatte und der mir, aus der Nähe betrachtet, großzügig und denkwürdig erschienen war. Er war gegangen, doch alles, was mich umgab, gehörte ihm noch.

Der Palast dort hinter mir, der See, der zur Freude Tejes angelegt worden war, die zahlreichen Bäume, die am Ufer gepflanzt worden und noch nicht sehr hoch gewachsen waren: die mythische Sykomore, das Symbol des Fortbestandes der Dynastie, die blühende Akazie, der edle Eukalyptus, der sich nach dem Wind sehnt, die Hecken aus Oleander, Schneeball und Hibiskus. Der Triumph des königlichen Willens über den Willen der Wüste.

In der Stille der verzauberten Stunde schienen diese Dinge einander zuzuzwinkern, als erzählten sie einander vom Dahinscheiden ihres Schöpfers mit einer gefaßten Trauer, die sich weder von meinem Schluchzen noch vom frühen Vogelsang stören ließ.

Als ich aufhörte zu weinen, war die Sonne noch nicht aufgegangen, doch es war schon so hell, daß die Flüge der Vögel bereits die Sicherheit der Tagesstunden hatten.

Immer am Ufer entlang ging ich auf den porphyrenen Kai mit der Königsloge zu, der sich im Dämmerlicht wie ein blutroter Fleck vom Grün der Pflanzen abhob.

Drei weiße Ibisse flogen dicht über der Wasseroberfläche an mir vorbei.

»... sein Herz von der Reue frei machen ...«

Es war, als schwebten diese rätselhaften Worte noch in der Luft, als wären sie mir wie Vögel vom Palast her gefolgt.

»Sag ihm, daß ich ihm verziehen habe ... Der Augenblick wird kommen ...«

Welche Schuld sollte ich erkennen und welchen Augenblick erraten?

In der lichten Morgenluft entdeckte ich einen Falken, der hoch über dem See seine Kreise zog. Ich fragte mich, was er von einer solchen Höhe aus sehen konnte. Wenn er auch die Seele des Pharaos wäre, oder Horus in seiner bevorzugten Erscheinungsweise, wieviel Dinge vermochte er dann zu sehen, die mir verborgen blieben?

Bitter und beruhigend kam die gerade erst vernommene Erkenntnis wieder: »Nichts von dem, was geschieht, ist wichtig. Nur Ägypten ...«

Nur Ägypten, nur die Sonne. Keine andere Gewißheit.

Als ich auf dem Kai stand, hatten die Sonnenstrahlen den Falken bereits erreicht. Kurz darauf sah man zwischen den Bäumen am gegenüberliegenden Ufer schon das erste, blasse Sonnenrund.

Rasch stieg sie vor meinen Augen auf, sie erreichte mich und ich spürte, daß ich ebenso zu ihr wollte. Ich hob die Arme und sprach:

»O Du, Der Du des Morgens Chepre, des Mittags Re und des Abends Atum bist, Der Du Amun in Theben und Aton im Herzen Ägyptens bist, Du Sonne mit all den Namen, die die Priester Dir gaben, komm und wärme mein Herz. Ich strecke Dir meine Arme entgegen: Strecke Du ebenfalls mir Deine zu. Da jeder Mensch ein Strahl von Dir ist, laufen alle Menschen in Dir zusammen; und Du bist sie alle und bist alles für sie. Mache aus jedem Deiner Strahlen einen Arm, mit der Hand, die den Lebenshauch spendet und erhält. Sende auch mir eine Liebkosung und erfülle meine Hoffnung: Daß mein Lächeln vor Dir niemals erlösche, ob Du mich mit Liebe oder aber mit Feuer berührst.«

Doch der Gedanke an den Tod war immer noch da, selbst im Jubel des beginnenden Tages spürte ich seine drückende Gegenwart hinter mir. Deshalb wandte ich mich um und richtete mein Gebet an die entgegengesetzte Himmelsrichtung:

»Und Du, Nacht des Westens, ebne den Weg dessen, der zu Dir kommt, nimm wohlwollend auf ...«

Ich fuhr erschrocken zusammen und brach mit einem leisen Schrei mein Gebet ab. Die Hände, die ich gen Himmel erhoben hatte, sanken wie vom Blitz getroffen herab, und wie versteinert stand ich blaß und verwirrt da. Ungläubig starrte ich auf die Loge, in der Amenophis und Teje mich empfangen hatten. Auf einem der beiden Throne, dem des Pharaos, saß ein Mann: reglos und hochmütig sah er mich an, die Schläfe leicht auf den Zeigefinger gestützt. Auf dem Kopf trug er das Chepresch, die Blaue Krone mit dem Uräus auf der Stirn.

Ich hatte den Eindruck, als habe er mir zugehört und wolle weiter zuhören. Schweigend und mit wohlwollendem Interesse betrachtete er mich.

Da ging ich, den Blick ebenfalls auf ihn gerichtet, auf ihn zu. Beim Näherkommen konnte ich sein Gesicht immer deutlicher erkennen; doch je mehr meine Augen sich seiner bemächtigten, desto verwirrter wurde mein Geist. Seine Gesichtszüge waren die eines Mannes, der weder zu Ägypten noch zu irgendeinem anderen bekannten Land gehörte; weder zu einer der Rassen, die die vier Himmelsrichtungen bevölkern noch zum Geschlecht der Götter.

Es war das außergewöhnlichste Gesicht, das ich je gesehen hatte: scharf, mit einer sehr hohen Stirn und einer leicht gebogenen, feinen Nase. Die langgezogenen Augen verliehen ihm ein beflügeltes Aussehen und verrieten einen intelligenten, auf das Spirituelle ausgerichteten Geist.

Als er aber mit einem Anflug von Lächeln den Mund öffnete, um zu sagen: »Komm näher, Nofretete. Hab keine Angst«, blieb mein Blick an seinen Lippen haften. Alles andere an ihm war verblaßt, und ich wartete nur noch auf weitere Worte, die diesen Mund wieder beleben würden.

»Komm!« wiederholte er, und der ruhige Ton in seiner Stimme erlöste mich aus meiner Starre. Ich fühlte, wie von diesen vollen, wohlgeformten Lippen ein gefährlicher Zauber von Lust und Bangigkeit ausging.

»Du weißt, wer ich bin«, sagte er noch.

Ich stand nun vor dem Thron, löste meinen Blick von seinem Mund und sah ihm in die Augen.

»Du bist Amenophis der Vierte, der Pharao Ägyptens.« Ich zögerte einen Augenblick und fügte hinzu: »Ich glaubte dich weit weg.«

»Ein Pharao ist immer weit weg.« Und mit einem deutlicheren Lächeln, als wolle er den Widerspruch unterstreichen, forderte er: »Doch du komm näher.« Und ohne vom Thron aufzustehen, beugte er sich nach vorne und reichte mir eine Hand. Wieder sprach er:

»Dein Gebet war schön, und es tut mir leid, es unterbrochen zu haben. Ich selbst wollte auch beten.«

Ich nahm seine Hand, und er half mir hinauf auf den Thron. Sanft drängte er mich auf den Sitz an seiner Seite, auf den Platz der Königin. Aus der Nähe betrachtete er mich nun begierig und wehmütig zugleich, dann sagte er:

»Laß uns zusammen diese Sonne in uns aufnehmen, denn sie ruft in uns die gleichen Empfindungen hervor. Gewiß liebt uns Chepre in dieser Stunde. Und auch Re und Aton müssen wissen, was wir empfinden.«

Wie zwei Falken richteten sich seine Augen gen Osten, meine aber verweilten noch auf seinem Gesicht. Ich glaubte darin eine Unruhe zu lesen, die durch das Licht allmählich besänftigt wurde. Dann folgte mein Blick dem seinen.

1. Jahr des Horus Amenophis IV.

30. Tag des Monats Tybi

Wir stehen still auf der Brücke, die zwischen der Herrschaft Amenophis' III. und der seines Sohnes liegt. Dieser muß nicht erst inthronisiert werden, denn schon vor einiger Zeit hatte ihm der Vater den Titel »Stütze des Greisenalters« verliehen und somit das Recht übertragen, als Mitregent und Stellvertreter des Königs zu regieren.

Doch in den siebzig Tagen, die zwischen Tod und Bestattung des Pharaos für die Balsamierung vorgesehen sind, herrscht allgemeine Trauer im Lande. Zehn Wochen lang, während Amenophis' Leichnam nach Entfernung der Eingeweide in der Natronlauge liegt, steht in Ägypten das Leben still. Nur auf offizieller Ebene findet ein gewisser diplomatischer Verkehr statt, um die ausländischen Gesandten zu empfangen, die sich dem neuen Pharao vorstellen.

Nach langem Nachdenken bin ich zu dem Schluß gekommen, daß mich der junge Amenophis aus verschiedenen Gründen anzieht: Es ist Neugier, Interesse und auch Erregung.

Ich hätte mir nie träumen lassen, jemals einen so vielschichtigen und außergewöhnlichen Menschen kennenzulernen.

Neugierig machen mich manche Fragen, die bis jetzt unbeantwortet sind.

Warum meinte sein Vater, er müsse Reue empfinden, und was wollte er ihm verzeihen? Warum ließ er alle in dem Glauben, weit weg von Theben zu sein, und hielt sich wahrscheinlich irgendwo versteckt, in der Stadt selbst oder jedenfalls in geringer Entfernung?

Interesse für jemanden zu empfinden, ist letzten Endes auch eine Form von Neugier, die uns tief und persönlich berührt, und ich fühle, wie mich sein Wesen und sein Verhalten stark anziehen. Er strahlt Sensibilität, Nachdenklichkeit und Tiefe aus: Ich spüre es, obwohl ich keinen Beweis dafür habe.

Schließlich die Erregung. Sie durchfährt mich wie ein Windstoß, der den Wüstensand aufwirbelt und die Konturen der Landschaft verwischt.

Sein Gesicht erregt mich. Sein Mund ist kein Mund, sondern der unmittelbare Ausdruck eines Kusses, eines Bisses, eines Lächelns.

Und der Kuß ist – ich spüre es – einschmeichelnd, und der Biß begierig, und das Lächeln ironisch: ein Lächeln, das über die weibliche Schamhaftigkeit spottet, bevor es von ihr Gebrauch macht, um Erwartung und Lust zu steigern.

Und seine Augen sind keine Augen, sondern Schlitze, die dich beschatten, überraschen, entblößen. Sie sind die Schießscharten einer Burg, vor der du nicht anders kannst, als dich zu ergeben.

Noch unglaublicher ist aber, daß all dies nur die eine Seite von Amenophis ist; die andere Seite steht in vollkommenem Gegensatz zur ersten.

Ich spüre in ihm etwas Zerbrechliches, das seiner rücksichtslosen Selbstsicherheit widerspricht, eine Empfindsamkeit, die so manche zynische oder zumindest gleichgültige Gebärde widerlegt, etwas Schutzbedürftiges, eine Hingabe, die ihn wehrlos macht.

All dies wird mir klar, wenn ich an den seltsamen Morgen am See und an Amenophis' Verhalten bei der rituellen Mundöffnung des verstorbenen Pharaos zurückdenke.

Er schien die ganze Zeit über keine Notiz von den übrigen Anwesenden zu nehmen. Nicht in dem Augenblick, als sich die Seele des Pharaos wahrscheinlich von der Welt verabschiedete, als Anen dem Toten den Mund öffnete, füllten sich Amenophis' Augen mit Tränen, sondern während des rituellen Gebets, als der Priester, beim

Anrufen der verschiedenen Götter, den Namen Atons aussprach. Da warf er sich zur allgemeinen Verwunderung auf die Knie und stellte eine übermäßige Verehrung dieses Gottes zur Schau.

Dann, als sich die Zeremonie schon dem Ende näherte, warf er sich plötzlich auf den Leichnam des Vaters und brach in Schluchzen aus. Ein merkwürdiges Benehmen, wenn man bedenkt, daß er sich nach allgemeiner Aussage ausdrücklich geweigert hatte, den sterbenden Vater zu sehen.

19. Tag des Monats Mechir

Was ist denn wirklich die Zeit, wenn sie einmal so schnell, einmal so langsam vergeht?

Es sind kaum mehr als sechs Monate vergangen, seit ich in On das Schiff bestieg. Dieser Tag scheint mir bereits sechs Jahre zurückzuliegen. Seit Amenophis' Tod sind fünf Wochen vergangen, die mir aber wie fünf Tage vorkommen.

Das kann doch nur bedeuten, daß die Zeit eine Erfindung des menschlichen Geistes ist. Sie ist ein Ausdruck unserer Freude oder unseres Leides, jedenfalls der Spannung, mit der wir den Ereignissen begegnen.

Nach dem Tode des Pharaos ist Tejes Gemach zum meistbesuchten Ort im Palast geworden; hier kommen die Höflinge Thebens zusammen, um der trauernden und einsamen Königin ihre Freundschaft zu bekunden.

Ich selbst war oft dort und lernte weitere Würdenträger kennen, von deren Existenz ich nicht einmal wußte: den Königlichen Schreiber Merire, zum Beispiel, einen sehr gebildeten Mann und großen Freund Amenhoteps; oder den Königlichen Schreiber Ahmose, der Vorsteher des Gerichtssaals und Stellvertreter Ajas in Rechtssachen sowie Hauptverwalter der Königlichen Eigentümer ist; oder Mathu, den Befehlshaber des Schutzgeleites für den jungen Amenophis. Dort sah ich natürlich Amenhotep wieder und Haremhab mit seiner wunderschönen Mutnodjme, und Aja, Juja und Tuja.

Dort liebkoste ich den kleinen Tutanchamun, einen gebrechlichen Knaben mit seltsam dunkelroten Wangen und traurigem Blick; und sah flüchtig den anderen kleinen Sohn des alten Amenophis, den Jüngling Semenchkare, dessen Mutter eine wunderschöne Prinzessin aus Babylon gewesen sein soll. Sie starb bei seiner Geburt.

Nun kenne ich nach den langen Gesprächen mit vielen Mitgliedern des Thebaner Hofes das hiesige Milieu besser und kann nicht umhin, es mit dem Adel Mittanis zu vergleichen.

Keiner dort ist so gebildet wie der durchschnittliche Höfling hier, keiner zeigt eine solche Feinheit im Benehmen, eine solch maßvolle Distanziertheit den Vor- und Nachteilen seiner gesellschaftlichen Stellung gegenüber; keiner geht so vertraut mit abstrakten Denkweisen um und keiner hat diesen ständigen unbewußten Bezug zum Tod, den Göttern und der Religion.

Bei den Mittani verbirgt sich hinter gerade noch passablen Manieren eine unnachgiebige Härte, die sich bei Bedarf zur Grausamkeit steigern kann und die viel eher vom allgemeinen Umgang als vom Charakter des einzelnen kommt. Deshalb wird jedes Ding nur aus einem ganz materiellen Blickwinkel betrachtet; und der Himmel mit seinen Verheißungen und Zuständigkeiten hat seinen Platz in der Liturgie, niemals aber im menschlichen Herzen.

Nun glaube ich verstanden zu haben, daß dies alles in Ägypten mit der abschätzigen Bezeichnung »barbarisch« abgetan wird.

Und noch eines glaube ich erkannt zu haben. Diese Bezeichnung umfaßt mindestens eine Eigenschaft, die zu erkennen die Ägypter nicht mehr imstande sind, vielleicht, weil sie selbst seit viel zu langer Zeit keine Barbaren mehr sind: ein starkes Streben nach dem Fortschritt des einzelnen. Das scheint den Ägyptern allmählich abhanden zu kommen; vielleicht haben sie es längst abgelegt und riskieren damit den Rückgang ihrer Kultur. Denn ich bin davon überzeugt, daß das menschliche Herz keinen Stillstand kennt. Ihm wohnt eine Bewegung inne, die wegen ihrer Langsamkeit zwar unmerklich, doch beständig ist, und immer auf Verbesserung oder Verschlechterung zielt.

7. Tag des Monats Famenant

Amenophis, dem ich am Hof seiner Mutter kein einziges Mal begegnet bin, ließ mir gestern diese Botschaft zukommen:

»Die Trauer, die in Theben und in unserem Herzen herrscht, verbietet mir, am Hofleben teilzunehmen, und beraubt mich der Freude, Dich zu sehen. Und Dich zu sehen und zu sprechen, ist mir ein Bedürfnis: Denn obwohl wir uns kaum kennen, glaube ich, daß Du mir helfen könntest und ich Dir. Wenn Dir ein inoffizielles Treffen mit mir genehm ist, so laß es mich wissen.«

Als ich diese Zeilen las, klopfte mein Herz vor Freude und Überraschung. Freude über seinen Wunsch, mich zu sehen; Überraschung über das höfliche und schmeichelhafte Schreiben. Wie hätte ich auf seine unerwartete Bescheidenheit anders erwidern können als mit der von mir erwarteten Bescheidenheit? Ich antwortete:

»Groß ist die Ehre, die Du mir erweist durch den Gedanken, ich könnte Dir helfen. Hingegen ist der bloße Gedanke, Du mögest mir helfen, bereits ein großes Geschenk für mich. Ich werde zu Dir kommen, wann immer Du es wünschst.«

Der alte Diener, der anstelle des königlichen Boten als Kurier fungierte, was das Inoffizielle der Angelegenheit noch mehr betonte, mußte dreimal hin- und hergehen. Gleich nachdem er meine Antwort überbracht hatte, kam er nämlich mit einem neuen Täfelchen zurück, auf der ein einziger Satz stand:

»Morgen bei Sonnenuntergang.«

8. Tag des Monats Famenant

Gestern dachte ich, es würde einfach nie Abend werden. Während des ganzen Nachmittages kam es mir vor, als schwebe die Sonne hoch oben am glühenden Himmel und bringe es nicht fertig, sich dem Horizont zu nähern, um unterzugehen.

Doch sobald die Hitze etwas nachgelassen hatte, begab ich mich ohne Gefolge in den königlichen Trakt und traf auf den alten Diener, den Überbringer der Botschaften, der mich sofort in den Audienzsaal führte.

Hier schien Amenophis bereits auf mich zu warten. Während sich die Flügeltür hinter mir schloß, kam er mir entgegen und nahm mich bei der Hand. Er ließ nicht zu, daß ich mich verneigte, sondern führte mich gleich zu dem Elfenbeinthron, der auf einem Stufenpodest aufgestellt ist. Er deutete auf die Rückwand, auf der ein goldenes Relief den Thron überragt und sich seitlich nach unten erstreckt, und sagte:

»Schau!«

Eine riesige Sonnenscheibe, an beiden Seiten von zwei Uräusschlangen flankiert, sendet nach unten zahlreiche goldene Strahlen aus, die sich fächerartig über Kopf-, Rücken- und Armlehnen des königlichen Stuhls verteilen, wie um den Umriß des sitzenden Pharaos nachzuzeichnen. Bei genauerem Betrachten entdeckte ich, daß jeder Strahlenarm in eine kleine Hand mündet, die ein winziges Anch-Zeichen, das Symbol des Lebenshauches, hält.

Das prächtige Bild nimmt die ganze Wand ein.

»Dieses Zeichen habe ich noch nie in Ägypten gesehen, die Strahlen, die Hände ...« flüsterte ich voller Bewunderung.

»In der Tat. Bis jetzt gab es dieses Symbol nicht: Ich selbst habe es vor wenigen Tagen geschaffen. Aber ...«

Ich sah ihn neugierig an und fragte mich, worauf sein Lächeln anspielen wollte.

»Aber du hast mich auf den Gedanken gebracht. Durch dein Gebet, weißt du noch?«

Auswendig trug er vor, was er ein einziges Mal gehört hatte:

»Und mach aus jedem Deiner Strahlen einen Arm, mit der Hand, die den Lebenshauch spendet und erhält. Sende auch mir Deine Liebkosung und erfülle meine Hoffnung: Daß mein Lächeln vor Dir niemals erlösche ...«

Unsicher unterbrach er sich und ich fuhr für ihn fort:

»... ob Du mich mit Liebe oder aber mit Feuer berührst.«

Da dies mein Glaube ist, fiel es mir nicht schwer, die genauen Worte zu wiederholen. Bewundernswert fand ich aber, daß er sie nicht vergessen hatte. Er betrachtete immer noch das große Relief und erklärte:

»Das Bild Atons ist jetzt auf vollkommenere Weise göttlich. Diese Sonnenscheibe ist das Symbol, nicht die Abbildung des Gottes, der Ägypten in eine höhere Welt führen wird. Die Ägypter sollen aufhören, Götter in menschlicher oder Tiergestalt zu verehren. Gott ist das, was im Herzen der Menschen leuchtet: Er hat keine Gestalt. Dies ist der einzige Gott, den ich anbete. Dies ist der Aton, den ich Ägypten schenken will.«

Dieser merkwürdige Empfang überraschte mich wegen des völligen Verzichts auf jede Formalität und wegen des fast kindlichen Eifers, mit dem mir Amenophis das, was ihm offensichtlich sehr am Herzen lag, gezeigt hatte. Regelrecht erschüttert war ich jedoch über seine Worte.

War es denn wirklich der Pharao, der mir seine Absicht kundtat, die äußere Erscheinung der Götter zu ändern, und der behauptete, er wolle nur einen einzigen Gott anbeten?

Und was sollte heißen: Er würde diesen Gott Ägypten schenken – fast als kenne Ägypten diese Gottheit noch nicht?

Was will er denn nun ändern? Sollte er ein Pharao sein, der etwas verändern will? Ich mußte an Amenhotep denken und fragte mich, wie er wohl auf diese Worte reagiert hätte.

Amenophis bemerkte wohl meine Verwunderung, denn er wandte sich mir zu und sagte:

»Verzeih, Nofretete, wenn ich dich mit diesen Dingen überfallen habe. Ich wollte dir zeigen, wie sehr mich deine Worte beeindruckt und angeregt haben. Ich kenne dich kaum und habe schon einen Grund, dir dankbar zu sein.«

Worüber er auch sprach, immer schien eine stürmische Begeisterung ihm die Worte einzugeben, die so stark war, daß man Furcht bekam. Doch diese Furcht machte ihn noch anziehender.

Außerdem rührte mich dieser Pharao, der mich nicht aus der Höhe seines Thrones empfangen, sondern mich an der Hand genommen hatte, um mir zu zeigen, was über und hinter diesem königlichen Sitz war. Er hatte mir den Weg gewiesen, der zu ihm führte, und ich zögerte nicht, ihn einzuschlagen. Ich sagte:

»Auch ich kenne dich kaum, Amenophis. Doch deine Worte berühren mein Herz und lassen es die Einsamkeit weniger spüren, denn sie zeugen von der Verwandtschaft, die zwischen uns besteht.«

Er hielt immer noch meine Hand und sah mich an mit diesem scharfen Lächeln, das jede Melancholie zurückweist. Durch den Saal führte er mich nach draußen, wo ein Säulengang auf die Wiesen und Gärten im Westen hinausgeht.

Im Norden zeichneten sich die Umrisse der Kolossalstatuen und der Tempel des alten Amenophis gegen das Licht der untergehenden Sonne ab, die gerade hinter den Gipfeln des Qurn-Gebirges versank.

Wir standen in diesem Licht, und Amenophis sagte:

»Die aufgehende Sonne führte uns zueinander. Laß uns nun zusammen ihrem Untergang beiwohnen. Doch ich fühle, daß nichts im Sterben begriffen ist an unserem Horizont. Denn die Sonne, die im Westen verschwindet, um morgen im Osten wieder aufzugehen, wird heute nacht noch einmal in mir aufsteigen.«

Ich fühlte meine Knie zittern, und als seine schmale Hand warm unter das Leinen glitt, das meine Brust bedeckte, war mir, als geriete ich in einen Strudel ohne Halt und Ausweg. Mein kurzer, erschrockener Ausruf erstickte in einem Kuß.

3. Tag des Monats Farmuti

Dieser erste Kuß wurde bis heute nicht unterbrochen, und er dauert immer noch, denn ich bin atemlos vor Glück.

Erfüllte, unglaubliche Tage, die mich alles andere vergessen lassen.

Alles erscheint mir unbedeutend und als ferne Erinnerung: der Tod des alten Amenophis, der erst seit zehn Tagen in seinem Grab ruht; die Reibungen mit der Amun-Priesterschaft von Theben; die schlechten Nachrichten aus dem Retschenu, wo die Untertanen und Vasallen Ägyptens von den angrenzenden Hethitern zunehmend bedrängt werden; der kühle Glückwunsch des Hethiterkönigs an Ägyptens neuen Pharao.

Ich habe sogar mein Tagebuch vernachlässigt: Wenn man glücklich ist, will man nicht schreiben, sondern nur leben. Und man braucht keine Papyrusrolle, um die Erinnerung aufzuzeichnen, denn das Gedächtnis wirkt Wunder und hält jede Minute eines glücklichen Tages fest.

Ich ahnte nicht, daß so viel Glück auf mich wartete, daß ich so schnell glücklich werden würde. Ich ahnte nicht, daß ich in Theben einen Pharao finden würde, der so bereit ist, mich zu lieben; der so gut zu mir paßt; der so schön und geistreich ist.

Der Raum, den ich dem jungen Amenophis, seinem Bild und seinen Taten in meinem Geist eingeräumt hatte, hat in den letzten Wochen an Größe und Leuchtkraft gewonnen.

Er ist jetzt so groß, daß jeder Gedanke, der mich durchfährt, unvermeidlich dorthin geht; und so leuchtend, daß jeder Gedanke Klarheit und Optimismus daraus gewinnt. Merkwürdigerweise bewirkt seine Nähe, obwohl er jetzt oft bei mir ist, immer wieder eine freudige Spannung in mir.

Ich fürchte nur, alles könnte sich wie ein Traum auflösen oder irgend etwas von außen diese Wirklichkeit zerstören.

Früher, als alle auf unsere Vereinigung anspielten wie auf eine beschlossene Sache, konnte ich nicht so recht daran glauben. Doch jetzt sehe ich, daß wir dazu vorbestimmt waren. Und die Angst, die mich überfällt, wenn Amenophis nicht bei mir ist, verfliegt, sobald ich ihn sehe und seinem Lächeln begegne.

Mehrmals haben wir uns geliebt, noch öfter hätten wir uns lieben können: Doch nach körperlicher Liebe ist er nicht so begierig, wie es junge Leute im allgemeinen sind.

Er denkt nach und spricht, vor und während der Liebe, und beim Höhepunkt sagt er mir Dinge, die manchmal zusammenhangslos, oft unverständlich sind, mich aber immer bezaubern, weil sie seine tiefe Erregung verraten. Und ich empfinde das gleiche und bin aufgewühlt wie die Erde unter dem Pflug.

»Erst jetzt erfahre ich von Deinem Wunsch und brenne darauf, ihn zu erfüllen. Morgen wird sich etwas ereignen, das in der Tat in Ägypten noch nie geschehen ist: Eine Frau wird einen Streitwagen führen. Sollen die alten, strengen Wächter der Tradition nur entrüstet aufschreien. Wir werden antworten: ›Diese Frau ist keine gewöhnliche Frau: Sie ist Nofretete! Und dieser Wagen ist kein gewöhnlicher Wagen, sondern der Wagen des Pharaos!‹
Wenn Dich die Sache immer noch reizt, finde Dich morgen früh, eine Stunde nach Sonnenaufgang, im ersten Hof der Königlichen Reitställe ein.«

Glücklich über die Botschaft, bat ich Philae, mich zu begleiten. Ich zog die Männerkleider an, die ich seit Schedet aufbewahrt habe, und war pünktlich an Ort und Stelle.

Amenophis hatte eine Inspektion und einen Übungsausritt der Garde angeordnet, deshalb wimmelte es im weiten Hof vor den Reitställen von Pferden, Wagen, Offizieren, Bogenschützen und Stallburschen.

Das aufwendige Rüsten der Wagen war in vollem Gange, und die Anwesenheit des Pharaos trieb Menschen und Tiere zu besonderem Eifer an.

Durch das Gewühl und den aufgewirbelten Staub hindurch sah ich die tänzelnde Schönheit der ägyptischen Rösser, die mit den Schabracken und dem Federschmuck mit den Farben ihrer Abteilung geschmückt und paarweise vor die Wagen gespannt wurden.

Das unruhige Aufblitzen in ihren Augen verriet eine Erregung, die ich gut nachfühlen konnte: Es war der ungeduldige Drang, das Schicksal und vor allem sich selbst bis aufs äußerste herauszufordern, aus einem unbestimmten Grund, der vielleicht einfach Jugend war oder das Verlangen, zu leben.

Als ich den in einen militärischen Schauplatz verwandelten Hof betrat, brachen die geschrieenen Befehle, die Menschen und Tiere durcheinandertrieben, abrupt ab, und in der plötzlich entstandenen, ehrfürchtigen Stille wurde ein Weg zwischen mir und dem Pharao frei gemacht.

Wir gingen aufeinander zu, während Philae mit mürrischer Miene zur Seite trat.

»Möchtest du auf meinem Wagen fahren?« fragte er mich und faßte mich mit glücklichem Lächeln an den Handgelenken.

»So schnell wie der Wind!«

»Dann steige auf. So, winkle die Beine leicht auseinander, gehe ein wenig in die Knie und drücke sie gegen die Polsterung. Nun lehne dich mit der Taille an den Gurt hier.«

Er war auch aufgestiegen und hatte uns beiden einen Ledergurt um die Hüften geschlungen. Nun aber legte er seinen rechten Arm um mich und drückte mich fest an sich.

»Halte dich am Rande fest, bleibe aber ganz locker!«

Er hielt nun die Zügel und die Peitsche in der Hand.

»Bist du bereit?« flüsterte er mir ins Ohr.

»Sicher.«

»Also los!« Er rief dies so aus, daß alle Pferde ringsum zusammenzuckten. Gleichzeitig spürte ich einen Ruck, der mich nach hinten gegen den Gurt drückte, so heftig, daß ich fast aus dem Wagen hinausgeschleudert wurde; die Reitknechte sprangen zur Seite und ließen die Pferde frei.

Aus dem lockeren Trab wurde bald ein verhaltener Galopp: Und als wir die Pfeiler am Beginn der Allee, die in die Wüste führt, erreichten, flogen die Pferde bereits wie der Wind.

Nun öffneten sich unendliche Weiten vor den grauen Rössern, und sie hielten sich nicht mehr zurück. Es war, als wollten sie mit ihrem ungestümen Angriff die grenzenlose Wüste vernichten, und es trieb sie ein derart wilder Entschluß vorwärts, daß sie nicht die Erzeuger, sondern vielmehr die Gefangenen ihrer eigenen Geschwindigkeit zu sein schienen. Sie waren stolzer als der Wind, gehorchten jedoch der Hand, die die Zügel hielt, und gaben dem Menschen das Gefühl, der eigentliche Meister ihrer Kraft zu sein.

Weder Schranken noch Hindernisse und auch kein Ziel lagen vor uns, als wir in der noch kühlen Luft und im ersten Morgenlicht dahinflogen.

Wir flogen und waren glücklich.

Nach ungefähr einem Iteru flatterte meine Perücke in den Himmel hinauf und blieb dann in der Staubwolke hinter uns zurück. Lachend sahen wir uns an, und Amenophis drückte mich noch fester an sich und küßte mich auf den Mund. Wir gaben uns dem unvorsichtigen Kuß hin und verließen uns auf die Umsicht der führerlosen Pferde.

»Wie schön du bist, Nofretete!« rief er, den Wind und das Getöse des Wagens überschreiend. »Verstecke nie mehr dein Haar!«

»Ich bin glücklich!« schrie ich zurück.

»Ich auch ... glücklich, denn du wirst meine Frau!«

»Ich werde deine Frau nur unter der Bedingung, daß du mein Mann wirst!« Lange lachten wir im Wind.

Wir hatten noch nie darüber gesprochen.

Die Pferde rannten unentwegt und ohne an Geschwindigkeit zu verlieren.

»Nur den Göttern ist es gegeben, sich so schnell fortzubewegen!« sagte ich.

»Den Göttern und den Pharaonen. Niemand auf der Welt besitzt Pferde wie diese.«

Ich wandte mich um und sah, weit hinter uns, die Staubwolken der anderen Wagen, die sich in gebührender Entfernung hielten.

»Wohin fahren wir eigentlich?« fragte ich. Er zuckte mit den Schultern.

»Wissen die Götter etwa, wohin sie gehen?«

Ich sah ihn ernst an und wollte erwidern, daß wir keine Götter sind; doch er kam mir zuvor und fuhr fort:

»Wir werden sehr weit fahren. Dorthin, wo wir alleine sind. Unerreichbar zu sein, das ist unser Ziel!«

Er lockerte die Zügel ein wenig und benutzte zum ersten Mal die Peitsche. Der Wagen schwankte gefährlich, doch wir gewannen wiederum an Geschwindigkeit und bald waren alle Wagen hinter uns außer Sichtweite.

»Gemeinsam werden wir Großes vollbringen, wenn du mir so nahe bleibst wie jetzt«, rief er und drückte mich an sich.

Wir fuhren noch lange Zeit und entfernten uns immer mehr von Malkata. Sicher wären diese wunderbaren Tiere eher tot umgefallen, als daß sie sich von der Entfernung hätten bezwingen lassen. Aber wir Menschen, die auf halbem Wege zwischen ihrer unsinnigen Großmut und der Umsicht der Götter stehen, wir brachten sie zum Stehen, kurz bevor die Wüste vor uns die Schwelle auftat, jenseits derer es für Menschen und Pferde kein Zurück mehr gibt.

Auf dem Rückweg ließ Amenophis mich seine Handschuhe anziehen und gab mir Zügel und Peitsche in die Hand. So bekam ich an Armen und Beinen die Stärke der Tiere zu spüren und die Festigkeit des Wagens und die Unebenheiten des Bodens. Und, wie immer, die zunehmende Kraft der Sonne.

Als wir staubbedeckt und mit schäumenden Pferden durch die Torpfeiler die Reitställe erreichten, sahen alle Umstehenden, daß ich den Wagen führte, und warfen mir bewundernde Blicke zu.

Ein junger Offizier lief zu mir, als ich gerade absteigen wollte, kniete vor mir nieder und hielt mir die Perücke entgegen. Ich war so glücklich, daß ich sagte: »Danke, mein Freund. Aber ich würde mich mehr freuen, wenn du sie als Andenken an mich behieltest!« Damit nahm ich ihm den Helm ab und setzte ihm die Perücke auf den Kopf. Alle lachten amüsiert.

Alle bis auf Philae.

13. Tag des Monats Farmuti

Philae ist zwar keine besonders bedeutende Person und steht nunmehr fast ausschließlich in meinem Dienst. Trotzdem kann ich sein Verhalten nicht einfach ignorieren, denn ich habe ihn gern. Ich habe ihn gern, weil ich seine Zuneigung und seine Treue spüre; weil er eine der allerfrühesten Erinnerungen an meine erste Begegnung mit Ägypten darstellt; weil er ein Mann Amenhoteps ist; weil er in seinem Dienst Selbstlosigkeit, Unternehmungsgeist und Diskretion an den Tag legt.

Deshalb machte ich mir heute die zufällige Begegnung im Garten des Palastes zunutze, um ihn zur Rede zu stellen.

Sobald sich die Gelegenheit bot, fragte ich ihn:

»Nicht immer billigst du mein Verhalten, nicht wahr, Philae?«

Ich war vielleicht zu direkt gewesen, denn ich sah ihn zusammenzucken.

»Ich weiß, daß man leicht in meinem Gesicht lesen kann, Herrin, aber ich bitte dich um Verzeihung: Ich glaube nicht, daß meine Gefühle von irgendeiner Bedeutung für dich sein könnten.«

»Sie sind es aber. Alle Meinungen sind wichtig und Philaes Meinung ist Philaes Meinung.«

Er errötete vor Freude und rückte das goldene Armband zurecht, das ich ihm am Ende unserer Nilfahrt geschenkt hatte. Er sagte:

»Willst du etwa die Meinung eines ungehobelten Kerls über das Verhalten der künftigen Königin von Ägypten hören?«

Königin von Ägypten: Dieser Begriff, der mir bisher noch nie in den Sinn gekommen war, hallte darin wie ein Gongschlag und ließ mich einen Augenblick lang taumeln.

»Genau so ist es«, erwiderte ich. »Du billigst also nicht, daß ich einen Streitwagen führe?«

»Ja, Herrin. Ich billige es nicht.«

»Und warum?«

»Weil du eine Frau bist und ...«

»... und keine Frau in Ägypten je so etwas getan hat. Das ist es, nicht wahr?«

»Ja, Herrin.«

»Und was war schlecht daran?«

»Du hast eine Tradition verletzt.«

»Ich habe nichts verletzt, Philae. Eher habe ich eine Neuigkeit eingeführt.«

»Das ist wahr, vielleicht ist es nicht dasselbe. Aber eine Frau, die einen Streitwagen führt, bringt Unruhe in die Herzen der Menschen durch ihre Anmaßung und verletzt die Weiblichkeit ihrer Erscheinung; und dies wird nicht so leicht vergessen und verziehen. Vor vielen Jahren führte Königin Hatschepsut Ägypten mit sehr fester Hand, doch niemals stieg sie auf einen Streitwagen. Ich hörte mit großer Besorgnis darüber sprechen: Es ist nicht die Sache an sich, sagt man, sondern die Bereitschaft, die Tradition zu verletzen, die Sorge bereitet. Wenn du dies tust, bist du auch zu viel Gefährlicherem imstande, heißt es.«

»Ich tat dies mit der Zustimmung des Pharaos.«

Mit einem Lächeln schüttelte Philae nun den Kopf.

»Und das ist es, was am meisten störte!« gab er traurig zu.

»Wen störte? Die Priester, nicht wahr?«

»Vor allem sie.«

»Und wen noch?«

Er sah mir fest in die Augen und lächelte wie ein Verbrecher, der sich stellt.

»Viele andere, Menschen wie mich zum Beispiel. Aber auch Menschen wie Amenhotep. Menschen, die nicht auf der Seite der Priester sind.«

Ich empfand Bestürzung und, zum ersten Mal seitdem ich in Ägypten war, ein Gefühl der Einsamkeit.

Was ist denn die Tradition, dieses bestrickende Ungeheuer, das die Menschheit lähmt und das Gesicht der Vergangenheit für heilig und unveränderlich erklärt? Soviel ich weiß, ließ Königin Hatschepsut in Ägypten viele Köpfe rollen, doch das erregte weniger Empörung als das Führen eines Streitwagens. Philae bemerkte wohl mein Unbehagen und fühlte sich wahrscheinlich ein wenig dafür verantwortlich. Da nahm er aus einer Strohhülle eine wunderbare Blume, von der Farbe der Morgenröte und mit einem starken, taufrischen Duft, und sagte:

»Ich kam, um dir diese Blume zu bringen: Der Vorsteher der Gärten von Malkata schickt sie dir und läßt sagen, daß sie von dem Samen stammt, den du ihm vor vier Monaten zukommen ließest. Jetzt möchte er wissen, wie er sie nennen soll, denn diese Pflanzenart ist unbekannt in Ägypten.«

Die vielschichtige Knospe aus Blütenblättern, von denen einige an geschlossene Augenlider, andere an halboffene Lippen, wieder andere an lauschende Ohren erinnern, erweckt die Vorstellung ekstatischer weiblicher Vollkommenheit.

»Die Samen kamen von der Insel Rhodos, Haremhab brachte sie mir. Sag ihm, wir werden diese Blume Rhoda nennen.«

»Haremhab?« sagte Philae, und als ich gerade nach der Blume greifen wollte, wandte er sich ab und zeigte mißbilligend auf den dornenbespickten Stengel.

Süß ist die Vertrautheit der Liebe. Sich kennenlernen. Die Seele des anderen erkunden ebenso wie seinen Körper. Sämtliche Bedeutungen, Ausdrücke und Nuancen begreifen lernen. Lust empfinden und Lust bereiten. Vertrauen schöpfen und Vertrauen wecken. Die Gewißheit haben, daß nichts dein Gefühl verwirren kann.

Und da in der hiesigen Werteordnung gleich nach dem Geist der Stein, sozusagen als Ägyptens Fleisch, kommt, bat ich Amenophis, er möge uns durch etwas Erhabenes und Beständiges ein Denkmal setzen.

Wir lagen nebeneinander, als ich plötzlich zu ihm sagte:

»Laß zwei riesenhafte Statuen errichten, die uns Seite an Seite darstellen; und eine Stele daneben, die erzählt, wie die Götter unsere Schritte im Garten des Palastes lenkten, damit wir einander begegneten. Laß diese Standbilder so aufstellen, daß sie den Besucher in den Palast von Malkata einführen, als wären sie die Einleitung zu einer Lektion über die Liebe.«

Ich sagte dies in scherzhaftem Ton, doch Amenophis wurde ernst, und nach kurzem Nachdenken erwiderte er:

»Ich werde noch mehr tun. Zusammen mit dir werde ich größere Dinge schaffen, die als Andenken unserer Vereinigung auf ewig währen: Denn ich weiß, du verstehst mich und kannst mir helfen. Diese Dinge werden sich auch in der Ausführung von dem, was es bisher gab, unterscheiden. Alles muß menschlicher sein, aber auch wahrhaftiger: Denn ich bin in der Tat ›Der in der Wahrheit lebt‹, und du wirst meine Große Königsgemahlin.«

Während er sprach, nahm sein Gesicht einen träumerischen und entrückten Ausdruck an, als spräche er von überirdischen Dingen. Es war der gleiche Ausdruck von damals, als er mir das Symbol des Aton über seinem Thron gezeigt hatte.

Ich betrachtete diesen Mann. Abgesehen von seinen Plänen, auf die er mit Hinweisen auf das »Wahre« und »Menschliche« anspielt und über die ich ihn im Augenblick nicht wage, näher auszufragen, ist das, was mir an ihm gefällt, ganz anders als das, was ich sonst bei den Männern suchte. So entdecke ich an mir selbst ganz neue Züge.

Sein Körper ist nicht schön: er ist mager und dick zugleich, als wäre er aus zwei sehr verschiedenen Menschen zusammengesetzt. Das männliche Glied ist unreif, seine Bewegungen sind kraftlos. Sein Gesichtsausdruck aber fesselt mich, denn er enthält alles, was im Menschen bedeutungsvoll ist: Geist, Ausstrahlung, Gefühl, Verstand; und die geheimnisvollen Züge an ihm, die immer wieder Staunen und Zittern und Jubel hervorrufen. Denn wenn sie Gutes verheißen und dann weh tun, rütteln sie einen mit grausamem Schauder auf; wenn sie aber Schlechtes verheißen und doch guttun, schenken sie ein tröstliches Gefühl von Erleichterung und Versöhnung. Doch was mich an ihm am meisten verzaubert und mit Liebe erfüllt, ist seine Unruhe: Sie rührt wohl von jenen unausgesprochenen, vielleicht nicht einmal zu Ende geführten Gedanken her, die ich instinktiv erkenne und ähnlich in meinem Herzen habe.

28. Tag des Monats Farmuti

Ich habe Teje besucht. Diesmal waren wir allein und sprachen lange über viele Dinge. Doch vor allem lag ihr daran, mit mir über ihren Sohn zu reden, und sie schien sehr glücklich, als das Gespräch auf ihn kam.

»Ich weiß von eurer Liebe«, sagte sie plötzlich, »und freue mich sehr darüber. Ich hätte mir nichts Besseres für ihn wünschen können. Ich hoffe, ihr werdet bald heiraten.«

»Hat er mit dir über mich gesprochen?« fragte ich sie mit einem Lächeln, das zum traulichen Gespräch unter Frauen einlud. Doch ihre Antwort ließ mich erstarren, denn sie entgegnete gleichgültig:

»Seit dem Tag, als Amenophis starb, habe ich ihn nicht mehr gesehen.«

»Und woher weißt du dann …« stammelte ich. Doch gleich fühlte ich mich vor dem tiefgründigen Blick ihrer schwarzen Augen und dem ironischen Lächeln auf ihren Lippen wie ein dummes Kind. Sie sagte: »Ich weiß immer, was im Herzen der Menschen ist.«

Nach einer Weile fügte sie hinzu:

»Ich freue mich, daß du meine Stellung in Ägypten einnimmst. Früher fürchtete ich immer, mein Sohn sei möglicherweise für irgendeine dumme und eingebildete Prinzessin aus Babylon oder für eine dieser gräßlichen Hethiterinnen bestimmt. Mein Sohn hat ein großes Herz, doch er braucht jemanden, der ihn versteht und ihm hilft und ihn in gewisser Weise auch lenkt: Du bist dazu imstande.«

»Ich bin dazu bereit, Teje. Ich liebe ihn so sehr, daß ich mein Herz ganz für ihn einsetzen will. Wir werden beide für ihn da sein, auch du wirst ihn unterstützen.«

»Nein!« stieß sie hervor, und es klang wie ein schmerzvolles Stöhnen. Sie sah mir fest in die Augen und wiederholte in ruhigerem Ton:

»Nein.« Und nach einer kurzen Pause: »Du. Du wirst bald Ägyptens Königin sein.«

Tejes geheimnisvolle Gebärden, die sie ihrem Sohn so ähnlich sehen lassen, machen mich immer ratlos. Auch das, was ich von Lahariat erfahre, hilft mir kaum, mir ein genaueres Bild von ihr zu machen.

Amenhotep hatte mir bereits Andeutungen gemacht, und auch Lahariat behauptet nun, Teje sei wegen ihrer magischen Kräfte berüchtigt. Dies fiel mir heute wieder ein, als sie sagte: »Ich weiß immer, was im Herzen der Menschen ist« und damit bewies, die Gefühle ihres Sohnes erraten zu haben, obwohl sie ihn seit längerer Zeit nicht mehr gesehen hatte. Als ich Lahariat diesen Satz wiedergab, begann diese mir selbstgefällig zu erklären, warum ich mich unter anderem vor Tejes Geschenken in acht nehmen sollte: vor dem Standbild und insbesondere vor dem Spiegel, durch den sie angeblich in meine Seele hineinschauen kann.

Ich dachte eine Weile über Lahariats Worte nach, die mich in gewisser Hinsicht beeindruckt hatten, und offenbarte ihr schließlich meine Meinung über diese Dinge:

»Die Welt ist voll von Zaubereien, Lahariat. Es gibt viele Dinge, die uns im Bösen wie im Guten wundervoll erscheinen, denn sie lassen sich nicht einfach erklären und begreifen.

Du sollst dich nicht vor dem fürchten, was magisch erscheint, denn es muß nicht unbedingt gefährlich sein. Und was gefährlich ist, muß nicht unbedingt magisch sein. Wenn es Dinge oder Bereiche gibt, die du nicht begreifst, mußt du sie trotzdem ruhig ins Auge fassen.«

In Wirklichkeit sprach ich nicht zu Lahariat, sondern zu mir selbst. Und ich beendete meine Rede erst viel später, als sie längst weg war. Ich seufzte vor Glück und rief: »Liebe ist der größte aller Zauber!«

15. Tag des Monats Pacons

Auf die Zeit der Nilschwemme folgte die Saat. Nun ist Erntezeit, eine gute Ernte.

Das politische Leben Ägyptens dagegen wurde nach Amenophis' Tod von einer Reihe von Ereignissen durcheinandergebracht, die den glücklichen Frieden unter der fast vierzigjährigen Herrschaft des alten Pharaos zu erschüttern drohen. Und diese Überschwemmung verhindert eine vorteilhafte Saat für die Zukunft des Landes. Der Liebesrausch, in dem ich die letzten Monate verbrachte, hatte mich diesen Dingen entrückt, aber vor wenigen Tagen brachte mich ein Gespräch mit Amenhotep wieder auf den Boden der Tatsachen.

Wir hatten uns längere Zeit nicht mehr gesehen, und es war schön, wieder zusammen zu sein und sich auszusprechen. Ich fühlte mich in die Zeit meiner Schiffsreise zurückversetzt, als mich die bevorstehende Gefahr mit Erregung und Begeisterung erfüllt hatte. Denn er begann seine Rede mit diesen Worten:

»Ich komme, um dich zu fragen, ob du wieder einmal mit mir ausreiten willst. Diesmal aber werde ich an deiner Seite sein, nicht du an meiner.«

Ich griff nach seinen Händen und antwortete:

»Du ehrst mich sehr, Amenhotep! Befiehl, und ich werde dir folgen, denn du weißt bereits, was ich tun soll, ich aber weiß es noch nicht.«

»Ich kann dir nichts befehlen, und wenn ich es könnte, würde ich es nicht tun. Aber ich möchte, daß du einige Dinge erfährst.

Ich weiß, daß du und dein Herr die unvergleichliche Zeit einer großen Liebe durchlebt. Und das Herz tut mir weh, weil ich einen Schatten über euer Glück werfen muß. Doch nach Amenophis' Tod ereignen sich Dinge in und außerhalb Ägyptens, die man keinesfalls vernachlässigen darf.«

»Und sie werden doch vernachlässigt?« warf ich ein.

»Es gibt eine Sache, die du bisher noch nicht erfahren hast. Und der Pharao schenkt ihr nicht genügend Aufmerksamkeit.«

»Es ist nicht nur die Liebe, die ihn ablenkt«, stellte ich richtig. »Ein religiöser Gedanke fesselt ihn und nimmt ihn ganz in Anspruch.«

»Ich weiß, und gerade dies könnte zu Veränderungen innerhalb Ägyptens führen. Ich kann mir vorstellen, worum es geht, wenn ich an das große Bild denke, das er über dem Thron anbringen ließ; und an gewisse beiläufige Worte von ihm und an seine alte Vorliebe für Aton. Aber er vernachlässigt zu sehr, was vor den Toren Ägyptens geschieht.«

»Auf welche Weise, meinst du, könnte ich dem Land oder meinem König nützlich sein?«

»Zunächst einmal mußt du die Wirklichkeit kennenlernen. Wie du weißt, liegt mir nicht daran, deine Meinung zu beeinflussen: ich weiß, wie klug und einsichtig du bist. Aber ich denke, du kennst die Tatsachen nicht gut genug. Deshalb habe ich dir die Abschriften einiger Urkunden mitgebracht: kürzlich eingetroffene Botschaften verschiedener ausländischer Herrscher an unseren neuen König. Wenn du sie gelesen und darüber nachgedacht hast, wirst du mich vielleicht rufen und mit mir darüber sprechen wollen.«

»Dann komme morgen wieder zu mir, Amenhotep«, sagte ich und warf einen Blick auf die Papyrusrolle, die er mir hingelegt hatte. Ich fügte hinzu:

»Was dir am Herzen liegt, hat vor allem anderen Vorrang, Amenhotep. Ich danke dir, mein Freund, daß du mich nicht für eine oberflächliche Frau hältst.«

Und er: »Ich mache dir kein Geschenk, Nofretete.«

»Ich auch nicht. Nicht einmal, wenn ich dich bitte, diese Halskette, die deinem Pharao gehörte, an meiner Stelle zu tragen, in der Hoffnung, sie möge die Falten glätten, die sein Tod auf deinem Gesicht hinterlassen hat.«

Dabei nahm ich die goldene Kette, auf der Skarabäen aus Lapislazuli und Türkis harmonisch einander abwechselten, von meinem Hals und legte sie Amenhotep um.

Diese Geste von mir kam unerwartet, und ich las Überraschung und Rührung in seinen Augen.

»Wann wirst du mich mit deinen Fehlern bekanntmachen, Nofretete, statt mich mit deinen Tugenden zu blenden?«

»Bald, mein Freund. Viel früher, als wir es möchten.«

Mit einem Seufzer pflichtete er bei: »Ich weiß es.«

16. Tag des Monats Pacons

Gleich nachdem Amenhotep weggegangen war, begann ich die Abschriften durchzulesen, die er mir gebracht hatte; dabei fragte ich mich, ob der Pharao darüber Bescheid wisse, fand aber keine Antwort darauf. Es handelte sich um diplomatische Schreiben, die vor kurzem für Amenophis eingetroffen waren.

Die ersten drei Botschaften waren mit jeweils dreiwöchigem Abstand von Rib Adda abgesandt worden. Dieser Fürst und Statthalter des Pharaos in der Stadt Byblos gilt im allgemeinen, sogar am Hof meines Vaters, als der treueste Vasall Ägyptens im Retschenu. Der Ton der drei Briefe schien zunehmend ängstlich. Sie meldeten den wachsenden Erfolg der hethitischen Politik in der Gegend. Wie der erste Brief berichtete, hatte Aschirtu, der König des Nachbarreiches Amurru, einen geheimen Pakt mit dem Hethiterkönig Schuppiluliuma geschlossen. Überdies sollte er Krieg gegen die Fürsten von Irqata und Ambi, zwei treue Tributzahler Ägyptens, geführt haben, wobei der erste ermordet und der zweite in die Flucht geschlagen worden war.

Im zweiten Brief wurde mitgeteilt, auch in Ugarit, der nördlichsten der von Ägypten unterworfenen Städte, habe sich eine hethiterfreundliche Partei durchgesetzt, der gegenüber König

Niqma, bis dahin ein loyaler Anhänger des Pharaos, eine unentschlossene Haltung eingenommen hatte.

Das dritte Schreiben war das beunruhigendste: Rib Adda meldete, die ägyptenfeindliche Stimmung habe sich nunmehr im ganzen Retschenu verbreitet, teils wegen der Gewalttaten und Einschüchterungskampagnen Schuppiluliumas in den Grenzgebieten, teils wegen seines Versprechens, die Städte von der Steuerlast zu befreien, das die Basis seiner diplomatischen Aktionen gegenüber den Kleinkönigen bildete.

Rib Adda fügte hinzu, es sei für ihn immer schwieriger, Ammunira, den König von Berut und brüderlichen Freund, zur Treue Ägypten gegenüber anzuhalten. Letzterer behauptete nämlich, es sei nur gerecht, wenn der Pharao das verlöre, was er seit langem nicht mehr verteidigen könnte, weder mit Waffen noch durch Diplomatie; und daß er sogar von Familienangehörigen gedrängt werde, sich dem neuen hethiterfreundlichen Kurs anzuschließen.

Rib Adda schloß jedes Schreiben mit der Beteuerung seiner Loyalität gegenüber dem Pharao, aber auch mit der Bitte, dringend Truppen zu schicken, um die Anwesenheit Ägyptens in den betroffenen Gebieten zu demonstrieren; andernfalls er sich darauf gefaßt machen müsse, sie zu verlieren, samt den Freunden, die, wie Rib Adda selbst, ihm weiterhin treu blieben.

Die vierte Botschaft war der Gruß Schuppiluliumas an den neuen Pharao. Ein unverschämtes Schreiben: Während seine Truppen an den Grenzen der unter Thebens Schutz stehenden Staaten wüteten und seine Agenten in den Hauptstädten zum Verbund mit Chatti aufriefen, heuchelte er große Freundschaft und sprach von seiner Hoffnung, das Verhältnis zwischen ihm und dem jungen Amenophis möge so bleiben wie unter der Herrschaft des »Großen Vaters«. Um seine freundliche Absicht zu bekunden, schickte er als Geschenk drei Vasen aus Silber, und zwar mit Angabe des Gewichts, die – nach der Randbemerkung Amenhoteps – viel höher ist, als das in Wirklichkeit festgestellte.

Das Schreiben hat etwas von einer spöttischen Herausforderung, das es aufgrund der augenblicklichen Lage fast zu einer Kriegserklärung macht.

Das fünfte Schreiben aber hat mich am tiefsten getroffen. Und hat mich wütend gemacht. Es traf als letztes ein und kam von meinem Vater Tuschratta. Mit knappen Worten gratuliert er Amenophis zur Herrschaftsübernahme, um dann gleich »das restliche Gold, das gemäß dem Versprechen Deines Herrn und Vaters nach Taduchepas Ankunft gezahlt werden mußte« einzufordern. Amenhotep merkt dazu an: »Niemals gab der Pharao eine solche Erklärung ab, für die es keinerlei Beweis gibt. Alle Abmachungen wurden vor deiner Ankunft geregelt, und zwar zur ausdrücklichen Zufriedenheit deines Vaters.«

Als Amenhotep mich wieder aufsuchte, war ich immer noch voller Scham und Zorn wegen dieses Schreibens. Ich fuhr ihn an:

»Ihr sollt mich für einen einzigen Tag zur Auslandsbeauftragten ernennen, damit ich Tuschratta eine offizielle Antwort geben kann: Und zwar so, daß er es bereut, mich zur Tochter gehabt zu haben!«

Amenhotep lächelte, und da meine Verärgerung ihm gestattete, seine Meinung über meinen Vater unverhohlen zu äußern, entgegnete er:

»Er meint es nicht ernst. Die augenblickliche Lage in der Region läßt ihn glauben, seine Loyalität sei für uns noch kostbarer und unentbehrlicher geworden: Also erhöht er ihren Preis. Verzeih mir, Nofretete, wenn ich dir eine solche Lektüre zugemutet habe. Ich wollte dir dadurch ein Bild der gesamten internationalen Lage verschaffen. Dafür bat ich den Pharao um Erlaubnis, und es war naheliegend, diese besondere Botschaft deines Vaters einzuschließen.«

»Wie immer läßt du mich Einblick in die Dinge gewinnen. Aber ich glaube, du bezweckst noch etwas anderes.«

»Richtig. Ich fürchte, der Pharao unterschätzt die Gefahr an den östlichen Grenzen, und ich wünschte, du könntest seine Haltung in diesem Punkt beeinflussen.«

Wir sahen uns lange an.

»Du willst, daß ich den Pharao beeinflusse, Amenhotep?«

»Wie du aus den Briefen gesehen hast, ist die Lage im Osten ernst, und sie wird von Tag zu Tag schlimmer. Und alle – ich bin nicht der einzige – vermuten, daß der Pharao überhaupt nicht darauf reagiert.«

»Was rätst du mir also? Oder besser gesagt, was erwartest du von mir?«

»Um es klarzustellen, Nofretete: Ich will dich nicht ins politische Spiel bringen, um dich zu lenken und zu irgendwelchen persönlichen oder öffentlichen Zwecken einzusetzen. Ich will nur, daß du dir eine Meinung darüber bildest. Was du dann tust, wirst du selbst entscheiden.«

Er sagte dies ganz trocken und unmißverständlich. Es war klar, daß er von mir eine bestimmte Haltung erwartete oder erhoffte. Doch wie immer drängte er mich nicht, ließ mich aber doch das ganze Gewicht seines Einflusses und seiner Erfahrung spüren.

Er sollte nicht denken, ich hätte auch nur eine Sekunde an ihm gezweifelt.

»Ich kenne deine Loyalität, Amenhotep, und deine Achtung für die Menschen. Du willst, daß ich erwachsen werde, denn du hast Vertrauen in mich. Dies, dein Vertrauen, war das erste Geschenk, das ich von Ägypten erhielt. Und nach Amenophis' Liebe ist es das schönste. Ich verstehe, was dein Herz bewegt. Sicher kann das Schreiben meines Vaters, vielleicht sogar das Schreiben Schuppiluliumas, ohne Antwort bleiben; aber Rib Addas Botschaft gehört zu denen, die unbedingt beantwortet werden müssen. Unbedingt.«

Als ich dies sagte, stieß Amenhotep einen tiefen Seufzer aus. Mit halbgeschlossenen Augen nickte er zustimmend und sprach:

»Genau so ist es, Nofretete!«

24. Tag des Monats Pacons

Zum ersten Mal hat Amenophis mich in meinen Gemächern aufgesucht. Er war, wie er sagte, noch nie in diesem Teil des Palastes gewesen und fand ihn angenehmer und heiterer als den königlichen Trakt. Er wirkte gut gelaunt, zum Lächeln und Scherzen aufgelegt, sah mich mit Verlangen an und begann gleich, mich zu streicheln.

Während ich auf ihn wartete, hatte ich darüber nachgedacht, wie ich das Gespräch über die politische Lage im Osten am besten beginnen konnte. Dann aber, als sein Gesicht mir so nahe war und seine Augen sich so tief in die meinen senkten, fiel mir jedes Reden schwer, und es wurde mir klar, daß ich das Gespräch wohl hinausschieben würde.

Dabei hatte ich Gewissensbisse, nicht nur weil ich der gegenüber Amenhotep eingegangenen Verpflichtung nicht nachkam; mir selbst gegenüber mußte ich zugeben, daß ich schon ein wenig von meiner künftigen Rolle als Königin gefangen war und den Eindruck hatte, meine Pflicht zu verletzen. Andererseits steigerten diese Verfehlungen sicherlich die Lust, mich ihm hinzugeben.

Ich weiß nicht, ob es aus diesem Grund ist oder wegen der gegenseitigen Vertrautheit, die unsere Körper gewonnen haben; oder ob es all das ist, was wir einander zu geben gelernt haben; oder weil das Gefühl, das uns verbindet, immer stärker wird: Jedesmal, wenn wir uns lieben, wird es vollkommener. Ich möchte so gern von der Lust der Liebe sprechen; wahrscheinlich kann man nicht darüber sprechen. Doch vielleicht ist der pochende Rhythmus in unseren Körpern, der uns zu ungeheuren Höhen emporhebt, dieses grausame, unvergleichliche Glücksgefühl eine Steigerung der Schönheit, die am Ende ihre Grenzen sprengt. Es hat eine solche Zauberkraft und ist so gewaltsam, so absurd für sterbliche Wesen und so absolut, daß es sogar dem Tod ähnelt. Es ist so vollkommen, daß wir, zumindest für die Dauer dieses Augenblicks, ohne Zweifel an der Seite Gottes liegen und in nichts mehr hinter ihm zurückstehen.

Ich war nun von alldem so überwältigt, daß ich erst zum Schluß Setha bemerkte, die uns hinter dem Vorhang heimlich zusah. Doch dies hat mich nicht mehr bekümmert als ein Kolibri einen Löwen stört, der sich satt von seiner Mahlzeit entfernt. Wenn ich jetzt aber darüber nachdenke, fällt mir ein, daß ihr Gesicht seit einiger Zeit einen leicht traurigen, schmollenden Eindruck macht: Genaugenommen, seit ich begonnen habe, Amenophis zu lieben, und mich nicht mehr um sie kümmere.

Eines Tages möchte ich es wiedergutmachen und ihr von der Liebe und der Lust erzählen, falls ich einmal imstande bin, so etwas in Worten auszudrücken und sie, es zu verstehen.

Als er diesmal meine Gemächer betrat, ließ ich mich nicht von der Erregung gefangennehmen, sondern kam gleich auf die Politik zu sprechen. Mit ihm über solche Dinge zu reden ist schwieriger als ich dachte. Er beharrt auf seinen eigenen Ansichten und läßt kaum Raum für einen Meinungsaustausch. Mit anderen Worten, er legt beim Verfolgen seiner Ziele übermäßige Sicherheit an den Tag. Für ihn gibt es wohl kein Zögern oder Zweifeln.

Deshalb kann man ihn schlecht unentschlossen nennen, aber, fürchte ich, auch nicht besonnen.

Als ich ihm sagte, meiner Ansicht nach verdiene Rib Adda, wie jeder treue Untertan, daß man seinem Hilferuf Gehör schenke und ihm nachkomme, entgegnete er verstimmt:

»Den Mann kenne ich persönlich. Er hat seit eh und je diese Sucht, mit Unheilsprophezeihungen aufzuwarten. Es wäre falsch, ihm Gehör zu schenken und ihn in seiner Furchtsamkeit zu bestärken. Schließlich muß er begreifen, – und bedeutendere Menschen als er müssen es ebenfalls –, daß der Pharao nicht irgendein König ist. Mit ihm kann man nicht schwatzen und feilschen wie mit einem Gewürzhändler. Nein. Ich werde diesem Mann zunächst nicht antworten; ebensowenig werde ich Schuppiluliuma oder deinem Vater Tuschratta antworten. Sollen sie mein Schweigen so auslegen, wie es ihnen beliebt. Ich habe anderes zu tun!«

Da mußte ich die vielleicht wichtigste Wahl meines Lebens treffen. Ich mußte entscheiden, ob ich die passive, nachgiebige Gemahlin des Herrschers sein, also auf jede Einmischung in das öffentliche Leben Ägyptens verzichten wollte, oder ob ich an diesem Leben teilnehmen und meinen Beitrag – egal ob groß oder klein oder gar unbedeutend – leisten wollte. Ich mußte mich sofort und ein für allemal entscheiden und ich tat es ohne zu zögern. Da ich jedoch zum ersten Mal gezwungen war, dem Mann, den ich liebe, zu widersprechen, wollte ich ihm klarmachen, daß mir dies nicht leichtfiel.

»Geliebter«, sagte ich und sah ihm fest in die Augen, »du bist erst vor kurzem der König dieses Landes geworden und nur wenige im In- und Ausland kennen dich. Du meinst, der Pharao sollte sich zu keiner Unterredung herablassen. Doch die anderen werden vielleicht glauben, daß du gar nichts zu sagen hast. Außerdem glaube ich, wir sollten denen, die uns treu sind, in jedem Fall beistehen. Was Rib Adda behauptet, wurde von allen Regierungsgesandten, die aus den Ländern des Retschenu heimkehrten, bestätigt. Diejenigen, die aus dem Reich Amurru und aus der Stadt Ugarit zurückkamen, mußten buchstäblich fliehen. Und alle stimmen darin überein: Wenn sich Ägypten nicht sofort zu einem kriegerischen Eingriff entschließt, kann es ebensogut endgültig auf diese Gebiete verzichten.

Nun frage ich dich, Amenophis: Warum sträubst du dich so dagegen, Freunden zu helfen und Städte zu verteidigen, für die in der Vergangenheit so viel ägyptisches Blut vergossen wurde?«

Während ich so sprach, hatte er eine Hand vor das Gesicht gelegt, mit einer Geste, die Müdigkeit oder auch Verzweiflung bedeuten konnte. Und als ich verstummte, blieb er unbeweglich und mit verborgenem Gesicht sitzen. Ich war auf jede Antwort gefaßt, auch auf eine schroffe. Vor allem fürchtete ich, er würde mich kurzerhand auf meine Stellung als Frau verweisen, der es nicht zusteht, sich in die Entscheidungen des Pharaos einzumischen.

Doch es war nicht so: Er hat nichts dagegen, wenn ich mich am politischen Geschehen beteilige. Es hat eher den Anschein, als sehe er über solche Probleme hinweg. Eine Weile schwieg er und erklärte dann nach einem tiefen Seufzer:

»Mein Herz ist anderswo, Nofretete. Weit weg von all den Dingen, die Böses in die Welt gebracht haben: Krieg, Blut, Elend und die geistige Verknöcherung einer Religion, die nur dazu dient, all diese Übel zu rechtfertigen und sie zu verewigen.«

Er sah mich kurz mit einem seltsamen Lächeln an, dann sagte er lauter:

»Ich bin nicht nur der Pharao Ägyptens. Ich bin derjenige, der sein Auge auf die ganze Welt richtet, nicht um sie zu erobern, sondern im Zeichen der Liebe. Unter meiner Herrschaft wird Ägypten sich verändern, die Welt wird sich verändern. Die Erde wird sich verändern und der Himmel. Vor allem wird sich das Herz der Menschen ändern, denn ich werde ihnen neue Dinge zeigen.

Du möchtest, daß ich mich mit dem Retschenu beschäftige,

nicht wahr? Wie die anderen möchtest auch du, daß ich junge Menschen dorthin entsende, um zu metzeln und hingemetzelt zu werden, damit Amurru und Ugarit wieder uns gehören. In zehn oder zwanzig Jahren aber würden wir in einer Zeit der Schwäche erneut diese Länder verlieren und müßten wieder mit dem Gemetzel beginnen. So ist es immer gewesen. Was ich will, ist Frieden, nicht Krieg. Nein, es ist richtig, daß wir diese Länder verlieren. In wenigen Tagen wirst du verstehen, warum. Ein höherer Traum soll von mir erfüllt werden, und ich werde ihn mit dir teilen, Nofretete, denn ich weiß, es wird auch dein Traum.«

Mit diesen Worten kam er zu mir, nahm meinen Kopf und küßte mich auf den Mund. Zärtlich begann er mich auszuziehen und flüsterte mir dabei allerlei ins Ohr. Einige Worte habe ich nicht vergessen:

»Deine Schönheit ist der kürzeste Weg, um Aton zu erreichen, Nofretete. Bleib an meiner Seite. Verlaß mich nie.«

Und als er mich nahm, wußte ich, daß er nicht nur mit seinem Körper, sondern auch mit seinem Denken von mir Besitz ergriffen hatte: Denn ich liebte ihn auch wegen seiner Worte.

11. Tag des Monats Paini

Es wechseln die Jahreszeiten und die Ereignisse in rascher Folge.

Die Sonne gibt ihren Strahlen neue Kraft, Amurru und Ugarit wurden endgültig von den Hethitern erobert.

Das Volk ist empört, man spricht über nichts anderes. Nach diesen Vorfällen hatte man erwartet, daß der Kriegszustand verhängt würde, aber zum allgemeinen Erstaunen ist nichts dergleichen geschehen.

Unter dem Druck der sich überstürzenden Ereignisse und wegen der vielen Audienzgesuche verschiedener Würdenträger berief Amenophis den Staatsrat ein. Am Tag vor der Versammlung ließ er mich rufen und sagte:

»Ich will, daß du anwesend bist. Morgen ist ein wichtiger Tag für Ägypten.«

Wir warteten auf das Erscheinen des Pharaos. Der Audienzsaal begann sich zu füllen: Sämtliche einberufenen Würdenträger richteten beim Eintreten den Blick auf das große goldene Reliefbild über dem Thron und tuschelten mit besorgter Miene mit den übrigen Anwesenden.

Als der Pharao eintrat, wurde die Versammlung eröffnet, und nach der feierlichen Huldigung nahm jeder Platz.

In der allgemeinen Stille, die nun folgte, erklangen seine Worte, die mich in größte Aufregung versetzten. Amenophis saß auf einem erhöhten Podest zwischen Teje und Aja. Er hob ein wenig die Hand zu mir hin und sagte mit fester Stimme:

»Ich will, daß in dieser Versammlung von nun an Nofretete an meiner Seite sitzt.«

Ich erhob mich errötend und folgte den Wachen, die meinen Sitz zu der vom Pharao bezeichneten Stelle trugen: unmittelbar zu seiner Linken, zwischen ihm und Aja.

Als ich Platz genommen hatte und das Geflüster, das diesen Worten folgte, verstummt war, erklang Amenophis' Stimme wieder im Saal:

»Der edle Amenhotep soll dieses Treffen leiten und darlegen, was für Ägypten und den Pharao von Nutzen sein kann.«

Amenhotep stand nun auf. Er warf mir einen bekümmerten Blick zu und begann in ruhigem Ton:

»Der Erste Prophet des Amun, der große Ptahmosis, wünscht das Wort an dich zu richten, Herr.«

Amenophis nickte zustimmend und beugte sich zu mir, um mir zuzuflüstern: »Gib acht, Nofretete: Dieser Mann ist gerade im Begriff, in die Falle zu laufen, die ich ihm gestellt habe.«

Ich sah ihn fragend an, denn ich hielt ihn nicht für fähig, irgendwelche Fallen zu stellen. Meine Anspannung wuchs. Inzwischen war Ptahmosis aufgestanden und sprach:

»Königliche Hoheit, Amurru und Ugarit sind in die Hände der Hethiter gefallen, und sie hören nicht mehr auf die Stimme des Vaterlands. Wie du jedoch sicher weißt, gehörten ihre Tributzahlungen bereits ab der Zeit Thutmosis' des Vierten, deines Vaters Vater, in ihrer Gesamtheit zu den Vorrechten des Amun-Tempels von Karnak. Nun wurden diese Tributzahlungen natürlich eingestellt, sehr zum Schaden des großen Amun, des Gottes von Ägypten. Wie kann man deiner Meinung nach diesen Verlust wiedergutmachen, der dem Gott als Beleidigung erscheinen mag?«

Amenophis hatte eine Hand zur Stirn geführt, wie gewöhnlich, wenn ihn ein Gespräch langweilt. Im Schatten dieser Hand sah ich aber, wie sich sein Mund wie ein gespannter Bogen zusammenzog. War Ptahmosis' Frage als Herausforderung gemeint, so war sie bei weitem der Provokation unterlegen, die in Amenophis' Antwort lag.

»Ich glaube nicht, Ptahmosis, daß die Götter irgendwelche Tributzahlungen benötigen, um zu existieren. Ihre Priester brauchen so etwas, aber nicht die Götter. Auch glaube ich nicht, daß die Götter sich beleidigt fühlen, wenn ihre Priester einen – sei es auch erheblichen – Teil ihrer Einkünfte einbüßen, nachdem sie bereits unglaublich reich sind.

Macht ihr euch also um euch selbst Sorgen, so sage ich euch: Seid unbesorgt, denn die Einkünfte, die euch verbleiben, sind mehr als genug, um euren Unterhalt und die Kosten des Kultes zu sichern. Da ich jedoch sehe, daß ihr trotzdem besorgt seid, und da es den Anschein hat, als habe eure Verwaltung sehr unter den jüngsten Ereignissen gelitten, so will ich euch zu Hilfe kommen, indem ich dem Staat die Verwaltung des Vermögens der Amun-Tempel übertrage, wie es auch in alten Zeiten war.«

Diese Worte bedeuteten eine unerhörte Herausforderung. Sie kam so unerwartet und war so gewaltig, daß die Versammelten ein paar Sekunden brauchten, um richtig zu begreifen. Dann erhob sich ein allgemeines Gemurmel im Saal. Ich sah, wie Ptahmosis leichenblaß taumelte und den Kopf schüttelte, während die anderen Priester unruhig auf ihren Sitzen hin- und herrutschten. Doch als sich das Gemurmel allmählich legte, stand Ptahmosis immer noch da; lediglich ein ratloser Ausdruck hatte die gewöhnliche Überheblichkeit aus seinem Gesicht verdrängt. Er suchte sich zu fassen, doch sein wankelmütiger Charakter schien nicht in der Lage, die lähmende Wirkung der Überraschung zu überwinden. So brachte er nur heraus:

»Königliche Hoheit, ich glaube nicht ...«

Doch der Pharao unterbrach ihn sofort. Er streckte seinen Zeigefinger gegen ihn aus und schrie beinahe:

»Was ich sagte, ist beschlossene Sache, Ptahmosis!«

Jetzt war mir klar, warum er gegenüber dem Schicksal Amurrus und Ugarits gleichgültig reagiert und warum er von einer Falle gesprochen hatte.

Ein taktischer Schachzug in der Außenpolitik, um den Erfolg eines anderen, offensichtlich für wichtiger gehaltenen Zuges in der Innenpolitik zu begünstigen.

Der von allen erwartete Krieg gegen den fremden Feind schien also im eigenen Land ausgebrochen zu sein: zwischen dem Staat und der übermächtigen Amun-Priesterschaft.

Die Anwesenden waren sprachlos. Nicht nur, weil sich hier innerhalb weniger Augenblicke ein einzigartiges und zweifellos historisch bedeutendes Ereignis abgespielt hatte, sondern auch, weil der alte Ptahmosis, der als stark, mächtig und geschickt galt, von dem jungen Pharao so mühelos zum Schweigen gebracht worden war. Und selbst wenn das Urteil über die Entscheidungen des neuen Königs zunächst ausbleiben mußte, mußte man ihn wegen seiner Entschlossenheit bewundern, die vermuten ließ, er wisse genau, was er wollte und tat.

Darüber hinaus spürte ich hinter seiner kalten, kompromißlosen Entschlossenheit, in dem Hohn, der in seinen Worten mitschwang, einen lang unterdrückten Haß.

Amenophis suchte mit dem Blick Amenhotep, um ihn aufzufordern, weiterzureden und dadurch seinem Gegner Spielraum zu entziehen. Doch dieser hörte angestrengt einem gerade eingetroffenen Offizier zu, der leise und eindringlich auf ihn einredete.

»Was gibt es, Amenhotep?« fragte Amenophis.

»Neuigkeiten aus dem Osten, Hoheit. Es wird gemeldet, daß die Habiru, nachdem sie eindeutig von Chatti dazu angestachelt wurden, Megiddo erobert haben und nun Jurusalim gefährden. Hier ist Abdi Keba, einer der treuesten Verbündeten Ägyptens im Osten, der offenbar entschlossen ist, zu reagieren und sich auf die Belagerung der Stadt vorzubereiten.«

»Sehr wohl«, entgegnete der Pharao unbewegt. »Wir werden diese Frage an geeigneter Stelle behandeln.«

»Eine weitere Meldung, Herr: Der assyrische und der babylonische Botschafter sind fast gleichzeitig in Theben eingetroffen.«

»Ein unglücklicher Zufall«, erwiderte Amenophis beinahe lachend. »Denn die Assyrer betrachten sich nicht als Untertanen Babylons, während Babylon die Assyrer als seine Untertanen ansieht! Sie sollen in weit auseinanderliegenden Unterkünften beherbergt werden. Wir werden sie beide so bald wie möglich empfangen. Doch was steht noch an in diesem Saal?«

»Der Oberbefehlshaber unserer Streitkräfte, General Haremhab, bittet um Gehör.«

»Ich höre, Haremhab.«

»Herr, ich habe eiligst ein Heer zusammengestellt. Fünftausend Mann und siebzig Streitwagen sind bereit, gen Osten aufzubrechen. Es ist kein großes, aber ein gut ausgebildetes Heer. Genauso viele Männer könnten in relativ kurzer Zeit noch hinzugezogen werden. Sollte sich der Krieg jedoch länger hinziehen, müßten wir auf die Söldner zurückgreifen, die Alasia uns vor kurzem anbot.«

»Wir werden in aller Ruhe darüber sprechen, Haremhab. Ich gratuliere dir zu deinen Unternehmungen, mache dich aber darauf aufmerksam, daß wir im Augenblick noch nicht Krieg führen.«

Nur wenige der Anwesenden bemerkten Haremhabs enttäuschte und ratlose Miene, denn eine allgemeine Unruhe hatte sich im Versammlungssaal verbreitet, und die meisten tuschelten leise untereinander.

Weitere Wortmeldungen erweckten nicht die Aufmerksamkeit, die sie vielleicht verdient hätten, denn zu stark war noch der Eindruck, den die erste bei allen hinterlassen hatte. Niemand hörte zum Beispiel Aja zu, der den Pharao bat, den Termin für die Verhandlung gegen Ben Gadhu festzusetzen; ebensowenig achtete man auf Amenophis' Antwort, es sei angesichts der politischen Lage besser, sie weiter hinauszuschieben.

Aber alle schwiegen gespannt, als Anen, Tejes Bruder und Zweiter Prophet des Amun in Karnak, sich zu Wort meldete. Er hatte bis dahin unbewegt zugehört und mit der strengen Miene, die ihm wegen seines ehrwürdigen Alters zustand, alle gemustert. Ohne Umschweife fragte er nun den Pharao, was das Bild der Sonnenscheibe darstellen solle, die über seinen Kopf hinausragte und gar mit Händen versehene Strahlenarme ausbreitete.

Da sah ich, wie sich Amenophis auf seinem Thron aufrichtete und Anen und die Versammelten mit glühendem Blick maß, bis im Saal vollkommene Stille herrschte. Dann begann er mit halbgeschlossenen Augen und in inspiriertem Ton zu sprechen.

»Dies ist das neue Symbol des Aton. Es ist Symbol, nicht Abbild Gottes. Denn von Gott kann man kein Bild machen. Wie die Sonne ist er Licht, wie das Licht hat er keine Form. Wie die Sonne ist er Liebe. Wie die Sonne ist er Leben. Wie die Sonne ist er Tod. Wie die Sonne gibt er; wie die Sonne nimmt er. Er geht auf, und er geht unter in uns. Doch er kann nicht abgebildet werden. Ich will euch von diesem Gott sprechen, der, nachdem man ihn nicht abbilden kann … Gott ist.

Ich werde ihn euch schenken. Da er sich verbrauchte, um mich zu zeugen, bin ich sein Sohn. Da ich ihn aber durch meine Geburt wieder auferstehen ließ, bin ich sein Vater. Da ich also sein Vater und sein Sohn bin, werde ich ihn euch geben. Er ist ein Gott, der aus keinem Mythos entstanden ist, also ist er DER Gott. Er ist ein Gott, der aus all den Mythen, aus allen Zeiten und aus allen Ländern der Erde entstand: Er ist der Gott, der aus dem Bedürfnis nach Gott geboren wird, also ist er … Gott.«

Ich zitterte vor Angst, er könnte das schreckliche Wort aussprechen, das ganz Ägypten ins Wanken bringen würde. Ich fürchtete, er würde sagen: »der einzige« Gott.

Doch auch so hinterließ seine Rede einen ungewöhnlichen und beunruhigenden Eindruck: Denn wenn einer im Land der unzähligen Götter »Gott« sagt und keinen Namen darauf folgen läßt, wenn er nicht »ein Gott«, sondern »der Gott« sagt, ist es so, als würde er sagen »der einzige Gott«.

Er schwieg jetzt, und es schwiegen alle Anwesenden, aber ich fühlte, daß sie vom lautlosesten aller Erdbeben geschüttelt wurden. Und da sie innerlich eine ungebührliche Zuneigung zu dem spürten, was er ihnen gesagt hatte, zeigten sie sich äußerlich darüber empört, und eine Woge der Empörung ging durch die Versammlung. Da erkannte ich, daß ein Übermaß an Wahrheit oder eine übermäßige Wahrheit sehr schwer zu ertragen ist.

Und bei dieser Erkenntnis füllte sich mein Herz mit Trauer wie ein Gefäß, das vor Tränen überläuft.

Und diese lautlosen Tränen waren doch für alle sichtbar, denn ich wagte es nicht, sie abzuwischen, und sie liefen ungehindert über mein Gesicht und benetzten mein Gewand. Niemand sprach ein Wort, nur ich konnte nicht mit meinem dummen Weinen aufhören, so daß am Ende alle nur noch mich anstarrten, die an der Seite des Pharaos saß. Durch die Tränen hindurch sah ich Amenhoteps Augen, die mir zärtlicher und weniger traurig als zuvor erschienen, und die Augen Tejes, die mich nachdenklich betrachteten, als sähen sie mich zum ersten Mal; und schließlich den lächelnden Blick Amenophis', der sich gerade an die Versammlung wandte und sagte:

»Geht in Frieden und verkündet Ägypten, daß ich bald Nofretete heiraten werde.«

13. Tag des Monats Paini

Jedes Ding wächst, entwickelt sich, kommt zur Reife. Alle Ereignisse, die der Pharao durchlebt, teile ich mit ihm. Aber etwas ganz Neues, Unglaubliches und außerordentlich Schönes erlebe ich fast alleine, und es erfüllt mich mit Glück.

Am Ende der großen Ratssitzung kam Teje zu mir und flüsterte: »Besuche mich, sobald du kannst. Es ist dringend.«

Ich ging gleich zu ihr, und sobald wir alleine waren, faßte sie mich bei den Schultern und sah mir tief in die Augen.

»Ja«, rief sie aus, »es ist so, wie ich vermutete.«

Dann streifte sie mir das Gewand ab, bis meine Brüste freilagen, betastete sie sanft und sagte lächelnd:

»Es ist so, wie ich vermutete, mein Kind. Du bist schwanger.«

Mir war, als hätte ich einen Schlag in den Nacken bekommen. Ich taumelte und griff, um nicht hinzufallen, nach Tejes Händen, brach in Lachen aus und begann gleich darauf zu weinen: Ich war verwirrt und außer mir vor Freude.

Die Vorstellung, ein Kind zu haben, lag in so ferner Zukunft, daß ich noch nie gewagt hatte, mich ernsthaft damit zu befassen. Nun hatte ich das Gefühl, plötzlich erwachsen zu sein und endlich im öffentlichen Leben Ägyptens hervorzutreten, wie die Kolossalstatuen Amenophis' des Dritten in der Ebene von Malkata.

Ich war sicher, daß Teje sich nicht irrte, eilte aber trotzdem zu Amenhotep. Da ich ihn nicht gleich antraf, hinterließ ich eine Botschaft mit der Bitte, mich in seiner Eigenschaft als Arzt zu besuchen.

Ich fand keine Ruhe, bis er am späten Abend endlich kam. Da legte ich ihm mein Anliegen auf so verworrene Weise dar, daß er in Gelächter ausbrach.

»So etwas kommt vor, wenn man die ganze Zeit damit verbringt, sich zu lieben!«

»Amenhotep! Wie kann ich sicher sein? Willst du mich untersuchen?«

Ich dachte, er würde es sofort tun, doch er entgegnete:

»Nicht nötig. Es gibt eine Methode, die viel zuverlässiger ist. Morgen früh wirst du zwei kleine Tongefäße erhalten: das eine rot, das andere schwarz, beide gefüllt mit Erde. In dem roten werden Weizenkörner sein, in dem schwarzen Gerstenkörner. Jeden Morgen mußt du sie mit zwanzig Tropfen deines Urins beträufeln. Wenn binnen zehn Tagen Keime aus der Erde sprießen, bist du schwanger. Keimt die Gerste als erste, bedeutet dies, daß du einen Jungen bekommst; keimt hingegen zuerst der Weizen, wird es ein Mädchen sein. Wenn keine Saat aufgeht, wirst du wissen, daß nichts geschehen ist.«

26. Tag des Monats Paini

Mit diesen Worten Amenhoteps im Kopf, schickte ich mich an, die längsten Tage meines Lebens zu durchleben.

Ich stellte die zwei Töpfchen ans Licht, vor das Standbild, das Teje mir geschenkt hat, und führte die Anweisungen durch. Jeden Tag sah ich mehrmals nach, ob aus der Erdkrume ein zarter Keimling gesprossen war.

Doch elf Tage lang geschah nichts.

Während dieser Zeit war ich viel bei Amenophis, um ihm bei seiner Arbeit zu helfen; doch ich hielt der Versuchung stand, ihm den Grund meiner Unruhe zu verraten.

Ich war bei der Unterredung mit Haremhab zugegen, bevor dieser ins Retschenu fuhr.

Amenophis ist sehr fähig im politischen Bereich: Er versteht es, Vorfälle zu seinen Gunsten auszunutzen (wie es zum Beispiel bei dem Verlust Ugarits und Amurrus der Fall war), und verfügt zudem über eine große Überredungskunst.

Es war nicht leicht, Haremhab davon zu überzeugen, daß seine Anwesenheit an der Spitze des Heeres im Retschenu eine rein abschreckende Funktion haben sollte.

»Ich will, daß du alle Krieger, die du jetzt mitnimmst, auch wieder heimführst. Du darfst dich nicht auf einen echten Kampf einlassen. Unsere Truppen sind sehr gefürchtet, besonders seitdem sie die Libyer in Schedet so schwer geschlagen haben. Nutze diesen Vorteil aus, sieh zu, daß man dich weiter fürchtet, aber laß es bei den Drohungen bewenden.«

»Und wenn ich angegriffen werde?«

»Nur in diesem Fall darfst du reagieren, aber nur mit einem Kampf zu eurer Verteidigung, den du sobald wie möglich wieder einstellst. Dies wird aber kaum vorkommen, wenn du dich bemühst, den Hethitern auszuweichen. Übrigens ist diese Taktik auf jeden Fall die bessere, denn sie könnten dir überall und jederzeit eine weitaus größere Streitkraft entgegensetzen, als die deine es ist.«

Haremhab schien nicht überzeugt.

»Ein Heer ist dazu da, um zu kämpfen«, entgegnete er. »Selbstverständlich zur rechten Zeit und mit dem richtigen Ziel. Es fällt mir schwer, ein Heer zu führen, dem dies verboten ist. Und wer Furcht erregen will, der muß schon zubeißen. So etwas läßt sich schwer durch Spaziergänge erreichen.«

»Vertraue deinem Pharao, Haremhab. Glaube und gehorche ihm. Ein Heer ist nicht nur ein Heer. Es bedeutet nicht nur reine körperliche Kraft, sondern ist, wie alle Dinge, auch eine Idee, eine Vorstellung im Kopf der Menschen. In dieser Eigenschaft kann es handeln, auch wenn es stillsteht oder nur herumspaziert, wie du sagst. Wenn du dort unten einschreitest, wirst du womöglich feststellen, daß der Weg, den du gehen mußt, leichter ist als du dachtest. Wird es so sein, und das ist meine Hoffnung, bedeutet dies, daß Thebens politische Strategie erfolgreich war.«

Sehr aufmerksam hörte Haremhab zu. Dann antwortete er:

»Mein Herr, ich begreife deine Forderungen und werde nach deinem Willen vorgehen. Es ist wahr, daß ein Heer im Kopf des Feindes und in unserem Kopf bereits vorhanden ist, bevor es einem wirklich begegnet; doch es im Griff zu haben und zu führen, ist eine große Verantwortung und eine schwierige Aufgabe. Ein Heer kann jedenfalls nicht nur zum Schein bestehen. Und noch eher als in der Vorstellung der anderen existiert es im Geist seiner Krieger. Und darin liegt seine eigentliche Kraft. Unser Heer besteht aus sehr jungen Kriegern und Offizieren: Ihr Alter hat den Vorzug, begeisterungsfähig zu sein, und den Nachteil, zerbrechlich zu sein. Sie können alles aushalten, Hunger und Durst, aber auf eines nicht verzichten: auf ein klein wenig Ruhm. Denn um des Ruhmes willen haben sie sich verpflichtet, und nur durch ihn werden sie sich belohnt fühlen.«

»Vielleicht wissen sie nicht, daß Ruhm mit Staub behaftet ist.«

»Richtig, Hoheit. Und doch kann man ihn nicht durch den Staub kampfloser Märsche ersetzen.«

Es wurde eine interessante Unterredung. Haremhab ist ein kluger Mann, fähig, zu verstehen und sich verständlich zu machen. Ich glaube, daß er im Grunde loyal sein will. Doch obwohl er als entschiedener Gegner der Amun-Priesterschaft gilt, bin ich mir nicht ganz sicher, ob wir ihn immer auf unserer Seite haben werden. Und was die gegenwärtige Lage betrifft, so habe ich meine Zweifel, ob er sein Wort halten wird. Ich fürchte nämlich, daß er das ruhmvolle Andenken des Sieges von Schedet durch einen noch größeren Sieg übertrumpfen möchte, der mit seinem Namen verbunden ist.

Gemeinsam wurde als oberstes Ziel festgelegt: die Befreiung Jurusalims und Megiddos und die Einrichtung eines Standorts zum Schutz von Biblos und Berut und der umliegenden Gebiete bis Kadesch.

Amenophis ließ ihn jedoch versprechen, keine größere Schlacht durchzuführen und kam noch einmal auf seinen Grundsatz zurück, der so sehr der Tradition widerspricht: lieber Land verlieren als Männer opfern. Also wird fürs erste kein Versuch unternommen, Ugarit und Amurru zurückzuerobern. Dafür versprach er seinerseits, ein anderes Heer von fünftausend Mann und hundert Streitwagen für einen eventuellen künftigen Einsatz zusammenzuziehen.

So ist Haremhab in seinen merkwürdigen Krieg gezogen. Vorher nahm er aber auch von mir Abschied, als wir uns zufällig in den königlichen Gärten begegneten.

Ich zeigte mich freundlich, denn bei der Erinnerung an unsere erste Begegnung hatte ich ein schlechtes Gewissen. Außerdem ist meine Meinung über ihn in letzter Zeit viel besser geworden.

Ich erwähnte sein Gespräch mit Amenophis und packte ihn bei seiner Eitelkeit, indem ich lächelnd bemerkte:

»Ich denke, es würde dich weniger Mühe kosten, zehn Schlachten zu gewinnen, als einer einzigen auszuweichen, Haremhab. Ich weiß, was von dir verlangt wird, ist nicht wenig und nicht leicht. Trotzdem bitte ich dich auch, vorsichtig zu sein. Bei deiner Heimkehr wirst du all dies besser verstehen.«

Er schüttelte den Kopf und erwiderte:

»Ich würde es viel lieber jetzt gleich verstehen. Ich will jedoch dem Sohn auf gleiche Weise dienen, wie ich schon dem Vater diente. Vertrauensvoll und gehorsam.«

»Man wird deine Verdienste nicht vergessen, Haremhab. Jetzt aber gestatte mir, dir diese Blume zu geben. Sie stammt aus dem Samen, den du mir brachtest, und ist wirklich außerordentlich schön. Ich habe sie Rhoda genannt, zu Ehren der Insel, von der sie kommt.«

Er sah mich eindringlich an, wie einer, dem man endlich recht gibt, und sagte:

»Und ich werde sie aufbewahren, auch wenn sie verblüht ist. Für immer.«

»Gib acht«, antwortete ich abschließend, »wenn sie verblüht ist, werden nur die Dornen bleiben.«

Von einem Seufzer und einem Lächeln begleitet, schwebten

seine Worte zwischen Wahrheit und scherzhafter Galanterie, als er entgegnete:

»Der Gedanke an dich sticht immer noch.«

Nicht weniger interessant war es für mich, den Gesprächen Amenophis' mit den Gesandten Babylons und Assyriens beizuwohnen. Getrennt empfing er die Vertreter dieser beiden Staaten, die seit langer Zeit untereinander verfeindet sind und von denen jeder danach trachtet, den anderen zu unterwerfen. Komischerweise benehmen sie sich im internationalen Verkehr oft so, als wären ihre Bestrebungen schon Wirklichkeit geworden.

Amenophis führte die Gespräche mit bewundernswertem politischen Geschick. Er empfing nämlich als ersten den Botschafter des babylonischen Königs Burnaburiasch II., unterhielt sich jedoch länger mit dem Gesandten des assyrischen Königs Assuruballit.

Beide Male bediente er sich eines Tones, der dem jeweiligen Gesprächspartner zu verstehen gab, er werde seinem Mitstreiter vorgezogen. Beiden überreichte er prächtige Geschenke und betonte, dies geschehe streng vertraulich. Und er wandte sich an beide so, als wären sie keine einfachen Botschafter, sondern der unmittelbare Verhandlungspartner. Erst am Ende schloß er mit dem Satz: »Dein König soll diese Dinge erfahren.«

Mit anderen Worten, er brachte diese zugegebenerweise etwas einfältigen Menschen dazu, die Lage aus seinem Blickwinkel und auf eine ihm dienliche Weise zu betrachten.

Im wesentlichen gelang es ihm, den beiden seinen Grundgedanken zu übermitteln: Warum eigentlich leben Assyrien und Babylon in Feindschaft und in ständigem Ringen um die Vorherrschaft? Die unendlichen Streitigkeiten und das nutzlose Wetteifern begünstigen nur die Nachbarn, die wirklich imperialistische Hintergedanken haben, nämlich die Hethiter. Dies zeigen die jüngsten Geschehnisse deutlich. Wenn sich Assyrer und Babylonier dagegen verbünden und unter Beibehaltung des jeweiligen Verwaltungsapparats einen einzigen Staat mit zentraler politischer und exekutiver Gewalt bilden würden, dann würde ihre Macht insgesamt größer und sie könnten auf die Freundschaft Ägyptens zählen und wären dadurch unverwundbar.

Denn Ägypten wäre bereit, ihnen wirtschaftliche Unterstützung in Form von Gold und Warenlieferungen zu gewähren und als Garant und Schiedsrichter bei inneren Angelegenheiten zu fungieren; als Gegenleistung würde ein Vertrag zu gegenseitigem politischen und kriegerschen Beistand gegen die Hethiter geschlossen.

Nach einigen getrennt geführten Gesprächen mit beiden Parteien gelang es Amenophis, ein Treffen zu dritt zu veranstalten, das zur vollsten Zufriedenheit der Botschafter ausging. Am Ende wurde der politische Erfolg durch ein offizielles Gastmahl besiegelt, an dem auch ich teilnahm. Gleich darauf gab es ein weiteres Gelage: Wein und Tänzerinnen verhalfen beiden Männern zu einer zwischen Assyrern und Babyloniern noch nie dagewesenen Eintracht.

Nun sind beide Gesandte in ihre Heimatländer zurückgekehrt, und bald wird ein Botschafter Ägyptens (wahrscheinlich Amenhotep selbst, der wie ich bei fast allen Unterredungen zugegen war) einen Gegenbesuch abstatten, um das vom Pharao begonnene diplomatische Werk nach Möglichkeit zu Ende zu führen.

Wenn dieser politische Plan Erfolg hat, dann wären unsere gegenwärtigen Auslandsprobleme beinahe gänzlich gelöst: Chatti stünde alleine da, und mein Vater hätte keine Wahl und müßte seine gewohnte zweideutige Haltung gegenüber Ägypten aufgeben und sich dem neuen Bündnis anschließen.

In diesen Tagen verfolgte ich einerseits leidenschaftlich diese Verhandlungen – andererseits wartete ich gespannt auf das Ergebnis meiner beiden Töpfchen. Bei jeder Unterbrechung der Unterredungen stürzte ich in mein Gemach und musterte sie angestrengt.

Obwohl ich mittlerweile schon dachte, Teje habe sich geirrt, lief ich gestern gleich nach der Abfahrt der Gesandten wie gewöhnlich dorthin. Und mein ungläubiger Blick entdeckte einen winzigen grasgrünen Keimling, der mit zwei kaum sichtbaren Blättchen aus der Erde des roten Topfes herausspitzte.

Ich drückte das Gefäß an meine Brust und ging hinaus, um den See zu betrachten.

Mein Herz raste, und ich war den Tränen nahe. Plötzlich spürte ich, wie mich jemand an den Schultern packte.

Amenophis stand hinter mir. Ich schrie kurz auf vor Freude, denn gerade ihn brauchte ich in diesem Augenblick. Ich hielt ihm das Töpfchen entgegen und sagte:

»Sieh mal! Sieh genau hin.«

»Ein Keimling ...«

»Ja ... stell dir vor! Etwas Ähnliches wächst gerade in mir: es ist ... deine Tochter.«

»Was?« rief er aus, »... ist es wahr?«

Nun schwiegen wir. Unser Glück war durch das Geschlecht des Kindes ein wenig getrübt.

»Du wolltest einen Sohn?« fragte ich unbeholfen.

»Ja ... aber was ich wirklich will, das bist du.«

So sagte er und nahm mich in seine Arme.

23. Tag des Monats Epifi

So anders ist mein Leben geworden. So voll von Ereignissen, offiziellen Verpflichtungen und Verantwortung, von Fragen und unvermeidlichen Überlegungen und Sorgen.

Und nun dieses neue unglaubliche Erlebnis: Seit dem letzten Mond hat mein Leib nicht mehr geblutet. Ein Wunder, von dem ich immer dachte, niemals würde es mich betreffen. Dieser Ableger in meinem Körper, der dem geheimnisvollsten, selbst mir verborgenen Teil meiner selbst neue Konturen geben wird.

Und in wenigen Tagen soll ich die Große Königsgemahlin Amenophis' IV., die Königin Ägyptens, werden, denn in Kürze wird unsere Hochzeit gefeiert!

Ich kann es kaum glauben.

Aufgrund welcher Verdienste, frage ich mich, soll ich die am meisten beneidete Frau der Welt werden? Warum hat das Schicksal mit so unverschämter Parteilichkeit gerade mich erwählt? Wie großzügig werde ich nun für so manchen Augenblick entschädigt, den ich einsam und verzweifelt an Waschukkannis Hof ertragen mußte!

Wenn aber das Glück so launisch ist: Was erwartet mich morgen oder in Zukunft? Ich denke auch mit Wehmut an die Zeit zurück, als ich mit Amenhotep auf dem Nil fuhr, einer Zukunft entgegen, die in unendlicher Ferne zu liegen schien. Und es kommt mir vor, als wären wir nicht ein paar Tage, sondern sehr lange unterwegs gewesen. Schön war es, den Wind einer ungewissen und vielversprechenden Zukunft zu atmen. Es war wie ein Dahingleiten auf dem Meer vor einem leeren, grenzenlosen, fernen Horizont, mit fröhlich aufgeblähten Segeln, den Geist offen für allerlei Vorstellungen. Jetzt hingegen habe ich das Gefühl, einem engen und gewundenen Flußlauf zu folgen, bei dem hinter jeder Windung Gefahr lauert und man nur mühsam, auf Ruder und Lot angewiesen, vorwärtskommt. Und nicht einmal für einen Augenblick darf die Aufmerksamkeit nachlassen bei diesem Eindringen in ein unbekanntes Land.

Erst neun Monate sind seitdem vergangen, und gewiß bin ich immer noch dieselbe. Und doch war das meine Jugend: die Brise der Hoffnung in vollen Zügen einatmen und sich um nichts sorgen; das dagegen bedeutet Reife: Vorsicht, den Blick auf nahe Ziele heften, kurzer Atem, sich seiner Verpflichtungen allzusehr bewußt sein.

Es ist, als wäre ich plötzlich schrecklich gealtert, und manchmal ertappe ich mich dabei, daß ich Angst vor dem Leben habe. Gleich darauf aber schäme ich mich deshalb, laufe zu den Reitställen und lasse mir einen Wagen herrichten.

In letzter Zeit bin ich im Wagenlenken sehr geschickt geworden. Wenn ich in die Wüste hinauspresche, fällt jede Angst vor dem Leben von mir ab: Ich denke, wenn ich den Drang der unbändigen Tiere aushalten und lenken kann, werde ich auch über die Zukunft Herrin sein.

Doch vor einigen Tagen verbot mir Amenhotep diese Freude: Er meint, das Wagenrennen könnte eine Fehlgeburt verursachen. Also unternahm ich heute morgen eine allerletzte Fahrt und verabschiedete mich anschließend von den zahlreichen, zuvorkommenden Wagenoffizieren, die mir immer hilfreich zur Seite standen. Ich gab als Grund meine bevorstehende Hochzeit an, und sie sprachen die Hoffnung aus, ich möge bald wiederkommen.

All diese schönen und wagemutigen jungen Männer hatten sich um mich versammelt, und ihr Kommandant May, der die Zusammenstellung und Ausbildung der von Haremhab geforderten Abteilungen leitet, schob einen Burschen, eigentlich eher ein großes Kind, nach vorne und sagte:

»Dies ist Thuer, der jüngste meiner Krieger. Wir bitten dich, ihn anzuhören. Er hat dir etwas zu sagen.«

Dieser war so blaß, als müßte er sich einem Kampf stellen:

»Dich, Nofretete, die du bald unsere Königin sein wirst und seit der Schlacht bei Schedet den Wagenkämpfern immer nahe gewesen bist, bitte ich um Erlaubnis, unsere Abteilung nach dir benennen zu dürfen.«

»Mein Name soll der eure sein, und dies ist mir eine große Ehre«, antwortete ich. »Und wegen dieser Bitte fühle ich mich euch gegenüber noch mehr verpflichtet.«

»Ab jetzt heißt also unsere Abteilung ›Abteilung Nofretete‹, und vierzig Wagen werden deine Farben führen. Welche Farben willst du nun wählen?«

»Die Farben der Sonne, Thuer.«

»Gelb und Orange?«

»Ja.«

»Also werden dies unsere Farben sein: Die Farben des Aton, wenn ich nicht irre«, sagte May abschließend. Und an die Soldaten gerichtet: »Stimmt es, Leute?«

Ein lauter Ruf begeisterter Zustimmung war die Antwort. Ich war ein wenig überrascht über diese Veranstaltung. Offensichtlich handelt es sich nicht einfach um eine freundschaftliche Ehrung meiner Person, sondern vielmehr um eine politische Stellungnahme.

Noch größer wurde gleich darauf meine Verlegenheit, als ich mich nun endgültig entfernen wollte und einer von ihnen sich vor mich hinkniete und sagte:

»Befiehl uns bald, das Land zurückzuerobern, das uns die Hethiter gestohlen haben, Große Herrin. Wir sind bereit.«

Angesichts von so viel Eifer konnte ich mich eines Lächelns nicht erwehren, entgegnete aber nur:

»Hab keine Eile, Junge.«

Und mir blieb eine Bitterkeit im Herzen zurück, denn ich hatte mich zweideutiger, beinahe betrügerischer Worte bedient, um ihn abzuwehren.

Ramosis' Ernennung zum Obersten Verwalter der Amun-Tempel in Theben scheint alle Brücken zwischen der staatlichen Macht und der Priesterschaft dieses Gottes gesprengt zu haben.

Der Beschluß des Pharaos wurde in der Hauptstadt und in allen Nomoi verkündet, jeder Nomarch aufgefordert, in seinem Gebiet einen weltlichen Verwalter für die Güter zu ernennen, die sich im Besitz des Klerus befinden.

Dies war zumindest in Theben kein leichtes Unterfangen: Sowohl in Karnak wie in Luxor leisteten die Priester passiven Widerstand gegen Ramosis' Zutritt zu den Tempeln, sie verweigerten jede Mitarbeit und behinderten die Inventurarbeiten. Ramosis ließ sich jedoch nicht einschüchtern, er drohte vielmehr, die Tempelbestände in die staatlichen Lagerhäuser überstellen zu lassen und die Verwaltungsarchive zu beschlagnahmen. Darauf legte man ihm keine Hindernisse mehr in den Weg.

Er setzte gleich in jedem Tempel mindestens zwei Schreiber als Inspektoren ein, damit sie künftig die Ein- und Ausladung der Waren überwachen sollten.

Im Einvernehmen mit dem Pharao legte er (wie es scheint sehr großzügig) die Pfründen der Priester fest und setzte schließlich staatliche Beamte als Leiter der landwirtschaftlichen Betriebe ein, die den Tempeln gehören. Die Güter und die in den Schatzkammern der Tempel liegenden Goldbestände haben ein unglaubliches Ausmaß. Sie wurden zwar dort belassen, aber schriftlich in den staatlichen Besitz aufgenommen.

Die Reaktion der Priesterschaft auf all diese Maßnahmen beschränkt sich im Augenblick auf ein verächtliches Schweigen. Auffällig ist allerdings ein erheblicher Verkehr von hiesigen Priestern, die zu anderen Tempeln aufbrechen, und von fremden Priestern, die in Theben eintreffen. Die vermehrten Verbindungen deuten auf eine gemeinsame Aktion hin; angeblich wurden sogar Unterredungen mit den Priesterschaften der übrigen Götter aufgenommen, was in der Tat noch nie vorgekommen war.

Bei diesen Gesprächen soll Ptahmosis versuchen, seine Gesprächspartner davon zu überzeugen, daß sie ebenfalls in Gefahr sind. Der Pharao beabsichtige nämlich, den Vielgötterkult abzuschaffen und Aton zum alleinigen Gott zu erklären.

Zweifellos ahnt Ptahmosis etwas und betreibt eine Politik der Vorbeugung. Seine Befürchtungen, die inzwischen in den Augen vieler ganz konkret erscheinen, sind übrigens nicht unbegründet, nach der Antwort, die Amenophis bei der Ratssitzung auf Anens Frage gab.

Zum Glück ist das Volk – wie auch die übrigen religiösen Gemeinschaften – größtenteils nicht sehr geneigt, selbst bei unmißverständlichen Anzeichen an etwas zu glauben, das in Ägypten als undurchführbar gilt und deshalb unvorstellbar ist.

Ich aber weiß, daß dies tatsächlich Amenophis' Absicht ist. Ich bin auf seiner Seite und habe doch Angst.

Es stimmt zwar, daß die Götter Ägyptens trotz ihrer Überzahl überall verehrt werden und die jeweiligen Priester über genügend Anhänger verfügen; Tatsache ist aber, daß es zu viele Götter gibt, und daß die Priesterkaste einfach zu stark, zu mächtig, zu reich und privilegiert ist. Ihr Einfluß auf die Zuständigkeiten und den Machtbereich des Staates ist zu groß.

Zum Beispiel die Tempeldomänen, landwirtschaftliche Güter, die im Besitz der Priesterschaft sind: Sie werden von einer großen Anzahl von Bauern bewirtschaftet, die von den Tempeln oft schlecht bezahlt werden. Also dient die Arbeit dieser Menschen, die keine Priester, sondern einfache ägyptische Staatsbürger sind, dazu, die Macht eines Herrn zu vergrößern, der nicht Ägypten ist; und der im Gegensatz zu den übrigen, egal ob großen oder kleinen, Privatbetrieben, auf keiner Weise dem Staat untersteht, nicht einmal im Steuerbereich. Und auch die Bürger, die für ihn arbeiten, sind automatisch von jeder Verpflichtung gegenüber dem ägyptischen Staat entbunden.

Damit werden sie dem Staat endgültig entzogen und können für ihn nichts mehr leisten, als Arbeiter nicht und nicht einmal als Krieger, denn auch da haben die religiösen Gemeinden ein Vorrecht.

Durch die Schwächung der Amun-Priesterschaft wäre das Problem der Übermacht gelöst, denn allein die Zahl ihrer Mitglieder übertrifft die aller anderen Kulte zusammen um einiges; und ihre Privilegien übersteigen bei weitem die der anderen. Die letzten fünf Pharaonen haben sich in den vergangenen hundert Jahren mit wachsender Sorge mit dem Problem beschäftigt. Doch während es sich für die Vorgänger um ein rein innenpolitisches Problem handelte, geht es für meinen jungen Herrn hier auch um etwas anderes, das er tief in seinem Herzen hegt. Er fühlt die Unmöglichkeit dieses Vielgötterkults. Er wünscht sich einen einzigen Gott, der sich dem Menschen nur durch die Vermittlung des Pharaos offenbart; dieser Gott soll wenige Priester haben, die sich ausschließlich geistigen und religiösen Aufgaben widmen, also keine handeltreibenden Kaufleute sein dürfen.

Ich habe mich lange mit Amenophis darüber unterhalten, und er hat meine Meinung aufmerksam angehört.

Sein Vorhaben kann nicht auf einen Schlag durchgeführt werden. Ich bin dafür, daß man schrittweise und ohne Hast vorgeht. Das Volk und die gebildete Schicht sind möglicherweise noch weniger reif für eine solche Wende, als es die Priester selbst sind.

Was man meiner Ansicht nach erreichen könnte, wäre im Augenblick lediglich eine drastische Verringerung der priesterlichen Macht, und zwar allein auf die Amunpriester beschränkt. Außerdem sollte man Aton als Gott des Pharaos verkünden und sein Wesen als Sonnengottheit, die gleichermaßen Re, Chepre, Atum und Amun einschließt, betonen.

Auf keinen Fall dürfte der Kult dieses Gottes aufgezwungen werden. Man sollte ihn als den Gott der Königswürde und ganz Ägyptens vorstellen und im übrigen die gewohnte Religionsfreiheit beibehalten. Man sollte in der Kunst, im Kulturleben und vor allem in der Schule eine weniger abstrakte Vision des Lebens einführen: das heißt, sich der Wirklichkeit mit mehr Liebe und Achtung zuwenden und eine neue Ausdrucksweise wählen, die sowohl formell wie auch inhaltlich wahrheitsgetreuer ist. Mythen sollten dagegen auf den streng liturgischen und literarischen Bereich beschränkt werden.

»Dies könnte ein erster Schritt sein«, sagte Amenophis, nachdem er gründlich über meinen Vorschlag nachgedacht hatte. »Danach müßten wir aber ohne Verzug weitergehen. Andernfalls wird Ägypten niemals die große Reform erleben, die ich einführen will.«

Diese Worte bereiteten mir gleich große Sorge.

Aber Amenophis wechselte plötzlich das Thema, und ich ergriff die Gelegenheit, um ihm von den Worten Mays zu erzählen, und von dem Soldaten, der auch im Namen seiner Kameraden darum bat, nach Osten ziehen zu dürfen, um gegen die Hethiter zu kämpfen. Mißmutig entgegnete er:

»Gewalt, immer nur Gewalt! Die allein liebt die Jugend!«

Mag sein, dachte ich bei mir. Wer würde uns aber vor den Hethitern retten, wenn sich diese »gewalttätigen« jungen Männer nicht zwischen sie und uns stellten?

Jeder andere König wäre über eine solche Bitte seiner Gefolgsmänner glücklich gewesen.

4. Tag des Monats Mesore

Nun ist es geschehen. Die Hochzeitszeremonie, die ich schon einmal erlebt habe, machte mich diesmal zur Großen Königsgemahlin.

Drei Tage lang wurde gefeiert, sieben Tage lang umgezogen. Ich mußte nämlich in Tejes Trakt übersiedeln, obwohl ich vorgeschlagen hatte, sie weiterhin dort wohnen zu lassen. Dies war aber unmöglich: Wie immer wird jede Änderung überlieferter Bräuche als ein gewaltsamer, verletzender Angriff empfunden, beinahe als Beleidigung, die die Menschen aus dem Gleichgewicht bringt, so, als zöge man ihnen einen Teppich unter den Füßen weg.

Der Pharao hätte sicher nichts gegen diese Neuheit einzuwenden gehabt, und Teje hätte sie gern angenommen. Aber der Hofmeister, die Inspektoren der Königlichen Gemächer, die Wachen des Königstraktes, Gehilfen, Bedienstete und Sklaven: sie alle hätten einen derartigen Widerstand gegen diesen Traditionsbruch geleistet – und gegen den Anspruch, ihre Arbeit zu verringern –, daß jeder Versuch in diese Richtung zum Scheitern verurteilt war.

Endlich habe ich das Gefühl, daß in mir etwas wächst. Es ist wie eine unbestimmte Gier, die mein Körper gegenüber der Welt empfindet. Er weigert sich, das Blut preiszugeben, das er dem Mond zu opfern pflegte, als hätte er nun eine bessere Verwendung dafür, zeigt sich zum Essen und Schlafen geneigter und gibt sich gerne Gedanken und so manchen entrückten, nostalgischen Phantastereien hin. Es ist, als vereinten sich in mir Fleisch und Seele und spielten eine Doppelrolle, verfolgten einen zweifachen Zweck.

Als ich dieser Tage Teje fragte, wie sie von meiner Schwangerschaft habe wissen können, antwortete sie: »Deine Tränen kamen so leicht und inbrünstig, als weinte ein Kind in dir.« Vielleicht sagte sie das, um ihre magischen Künste nicht zu verraten, vielleicht besitzt sie aber einfach eine besondere Gabe, in das Herz der Menschen hineinzusehen.

Manchmal verliere ich mich in Träumen über meine Tochter, ich schmiede Pläne, empfinde für sie eine unvernünftige verfrühte Liebe. Dann ahne ich, daß Mutter sein genau dies bedeutet: zärtlich und doppelt zu leben, sich in eine Zukunft hinauszulehnen, die aus der eigenen kommt, wie ein grüner Zweig aus dem hölzernen Ast.

Ich bin glücklich über meine Gefühle und wünschte mir nur, das Ergebnis des Keimlings wäre falsch und die Frucht, die in meinem Leib reift, ein Sohn.

13. Tag des Monats Mesore

Bereits seit längerer Zeit spricht man in Theben von einem Ereignis, das Amenophis und mir große Sorge bereitet.

Es geschah im letzten Sommer, genau gesagt zum Fest von Opet, das den Beginn der Nilschwemme ankündigt: Bei dieser Feier wird das Kultbild des Amun auf seiner Barke vom Karnak-Tempel nach Luxor geführt. Hier verweilt es einige Tage, bevor es wieder nach Karnak zurückgebracht wird. Da ereignete sich etwas Ungewöhnliches, das in der Hauptstadt großes Aufsehen erregte.

Das Ritual sieht vor, daß bei der Abschlußfeier ein heiliger Stier getötet und sein Fleisch in das auf dem Altar brennende Feuer gelegt wird, angefangen mit dem Stück, das der Pharao als Opfergabe hinlegt.

Es war die letzte Kulthandlung, an der der verstorbene Amenophis teilgenommen hatte, und sie war denkwürdig gewesen: Einige Minuten, nachdem das Feuer auf dem Altar entzündet worden war und kurz bevor man anfing, das Fleisch zu verbrennen, begannen nämlich die Tempeltore ganz von selbst aufzugehen und öffneten sich weit und vollständig vor der Menge der Gläubigen.

Ein großes Staunen breitete sich aus, und die anwesenden Priester schrien, es sei ein Wunder geschehen, und deuteten es als ein Zeichen, daß Amun das Opfer annehme.

Alle waren erschüttert, bis auf den Pharao, der von dem ungewöhnlichen Ereignis nicht so sehr getroffen schien als von seinem eigenen Leiden, so daß er sich so bald wie möglich zurückzog. Seitdem wiederholte sich das Wunder bei den religiösen Feiern vor den Tempeltoren (und seltsamerweise sind diese immer zahlreicher geworden) jedesmal, wenn das Feuer auf dem Altar angezündet wurde.

Die kühle Reaktion des Volkes auf die Verwaltungsmaßnahmen zur Einschränkung der Übermacht der Priester ist nach allgemeiner Ansicht auf die außerordentliche Popularität zurückzuführen, die Amun und mit ihm seine Priesterschaft aufgrund dieses Wunders augenblicklich genießen.

Amenophis und ich haben oft mit Besorgnis darüber gesprochen, wobei ich meine Zweifel über die Echtheit des Wunders äußerte. Sein viel zu häufiges Auftreten und immer im geeigneten Augenblick; der ständige Gebrauch, den die Priester von ihm machen, wenn sie es in einem Atemzug mit den Klagen über die Einschränkungen erwähnen, die der Staat ihnen auferlegt hat – all dies macht mich sehr mißtrauisch hinsichtlich der wahren Natur dieses Geschehens.

Um ihm entgegenzuwirken, konnten wir aber nicht viel mehr tun, als Teje und Amenhotep nach ihrer Meinung zu fragen.

Teje sprach wieder einmal ihre Feindseligkeit den Priestern gegenüber aus: Sie meinte, es handle sich zweifellos um einen Trick. Amenhotep dagegen breitete die Arme aus und sagte:

»Ich habe keinen Anhaltspunkt, um darüber urteilen zu können.«
So bleibt das Rätsel bestehen und auch der Nachteil für unsere Sache.

25. Tag des Monats Mesore

Endlich ist ein langer und ausführlicher Bericht von Haremhab eingetroffen, nach den kurzen Meldungen, die die Schnellboten in den vergangenen Tagen brachten.

Was er uns mitteilt, ist nur zum Teil beruhigend. Im großen und ganzen aber war der Pharao damit zufrieden, denn offenbar sind die festgesetzten minimalen Ziele erreicht worden.

Jurusalim wurde von der Belagerung durch die Habiru befreit. Beim Eintreffen unseres Heeres ließen diese von ihrem mehrmals angekündigten Vorhaben ab, aus ihm ihre Hauptstadt zu machen und dem unsicheren Umherziehen im Land Kanaan ein Ende zu setzen.

Haremhabs Ankunft vereitelte die Gelegenheit, die sie mit viel Opportunismus und dank der indirekten Unterstützung der Hethiter hatten ergreifen wollen. Gezwungenermaßen mußten sie sich wieder ins Gedächtnis rufen, daß Jurusalim seit sehr langer Zeit eine Vasallenstadt des Pharaos ist. Schwieriger wurde es, so berichtet Haremhab, die Habiru auch aus Megiddo zu vertreiben: In dieser Stadt hatten sie nämlich schon eine feste Stellung bezogen, und es gab hier auch keinen Wesir wie Abdi Keba, dem es gelungen wäre, bei den Bewohnern ein starkes Gefühl der Zugehörigkeit zu Ägypten zu erwecken.

Ich glaube, die Habiru sind wirklich das merkwürdigste Volk der Welt. Schon als Kind hörte ich Geschichten über sie am Hof von Waschukkanni, und ich weiß noch, wie mein Vater immer den Kopf schüttelte, wenn er von der kleinen bei uns ansässigen Gemeinschaft sprach. Später lernte ich sie besser kennen, und seit so viel von Aton die Rede ist, denke ich oft an sie: Denn sie sind vor allem das einzige Volk mit einer Religion, die von einem alleinigen Gott bestimmt wird.

Zurück zu Haremhab. Er versichert dem König, daß alles ohne Blutvergießen durchgeführt werden konnte.

Ferner berichtet er, daß er beide Städte mit einer beachtlichen Besatzung belegt hat und mit dem Großteil des Heeres und der Streitwagen weiter nach Berut gezogen ist, um durch seine Anwesenheit den furchtsamen Ammunira Mut zu machen. Was Byblos betrifft, fügt er hinzu, wage er sich nicht zu nah heran, denn gleich südwestlich der Stadt sei ein hethitisches Heer von ungefähr achttausend Mann stationiert. In dieser Richtung weiter vorzudringen würde heißen, mit dem Feind zusammenzustoßen, was gemäß den erhaltenen Anweisungen zu vermeiden sei. Sollte jedoch der Pharao Ägyptens seine Meinung ändern, wäre er bereit, nach Byblos vorzudringen, sobald mindestens eine der neuen Streitwagenabteilungen aus Theben eingetroffen sei. Bis zur Bestätigung der bereits bekannten Absichten des Pharao werde er in Berut bleiben und die Stadt befestigen, sowie Truppenübungen in der unmittelbaren Umgebung durchführen, um zu signalisieren, daß man den Feind nicht fürchte. Gleichzeitig aber werde ein Fluchtweg sowohl auf dem Land wie auf See offengehalten für den Fall, daß der Feind anzugreifen versuchen sollte. Unter diesen Umständen werden es die Hethiter nicht wagen, Byblos anzugreifen, aus Angst, zwischen das Heer und die von Haremhab kontrollierten Städte zu geraten.

Ferner teilt er mit, daß es ihm gelungen ist, Rib Adda einige Botschaften zukommen zu lassen, mit der Aufforderung, nicht zu verzagen, sondern Vorkehrungen zur Stadtbefestigung zu treffen und im Inneren neue Soldaten anzuwerben.

Mit einer gewissen Wehmut erwähnt Haremhab dann die Stadt Ugarit und das Reich Amurru: Er fragt, ob diese Gebiete, die so lange und so gerne in ägyptischer Hand gewesen sind, wirklich als verloren gelten müssen.

Nach verschiedenen Anweisungen bezüglich der Lebensmittellieferungen für sein Heer und einigen Details zur politischen Lage schließt Haremhab seinen Bericht mit der Schilderung von Grausamkeiten, die die Hethiter an der ägyptentreuen Bevölkerung begehen. Zum Beispiel an ägyptischen Kaufleuten, die auf der Reise zwischen Byblos und Berut von den Spähtruppen Schuppiluliumas gefangengenommen wurden: Angeblich wurde ihnen die Kopfhaut um Schläfen und Nacken aufgeschnitten und über die Augen und das Gesicht gestülpt. Blind und am Verbluten wurden sie dann aufgefordert, ihre Reise fortzusetzen.

Einige an den Greueltaten beteiligte hethitische Soldaten sind jedoch seinem Bericht zufolge später von unseren in der Wüste auf Erkundung fahrenden Wagen aufgespürt, festgenommen und nach Berut gebracht worden. Dort wurden sie an den Füßen vor der Stadtmauer aufgehängt, bis der Tod eintrat.

Diese letzte Meldung erregte plötzlich den Zorn Amenophis', der sich bis dahin mit Haremhabs Bericht zufrieden gezeigt hatte.

»Was können wir von den anderen erwarten, wenn wir uns genauso verhalten?« schrie er. »Wir wollen der Welt Frieden bringen und hängen Menschen vor den Stadtmauern auf?«

Die Nachricht hatte ihn ehrlich verletzt. Ich bat ihn zu bedenken, daß, was Aton auch immer sei und was für humane Grundsätze er auch immer vertrete, wir es nicht mit Kindern zu tun hätten, die es zu erziehen gelte, sondern sehr oft mit wahren Raubtieren, die entsprechend behandelt werden müßten.

»Und wer sagt, daß man Raubtiere töten muß?«

Ich zögerte einen Augenblick:

»Vielleicht sagen es die Lämmer, bei all ihrer Sanftmut.«

11. Tag des Monats Thot

Amenhotep kam vor seiner Abreise nach Assyrien und Babylon, um sich von mir zu verabschieden.

Als erstes gab er mir viele Ratschläge für die Schwangerschaft und empfahl mir, falls nötig, den Arzt Pentu hinzuzuziehen.

Ich bedankte mich und fragte, wie es dem mutigen jungen Mann gehe.

»Gut«, antwortete Amenhotep. »Er lehrt nicht mehr, dafür betreut er viele Kranke. Man sagt, daß er nachts heimlich das Haus des Todes aufsucht, um zusammen mit den Balsamierern die Leichen zu sezieren.«

Wir sprachen dann kurz über die Lage im Osten, und Amenhotep fand lobende Worte für Haremhabs Vorgehen. Er hat vor, ihn auf der Rückreise aufzusuchen.

Wieder wechselte Amenhotep das Thema, und wir unterhielten uns über verschiedene Dinge; in Wirklichkeit aber verrieten seine Worte Besorgnis über den neuen politischen Kurs.

»Ich gehe in die Fremde«, sagte er unvermittelt, »um dort das diplomatische Werk zu Ende zu führen, das unser junger Pharao mit der Umsicht und dem Weitblick eines alten und weisen Königs hier begonnen hat. Ich hoffe, genauso erfolgreich zu sein und Assyrien und Babylon in den großen Plan einbeziehen zu können, den du kennst. Aber ich bin beunruhigt über die Lage in der Heimat. Was ich kommen sehe, was man hier für Ägypten beabsichtigt, ist nicht von der gleichen Weisheit geprägt. Und ich habe Angst, große Angst um Ägypten und um meinen König.«

Nach einer kurzen Pause fügte er hinzu:

»Ich bete inständig zu allen Göttern, daß mein Land nicht deswegen leiden muß.«

Er unterstrich energisch »zu allen Göttern«, und es war klar, daß er meinte: »Nicht zu einem alleinigen Gott«. Und der Ton seiner Stimme und der Ausdruck seiner Augen zeigten deutlich, wie sehr er die Vorstellung eines einzigen Gottes verabscheut.

»Und doch«, entgegnete ich, »gabst du mir einmal zu verstehen, daß du nur zu einer Gottheit betest. Wenn ich mich nicht täusche, zur Göttin Ma'at.«

»Du täuschst dich nicht und irrst dich zugleich. Ja, so sprach ich in der Tat. Aber die Göttin Ma'at sieht eine Ordnung vor, an der alle Götter Ägyptens teilhaben, nicht nur einer.«

Ich seufzte und versuchte ein Lächeln. Es fiel mir schwer, dem lieben Freund zu mißfallen, und ich bedauerte den Schmerz, den ich ihm zufügte, als ich sagte:

»Und wenn ein einziger Gott die Ordnung und die Liebe von tausend Göttern in sich enthielte? Glaubst du nicht, dies würde uns das Gefühl geben, näher an der Wahrheit zu sein? Wie viele Sonnen scheinen denn an unserem Himmel?«

Er machte eine resignierte Geste.

»Viele«, antwortete er trocken und herausfordernd. »Glaubst

du etwa, die Sonne Napatas sei dieselbe wie die Sonne Athribis'? Oder die der westlichen Oasen wie die von Byblos? Es gibt die Sonne, weil es Augen gibt, und jedes Auge hat seine Sonne, jedes Herz hat sein Bedürfnis nach Licht. In der Herde sucht jedes Lamm nach seiner Mutter; und es würde nach ihr suchen, auch wenn man in die Herde eine einzige für alle einführte.«

Er schwieg, war aber noch nicht zu Ende. Ich sah ihm an, daß er sich anschickte, zum ersten Mal Worte zu sagen, die mich unmittelbar treffen sollten.

Sichtlich entschlossen, die Pläne, mit denen wir uns tatsächlich tragen, zu kritisieren und ihnen zuvorzukommen, erklärte er kurz:

»Man muß die Priester angreifen, doch nicht die Götter. Niemand kann die Götter töten. Niemand kann unserem Land dies antun. Was weißt du schon von Ägypten? Und auch dein Gemahl, selbst wenn er ein Ägypter ist: Was weiß er schon von dem Volk, über das er herrscht? Denn ein blutjunges Alter ist sicher nicht der beste Lehrer, um solche Kenntnisse zu vermitteln.«

»Sei nicht so streng, mein großer, unübertrefflicher Freund. Wirf uns nicht unsere Jugend vor, sie ist keine Tugend, aber auch kein Fehler. Gott nimmt man mit dem Herzen wahr oder gar nicht. Je jünger das Herz ist, desto stärker liebt es. Laß meinen Herrn weitergehen, denn sein Weg führt zur Liebe und durch die Liebe wird alles gelenkt: sei es weltliche Liebe oder die Liebe zu Gott, Selbstliebe oder Liebe zur Menschheit. Und sollte er einmal irren, so wird er es aus Liebe tun. Und ich, egal welche Folgen sein Fehler haben mag, ich werde ihn nicht davon abhalten.«

»Vorsicht!« rief er aus. »Jetzt benutzst du den bösen Zauber der Worte. Gib acht, daß du ihm nicht selbst zum Opfer fällst!«

Als ich ihn fragte, was er damit meine, antwortete er:

»Einmal sprachen wir vom guten Zauber der Worte, den manche Dichtung nennen. Über ihn läßt es sich leicht reden. Aber nicht über den bösen Zauber, der wie die Schlange schleichend, gefährlich und verborgen ist; der aus Worten besteht und sich ihnen doch entzieht. Es gibt Worte, die einen seltsamen Zauber ausüben, dem sich keiner entziehen kann außer den Göttern, die sie erfanden, um die Menschen irrezuführen. Und einigen wenigen, die ihre Gefährlichkeit erkannt haben. Wenn es leicht wäre, diese Art von Magie zu erklären und vor ihr zu warnen, dann wären es keine Zauberworte; sie sind es aber.«

»Sprich mir trotzdem von ihnen.«

»Wir müssen es noch einmal verschieben, denn meine Verpflichtungen lassen mir nur noch wenig Zeit.« Und nach einer nachdenklichen Pause fügte er hinzu:

»Ach Nofretete, wenn man nur der Jugend helfen könnte, indem man ihr die eigene Erfahrung schenkt: Wie leicht wäre es dann, den Kindern zu helfen!«

Ich habe mich sehr geschämt, weil ich nicht einmal weiß, ob Amenhotep Kinder hat, und wollte mich gerade danach erkundigen, aber er hatte mein Gemach schon verlassen.

19. Tag des Monats Thot

Obwohl pausenlos wichtige Ereignisse aufeinanderfolgen und unsere Zusammenkünfte seltener geworden sind, verbringt Amenophis viel mehr Zeit bei mir, seitdem ich ein Kind in mir trage. Er scheint noch faszinierter von mir und von meinem Körper.

Oft liegen wir nebeneinander und er zieht mich zärtlich aus; lange Zeit verbringt er damit, meinen Bauch zu streicheln und sich über das Erscheinen der Wölbung Gedanken zu machen.

Obwohl ich ihn reize, mich zu nehmen und mit mir zu genießen, tut er es nur widerstrebend, als fürchte er ein Gleichgewicht zu beeinträchtigen oder das Ungeborene zu stören.

Bei unserem gestrigen Zusammensein rief ich plötzlich nach einer Sklavin, die uns Getränke bringen sollte. Sofort kam Setha herein. Ihre Erregung über die Anwesenheit des Pharaos ließ sie noch schöner erscheinen.

Leichtfüßig kam und ging sie zwischen uns mit Obst und Getränken. Sie zitterte wie ein Schmetterling in ihrem leichten Gewand und hinterließ einen zarten Duft von kaum verblühtem Jasmin.

Der Ausdruck, mit dem sie den Blick zu Boden richtete, war so streng und sittsam, daß ich lächeln mußte bei der Erinnerung an die gierigen Blicke, mit denen sie uns oft zwischen den Vorhängen heimlich zusah.

Die zauberhafte Erscheinung konnte nicht unbemerkt bleiben. Und tatsächlich folgten Amenophis' Augen lange ihren anmutigen und schlichten Bewegungen.

Ich betrachtete sie beide und wurde plötzlich von einer Vorstellung überwältigt, die aus der Tiefe meines Leibes aufsteigend das Herz durchzuckte und schließlich mein Hirn und mein Bewußtsein erreichte und wie eine Welle der Lust anschwoll und meinen Leib durchflutete.

»Siehst du, Amenophis, wie schön meine Sklavin ist?« Am Klang meiner Stimme erkannte ich, daß ich gerade einem brennenden Verlangen Ausdruck gab, das die Gesten und Gedanken von jedem von uns verlangsamte und sie ungeahnten Ausgängen zulenkte, wie in den Träumen, die unsere Sinneswahrnehmungen ins Grenzenlose steigern.

»Bleib stehen!« befahl ich Setha, die sich nach einem Augenblick der Unsicherheit eilig zurückziehen wollte.

Amenophis schien wie verzaubert von ihrer Schönheit und der Vorahnung dessen, was kommen würde. Noch nie sah ich seine länglichen Augen so weit geöffnet. Kaum hörbar sagte er:

»Eine Perle, eine Perle aus dem östlichen Meer...«

Ich stand auf und näherte mich Setha, die mich unruhig ansah.

»Du weißt noch nicht, wie schön. Sieh mal!«

Ich löste die Träger ihres Gewandes, das zu Boden fiel. Setha zitterte, und ihre steifen Brustwarzen verrieten, daß sie genauso erregt war wie wir. Ein feines Lächeln zeichnete sich um Amenophis' Mund.

»Sieh hin!« wiederholte ich. »Sie ist nicht nur schön, sie ist auch schamhaft... trotzdem liebt sie es, uns bei der Liebe zuzusehen.«

Ich riß ihr den schmalen Lendenschurz ab und fügte hinzu:

»Nimm sie, Amenophis. Nimm sie, Geliebter. Ich schenke sie dir.«

Sie zitterte noch stärker und sagte kaum hörbar: »Nein...«

»Doch«, flüsterte ich ihr ins Ohr und schob sie sanft zum Pharao hin. »Der Pharao selbst wird in dich eindringen!«

»Nein...« wiederholte sie verstört. Aber schon hatte sie sich widerstandslos hingelegt, und schon war er über ihr und nahm sie. Ihr Stöhnen, das aufgeregte Getriller, das ich bereits kannte, klang diesmal noch höher und glücklicher, während er auf den Abgrund zuritt, in den sich die Lust hineinstürzt und auflöst, ohne sich jedoch bis auf den Gipfel zu steigern, den er gewöhnlich erreicht, wenn er sich mit mir vereinigt, und den ich jedes Mal in seiner Stimme und in seinem Blick wahrnehme.

Und so betrachtete ich, unbeteiligt und teilnehmend, den großen Wahnsinn des Liebesaktes. Ich war sie und ich war er und ich genoß für beide. Ich genoß wie sie und mehr als sie, denn zu ihrer Lust kam noch die meine hinzu.

Ich vervielfältigte und verwaltete diesen Genuß, war also in mir und außer mir zugleich.

Ihn beschenkte ich, weil mein Gefühl für ihn über körperliche Liebe und Besitzansprüche hinausgeht; und ich beschenkte auch sie, indem ich ihr einen Augenblick lang das unverhoffte Gewicht meiner Krone überließ und den Neid der Sklavin gegenüber ihrer Herrin stillte. Ich ließ sie mein Privileg und meine Knechtschaft, ein Weib zu sein, auskosten und ließ sie das Unerreichbare erreichen und seine unvermeidliche Vergänglichkeit vielleicht begreifen.

Und vielleicht erfuhren wir, als wir alle drei die Augen schlossen, die unermeßliche Weite, die, wie die Wüste glühend oder kühl wie der Himmel, sich auftut, um den ungehinderten Weg zu Gott zu zeigen.

28. Tag des Monats Thot

Amenophis erzählt mir immer wieder von Gott.

Von diesem neuen Gott, der alle anderen Gottheiten ersetzen und über Ägypten und die ganze Welt sein Licht ausgießen wird: Das Licht der Liebe des Menschen für den Menschen und der Völker für die anderen Völker. Der Gott, der Ägypten und die ganze Welt mit seiner Wärme erfüllen wird: mit Barmherzigkeit und Mitgefühl, Toleranz und Hilfsbereitschaft.

Er wartet auf eine Zeit des Stillstandes, auf das Eintreten eines auch nur vorläufigen Gleichgewichts unter den Völkern (»Sind denn Gleichgewichte nicht immer nur vorläufig? Und sind Krisen oder Kriege nicht immer nur vorübergehend?« sagte er mir, gleichmütig gegenüber den Ereignissen im Osten), um das Aufkommen Atons auszudrücken.

»Die Verkündung soll in ganz Ägypten und überall in der Welt gefeiert und von einer Hymne begleitet werden, die wir ersinnen werden und die du, Nofretete, verfassen wirst dank deiner Fähigkeit, Gedanken in Buchstaben zu übersetzen. Diese Hymne wird überall die Darstellung Atons begleiten und ihre logische Ergänzung darstellen, denn sie soll all die Wahrheiten besingen, die Aton in die Welt bringt.

Ich werde deine Hymne dem Himmel und der Erde vorsingen. Ich, der ich nicht mehr Amenophis, sondern Echnaton heißen werde: ›dem Aton wohlgefällig‹.«

Ich war überrascht von seinen Worten und dem unerwarteten Vorschlag, doch gleich spürte ich, wie mein Herz vor Freude laut klopfte.

»Ja, ich werde diese Hymne schreiben«, antwortete ich.

»Sie wird ein genauso wichtiges Werk wie der Aton-Tempel sein, und genauso unvergänglich.«

»Welcher Aton-Tempel?«

»Der Tempel, den Amenhotep gleich nach seiner Rückkehr in Karnak errichten wird.«

»Und wo in Karnak?«

»Neben dem Tempel des Amun.«

6. Tag des Monats Paofi

Ein Jahr ist seit dem Tag vergangen, an dem ich auf dem Platz vor dem Tempel in On meine mittanische Kleidung fallen ließ und mich zu Ägypten bekannte.

Damals erregte ich Aufsehen unter denen, die mich begleiteten, und vielleicht Mißtrauen bei denen, die mich empfingen. Heute aber dürfte niemand mehr an meiner Liebe zu dem Land zweifeln, das mich als Tochter und Gemahlin aufgenommen hat.

Heute nun, im zweiten Jahr meiner Anwesenheit in Ägypten, im ersten Jahr der Herrschaft Amenophis' IV. und im vierten Monat meiner ersten Schwangerschaft, bin ich die Große Königsgemahlin des Pharaos.

Ich lebe, ich liebe, ich trage eine Tochter in meinem Leib. Ich gehöre einer Zeit an, die friedlich begann und nun von vielfachen, für Ägypten und für die ganze Menschheit wichtigen Ereignissen erschüttert wird.

Ich erwarte vieles, vieles erwartet mich.

Ich bete zur Sonne. Ich bete zum großen Aton, daß er mich mit seiner Kraft erfülle, mein Herz und meinen Geist erweitere. Daß er für mich sei, wie der Wind für die Schiffe, die nilaufwärts fahren und den Strom bezwingen.

Ich bete zu Aton, er möge mir für die Hymne, die ich gerade schreibe, Worte eingeben, die seiner würdig sind. Und möge er dem Lächeln, das aus der Tiefe meines Herzens zu ihm emporstrebt, immer helfen, meine Lippen zu erreichen.

16. Tag des Monats Paofi

Unruhige Zeiten plagen Ägypten, und ein seltsames Schicksal scheint sein höhnisches Spiel mit ihm zu treiben: Ein Mensch sitzt auf dem Thron, den es so stark nach Frieden verlangt wie noch nie vor ihm einen König. Seitdem aber ist der Friede in ständiger Gefahr.

Vor einigen Tagen erreichte uns die Nachricht von Unruhen im Delta. Angeblich wurde die Habiru-Minderheit in einigen Dörfern bei Buto, Bubastis, Tanis und Athribis überfallen, und es gab mindestens zehn Tote.

Der Grund scheint im Groll der Bevölkerung gegenüber den Habiru wegen der Belagerung Jurusalims und den Ereignissen in Megiddo zu liegen.

Andererseits dürften diese Angriffe nichts Neues für sie sein.

Amenophis meint, er sei immer wieder erstaunt über die Regelmäßigkeit der Gewalttaten, denen die Habiru im Laufe der Zeit mit oder ohne Grund und überall ausgesetzt waren; und ebenso über die Regelmäßigkeit, mit der diese Angriffe anscheinend vergessen werden. Er habe jedesmal den Eindruck, die Angreifer gäben einer in ihrem Herzen lang angestauten Wut plötzlich nach, die dann von einer Art Reue wieder zum Schweigen gebracht wird. Und bei den Angegriffenen geschehe etwas Ähnliches: Sie ertragen den Überfall mit Mut und Geduld, als hätten sie ihn kommen sehen und als wären sie darauf vorbereitet; und wenn er vorbei ist, scheinen sie rasch zu verzeihen.

Am Ende dann wird das frühere Verhältnis zwischen den beiden Lagern auf ganz natürliche Weise wiederhergestellt.

Etwas Urtümliches und Rätselhaftes scheint in dieser Beziehung zwischen Angreifern und Angegriffenen zu liegen, als wohne im Geist der einen auch ein Gefühl für die anderen, oder zumindest eine Ahnung, die zu einem gewissen Verständnis führt, so daß sich der Normalzustand wieder einstellt, und mit ihm wiederum das Bedürfnis nach einem Feind.

Wer die Geschichte dieses Volkes nicht kennt, behauptet, das jüngste Verhalten der Habiru im Retschenu rechtfertige die feindlichen Reaktionen. Dann aber müßte man sich logischerweise fragen, warum die hethitische Gemeinde, die im Delta weitaus stärker ist als die der Habiru, unbehelligt blieb. Denn es liegt auf der Hand, daß die Hethiter im Augenblick die wahren Feinde Ägyptens sind.

Der Pharao war über das Geschehen sehr betrübt, und er schickte den betroffenen Nomarchen Schnellboten mit dem Befehl, die Unruhen zu unterdrücken und die Habiru zu schützen. Als Verstärkung der örtlichen Polizeikräfte entsandte er vorsorglich hundert in Theben stationierte und von Mahu persönlich angeführte nubische Soldaten in die Region; weitere hundertfünfzig sollen von Memphis aus anrücken. Die Botschaft, die Amenophis mitgibt, gleicht einer Mahnung an das ganze ägyptische Volk: Jeder, der seit längerer Zeit auf ägyptischem Boden rechtschaffen lebt und arbeitet, soll ungeachtet seiner Herkunft als Bürger Ägyptens betrachtet werden. Diejenigen, die erst seit kurzem in Ägypten rechtschaffen leben und arbeiten, sollen als Gäste unseres Landes angesehen werden. In beiden Fällen also haben diese Menschen die Pflichten und Rechte eines ägyptischen Staatsbürgers.

Weiter verfügte er, daß, sobald sich die Lage wieder entspannt hat, sowohl die Nomarchen wie auch die Führer der betroffenen Habiru-Gemeinden nach Theben reisen und ihm Bericht erstatten sollen.

Amenophis bedauerte übrigens, noch nie ein Gespräch mit Angehörigen dieser Minderheit geführt zu haben. Da fiel mir Rechab wieder ein, der Habiru, den ich nach der Schlacht bei Schedet kennengelernt hatte. Ich schlug vor, diese Bekanntschaft zu vertiefen, denn der Mann hatte sowohl mich wie auch Amenhotep durch seine Klugheit und Bildung beeindruckt.

Sollte er sich als geeignet erweisen, könnte er künftig als Bote bei den Habiru-Gemeinden eine nützliche Rolle spielen.

Zusammen mit Gadhu befindet sich Rechab immer noch in dem Teil des Königspalastes, der den wichtigen Gefangenen vorbehalten ist, und wartet offiziell auf seine Verurteilung. Anders als bei Gadhu liegt jedoch nichts Schwerwiegendes gegen ihn vor, und Amenhotep hatte ihn eher aufgrund seiner vielleicht nützlichen Eigenschaften als wegen vermeintlicher Straftaten nach Theben bringen lassen.

Amenophis zeigte sich an meinem Vorschlag interessiert und beauftragte mich, diesen Mann zu prüfen und über einen eventuellen Einsatz zu entscheiden.

20. Tag des Monats Paofi

Die Begegnung mit Rechab war interessant und überzeugte mich davon, daß der erste günstige Eindruck, den er auf uns gemacht hatte, gerechtfertigt war. Wir unterhielten uns lange, und zu meiner Beschämung erfuhr ich von ihm manches über Ägypten, von dem ich keine Ahnung hatte.

Zum Beispiel, daß der Erfinder und Erbauer des Kanals, der vor vielen hundert Jahren die Entstehung des Mer-wer-Sees ermöglichte, ein gewisser Jussuph war: einer von den vielen nach Ägypten eingewanderten Habiru, der sich am Hof des Pharaos hatte behaupten können.

Rechab erzählte, daß sein Volk seit Jahrhunderten vergeblich versucht, sich im Retschenu niederzulassen. Immer sind die Habiru in jenen armen Regionen als Nomaden umhergewandert und mußten sich vereinzelt oder in Gruppen in aller Welt verteilen und bei fremden Völkern um Gastfreundschaft bitten.

Auf meine Frage, wieso er sich im Land der Ljibiu aufgehalten habe, breitete er auf seine eigentümlich wehmütige Art die Arme aus und sagte:

»Dort oder anderswo, was macht es für einen Unterschied? Ein Familienvater, der seine Kinder ernähren muß, strebt wohl danach, sich im Delta niederzulassen. Deshalb wirst du dort viele Habiru finden. Doch ein einsamer und heimatloser Mensch bleibt gerne dort, wo er sich am meisten geschätzt fühlt.«

»Vielleicht hätte man dich auch hier geschätzt.«

»Du bist zu gütig, Herrin. Weisheit ist hier eine heimische Tugend.«

Ich fragte weiter nach seiner Rolle bei den Ljibiu, und er gab an, ohne spezielle Zuständigkeiten als Berater Ben Gadhus gedient zu haben.

Als ich nach dem Grund des Angriffs der Ljibiu fragte, schien er sehr verlegen und lächelte, wie um sich zu entschuldigen:

»Ich könnte deine Frage beantworten, Herrin, aber es wäre nicht richtig gegenüber jemandem, der mir sein Vertrauen geschenkt hat. Stelle mir diese Frage beim Prozeß wieder: Ich werde dir dann die Wahrheit sagen und auch die Verantwortung dafür übernehmen. Täte ich es aber hier und jetzt, wäre ich nicht viel besser als ein gemeiner Denunziant.«

»Es wird gar keinen Prozeß geben«, entgegnete ich, und er mit einem Lächeln:

»Dann wirst du es von mir nicht erfahren. Aber du beobachtest Dinge und Menschen genau: Du wirst von selbst darauf kommen.«

»Wieso gelang es einem so umsichtigen Menschen wie dir nicht, Ben Gadhu zu bremsen? Ich kann mir nicht vorstellen, daß du es nicht versucht hast.«

»Es ist schwierig, sich der Natur in den Weg zu stellen, Herrin. Den Wind anzuhalten, den Fluß, den Haß. Unmöglich. Etwas haben die Ägypter und die Habiru gemeinsam.«

»Was?« fragte ich neugierig.

»Den Neid der anderen Völker. Den Neid der ganzen Welt.«

Als ich vor ein paar Jahren, daheim in Waschukkanni, meinen Vater über Ägypten reden hörte, war ich zu demselben Schluß gekommen, fiel mir jetzt ein.

Ich wechselte das Thema aus Angst, weitere Wahrheiten erkennen zu müssen. Weg von den Ljibiu lenkte ich das Gespräch auf die Habiru, von denen Rechab lieber und ohne Hemmungen erzählt. Im Gegenteil: Während er von ihnen sprach und sich selbst immer entschiedener zu diesem Volk bekannte, verschwand allmählich der demütige Ausdruck aus seinem Blick.

Das, was ich schon wußte, wurde mir zum Teil bestätigt, ich erfuhr aber auch neue Einzelheiten. Das Gespräch machte mich nachdenklich und ich stellte einige Überlegungen an.

Einzigartig ist dieses Volk und einzigartig sein Gott. Einzigartig sind an ihm Geschichte, Charakter, Stärke, Schicksal und Klugheit.

Einzigartig seine Tugenden und seine Schuld.

Alles an ihm erscheint einmalig, besonders, ungewöhnlich. Doch dieses Anderssein mußte dazu führen, daß die Habiru stets unbeliebt waren und bei aller Bewunderung oft gehaßt wurden.

Und dieses Anderssein gipfelt letzten Endes in der Tatsache, daß sie kein eigenes Land besitzen, nie eines besessen haben.

Doch was hält sie dann zusammen, wenn nicht das gemeinsame Land, das bei den anderen Völkern das stärkste Bindeglied darstellt? Vielleicht gerade dieser Mangel? Oder das Versprechen, das Gott ihnen gab, ihnen eines Tages ein solches Land zu schenken, selbst wenn an jenem Ort nicht genügend Platz vorhanden ist für ein so zahlreiches Volk: die Verheißung eines Wunders also?

In der Tat behaupten die Habiru, ein Bündnis sei geschlossen worden, das für Gott die Einlösung dieses Versprechens und die Auferlegung einiger Vorschriften und für die Menschen den Glauben an ihn und die Einhaltung seiner Gesetze vorsieht.

Doch zu diesem Gott werde ich mich niemals bekennen können: Denn er scheint nicht alle Menschen auf Erden zu lieben, sondern nur die Habiru, und er nennt sie das »auserwählte Volk«.

Im großen und ganzen ist er eigentlich ein armer Gott, fast nur ein Vater. Doch als Hirte ist er sehr tüchtig, denn es gelang ihm, seine Herde immer zusammenzuhalten.

Für mich ist er also wirksam, aber nicht großartig, geschickt, aber nicht liebevoll, begrenzt und mit Eigenschaften behaftet, die nicht gerade göttlich sind.

Noch eines ist bei den Habiru besonders: Sie messen ihrer Vergangenheit eine besondere Bedeutung bei, denn sie erinnert sie an das Versprechen und die Gesetze, die Gott ihnen gab.

Anders als bei uns wird ihre Vergangenheit nicht nur Geschichte, sondern »Heilige Geschichte«: Und auch sie ist Teil des gemeinsamen Vermögens und trägt zur Einigung der verstreuten Menge auf vielleicht wirksamere Weise bei, als es ein gemeinsames Land tun könnte. Denn dieses ist letzten Endes ein Gut, das auch verloren werden kann, wie wir in Ägypten kürzlich feststellen mußten.

30. Tag des Monats Paofi

Zweimal mußte mir Lahariat den Namen wiederholen, als sie den Besuch eines jungen Arztes ankündigte, der unangemeldet empfangen werden wollte. Dies erschien mir doch eine übertriebene Vertraulichkeit, selbst wenn es sich um Pentu handelte, der kam, um sich in Absprache mit Amenhotep nach dem Gesundheitszustand der Königin zu erkundigen.

Ich bin zwar der Meinung, daß man getrost jede Formalität abschaffen könnte, wenn alle Menschen wirklich klug wären und ein genaues Bewußtsein von dem Platz hätten, der ihnen in der Welt gebührt. Diese Abschaffung sollte aber von oben veranlaßt werden und keineswegs von unten beginnen. Deshalb beschloß ich, Pentu aufgrund seiner geistigen Gaben zu empfangen, ihn jedoch aufgrund seiner übertriebenen Selbstsicherheit zwei Stunden warten zu lassen.

Als er dann aber vor mir stand, war ich schon voll Reue über die ihm auferlegte Wartezeit und tat alles, damit er sich wohl fühlte. Natürlich zeigte ich mich erstaunt über seinen Besuch.

»Amenhotep hatte nicht gesagt, daß du einfach kommen würdest, sondern mir lediglich empfohlen, dich bei Bedarf rufen zu lassen.«

»Das stimmt, meine Königin, ich bitte dich demütig um Verzeihung. Ich habe mein Amt als Arzt einfach vorgeschoben, doch die Umstände sind sehr ungewöhnlich, denn diesmal ist es der Arzt, der dringend seinen Patienten aufsuchen muß.«

Ich lächelte und bedeutete ihm weiterzusprechen.

»Ich sehe, daß sich Gesundheit und Schwangerschaft bei dir bestens vertragen, und bin darüber erfreut. Doch es geht mir um etwas anderes, und ich habe lange gezögert, bevor ich mich dazu entschloß, zu dir zu kommen.«

Er hatte eine geheimnisvolle und verlegene Miene aufgesetzt, die die ihm eigene Weitschweifigkeit noch unterstrich. Ich ließ ihn Platz nehmen, und damit er sich nicht zum Sprechen gedrängt fühle, bot ich ihm einen Kelch Wein an. Aber er nippte bloß daran.

»Sprich nur, Pentu. Sag mir, was dich hierher führt.«

»Eine kleine Entdeckung, die meiner Meinung nach eine erhebliche politische Bedeutung hat. Ich hätte gerne mit Amenhotep darüber gesprochen. Da er aber abwesend ist und der Pharao möglichst bald über die Angelegenheit informiert werden sollte, beschloß ich, mich an dich zu wenden.«

»Also sprich.«

»Nachdem die Tore im Tempel von Karnak begonnen hatten, sich wie durch ein Wunder jedesmal zu öffnen, wenn man das Feuer für das Opferritual entzündete, fiel mir zufällig auf, daß die Oberfläche des Altars mit einer festen Kupferschicht überzogen worden war.

Ich zerbrach mir lange den Kopf über diesen Umstand. Ich hatte den Verdacht, es hätte vielleicht mit etwas zu tun, das unmittelbar darunter, im Untergeschoß des Tempels, verborgen war, und begann nachzuforschen. Als erstes fand ich heraus, daß der Zugang zu dem unterirdischen Raum verboten war und Tag und Nacht von Priestern bewacht wurde. Dies machte mich natürlich noch mißtrauischer. Ich nahm mir vor, einen Weg zu finden, um dort einzudringen. Die Gelegenheit bot sich, als ein Priester Wache hielt, der mir sehr verbunden ist, weil ich ihn einmal von einer gefährlichen Krankheit heilte. Er ließ sich überreden und erlaubte mir den Zutritt. Ich drang also in den Raum ein und sah gleich etwas, das mich in tiefstes Erstaunen versetzte. Ich kann dir versichern, Herrin, daß kein Wunder die Tore öffnet, sondern eine komplizierte und ausgeklügelte Maschinerie, die den ganzen unterirdischen Raum einnimmt. Wie sie funktioniert, läßt sich nicht leicht erklären. Jedenfalls beruht das Ganze auf einem Prinzip, das mit Warmluft zusammenhängt. Zufällig hatte ich einmal Gelegenheit, es zu beobachten, ohne allerdings zu vermuten, daß es auf solch raffinierte Weise angewendet werden könnte.«

»Welches Prinzip?«

»Dieses: Wenn man bei einem hermetisch verschlossenen Gefäß, das zur Hälfte mit Luft und zur Hälfte mit Wasser gefüllt ist, die Luft stark erwärmt, wird diese sich ausdehnen und das Wasser verdrängen. Selbstverständlich muß dazu das Gefäß über ein Rohr mit einem zweiten Behälter in Verbindung stehen.«

»Und wie geht diese starke Erwärmung der Luft vonstatten?«

»Durch das Feuer, das auf dem Altar brennt. Von der glühenden Kupferverkleidung wird die Hitze über mehrere Kupferstäbe in das Gefäß geleitet und erwärmt die Luft.«

Der Zusammenhang war mir nicht ganz klar, vor allem wie die erwärmte Luft das Wasser aus dem Gefäß (das, wie sich später herausstellte, ebenfalls aus Kupfer war) in einen anderen Behälter verdrängen konnte. Aber ich fragte weiter:

»Und wie kann diese Bewegung des Wassers die Tempeltore öffnen?«

»An der Stelle des zuerst leeren, also leichten Behälters, befindet sich nun ein voller, also schwerer Behälter. Je mehr Wasser hineinfließt, desto schwerer wird das Gefäß. Je größer sein Gewicht, desto stärker werden die Ketten gespannt, die mit den ebenfalls in das Untergeschoß hineinragenden Türangeln verbunden sind und sie zum Drehen bringen.«

Ich sah Pentu schweigend an und machte sicher den Eindruck, nicht besonders viel verstanden zu haben. Denn er bat mich um

Griffel und Tafel und begann gleich wieder mit seiner Erläuterung. Er zeichnete eine Skizze und erklärte: Das ist das verschlossene Gefäß und das ist die Luft, und das Wasser und das Rohr und das Gewicht und das … Doch es war nicht die Maschinerie, die mir Schwierigkeiten machte. Meine Frage lautete:

»Was ist denn der Unterschied zwischen dem hier und einem Wunder?«

Er lächelte:

»Daß es ein Werk der Menschen ist, nicht der Götter. Jeder von uns kann so etwas machen, wenn er bei seiner Arbeit bestimmte Kenntnisse anwendet.«

»Welche Kenntnisse?«

»Daß sich Luft beim Erwärmen ausdehnt.«

»Sicher«, nickte ich zustimmend. »Ich habe verstanden.«

Doch es stimmte nicht ganz. Mir kam es trotzdem wie ein Wunder vor, daß es der Luft, die so dünn, leicht und sanft ist, nachdem man sie erwärmt, eingesperrt und gequält hat, gelingen sollte, mit der Kraft eines Stiers die schweren Tempeltore in Bewegung zu setzen.

Später führte ich Pentu zum Pharao. Er erklärte auch ihm den wunderbaren Mechanismus und fertigte eine genauere Zeichnung davon. Amenophis hing an seinen Lippen und schien vor Verwunderung zu erstarren.

»Wir hatten den Verdacht, daß sich dort unten etwas verbarg«, sagte er, »dachten jedoch an zwei von den Priestern angewiesene Sklaven, die zur rechten Zeit die Angeln zum Drehen bringen … ein einfacher Trick. Dies aber … ist kein göttliches, sondern ein menschliches Wunder.«

»Weißt du, wer diese Maschine erfunden hat, Pentu?«

»Nicht genau, mein Pharao. Vielleicht waren es mehrere. Ich weiß nur, daß vor Jahren einige Priester im unterirdischen Gewölbe geheimnisvollen Tätigkeiten nachgingen. Sie arbeiteten mit Wasser und Feuer und brachten den Dampf des kochenden Wassers zum Pfeifen. Später wurden sie aber in Theben nicht mehr gesehen.«

Ich sah, wie sich Amenophis' Ausdruck verfinsterte. Vielleicht wäre es ihm lieber gewesen, wenn die Tempeltore wirklich von dem Gott Amun und nicht von dessen Priestern in Bewegung gesetzt worden wären.

Als wir später wieder alleine waren, fragte ich ihn:

»Machst du dir Sorgen über das, was du heute erfahren hast, Amenophis?«

»Ja. Es bekümmert mich, daß die Priester über diese Waffe verfügen, um die Gunst des Volks zu gewinnen. Einfache Tatsachen beeindrucken die Menschen mehr als tausend große Ideale. Aber noch besorgter bin ich darüber, daß der Mensch, indem er Wunder vollbringt, mit den Göttern in Wettbewerb tritt.«

»Ich glaube nicht, daß Wunder die richtige Bezeichnung ist.«

»Was sie auch immer sein mögen: Sie sind gefährlich.«

Mir erscheint all dies gar nicht so gefährlich. Amenophis' Furcht ist ein Gefühl, das seinen Idealen im Grunde widerspricht. Ich finde die Sache faszinierend und denke, sie hat viel Gemeinsames mit dem, wonach Pentu beim Sezieren der Leichen im Haus des Todes sucht. Es sind die Verführungen der Zukunft.

Am Ende unseres Gespräches hatte ich Pentu nach dem Stand seiner Forschungen gefragt. Stotternd und errötend vertraute er mir schließlich an, daß der menschliche Körper, soweit er bis jetzt hatte feststellen können, ganz anders beschaffen ist, als man im allgemeinen glaubt. Nach wie vor frage er sich, wie man ihn eigentlich heilen solle, ohne ihn richtig zu kennen.

Dies sagte er mir leise, und er wirkte dabei sehr verängstigt. Ich kenne diese Furcht, die man empfindet, wenn man zuviel weiß.

Beim Abschied nahm ich mein goldenes Armband ab und streifte es über sein Handgelenk.

»Ich schenke es dir, Pentu. Nicht als Belohnung für das, was du mir heute mitgeteilt hast. Eher als Glückwunsch zu deinem Verlangen nach Wissen.«

»Schön gehst Du am Rand des Himmels auf, o lebender Aton, Ursprung des Lebens. Stehst Du im Osten auf, bekleidest Du die Erde mit Deiner Pracht.
Schön bist Du und unermeßlich. Strahlst Du hoch am Himmel, umfaßt Dein Glanz die Erde bis zu den Grenzen Deiner Schöpfung.
Du bist fern, aber Dein Glanz überflutet die Erde. Du erhellst das Gesicht der Menschen, aber Deine Wege bleiben verborgen.«

So beginnt die Hymne, die ich gerade schreibe.

Es ist nicht leicht, eine Hymne zu verfassen. Etwas ganz anderes als diese Blätter, die nur für mich, zu meiner Erinnerung geschrieben werden.

Mühsam ist das Schreiben, sei es, um Zeugnis abzulegen, sei es im Versuch, vom Ewigwahren und Universellen zu künden.

So zu schreiben, daß der Leser zustimmend nickt und still ahnend durch ein plötzliches Aufblitzen Schönheit und Wahrheit begreift.

Es ist schwierig, im Urwald der menschlichen Gefühle den verborgenen und gewundenen Weg aufzuspüren, der zu jedem Baum hinführt, jeden Zweig streift und sich dabei unversehrt über dem Rauschen der Dinge emporschwingt, frei und leicht, frei und fern und doch so nah und streichelnd wie der Wind.

Hier bin ich also, um vom Aton zu sprechen, mit meiner Hymne, die ewig und überall erklingen soll; die zunächst aber nur von mir wahrgenommen wird, ähnlich dem Pochen, das in meinem Leib pulsiert und ihn runder macht.

Ich hoffe, dieses Glück würdigen zu können, und daß Aton meinen Lobgesang annimmt.

Nun habe ich fast die ganze Hymne niedergeschrieben, bin aber von einer endgültigen Fassung noch weit entfernt. Viele Sätze müssen umgeschrieben, manche in der Form verbessert werden; und die meisten müssen genau auf ihren Inhalt hin geprüft werden. Das kann aber nur in Absprache mit Amenophis geschehen, denn die Hymne soll seine Botschaft an die Welt sein und darf nichts Unüberlegtes oder Zweideutiges enthalten.

Vieles von dem, was ich ihm vorgelesen habe, gefiel ihm und fand seine Zustimmung. Er bemängelte aber das Fehlen eines genauen Ausdrucks für das Verhältnis, das zwischen Aton und ihm, dem Pharao, besteht.

Ich schlug ihm einen Satz vor, den er verwarf. Dafür hieß er mich schreiben:

»Keiner ist, der Dich kennt, außer Deinem Sohn Echnaton. Denn Du hast ihn allein Deine Pläne wissen lassen und ihm Deine Kraft geschenkt.«

Ich lehnte mich gegen diese Worte auf und rief:

»Vorsicht, Amenophis ...«

Sofort schrie er mich zornig an:

»Warum nennst du mich Amenophis? Mein Name ist Echnaton! Aton wohlgefällig!«

»Nun gut, Echnaton: Mache dich nicht zum einzigen Vermittler zwischen Aton und deinem Volk. Nimm deinen Gott nicht für dich allein in Anspruch. Begehe nicht denselben Fehler, den wir den Priestern vorwerfen.

Du bist der Pharao. Mache dich nicht zum alleinigen Priester eines Gottes, der gemäß deiner Absicht keiner Priesterschaft mehr bedarf. Jeder Mensch wird den einzigen Gott nur dann anerkennen, wenn er lernt, ihn in sich selbst zu finden; wenn er in dieser neuen Religion, von den Äußerlichkeiten des Kults abgesehen, im wesentlichen sein eigener Priester sein kann.

Benutze nicht deinen Gott, um eine größere Macht zu erlangen. Denn deine Macht ist ohnehin die größte auf Erden, nämlich die Macht des Pharaos!«

Ich merkte, daß er meine Worte ganz anders auffaßte, als ich sie gemeint hatte. Mir ging es um eine politische und moralische Frage. Er aber hielt sie offensichtlich für einen persönlichen Angriff. Er sah mich voller Zorn an, als fühle er sich verraten. Ich wünschte, er würde in Worten das Feuer ausspucken, das seine Augen böse machte, er aber blieb bei seinem stummen, vorwurfsvollen Groll. Ich wollte sein Schweigen brechen und fuhr unnachgiebig fort:

»Wir müssen dem ägyptischen Menschen helfen, über sich selbst hinauszuwachsen. Um einen alleinigen Gott einzuführen, muß vieles abgelegt werden, viel Aberglaube muß verschwinden. Die Mythen der Götter sollen immer mehr im Bereich der Literatur und immer weniger in dem der Religion gefeiert werden. Wir werden den Leuten erklären, wie jene ausgeklügelte Maschine, die die Tempeltore öffnet, funktioniert. Wir werden uns nicht dieser Erfindung bemächtigen, um sie als ein Wunder Atons statt Amuns vorzustellen.«

Er starrte mich fassungslos an, doch ich konnte nicht mehr innehalten und sagte:

»Du bist der Pharao. Du hast es nicht nötig, ein Gott zu sein. Du brauchst es nicht: Denn nur die schwächsten unter den Pharaonen versuchten dem Volk weiszumachen, daß sie auch Götter wären. Doch ich denke nicht, daß das Volk ihnen jemals Glauben schenkte, trotz der offiziellen Gepflogenheit, den Pharao als das Abbild des lebenden Gottes anzusehen.«

Er war jetzt bleich vor Ärger; doch der Zorn, der in seinen Augen flackerte, hatte ihn nicht daran gehindert, den Sinn meiner Rede zu erfassen. Er stieß Worte aus, die zwischen uns nie gefallen waren.

»Du wagst es«, schrie er mit unerwarteter Kraft, »mich wie einen Dieb zu behandeln. Du wagst es, du kleine mittanische Barbarin! Ich will kein Gott sein, sondern nur der Mund, nur die Stimme Gottes. Ich bin der, der zwischen Aton und den anderen steht, sein Sohn und sein Vermittler, denn ich habe ihn als erster gekannt und geliebt.«

Da beging ich vielleicht einen Fehler.

Wenn wir wirklich etwas verändern wollen, dachte ich, sollten wir auch den abgenutzten Mythos des Vater-Sohn-Verhältnisses zwischen der Gottheit und dem Pharao hinter uns lassen.

Dies wäre ein Beweis für den Mut und die Stärke des Königs, der zugleich noch größere Verantwortung auf sich nehmen würde. Und das Volk, zumindest ein großer Teil davon, würde dies sicher zu würdigen wissen. Und hätte am Ende ein klareres Bild der Wirklichkeit vor Augen. Also sagte ich das, was ich niemals hätte sagen dürfen. Ich sagte:

»Zeige dich deines Titels als Herr der Wahrheit würdig und gib diese falschen Behauptungen auf. Du weißt doch, daß dein Vater der große, weise Amenophis war, nicht Aton.«

Da überschlug sich seine Stimme und wurde ein wildes Schreien, das auf mich herabprasselte wie der Hagel, der im Sommer in den Bergen Mittanis gewaltsam niederfällt. Rasend vor Wut begann er das Zimmer zu verwüsten.

»Warum sprichst du von ihm? Warum sprichst du vor mir von ihm?« wiederholte er immer wieder, während er alles, was in seiner Reichweite war, umstieß und durch den Raum schleuderte.

Plötzlich hielt er inne. Er sah sich verstört um und begann, zu schluchzen. Er weinte wie ein Kind, das Gesicht zwischen den Händen. Ich sah ihn fassungslos an, begriff nicht, was geschehen war.

Ich hoffte, die Tränen würden etwas Frieden in sein Herz bringen, und versuchte zu verstehen.

Nicht mein Einwand, er sei nicht Atons Sohn, sondern die Erwähnung seines wirklichen Vaters war es gewesen, die ihn so aus der Fassung gebracht hatte. Da fiel mir die Botschaft ein, die mir der alte Amenophis anvertraut hatte, als er mir von der Reue erzählte, die sein Sohn ihm gegenüber empfand. »Sage ihm, ich habe ihm verziehen«, hatte er gesagt.

Doch Amenophis hatte sich eher wie ein Sohn verhalten, der seinen Vater haßt, nicht wie einer, der Reue empfindet. Deshalb verstand ich ihn nicht.

Auch wenn ich jetzt darüber nachdenke, fällt es mir schwer, eine überzeugende Erklärung zu finden für das, was geschehen ist. Alle meine Vermutungen erscheinen mir letzten Endes doch unwahrscheinlich. Vielleicht war dies die Gelegenheit, an die der alte Amenophis dachte, als er mir sagte: »Du wirst verstehen, wann und warum: Dann wirst du es ihm sagen.«

Gewiß überschätzte der große Alte meine Klugheit, denn ich habe wohl den richtigen Augenblick versäumt, um die Worte der

Verzeihung weiterzugeben. Hoffentlich bietet sich mir eine andere Gelegenheit.

Abgesehen davon, bin ich zutiefst erstaunt über das Verhalten Echnatons (ich muß mich wohl daran gewöhnen, ihn so zu nennen). Seine Reizbarkeit, welchen Grund sie auch haben mag, deutet auf etwas Zerbrechliches in seinem Charakter, das eher dem Wesen einer Frau als dem eines reifen Mannes entspricht.

Diese Entdeckung mindert meine Liebe nicht, verändert sie aber doch, denn ich verspüre jetzt auch mütterliche Gefühle für ihn.

Ist es das, was er braucht, was er immer gebraucht hat? Darüber könnte mich Teje vielleicht aufklären.

16. Tag des Monats Athir

Ich habe Echnaton nicht mehr gesehen und auch keine Botschaft von ihm erhalten. Deshalb beschloß ich, ihm zu schreiben:

> »Geliebter, verzeih mir, wenn ich Dich verwirrt, wenn ich Dich beleidigt, wenn ich Dich nicht verstanden habe. Wisse aber: Wenn ich geirrt habe, geschah dies gewiß aus Übermaß, nicht aus Mangel an Liebe.
> Ich möchte Dich besser verstehen. Sicher gibt es vieles in Dir, das ich nicht weiß, und dies ist für ein liebendes Herz unerträglich. Doch manche Türen lassen sich nur von innen öffnen, niemals können sie gewaltsam aufgebrochen werden.
> Ich wünschte, die Türen Deines Herzens wären wie die des Amun-Tempels und könnten durch mein Feuer aufgehen!«

Ich wartete heute auf eine Antwort, die aber ausblieb.

Jetzt ist tiefe Nacht, und die Luft über den Gärten glänzt wie Emaille im Licht des Mondes, das auch diesen Raum in seinen zauberhaften Schimmer taucht.

Ich fühle mich dem hohen, weiten Himmel sehr ähnlich, mit all den blinkenden, unendlich fernen Lichtern, den dunklen Abgründen und den schattenhaften Konturen vieler Dinge, die sich erst im Morgenlicht wiedererkennen lassen.

Auch die Rundung meines Leibes wird dem Himmelsgewölbe immer ähnlicher. Und immer wieder sucht meine Hand bei ihr Trost und Beruhigung.

25. Tag des Monats Athir

Endlich erreichte uns eine gute Nachricht.

Natürlich kam sie von dem, auf den immer Verlaß ist, von dem alten Amenhotep.

Alt nenne ich ihn, und doch kenne ich in ganz Ägypten keinen, der jünger ist, was Tatkraft und Unternehmungslust angeht. Sein Altsein bezieht sich eigentlich nur auf sein Festhalten an einer seit tausend Jahren überlieferten Vorstellung von Ägypten, die hier nach wie vor gültig ist. Ansonsten kann ich mir keinen tiefgründigeren, klügeren und geschickteren Menschen vorstellen. Auch seine jüngste diplomatische Aktion hat es bewiesen.

Er schickte dem Pharao eine chiffrierte Botschaft, um ihn vom Ausgang seiner Unternehmung in Kenntnis zu setzen. In seiner nüchternen Art, die frei von jedem überheblichen Selbstlob ist, gab er eindeutig zu verstehen, daß er einen außerordentlichen politischen Erfolg erzielt hat.

Die Botschaft traf ein, als Echnaton bereits begonnen hatte, sich über das lange Schweigen Sorgen zu machen. Sie ist knapp, aber vielsagend; und ihr Inhalt ist bei aller Bescheidenheit sehr beruhigend.

Burnaburiasch hat sich mit sämtlichen Vorschlägen einverstanden erklärt, vor allem aufgrund der ihm in Aussicht gestellten Belohnung: Allerdings soll das versprochene Gold aus Ägypten unverzüglich in Babylons Staatskassen übergehen. Amenhotep gibt zu verstehen, daß er sich dafür verbürgt hat. Es sei ihm zwar gelungen, den Gesamtwert herunterzuhandeln, aber nicht, Aufschub für die erste Goldlieferung zu erhalten. Als Gegenleistung für unsere prompte Anzahlung überredete er Babylon zu einem politischen Akt, der unmittelbare Auswirkungen haben wird: Einige babylonische Streitwagenabteilungen werden ihre Übungen jetzt auf hethitischem Boden durchführen. Das ist eine starke Provokation, die unsere hochmütigen Feinde völlig unerwartet treffen und sie in Schwierigkeiten bringen wird, die sie dazu bewegen dürften, den Druck auf unsere Grenzen zu verringern.

Assuruballit scheint seinerseits mehr Interesse an unseren Getreide- und Waffenlieferungen gezeigt zu haben; überdies wurden ihm kleinere Mengen Gold versprochen. Ausschlaggebend für ihn ist aber die umsichtige Vermittlerrolle, die Ägypten bei den schwierigen Beziehungen zwischen Assyrern und Babyloniern übernehmen will und die damit verbundene Hoffnung auf Stabilität sowie das Bedürfnis, einen zuverlässigen Verbündeten gegen die Hethiter zu gewinnen.

Als Beweis für die ehrliche Haltung der Assyrer uns gegenüber berichtet Amenhotep, er habe selbst gesehen, wie der hethitische Botschafter sichtlich verärgert den Königspalast in Assur verließ.

»Ich erinnerte sie daran«, schreibt er, »daß die Freundschaft Ägyptens nicht kurzlebig, sondern unvergänglich ist, und daß von unserer Seite für Assyrien und Babylonien niemals Bedrohung, sondern immer Hilfe, Friede und Wohlstand kamen.«

Abschließend teilt er mit, er wolle auf dem Heimweg Haremhab einen Besuch abstatten, »um ihm die guten Nachrichten und den Gruß der Heimat zu überbringen«.

Bis auf den letzten Satz traf Amenhoteps Botschaft bei Echnaton auf begeisterte Zustimmung.

»Wir schulden diesem Mann sehr viel«, meinte er. »Er ist unglaublich geschickt gewesen: Ich konnte die Botschafter überzeugen, er aber die Herrscher.«

Der Einfall, die Streitwagen Babylons in einem von den Hethitern kontrollierten Gebiet exerzieren zu lassen, sei genial und sicher ungeheuer wirksam, bemerkte ich.

Echnaton stimmte strahlend zu und rief aus: »Wie werden wir ihm jemals unsere ganze Dankbarkeit zeigen können?«

Amenhoteps Leistung übertraf in der Tat jede Erwartung; was die Dankbarkeit betrifft, so glaube ich nicht, daß man sie immer auf gebührende Weise ausdrücken kann, obwohl man es versuchen sollte. Doch dieses Gefühl gegenüber Amenhotep ist nichts

Neues für mich, und niemand hat mehr Grund als ich, ihm dankbar zu sein.

In manchen Fällen läßt sich also Dankbarkeit ebensowenig zeigen wie Groll. Sie verlangt nach einem anderen Ausdruck als dem des Augenblicks und zielt auf das Unvergängliche.

1. Tag des Monats Choiak

Auf eine gute Nachricht aus dem Ausland folgt gleich eine schlechte aus dem Inneren.

Bei einer Feier im Amun-Tempel in Karnak wurde das Kalb, das der Pharao als persönliche Opfergabe geschickt hatte, wie immer vor dem Altar geschlachtet; als man das erste Stück Fleisch in das Feuer legte, schlossen sich jedoch die Tempeltore und zeigten damit unmißverständlich, daß der Gott das königliche Opfer verschmähte. Da stimmte der diensthabende Priester eine hohe Klage an und verkündete laut, daß »... Amun die Gabe Echnatons ablehnt«.

Offensichtlich haben die erfinderischen Priester von Karnak ihre Wundermaschine gegen den Pharao eingesetzt, um ihn beim Volk ihn Verruf zu bringen. Dies ist also ihre Antwort auf das Eingreifen des Staates in die Verwaltung der landwirtschaftlichen Betriebe und der weltlichen Tempelbediensteten. Und es wird sicher nicht die einzige sein.

Echnaton war sehr empört und will energisch dagegen vorgehen. Wir sprachen darüber und beschlossen, sofort Ptahmosis herzubestellen und ihn zur Rechenschaft zu ziehen. Was eine Bestrafung angeht, so schlug ich vor, davon abzusehen: Ich machte Echnaton darauf aufmerksam, daß die Enthebung Ptahmosis' von seinem Amt als Oberpriester der Amun-Priesterschaft praktisch einen Vorteil für die Priester bedeuten könnte.

Im großen und ganzen scheint mir dieser Mann ziemlich eitel zu sein und wie der jüngste Versuch, den König anzugreifen, beweist, auch kleinlich und einfältig. Deshalb ist es vielleicht für uns günstiger, wenn ihm das Amt bleibt und es nicht von einem anderen Priester übernommen wird, der womöglich raffinierter ist.

Heute ließ ich, unter dem Vorwand plötzlich aufgetretener Beschwerden, Pentu dringend zu mir rufen.

In Wahrheit wollte der Pharao von ihm erfahren, ob man den Lauf der Maschinerie leicht abstellen kann.

Mit seiner üblichen Ausführlichkeit und mit Hilfe einer Zeichnung zeigte er uns, daß dies sich leicht bewerkstelligen läßt.

»Man braucht nur die heiße Luft aus dem Behälter entweichen zu lassen«, sagte er schlicht. »Und das wurde sicher getan, um die aufsehenerregende ›Ablehnung Amuns‹ herbeizuführen.«

Was heiße Luft nicht alles bewirken kann! Dabei ist die Wüste so voll davon.

4. Tag des Monats Choiak

Was für ein denkwürdiges Treffen heute stattfand! Sicher ein unvergleichliches Ereignis in der Geschichte Ägyptens.

Vielleicht werde ich mich eines Tages rühmen können, daran teilgenommen zu haben. Ptahmosis war bestrebt, das feierliche Gehabe zur Schau zu stellen, das bei der Amun-Priesterschaft so selbstverständlich ist, und dies gab bereits Anlaß zu Spannungen.

Das endlose Gefolge von Priestern, die Einlaß in den Audienzraum begehrten, erregte bald Echnatons Mißmut. Den Blick auf die Tür gerichtet, sprang er plötzlich auf und schrie:

»Ich habe den Ersten Propheten des Amun eingeladen, nicht die ganze Priesterschaft von Karnak.«

Verlegenheit breitete sich aus, und schließlich kam die lange Prozession der Priester zum Stehen: Sie wirkten irgendwie lächerlich in ihrer Ratlosigkeit, besonders als sie auf ein Zeichen ihres Oberhauptes hin kehrtmachten und den Raum wieder verließen.

Nur Ptahmosis und der alte Anen blieben im Saal. Der erste stellte sich vor dem Thron auf, der andere etwas seitlich davon, als wolle er damit seine Unparteilichkeit kundtun. Es wurden Stühle für sie aufgestellt, und auf ein Zeichen des Herrschers hin setzten sich beide. Tiefes Schweigen senkte sich über den Saal.

Echnaton hatte den Kopf auf die Hand gestützt und schien in Nachdenken versunken. Plötzlich richtete er sich auf und sagte:

»Etwas Unerhörtes und Beunruhigendes hat sich in deinem Tempel ereignet, Ptahmosis. Welche Erklärung hast du dafür?«

»Meiner Ansicht nach müssen wir die Dinge, die von göttlicher Hand geschehen, einfach hinnehmen – und darüber nachdenken. Was ihren Sinn betrifft: Sie erklären sich von selbst, denn ihre Sprache ist mitunter eindeutig. Denkst du nicht auch so, Herr der Wahrheit?«

Schon jetzt war klar, daß Ptahmosis in seiner arroganten Naivität ahnungslos in die Falle ging. Und Echnatons falschfreundliche Haltung verriet eine gewisse Schadenfreude, besonders, als er beschloß, die Komödie fortzusetzen.

»Du bist also der Meinung, Amun wolle mich mit Verachtung strafen?«

Ptahmosis zögerte, als wolle er ein Bedauern ausdrücken, das er sicherlich nicht empfand.

»Genauso sieht es leider aus, Herr der Wahrheit. Doch weder mir noch einem anderen Menschen steht es zu, dies zu behaupten.«

Ich konnte mir ein Lächeln nicht verkneifen, das keinem entging.

Ptahmosis liebt es geradezu, sein diplomatisches Geschick zur Schau zu stellen; der Schein der Dinge liegt ihm mehr am Herzen als ihr wahres Sein, was übrigens für jede religiöse Zeremonie gilt. In jenem Augenblick zelebrierte er also sich selbst oder, besser gesagt, die Persönlichkeit, die er gern wäre.

Die kaum verhüllte Ironie, mit der er den konstitutionellen pharaonischen Titel »Herr der Wahrheit« immer wieder verwendete, sollte in seinen Augen wohl Scharfsinn ausdrücken, eine Eigenschaft, die er aber nicht im geringsten besitzt.

»Und warum sollte der Große Amun mich bestrafen wollen?«

»Weil du ihm nicht die gebührende Achtung und Verehrung entgegenbringst, seitdem du auf dem Thron Ägyptens sitzst. Weil du seinen Priestern jede Entlohnung verweigerst. Weil du es abgelehnt hast, die zwei Städte zurückzuerobern, deren Tributzahlungen dem Gott zustehen; weil du deine Pflicht als Verteidiger des Landes und des Gottes nicht erfüllt und es vorgezogen hast, dich dem verweichlichenden Genuß in den Frauengemächern hinzugeben. Weil du ausschließlich einem Gott huldigst, der zweitrangig und in Ägypten fast unbekannt ist, und dadurch den tausendjährigen Ruhm Amuns verschmähst und die Vorrangstellung seines Kultes gefährdest.«

»Und wessen beschuldigt mich Amun deines Wissens nach außerdem?«

»Da du mich danach fragst, will ich es dir sagen: Er beschuldigt dich auch, seine Tempel beraubt zu haben und ihre Schätze zu verwenden, um für Ägypten einen Frieden zu erkaufen, der mit dem Schwert hätte durchgesetzt werden sollen.«

Diese letzten Worte wirkten vielleicht weniger hohl auf Echnaton, jedenfalls wich nun das feine Lächeln aus seinem Gesicht. Er ließ mehrere Sekunden verstreichen, bevor er in scharfem Ton entgegnete:

»Du bist ein Lügner, Ptahmosis. Du weißt sehr wohl, daß dies die einzig mögliche Bezeichnung für dich ist. Du stehst hier vor deinem Pharao, um über ein Ereignis zu berichten, das den Anschein eines Wunders hatte, in Wirklichkeit aber in betrügerischer Absicht im Kellergewölbe deines Tempels ausgeheckt wurde. Und dies benutzst du, um deinen König bei dem Volk in Verruf zu bringen.

Du scheust dich nicht zu behaupten, daß diese schreckliche Lüge und Machenschaft eine Offenbarung des Gottes sei, dessen Erster Prophet du bist. Du wagst es, dein Verbrechen noch größer zu machen, indem du den Verstand des Pharaos beleidigst und das angebliche Werk Amuns zu deinem eigenen, elenden Vorteil deutest; und zugunsten der ebenfalls unwürdigen Priester, die ihr heiliges Amt mißbrauchen, um sich auf Kosten des Volkes, auf Kosten des Gottes und Ägyptens zu bereichern.«

Ptahmosis wurde bleich und begann zu zittern. Er war nicht imstande, diese umfassende Anschuldigung zu widerlegen oder neue Lügen zu erfinden. Wie erdrückt von der Last der Worte Echnatons schien er auf seinem Sitz ganz klein zu werden. In seiner Verlegenheit konnte er nur noch stottern:

»Ich … glaubte nicht …. ich tat nichts, was du … Es stimmt nicht, daß …«

Dabei rutschte er zu Boden und kniete wehrlos unter der Schwere seiner Schuld.

»Ptahmosis«, rief Echnaton nun, »du wirst in aller Form der Majestätsbeleidigung beschuldigt, der Aufwiegelung der Bevölkerung Thebens und der Gotteslästerung, denn du hast in Amuns Namen gelogen zu deinem eigenen Vorteil.«

Während Echnaton diese Anklagen aussprach, sah ich, wie sich auf Anens stolzem Gesicht echte Überraschung und Schmerz abzeichneten. Schließlich erhob er sich mit einem Ruck und sagte mit fester Stimme:

»Herr und König, deine Worte bereiten mir tiefste Pein. Als Amuns Zweiter Prophet müßte dein Vorwurf auch mich treffen. Ich begreife ihn nicht, sehe aber, daß sich Ptahmosis wie ein schuldiger Mensch benimmt. Also nehme ich an, ebenfalls schuldig zu sein. So unglaubwürdig es aber auch klingen mag, ich kenne die Gründe nicht, die dich zu so entsetzlichen Anschuldigungen bewogen haben. Was soll das heißen: ›Ein Wunder wurde mit betrügerischer Absicht im Kellergewölbe des Tempels ausgeheckt‹?«

»Hat man dich nicht von den Geheimnissen des Karnak-Tempels in Kenntnis gesetzt?«

»Ich weiß nicht, wovon du sprichst.«

»Du weißt also nicht, daß das Wunder der sich beim Opferritual öffnenden oder nicht öffnenden Tore gar kein Wunder ist, sondern durch eine Maschinerie bewirkt wird, die sich unter dem Altar befindet und nach dem Bedarf dieses ruchlosen Priesters in Gang gesetzt wird?«

Anens Gesicht war wie versteinert. Erst nach langem Schweigen flüsterte er kaum hörbar:

»Ich hatte keine Ahnung.«

»Und du weißt auch nicht, daß dieser Mensch mich beim Volk verleumdet mit der Behauptung, Amun lehne mein Opfer ab?«

»Bei meinem Wort, ich ahnte nicht, daß er so etwas getan hat, Herr.«

Wieder herrschte Stille im Saal, und nach wie vor verharrte Ptahmosis in seiner zerknirschten Haltung.

»Auf jedes der von dir begangenen Verbrechen steht die Todesstrafe, Ptahmosis. Also müßtest du dreimal sterben. Doch ich kann dich nicht töten, denn Aton will nicht, daß ich so etwas tue. Überdies verbietet er Gewalt und Blutvergießen.« Ptahmosis erhob bei diesen Worten den Kopf und sah den Pharao an. Echnaton fuhr fort:

»Wenn ich nicht die gerechte Strafe über dich verhänge, kann ich deine Verbrechen nicht öffentlich bekanntgeben ... Und wenn ich sie nicht bekanntgebe, kann ich dich in keiner Weise bestrafen ...«

Meine Augen begegneten denen Anens, und ich las darin eine noch größere Verblüffung. Ptahmosis blickte uns ebenfalls ungläubig an.

»... Also verfüge ich, daß du dein Amt als Erster Prophet des Amuns behältst. Ich befehle dir aber, die Tempeltore öffnen zu lassen vor den Opfergaben, die ich zu zehn verschiedenen Feiern schicken werde. Und den Anwesenden unmißverständlich klarzumachen, daß Amun die Opfergaben Echnatons annimmt und schätzt. Willigst du ein, wirst du Leben und Amt retten. Weigerst du dich oder machst dich in Zukunft weiterer Verbrechen gegen unsere Majestät schuldig, werde ich Aton um Erlaubnis bitten und, ohne dein Blut zu vergießen, dich am Hauptpylon des Tempels von Karnak aufhängen lassen, bis der Tod eintritt. Nun sag, Ptahmosis, nimmst du mein Angebot an?«

»Ja«, flüsterte er.

»Ich habe nichts gehört, Ptahmosis, sprich lauter«, schrie ihn Echnaton an.

»Ja, Herr«, entgegnete er deutlich und mit hörbar erleichterter Stimme.

»Dann ist die Sitzung beendet. Ihr dürft gehen.«

»Nein!« Anen war aufgestanden und schleuderte dieses Wort herausfordernd dem Pharao entgegen.

»Nein! Ich kann nicht gehen, ohne dir zuerst mein Herz eröffnet zu haben. Dir, dem Herrn von Ober- und Unterägypten, dem Horussohn, dem Herrn der Wahrheit. Siehst du, ich rufe dich bei all deinen Namen; ohne Spott tue ich dies, denn es sind deine wahren Namen, die Namen des Pharaos. Ich tue dies, um sie dir selbst ins Gedächtnis zu rufen. Was ist mit dir, Amenophis, Sohn des Großen Amenophis? Ja, auch dieser Name gehört zu dir, und ist dein wahrer Name. Was ist mit dir, mein Herr, Sohn meiner Schwester?

Wenn sich dieser Mann schuldig gemacht hat, so mußt du, der du der Pharao bist, ihn bestrafen. Wenn er aber nur übertrieben hat in dem Versuch, dein Abweichen von der Religion der Väter zu korrigieren, dann solltest du über den Sinn seiner Tat nachdenken. Doch wo ich auch meinen Blick hinwende; es bricht mir das Herz. Durch welchen Betrug hast du, Ptahmosis, deinen Pharao in Verruf gebracht? Durch ihn hast du dich zweifellos schuldig gemacht.

Und du, Pharao, welchen Betrug hast du von dem, den du beschuldigst und nicht bestrafst, erlernt und willst ihn nun ausnutzen, um das zu Recht schwindende Vertrauen des Volkes zurückzugewinnen?

Verfluchte Maschinerie! Und mehr noch verflucht sei der Gebrauch, den man von ihr machte und machen wird, um den göttlichen Willen vorzutäuschen. Verflucht sei der Nutzen, für den ihr beide bereit seid, die Wahrheit zu opfern. Nichts kann die Wahrheit ersetzen, doch ihr am nächsten ist das Leid, niemals der Betrug, auch nicht, wenn er der Wahrheit zu nützen scheint.«

So sprach dieser Mann, den wir doch alle so wenig kennen. Dann tat er etwas, das kein Mensch in Ägypten jemals gewagt hat: Er wandte dem Pharao den Rücken zu und ging zur Tür.

Seine Worte und sein Verhalten hatten mich so erschüttert, daß ich mich vergaß und aufstand und seinen Namen ausrief, als er gerade hinaustreten wollte.

Mein Herz war voll Bewunderung, doch eine große Angst lag in der Stimme, die sich schwach und vergeblich erhob, um ihn zurückzuhalten.

Sichtlich verwirrt stürzte Echnaton aus dem Saal, und Ptahmosis schlich verstohlen davon. So blieb ich noch lange Zeit alleine, unbeweglich und mit geschlossenen Augen, auf dem Thron sitzen.

Noch nie, seitdem ich dies niederschreibe, noch nie lag der Binsenhalm so schwer wie heute in meiner Hand, noch nie lastete jedes Wort wie ein Stein auf meinem Herzen.

Nach einer schlaflosen Nacht ging ich kurz vor Tagesanbruch in die Gemächer des Königs. Er war ebenfalls wach und schien auf mich gewartet zu haben.

Wir sprachen von Anen, von seiner Klugheit und Charakterstärke; und übereinstimmend erkannten wir, daß die moralische Aufrichtigkeit und das klare Urteil seiner knappen und zwingenden Rede uns den häßlichen Kompromiß vor Augen führten, zu dem wir bereit gewesen waren.

Ich fühlte mich auch schuldig. Denn ich hatte zwar Echnaton davon abgeraten, die Vorteile der angeblich Wunder wirkenden Maschinerie auszunützen, hatte ihm jedoch empfohlen, auf jeden Fall Ptahmosis an der Spitze der Amunpriesterschaft zu lassen, und war mir nicht darüber im klaren, daß das eine unauflöslich mit dem anderen verbunden war.

Nachdem wir lange darüber gesprochen und verschiedene Lösungen erwogen hatten, überlegten wir, ob es nicht richtig wäre, Anen das Amt Ptahmosis' zu übertragen.

Trotz seines Verhaltens waren wir beide der Ansicht, daß er das Amt verdient. Auch wenn der Amun-Klerus uns weiterhin feindlich gesinnt ist, wäre es besser, einen klugen und ehrlichen Widersacher zu haben.

So gelangten wir zu einem Schluß, der ganz anders lautete als die kurzsichtige und etwas feige Ansicht, die ich zuvor vertreten hatte.

Wir waren gerade dabei, unsere Pläne zu durchdenken und nach einer Möglichkeit zu suchen, uns dem Zweiten Propheten des Amun ungeachtet seiner beleidigenden Haltung wieder anzunähern, als sich einer seiner Diener mit einer dringenden Botschaft für den Pharao anmelden ließ.

Es war ein nubischer Sklave mit einer kleinen Papyrusrolle. Er warf sich sofort vor uns zu Boden, und doch entging mir nicht, daß sein Gesicht tränenüberströmt war.

»Warum weinst du?« fragte ich und empfand eine seltsame Beklemmung.

Durch die Aufregung, die ihm die Anwesenheit des Pharao verursachte und das Schluchzen, das seinen Körper schüttelte, kam die ohnehin unfaßbare Antwort noch undeutlicher aus seinem Mund. Ich ließ ihn den Satz wiederholen, der mein Herz hatte erstarren lassen.

»Mein Herr nahm sich heute nacht das Leben, nachdem er mir befohlen hatte, dieses Schreiben bei Tagesanbruch zu überbringen.«

Echnaton und ich sahen uns ungläubig an. Ein brennender Schmerz durchzuckte uns bei dieser Botschaft und hinterließ Wunden in unseren Herzen und auf unseren fassungslosen Mienen.

Lange nachdem sich der Bote entfernt hatte, hielt ich das zusammengerollte Papyrusblatt immer noch in der Hand. Wir starrten es an, bis Echnaton mir finster zunickte, und ich zu lesen begann.

»Die Bitterkeit, die ich in mir spüre, ist so stark, daß ich sie durch einen Becher Gift verdünnen muß, um mir Erleichterung zu verschaffen.
Ich habe nur für Ägypten und für einen Gott gelebt: Jetzt sehe ich, daß beide durch Deine Jugend gefährdet sind. Dadurch geschah etwas, was ich nie für möglich gehalten hätte: Ich verhielt mich respektlos gegen den Pharao. Dies ist aber mehr, als ich ertragen kann.
Also trete ich an Deine Stelle, Amenophis, wenigstens dort, wo es mir gestattet ist, Dich zu vertreten: indem ich selbst die Strafe vollziehe, die ich verdient habe, und dadurch das Leid lindere über das, was mit uns geschieht.«

12. Tag des Monats Choiak

Er war bescheiden, darum übersahen wir ihn. Er war mutig, darum wird man ihn vielleicht tadeln. Er war unparteiisch, darum warb keiner um ihn. Wegen seines übergroßen Ernstes nahmen wir ihn nicht ernst genug und verkannten seine Überlegenheit.

So seltsam verfahren wir manchmal mit unseren Nächsten! Und doch ist Menschenkenntnis so wichtig, wichtiger vielleicht als die Erkenntnis Gottes.

Wozu einen Menschen rühmen, wenn er bereits verstorben ist?

Und doch mußte ich in diesen Tagen immer wieder an Anen denken und mich mit ihm als Menschen und als Denker auseinandersetzen: Ich sprach über ihn mit vielen Leuten und las einige seiner Schriften, die in den Buchrollensammlungen im Palast und im Tempel aufbewahrt werden.

Er und Amenhotep waren zwar politische Gegner, doch gemeinsam war ihnen dieses Festhalten an der Tradition, das Ägyptens Stärke und Schwäche zugleich ausmacht.

Beneidenswert und beängstigend finde ich an ihnen die Zweifelsfreiheit, die entschlossene Stellungnahme, die Überzeugung, die demjenigen, der sie nicht teilt, entweder Unbehagen bereitet oder ihm Grund und Mut zum Widerspruch gibt. Und doch glaube ich, daß auch sie von Zweifeln gequält wurden, bevor sie sich endgültig für das eine oder das andere Lager entschieden. Jedenfalls hätte Anen eine weitaus größere Beachtung und Wertschätzung verdient.

Ein kleines Felsengrab im Qurn, das unweit von der Begräbnisstätte Amenophis' III. schon bereitsteht, wird seinen Körper nun aufnehmen.

19. Tag des Monats Choiak

Noch einmal ging der Tod in Theben um.

Noch unerwarteter und schmerzhafter traf er diesmal einen, der uns als guter und gleichgesinnter Freund nahestand.

Fast als wolle er sich blind und unparteiisch zeigen, wählte er als nächstes Opfer einen jungen Menschen. Und dies macht ihn in meinen Augen noch erbarmungsloser.

Heute morgen wurde Pentu in seiner Kammer im Haus des Lebens tot aufgefunden: Am Körper trug er die Spuren von zwei Schlangenbissen. Man sagt, er wurde im Schlaf gebissen; daß er aber nicht aufwachte und versuchte, etwas dagegen zu tun, scheint sehr seltsam. Ob es nur zwei Schlangen waren?

Vielleicht wurde ein ganzer Korb voll Schlangen neben sein Bett gestellt, und eine große Menge Gift führte zum schnellen Tod.

Echnaton ist sicher, daß er ermordet wurde.

In Karnak galt Pentu schon lange als Ketzer, und er wurde verdächtigt, die Geheimnisse des Tempels erforscht und den Pharao darüber informiert zu haben. Es gab also gute Gründe, ihn zu bestrafen oder aus dem Weg zu räumen.

Ich sehe noch seine glänzenden Augen, als er die Zeichnungen der Maschinerie anfertigte. Wie beschwingt war seine Rede, wenn er von neuen, unbekannten Dingen sprach. Die Möglichkeit, neue Erfahrungen zu machen, beseelte ihn mit geradezu mystischem Eifer.

Gewiß träumte er davon, den menschlichen Körper besser verstehen zu lernen und Krankheiten zu besiegen, und eben dieser Traum machte ihn so kühn. Dies wurde mir bereits bei unserer ersten Begegnung klar, als ich sah, wie sehr er litt, weil er sich verkannt und mißverstanden fühlte.

Nun bete ich für ihn zum Aton, daß ihm endlich alles offenbart werden möge.

Innerhalb weniger Tage verloren wir zwei Menschen, und ihr Tod ist ein großer Verlust für Ägypten.

Zwei Männer, zwei Städte: Die eine befestigt wie eine Trutzburg, seit dem Altertum unverändert, durch die am Horizont aufragenden Kuppeln ihrer Tempel schon von weitem erkennbar; die andere ohne Mauern, vielen Kulturen zugänglich und Wanderungsströmen und Kriegen ausgesetzt, empfänglich für neue Ideen, ohne Vorurteile oder vorgefaßte Meinungen, aufgeschlossen gegenüber Wahrheit und Irrtum, für alles offen.

Zwei Männer, und jeder von ihnen war in seinem Wesen einer dieser Städte ähnlich, die die zwei Seelen Ägyptens verkörpern. Gestern konnte ich mich noch mit ihnen auseinandersetzen und versuchen, sie zu verstehen. Heute ist alles vorbei.

Sie hüllen sich in ein stolzes Schweigen, und während wir wie ratlose Kinder herumirren, sehen sie, die nun alle Wege kennen, uns nachsichtig zu.

21. Tag des Monats Choiak

Amenhotep kam genau an dem Tag zurück, an dem Pentu starb.

Als er davon erfuhr, soll er so erschüttert gewesen sein, daß er in Tränen ausbrach, so unvorstellbar dies bei ihm auch erscheinen mag. Heute kam er zu mir, und an seinem leidenden Gesichtsausdruck und seiner Wortkargheit spürte ich genau, wie tief ihn dieser Tod getroffen hat. Auch er ist davon überzeugt, daß es sich um Mord handelt; da wir es aber niemals werden beweisen können, sagt er, sind wir gezwungen, die Sache zu ignorieren.

Ich war verwundert und eingeschüchtert von seiner großen Trauer und versuchte vorsichtig und irgendwie neugierig, den Grund dafür herauszufinden.

Als er mit einem bitteren Lächeln erklärte: »Er hätte mein Sohn sein können«, glaubte ich plötzlich zu verstehen. Durch den Ton, in dem er diese Worte sagte, und den Blick, der sie begleitete, gab er seine schamhafte Zurückhaltung vor Gefühlsäußerungen auf, und die bestürzende Wahrheit trat ans Licht.

Jener Tag im Haus des Lebens fiel mir wieder ein, als er mit seiner eindrucksvollen Rede Pentu verteidigt und doch unnachgiebig einen Irrtum verurteilt hatte, den er nicht einem persönlichen, sondern einem menschlichen Fehlverhalten zuschrieb. Und ich mußte an die Worte zurückdenken, mit denen er sich vor seiner Abreise nach dem Osten von mir verabschiedet hatte: daß er froh sei, keine Kinder zu haben, denn man könne der Jugend nicht die eigene Erfahrung schenken.

»Ach Amenhotep ...« sagte ich nur und drückte fest seine Hand. Um die Tränen zurückzuhalten, fragte ich dann:

»Warum hast du verheimlicht, daß du einen Sohn hast?«

»Weil alles an mir öffentlich ist, und in ihm konnte ich dagegen meinen heimlichen Stolz haben. Außerdem sollte er ohne die Vorteile aufwachsen, die er als mein Sohn genossen hätte, ganz aus eigener Kraft.«

»Er war der Klügste im Haus des Lebens ... und er half uns ...«

»Ich weiß.«

Er erzählte mir von ihm, von seiner Kindheit, wie er sich allmählich zum Beruf des Vaters hingezogen fühlte, sich als Schüler und später unter den Studierenden im Haus des Lebens ausgezeichnete hatte.

Plötzlich fragte er mich:

»Weißt du noch, als ich in Karnak von seinen Vorstellungen und vom Zweck der Medizin sprach?«

»Gewiß, ich denke oft daran zurück.«

»Nun gut: Einige Tage später traf ich ihn wieder und wollte wissen, warum er nicht geantwortet hatte auf meine Frage, ob er bereit sei, das Seelenheil eines Menschen für ein wenig Kenntnis der Anatomie zu opfern.«

»Ja, ich kann mich gut an sein wunderliches und unerklärliches Schweigen erinnern. Was war nun seine Antwort?«

»Er sagte: ›Vater, ich konnte nicht antworten: Ich hatte nämlich weder den Schluß deiner Rede noch die Frage gehört. Zum ersten Mal stand ich vor Nofretete. Sie sah mich an, und unter ihrem Blick benebelte sich mein Geist, ich vergaß alles, was um mich war und wurde taub für jede Ansprache!‹«

Mit einem kleinen Lächeln fuhr Amenhotep fort:

»Ich konnte mir das Lachen nicht verbeißen und entgegnete: ›Wie denn das! Du wirst von allen angegriffen, und wenn ich dir eine Hand zur Hilfe hinstrecke, läßt du dich von Nofretetes Augen so ablenken, daß du nicht mehr weißt, wovon wir reden!‹ Und er: ›Hast du denn nicht ihre Augen gesehen, Vater? Glaubst du, die Meinung dieser Priester ist so viel wert wie ein Blick von ihr?‹

Da lachten wir und, wer weiß warum, ich war ihm für diese Worte und dir für deine Augen dankbar. Und immer noch lachend warnte ich ihn: ›Gib acht, mein Junge, denn die Meinung dieser Priester, wie du sie nennst, kann dein Verderben bedeuten.‹ Aber ich sagte dies leider nicht eindringlich und ernsthaft genug.«

Wir unterhielten uns noch lange: Um die schmerzlichen Erinnerungen und die Bedeutung der Themen zu verdrängen, reihten wir hastig und zusammenhanglos Sprüche über die Kindererziehung, das Leben und so weiter aneinander.

Pentu war Amenhoteps einziger Sohn, das Kind einer Sklavin; denn Amenhoteps Ehefrau, die vor langer Zeit starb, war unfruchtbar.

Jetzt ist er ganz allein. Wie immer spürte ich, daß viele Gefühle sich in ihm regen, aber kein Rachegedanke.

2. Jahr des Horus Echnaton

19. Tag des Monats Tybi

Mein Bauch ähnelt immer mehr einer Hütte; darin klopft jemand, der hinausmöchte.

Meine Tochter bewegt sich, strampelt heftig, als hätte sie es eilig, auf die Welt zu kommen und die Sonne zu sehen, ihre Eltern und ihr Land kennenzulernen. Hoffentlich wird sie von unserer Welt am Ende nicht enttäuscht sein.

Sie wird eine aufmerksame Mutter, einen mächtigen Vater und einen unvergleichbaren Ort zum Aufwachsen haben. Ich werde ihr beibringen, alles zu lieben: sich selbst und die Menschen, Sklaven und Mächtige, und die Tiere, die Pflanzen, den Fluß, das Leben und den Tod, die Gegenwart und die Zukunft. Sie wird in eine bessere, verständlichere und gerechtere Welt hineingeboren werden, und ein einziger Gott wird über ihr erstrahlen.

Wird ihr all dies von Nutzen sein? Wer weiß.

Es heißt, Semenchkare, der Sohn Amenophis' III., sei ein anmaßendes und aufsässiges Bürschchen geworden, mit einer gewissen Vorliebe für das eigene Geschlecht; Tutanchamun ist kränklich und melancholisch und ständig mit Todesgedanken beschäftigt: Amenhotep ist auch der Meinung, daß er früh sterben wird. Schließlich ist da Ptahmosis' Sohn, der noch nicht einmal zwanzig ist und im Dirnenviertel praktisch zu Hause sein soll: Dort vergeudet er das Geld, das ihm der Vater in beachtlichen Mengen zukommen läßt, und scheint von seiner Trunksucht nicht loszukommen.

Wer weiß, was ihre Eltern sich für sie ausgemalt hatten! Wenn die Kinder der Mächtigen nur ihr günstiges Schicksal zu nutzen wüßten! Dann hätte sich sogar mein Bruder Mattiwaza nicht so ganz anders entwickelt als ich.

In diesem Zusammenhang muß ich die neueste Botschaft aus Waschukkanni erwähnen: Tuschratta sandte Echnaton seinen Gruß und bat um Auskunft über die neue Religion des Aton. Angesichts des neuen Kurses in der internationalen Politik wird der vorgebliche Anspruch Mittanis gegenüber Ägypten selbstverständlich nicht mehr geltend gemacht. Im Gegenteil: Die ganze Botschaft hat eigentlich den Zweck, diese absurde Forderung vergessen zu lassen.

Dies zeigt einerseits, daß sich die Lage zu unseren Gunsten gewendet hat; andererseits, was für ein niedriger Opportunist und Straßenräuber mein königlicher Vater ist.

»Ich ließ euch rufen, um die wahren Ursachen der blutigen Ereignisse im Delta zu erfahren.«

Mit diesen Worten eröffnete Echnaton vier Tage nach Pentus Tod das geplante Treffen mit den Nomarchen von Bubastis, Buto, Tanis und Athribis und den Führern der jeweiligen Habiru-Gemeinschaften.

Der Pharao saß im großen Audienzsaal zwischen mir und Aja, dem Vorsitzenden des Hohen Gerichts zu Theben. Vor uns standen die acht Würdenträger. Die Bedeutung ihres Amtes kam in den ernsthaften Mienen und ihrer feierlichen Aufmachung zum Ausdruck: Die Ägypter trugen die vom Pharao verliehenen goldenen Insignien, die Habiru lange Gewänder und Bärte, als Zeichen von reifem Alter und Weisheit.

»Ich werde zuerst die Nomarchen anhören, mache aber alle auf ihre Pflicht aufmerksam, vollkommen aufrichtig zu sein, im Dienste des Wissens und der Gerechtigkeit.

Als ersten rufe ich den Nomarchen von Athribis auf, wo fünf der zehn Habiru starben, die Opfer der gewalttätigen Ausschreitungen wurden. Sage mir, was du über den Vorfall weißt und was du davon hältst.«

»Herr, ich werde dir erzählen, was ich selbst von einigen glaubwürdigen Bürgern und von nubischen Wachen erfuhr. Vor etwa drei Monaten erreichte uns die Nachricht aus dem Osten, Jurusalim und Megiddo seien an die Habiru verlorengegangen. Da kamen auf dem Markt im Zentrum der Stadt immer mehr aufgebrachte Leute zusammen: Da und dort erhoben sich Stimmen, die behaupteten, die Gutshöfe der Habiru hätten sich nur dank der ihnen vor vielen Jahren gewährten Gastfreundschaft so gut entwickeln können. Andere erklärten sich den Reichtum, der sie zu den wohlhabendsten Gutsbesitzern im Nomos macht, dadurch, daß sie neben der Landwirtschaft auch Wucher treiben. Manch einer bemerkte, daß diese Leute von Ägypten Staatsbürgerrechte und Wohlstand erhalten hatten und sich nun im Gegenzug der östlichen Städte bemächtigten.

Da erhob sich ein gerade anwesender Habiru gegen diese Anschuldigungen: Es sei nicht wahr, daß sie Wucher trieben; und was die Besetzung der Städte im Osten angeht, so hätten die daran beteiligten Habiru nichts mit denen gemeinsam, die sich seit langer Zeit als ägyptische Staatsbürger betrachten. Als Beweis dafür führte er die zahlreichen Habiru an, die, um die Ordnung wiederherzustellen, als Krieger mit Haremhab dorthin marschiert und den gleichen Gefahren ausgesetzt waren wie jeder andere ägyptische Krieger. Einen Augenblick lang schien man ihm Gehör zu schenken, und die Umstehenden wurden still und nachdenklich. Doch eine Stimme erhob sich und schrie: ›Spione, das seid ihr! Ihr habt euch einziehen lassen, um in unserem Heer herumzuspionieren.‹ Die Anschuldigung fand gleich ein Echo bei der Menge, und jeder fing an, sie zu wiederholen: ›Spione! Tod den Spionen!‹ Nun erkannte der Habiru die Gefahr und wollte sich in sein Viertel zurückziehen, um sich in Sicherheit zu bringen. Die Menge jedoch setzte ihm derart zu, daß er zu laufen begann. Dies wurde ihm aber zum Verhängnis, denn dadurch gerieten seine Verfolger noch mehr in Rage. In der Nähe seiner Wohnung traf er dann auf vier weitere Habiru, die auf den Unglücklichen aufmerksam wurden und versuchten, ihn zu verteidigen. Doch sie waren ihren Gegnern unterlegen und wurden nach einer gewalttätigen Auseinandersetzung alle fünf durch Schläge und Steine getötet.«

Als der Nomarch schwieg, senkte Echnaton stumm den Kopf

und hielt sich eine Hand vor die Augen. Nach einiger Zeit faßte er sich und forderte die übrigen Nomarchen auf, über die Ereignisse in ihrem Gebiet zu berichten. Sie beschrieben ähnliche Gewalttaten, sprachen von weiteren Toten, von in Brand gesteckten Getreidespeichern, hingemetzeltem Vieh und verwusteten Häusern.

Dann kamen die Vertreter der Habiru-Gemeinschaften zu Wort: Sie dankten dem Pharao für die von ihm angeordneten Maßnahmen zur Wiederherstellung der Ordnung. Vor allem bemühten sie sich jedoch um seine Zusicherung, ähnliche Vorfälle in Zukunft zu verhindern und Ersatz für den Schaden zu leisten. Dann wandte sich Echnaton zu Aja und zu mir und fragte, ob wir die Anwesenden etwas fragen wollten.

Ich ergriff sofort die Gelegenheit.

»Ich möchte euch allen eine Frage stellen; jeder, der möchte, kann mir antworten. Bekannterweise sind die jeweiligen hethitischen Gemeinschaften in euren Städten genauso groß wie die der Habiru. Doch obwohl die Hethiter neulich Ägypten um ein Reich und um eine Stadt beraubt haben, wurden ihre Minderheiten von der Bevölkerung keineswegs angefeindet. Die Habiru aber, die nur ein paar Tage lang zwei Städte besetzten, wurden derartigen Repressalien ausgesetzt. Warum?«

Sowohl die ägyptischen Würdenträger wie die Führer der Habiru schwiegen verlegen. Ich sah, wie einer von ihnen den Kopf schüttelte, und wandte mich an ihn:

»Antworte du mir, Nomarch von Buto: Wie erklärst du dieses merkwürdige Verhalten?«

»Es ist so, meine Königin: Wandert eine Volksgruppe in ein fremdes Land aus und wird sie dort aufgenommen, so entsteht eine Minderheit, die sich im Laufe der Zeit mit der bereits ansässigen Bevölkerung vermischt und in ihr aufgeht. Nach einigen Jahrzehnten heiraten die neuen Generationen untereinander und bilden neue Familien, die sich mehr und mehr an die heimischen Gepflogenheiten anpassen, bis sie sich schließlich von den anderen nicht mehr unterscheiden. So war es in Ägypten mit den Hethitern, Syrern, Libyern, mit den Menschen aus den südlichen Regionen, eigentlich mit Angehörigen aus allen Völkern der Erde; aber nicht mit den Habiru.

Diese Leute leben bei uns seit undenklicher Zeit, seit Jahrhunderten vielleicht; die ägyptischen Bräuche übernahmen sie jedoch nur nach außen hin. Die Habiru heiraten fast ausschließlich untereinander, gemischte Ehen sind Ausnahmen. Sie haben eine eigene Religion, eigene Bräuche, Feiern und Riten, eigene Arbeitsmethoden, eigene moralische Grundsätze, kurz und gut, eigene Sitten. Sie sind also nicht in unserer Nation aufgegangen, sondern ein Fremdkörper geblieben. Sie sind vielleicht untadelige Gäste, doch meiner Ansicht nach machen sie den Fehler, ihre unnatürliche Rolle bewußt beizubehalten, also ewig Fremde zu bleiben. Da sie dieses Anderssein niemals aufgegeben haben, müssen sie regelmäßig die Folgen tragen, besonders wenn sich im Land Spannungen abzeichnen. Damit will ich nicht die gewalttätigen Ausschreitungen gutheißen. Ich glaube jedoch, daß sie die Früchte der Abneigung sind, die bei der Mehrheit zur Reife kam, nachdem die Minderheit den Samen dazu gelegt hatte.«

Ich bemerkte, daß ein Vertreter der Habiru sich nun regte, als wolle er sich zu Wort melden. Auf mein Zeichen hin begann er heftig:

»Was wirft man denn eigentlich den Habiru vor? Ja, wir leben seit undenklichen Zeiten in diesem Lande, doch niemals, soweit man zurückdenken kann, hat unsere Gemeinschaft in irgendeiner Weise das Leben Ägyptens gestört. Wir zahlen ehrlich und pünktlich die von uns geforderten Abgaben. Immer kamen wir unserer Pflicht als Krieger nach und leisteten die uns auferlegten Arbeitsstunden bei der Errichtung öffentlicher Bauwerke. Innerhalb unserer Gemeinschaft handeln wir nach Gerechtigkeit. Niemals verstoßen wir gegen die allgemeine Moral. Wir leisten ausgezeichnete Arbeit und sind gegenüber unseren Nachbarn äußerst korrekt. Unser Tun beeinträchtigt niemals die Lebensweise anderer. Was wird mehr verlangt, um als vollkommene Staatsbürger Ägyptens gelten zu können?«

»Vielleicht nur eines«, antwortete einer der Nomarchen.

»Was denn? Sollten wir etwa eure Götter anbeten?«

»Sicher nicht. Es würde vielleicht genügen, wenn eure Kinder Leute von hier heiraten, und nicht ausschließlich andere Habiru.«

»Ihr möchtet also, daß wir uns selbst aufgeben? Einfach aufhören zu existieren? Warum sollten wir? Warum sollten wir unsere jahrhundertealte Tradition und Kultur auslöschen und in einer Menge untergehen, die wir zwar sehr achten, mit der wir uns aber nicht identifizieren? Niemand kann uns besser verstehen als die Ägypter, wenn wir von Liebe zur Tradition und zur Kultur sprechen. Dieses Verständnis erwarten wir von euch.«

Er schwieg, und sogleich ergriff ein anderer Glaubensgenosse das Wort und wandte sich an den Pharao:

»Glaubt mir, Herr, wir haben nichts getan, was den Groll, den man gegen uns hegt, rechtfertigen könnte. Unsere Söhne, die im ägyptischen Heer dienen, sind tapfere Soldaten, keine Spione: Es wird für dich ein leichtes sein, das festzustellen. Unsere Geschäftsleute treiben keinen Wucher, sie leihen Geld aus, genauso wie die Ägypter es tun ...«

»Zu einem höheren Zinssatz aber, zumindest in Bubastis«, warf der betreffende Nomarch ein.

»Aber nur, weil unsere Darlehen sofort und ohne Sicherung gewährt werden, also eine bessere Leistung darstellen.«

»Zweifellos sind eure Leistungen besser«, erwiderte der andere leicht ironisch.

»Genau darum geht es!« entgegnete der Habiru. »Wenn der Pharao die ganze Wahrheit erfahren will, muß er etwas zur Kenntnis nehmen, das vielleicht unbescheiden klingt. Denn die Wahrheit ist auch, daß alles, was die Habiru tun, irgendwie besser gelingt. Unsere landwirtschaftlichen Betriebe sind die ertragreichsten, unsere Bewässerungsmethoden die wirksamsten, unsere Viehherden die gesündesten. Es geht manchmal um Kleinigkeiten, doch immer ist das, was wir Habiru tun, eine Spur besser. Ich sage dies nicht aus Eitelkeit, sondern weil es hilft, den Hintergrund der blutigen Taten zu erhellen.

Gegen Neid ist niemand gefeit, weder Völker noch Einzelne; in diesem so menschlichen Laster liegt aber die Wurzel des Hasses, der uns so oft entgegenschlägt.«

Ich betrachtete die Nomarchen und stellte fest, daß sie nicht die Absicht hatten, diesen Behauptungen, die sich übrigens mit den Äußerungen Rechabs vollkommen deckten, zu widersprechen.

Also haben wir die besten Menschen der Welt vor uns, dachte

ich. Denn falls es wirklich stimmen sollte, daß den Habiru alles besser gelingt, so ist es andererseits unumstritten, daß die Ägypter allgemein als die besten überhaupt gelten. Und daß sie ohne weiteres den Habiru den Vorrang zuerkannten, zeugt von einer Tugend, die es bei keinem anderen Volk gibt, auch nicht bei den Habiru.

Nun meldete sich der Nomarch von Tanis zu Wort:

»Herr, gestatte mir auf etwas hinzuweisen, das noch nicht angesprochen wurde und mir dennoch wichtig erscheint.«

Wohlwollend nickte ihm der Pharao zu. Der eindringliche Ton dieser neuen Ausführung verriet gleich, wie sehr dem Mann daran lag, seinen Gedanken überzeugend mitzuteilen.

»Verwerflich ist das, was geschehen ist, und ich werde alles, was in meiner Macht steht, unternehmen, damit sich etwas Ähnliches nicht wiederholt. Verwerflich und unehrenhaft ist das, denn jede Gewalttätigkeit zeugt von Dummheit, und jede Dummheit neigt zur Gewalt. Etwas darf jedoch nicht außer acht gelassen werden, das das Verhalten der Bauern im Delta zwar nicht rechtfertigt, aber zum Teil erklären kann.

Vor mehr als dreihundert Jahren kamen hungrige Nomaden an die östliche Deltagrenze, sie baten um Arbeit, Brot und Gastfreundschaft. Bekanntlich verweigern die Menschen im Delta keinem Hilfesuchenden ihre Unterstützung. So gewährten sie auch damals den Flüchtlingen den Zuzug. Es handelte sich um den Nomadenstamm der Hyksos, die nach und nach immer zahlreicher einwanderten und sich, wie die Habiru, in unbebauten Gebieten niederließen. Wie die Habiru waren sie arbeitsam, sie achteten unsere Gesetze und brachten überdies sehr bedeutende Errungenschaften aus dem Osten mit. Sie führten bei uns das Pferd und den Streitwagen ein, waren auf dem Gebiet der Mechanik besonders gewandt, erwiesen sich als ausgezeichnete Krieger und als fähige Führer. Wie die Habiru hatten die Hyksos zu viele Tugenden. Und wie die Habiru vermischten sich auch sie niemals mit den Ägyptern; sie bildeten im Gegenteil eine unzugängliche, privilegierte und arrogante Kaste. Ihre berühmten Vorzüge, dank deren sie viele Führungsämter übernommen hatten, kamen Ägypten teuer zu stehen, als sie einige Jahrzehnte später durch einen

Handstreich den Pharao in Theben absetzten und in Tanis einen neuen König wählten, der bald das ganze Land mit seiner erbarmungslosen Herrschaft knechtete. Mehr als hundert Jahre lang litt Ägypten unter dem harten Joch: Erst deine Vorfahren, Herr, konnten nach blutigem Kampf die Unabhängigkeit wiedererlangen und für Gerechtigkeit sorgen.

Nun will ich nicht durch diese Erinnerungen die heutigen Ausschreitungen gegen die Habiru entschuldigen; auch sind die Habiru nicht mit den Hyksos gleichzusetzen. Jedoch solltest du, großer Echnaton, bei deinem Urteil berücksichtigen, daß bei dem grausamen Verhalten unserer Bauern die Erinnerung an die alte Demütigung und so manche unbestreitbare Ähnlichkeit möglicherweise auch eine Rolle gespielt haben. Ich darf noch bemerken, daß es nützlich ist, die Unglücksfälle des Vaterlandes immer in Erinnerung zu behalten und niemals zu vergessen.«

Schon machte ein Vertreter der Habiru Anstalten, das Wort zu ergreifen, doch Echnaton hob abwehrend die Hand, um Schweigen zu gebieten, damit er noch eine Weile nachdenken konnte. Dann sagte er:

»Ihr alle wart mir nützlich, vieles habe ich von euch erfahren. Alles, was ich hörte, ist wahr, und die Erkenntnis, daß die Wahrheit überall zu finden ist, sollte euch zu denken geben. Deshalb dürft ihr niemals vergessen, was heute hier vor mir vorgetragen wurde. Für jede Tat, selbst für die schlimmste, kann man Gründe angeben; das heißt aber nicht, daß man sie deshalb dulden darf. Ihr sollt wissen: Niemals werde ich dulden, daß Menschen in Ägypten anderen Menschen, aus welchem Grund auch immer, Gewalt antun.« Er stand auf und fuhr fort:

»Ich verfüge deshalb: Die Nomoi, in denen es zu Ausschreitungen kam, werden zwecks Entschädigung der betroffenen Familien zusätzlich um zwanzig Silberdeben für jeden getöteten Mann besteuert; außerdem soll der Wert der vernichteten Güter erstattet werden. Ich verfüge außerdem: Für bereits begangene oder künftige Gewalttaten dieser Art wird jeder überführte Täter zu zehn Jahren Zwangsarbeit in den Bergwerken des Südens verurteilt. Nun kehrt friedlich zu euren Aufgaben zurück.«

Und jeder kehrte in seinen Alltag zurück und trug wie ich seine ungelösten Fragen und Ängste weiterhin im Herzen. Als ich all jene Männer sich verneigen sah, kam es mir vor, als würden sie sich nicht vor dem Pharao verneigen, sondern vor dem Geheimnis, das all unser Tun begleitet: Denn unsere Handlungen, seien sie gerecht oder ungerecht, scheinen manchmal unabhängig von uns zu sein. Und als sie den Kopf wieder hoben und zum großen Bild des Aton emporblickten, zeigten ihre Gesichter eher Staunen als Erleuchtung. Von diesen Strahlen müßte ein stärkeres Licht ausgehen. Dies ist unsere Aufgabe. Recht ist überall zu finden, sagte der Pharao.

Doch eines wurde von keinem ausgesprochen. Was sich die Ägypter wirklich von den Habiru wünschen: die Demut, sich mit ihnen zu vermischen, als Preis, um zu Ägypten zu gehören. Oder vielleicht die Demut schlechthin; die Demut, die sie selbst besitzen und die Habiru nicht.

Die Bereitschaft, sein Leben hinzugeben für den Stolz, etwas Besonderes zu sein, verführt die Menschen und macht sie zu Märtyrern und Helden, und deshalb gilt sie als gut. Man sollte dagegen bereit sein, mit dem Leben die einzige Tugend zu bezahlen, die sich selbst verleugnet, das heißt die Demut. Und darin erscheinen mir die Ägypter weitaus besser als die Habiru. Dies braucht die Welt: Demut.

10. Tag des Monats Mechir

Vielleicht wird der Friede am Horizont Ägyptens wieder aufgehen, so daß ich mich mit etwas mehr Ruhe auf die Geburt meiner Tochter vorbereiten kann.

Im Inland herrscht Waffenstillstand zwischen uns und Ptahmosis. Im Augenblick kommt er seinem Versprechen nach, die religiösen Feiern so zu gestalten, daß die vom Pharao gesandten Opfergaben als dem Gott Amun willkommen erscheinen. Man hält sich also an die Kompromißlösung, die Anen zu Recht mißbilligte, die aber jedem gestattet, die eigenen Interessen zu fördern und so, zumindest vorläufig, die Spannungen zwischen Staat und Priesterschaft etwas entschärft hat.

Die zu den Amun-Tempeln gehörenden landwirtschaftlichen Betriebe, die vorwiegend von weltlichen Bauern bewirtschaftet werden, bringen weiterhin einen zufriedenstellenden Ertrag. Die Arbeiter bekommen nun höhere Löhne, und obwohl man ihnen die absurden staatsbürgerlichen Rechte entzog, die sie früher genossen, scheinen sie im großen und ganzen zufriedener zu sein als in der Vergangenheit. Dort, wo vorwiegend Priester angestellt sind, trifft der neue Kurs dagegen auf heftigen Widerstand, und die Erträge sind entsprechend zurückgegangen; man ist deshalb dabei, die Priester allmählich durch weltliche Arbeitskräfte zu ersetzen.

Im Delta und in allen übrigen Regionen können die Habiru, wahrscheinlich nach wie vor nicht gern gesehen und beneidet, aber immerhin ungestört, ihren Arbeiten wieder nachgehen.

Dank unserer Politik und der Anwesenheit der Truppen Haremhabs hat sich die Lage im Osten stabilisiert.

Jurusalim und Megiddo sind fest in unserer Hand, und mit Byblos, Berut und den anderen ägyptischen Städten südlich von Amurru wurden wieder normale Verbindungen hergestellt. Die Hethiter sollen sich nach Norden zurückgezogen und nur die Herrschaft über Ugarit und das kleine Reich Amurru behalten haben.

Was Babylonier und Assyrer betrifft, so läuft der vorgesehene Unterstützungsplan seit einiger Zeit, und man erhofft sich im Gegenzug entsprechende politische Auswirkungen gegenüber Chatti. Die finanzielle Last, die uns daraus entstanden ist, ist viel größer als erwartet und wäre nicht zu bewältigen ohne den Zugriff auf die beträchtlichen Reichtümer der zum Glück zahlreichen Amun-Tempel.

Im Westen schließlich verhalten sich die Ljibiu nun ganz ruhig. Damit auch diese Gegend zur Ruhe kommt und als Zeichen des guten Willens beschloß Echnaton jedenfalls, auf Bengadhus Verurteilung zu verzichten. Nach mehr als einem Jahr Gefangenschaft wird er demnächst zu seinem Vater zurückgeschickt.

Bald wird Haremhab nach Theben zurückkehren und Echnaton

seinen Bericht vorlegen. Von Amenhotep wissen wir bereits, daß sein Vorgehen sehr erfolgreich war, von den erhaltenen Anweisungen aber beträchtlich abwich.

Seine Unternehmungen waren nämlich alles andere als unblutig. Um den gefährlichen Angriffen der zahlenmäßig überlegenen Hethiter zuvorzukommen, wählte Haremhab eine Taktik der plötzlichen Überfälle mit schnellem Rückzug, hauptsächlich mit dem Ziel, Pferde und Streitwagen des Feindes zu erbeuten oder zu vernichten. Dazu wurden kleine Gruppen wagemutiger Krieger eingesetzt, die nachts die entlegenen feindlichen Posten überfielen oder sie im bergigen Gebiet des Retschenu in die Falle lockten: Dadurch gelang es, die starken, aber schwerfälligen hethitischen Krieger zu verwirren. Auf diese Weise konnte Haremhab, ohne unsere Streitwagen zu gefährden, dem Feind die eigene Kriegstaktik aufzwingen und ihn trotz der geringfügigen Kräfte, die uns zur Verfügung standen, beträchtlich einschüchtern und schwächen. Er zeigte sich in der Strategie der Kriegführung dem Feind weit überlegen und konnte zugleich sein Versprechen halten, sich nicht auf größere Kämpfe einzulassen.

Dies soll den Verlust von ungefähr hundertzehn Männern verursacht haben (was er in seinen Berichten übrigens nie erwähnte); dafür verlor der Feind, ohne sich je in einem wirklichen Kampf messen zu können, mindestens eine ganze Streitwagenabteilung mit den dazugehörigen Krieger, Ausrüstungen und Pferden, und an Fußvolk und Bogenschützen an die zweihundert Männer: Dadurch verringerte sich der Stärkeunterschied zwischen den beiden Heeren spürbar und die anmaßenden Ansprüche der Hethiter wurden entsprechend gedämpft.

Ich denke, wir schulden Haremhab großen Dank, ebenfalls Ramosis und natürlich Amenhotep. Solange solche Menschen im Dienste des Staates und des Pharaos stehen, brauchen wir keine Angst vor der Zukunft zu haben.

Ja, Ägypten hat zuverlässige Diener, deshalb gilt es immer noch als ein mächtiges und gefürchtetes Land. Neben den großen gibt es viele kleinere, die bescheiden ihren Dienst verrichten.

Gestern nahm ich an der Feier teil, die die neue Streitwagenabteilung »Nofretete« zu meinen Ehren veranstaltete. Die Ausbildung ist abgeschlossen, und die Männer werden bald gen Osten ziehen: Sie sollen sich zunächst Haremhabs Heer anschließen und später, wenn die Lage es erlaubt, einen Teil der jetzigen Truppen ersetzen.

Der Pharao hatte die Einladung ausgeschlagen, deshalb mußte ich trotz der fortgeschrittenen Schwangerschaft als Hauptperson den Feierlichkeiten beiwohnen.

Vor der am Eingang der Königlichen Reitställe errichteten Tribüne zogen die vierzig Wagen der neuen Abteilung vorbei. Sie trugen die leuchtenden Farben, die ich gewählt hatte: Drei waagerechte Streifen zierten die Schabracken und die Gewänder der Mannschaft und der Offiziere mit den Farben der Sonne, weiß, gelb und orange. Jeder Mann trug einen blauen Helm, jedes Pferd zwei schneeweiße Straußenfedern. Glänzende Wagen, blankpolierte Waffen. Bei Sonnenuntergang fanden auf dem Platz vor der Tribüne verschiedene Vorführungen statt. Der Boden war sorgfältig mit Wasser gesprenkelt worden, damit sich kein Staub bildete, und nun wurden die unglaublichsten Kunststücke absolviert: im Schritt, Trab und Galopp, mit zwei oder mehr Formationen, die sich in rasendem Tempo aufeinander zubewegten, sich kreuzten, haarscharf aneinander vorbeiritten, Krieger, die am Boden, auf dem Wagen, sogar unter dem Wagen die tollkühnsten Akrobatenstücke vorführten, und vom fahrenden Wagen aus mit Pfeilen und Speeren auf feste und bewegliche Ziele schossen.

Großes Geschick, Wagemut und Stolz zeigten diese jungen Männer, die so glücklich sind, dem Korps anzugehören, das den Namen ihrer Königin trägt. Auch glücklich darüber, tüchtige Krieger zu sein, die ins Unbekannte ziehen und vielleicht bald vor einer wichtigen Prüfung stehen werden. Als die Feier dem Ende zuging, wandte ich mich an May und gratulierte ihm zu den erstaunlichen Leistungen, die ich gerade bewundert hatte. Ich übergab ihm eine kleine Truhe mit hundertzwanzig Goldkartuschen mit meinem Namen für jeden Soldaten der Abteilung. Ihm selbst legte ich sie persönlich um den Hals.

Nun waren sie an der Reihe. Auf Mays Zeichen trat wieder einmal der junge Thuer vor. Auf einem Kissen trug er ein herrliches

Halsband mit kleinen Anch-Kreuzen, die an drei Reifen aus Elfenbein, hellem und dunklem Bernstein hingen.

Er kniete vor mir nieder und sagte:

»Dieses Halsband soll den göttlichen Schutz für dich und für die Frucht deines Leibes erflehen und dich als unsere Herrin auszeichnen.«

Ich nahm den kostbaren Schmuck entgegen und legte ihn an. Dann band ich Thuer eine meiner Kartuschen um, mit den für alle hörbaren Worten:

»Bleibe weiterhin so, wie du bist, du großartiger Krieger. Mögest du dich immer tapfer für den Frieden, die Unversehrtheit und die Tugenden Ägyptens einsetzen.«

»Und du, Herrin, bete zu Aton, damit er uns Glück und Standhaftigkeit im Kampf schenkt.«

»Ich werde für euch alle Aton anrufen. Und die Göttin Sachmet für diejenigen, die sich als Krieger von ihr Schutz erhoffen.«

Niemals werde ich ihre Begeisterung vergessen, ihre glühende Treue, ihre lodernde Großmut. Ihr bedingungsloses Bedürfnis, alles zu geben: die Mühe, den Glauben, sogar das Leben.

Ich erwähnte die löwenköpfige Sachmet, die Göttin des Krieges und all der Nöte, die das Schicksal dem Menschen auferlegt, um die Glaubensfreiheit eines jeden zu unterstreichen. Ich hätte ihnen gerne gesagt, daß jeder Glaube von sich selbst, nicht vom eigenen Gegenstand lebt, und deshalb immer Achtung verdient und richtig ist. Wenn es noch Krieger gibt, die diese Göttin verehren, sollen sie ruhig auf sie vertrauen dürfen. Im allgemeinen scheint es jedoch gerade im Heer besonders viele Anhänger des Aton zu geben.

Ich las in den Augen Thuers und seiner Kameraden, wie sehr sie darum baten, in den Kampf geschickt zu werden, um das verlorene Land zurückzuerobern, wie sehr sie daran glaubten. So verabschiedete ich mich schnell, um mir eine zweideutige Antwort, oder, schlimmer noch, eine Lüge zu ersparen. Doch mein Herz war bei ihnen, denn ich konnte ihre jugendliche Begeisterung gut nachfühlen.

Man kann junge Menschen ins Gemetzel schicken und sie

trotzdem beglücken oder aber sie mit Reichtum und Genüssen überhäufen und aus ihnen verzweifelte Wesen machen, voller Groll gegenüber der Welt, den Göttern und sich selbst.

Die Jugend ist nur dem dankbar und folgt nur dem, der sich ihres Herzens bemächtigt und das Feuer entfacht, das in ihr glüht. Sei es die fromme Glut des Altars oder die schreckliche Feuersbrunst des Krieges, ein unbeabsichtigter Brand, der alles ringsum ansteckt, oder ein kleines, im Herzen verborgenes Flämmchen: wenn es nur Feuer ist.

Das heißt: etwas Herrliches und Vorbehaltloses, das immer dazu bereit ist, sich mit dem Wind zu verbünden und mit all dem, das ebenso frei und hemmungslos ist. Denn das Feuer tötet, das Feuer vernichtet, es läßt nur Asche zurück. Aber es schenkt auch etwas, das bei aller Vergänglichkeit für ein denkwürdiges Leben unentbehrlich ist: Licht und Wärme.

20. Tag des Monats Mechir

Nach den siebzig zur Balsamierung erforderlichen Tagen wurden die Körper Anens und Pentus in ihren Gräbern in Biban, dem unteren Teil des Qurn, beigesetzt.

Echnaton und ich nahmen an beiden Bestattungszeremonien teil.

Für das Grab des Anen schenkte Echnaton viel Zierrat und ließ am Ende der Biographie den einen mit seiner Kartusche versehenen Satz anbringen: »Der Pharao hatte diesen Mann nicht auf seiner Seite. Nun neidet er ihn den Göttern.«

Ich ließ die für die Jenseitsreise notwendigen Speisen zusammenstellen und fügte unter Echnatons Satz einen weiteren mit meiner Kartusche hinzu: »Bescheidenheit verdeckt die Tugend, so haben wir dich nicht erkannt. Aber dein Andenken wird uns in Zukunft erleuchten und vielleicht vor Fehlern bewahren.«

Unsere beiden Zusätze zu den Grabinschriften, die sich ansonsten an die übliche Rhetorik amtlicher Nachrufe hielten, sollen großes Aufsehen erregt haben, bei der Priesterschaft und auch sonst. Es heißt, daß sie, wer weiß wie verzerrt, in aller Munde sind und noch in der allerletzten Thebaner Schenke für Diskussion und Empörung sorgen.

Man bezeichnet sie als unerhört und revolutionär und eines Königspaares unwürdig.

Noch nie vorher hatte ein Pharao gestanden, einen bewundernswerten Menschen nicht auf seiner Seite gehabt zu haben; oder eine Königin die Möglichkeit eines Irrtums von seiten der Herrscher angedeutet.

Sogar Echnaton schien am Ende erschrocken über unsere Behauptungen und fragte sich, ob wir nicht übertrieben hätten.

»Kann man mit der Wahrheit übertreiben?« entgegnete ich. Er sah mich lange an und nickte schließlich bejahend: »Man kann.«

»Das Volk soll endlich wissen, was es seit zweitausend Jahren vermutet: Der Pharao ist ein Mensch, kein Gott! Am besten wird es sein, wenn der Pharao selbst den Mut hat, diese Wahrheit zu verkünden.«

Doch er wirkte verlegen und bereute sicher seine Handlung.

Pentu wurde in das Grab gelegt, das Amenhotep für sich vorbereitet hatte. Er nützte die Zeit der Balsamierung, um das Grabmal für seinen Sohn herzurichten, entfernte jeden Hinweis auf seine eigene Person von den Wänden und meißelte statt dessen die kurze Biographie des jungen Arztes ein. Todtraurig tat er dies und schuf am Ende ein Werk, das eines Königs würdig wäre.

In dieser Zeit war ich viel bei ihm und sah ihm zu, während er mit den Steinmetzen arbeitete. In der Arbeit schien er Erleichterung für seinen Schmerz und seine Einsamkeit zu finden, und er empfing mich immer mit großer Dankbarkeit. Manchmal benetzten plötzliche Tränen sein mit feinem Marmorstaub bedecktes Gesicht. Ich ließ ihm täglich frisches Wasser und seine Lieblingspeisen, Fisch und Brot und Bier, bringen; und wir saßen oft beisammen im Schatten eines Zeltes, wie damals auf dem Schiff.

An den Grabwänden sind viele Bilder von Toth, dem Gott der Weisheit, in der Gestalt des Affen und des Ibis. Und sein Nachruf enthält viele Hinweise auf Pentus Liebe zu den Wissenschaften. Es gibt sogar eine diskrete Anspielung auf seinen Wunsch, die Heilkunde um neue Kenntnisse zu bereichern.

Den Zierstreifen entlang der Decke im Hauptsaal schmückt das immer wiederkehrende Bild des Horusfalken: Er richtet den einen Flügel gegen den Himmel, den anderen gegen die Erde, um auf die zwei Mächte hinzuweisen, denen sich kein Menschenwesen entziehen kann. So edel und endgültig ist die Haltung des Falken, so ruhig die Geste, die die furchtbare Offenbarung begleitet (daß es nichts gibt neben den zwei entgegengesetzten Richtungen), daß der offenkundige Verzicht auf das Fliegen immerhin eine Anspielung auf die Möglichkeit der Flucht enthält.

Doch am bedeutungsvollsten ist das Wandbild mit der Darstellung des Totengerichts in dem Augenblick, wo das Herz des Verstorbenen gewogen wird: Wie gewöhnlich liegt auf der anderen Waagschale ein kleines Bild der Ma'at, wie gewöhnlich sind Anubis und Toth anwesend. Doch anders als sonst, legt Toth hier auch seine Hand auf die Schale der Ma'at, um zu verhindern, daß das sündige Herz zu schwer wiegt.

Amenhotep machte mich auf dieses Detail aufmerksam, und wir lächelten einander zu. Er erklärte:

»Ich weiß, daß mein Sohn gerade gegen Ma'at gesündigt hat. Doch er tat es für Toth. Und Toth wird bestimmt für ihn eintreten. Vielleicht stimmen die Wünsche dieser beiden Götter nicht immer überein.«

Und hier der Satz, der zwischen Echnatons und meiner Kartusche am Sarkophag angebracht wurde, um Pentu offiziell als Königlichen Geburtshelfer zu würdigen, obwohl er es eigentlich niemals war: »Dem jüngsten aller Weisen, dem weisesten aller Jungen, dem vertrauenswürdigen Arzt danken der König und die Königin Ägyptens dafür, daß er über die Geburt des Welterben wachte.«

Echnaton ließ wissen, daß die Ausstattung des Grabes auf Kosten des Königs erfolgen wird und bat mich, eine besondere Grabbeigabe zu besorgen. Ich hatte von Philae erfahren, daß die traditionellen Figuren der vier Schutzgöttinnen der Kanopen noch fehlen. Deshalb gab ich Thutmosis, Thebens berühmtestem Bildhauer, die Statuetten der Nephthys, Neith, Isis und Selket, die in fröhlichem Reigen das Kanopengefäß umringen, in Auftrag.

Thutmosis: Ich kannte ihn noch nicht und mußte doch immer wieder an ihn denken, wenn ich die Statue ansah, die er für Teje gemeißelt und die sie mir geschenkt hat.

Teje versprach, ihn mir vorzustellen, und auch von anderen hörte ich von ihm reden. Doch etwas in mir sträubte sich dagegen, eine Art Ehrfurcht, die ich ihm gegenüber empfand und die sicher von der für mich erschütternden Schönheit der Statue herrührt.

Erst jetzt ist es mir klar, da ich ihm begegnete und vor ihm eine ungewöhnliche Schüchternheit empfand. All die Zeit, während wir miteinander sprachen, stand diese Statue in ihrer ergreifenden Natürlichkeit zwischen uns. Ich spürte seine großartige und in meinen Augen unvergleichliche Fähigkeit, Schönes zu schaffen, und hatte trotz seiner respektvollen und bescheidenen Haltung den Eindruck, vor einem Gott zu stehen, der sich ohne mein Zutun mir offenbarte und mir seine Gunst erwies.

Als hätte ich es eilig, seinen Besuch zu beenden, beauftragte ich ihn deshalb mit knappen Worten mit der Herstellung der vier goldenen Statuetten und verbot mir, sein derbes, gutmütiges Gesicht und seine kräftigen, feinfühligen Hände näher zu betrachten.

Doch mit der gleichen Eile, die ich beim Gespräch gezeigt hatte, machte er sich an die Arbeit, und nur zehn Tage später erhielt ich die herrlichste Plastikgruppe, die ich jemals gesehen habe. Die vier Göttinnen mit ihren traditionellen Attributen sind als sehr junge schlanke Mädchen dargestellt, die sich fröhlich und unbekümmert an den Händen halten, mit einer gewissen sinnlichen Anmut, die sogar den Tod, den sie feiern, erträglich macht. Und alle vier haben wunderschöne, sehr feine Gesichtszüge … die meinen. Alle vier haben mein Gesicht.

Mein armer verunstalteter Leib: Er wird von allen mit Blicken der Anerkennung und des Mitleids bedacht, und doch scheint man ihm jegliche Fähigkeit zur Liebe absprechen zu wollen. Ich dagegen fühle mich voller Liebe.

Eine allumfassende Liebe, die an erster Stelle meiner künftigen Tochter gilt und darüber hinaus die ganze Welt umfaßt: meinen Herrn und Gemahl, Amenhotep, Setha, die jungen Krieger, die in den Osten gezogen sind, die Pflanzen und die Tiere am See. Was solche Empfindungen in mir weckt, ist, neben der Schwangerschaft, vielleicht die laue Jahreszeit: diese milde und magische Zeit der Aussaat, wenn die Luft durch die leichte und sinnliche Feuchte weicher wird und die Landschaft sich mit Wasserpfützen überzieht, die im Sonnen- und Mondschein glitzern. Die Mattigkeit, die ich in mir verspüre, vereint sich dann mit einer unbestimmten Sehnsucht.

Ich möchte überfließen wie der See von Malkata. Übervoll ist er, wie mein angeschwollener Leib, in dem fröhlich das Kind schwimmt; und wie meine Brust, die aussieht, als könnte sie die ganze Welt ernähren.

Ich fühle mich fruchtbar und durchtränkt, wie Ägypten zu dieser Jahreszeit, und kostbar wie das Wasser.

Dies empfand ich diese Nacht, als eine Flöte plötzlich zu spielen begann: Ihr Klang kam einmal ganz nah und entfernte sich wieder, und er war süß und grausam zugleich, eindeutig und rätselhaft, glücklich und voller Trauer, wie die gegensätzlich ausgerichteten Flügel des Horus.

Als sie plötzlich schwieg, wartete ich lange vergeblich auf ein neues Einsetzen und dachte mit Wehmut an eine meiner ersten Nächte in Ägypten zurück. Die vergehende Zeit gräbt Furchen ins Herz wie ein Schiff in das Wasser: Mühsam beruhigt sich der Strudel hinter dem Kiel und verliert sich allmählich, ist am Ende verschwunden, und nur noch ein helleres Schimmern im Wasser verrät den vorangegangenen Aufruhr.

In solchen Augenblicken sehne ich mich nach Echnaton. Doch

schon seit vielen Wochen hält er sich von mir fern: vielleicht aus Rücksicht auf meinen Zustand, oder weil er meiner überdrüssig ist oder sogar Ekel vor meinem verunstalteten Leib empfindet.

Ich ließ Lahariat kommen, um mich zu entkleiden, und sie merkte gleich, daß ich geweint hatte. Als sie nach dem Grund fragte, zögerte ich zunächst mit der Antwort. Dann versuchte ich zu erklären:

»Ich leide an Körper und Seele, Lahariat. Ich weiß nicht, wieso, aber ich habe den Eindruck, daß sowohl der eine wie die andere zu klein sind und nicht ineinander passen.«

Sie sah mich ratlos an, begann gleich, mich abzuschminken und für die Nacht fertigzumachen. Bevor sie sich entfernte, sagte ich noch:

»Suche morgen den Flötenspieler, Lahariat, und führe ihn zu mir.«

»Welchen Flötenspieler, Herrin?«

»Der soeben mit seinen Klängen die Nacht fröhlicher gemacht hat.«

Ihre Augen wurden rund vor Verwunderung.

»Ich habe keine Flöte gehört.«

»Bist du sicher, daß du nicht taub bist?«

»Noch nie mußtest du zweimal nach mir rufen, Herrin.«

Wir sahen uns eine Weile an, jede von uns besorgt um die andere. Schließlich entließ ich sie und rief nach Setha.

29. Tag des Monats Mechir

Auch Setha beteuerte, keine Flöte gehört zu haben. Wie läßt sich so etwas erklären?

Vor ungefähr einem Monat, ein paar Tage früher als erwartet, war es dann soweit.

Plötzlich schmerzte mein Leib wie unter den Bissen eines zuschnappenden Krokodils, und eine drängende Eile durchfuhr wie bei einem ruckartigen Aufwachen meinen ganzen Körper.

Ich weiß noch den warmen hinausfließenden Schwall; dann Hecheln, Herzrasen, der verwirrte Geist und die zitternden Muskeln, die Schweißausbrüche und dieser Leib, der nicht mehr ein Teil von mir, sondern ein eigenwilliges Tier zu sein scheint.

Und endlich verläßt es mich und es beginnt zu wimmern. Naß und blutig liege ich nun da und hebe mühsam den Kopf und blicke in ein verzerrtes, bläuliches Gesichtchen. So rührend häßlich ist es, und wie laut schreit es seine Verzweiflung hinaus, seine Empörung über den unverzeihlichen Fehler, der es hierhergeführt hat.

Gerade noch war es ganz still in mir, war ein Teil von mir. Und plötzlich ist es ein neues Wesen, einzigartig und unabhängig, mit einer eigenen Zukunft vor sich.

Man erlaubt mir, sie zu berühren, und während sie hemmungslos weiterschreit, führe ich sie näher an mein Gesicht. Und sie befleckt mein Gesicht mit Blut.

Auf diese Weise trat sie aus meinem Körper heraus und in mein Leben ein: »die, die Aton liebt«, liebe, kleine, häßliche Meritaton.

Gleich nach der Entbindung wurde der ganze Palast auf den Kopf gestellt, und ein Stab von Ärzten, Krankenschwestern und Pflegern unter Amenhoteps Führung nahm einen großen Saal neben meinen Gemächern für sich in Beschlag.

Meine Brust, die unerschöpflich schien, versagte schon nach zwei Wochen, und man mußte eine Amme einsetzen. Die Auserwählte ist eine blühende, blutjunge Mutter von rein ägyptischer Herkunft, die mir auf Anhieb gefiel. Sie spricht kaum, und wenn sie stillt, zeigt ihr friedliches und inniges Lächeln eine zufriedene Entrücktheit, als dächte sie über etwas Unergründliches nach. Ich sehe ihr gerne zu und stelle mir vor, daß sie meinem Kind mit der Milch auch ihre Seelenruhe einflößt.

Meritatons guter Gesundheitszustand machte bald die Anwesenheit all der Ärzte und Pfleger überflüssig, und nun ist Ruhe in unseren süßen Alltag eingekehrt. Auch wenn ich sie nicht nähre, widme ich meiner Tochter viel Zeit. Ich sehe, wie sie sich entwickelt und mit jedem Tag weniger häßlich wird, male mir ihre Zukunft aus und denke über die Pflege nach, die ich ihr, wie einer Pflanze, angedeihen lassen werde.

So lebe ich abgeschirmt, und wie hinter einer geschlossenen Tür erreicht mich der Lärm der restlichen Welt nur noch gedämpft. Doch früher oder später wird aus der Mutter wieder die Königin werden. Ich weiß, daß dies unvermeidlich ist.

Das wichtigste außenpolitische Ereignis dieser Tage betraf Bengadhu. Seine Freilassung war längst beschlossene Sache und man wollte ihn schon mit einer diplomatisch-militärischen Eskorte heimgeleiten, als ein Abgesandter der Ljibiu aus einer Oase westlich des Deltas unerwartet in On eintraf und angab, eine Botschaft für den Pharao zu haben. Daraufhin wurde er nach Theben gebracht und übergab Echnaton Gadhus Mitteilung: »Übergib diesem Boten meinen fürstlichen Sohn Bengadhu und laß ihn unverzüglich gen Westen reisen. Anderenfalls werden wir die soeben gefangengenommene ägyptische Karawane vernichten und die Waren, die sie mitführt, in Beschlag nehmen.«

Echnaton war empört. Er würdigte den Boten keiner Antwort und befahl dagegen der im Saal anwesenden Wache:

»Sperrt diesen Räuber zusammen mit seinem Fürsten ein und sorgt dafür, daß sie nicht fliehen.«

Einige Tage später erfuhren wir von unseren berittenen Spähern, daß vier ägyptische Kaufleute, die regelmäßige Geschäftsbeziehungen zu den Ljibiu im Küstengebiet des Deltas unterhielten, tatsächlich nicht aus der Wüste heimgekehrt waren und als vermißt galten.

Echnaton ließ den Abgesandten rufen und erklärte:

»Gewiß hast du von Bengadhu selbst erfahren, mit welcher Milde der Pharao Ägyptens die sinnlosen Verbrechen dieses Mannes vergalt. Er wurde an unserem Hof eher wie ein Gast als wie ein Gefangener behandelt und sollte bald in sein Land zurückkehren, denn ich wünsche mir Frieden zwischen Ägypten und allen Völkern der Erde. Doch an Barbaren wie euch ist unsere Großmut verschwendet. Ihr Banditen droht damit, harmlose Händler zu töten, die seit eh und je in freundschaftlicher Absicht zu euch kamen, um vom Pharao zu erpressen, was er euch bereits gewährt hatte.

Du wirst nun zu deinem elenden König zurückkehren und ihm ausrichten, daß der Pharao sich nicht erpressen läßt. Falls die Gefangenen nicht binnen zwei Wochen nach deiner Ankunft mit ihrem sämtlichen Hab und Gut am nächsten Grenzübergang übergeben werden, wird er seinen Sohn niemals wiedersehen. Die ägyptischen Kaufleute wissen, was sie auf ihren Reisen durch die Wüste riskieren. Und selbst wenn das Herz des Pharaos um jeden verlorenen Untertanen trauert: Ägypten hat bereits härtere Schläge ertragen als den Tod von vier Menschen.«

Nach dem Abgang des Boten der Ljibiu wird Bengadhu nun tatsächlich als Gefangener behandelt.

Entsprechend meinem Vorschlag wurde Rechab dagegen zum Königlichen Beauftragten für die Beziehungen zu den Habiru-Gemeinschaften Ägyptens ernannt und auf Inspektionsreise ins Deltagebiet geschickt. Er soll versuchen, das Verhältnis zwischen den Minderheiten und den Einheimischen zu entspannen und künftigen Ausschreitungen vorzubeugen.

28. Tag des Monats Farmuti

Es steht nun fest: In zwei Monaten soll die offizielle Verkündigung des Aton stattfinden, mit dem prächtigsten Fest, das Ägypten jemals erlebt hat. Gleichzeitig wird man den Grundstein zum Aton-Tempel in Karnak legen.

Echnaton wird der Welt verkünden, daß ein neuer alleiniger Gott in Ägypten erschienen ist, der Frieden, Seelenheil und Brüderlichkeit für alle Menschen bringt.

Dies bedeutet eine einzigartige Wende in der Weltgeschichte. Wenn alle diesem Gott folgen, wird die Menschheit nicht mehr von Krieg und Verbrechen heimgesucht werden.

Wenn jeder Mensch zu Aton emporblickt, so empfängt jeder dieses Licht für Augen und Seele, und der Friede wird bei jedem einkehren. Er wird bei jedem Menschen einkehren, der gewillt ist, ihm zu folgen. Nichts als guter Wille tut der Welt not.

Dies ist Ägyptens Botschaft an die Welt: Bekennen wir uns alle zu diesem Gott. Unter seiner alleinigen Führung werden wir eines Tages alle Unterschiede in Gemeinsamkeiten verwandeln und die Grenzen überwinden, die die Menschen trennen und zu Feinden machen.

Unzählige, auf der Unterseite mit meiner Hymne beschriebene Skarabäen werden demnächst an alle Nomarchen Ägyptens sowie an die Mächtigen und Fürsten der ganzen Erde, auch an unsere Feinde, als Geschenk geschickt.

Bevor ich den Schreibern den Text übergab, überprüfte ich ihn sorgfältig. Ich hoffe, daß er wenigstens an manchen Stellen etwas von dem Zauber des Wortes enthält, den die Ägypter Dichtung nennen. Zum Beispiel, wenn es heißt:

> »Wie zahlreich sind Deine Werke! Der Menschenverstand kann sie nicht ergründen; Du, alleiniger und einzigartiger Gott, Du hast die Erde nach Deinem Willen geschaffen, die Menschen, die Herden, alles, was auf Erden lebt: Die, die auf Füßen gehen und die, die mit Flügeln fliegen; das Land Charu und das Land Kusch und das Land Ägypten. Jeden setzt Du an den Platz, den Du für ihn bestimmt hast; jeden versorgst Du mit geeigneter Nahrung; und Du legst die Dauer jeden Lebens fest. Du hast den Menschen verschiedene Sprachen und Bräuche gegeben und verschiedene Hautfarben, denn ein Land soll nicht dem anderen gleichen.
>
> Du hast den Nil im Inneren der Erde geschaffen und läßt ihn anschwellen und führst ihn nach Deinem Willen, um Deine Geschöpfe am Leben zu halten; Du Herr aller Länder, die Du erhellst, Du in den Tagesstunden leuchtender Aton.
>
> Du hast alle fremden Länder geschaffen; für sie hast Du im Himmel den Nil geschaffen, der hinabfließt und Wellen über die Berge erzeugt wie der große grüne Fluß, damit Felder und Dörfer getränkt werden. Wie vollkommen sind Deine

Pläne, Herr der Ewigkeit! Die Flut vom Himmel ist Dein Geschenk an die fremden Länder und an die Lebewesen der Erde, die auf Füßen gehen. Doch der Nil für Ägypten entspringt dem Unendlichen und Ewigen.«

Und dann der große Widerspruch, der den Streit mit meinem Herrn verursachte. Der unbegreifliche Irrtum, der die Bedeutung der Hymne so sehr schmälert, diese Behauptung:

»Keiner ist, der Dich kennt, außer Deinem Sohn Neferehepprure Echnaton ...«

Dies ist die Stelle, an der die allumfassende Größe des Aton am Machtanspruch des Pharaos scheitert. Wir alle sind in gewisser Weise Eigentum Gottes. Wenn aber einer von uns, und sei es der König, Gott für sich beansprucht, sich zu seinem Propheten erklärt und aus Gott eine Religion macht, deren Geheimnisse nur er kennt? Ist dies nicht der Beginn der Auflehnung, die dazu führt, sich selbst hochmütig an Gottes Seite zu stellen? Bedeutet das nicht, seine Mitmenschen um jeden Preis überbieten zu wollen?

Noch einmal bat ich Echnaton, dies zu bedenken, diesmal sehr vorsichtig, um seinen Zorn nicht zu erregen. Doch in dieser Hinsicht ist jeder Versuch zwecklos. Ich fürchte, daß diese hartnäckige Schwäche, sein unbedingtes Verlangen, sich selbst auf ein so hohes Podest zu stellen, in Zukunft sehr gefährlich für uns werden könnte.

Überdies ist er so sehr von der Vorstellung des alleinigen Gottes gefangengenommen, daß er für die Notwendigkeit, die Kultfreiheit zu erhalten und das Volk erst allmählich zur neuen Religion hinzuführen, kaum Verständnis aufbringt.

Seine geistige Unruhe geht Hand in Hand mit seinem Größenwahn, das mutige und gerechte Verlangen nach Erneuerung wird durch allzu große Ungeduld beeinträchtigt. Es ist ihm nicht genug, ein neues Zeitalter einzuführen; er will es schon verwirklicht sehen und übersieht dabei, daß die echten Veränderungen langsam wachsen und um so tiefer greifende Wurzeln brauchen.

In letzter Zeit sagt er immer wieder, daß ihm Theben zu eng werde, da es noch so sehr dem Kult der alten Götter anhänge.

»Wir brauchen eine neue Hauptstadt«, erklärte er mir. »Theben gehört der Vergangenheit an, es ist die Stadt Amuns. Wir werden eine neue Stadt gründen: Sie wird nördlich von Theben entstehen, zwischen Ober-und Unterägypten. Sie wird die Stadt des Aton sein, die Stadt der Zukunft, die schönste Stadt der Welt, unsere Stadt.«

Er mag recht haben, doch es wäre verfrüht, sie jetzt erbauen zu wollen. Deshalb erwiderte ich:

»Laß diese Stadt zunächst im Herzen der Menschen entstehen. Wir müssen das Bedürfnis, das wir danach verspüren, auch in den Ägyptern wecken. Dann werden sich die herrlichsten Stadtmauern, wie die Blüten einer Pflanze, von selbst emporstrecken.«

5. Tag des Monats Pacons

Die Liebe zu Aton und zu Ägypten und zur kleinen Meritaton: Alle Lieben meines Lebens wären nicht genug, wenn ich Echnatons Liebe nicht mehr hätte.

Unter dem Drängen der politischen Geschehnisse und meiner Schwangerschaft hatte unsere Beziehung in letzter Zeit an Feuer verloren wie verwässerter Wein. Wir hatten uns voneinander entfernt und kamen immer seltener, dann überhaupt nicht mehr zusammen.

Ich war besorgt und brachte schließlich mit viel Mühe eine kurze Begegnung in seinen Gemächern zustande. Als ich ihn darauf ansprach, versuchte er mich zu beruhigen, und zum ersten Mal nach der Entbindung schliefen wir wieder miteinander.

So spürte ich die Erregung wieder, die ich viel zu lange vermißt hatte, genoß die Berührung seiner Hände und seines Mundes wie beim ersten Mal. Und empfand wieder die Lust, die aus dem Zusammenspiel seines Willens, mich zu besitzen, und meines Verlangens, von ihm genommen zu werden, entsteht, das natürliche Zusammenfließen unserer Körper in einen Zustand übermenschlichen Glücksgefühls.

Doch gleich darauf quälten mich wieder Zweifel, er habe sich irgendwie verändert: Dann und wann wirkte er geistesabwesend, als lenke ihn eine andere Kraft von mir ab und mache mir den Vorrang in seinem Herzen streitig, den ich in der Vergangenheit so deutlich spürte und der alles, was er für mich tat, so vollkommen erscheinen ließ.

Ein anderes Verlangen verzehrt ihn, und darunter scheint als erstes unsere Liebe zu leiden.

Könnte ich wenigstens in den kurzen Augenblicken der Liebe ihn alles andere vergessen lassen. Liegt es an mir, daß es nicht gelingt?

Vielleicht war der Streit vor einigen Monaten der Beginn einer Veränderung. Ist sein Gefühl denn so zerbrechlich, daß es keine Kritik aushält? Wie konnten meine wenigen Bemerkungen seiner Liebe für mich Abbruch tun?

Ob meine Schuld oder nicht, ich empfinde diesen Verlust, dieses kaum merkliche Schwinden der Zuneigung als unumkehrbar. Und das ist furchtbar, denn meine Liebe zu Echnaton ist unverändert stark. Ich habe solche Angst!

15. Tag des Monats Pacons

König Gadhu ließ uns seine Antwort zukommen.

Vor einigen Tagen erschien ein Trupp berittener Ljibiu vor einem befestigten Grenzposten im westlichen Delta: Im Galopp jagten sie umher, wagten sich, als wollten sie die Wachen neckisch herausfordern, bis an die Mauer der kleinen Festung heran und zogen sich gleich zurück. Als der aufgewirbelte Staub sich legte, bemerkten unsere Soldaten einen großen Korb, der am Boden beim Eingangstor lag. Darin fand man die Köpfe der vier entführten Kaufleute mit der höhnischen Empfehlung, sie dem Pharao zukommen zu lassen.

So grausam und barbarisch sind unsere westlichen Nachbarn also. Dumm und unbarmherzig, die schlimmsten unter den Grenzvölkern Ägyptens und viel primitiver als die schwarzen Bewohner von Kusch. Zu keinem Werk, aber zu jedem Verbrechen fähig, trachten sie nur danach, jede menschliche Errungenschaft, mit der sie in Berührung kommen, kaltblütig zu zerstören, sogar die Wasserbrunnen, die auch ihnen von Nutzen sein könnten.

Sie haben kein Vorstellungsvermögen und sind zu abstraktem Denken unfähig; ihre nur auf den eigenen Vorteil ausgerichtete Schläue gleicht der der Hyänen; und sie verstehen allein die Sprache, die sie selbst beherrschen: die der Gewalt.

Das ganze unvorstellbare Ausmaß ihrer Grausamkeit aber ist uns erst jetzt vor Augen geführt worden: Als Bengadhu erfuhr, daß er wegen des Verhaltens seines Vaters zu lebenslanger Zwangsarbeit in den Goldminen von Kusch verurteilt wird, zeigte er sich entgegen jeder Erwartung erleichtert.

Auf die Frage, warum er sich über sein hartes Los freue, antwortete er, kein Los sei härter als der Tod, der ihn als Strafe für sein Scheitern erwartet hätte, wäre er von uns zu seinem Vater zurückgeschickt worden.

»Werden auch sie den Skarabäus mit der Verkündigung des Aton erhalten?« fragte ich Echnaton, als ich dies erfuhr.

»Selbstverständlich«, antwortete er überzeugt. »Sie werden ihn sogar als erste erhalten: König Gadhu als Nachbarn Ägyptens steht ein goldener Skarabäus zu.«

Und da er mein ungläubiges Gesicht sah, fügte er hinzu:

»Wir verkünden den Frieden, also müssen wir verzeihen. Auch die Bösesten werden uns am Ende verstehen und ihre Herzen Aton und uns öffnen.«

2. Tag des Monats Paini

»Wäre ich der Pharao Ägyptens, so würde ich dem König Gadhu einen fürwahr unvergeßlichen Skarabäus zukommen lassen. Und Frieden. Ich würde dafür sorgen, daß er den ewigen Frieden erlangt.«

Dies war Haremhabs Kommentar, als ich ihm Echnatons Ansicht über diese Angelegenheit darlegte.

Nachdem May ihn in der Führung des Heeres im Osten abgelöst hatte, war Haremhab in die Heimat zurückgekehrt, um sich eine wohlverdiente Ruhepause zu gönnen und am Fest der Verkündung teilzunehmen. Vor allem jedoch, um dem Pharao Bericht zu erstatten.

Daraus wurde ein langes und ausführliches Gespräch über Vergangenes und Zukünftiges, bei dem sich zwei sehr unterschiedliche Geister gegenüberstanden.

Haremhab begann mit einem Bericht über seinen östlichen Feldzug im Rahmen des »Nicht-Krieges«, wie er sich mit einer gewissen Ironie ausdrückte: Ein nicht erklärter, nicht zur Kenntnis genommener, nicht gemeldeter, nicht gewonnener und nicht verlorener Krieg eben.

Loyalität, aber auch Distanz gegenüber den empfangenen Befehlen, und vor allem die Absicht, die Vorwürfe des Pharaos von vornherein abzuwehren, kamen schon in seinen ersten Worten zum Ausdruck:

»Als erstes möchte ich betonen, daß ich niemals, keinen einzigen Augenblick lang, deine Empfehlungen vergaß, Herr. Doch ich muß gestehen, daß ich deinem Auftrag nicht immer ganz treu bleiben konnte, denn im Krieg ist es manchmal unmöglich, nach einem vorgefaßten Plan vorzugehen, und man ist gezwungen, nach den Ereignissen des Augenblicks zu handeln. So bin ich im wesentlichen deinem Befehl gefolgt, indem ich sorgfältig vermied, mich in einen echten Krieg oder größeren Zusammenstoß verwickeln zu lassen, und das Leben unserer Soldaten so wenig wie möglich aufs Spiel setzte. Andererseits aber wollte ich nicht beim Feind den Eindruck erwecken, er habe einen Haufen Feiglinge vor sich. Dann hätte er nämlich selbst den Krieg erklärt und mich unausweichlich zu dem gezwungen, was du am meisten verhindern wolltest.

Du weißt bereits, wie ich vorging. Die plötzlichen und wiederholten Überfälle und Scharmützel hatten vor allem das Ziel, dem Feind so viele Streitwagen und Pferde wie möglich zu entziehen und die vermeintliche Überlegenheit der Hethiter am Ende so in Frage zu stellen, daß sie selbst daran zu zweifeln begannen, und keinen Großangriff mehr wagten. Mein zweites Ziel war, die Verbindungen zu den gefährdeten Städten wiederherzustellen und sie bei den Befestigungsarbeiten zu unterstützen, ihre Vorräte aufzufüllen und die Stimmung der Bevölkerung zu heben. Ich war erfolgreich und konnte den Verlust dieser Städte verhindern.

Die von dir unternommenen diplomatischen Schritte waren überdies außerordentlich wichtig, um Schuppiluliumas Gier zu bremsen: Denn durch die Unterstützung der Assyrer und Babylonier änderten sich die Kräfteverhältnisse im Osten zu unseren Gunsten.«

Haremhabs Redeweise ist klar und wirkungsvoll wie seine Kriegstaktik: Immer gelingt es ihm, die tatsächliche Lage aufs schärfste zu analysieren und sich ihr dementsprechend anzupassen. Dadurch wirkt er auch auf die Außenstehenden so überzeugend.

Echnaton mag Haremhab wegen seines Mangels an Idealen nicht sonderlich, obwohl ihn seine Ausführungen manchmal faszinieren; und er ist nur ungern bereit, die unbestreitbaren Vorzüge dieses Mannes anzuerkennen: seinen gesunden Menschenverstand, seinen Scharfsinn und sein ungewöhnlich sachliches Urteilsvermögen.

Deshalb lag nichts Freundliches in seinem Blick, als er herablassend fragte:

»Wie viele Menschenleben hat all dies gekostet?«

Da schien auch Haremhabs Miene sich zu verhärten:

»Dies ist nicht die Frage, die man stellen sollte. Sondern eher: Wie viele Menschenleben wurden dadurch gerettet?«

»Dies ist genau die Frage, die du beantworten sollst!« unterbrach ihn Echnaton in scharfem Ton.

»Nur einhundertundzehn ägyptische Krieger sind während des gesamten einjährigen Feldzuges gefallen.«

»Nur! Und wie viele Hethiter?«

»Die genaue Zahl wissen wohl die Hethiter, ich kann nur schätzen: um die zweihundertundfünfzig Mann.«

»Also ungefähr dreihundertfünfzig Soldaten, die unseretwegen sterben mußten.«

Haremhab schüttelte heftig den Kopf und sah Echnaton ungläubig an:

»Wir haben uns verteidigt, Herr! In Amurru und Ugarit metzelten die Hethiter über tausend Menschen hin, nur weil sie als ägyptentreu galten. Genauso wären sie in Byblos, Berut, Kadesch und Sidone verfahren, wenn sie diese Städte erobert hätten. Um dies zu verhindern haben wir einen geringen Preis zahlen müssen. Denn immer ist ein Preis zu zahlen!«

»Wer kann wissen, was geschehen wäre, und welcher Preis der richtige ist? Fest steht nur, daß dreihundertfünfzig Männer gestorben sind.«

Haremhab sah mich an, als wolle er mich um Hilfe bitten. Ich schlug die Augen nieder, obwohl ich seine Verwirrung gut verstehen konnte. Zum Glück wechselte Echnaton das Thema:

»Wie ist nun die Lage dort, und was erwartest du für die Zukunft?«

Daß der Pharao an seiner Meinung Interesse zeigte, beruhigte Haremhab ein wenig. Mit ruhigerer Stimme antwortete er:

»Ein vorläufiges Gleichgewicht wurde erreicht. Solange wir ein gut geführtes und stark bewaffnetes Heer in der Region unterhalten und über genug Gold verfügen, um uns die Freundschaft der Assyrer und der Babylonier zu erkaufen, könnte es dabei bleiben. Wir bräuchten nur so zu tun, als hätten wir vergessen, daß man uns zwei herrliche Städte geraubt hat.

Was aber, wenn die Hethiter ihr Heer verstärken und weiter nach Süden drängen? Ich glaube nicht, daß unsere Verbündeten uns so sehr lieben, daß sie für uns einen Krieg führen würden; auch geschickte Diplomatie oder Kleinkrieg oder die Friedensbotschaft des Aton könnten meiner Ansicht nach kaum etwas ausrichten. Wir müßten dann einen wirklichen Krieg akzeptieren.«

»Warum sollten wir den Krieg akzeptieren«, entgegnete Echnaton in entrücktem Ton, »wenn sie statt dessen den dauerhaften Frieden wählen, den wir mit der Verkündung des Aton bieten?«

»Weil sie nicht den Frieden, sondern unsere Städte wollen, Herr! Außerdem kann es, solange der Mensch so ist, wie ich ihn kenne, niemals einen dauerhaften Frieden auf Erden geben.«

»Solange es im Menschen auch etwas anderes gibt als das, was du kennst, ein anderes Gefühl, das zu erkennen du nicht imstande bist, ist Friede möglich. Wenn nicht jetzt, so doch in der Zukunft!« widersprach ihm Echnaton und fuhr fast schreiend fort. »Du hältst dich für mutig, weil du ein Krieger bist. Ich bin ein Mann des Friedens und sage dir: Um dies zu sein, braucht man einen weitaus größeren Mut. Den Mut, sich nicht zu verteidigen. Hätte jeder diesen Mut, dann gäbe es den Frieden: Für immer, für alle. Dies will Aton, und dies werde ich, sein Sohn, für ihn erreichen.«

Sprachlos und mit gesenktem Haupt stand Haremhab nach diesen Worten lange Zeit da: Er wirkte ratlos und entmutigt. Dann aber sagte er:

»Es gibt noch etwas, das mir Sorgen bereitet, Herr.«

Er zog einen Dolch mit goldenem Griff aus der Scheide und hielt ihn Echnaton hin. Dieser sah ihn an, ohne ihn anzufassen.

»Ich verabscheue Waffen, wie du wohl weißt. Was ist mit dem Dolch?«

»Die Klinge ist aus einem neuen, sehr harten Metall. Es heißt Eisen und ist unschlagbar. Seht!« Er legte seinen kupfernen Brustpanzer ab, legte ihn auf den Boden und durchbohrte ihn mit der größten Leichtigkeit. Dann nahm er einen kupfernen Dolch und schlug damit gegen die Eisenklinge: Wortlos zeigte er auf die abgestumpfte Spitze.

Der Pharao war ziemlich gleichgültig geblieben; ich dagegen griff erstaunt nach der unglaublichen Waffe, während Haremhab erklärte:

»Dieser Dolch gehörte einem hethitischen Offizier, aber auch die einfachen Soldaten sind immer häufiger mit Schwertern aus Eisen ausgerüstet, die unsere Waffen ohne weiteres zerschlagen können. Im Augenblick ist dies unser dringlichstes Verteidigungsproblem.«

»Ich verstehe«, sagte ich und betrachtete den Dolch mit Bewunderung. Ich wollte um jeden Preis verhindern, daß Haremhab aufs neue beleidigt würde, nur weil er die Lage sachlich einschätzt. Um klarzumachen, daß ich seine Ansicht teile, erklärte ich, auf die Gefahr hin, Echnaton zu verärgern:

»Auch wir müssen dieses Metall haben! Du solltest dafür sorgen, Haremhab.«

»Ich werde mich darum kümmern, Herrin.« Als ich ihm den Dolch zurückgeben wollte, wehrte er ab:

»Gestatte, daß ich ihn dir schenke: Er ist so schön, obwohl er sich eher für eine Männerhand ziemt.«

Mit dieser etwas spitzen Bemerkung bat er darum, sich zurückziehen zu dürfen. Gewiß war er überzeugt, seine Pflicht erfüllt zu haben, und wollte aus seiner Enttäuschung über die ablehnende Haltung des Pharaos keinen Hehl machen.

13. Tag des Monats Paini

Im Palast und in ganz Theben sind die Vorbereitungen für das Fest der Verkündung im Gange: Nur die Amun-Tempel in Karnak und Luxor nehmen keinen Anteil daran und bleiben seit einigen Tagen herausfordernd verschlossen.

Palasträume, Seeufer und Gärten werden prächtig ausgeschmückt, und überall wimmelt es von Arbeitern, die die Licht- und Wasserspiele herrichten.

Im Großen Festsaal wurde ein riesiges Gerüst mit dem Abbild der strahlenden Sonne aufgebaut. Unter den schützenden Strahlenhänden Atons steht Thutmosis' wunderbare Marmorgruppe mit den Statuen Meritatons und ihrer beiden Eltern.

Unweit des Amun-Tempels in Karnak (und dies wird zweifellos als Provokation betrachtet) wurde die zum Bau des Aton-Tempels bestimmte Fläche eingezäunt, und schon verbringt Amenhotep dort viel Zeit beim Vermessen und Zeichnen von Plänen.

Ich halte mich möglichst abseits und verbringe mit meiner Tochter und zuweilen mit Teje ruhige Stunden an unserem Lieblingsort, dem Bad im westlichen Teil des Gartens. Ich sitze dabei, wenn sie gestillt wird, betrachte sie, wenn sie schläft und wenn sie mit den eigenen Händchen und Füßchen spielt, spreche auch viel zu ihr; und sie antwortet in lustigen Tönen und lächelt mich an. Ununterbrochen bewegen sich die kleinen Hände, als wollten sie mir eine verschlüsselte Botschaft mitteilen.

Sie hat ein schönes Gesicht mit zarten Zügen und länglichen

Augen, die ausdrucksvoll um sich blicken, und einen langen, eleganten Hinterkopf.

Ich lehre sie schwimmen, wenn wir zusammen mit Lahariat und Setha im Bassin baden: Das scheint ihr außerordentlich zu gefallen, und sie lacht glücklich.

So vergehen die Tage im Schatten der Palmen und Hibiskussträucher, und ich genieße die kühle Brise, die von Norden weht, das erfrischende Wasser; die sanfte, friedvolle Natur um mich herum.

Nachmittags, wenn das Kind unter dem schützenden Schleier tief schläft und die Sklavinnen sich zurückziehen, senkt sich eine magische Stille auf alle Dinge, die nur dann und wann vom Rauschen der Zweige und vom Zirpen der Zikaden unterbrochen wird. Dann beginne ich ein stummes Gespräch mit der Welt, mit dem Ewigen, mit Gott. Mit diesem Gott, der vielleicht Aton heißt, vielleicht aber auch anders genannt werden kann. Kein Wort wird dabei ausgesprochen, nicht einmal ein bestimmter Gedanke gefaßt. Aber eine Verbindung bahnt sich an; ich spüre, daß er nun leicht in meinem Herzen lesen kann, und auch für mich wird sein Wesen nicht mehr so unbegreiflich. Als einzige hellwach, lausche ich der Natur, die im Banne ihrer eigenen Schönheit ermattet schlummert.

In einer solchen Stille neigt man dazu, jedem Geräusch oder Wort, das von weither herangeweht wird, aufmerksamer zuzuhören.

Heute vernahm ich zum Beispiel die Worte eines Parkaufsehers, der leise aber eindringlich einen Knecht schalt. Zwischen den auf wunderbare Weise zusammengefügten Porphyrplatten des gepflasterten Ganges, der um den Palast führt, hatte sich nämlich eine Spalte gebildet, und hier wuchs nun ein Brennesselpflänzchen.

Obwohl der Bursche für das unvorhersehbare Verrutschen der Platten nichts konnte, wurde er wegen seiner Nachlässigkeit beim Unkrautjäten sofort mit ein paar Stockhieben auf die Beine bestraft. Prompt verschwanden die Brennesseln und gleich darauf auch die beiden. Durch die flimmernde Luft hatte sich der kurze Zwischenfall wie ein kleiner, vergänglicher und amüsanter Traum vor meinen Augen abgespielt.

Doch nun blieb mein Blick an der Stelle haften, an der wie durch ein Wunder eine Pflanze soeben aus dem Marmor herausgespitzt hatte, und jetzt nichts mehr zu sehen war. Ich dachte an die Leichtigkeit, mit der sich Unkraut überall festsetzt und gedeiht, zwischen den Steinen, auf dem Schutt, sogar in den Rissen einer verputzten Wand, und an die Verbissenheit, mit der wir es bekämpfen, weil es uns häßlich und schädlich scheint.

Was aber, wenn die Rodha-Blumen sich genauso leicht vermehren könnten; wenn sie sich unserer herrschsüchtigen Pflege hartnäckig entzögen, um in den Spalten gepflasterter Wege Wurzeln zu schlagen und zu blühen? Wahrscheinlich würden wir sie genauso verbissen ausreißen: Denn wonach wir uns letzten Endes sehnen, ist, daß unser schöner, nichtssagender Boden auf ewig glatt und poliert bleiben möge.

10. Tag des Monats Epifi

Wenn nun das Fest der Verkündung vorüber ist, wird hoffentlich wieder Ruhe in den Alltag einkehren.

Jeden zweiten oder dritten Tag findet eine religiöse Feier statt: Von einem festlichen Zug eingeleitet, setzen sich die Feierlichkeiten nun allabendlich mit mehr oder weniger ausschweifenden Gelagen, mit Musik und Tanzveranstaltungen fort, bis ein zweiter großer Umzug am Ende die Festzeit beschließen wird.

Da ein Tempel für Aton noch nicht vorhanden ist, wurden bis jetzt nur wenige Kulthandlungen vollzogen: im Großen Audienzsaal des Palastes und im Freien, in den Gärten am See, unter der gleißenden Sonne; und in Theben im umzäunten Bezirk des künftigen Tempels, wo ein vorläufiger Altar errichtet wurde.

Höhepunkt der Feste waren die Tanzvorführungen aus allen Gegenden Ägyptens: Es kamen Tänzer aus dem Land Kusch, dem Delta, der östlichen Wüste, den westlichen Oasen, aus Philae. Auch Tänzer aus Syrien, Habiru und sogar die dunkelhäutigen Dogon traten auf.

Dank all diesen Veranstaltungen lernte ich neben den vornehmen oder auch nur wohlhabenden Familien Thebens, Memphis' und Ons auch die bedeutendsten Geschlechter anderer ägyptischer Städte kennen. Ihre Anzahl ist weitaus höher, als ich vermutete, und einige haben verwandtschaftliche Beziehungen zur Amun-Priesterschaft. Doch nach den von Ramosis heimlich durchgeführten Nachforschungen scheint nur eine Minderheit von ihnen die Feierlichkeiten gemieden zu haben, was den Pharao selbstverständlich sehr erfreute.

Auch ausländische Gesandte wurden zugelassen, aus Babylon, Assyrien, Syrien, Alasia, Caftor und Rhodos. Natürlich kam niemand aus Chatti und Libyen; ebensowenig aus Mittani. Übrigens soll mein Vater neuerdings Schwierigkeiten mit den Hethitern haben, nachdem sie den Druck an unseren Grenzen gelockert haben.

Glücklicherweise will der Brauch, daß der Pharao und die Große Königliche Gemahlin nur selten an den Gelagen und niemals an den Orgien teilnehmen. Ich könnte diese von oben angeordnete Promiskuität niemals ertragen, auch nicht die schrecklichen Duftkegel im Haar der Frauen, die im überheizten Raum bald zu zerfließen beginnen. Im großen und ganzen war die Feier auch so sehr anstrengend.

Das einzige, was mich wirklich begeisterte, war die Gelegenheit, die Musik und Tanzkunst Ägyptens näher kennenzulernen. Die Kunst, Laute zusammenzusetzen und sie durch Körperbewegungen darzustellen, ist in Ägypten weitaus entwickelter als anderswo.

Musik als Ausdruck der Lebensfreude, der Eleganz dieser hochstehenden Kultur, übersteigt die Grenzen der angenehmen sinnlichen Wahrnehmung und erweitert den Geist, denn sie erzeugt neue Gedanken oder läßt sie zumindest erahnen, oder aber sie spricht das Herz an und weckt in ihm erhabene Gefühle und die Sehnsucht nach einem würdigen Leben.

Ibu, der greise und blinde Harfenist von Theben, spielte mir vor. Er besitzt eine außerordentliche Fähigkeit, seinem einfachen Instrument die vielfältigsten Klänge zu entlocken. Ich betrachtete seine Hände, die über die Saiten flogen, und hatte das Gefühl, daß sie an meinen eigenen Nerven und Blutgefäßen zupften.

Und dann der Tanz, der für die Musik das ist, was das Wort für die Phantasie. Ich habe die Tänzerinnen des Osiris-Tempels in Abodu, die besten Ägyptens, noch vor Augen.

Sie trugen über ihren nackten Körpern nur ein Netz, das bis zu den Knien reichte, und hatten ihr langes Haar zu einem baumelnden Schwanz gebunden: Wie schemenhafte Schatten erschienen sie im Halbdunkel des Saales, begleitet von langsamem Paukenschlag und Flötengesang, und begannen sich hin- und herzuwiegen. Die anmutigen Bewegungen ihrer geschmeidigen Körper waren wie Wellen, die wie ein kostbarer Duft den Saal durchfluteten und Auge und Herz erfüllten. Wie einem alten Gesetz folgend, wiederholten sich die Gesten, gleichmäßig schwollen sie an und ab, bis das Spielerische, das jedem Tanzen anhaftet, sich allmählich zur dramatischen Darstellung von Leidenschaft und Tugend steigerte.

Ihre Kunst verlangte vom Körper die Fähigkeit, über sich selbst hinauszuwachsen und die Vernunft mit den unbezwingbaren Kräften in Einklang zu bringen, die jenseits von ihr am Werk sind.

Licht und Klänge verstärkten sich, während die Mädchen sich sanft einem Gedanken hingaben, der in der Ferne lag; einer immer wiederkehrenden Vorstellung, die sie vielleicht unbewußt verfolgten und die sie ihrerseits immer wieder einholte.

Ich sah in ihrem Blick denselben Ernst, den die paradierenden Krieger vor den Königlichen Reitställen in den Augen hatten, als sie auf den Streitwagen ihre Kunststücke vorführten.

Beim Betrachten der Tänzerinnen glaubte ich auf einmal, auch sie zu verstehen. Hier tanzte die Liebe vor den Augen der Mädchen, dort der Tod; doch beide zogen mit gleicher Stärke die Seelen in ihren Bann: auch die Seelen derer, die als Zuschauer diesem Zauber beiwohnten.

3. Tag des Monats Mesore

Was ist anders geworden in mir oder außerhalb von mir, das die Zeit zu einem schnellfließenden Strom macht? Zu Beginn meines Lebens in Ägypten schrieb ich täglich meine Gedanken nieder.

Jetzt aber vergehen Tage oder sogar Wochen zwischen einem Eintrag und dem nächsten.

Ich kann mit den Ereignissen kaum Schritt halten, übergehe vieles und vergesse selbst bedeutende Dinge.

Je mehr ich mich aber bemühe, etwas dagegen zu tun, desto schwerer fällt es mir. Es ist, wie wenn man feinen Wüstensand in der Faust hält: Je fester man die Hand zusammenpreßt, desto mehr Körner fließen durch die verkrampften Finger hindurch.

Ich stellte den Antrag, die Tänzerinnen des Osiris-Tempels in Theben zu behalten, damit sie hier andere Mädchen unterrichten und eine Königliche Tanzgruppe gegründet wird. Dasselbe tat ich mit Ibu, der sich um die Einrichtung einer Musikschule beim Haus des Lebens kümmern soll.

12. Tag des Monats Mesore

Insgeheim frage ich mich manchmal, zu welchem Ufer dieses große Schiff wohl hintreiben mag, ob Ziel und Winde im Einklang stehen, ob Segel und Ruder dem gleichen Wunsch gehorchen.

Echnaton ist ein Steuermann, der kein Wanken kennt, und ich bin mir immer noch nicht sicher, ob dies gut oder schlecht ist. Genauso unklar ist mir meine Rolle an seiner Seite: Soll ich mich seinen Idealen ganz beugen, da sie auch die meinen sind, und ihn darin bestärken, blind auf seine Klugheit vertrauen? Oder kann begründete Kritik heilsam wirken, wenn ich glaube, Übertreibungen oder Irrtümer zu entdecken?

Jedenfalls steht der Kurs fest, und eine neue Welt erwartet uns, wie er sagt.

Ich weiß von Herrschern, die vom Verlangen getrieben wurden, die Welt zu erobern. Ich weiß aber von keinem, der sie verändern wollte. In meinen Augen ist dies ein genauso schwieriges Unterfangen. Und ich fürchte, genauso gefährlich.

Ibu, der Harfenist, besucht mich oft und erfreut mich mit seiner Musik. Er begleitet sie manchmal mit schönen, weisen Worten, wie sie die Blinden oft haben, die so klar ins Innere der Menschen zu sehen vermögen.

Eines seiner Lieder versteckt hinter dem fröhlichen Takt eine leise Melancholie:

»Folge, solange Du lebst, den Regungen des Herzens. Streue Myrrhe auf Dein Haupt, lege ein leichtes Leinengewand an und pflege Deinen Körper mit göttlichen Düften. Folge Deinem Herzen und Deinem Verlangen. Führe Dein Leben seinem Ziel zu und gräme Dich nicht vor der Zeit, denn Osiris, der Gott der Ruhe, schenkt den Seufzern kein Gehör, und kein Klagen kann den Menschen vor dem Tod bewahren. Siehst Du, keiner nimmt seine Habe mit sich, und von denen, die dahinschieden, ist keiner zurückgekommen.«

Ibu hat wunderschöne Hände, und er bewegt sie auf den Saiten gerade auf der Höhe seiner leeren Augen. Es ist, als würde er in der Dunkelheit Noten pflücken, um sie dem Zuhörer zu schenken.

Während einer Ruhepause fragte ich ihn einmal:

»Was hältst du von dem, was in Ägypten geschieht, Ibu? Sprich frei heraus, denn jede Meinung von dir ist mir willkommen und kann meine Dankbarkeit dir gegenüber nur verstärken.«

Er aber schüttelte leicht den Kopf und erwiderte:

»Welchen Nutzen soll das Urteil eines Greises bringen, Herrin, wo so viel Jugend herrscht? Doch vielleicht gefällt dir dieses alte ägyptische Märchen.«

Und er begann mit der Harfe seine Erzählung zu begleiten.

Ein Zauberer wollte seinen Sohn in seine Kunst einführen und brachte ihm nach und nach viele Dinge bei. Doch der unbescheidene Jüngling murrte über die langsamen Fortschritte. Als der Vater sich einmal wegbegeben mußte, verbot er ihm, in seiner Abwesenheit etwas mit der Magie zu versuchen, und befahl statt dessen, vom Nil Wasser für das Bad zu schöpfen und heimzutragen.

Doch der Sohn konnte der Versuchung nicht widerstehen, die

Zauberkraft anzuwenden. Er setzte das Chepresch auf, das der Vater beim Zaubern immer trug, und befahl einem Schilfrohr, mit zwei Eimern zum Nil zu gehen und Wasser zu schöpfen.

Aus dem Stöckchen schlugen Triebe, wie die Arme und Beine eines Knechtes. So ging es und holte Wasser. Damit es schneller ging, rief der Jüngling noch mehr Schilf herbei und ließ es für sich arbeiten, bis das Bad randvoll war.

Da befahl er, aufzuhören, doch das Schilf gehorchte ihm nicht und trug immer mehr Wasser heran, bis die Wanne überlief. Er riß sich das Chepresch vom Haupt, nahm eine Axt und zerschlug die Rohre. Aber aus jedem Splitter wuchs ein neuer Wasserträger.

Nun war der Jüngling verzweifelt, denn er konnte den Zauber, den er aufgerufen hatte, nicht mehr rückgängig machen. Das Haus wurde überschwemmt und das Wasser stieg fast bis zum Dach. Und so fand es der Zauberer, als er endlich zurückkam.

Das Lied erwähnte keine Strafe für den kopflosen Jungen, und Ibu schwieg nun mit einem Lächeln, das wahrscheinlich mir galt, aber wegen seiner Blindheit sich auf die leere Stelle an meiner Seite richtete. Mir blieb nichts anderes übrig, als ihm dafür zu danken, daß er mir auf diese Weise seine Meinung mitgeteilt hatte.

26. Tag des Monats Mesore

Amenhotep hat mit dem Bau des Aton-Tempels in Karnak begonnen, nachdem der Pharao selbst während des Festes der Verkündung den Grundstein gelegt hatte.

Die Arbeiten sollten ziemlich schnell vorangehen, denn es wurden über dreihundert Männer angeheuert. Als Baumaterial werden *thalathat* verwendet, das sind große, eine Elle lange, eine halbe Elle breite und zweifünftel hohe Bausteine. Sie ermöglichen eine schnellere und für die Arbeiter weniger mühsame Aufschichtung und machen den Bau insgesamt billiger.

Eine außerordentliche und denkwürdige Versammlung fand überdies in diesen Tagen statt. Echnaton hatte die berühmtesten

Künstler zu einem Treffen eingeladen, Baumeister, Maler, Bildhauer, Dekorateure und Kunstschmiede; dazu sämtliche Schreiber der Hauptstadt, die Vertreter der Tempelarbeiter, der Musiker und der Tänzer und die im Haus des Lebens tätigen Lehrer aller Fächer. Der geräumigste Innenhof im Haus des Lebens, der zum Versammlungsort gewählt wurde, war übervoll, und wie ich später erfuhr, wunderten sich viele, weil der Pharao selbst sich zu ihnen begeben hatte, anstatt sie nach Malkata kommen zu lassen.

Wie immer wollte er mich an seiner Seite haben; ebenfalls anwesend waren Teje, Ramosis, Aja, Haremhab und natürlich Amenhotep. Ptahmosis fehlte, doch der Ort der Versammlung ermöglichte es den Amun-Priestern ohne weiteres, die Veranstaltung zu verfolgen, und ich bin sicher, daß sie sich kein Wort entgehen ließen.

Unter den Teilnehmern herrschte große Spannung wegen dieser ungewöhnlichen Einberufung, und Echnatons Worte wurden mit der größten Aufmerksamkeit aufgenommen.

»Ein neues Zeitalter hat für Ägypten und für die Welt begonnen, nachdem sich der göttliche Aton mir offenbarte und mir auferlegte, den Widerschein seines Glanzes über die Erde zu verbreiten.«

Er machte eine kunstvolle Pause, bevor er in die vollkommene Stille hinein fortfuhr:

»Dieses Zeitalter verneigt sich vor der heiligen Überlieferung Ägyptens und verharrt in tiefster Verehrung vor Ma'at und vor allen Göttern, die unser Land durch die Jahrhunderte hindurch beschützt und geführt haben. Es trägt aber auch die Züge einer neuen Größe in sich, die der alten keinen Abbruch tut, sondern sich ihr beigesellt und sie vermehrt.

Euch, seinen geliebten Dienern, will der Aton durch mich verkünden: Diese Größe, die wie ein warmer Strahl seinen göttlichen Händen entspringt, gründet auf Wahrheit, Frieden und Barmherzigkeit. Ihr wißt bereits, wie sehr dem Aton an Frieden für die Welt liegt. Seit Jahrtausenden tötet der Mensch den Menschen. Zu Unrecht, denn ein Menschenleben ist mehr wert als eine Stadt, mehr als alle Eroberungen oder Errungenschaften. Ein Leben ist ein Strahl des Aton, eine strahlende Hand des Gottes. Wer sie bricht, fügt Gott eine Verstümmelung zu.

Die Welt braucht Frieden und dürstet nach Barmherzigkeit. Seid deshalb barmherzig zu den Leidenden, den Armen, den Elenden und den Kranken. Seid auch zu den Schuldigen und Verurteilten barmherzig, denn unsere Gerechtigkeit kann niemals so rein sein wie die Strahlen des Aton. Und er wird sich über eure Barmherzigkeit freuen und seine schützende Hand auf euer Haupt legen.

Die Sonne, die über uns leuchtet, kennt keinen Haß und verweigert keinem ihre Wohltaten. Ihre strahlenden Hände berühren Gute und Böse, Dumme und Weise, Opfer und Täter. Werden wir denn so hochmütig sein, uns für klüger, gerechter und weiser zu halten als Gott selbst?

Friede und Barmherzigkeit im Umgang mit der Welt. Wir müssen sie ausüben gegenüber dem Bruder, dem Kind, der Frau. Gegenüber dem Nachbarn, dem Gast und dem Fremden. Gegenüber dem, der uns beleidigt und verrät, in gleichem Maße wie gegenüber dem, der uns liebt und beisteht.

Schließlich die Wahrheit. Dies ist, liebe Freunde, das ureigenste Gebot für jedes Einzelwesen. Denn Wahrheit ist das Wesen des Aton, und nichts kann den Aton so getreu darstellen, wie die Wahrheit. Deshalb habe ich euch am heutigen Tage aufgesucht. Ich habe euch zusammengerufen als diejenigen, die das Zeitalter des Aton darstellen sollen. Ihr werdet den Menschen und dem Land, dem neuen Ägypten, ein Gesicht geben und es durch eure Werke der Nachwelt überliefern. Dabei sei Wahrheit euer Leitsatz. Und dieses Gesicht sei das Abbild der Wahrheit.

Zeigt also Ägypten, wie es wirklich ist, und nicht, wie es uns lieb wäre. Bildet den Menschen naturgetreu ab. Und da unser Gott die Sonne ist, gebt ihm keine Menschengestalt. Stellt ihn dagegen als leuchtende Sonnenscheibe dar, denn leuchtend und vollkommen wie die Sonne ist der Aton. Gebt jedes menschliche Gesicht mit seinen Eigentümlichkeiten wieder, damit das Bild der Wirklichkeit entspricht. Und scheut euch nicht, menschliche Gefühle aus Gemälden und Statuen sprechen zu lassen: Man soll Freude und Leid, Liebe, Zuneigung erkennen, und neben dem Schönen auch das Häßliche.

Stellt euren Pharao nicht als Sieger in Schlachten dar, die er niemals geführt hat, als Unterdrücker von Feinden, die er respektiert. Nicht der Kampf soll gefeiert werden. Der echte Sieg wird niemals gegen einen Menschen errungen. Viel zu lange haben wir uns von Märchen und Mythen genährt und uns nicht der Wirklichkeit gestellt und die Wahrheit gemieden. Wie eine Wolke verschleiert der Mythos seinen Gegenstand, er verwischt die Grenzen, macht aus Nichtigem etwas Außerordentliches und Absurdes annehmbar. Dies aber wollen wir nicht mehr. Dies steht im Gegensatz zu dem, was wir suchen: die Klarheit der Sonne, den leuchtenden Glanz des Aton.«

Er wandte sich dorthin, wo die Schreiber standen, und fuhr fort:

»Unbestreitbar besitzt der Mythos eine eigene Schönheit, die es verdient, erhalten zu werden. Und eine tiefere Bedeutung, um deretwillen wir an ihm festhalten und die nicht verlorengehen soll. Ihr Schreiber werdet also aus dem Mythos die Symbole herausfiltern, die der Mensch braucht, und werdet um sie Geschichten spinnen, die euch die Phantasie eingibt. Auf diese Weise sollt ihr Werke schaffen, die die Zeit überdauern: Denn jede Schöpfung des Menschen, sei sie in Stein gemeißelt oder auf Papyrus geschrieben, ist von Bestand, solange sie das Herz anspricht.

Wir aber dürfen nicht länger Mythos und Wahrheit miteinander verwechseln. Wir müssen Mythos und Religion als zwei getrennte Dinge betrachten. Wir müssen diesen Schritt vollziehen, um reifere Menschen zu werden, und müssen von unserem Fortschritt Zeugnis ablegen, um der Welt ein Beispiel zu sein.«

Nun schwieg Echnaton. Ich hatte gebannt seine Rede verfolgt und gespürt, wie mein Herz im Takt mit seinen Worten schlug, wie Musik, die einen Gesang begleitet.

Ich sah vor mir faszinierte Zuhörer, die dann und wann zustimmend nickten; und andere, die verunsichert um sich blickten, ein Mißverständnis oder einen verborgenen Fehler witternd. Andere wiederum zeigten verärgert und vorwurfsvoll ihre ganze Mißbilligung.

Vor so vielen verschiedenen Reaktionen empfand ich Unbehagen und eine Unruhe, die mich daran hinderte, der weiteren Rede konzentriert zu folgen. Aber der Schluß ist mir noch gut in Erinnerung.

»Wir werden Aton einen Tempel errichten, der sich nicht durch imposante Größe, gewaltige Steinblöcke oder ungebührlich hohe Kosten auszeichnen soll, sondern durch seine unvergleichliche Schönheit, die auf der ganzen Welt Aufsehen erregen wird. Dieser Tempel wird gerade in Theben erbaut, und ähnliche sollen in der Zukunft überall in Ägypten und außer Landes entstehen. Damit dies geschehen kann, müssen wir jedoch einen Tempel für Aton in unserem Herzen errichten. Und niemand kann mir bei diesem Unternehmen besser beistehen als ihr. Denn ihr seid Atons bevorzugte Kinder.«

Als er nun schwieg, legte ich meine Hand auf die seine. Ein aufgeregtes Murmeln ging durch die Menge.

Ohne auf Beifall oder Widerspruch zu warten, erhob sich der Pharao schnell und entfernte sich mit mir und dem Gefolge. Denn an diesem Ort, in unmittelbarer Nähe des Amun-Heiligtums, sollten seine Worte und sein Wille in den Ohren der geistreichsten Männer Ägyptens noch einmal nachklingen.

Als wir später in der königlichen Barke nach Malkata zurückfuhren, erklärte Teje:

»Er ist unserer Zeit so sehr voraus, daß nicht jeder ihn verstehen kann.«

Während ich über diese treffende Bemerkung nachdachte, traf mich Amenhoteps Blick. Er lächelte auf seine eigentümliche Art, aus der sich jede Gefühlsregung klarer lesen läßt als durch viele Worte.

»Nur zu. Sprich schon!« forderte ich ihn mit einem gequälten Lächeln auf, das meinen schroffen Ton kaum mildern konnte.

Seine Hände öffneten sich, um darauf hinzuweisen, daß die Sache sonnenklar war:

»Vieles klingt nicht überzeugend«, sagte er.

»Zum Beispiel?« Ich versuchte, meine Gereiztheit zu verbergen.

»Ein übertriebenes Lob auf die Demut seitens eines Pharaos, der sich als den einzigen Vermittler zwischen Gott und den Menschen betrachtet.«

»Dies läßt sich erklären. Was noch?«

»Man kann sich nicht bedingungslos zu Ma'at bekennen und im gleichen Atemzug so tiefgehende Veränderungen bezüglich der Moral und der Stellung des Pharaos im Staat ankündigen. Es ist, als ob ich verlangte, daß die Cheops-Pyramide von heute auf morgen auf von mir errichteten Pfeilern stehe, ohne sie zuerst abzubauen und die neue Grundlage zu schaffen.«

»Und der Friede? Lehnst du auch diesen Gedanken ab?«

Er lächelte: »Es ist ein wunderbarer Gedanke. Doch in dieser Richtung kann der Mensch nicht mehr tun, als friedlich sein. Niemand darf aber glauben, man brauchte nur den Frieden um jeden Preis zu wollen, um ihn auch zu erlangen. Eine solche Haltung würde im Gegenteil den, der den Frieden nicht liebt, anregen, ihn zu brechen.«

»Aber einer muß wohl den Anfang machen! Was wirfst du dem Pharao denn vor?« erwiderte ich ungehalten.

»Daß er sich des bösen Wortzaubers bedient.« Und sein Gesichtsausdruck zeigte mir, daß es nichts mehr zu fragen gab.

Nachdem ich Amenhoteps Meinung erfahren hatte, wollte ich eigentlich nichts mehr hören. Aber Haremhab ließ nicht auf sich warten und tischte mir unaufgefordert die seine auf. Er schüttelte empört den Kopf und erklärte ohne Umschweife:

»Man kann nicht nur mit schönen Worten regieren und den praktischen Verstand der Frömmelei opfern. Was will er eigentlich? Wahrheit, Barmherzigkeit, Frieden. Lauter schöne Dinge. Doch genügen die etwa, um ein guter Herrscher zu sein? Er hält Krieger für blutrünstige Wesen, die den Frieden verabscheuen. Er meint, sie seien keiner Liebe zur Frau, zu den Kindern, zum Leben fähig und könnten nur an Leichenbergen Gefallen finden.

Dies sage ich dir, Nofretete: Als er sprach, sahen ihn viele gebannt und voll Rührung an. Doch würden dieselben, wenn die Hethiter hier einfielen, ihn vielleicht nicht schroff zur Rede stellen und fragen: Warum hast du uns nicht verteidigt? Ich weiß, du wärest nicht unter ihnen; du solltest aber trotzdem darüber nachdenken. Und ich sage dir noch: In meinen respektlosen Worten ist viel mehr Achtung und Liebe für ihn als in dem begeisterten Beifall, den man ihm spendet.«

Ich wollte Haremhab schon wegen seines beleidigenden Tons

schelten und ihm vorhalten, die Demütigung, die er bei der letzten Begegnung mit Echnaton erlitten hatte, vergifte sein Urteil. Doch die Wahrheit, die in seinem letzten Satz lag, berührte mein Herz und drängte mich dazu, ihm zuzustimmen und ihm zu verzeihen.

Ich dachte wieder daran, als ich das förmliche Lob Ramosis', Ajas, Tujas und Jujas und vieler anderer Höflinge anhören mußte. Die hohle Art, wie sie respektvoll ihre Wertschätzung hauchten, hatte etwas Frivoles, das mich mehr verbitterte als die schroffe und schneidende Kritik Amenhoteps und Haremhabs.

Und ich? Als mich das Verlangen nach ihm in dieser Nacht in sein Gemach führte, stand mein Herz noch unter dem zärtlichen Bann seiner Rede. Spürte ich auch in seinen Worten etwas Falsches, so erschien mir sein Fehler aus einem Übermaß an Liebe herzurühren.

Der Überschwang, der sein Empfinden so einzigartig macht, löst bei mir eine ebenfalls einzigartige Überschwenglichkeit aus, wenn wir uns lieben. Doch niemand, ich wahrscheinlich auch nicht, kann den Gedanken ertragen, daß ein Pharao irren könnte.

Ich dachte auch über die außerordentliche Vertraulichkeit nach, die Amenhotep und Haremhab mir gegenüber zeigen. Gewiß halten sie sich nicht an die Vorschriften des Protokolls; sie nehmen sich im Gegenteil Freiheiten heraus und sagen Dinge, die sie zu anderen Zeiten den Kopf gekostet hätten.

Andererseits lehne ich übertriebene Herrschsucht ab; und das besondere Verhältnis, das uns verbindet, rechtfertigt vielleicht ihre Ungezwungenheit. Und doch empfinde ich dann und wann diese Vertrautheit als einen Verrat an Echnaton, und ich fühle mich verletzt, wenn man Kritik an ihm übt.

Meritaton gedeiht wie eine blühende Pflanze.

Sie ähnelt einer kindlichen Göttin, und in ihren unreifen Zügen glaube ich schon eine zukünftige Schönheit zu erkennen, mit schmalen, rätselhaften Augen und dem feinen, langgezogenen Hinterkopf. Vielleicht wird sie auch von schöner Gestalt sein, denn sie ist groß für ihr Alter.

Ich warte ungeduldig auf die Zeit, da sie beginnen wird zu sprechen und mit mir zu spielen. Oft trage ich sie zu ihrem Vater, aber er liebkost sie nur flüchtig und spricht gleich von anderen Dingen. Mein Vater war genauso mit mir, als ich in einem Alter war, da ich die Gebärden und die Sprache der Erwachsenen schon begreifen konnte. Ich weiß noch, daß ich darunter litt.

Heute weiß ich, daß in einem Königspalast nur Söhne zur Welt kommen sollten.

Ich war wieder in der Wüste, diesmal auf meinem eigenen Wagen, den mir die neuen Kadetten, die Nachfolger der Abteilung Nofretete, geschenkt haben.

Es ist ein bequemes, besonders gepolstertes und gefedertes Fahrzeug mit einem wunderbaren Pferdegespann, das ebenfalls mir gehört: herrliche graue Rösser mit fein gearbeitetem Ledergeschirr.

Haremhab sah mich zufällig vorbeifliegen, als er früh am Morgen die Offiziersanwärter inspizierte. Er sprang auf einen Wagen und fuhr Hals über Kopf los, un mich zu erreichen. Doch meine Pferde waren schneller, und als ich erkannte, daß er es war, trieb ich sie noch mehr an. Er brauchte lange, bis er mich einholte, doch schließlich fuhren wir nebeneinander mit lautem Getöse in die Wüste hinein.

Ich warf ihm einen lächelnden Blick zu, wie eine spielerische Herausforderung; er aber war ernst und angespannt und begann, als nähme er ein vor kurzem unterbrochenes Gespräch wieder auf, lauthals Worte in den glühenden Wind hinauszuschreien.

»Ich verstehe dich, Herrin, und bin dir nahe. Ich verstehe deine Gedanken und Gefühle, deine Bemühungen. Ich bewundere dich und bin dir dankbar. Über die Schönheit deiner äußerlichen Erscheinung hinaus besitzt du eine andere Schönheit, die deines glühenden Geistes, der Begeisterung und der Treue. Ich werde dir immer beistehen ... Du kannst jederzeit auf mich zählen ... für alles, was du ... weil ich ...«

Die Räder schlugen hart gegen den steinigen Boden, so daß der Lärm noch stärker wurde. Oder hatte er seine Stimme gesenkt? Ich konnte seine letzten Worte nicht richtig hören, glaubte sie aber von seinen Lippen zu lesen.

Um dem ein Ende zu machen, hob ich die Hand mit der Peitsche und versuchte eine strenge Miene zu machen. Daraus wurde aber ein Lächeln, und es sah aus, als wolle ich ihm eine Kußhand zuwerfen. Erschrocken zwang ich nun die Pferde in eine andere Richtung und fuhr davon. Diesmal verfolgte mich Haremhab nicht.

13. Tag des Monats Paofi

Durch die Einführung zweier neuer Ämter hat Echnaton einen wichtigen und notwendigen Schritt unternommen: Aus den sogenannten »Dienern des Königs« und »Dienern des Aton« sollen die für die ordentliche Verwaltung der Aton-Tempel zuständigen Beamten sowie eine besondere Gruppe von Schreibern hervorgehen, die das Volk mit dem Gottesdienst der neuen Religion bekannt machen sollen.

So wird jeder Tempel über zwei »Diener des Königs« und, je nach Größe und Bedeutung, über zwei oder mehr »Diener des Aton« verfügen.

Die Bezeichnung »Diener« ist nicht mit »Priester« gleichzusetzen, sondern als Adelsprädikat zu verstehen. Die Titelinhaber werden einem für jeden Nomos ernannten »Ersten Diener des Königs« beziehungsweise »Ersten Diener des Aton« unmittelbar unterstellt. Diese wiederum müssen sich direkt vor dem Pharao verantworten.

Diese Regelung wird das Entstehen einer neuen Priesterkaste verhindern, die Verwaltung vereinfachen und eine bessere Kontrolle über die Amtsführung und die ideologische Treue der Beamten erlauben.

Neulich wurden die »Diener« und der »Erste Diener« für den Nomos Theben ernannt, und man ist dabei, weitere Beamte auszuwählen, die Hand in Hand mit der Verbreitung des Aton Kults in ganz Ägypten eingesetzt werden sollen.

Es wird auch geplant, für die künftigen Diener des Aton im Haus des Lebens eine Schule für Sittenlehre einzurichten.

25. Tag des Monats Paofi

Schon lange hatte ich ein besonderes Vorhaben, mußte es aber aus verschiedenen Gründen immer wieder verschieben. Doch vor ein paar Tagen ließ ich Philae zu mir kommen und erklärte ihm meine Absicht:

»Diesmal will ich Theben auf andere Weise besichtigen. Ich will nicht die Stadt sehen, sondern die Gedanken ihrer Bewohner erfahren.«

Wie immer mißbilligte er meinen Plan, den er einer Königin unwürdig fand. Und wie immer betrachtete er meinen Wunsch als einen Befehl und machte sich gleich daran, eine passende Verkleidung zu finden. Da ich bis in die letzten Winkel Thebens vordringen wollte, besorgte er geeignete Gewänder, um uns als Diener einer gutbürgerlichen Familie auszugeben, die Einkäufe machen und dabei auch ein paar Münzen zum eigenen Vergnügen ausgeben möchten. Als ich jedoch in dieser Aufmachung im Stadtgewühl stand, kam ich mir lächerlich plump vor, und mein Wunsch, auf diese Weise die unbekannten Seiten Thebens kennenzulernen, erschien naiv angesichts der ungeheuerlichen Vielschichtigkeit der Hauptstadt.

Der Markt, der Hafen, die Läden, Tavernen und Bordelle schienen einen ungeheuren Irrgarten zu bilden. Mir kam es so vor, als sei hier ein riesiger Holzwurm am Werk gewesen und habe die Stadt zu einem Gebilde aus Gängen und Schlupfwinkeln ausgehöhlt, an dem meine Versuche hineinzukommen, scheitern mußten.

Ich blickte Philae von der Seite an und hatte den Eindruck, er amüsiere sich verstohlen über meine Anmaßung und über meine Unfähigkeit, mich in dem lebenden Labyrinth zurechtzufinden.

Wir begannen am Markt, wo wir, um nicht aufzufallen, etwas Fisch und Obst einkauften und mit den Händlern ins Gespräch zu kommen suchten. Dabei versuchte ich, in die Nähe zweier Amun-Priester zu kommen, in der Hoffnung, ein paar Wortfetzen zu erhaschen. Daß sie Lebensmittel einkauften, war seltsam, denn bekanntlich sorgt der Tempel für ihren Unterhalt. Sie verhandelten vertraut mit einem jungen Burschen und verabschiedeten sich schließlich von ihm mit den Worten:

»Also erwarten wir dich und deinen Freund. Du wirst sehen, es wird dir gefallen.« Sie deuteten auf die Sachen, die sie nun ohne zu bezahlen mitnehmen wollten, und fügten hinzu: »Amun dankt dir für deine Großzügigkeit.«

Philae und ich sahen uns an. Als die Priester verschwunden waren, trat ich gleich zu dem Burschen und hielt ihm das Geld für unseren Einkauf hin. Wie beiläufig fragte ich:

»Weiß dein Herr, daß du von den Priestern Amuns nichts verlangst?«

»Sicher. Er ist mein Vater und hat es mir selbst empfohlen, denn dafür werden sie mir ein Amt geben.«

»Was denn für eines?«

»Tempelwache.«

»Ich wußte nicht, daß der Amun-Tempel bewacht wird.«

»Noch nicht, aber doch in Zukunft, wie es scheint.«

Philae warf mir einen Blick zu und schaltete sich ein:

»Dies könnte meinen Sohn interessieren, der Arbeit sucht. Darf ich ihn zu dir schicken?«

»Gewiß. Die Priester wollen viele Leute anstellen.«

Als wir wieder allein waren, lobte ich Philae für seine Geistesgegenwart. Es war eine ausgezeichnete Gelegenheit, um etwas Licht auf die Machenschaften der Priester zu werfen.

»Es wird nicht so leicht sein, jemanden zu finden, der jung und schlau genug für diese Rolle ist«, überlegte ich.

»Es wird wirklich mein Sohn sein«, erwiderte Philae. »Er brennt darauf, dem Pharao zu dienen!«

Wir wanderten noch lange umher, und ich sah viele Dinge, von denen ich bisher keine Ahnung hatte.

Die Bettler, die meisten von ihnen blind, sind viel weniger zahlreich als in Waschukkanni, und doch mehr, als ich erwartet hätte. Keiner von ihnen schien jedoch ausgehungert.

Gegen den Widerstand Philaes wollte ich schließlich eine Spelunke im Dirnenviertel aufsuchen. Ein Schild zeigte ein Krokodil mit aufgesperrtem Maul und eine Inschrift: »Zum Krokodilsrachen«.

Wir nahmen auf niedrigen Holzschemeln unter einem Strohdach Platz, und gleich erschien die Bedienung: eine ältere, schlampig aussehende Nubierin, die uns schroff anredete.

Philae bestellte Bier für uns beide, und sie entfernte sich wieder. Kurz darauf trug eine andere ein Tablett heran, auf dem die Bierkrüge und noch zwei Becher standen, die mit einer duftenden, rubinroten Flüssigkeit gefüllt waren.

Die neue Bedienung war jünger, stark geschminkt und aufreizend angezogen, um ihre körperlichen Vorzüge voll zur Geltung zu bringen.

In einer Ecke lag ein Betrunkener am Boden und schnarchte laut, was die Magd veranlaßte, ihm im Vorbeigehen einen Fußtritt zu verpassen. Es gab doch noch mehr Leute im Lokal, als ich zunächst vermutet hatte. Hinter einem Vorhang aus Weidengeflecht erhob sich eine energische Männerstimme:

»Du Dirne! Warum trittst du meinen Freund, der sich nur ausruht? Weißt du denn nicht, daß in Ägypten jede Gewalt verboten ist?«

Ein vulgäres Gelächter antwortete ihm. »Wer hat das gesagt? Dein Freund aus Malkata?«

Philae und ich wechselten einen Blick. Der Mann, der ziemlich angeheitert zu sein schien, brabbelte zurück:

»Der wohnt in Malkata, ist aber kein Freund von mir ... ist ein Freund der Hethiter ... und der Ljibiu und der Habiru ... ist aber kein Freund von mir, denn ich bin Ägypter, und er ... ist der Freund von allen, außer von den Ägyptern.«

Die Frau lachte und trat zu unserem Tisch, als wolle sie die Wirkung dieser Worte auf uns prüfen. Ich fürchtete fast, der Turban und der weite Umhang und der kleine falsche Bart, den ich trug, würden ihrem scharfen, mit jedem Betrug vertrauten Blick nicht standhalten und mein wahres Geschlecht preisgeben. Doch sie zeigte auf den Becher mit der roten Flüssigkeit und sagte:

»Trinkst du denn den Skorpionschwanz nicht, du hübscher Kerl? Mische ihn unter das Bier, er wird dich stärken ... Ja, er macht dich größer ... vor allem zwischen den Beinen. Und dann, wenn du willst ...«

Ein neuer Kunde trat ein, und die Frau ging ihm entgegen. Es war ein Medjawi, einer der sogenannten »Wüstenpolizisten«, ein gutaussehender, dunkelhäutiger junger Krieger, sauber und elegant in seiner Uniform mit der schwarzen kurzlockigen Perücke, die das schöne Gesicht umrahmte. Er schien sehr jung zu sein und warf uns einen schüchternen Blick zu, als die Frau sich zu ihm gesellte.

Ich nippte an dem Bier, das mir sauer und sehr schlecht vorkam. Um den Geschmack etwas zu verbessern, kippte ich den Becher mit dem Skorpionschwanz hinein, doch Philae flüsterte mir besorgt zu:

»Trink das Zeug nicht! Es ist furchtbar!«

Ich lächelte ihn herausfordernd an und führte trotzig den Krug an den Mund. Nach dem ersten Schluck war mir, als flösse flüssiges Silber von den Lippen in den Magen hinunter und brenne eine feurige Spur in meine Eingeweide. Es war schrecklich, und doch hatte ich gleich Lust auf einen weiteren, tieferen Zug.

Mich durchströmte eine warme Welle, die über das Blut den ganzen Körper erreichte und in den intimsten Körperteilen anschwoll und nicht abklingen wollte. Dabei war mein Gehirn entspannt und friedlich, ich sehe noch Philaes besorgten Blick, als er mich fragte, wie ich mich fühle.

Mir war, als würde ich immer leichter; gleichzeitig spürte ich, wie sich ein Verlangen, das seine Wurzeln im Geist und im Fleisch hatte, meiner bemächtigte und sich schnell zu brennender Gier steigerte. Vor ihr fiel jedes Hindernis, sie überrannte den Willen und zerstreute die Vorsicht und war bohrend und sanft zugleich, zügellos und gefaßt, als wäre sie allein durch die Kraft ihrer Ursprünglichkeit berechtigt, jeden Anstand zu mißachten.

Es war eine schreckliche Lust nach körperlicher Liebe, blind und unnachgiebig, taub für die Stimme der Vernunft.

Ich hatte die Frau und den jungen Krieger hinter einer Tür verschwinden sehen. Plötzlich stand ich auf, und während Philae vor Entsetzen fast vom Stuhl fiel, durchquerte ich entschlossen den Raum, riß die Tür auf und ging hinein.

Die beiden erstarrten vor Überraschung, und die Frau sperrte bereits den Mund zum Schreien auf. Ich aber ließ eine Handvoll Silberkite auf sie herunterregnen, riß mir den Schnurrbart ab, löste die Bänder meines Gewandes und stand nackt vor ihnen. Gebieterisch befahl ich der Frau, sich zu entfernen.

Sie sammelte hastig die Münzen ein, die für sie bestimmt einen kleinen Schatz bedeuteten, blieb aber neben dem Lager kauern und starrte mich fassungslos an. Da kümmerte ich mich nicht mehr um sie und tat, als wäre sie Luft.

Es ging alles so schnell und heftig, fast gewaltsam, daß der junge Krieger nicht einmal die Zeit hatte, mich zu streicheln. Durch mein plötzliches Auftreten überrascht, konnte er meine Schönheit kaum wahrnehmen, schon waren wir umschlungen und rangen unter verzweifeltem Stöhnen miteinander. Und hatten zuweilen den erstaunten Blick des Verurteilten, der seinen Henker fragt: »Wer bist du, der mir dies antut?«

Ja, das fragte ich ihn auch, den Jüngling, der wie mit rasenden Peitschenhieben meinen Körper zu durchfahren schien, einen Augenblick, bevor wir beide einen gellenden Schrei ausstießen, der, wie es mir schien, bis nach Malkata zu hören war.

So weit war der Schrei meines nicht ganz so unschuldigen Wahnsinns doch nicht gedrungen. Sicher aber hatte er Philae erreicht, denn er saß nach wie vor mürrisch an seinem Platz. Ich merkte mit Verblüffung, daß seine Augen feucht und gerötet waren.

Auf dem Heimweg versicherte ich:

»Nie mehr werde ich diesen Skorpionschwanz anrühren.«

»Es ist kein Getränk für eine Königin«, antwortete er. Mit gespieltem Gleichmut schielte er durch die Falten meiner Kapuze und fügte trocken hinzu: »Es ist überaus schädlich ... auch für den Bartwuchs.«

Philaes Sohn wurde in die Schule aufgenommen, in der die angehenden Tempelwächter Amuns ausgebildet werden. Von ihm erfahren wir allerlei Interessantes über diese Einrichtung.

Es ist eine geheime Anstalt, und man wird zugelassen nach dem Bestehen einer kleinen Prüfung, die darauf abzielt, die religiösen Ansichten des Bewerbers festzustellen. Offiziell gibt sie sich als gewöhnliche Priesterschule aus.

Nach der Aufnahme beginnt für den Jüngling eine religiöse und politische Indoktrinierung, um sich seiner Anhängerschaft zur richtigen Partei zu versichern: Das heißt, er wird zu einem fanatischen Verteidiger der Amun-Priesterschaft gemacht.

Darauf folgt eine sportlich-kriegerische Ausbildung, die an geheimen, uns noch nicht bekannten Orten, wahrscheinlich außerhalb von Theben, stattfindet.

Es handelt sich also um ein gefährliches und ehrgeiziges Unternehmen, das offensichtlich auch die Bereitschaft zur Gewaltanwendung vorsieht: Es ist noch nicht klar, ob zur Verteidigung oder zum Angriff, auf alle Fälle aber in staatsfeindlicher Absicht. Im Augenblick kennen wir nur den Namen: Wächter des Amun.

Der Pharao ist davon unterrichtet und hat beschlossen, das Unkraut vorerst wachsen zu lassen und darüber zu wachen, um es zu gegebener Zeit wirksam auszumerzen.

Die Verwirrung, die jenes schreckliche Gebräu in mir verursachte, dauert noch an. Ich empfinde natürlich keine sinnliche Erregung mehr, muß aber immer wieder daran denken, wie unberechenbar, schamlos und vulgär ich unter seiner Wirkung wurde und wie sehr Philae sich grämte.

Nun glaube ich, daß Liebe aus rein körperlicher Gier viel von ihrer Schönheit einbüßen muß, auch wenn sie die Sinne befriedigt.

Die Lust wird zwar nicht gemindert, bleibt aber an der Oberfläche, sie erreicht nicht jene Tiefe, die die Erinnerung an den Liebesakt unvergeßlich macht.

Die Nähe zu meinem Herrn in diesen letzten Tagen erleichterte mir den Zugang zur Wahrheit. Gewöhnlich muß sie mühsam aus den Ereignissen und den Menschen hervorgeholt werden, wie das Gold aus den Minen des Südens. Manchmal aber legt ein kleiner Erdrutsch eine reiche Ader frei, und schon hat man einen Schatz vor sich. So war es neulich bei mir.

Echnaton wollte mich bei der Wahl des »Ersten unter den Sehern des Aton«, das heißt des einzigen großen Priesters des Aton nach dem Pharao, dabeihaben. Er wird einen sehr engen Kreis von Geistlichen bilden, die aber vom Pharao persönlich überwacht und unterhalten werden. Wir kamen überein, für dieses Amt Merire zu ernennen. Nicht den Königlichen Schreiber, der den gleichen Namen trägt, sondern den ehemaligen Amun-Priester, der sich schon vor längerer Zeit mit seinen Kollegen überworfen hatte und nun ein aufrichtiger Anhänger der Lehre des Aton zu sein scheint.

Wir verfaßten gemeinsam auch die Ernennungsformel, die lautet:

> »Du bist mein Diener und hörst auf meine Worte und folgst meiner Lehre. Mein Herz freut sich über Deine Befugnisse. Ich übergebe Dir dieses Amt und sage Dir: Du wirst die Speise des Königs, Deines Herrn, im Hause des Aton essen: Leben, Kraft und Gesundheit.«

Ich halte Merire für einen Menschen, der sich aus ehrlicher Überzeugung und nicht aus Opportunismus zu uns bekennt. Er ist eine Ausnahme unter den ausschweifenden, diebischen Priestern des Amun.

Doch die meiste Arbeit galt dem Tempel, der in Theben errichtet wird. Wir prüften die Entwürfe, die Bek und Juti für die Standbilder des Königs, die Basreliefs und die Fresken vorlegten.

Hier gab es die ersten Überraschungen. In erster Linie die übertriebene Menge von Statuen, die kleinste davon ist acht Ellen hoch: Sie steht in keinem Verhältnis zur Darstellung des Aton selbst, der nur in relativ kleinen Basreliefs erscheinen soll.

Da der Gott außerdem nur durch die Sonnenscheibe dargestellt wird, ist die Gestalt des Königs die einzige menschliche Figur im Tempel. Und sie tritt wiederholt auf, so daß der Eindruck entstehen muß, der Tempel sei Echnaton geweiht und nicht Aton. Oder aber nicht Aton sei der Gott, sondern der Pharao.

Nirgendwo, in keiner Skulptur und in keinem Gemälde, sieht man Aton allein, sondern immer nur zusammen mit dem Pharao, fast als könne der Gott ohne ihn nicht existieren.

Schließlich fiel mir auf, daß die Strahlen des Aton nur dann in Strahlenhänden mit Anch-Kreuzen enden, wenn sie auf dem Haupt des Herrschers und seiner Familienmitglieder ruhen. Als ich begriff, daß diese Details nicht auf falsche Interpretationen der Künstler zurückzuführen waren, sondern dem Willen des Pharaos genau entsprachen, beschloß ich zu warten, bis Bek und Amenhotep und die übrigen Künstler sich entfernt hatten. Dann aber wandte ich mich gleich an Echnaton, ohne meine tiefe Beunruhigung zu verbergen:

»Herr, was geschieht in diesem Tempel? Welchen Gott willst du denn hier feiern? Welche Verwirrung willst du bei den Gläubigen auslösen, die ihn betreten? Welch absurde Widersprüche werden in den Menschen entstehen, die sich zu diesem Gott bekennen?«

Er schien überrascht und möglicherweise verunsichert, denn er fragte:

»Was ist nicht richtig an dem Tempel?«

Es war mir klar, daß ich mich in einen unbekannten Bereich hineinwagte. Ich spürte die Gefahr, aber auch die Notwendigkeit, mich ihr zu stellen. Denn nur wenn ich das Herz des Geliebten erforschte, konnte ich hoffen, darin die Grundlagen für eine klare und annehmbare Zukunft für Ägypten und für mich zu finden.

»Bist am Ende nicht du derjenige, für den dieser Tempel entsteht? Du willst, daß dein Volk Aton als den alleinigen, allen Menschen gegenüber barmherzigen Gott anerkennt. Warum sollte er dann seine Hände nur auf dich und deine Familie legen? Warum könnte er nicht dort erscheinen, wo du nicht anwesend bist? Warum überragt deine Gestalt überall das Bild des Aton selbst? Warum wird Aton von dir und immer nur von dir in Anspruch genommen, verwaltet und behütet, als wäre er dein Geschöpf und nicht du das seine?

Zu Recht willst du die Priesterschaft abschaffen. Aber willst du dich selbst zum alleinigen Priester erheben oder zumindest alle Aufgaben des Klerus übernehmen? Nein, Echnaton! Du hattest etwas anderes versprochen. All dies läßt sogar den dümmsten Bauern zweifeln. Jeder Mensch, der sich zum Glauben hingezogen fühlte, wird stutzen und beginnen, ihn in Frage zu stellen.

Es sieht so aus, als wolltest du dich als das Ka des Gottes darstellen und aus dem Gott dein Ka machen. Dies ist unannehmbar, besonders wenn man wie du den Mythos eigentlich bekämpfen und abschaffen will. Was hast du denn vor? Willst du Ägypten glauben machen, du und Aton seien ein und dasselbe? Du seist also Aton?«

Meine Rede hatte ihn aufgewühlt. In der Stille, die nun folgte, sah ich, wie er blaß und verwirrt mit sich kämpfte und mühsam nach Worten rang, um das, was ihn bewegte, zum Ausdruck zu bringen. Doch es schien etwas so Gewaltiges und Ungeheures zu sein, daß sich sein Gesicht vor Leid verzerrte, als es aus ihm herausbrach:

»Nein, ich bin nicht Aton, und Aton ist nicht ich. Und keiner ist des anderen Ka ... und doch ist der wahre Pharao Aton. Und Aton ist der wahre Pharao ...«

Er stockte, und ich hatte nicht verstanden:

»Der wahre Pharao? Bist du es nicht?«

Er sah mich verzweifelt an und brach in Tränen aus:

»Es gab nur einen wahren Pharao: Meinen Vater! Ich weiß jetzt, daß es keinen Unterschied gab zwischen ihm und Aton, zwischen ihm und Gott.«

Er schluchzte wie ein Kind, und ich drückte ihn an meine Brust. In Gedanken wiederholte ich Amenophis' letzte Worte und suchte nach einem Zusammenhang zu diesem Gefühlsausbruch. Nun war der Augenblick gekommen, von dem der Große Alte gesprochen hatte, doch mir fehlte das Bindeglied, um ihrer beider Worte miteinander in Zusammenhang zu bringen und endlich zu verstehen. Auf einmal fiel es mir wie Schuppen von den Augen. Waghalsig schlug ich den Weg ein, der zur Wahrheit zu führen schien, drückte Echnaton noch fester an mich und flüsterte:

»Sag es mir! Was hast du deinem Vater angetan? Wofür willst du ihn entschädigen, wenn du das Bild des Pharao aufs neue mit göttlichen Attributen ausstattest und dem Gott eine noch nie dagewesene Alleinherrschaft im Himmel zuerkennst?«

Er blieb stumm, hatte aber meine Worte wohl verstanden. Und auch ich verstand, daß sie ins Schwarze getroffen hatten. Zitternd und mit gebrochener Stimme antwortete er schließlich:

»Ich nahm ihm die Frau. Ich nahm ihm meine Mutter... Da ich mich für einen Gott hielt, denn sie liebte mich so, als wäre ich einer, habe ich mit ihr genossen, und sie empfing...«

Ich hatte meine Arme sinken lassen, und er hob den Kopf und sah mich an. Was las er auf meinem Gesicht? Hastig fuhr er fort:

»Sie war die einzige Frau, die ich kannte und liebte... und sie wies mich nicht zurück... im Gegenteil, sie zog mich an sich. Wir liebten uns, nichts war so süß wie jene Augenblicke, in denen ich mich in ihr auflöste...«

Wir schwiegen nun beide. Er war von seinem eigenen Geständnis wie überwältigt, und ich war bestürzt über das, was ich erfuhr. Obwohl es lange vor meiner Zeit geschehen war, fühlte ich mich zutiefst verletzt. Mir schwirrte der Kopf: Bruchstücke von Gedanken, unbeantwortete Fragen kreisten sinnlos darin, und ich merkte, wie aus meinem Staunen echtes Leid wurde.

Als ich die Sprache wiederfand, fragte ich seltsamerweise nach dem, was mich in Wirklichkeit am wenigsten interessierte:

»Hat deine Mutter, was sie empfing, auch geboren?«

»Ja. Tutanchamun ist mein Bruder und mein Sohn.«

Obwohl wir kaum etwas sagten, merkte ich, wie Echnatons Verfassung rasch umschlug. Er zitterte und weinte nicht mehr und wirkte gefaßt, als hätte er sein Gewissen durch das Geständnis spürbar erleichtert.

Und ich hatte fast das Gefühl, etwas Überflüssiges zu tun, als ich sagte:

»Ich habe eine Botschaft für dich, Echnaton.«

»Von dir eine Botschaft?«

»Von deinem Vater.«

Unter seinem erstaunten Blick begann ich zu erzählen:

»In der Nacht, als er starb, wollte er mich bei sich haben. Er vertraute mir eine Botschaft für dich an und sagte, ich würde den richtigen Augenblick erkennen, um sie an dich weiterzugeben. Nun ist, glaube ich, die Zeit gekommen ... Seine Worte waren: ›Sag du meinem Sohn, er soll sein Herz von der Reue frei machen ... Reue schickt sich nicht für einen Pharao.‹«

Echnaton seufzte, ich fuhr fort:

»Und er sagte noch: ›Sage ihm, daß ich ihm verziehen habe.‹«

Echnaton preßte die Lippen zusammen und runzelte die Stirn wie unter einem stechenden Schmerz, schüttelte den Kopf und sah mich an:

»Der größte unter den Menschen, das war mein Vater.«

»Weshalb miedest du ihn also?«

»Wie man vermeidet, in die Sonne zu sehen, so floh ich vor seinem Blick. Denn er war die Sonne für mich. Ist es immer noch. Er ist Aton, auch in seiner Barmherzigkeit.«

Ich aber dachte, nicht der väterliche Glanz mache ihm den Anblick unerträglich, sondern das brennende Gefühl der eigenen Schuld.

Nun aber schien jede Qual von ihm abzufallen, als wäre er eben von einer tödlichen Krankheit genesen. Und aus einer kaum nachzuvollziehenden Regung seines sonderbaren Geistes heraus zeigte er ein plötzliches Verlangen, mit mir zu schlafen.

Wir liebten uns, und er schien zu der stürmischen Leidenschaft unserer ersten Begegnungen zurückgefunden zu haben. Ich aber mußte immer wieder an sein befremdliches Verhalten denken und hatte das Gefühl, beklommen und ohne Führung im Palast der Täuschung umherzuirren. Und konnte mich nicht bedingungslos der Liebe hingeben.

7. Tag des Monats Choiak

Ich hatte in diesen Tagen das Gefühl, ganz auf mich gestellt zu sein.

Viel mehr als die Schuld beunruhigt mich seine Charakterschwäche.

Wenn ich einmal einen Sohn habe, will ich ihn lehren, daß ein Pharao keine Standbilder braucht; daß er versuchen soll, sich nicht durch die Kraft des Steins, sondern durch die Standhaftigkeit seines Charakters ein Denkmal zu setzen, das so eindrucksvoll ist, daß es wie die Cheops-Pyramide vor den Augen der Welt bestehen kann.

16. Tag des Monats Choiak

Auch wenn ich ihn niemals erwähnte, habe ich die ganze Zeit immer wieder an ihn gedacht. Ich fragte mich, ob er überhaupt noch lebt, welche Gefahren und Entbehrungen er wohl auf sich nehmen muß und wo er sich im Augenblick befinden mag.

Völlig überraschend erreicht mich jetzt seine Botschaft: Ein Matrose hat sie am Palasttor übergeben mit der Erklärung, er habe sie von einem Schwarzen in der Nähe von Napata erhalten.

Es handelt sich um eine gewiß von ihm selbst gefertigte, abgegriffene und teilweise unleserliche kleine Tafel. Wer weiß, durch wie viele Hände sie gegangen ist! Der Text ist gezwungenermaßen sehr knapp gehalten. Es ist eine verlegene Mitteilung, die verzweifelt und hoffnungsvoll zugleich klingt:

> »Schon habe ich über achthundert Iteru zurückgelegt und fürchte, der Nil ist viel länger als mein Leben. Nun habe ich seine Spur in diesem unermeßlichen Sumpf verloren. Hier sind Menschen, die von seinem Wasser leben, aber nichts von ihm wissen. Ich bin krank, hoffe aber ...«

Ein breiter Riß macht den restlichen Text unleserlich. Darunter konnte ich noch etwas entziffern: »Sipturi an die große Königin Nofretete«.

Ich war mir sicher, daß er mich nicht enttäuschen würde. Nun war ich aber überglücklich, weil ich mein Vertrauen gerechtfertigt sah, und vor allem, weil ich ihn noch am Leben wußte.

Doch er ist wohl krank, armer Sipturi.

Von Amenhotep erfuhr ich, daß jene ausgedehnten Sumpfgebiete, in die kein Mensch noch eingedrungen ist, als die gefährlichsten der Welt gelten, wegen der giftigen Dämpfe, die sie ausdünsten.

Dort verläuft der Nil in einer unerforschten Gegend, die seit Urzeiten als unüberwindbares Hindernis für alle Reisenden betrachtet wird.

Amenhotep erklärte, der Mann sei so gut wie verloren, denn niemand sei von dort jemals zurückgekehrt. Er war sehr überrascht, als ich ihm von den dortigen Eingeborenen erzählte und darüber, daß Sipturis Täfelchen bis zu uns gelangen konnte.

Gewiß hat Amenhotep recht, und doch hoffe ich, die Kraft, die Sipturi bis dorthin getrieben hat, wird ihn weiterhin begleiten und eines Tages auch wieder heimführen.

Ich will nach wie vor zum Aton für ihn beten.

27. Tag des Monats Choiak

In letzter Zeit traf ich mich noch häufiger mit Teje und erhielt von ihr neue Anregungen und Ideen.

Wir unterhielten uns vor allem über den Aton-Tempel in Theben und erörterten gemeinsam, manchmal im Beisein Amenhoteps, alle Einzelheiten der Gestaltung: Tief- und Flachreliefs, Malerei und Plastik.

Bei diesen Unterhaltungen kamen wir unweigerlich auf die künftige Hauptstadt zu sprechen, denn am Hof redet man zur Zeit von nichts anderem. Teje ist entschieden dagegen; sie meint, dieser Plan könne der neuen Religion nur schaden. Sie urteilte mit einer Sachlichkeit, die ich ihr in bezug auf ihren Sohn nicht zugetraut hätte, als sie neulich überraschend erklärte:

»Wenn er die Welt verändern will, soll er doch in der allerwichtigsten Stadt damit anfangen, in Theben. Hier muß er die entscheidende Schlacht austragen und gewinnen. Wozu in einer unbedeutenden Gegend etwas Künstliches errichten, das niemals politische Bedeutung haben wird?«

Wenn Teje ähnliche Dinge sagt, pflegt sie hinzuzufügen:

»Sag du es ihm, denn er hört auf dich.«

Aber es stimmt nicht, er hört nicht immer auf mich. Wenn er sich für eine Idee begeistert, verfolgt er sie unbeirrt, ohne sich um Einwände zu kümmern. Er will sie um jeden Preis in die Tat umsetzen, und sei es durch Zwang.

Vielleicht kann sich aber ein echter Glaube nur so durchsetzen, und ein echter Prophet muß so verfahren.

Ich selbst sehe der Entstehung einer neuen Hauptstadt, die das Zeitalter des Aton darstellen soll, mit gemischten Gefühlen entgegen. Ich fürchte die ablehnende Reaktion der Einwohner Thebens auf die Herabsetzung ihrer Stadt. Möglicherweise wird Theben dadurch tatsächlich zur Hauptstadt der Amun-Priesterschaft, die letzten Endes gestärkt und noch mächtiger aus dem Kampf hervorgehen könnte.

Teje aber hielt mich für eine glühende Verfechterin der Neugründung wegen einer Äußerung, die ich einmal Echnaton gegenüber gemacht hatte. Als er mich nämlich nach dem in meinen Augen idealen Standort für eine neue Stadt fragte, kam mir jene wunderbare Erscheinung wieder in den Sinn, die mich auf der Nilfahrt so fasziniert hatte. Und ich erzählte ihm von dem herrlichen Tal, das die Hügel von Hatnub umschließen. Ich dachte an die prächtige Landschaft zurück und an Amenhoteps Worte über den Uräus der Schönheit. Nun versuchte ich Teje zu erklären, daß dies für mich der denkbar schönste und geeignetste Ort Ägyptens war, um eine Sonnenstadt zu errichten. Aber deshalb war ich noch lange nicht von der Notwendigkeit einer neuen Hauptstadt überzeugt.

Es ist schön mit Teje, wenn man gelernt hat, ihre schweigsame, geistesabwesende Art zu akzeptieren. Und ihre plötzliche Rückkehr in die Wirklichkeit, wenn sie einen unvermittelt mit einem Satz überfällt und durch die Schärfe ihres klaren Verstandes blendet. Bei ihr kommt alles zur Sprache, eingehend widmen wir uns aber nur den Themen, die eine umfassende Dimension besitzen.

»Umfassende Dimension« ist eine typische Redensart von Teje. Einmal fragte ich sie, was sie damit meine, und sie erklärte:

»Was vor tausend Jahren Gültigkeit hatte und noch heute und in tausend Jahren gleichermaßen gültig sein wird. Das meine ich. Was für uns wichtig ist und gleichermaßen für die Keftiu, die Hethiter und auch für die Menschen im Land Kusch oder Punt. Das meine ich.«

Ich verbrachte den gestrigen Nachmittag in ihren Räumen, und wir unterhielten uns über unzählige Dinge. Zwischendurch erfrischten wir uns in ihrem Schwimmbecken und sahen den Gärtnern von Malkata bei der Arbeit zu.

Das brisanteste Tagesgespräch betrifft die Wächter des Amun. Als die Zeit reif wurde, beschloß Echnaton einzugreifen und ließ einige der verantwortlichen Priester festnehmen. Es stellte sich heraus, daß die Bewegung nicht nur in Theben, sondern auch in zahlreichen anderen Städten Ägyptens Wurzeln geschlagen hatte.

Die ersten Prozesse sind schon im Gange, und die Anklage lautet auf Verrat und bewaffnete Revolte. Da die Todesstrafe aber offiziell aufgehoben wurde, wird man höchstens Zwangsarbeit oder Verbannung für die älteren Priester verhängen.

Wieder einmal blieb Ptahmosis verschont, denn, wie Teje mit einem Lächeln bemerkte, »... solange er die Priesterschaft anführt, ist die Sache für uns relativ harmlos.«

Nach langem Schweigen fügte sie dann hinzu: »Nun ist der Kampf zwischen der Staatsmacht und der Priesterschaft so weit fortgeschritten, daß er nur durch die Niederlage der einen oder der anderen Partei beendet werden kann. Es wird gewiß ein langer Krieg, und Echnaton hat erste Erfolge erzielt, doch was wird in

Zukunft geschehen? Die Amun-Priester zeigen sich unnachgiebig, die anderen Priesterschaften haben noch keine klare Stellung bezogen. Und die neue Religion des Aton verbreitet sich nur langsam. Und dies macht mir am meisten Sorge, denn nur wenn sie sich durchsetzt, können wir auf Erfolg hoffen.

Vielleicht tun wir nicht genug dafür: Wir sollten aktiver werden, uns bemühen, die Lehre unter das Volk zu bringen, statt uns nur an die Gebildeten zu wenden ... Dazu bräuchten wir mehr Priester. Doch wie kann man Priester für eine Religion anwerben, die sich unter anderem auf den Grundsatz stützt, daß jeder Anhänger sein eigener Priester sein soll?«

Ich hörte ihr zu und beobachtete zugleich voll Bewunderung die Gärtner, die im Park von Malkata ihrer Arbeit nachgingen: Sie versorgten die Pflanzen mit dem lebenswichtigen Wasser, das aus dem See gepumpt, in Speicher und Röhren geleitet und schließlich verteilt wird.

Eine undankbare Arbeit unter der unbarmherzigen Sonne, doch das üppige Wuchern der grünen und blühenden Pflanzenwelt zeigte ihren Erfolg. Der unmittelbare Zusammenhang zwischen der Absicht und ihrem Ergebnis, zwischen der Arbeit und der mit ihr verbundenen Mühe wurde deutlich.

Nichts birgt mehr Fragen und Gefahren als das Werk eines Herrschers. Und sich mit der Natur zu befassen ist weitaus leichter und gefahrloser, als sich an den Menschen zu erproben. Die Gärtner taten nicht mehr, als ausgesuchte Pflanzen vor dem Durst zu bewahren und das unerwünschte Unkraut auszumerzen.

Was ist härter? Die schweißtreibende körperliche Arbeit, die mit ruhigen Nächten und erholsamem Schlaf belohnt wird, oder das sorgenvolle Leben des Geistes, der sich dem Druck des Überlegens und Entscheidens niemals entziehen kann?

3. Jahr des Horus Echnaton

19. Tag des Monats Tybi

Von Teje erfuhr ich von dem skandalösen Geschehen in Memphis und sprach ausführlich mit ihr über die politische Bedeutung dieses unglaublichen Vorfalls; wir versuchten, uns die Folgen für die Zukunft Ägyptens auszumalen und die möglichen Auswirkungen auf den Machtkampf, der im Lande ausgefochten wird.

Viele Landsleute halten das Ganze für eine vom Pharao inszenierte Verschwörung, die die Amun-Priesterschaft in Verruf bringen und schwächen soll. Doch es ist nicht so.

Wahr ist dagegen, daß die Dinge tatsächlich so verliefen, wie es berichtet wird. Und zwar:

Vor kurzem stößt ein Medjawi-Spähtrupp auf seiner nächtlichen Streife in der Wüste südlich von Memphis auf zwei beutebeladene Diebe, die die Gräber bei Dahschur geplündert haben. Die beiden werden festgenommen, auf die Polizeiwache gebracht, wo der Kommandant einen nach dem anderen verhört. So wird dieser obskure Beamte ganz unerwartet zum Zeugen eines unglaublichen Geständnisses. Die Aussagen der Diebe sind so ungeheuerlich, daß er ihnen zunächst keinen Glauben schenken mag. Die ganze Nacht befragt er die Männer; sie liefern immer neue Beweise, die ihre Erzählung bestätigen, so daß er am Ende daran glauben muß, daß die ganze unerhörte Geschichte der Wahrheit entspricht.

Die Gefangenen unterzeichnen eindeutige und detaillierte Geständnisse und erklären sich überdies dazu bereit, die Polizisten an den Ort zu führen, an dem sie sich mit eigenen Augen von der

Richtigkeit ihrer Behauptungen überzeugen können. Denn, so sagen sie, das Diebesgut wird gewöhnlich zu einer großen Sammelstelle gebracht, die drei über jeden Verdacht erhabenen Personen untersteht: Es sind Penesi, der Nomarch von Memphis, Sostris, Erster Prophet des Amun und Ameni, Erster Prophet des Ptah.

Noch vor Tagesanbruch rückt Nacht (so heißt der Medjawi-Offizier) mit seinen Männern und etwa hundert Soldaten, die ihm der Befehlshaber des dortigen Standorts zur Verfügung gestellt hat, aus, dringt überraschend in den Palast des Nomarchen ein und läßt sich von den beiden Gefangenen zu den Lagerräumen führen. Nebenbei stößt er auf eine Werkstatt, in der gerade reger Betrieb herrscht. Hier wird das gestohlene Gold eingeschmolzen und zu Barren gegossen.

Penesi wird in seinem Schlafgemach überrumpelt und sofort verhört. Die Überraschung ist so groß, daß er seine entrüstete Miene, seine Verteidigungsversuche und Lügen bald aufgibt und die Namen Sostris und Ameni nennt. Nacht verhaftet ihn und eilt zu den Palästen der zwei Hohepriester, um sie zu durchsuchen. Dort findet er sogar Quittungen für abgeliefertes Diebesgut! Die ebenfalls festgenommenen Priester werden in den Palast des Nomarchen gebracht und bereits im Laufe des Vormittages verhört. Die Gegenüberstellung der drei findet in Anwesenheit von zahlreichen Zeugen statt, die unter den Offizieren, Beamten und Schreibern von Memphis ernannt wurden.

Jeder Angeklagte versucht verzweifelt, die beiden anderen zu belasten und bestätigt dadurch nur die von Nacht gemachte Entdeckung. So sind die drei Übeltäter eindeutig überführt.

Wie gelähmt vor Staunen hörte ich Tejes Erzählung zu. Alles war so unglaublich und beschämend, daß mir richtig übel wurde. Teje bemerkte meine angeekelte Miene und zeigte sich überaus besorgt, ließ mich an einem Duftfläschchen riechen und wollte mich überreden, mich auf ihr Bett zu legen. Doch ich lehnte dankend ab und bat sie, fortzufahren.

»Nacht handelt weiterhin sehr klug: Er läßt die drei Paläste räumen, die Eingänge zumauern und versiegeln und stellt Wachen davor. Er gibt öffentlich bekannt, daß alle Verwandten, Freunde oder Bedienstete der Verhafteten in Memphis bleiben und zur

Verfügung stehen müssen, um vom Pharao verhört zu werden. Schließlich verfrachtet er die Beschuldigten, an die zwanzig Zeugen und einen Teil der Beute auf zwei Schiffe und bricht mit einer ansehnlichen Eskorte nach Theben auf. Gestern abend traf er hier ein.«

»Ein außerordentlich tüchtiger Offizier. Er hat schnell und wirkungsvoll gehandelt«, bemerkte ich.

»Und so redlich und dem Pharao ergeben!« bekräftigte Teje. »Und doch, hätte er nicht so entschlossen gehandelt, wäre die Gefahr für ihn noch größer gewesen, angesichts der schweren Anschuldigungen, die er derart wichtigen Persönlichkeiten gegenüber erhebt. Er hat sich ausgezeichnet verhalten, selbst wenn man dafür in Kauf nehmen muß, daß der Nomos von Memphis nun ohne Führung ist.«

Nun soll sich Echnaton an den hohen Gerichtshof unter Ajas Vorsitz gewandt und Druck ausgeübt haben, damit der Prozeß, dem er persönlich beiwohnen will, so bald wie möglich stattfindet.

Die Nachricht hat sich wie ein Lauffeuer in Ägypten verbreitet und überall noch mehr Besorgnis erregt als damals der Verlust von Ugarit und Amurru. Man spricht von nichts anderem.

Und auch wir beide hörten erst damit auf, als sich der Tag neigte und wir zu dem Schluß gekommen waren, daß der Verfall Ägyptens wirklich groß sein muß, wenn so bedeutende Personen sich zu solchen Missetaten hinreißen lassen.

Schweigend nahmen wir zusammen ein kleines Mahl ein, bevor die Lampen für die Nacht angezündet wurden. Und dieses stille Beisammensein zeigte mir unsere Nähe, die keiner besonderen Gesten oder Worte bedarf. Sie ist nun wie echte Freundschaft, die selbst lange Pausen des Schweigens ertragen kann.

Später ließen der Anblick des Mondes über dem See und das nervöse Zirpen der Grillen jedes Gespräch überflüssig erscheinen und bestätigten mir, daß wir gleich empfanden.

Ich fühlte, daß unsere Köpfe müde waren, sich über öffentliche Dinge zu zermürben, und wie der Hund nach der Jagd zu seinem Herrn heimkehrt, fanden wir zu unseren persönlichen Anliegen zurück, die sicher nicht weniger beunruhigend waren.

Ich hatte das Verlangen, von Echnaton zu reden, und war dankbar, als Teje meinen mühsamen Ansätzen zuvorkam und, den Blick auf den leuchtenden Wasserspiegel gerichtet, plötzlich sagte:

»Ich habe mich oft gefragt, was dir mein Gemahl Amenophis kurz vor seinem Tod wohl zu sagen hatte?«

»Er sprach von eurem Sohn.«

»Das habe ich vermutet.«

Ich erzählte ihr von dem letzten Wunsch des alten Königs, und von dem Auftrag, den er mir gegeben und den ich erst vor kurzem erfüllt hatte.

Sie schwieg, schien sich aber nicht daran zu stören, daß ich von der geheimen Beziehung zwischen ihr und ihrem Sohn wußte.

Dies gab mir Mut und ich wagte ganz leise zu fragen:

»So stark war also eure Liebe?«

Sie seufzte und schüttelte den Kopf, als wollte sie eine schmerzliche Erinnerung abwehren.

»Ach ... ja. Ein verworrenes Gefühl, eine sonderbare, aber ungeheuer starke Liebe. So stark, wie die Gewalt, mit der er mich nahm und wie die Schwäche, mit der ich ihn abwehrte. Wie Wein, der sich mit Wein vermischt, wie Liebe, die sich durch Liebe verdoppelt.

Er war mein Sohn, und er wollte nicht hinnehmen, daß ich ihm den Körper verweigerte, der ihn gezeugt hatte und den er noch brauchte. Er war mein Sohn, und ich wollte vielleicht, daß er wieder zu mir zurückkehrt, dorthin, woher er gekommen war.

Qualvoll trafen unsere verborgenen Wünsche aufeinander. Uns verlangte nach etwas, das verboten war und uns doch brennend anzog; nach einer Sünde, die nur die unvermeidliche Folge zu vieler heimlich gehegter Wünsche war. Es ist der furchtbare Zauber, der den Menschen erniedrigt, auch wenn er ihn zu einem Gott macht. Der ihn hoffnungslos betört und dann schwindet: Wie ein Rausch, der schließlich verfliegt und die Seele leer zurückläßt.«

Der eindringliche Ruf eines Nachtvogels ließ sich dann und wann vernehmen: Im Dunkeln klang er wie eine besorgte Frage, die sich selbst gleich beruhigend Antwort gab.

Meine Gedanken schweiften ab: Ich dachte an Tutanchamun, den kränklichen Jungen, und an Amenophis' wehmütige Weisheit. Ich fragte mich: Welche Wurzeln hat die Leidenschaft Tejes und Echnatons in die Zukunft Ägyptens gesenkt?

Mir schwindelte, und ich fuhr mir mit der Hand über die Augen, Schweiß perlte von meiner Stirn.

Teje betrachtete mich lächelnd, ich sah ihre weißen Zähne im Dunkeln aufblitzen, als sie den Kopf zu mir wandte.

»Mach dir keine Sorgen«, sagte sie ruhig, »du bist nicht krank. Du erwartest wieder ein Kind.«

20. Tag des Monats Mechir

Ich war nicht mehr imstande, etwas zu schreiben. Seitdem ich weiß, daß die neue Frucht meines Leibes wieder ein Mädchen sein wird, sind mein Geist und mein Herz wie gelähmt.

Ich empfinde dies als eine große Ungerechtigkeit. Es ist, als wolle das Schicksal mir das Recht verweigern, Ägypten einen Thronfolger zu schenken.

Ich weiß, wie sehr Echnaton sich diesen Sohn wünschte, und wieder habe ich ihn enttäuscht! Wie lange noch muß ich warten? Und was könnte inzwischen geschehen?

Alles andere erscheint mir bedeutungslos: Der Hethiterkönig Schuppiluliuma, der seine Expansionspolitik fortsetzt und das Reich meines Vaters angreift; die bevorstehende Nilfahrt mit Echnaton, um den Standort der neuen Hauptstadt festzulegen; der inzwischen beinahe beendete Tempelbau in Karnak. Und die skandalösen Umstände und das erschreckende Ausmaß der Korruption in Ägypten. Die Schwierigkeiten bei der Beschaffung von Eisen, das wir zur Aufrüstung unseres Heeres dringend brauchen. Oder die Machenschaften und Intrigen der Amun-Priesterschaft gegen den Pharao und die wiederholten Meldungen von Unruhen und Rebellionen unter den südlichen Bewohnern des Landes Kusch.

Nichts von all dem bewegt mich so sehr wie die Tatsache, daß ich bereits zum zweiten Mal in der Zeugung eines Sohnes versagt habe und aus diesem Grund die bittere, wortlose Enttäuschung im Gesicht des Pharaos lesen mußte.

Wie sollte ich also fortfahren zu schreiben? Jede Erinnerung schmerzt, wenn man seinem Schicksal ablehnend gegenübersteht und erkennen muß, daß das Glück sich hartnäckig verweigert.

Es ist schwer genug, das Unglück zu ertragen. Es hat also keinen Sinn, sich von der Erinnerung Linderung zu erhoffen und damit nur den Schmerz zu verdoppeln.

Zweiter Teil

13. Jahr des Horus Echnaton

2. Tag des Monats Farmuti

Die Erinnerung an Vergangenes hat einen seltsamen Geschmack, eher bitter als süß. Wie ist es überhaupt möglich, daß etwas Warmes ein Gefühl der Kälte vermittelt? Genau dies aber tut die Erinnerung an Vergangenes.

Was bewegte mich, die Korbtruhe mit den Papyrusrollen und Täfelchen zu öffnen, die mein Leben seit der Ankunft in Ägypten vor mehr als zehn Jahren erzählen?

Es geschah Sethas wegen: Sie starb vor ungefähr einem Monat am Kindbettfieber und hinterließ ihrem Mann Merire, dem Königlichen Schreiber, einen strammen, quicklebendigen Jungen und mir eine große Leere im Herzen. Als sie bereits im Sterben lag, hatte sie mir ihre kleine Faust hingestreckt und mir das Siegel, das darin lag, gezeigt:

»Ich übergebe dir die Truhe mit all den Worten, Herrin, denn ich kann sie nicht länger bewachen.«

Ich faßte ihre Hand und brachte keinen Ton heraus, sie aber fuhr fort:

»Seit damals, als du mich gepeitscht hast, habe ich sie sorgfältig verwahrt, und keiner durfte sie anrühren, nicht einmal mit den Augen.«

Mit tränenerstickter Stimme gelang es mir endlich, zu entgegnen:

»Laß uns lieber an die Liebkosungen denken, nicht an die Peitschenhiebe.«

»Ich denke, es war ein und dasselbe!« erwiderte sie überraschend. »Doch nun muß ich dir etwas gestehen, Herrin: Damals war es mir nicht sofort klar, ob es zu meinem Vorteil oder zu meinem Schaden geschehen war. Ich mußte zuerst meinen Namen lesen lernen, um dann heimlich deine Aufzeichnungen zu überfliegen. Wenn ich dabei auf meinen Namen stieß, wußte ich, daß du von mir geschrieben hattest, daß auch ich irgendwie in deinen Gedanken anwesend war. Dann fühlte ich mich glücklich und geborgen.«

Ich drückte ihre Hand noch fester, fand aber keine Worte.

»Ich danke dir für das, was du mir gegeben hast«, fuhr Setha fort. »Du gabst mir Freude, Bildung, einen angesehenen Mann, Wohlwollen und vor allem deine Zuneigung. Nur eines nahmst du mir: das Sklavendasein.«

Ich war sprachlos und verwirrt: Man hätte meinen können, sie sei die Königin und ich ihre treue Untergebene. Denn während sie feierlich und gefaßt sprach, weinte ich unaufhaltsam und voller Demut.

An der Tür erschien eine Amme mit dem Neugeborenen auf dem Arm. Da Amenhotep ihr verboten hatte, das Kind zu berühren, erhob Setha die Hand mit einer Geste, die Einhalt gebot und zugleich ein zärtlicher Abschiedsgruß war.

Sie sah mich an:

»Ich fühle mich fast schuldig, daß ich schon beim ersten Mal einen Sohn geboren habe, wenn ich an dich denke.«

Ich schüttelte den Kopf: »Jeder hat sein Schicksal.«

Durch banales, unverbindliches Gerede wollte ich vielleicht dieses letzte Aufflackern von Leben festhalten, mich dem würdevollen Einzug des Todes widersetzen.

Sethas wunderbarer Mund war noch zu erkennen: Die halboffenen Lippen waren rissig und geschwollen vom Fieber, und ihr Atem, der sich so oft frei und leicht mit dem meinen vermischt hatte, ging keuchend. Der fremde Glanz in ihren Augen verriet Verzweiflung, und doch erkannte ich in ihrem Gesicht jene Hingabe wieder, die mir so unvergeßliche Augenblicke des Glücks bereitet hatte.

Der endgültige Abschied war nahe, und ich spürte mit Qual,

wie die Zeit verging, ohne daß ich die richtigen Worte finden konnte. Sie war es aber, die schließlich sagte:

»Meine Königin, laß es nicht zu, daß ich in deiner Anwesenheit einschlafe, denn dies schickt sich nicht für deine Dienerin.«

»Ist gut, kleine Setha. Schlafe nun in Frieden, und mögest du die süßesten Dinge träumen.«

»Ich wünschte, ich könnte dir auch dort drüben weiter dienen. Wenn möglich, werde ich es tun.«

»Wer weiß«, entgegnete ich. »Vielleicht werde ich es sein, die dir dient, wenn wir uns wiedersehen.«

Sie zuckte mit den Schultern und lächelte ungläubig.

Ich ging an Merire vorbei, der gerade eingetreten war und mit verweinten Augen niederkniete, und verließ das Zimmer.

In der Hand hielt ich das Siegel zur »Truhe mit all den Worten«, wie Setha gesagt hatte.

16. Tag des Monats Farmuti

Ich begann zu lesen, was ich vor fast zehn Jahren als letztes geschrieben hatte, und konnte ein bitteres Lächeln nicht unterdrücken.

Als ich erfahren hatte, daß ich wieder eine Tochter erwartete, war ich hochmütig und dumm genug zu schreiben:

»Nichts von all dem bewegt mich so sehr, wie die Tatsache, daß ich bereits zum zweiten Mal in der Zeugung eines Sohnes versagt habe und aus diesem Grund die bittere, wortlose Enttäuschung im Gesicht des Pharaos lesen mußte. Wie sollte ich also fortfahren zu schreiben? Jede Erinnerung schmerzt, wenn man seinem Schicksal ablehnend gegenübersteht und erkennt, daß das Glück sich hartnäckig verweigert. Es ist schwer genug, das Unglück zu ertragen. Es hat also keinen Sinn, sich von der Erinnerung Linderung zu erhoffen und damit nur den Schmerz zu verdoppeln.«

Wieviel jugendliche Anmaßung und Intoleranz spricht aus diesen Worten.

Das war keine hartnäckige Verweigerung des Glücks, das war

gar nichts, damals. So schrecklich kam es mir vor, daß mir auch die zweite Schwangerschaft keinen Sohn bescherte. Und ich wußte noch nicht, daß ich niemals einen Sohn haben würde, sondern sechs Töchter. Und daß ich die zweite von ihnen, Maketaton genannt, im Alter von sechs Jahren verlieren würde. Gerade sie, das Kind, das ich mir vielleicht am wenigsten wünschte, so daß zu der Trauer auch bittere Reue hinzukam.

»Jeder hat sein Schicksal«, habe ich zu Setha gesagt, doch vielleicht ist es gar nicht so. Vielleicht war es ein böser Zauber, ein niederträchtiges Werk von Ptahmosis, das mich unfähig machte, einen Sohn zur Welt zu bringen. Sein Haß gegen die Dynastie und das Königshaus, eine Rache, gewiß nicht die einzige.

Denn nichts ist so gefährlich und unerbittlich wie der Haß eines geistlosen Menschen.

Doch ich habe keinen echten Beweis dafür, auch Teje war sich dessen nicht ganz sicher. Vielleicht liegt es einfach in meiner Natur, daß ich nur Töchter gebären kann. Oder der Wille Atons hat mich dazu verurteilt.

Nach Meritaton und Maketaton gebar ich Anchesenpaaton, dann Neferneferaton und Neferneferure; schließlich Setpenre, die erst zwei Jahre alt ist. Alle aus meinem Leib hervorgegangen, alle von Herzen geliebt, ungeachtet der Enttäuschung, die ihre Geburt ihrem Vater, dem Hof und dem Volk Ägyptens verursachte. Immer geliebt, auch als unter dem Volk allmählich der Verdacht laut wurde, Amun wolle uns bestrafen, indem er uns den Thronfolger verweigerte.

Auch für mich war jede Geburt eine bittere Enttäuschung. Aber gerade das unverdiente Pech meiner Töchter, in eine Welt hineingeboren zu werden, die sie nicht wollte und als eine göttliche Strafe betrachtete, machte sie mir, neben ihrer Schönheit, Unschuld und Güte, noch lieber. Und sie wurden das Wichtigste in meinem Leben.

Mit ihnen verbringe ich viel Zeit. Ich freue mich an ihrem Aussehen und Charakter, ich genieße ihre Fröhlichkeit, ihre weibliche, jugendliche Anmut, kümmere mich um ihre Bildung und Gesundheit.

Doch je heftiger man liebt, um so schmerzlicher kann das Leid sein. Meritaton, die Älteste, ist vor wenigen Wochen zur Frau geworden. Sie ist ernst, nachdenklich, zielstrebig und interessiert sich wie ich für Kunst. Sie hat eine besondere Vorliebe für alle Tiere, ist feinfühlig und klug. Wie kann ich mich nun damit abfinden, daß ein solches Mädchen Semenchkares Braut wird? Der Stiefbruder meines Gemahls ist ein Mann ohne besondere Vorzüge, er hat ausgesprochen homosexuelle Neigungen und ist überdies eingebildet und hochmütig. Und doch scheint dies Meritatons »politisches Los« zu sein.

Auch Anchesenpaaton dürfte kaum mehr Glück haben: Denn sie ist dem in Blutschande erzeugten Kind bestimmt, dem an Körper und Seele leidenden, schwermütigen Tutanchamun (der in Anpassung an das Zeitalter nun Tutanchaton heißt), dessen einzige Sorge und Beschäftigung der Planung und Ausstattung seines Grabmals gilt, für das er unermüdlich kostbaren Zierrat anhäuft.

Ausgerechnet sie, die fröhlichste, sinnlichste und unbeschwerteste meiner Töchter, sollte ihr Leben mit einem solchen Mann teilen?

Doch Amenhotep erzählte mir im Vertrauen, daß der Junge an einem angeborenen Herzfehler leidet und kaum älter als siebzehn werden wird. Ich muß gestehen, daß ich bei dieser Nachricht eine zynische Freude empfand, die ich durch meine Mutterliebe zu rechtfertigen suche.

Für die drei Jüngeren wurde noch keine offizielle Entscheidung getroffen: Aber als Königstöchter müssen sie sich dem beugen, was über sie verfügt wird.

Neferneferaton ist sechseinhalb Jahre alt und verspricht die schönste zu werden. Sie scheint sich auch darüber im klaren zu sein: Man braucht nur ihre Haltung zu sehen, die Sorgfalt, mit der sie sich kleidet, und ihr instinktives Verlangen, Aufmerksamkeit und Bewunderung auf sich zu ziehen. Die vierjährige Neferneferure ist neugierig und schwatzhaft, interessiert sich für alles, stellt ununterbrochen Fragen. Von allen ist sie die herzlichste und zärtlichste. Setpenre ist ein kleines, rundliches, immer vergnügtes Ding, das in vieler Hinsicht noch stark von der Mutter abhängt. Sie hat einen kleinen Hundewelpen, der sie auf Schritt und Tritt begleitet und dem sie sogar ähnlich sieht. Sie bilden ein unzertrennliches Paar, das den Schwestern und uns allen viele lustige Stunden bereitet.

Diese Töchter haben mein Leben vielleicht nicht grundlegend verändert, doch sie haben es sicher bereichert. Ich empfinde sie als ein kostbares und anspruchsvolles Geschenk und verdanke ihnen wichtige und tiefgehende Erfahrungen. Auch wenn sie meine Zeit über Gebühr in Anspruch nehmen, meinen Schlaf erheblich verkürzen, alle übrigen Fragen, Freuden, Erfahrungen und Ereignisse in den Schatten stellen.

22. Tag des Monats Pacons

Vor zehneinhalb Jahren habe ich darauf verzichtet, meine Gedanken und Empfindungen auf diese stille, einsame Weise zum Ausdruck zu bringen, die sich an niemand besonderen richtete, kein bestimmtes Ziel hatte und mir doch Trost spendete.

Warum nahm ich das Schreiben wieder auf? Ich glaube doch nicht, daß Sethas Tod den Ausschlag gab. Wahrscheinlich wäre es sowieso geschehen.

Einem nicht enden wollenden, hartnäckigen Unglück ergibt man sich wohl am Ende. Und man nimmt es an, wie man einen unvollkommenen Körperteil annimmt, oder eine Krankheit, die einem ständige, wenn auch nicht tödliche Qualen bereitet.

So will ich meinen zwecklosen Widerstand aufgeben und mich nun mit meinem Unglück auseinandersetzen.

Und ich möchte dort beginnen, wo einmal meine kräftigste Wurzel war. Die, die in diesen Jahren am schlimmsten verletzt wurde und nun fast vollkommen abgetrennt ist: Echnaton.

Mein Geliebter, mein Gemahl, mein geistiger Lehrer: Eine glühende Liebe, die allmählich kälter wurde und schließlich brutal ausgelöscht wurde. Ein großer gemeinsamer Traum, der nun zum Alptraum geworden ist: der Traum von einem einzigen, allumfassenden Gott, an den ich fest glaube, von dessen Existenz ich zutiefst überzeugt bin und dessen Kommen die Welt wirklich emporheben würde; für den aber unser Glaube zu gering ist und niemals ausreichen wird, wenn er sich nicht von schweren Irrtümern frei macht.

Echnaton. Was ist nur mit ihm geschehen?

Diese Frage läßt mein Herz erzittern, und ihretwegen bangt ganz Ägypten. Beklommen denke ich an den Morgen zurück, als er mir plötzlich erschien, thronend auf dem Pharaonensitz vor der Anlegestelle in Malkata: Wie schön war er, wie bestrickend sein mystischer Eifer, sein geistvolles, begeistertes und mutiges Wesen. Ein Mann, dem ich mich seelenverwandt fühlte und dem ich mich hingab. Heute dagegen ist er finster, undurchschaubar, zweideutig, launenhaft und unbeständig, unschlüssig und wirklichkeitsfremd, jähzornig und nachtragend.

Auch seine äußere Erscheinung hat sich verändert: Aus dem scharfen Gesicht blitzte einem der durchdringende Blick seiner klugen, leidenschaftlichen und ironischen Augen entgegen, seine edle Gestalt war schmal, aber wendig und voll männlicher Kraft.

Jetzt sind seine Wangen und Lippen schlaff, nicht vor Alter, sondern wegen der Fettleibigkeit, die ihm auch ein Doppelkinn beschert hat. Sein Blick weicht unruhig aus, oder er starrt träge ins Leere. Seine ganze Haltung und seine Gestalt haben etwas grotesk Weibliches. Aus unerklärlichen Gründen begann auf seiner Brust ein Busen zu wachsen, der inzwischen üppiger ist als der meine, mit schamlosen behaarten Zitzen. Gesäß, Schenkel und Bauch sind unglaublich dick und stehen in krassem Gegensatz zur Taille und zu den Beinen, die fast so dünn geblieben sind wie bei dem Jüngling von damals .

»Es ist eine Krankheit«, erklärte Amenhotep schon vor drei Jahren. Und er fügte bekümmert hinzu: »Eine fortschreitende, unaufhaltsame Krankheit: Er wird nicht ganz aufhören, ein Mann zu sein, wird aber auch ein Weib werden.«

Damals hatte Echnaton bereits begonnen, jeden körperlichen Kontakt mit mir zu meiden und sich seiner Haremsdamen zu entledigen, die er meist fremden Gesandten zum Geschenk machte.

Damals hatten wir auch den letzten mühsamen Geschlechtsverkehr, aus dem Setpenre hervorging. Die vorletzte Zusammenkunft hatte zwei Jahre vorher stattgefunden, als Neferneferure gezeugt wurde.

Ich weiß allzugut, daß es beide Male mit Widerwillen geschah und mit dem ausdrücklichen Zweck, wenigstens ein männliches Kind zu bekommen.

Die ägyptische Heilkunde kennt drei Arten von Krankheiten: die heilbaren, die, die einen Behandlungsversuch wert sind, und die aussichtslosen.

»Diese Krankheit gehört zur dritten Art«, urteilte Amenhotep.

So mußte ich im Laufe der Jahre zusehen, wie mein geliebter Mann an Körper und Geist verfiel, meine Gemächer nicht mehr aufsuchte und sich allmählich jeder Aussprache entzog; wie er sich nach und nach mit zweifelhaften Jünglingen aus jeder gesellschaftlichen Schicht umgab, darunter Semenchkare. Es heißt sogar, daß er ihn bald zum Mitregenten ernennen wird, mit dem Titel »Stütze des Greisenalters«.

Also vollzog sich eine Wandlung auch in der Politik: Aus einem vielleicht zu stark von Idealen beseelten, aber gewiß entschlossenen, tatkräftigen und umsichtigen Pharao, aus dem weitblickenden, klugen Menschen wurde ein unberechenbarer, unsicherer Herrscher, der sich hinter den Aton-Grundsätzen von Frieden und Barmherzigkeit versteckt. Mit ihrem zwar positiven aber auch starren »Gebot der Liebe« reichen diese allein jedoch keineswegs aus, um eine gute Regierung zu sichern, vielleicht nicht einmal, um einer neuen Weltanschauung zum Durchbruch zu verhelfen.

Mehr als zehn Jahre nach der Verkündung zieht der Aton-Gedanke immer noch gebildete und von Natur aus edelmütige Geister an. Und doch konnte er den überlieferten Glauben nicht verdrängen, und nur in den Herzen einer unbedeutenden Minderheit hat Aton den Platz der alten Götter eingenommen.

Achet-Aton, die neue Hauptstadt, in der Echnaton sich verschanzte, nachdem er Theben und dem restlichen Ägypten den Rücken gekehrt hatte, ist nichts anderes als eine Zufluchtsstätte. Hier läßt sich ein Großteil der Realität leichter ignorieren. Hier kann er ungestört seinen Traum weiterspinnen, vielleicht auch seine Unfähigkeit besser kaschieren.

Vermutlich hat jeder Mensch seinen eigenen Achet-Aton; ich wohl mehr als alle anderen, denn ich habe diesen Traum geteilt und mich den Fehlentwicklungen nicht entgegengestellt.

Und doch ist dies eine herrliche Stadt: feierliche Darstellung eines Heiligtums, die einzigartig ist, denn sie ist aus einem Guß entstanden. Dies verleiht ihr Harmonie und unversehrte Schönheit.

»Ja, hier wird sie entstehen«, wiederholte der Pharao immer wieder mit Überzeugung. Es war vor acht Jahren, als wir in der drückenden Nachmittagshitze die weite Ebene von Hatnub durchfuhren. Amenhotep und ich hatten ihn hierher geführt, nachdem wir nilabwärts gefahren waren, um den Ort zu besichtigen, den wir von unserer Fahrt nach Theben in Erinnerung hatten.

»Es wird die schönste Stadt der Welt sein. Ganz für uns und für unseren Gott.« Seine Augen glänzten vor Begeisterung über die wunderbare Gegend, die genau im Herzen Ägyptens liegt, auf halbem Weg zwischen Theben und Memphis.

Auf einem an Deck des »Funkelnden Aton« aufgestellten Tisch lag ein großer Plan ausgebreitet, und im Beisein Amenhoteps schwelgte Echnaton in seinem Traum. Er deutete auf verschiedene Stellen und bestimmte einen nach dem anderen die Standorte für den Königspalast, den Aton-Tempel und das Haus des Lebens, die Wohnstätten der Arbeiter und der Höflinge, die Lagerhallen, sogar jede einzelne Stele zur Umgrenzung des Heiligen Bezirks des Aton.

Dabei war er glücklich und schien sich nicht im geringsten darum zu kümmern, daß Schuppiluliuma Ägyptens Grenzen aufs neue bedrohte: Dieser hatte gerade das Reich Mittani unterworfen und Waschukkanni erobert, meinen Vater von der Stadtmauer werfen lassen und meinen Bruder zur Flucht in die Berge gezwungen.

Vielleicht war all dies auch für mich bedeutungslos. Schließlich konnte man es als Vergeltung für die alte Schuld meines Vaters betrachten, der in seiner Jugend den eigenen Bruder hatte ermorden lassen, um sich der Herrschaft zu bemächtigen. Und Mattiwaza mußte nun endlich für seine Missetaten und seine Nichtsnutzigkeit büßen.

Wie würde ich mich wohl verhalten, wenn er nach Ägypten käme, um Zuflucht und Hilfe zu erbitten? Doch die Entscheidung blieb mir erspart, denn er klopfte nicht an unsere Tür. Nicht daß sein Stolz ihn etwa daran gehindert hätte, sondern weil alle Straßen von den Hethitern überwacht wurden, wie ich erfuhr.

Bei dem Gedanken, daß das Land meiner Kindheit vom Feind besetzt war, spürte ich einen schmerzlichen Stich, sonst nichts. Die sonderbare Hartherzigkeit, die ich dann und wann in mir verspüre, bewirkte, daß ich mehr um Orte als um Menschen trauerte. Mich quälte die Vorstellung der in den Palasträumen Waschukkannis lagernden Eindringlinge, die die Gärten verwüsteten, in denen das Grab meiner Mutter war, und die Orte meiner Kindheit zerstörten.

Wirklich erschüttert war ich erst später, als mir Augenzeugen von den fliehenden Frauen erzählten, die in den Straßen in Blutlachen ausrutschten und hinfielen und dort von den Soldaten vergewaltigt wurden; von den Mutigen, die versucht hatten, die Stadt zu verteidigen und nun an den Mauern erhängt wurden, während Mattiwaza spurlos verschwand.

Natürlich war er bei den ersten Anzeichen von Gefahr mit ein paar Dienern in die Berge geflüchtet. Doch er hatte weder Freunde noch Unterhaltsmöglichkeiten. Nach den ersten schrecklichen Tagen kehrte er deshalb nach Waschukkanni zurück und warf sich Schuppiluliuma zu Füßen, er flehte um Erbarmen und bot ihm seine Dienste an.

Daraufhin wurde er wieder auf den Thron Mittanis gesetzt, nicht mehr als König, sondern als Vasall des Menschen, der seinen Vater ermordet und die Untertanen niedergemetzelt hatte. Von den Siegern und den Besiegten geächtet, regiert er nun und ist doch selbst nur ein Untertan des fremden Herrschers, der ihn ständig bedroht.

Als ich all dies erfuhr, bedauerte ich zum ersten Mal, Mittani verlassen zu haben. Ich hätte meinem Volk mehr nützen können, als ich hier in Ägypten nützlich sein konnte: Vielleicht wäre es mir gelungen, dem Schicksal meines Landes eine andere Wende zu geben, oder ich hätte zumindest durch meinen Tod seinen Ruhm vermehrt.

Doch damals, als wir den Lageplan des Hatnub-Tales betrachteten, kannte ich solche Gefühle noch nicht: Blind verliebt folgte ich dem Zeigefinger meines Herrn, der über das Papyrusblatt fuhr.

»Und hier, tief im Alabasterfels, werden unsere Gräber sein.«

»Östlich vom Nil?« fragte Amenhotep erstaunt.

»Ja. Es werden die ersten sein, die östlich des Flusses entstehen. Denn wir werden dorthin gehen, wo Aton geboren wird, nicht wo er untergeht. Und seine Geburt wird unsere Wiedergeburt sichern.«

Damals hatte Amenhotep gerade den Bau des Aton-Tempels in Karnak bei Theben abgeschlossen. Als Erholung bot man ihm jetzt die Errichtung einer ganzen Stadt an, der neuen Hauptstadt!

Er schien die Begeisterung des Pharaos nicht zu teilen; doch nicht die neue Mühe, die er auf sich zukommen sah, war der Grund für seinen geringen Eifer angesichts des königlichen Wunsches. Dies wurde mir am selben Nachmittag klar, als er im Gespräch mit dem Pharao das Thema auf die Hethitergefahr brachte.

Kurz zuvor hatte er mir seine Bedenken anvertraut:

»Ich glaube, wir haben im Augenblick dringlichere Probleme als die Erbauung dieser Stadt!«

Beim König konnte er sich jedoch keine so große Offenheit erlauben; langsam und schrittweise versuchte er deshalb, Echnatons Aufmerksamkeit auf das neue Problem zu lenken, aber es war sehr mühsam, ihn von seinen glücklichen Vorstellungen weg und zu den harten Tatsachen hinzuführen, die unmittelbare Entscheidungen verlangten.

»Nur zu, Amenhotep!« schrie ihn plötzlich Echnaton an. »Wenn du beschlossen hast, mir diesen denkwürdigen Tag zu verderben, tu es nur. Sag mir alles, was du zu sagen vorhast.«

Amenhotep ließ sich nicht einschüchtern und nahm ihn beim Wort. In ruhigem Ton erwiderte er:

»Mein Herr, nördlich von hier schickt sich jemand an, uns viel mehr als einen denkwürdigen Tag zu verderben. Wir können dieses Risiko nicht eingehen.

Du weißt, wie gerne ich für den Frieden arbeite, wenn es möglich ist. Aber jetzt, da das mächtige Chatti das Reich Mittani unterworfen hat und wie ein gewaltiger Felsblock unsere Grenzen bedroht, können wir uns nicht nur mit internen Angelegenheiten befassen. Haremhab und May sind im Retschenu und versuchen mit geringen Truppen den Feind irgendwie aufzuhalten und die uns treuen Städte zu verteidigen. Doch die letzten Meldungen sind sehr beunruhigend: Schuppiluliuma ist dabei, sein Heer durch neue Soldaten aus Mittani zu verstärken, und es ist naheliegend, daß er vorhat, mit diesem verstärkten Heer in unser Land einzufallen. Selbst wenn er damit Assyrien oder Babylon angreift, bedeutet dies für uns den Krieg aufgrund unseres Bündnisses mit diesen Staaten.«

»Den Krieg!« schrie Echnaton auf. Wie ein Kind, das laut seiner Enttäuschung Ausdruck gibt, fuhr er erregt und beinahe schluchzend fort:

»Immer wieder rede ich euch von Frieden, und ihr antwortet mir mit Krieg. Ich rede euch von der Stadt der Liebe, und ihr erzählt von Kriegern, von Blut und Zerstörung. Ich rede von Tempeln und vom Bau für Aton und ihr von Truppenbewegungen!«

Amenhotep warf mir einen verzweifelten Blick zu, und ich konnte mich nicht länger zurückhalten.

»Amenhotep spricht doch nicht zum eigenen Vergnügen darüber!« schrie ich meinerseits.

Echnaton hatte von mir noch nie ein lautes Wort gehört. Er sah mich verblüfft an. Ohne zu zögern fuhr ich fort:

»Er schildert uns eine ernste und drohende Gefahr, die nicht nur in seiner Einbildung, sondern in der Wirklichkeit besteht und der man sich angemessen stellen muß. Wir wollen den Krieg nicht. Das steht fest. Wir bedrohen kein Volk, das steht fest. Wir treten für den Frieden ein, wie das Gebot unseres Herzens und die neue Religion es wollen. Das steht ebenfalls fest. Aber ein starker, entschlossener und grausamer Feind, der uns in der Vergangenheit schon zwei Städte weggenommen hat, droht nun in unser Land einzufallen.

Mit ihm ist nicht zu spaßen. Dieser Feind läßt sich nicht durch das Aton-Ideal besänftigen, er denkt nicht daran, vor unserer Liebe zum Frieden und vor unserer Ehrfurcht vor dem menschlichen Leben haltzumachen. Dieser Feind wird mit jedem Tag mächtiger, und wir müssen uns fragen, ob Ägypten im Vergleich zu ihm immer noch als die mächtigste Nation auf Erden gelten kann; ob es überhaupt noch imstande ist, einen wahrscheinlichen Angriff erfolgreich abzuwehren. Ich bin der Meinung, daß Schuppiluliuma gerade dabei ist, uns die Antwort auf diese Frage zu liefern.«

Ich sah Echnaton an: Seine länglichen Augen waren rund vor Verwunderung. Fassungslos und voller Haß starrte er mich an. Ich erkannte, daß nicht die Wahrheit meiner Worte, sondern der ungehörige Ton, den ich gebraucht hatte, ihn verletzte: Es war ein unerhörter Angriff auf sein Ansehen und seine Autorität.

Vielleicht war dies der Augenblick, der unser Leben veränderte.

Was ich mir erlaubt hatte, wäre vielleicht unter vier Augen noch geduldet worden. Doch in Gegenwart Amenhoteps und mit sämtlichen Matrosen in Hörweite war mein Verhalten unverzeihlich. Und es wurde mir niemals verziehen.

Mit jenem Blick von ihm begann eine Bestrafung, die mich auf ewig treffen sollte. Um zu unterstreichen, daß der Ton meiner Antwort mich schuldig machte, gab er vor, ihren Inhalt anzunehmen, und unterbrach das eisige Schweigen, um mit leiser Stimme zu fragen:

»Was schlägst du vor, Amenhotep?«

»Drei Dinge, Herr, alle gleich dringend und wichtig. Wir müssen sofort ein Heer mit mindestens fünftausend Mann aufstellen, neben zwei neuen Streitwagenabteilungen. Das ist das mindeste an Verstärkung, das Haremhab braucht, um dem Feind standzuhalten, falls dieser massiv angreift. Gelingt es Haremhab, mit diesen und mit den im Retschenu schon vorhandenen Kräften Schuppiluliuma daran zu hindern, den Nil zu erreichen, dann ist er zweifellos der größte Heerführer der Welt, was ich auch glaube.

Zweitens sollten wir unseren Verbündeten das Gefühl geben, daß wir imstande sind, jedes Problem allein und mit eigenen Kräften zu bewältigen. Nur so werden sie uns die ihren zur Verfügung stellen. Gleichzeitig müssen wir die Verträge, die wir mit ihnen bereits geschlossen haben, aufs neue feierlich besiegeln: Dazu habe ich unseren Vertragstext dreifach in silberne Platten einritzen lassen. Von den Verbündeten werden wir dasselbe verlangen.

Auf diese Weise wird jede Partei neben dem eigenen Versprechen auch die der beiden anderen besitzen.

Der dritte Schritt ist der neuste und meiner Ansicht nach der politisch wichtigste.

Die Hethiter beherrschen inzwischen fast ganz Syrien und das Land Mittani und zielen auf weitere Expansion. Sie müssen sich aber ihrerseits gegen starke und entschlossene Gegner wehren, die unmittelbar vor der Hauptstadt Chattuschasch ihr Lager aufgeschlagen haben. Es handelt sich um die Kaschka, ein Volk, das an den Ufern der kalten nebligen See angesiedelt ist, die nördlich vom nördlichen Meer und von Chatti liegt.

Wir sollten nun Verbindung zu diesem Volk aufnehmen, ihm unsere Freundschaft, unsere Unterstützung und Waffen anbieten. Wir sollten es mit dem Streitwagen bekannt machen und ihm beibringen, wie man ihn herstellt und einsetzt. Wir sollten die Krieger zu dieser Art der Kriegführung ausbilden und sie mit unseren todbringenden Bogen und sonstigen Waffen ausrüsten. Die Hethiter fürchten diese Leute sehr: Wenn es uns gelingt, sie noch stärker und gefährlicher zu machen, wird sich Schuppiluliuma im Rücken bedroht fühlen und nicht wagen, uns anzugreifen; zumindest er sich ungern von Chattuschasch entfernen wollen.

Ich denke, wir sollten sofort versuchen, dieses fremde Volk zu erreichen. Dies kann nur auf dem Seeweg geschehen, und es wird nicht leicht sein, denn man muß eine Meerenge überqueren, die wahrscheinlich von hethitischen Schiffen überwacht wird.«

»Hast du einen Plan, um dieses Vorhaben zu verwirklichen?« fragte Echnaton endlich.

»Ja. Er sieht eine Zwischenlandung auf der Insel Rhodos vor, deren Bewohner uns freundlich gesinnt sind. Auf ihren Schiffen, die ohne Zweifel weniger Verdacht erregen, würden wir dann die Meerenge überqueren.«

Und so geschah es. Wie immer befolgte der Pharao Amenhoteps Rat in jeder Einzelheit, selbst wenn er die damit verbundene Verzögerung der Bauarbeiten für die neue Hauptstadt nur widerstrebend hinnahm. Jedenfalls wurde das Vorhaben erfolgreich durchgeführt, und Ägypten war noch einmal gerettet.

Im Retschenu blieb es bei der permanent unstabilen Lage, die sich durch die Anwesenheit unseres Heeres einigermaßen in Grenzen hielt. Unser Truppenbestand wurde um einiges erhöht, und die dortigen Städte konnten weiterhin gehalten und die Verbindungen zu ihnen gesichert werden.

Das Bündnis mit Assyrien und Babylon wurde durch strengere, von Amenhotep vorgeschlagene Auflagen gefestigt und die gegenseitigen politischen und wirtschaftlichen Beziehungen wurden verstärkt.

Was die Kaschka angeht, so erwies sich die Kontaktaufnahme als sehr nützlich. Wir erreichten alle politischen Ziele, die wir uns gesetzt hatten, und gewannen überdies in ihnen gute Lieferanten des für die Waffenherstellung kostbaren Metalls. Das Eisen ist nun einmal auf der ganzen Welt heißbegehrt, und unser Land ist in dieser Hinsicht außerordentlich arm.

Selbstverständlich brachten alle diese Unternehmungen große Ausgaben mit sich, deshalb mußten wir den Beginn der Bauarbeiten für Achet-Aton um zwei Jahre verschieben. Während dieser Zeit verschlechterte sich die Gesundheit des Pharaos immer mehr.

Zum Glück kamen zu den beschlagnahmten Gütern der kriminellen Vereinigung von Memphis etliche andere hinzu: von Banden von Grabplünderern, von Verwaltungsbeamten, die sich auf Kosten des Staates und der Bauern bereichert hatten. Nach dem Skandal von Memphis hatte es nämlich zahlreiche Untersuchungen und Anzeigen gegeben, und als Folge davon wurden insgesamt an die eintausendfünfhundert Beamte zur Zwangsarbeit verurteilt und in die Goldminen im Süden geschickt. Auch diese Maßnahme erwies sich als förderlich für die Staatskasse.

In diesem Punkt zeigte sich Echnaton ungewöhnlich tatkräftig und führte unter dem Beamtentum eine energische Säuberungsaktion durch, die der um sich greifenden Korruption endlich ein Ende setzte.

Gestern erhielt Echnaton eine unerwartete, schmerzliche Nachricht aus dem Süden. Das Volk der Dogon soll von den Einwohnern der unbekannten Regionen jenseits der südwestlichen Grenzen Ägyptens überfallen und praktisch ausgerottet worden sein. Einige wenige Überlebende zogen nach Theben, in dem Glauben, dort den Pharao anzutreffen.

Es ist eine sehr traurige Geschichte, vor allem wenn ich an meine Begegnung mit den Häuptlingen dieses Volkes vor kaum mehr als fünf Jahren zurückdenke.

Es war die letzte Zeit unseres Aufenthaltes am Hof in Malkata. Eines Tages ließ Echnaton mich rufen und sagte:

»Eine Delegation der Dogon ist mit einem Antrag hier. Empfange du sie und entscheide an meiner Stelle: Sie sollen auf jeden Fall bekommen, was sie verlangen. Teje kennt ihre Sprache gut, sie wird für euch dolmetschen.«

Ich übernahm den Auftrag, doch meine Achtung vor Teje war zu groß, als daß ich sie nur als Dolmetscherin hätte verwenden wollen. Ich sagte ihr, daß wir uns gemeinsam um die Angelegenheit kümmern und im Namen des Pharaos eine Entscheidung treffen würden.

Im Audienzsaal erschienen der Führer der Volksgruppe und die Häuptlinge der vier Stämme, aus denen sie bestand, fünf Männer als Vertreter von insgesamt achttausend Menschen. Sie hatten die dunkelste Haut, die ich jemals gesehen hatte, und trugen unglaubliche Trachten in grellen Farben. Sie kannten kein einziges Wort der ägyptischen Sprache.

Von Teje erfuhr ich, daß die Dogon seit ungefähr zweihundert Jahren, also seit der Zeit Amenophis' I. ägyptische Staatsbürger sind: Der Pharao hatte sie damals aufgefordert, sich im entlegensten, kaum bewohnten Winkel unseres Landes anzusiedeln, um so den Einfällen und Raubzügen wilder Nomadenstämme entgegenzuwirken. Dieses Volk war den Ägyptern im übrigen schon seit längerer Zeit bekannt, denn es besaß unerklärlicherweise exakte Kenntnisse der Astronomie und hatte viele himmelskundige Gelehrte. Im Haus des Lebens zu Theben befanden sich damals mindestens zwei Astronomen der Dogon, denen alles Wissen über den Stern Sopdet-Horusauge zu verdanken war. Heute noch setzt man sich mit ihrer Behauptung auseinander, daß es sich bei Sopdet nicht um einen einzigen, sondern um drei Sterne handelt, von denen zwei unsichtbar sind.

Diese besondere Eigenschaft und der offensichtlich friedliche Charakter dieses Volkes machten es hier willkommen. So lebten die Dogon zweihundert Jahre auf ägyptischem Boden, in gutem Einvernehmen mit dem Pharao.

Ansonsten unterschieden sich die Dogon nicht von den benachbarten Stämmen, mit denen sie vor allem die Trägheit teilten, wenn es darum ging, ein Werk zu Ende zu führen, und die Unfähigkeit, sich mit abstrakten Fragen zu beschäftigen, die über den unmittelbaren Unterhalt, und in ihrem Fall über die Astronomie, hinausgehen.

Ihre wichtigste Kultstätte war ein primitives Tempelchen für ihren Gott Aman, der unserem Amun entspricht, vor dem ein seltsamer kleiner Holzobelisk in Phallusform stand. Dazu gab es eine Vielzahl von Gottheiten oder Geistern, die wesentliche Aufgaben übernahmen, wie den Schutz der Viehherden, die Sicherung des Wasservorrats oder die Fruchtbarkeit der Frauen.

Die Kontakte zum übrigen Ägypten erschöpften sich in den regelmäßigen Besuchen unserer Beamten, die Steuern eintrieben und die Grenzen inspizierten. Ihrerseits zeigten die Dogon kaum Interesse für die Kultur unseres Landes, und äußerst selten wagten sie sich zu uns in den Norden.

Also war ich an jenem Tag sehr neugierig auf die fünf Würdenträger und hörte aufmerksam ihrer rätselhaften Sprache zu, die Teje anscheinend recht gut verstand.

Sie übermittelte mir ihre Grüße und Ehrbezeigungen, bat sie, Platz zu nehmen, und teilte ihnen mit, daß die Königin Ägyptens als Vertreterin des Pharaos und mit dessen Befugnis sie anhören werde. Sie zeigten sich darüber erstaunt und vielleicht ein wenig entrüstet.

Teje fragte sie alsdann nach den Gründen, die sie zu solch beschwerlicher und ungewöhnlicher Reise bewegt hatten. Sie lauschte der Antwort mit großer Aufmerksamkeit und ließ sie sich dann wiederholen, so als fürchte sie, nicht richtig verstanden zu haben. Schließlich warf sie mir einen ungläubigen Blick zu und sagte:

»Sie sagen, daß sie Ägypten verlassen wollen.«

»Warum?« fragte ich. Und Teje übersetzte.

Sie antworteten ohne Zögern, doch ihre Erklärung war lang und umständlich. Dabei fielen sie sich gegenseitig ins Wort, versuchten einander zu übertönen, als hätten sie Angst, mißverstanden zu werden, und als fiele es ihnen schwer, ihre Gedanken in genauen Worten auszudrücken. Ein paarmal stellte ihnen Teje Zwischenfragen, schließlich breitete sich tiefes Schweigen im Saal aus und Teje sah mich bekümmert an.

»Sie sagen, daß sie die Freiheit wollen.«

Ich sah sie verständnislos an, und sie wiederholte:

»Ja, die Freiheit. Sie sagen, daß sie sich nicht als Ägypter fühlen. Daß sie Dogon sind und deshalb nicht zu Ägypten gehören.«

»Sind sie von Ägypten schlecht behandelt worden?« fragte ich. Teje übersetzte.

»Nein, niemals wurden wir von Ägypten schlecht behandelt.«

»Hat man von euch zu hohe Tributzahlungen verlangt? Wurden Menschen aus eurem Volk grundlos versklavt und in den Norden geschickt?«

Auch diese beiden Fragen verneinten sie.

»Hat man von euch etwas verlangt, das eure Sitten verletzt?«

»Man hat uns die Beschneidung des Mannes und des Weibes verboten, doch wir haben uns nie an dieses Verbot gehalten«, antwortete der Oberste Führer ehrlich.

Wieder folgte ein verlegenes Schweigen. Wir sahen uns stumm an und hofften auf weitere Erklärungen zur Begründung ihres Entschlusses, aber offenbar hatten sie nichts mehr hinzuzufügen.

Doch ich hatte nicht genau verstanden, was sie eigentlich verlangten.

Gab es etwas Wichtiges, das die Dogon besser kannten als ich? Gut möglich, wenn sie so viele Kenntnisse über Sopdet besaßen, während ich kaum wußte, daß es einen solchen Stern gab.

Ich wollte meine Unsicherheit gerne zugeben und blickte hilfesuchend zu Teje hinüber. Doch sie lächelte verstohlen.

Ich schämte mich ein wenig und fragte ganz leise:

»Teje, ich weiß nicht genau, was Freiheit ist. Sage es mir.«

Sie lächelte nun offen.

»Du brauchst dich nicht zu schämen wegen deiner Unwissenheit. Ich glaube, niemand weiß es genau, obwohl viele es zu wissen glauben.«

»Weißt du es?«

»Ich habe dir einmal gesagt, daß es Wörter gibt, die einen bösen Zauber besitzen. ›Freiheit‹ ist eines von ihnen. Es ist eine Täuschung. Seinetwegen werden viele andere Wörter ausgesprochen. Es verführt den Geist, indem es ihm eine Größe vorgaukelt, die er nicht besitzt, und das Verlangen nach einem Recht weckt, das er nicht verdient. Wie jene Rauschmittel, die ein Gefühl unglaublicher Stärke oder außerordentlichen Glücks, sexueller Kraft und unstillbarer Begierde vermitteln – dabei ist nichts daran wahr. Ein sehr gefährliches Wort, denn es ist meistens ein Kind des Hochmuts und verleitet über das Mißverständnis zu schlimmem Betrug.«

Ich dachte daran, daß ich seit langem das Verlangen spürte, mich mit diesem Thema zu befassen, nachdem Teje und Amenhotep es mehrmals gestreift hatten. Zögernd flüsterte ich: »Wenn es so ist ... frage sie dann, was Freiheit ist.«

Teje übersetzte, und sie sahen einander fassungslos an. Einer wollte antworten, wurde aber von einem anderen unterbrochen, ein dritter fiel ihnen ins Wort, bis der Oberste Führer alle mit einer ungeduldigen Geste zum Schweigen brachte und in feierlichem Ton selbst antwortete.

»Ein unabhängiges Volk sein, das nichts und niemanden über sich hat«, übersetzte Teje und sah mich an.

»Nichts und niemanden?« fragte ich.

»Niemanden«, war die Antwort.

»Nicht einmal die Götter?«

»Doch. Die Götter schon.«

»Und die Krankheiten? Die Dürre?«

»Auch die ...«, gab der Oberste Führer zu. Mit einem rührenden Lächeln breitete er die Arme aus. Ich sah seine blendendweißen Zähne und den blitzenden Schalk in seinen Augen.

»Ihr seid also bereit, die Gewalt der Götter und der Krankheiten und der Dürre hinzunehmen; aber nicht, Ägypter zu sein, das heißt die Gewalt eines Pharaos über euch hinzunehmen und seinen Machtanspruch anzuerkennen?«

Mit gerunzelter Stirn hatten sie angestrengt die Übersetzung meiner Worte verfolgt; als sie glaubten, richtig verstanden zu haben, lächelten sie erleichtert und erklärten:

»So ist es. Wir sind nicht bereit.«

»Und doch haben euch weder der Pharao noch die Ägypter jemals etwas zuleide getan.«

»Nein, niemals. Aber wir sind Dogon, und ihr seid Ägypter. Wir gehören nicht zu Ägypten. Wir sind Dogon.«

»Also wollt ihr fort?«

»Ja.«

»Und wohin werdet ihr gehen?«

»Wir werden in den Süden ziehen, an den Ort, aus dem wir vor vielen Jahren kamen, und dort unsere Heimat gründen.«

»Im Süden leben wilde, gefährliche Stämme.«

»Wir sind gute Krieger und werden uns verteidigen, wenn sie uns angreifen.«

Ich betrachtete ihre entschlossenen Mienen. Um ihre Hartnäckigkeit auf die Probe zu stellen, machte ich einen letzten Versuch.

»Vielleicht habt ihr in den letzten Jahren in zu großer Abgeschiedenheit gelebt. Viele von euch könnten nach Norden ziehen: In unseren Städten würdet ihr viel Neues lernen. Zwei eurer Astronomen leben hier in Theben im Haus des Lebens und sind sehr glücklich.«

»Ihr habt von ihnen gelernt. Sie werden nicht zurückkehren, denn sie sind keine Dogon mehr. Sie sind Ägypter geworden.«

Es klang eine gewisse Feindseligkeit aus diesem letzten Satz.

» Ihr seid ebenfalls Ägypter.«

»Nein. Wir sind Dogon.«

»Ist es denn so schlimm, Ägypter zu werden?«

»Es ist nicht schlimm. Aber wir sind lieber Dogon. Wie wäre es, wenn wir euch aufforderten, Dogon zu werden?«

Ich brach in Lachen aus. Das Kindesalter der Welt stand mir gegenüber, und ich mußte ihm mit der Geduld begegnen, die jedes Kind erfordert. Doch auf mein Lachen hin hatten sich ihre Mienen verfinstert. Ich begann wieder in ernsthaftem Ton:

»Du sollst ihnen dies übersetzen, Teje: Solltet ihr uns auffordern, Dogon zu werden, würden wir dies annehmen. Dann würden wir uns fortan alle Dogon nennen, und alles bliebe wie zuvor. Ich meine: Wenn man einen Tropfen Wasser in ein Gefäß voller Wein fallen läßt, ist es dasselbe, wie wenn man ein ganzes Gefäß Wein zu einem Wassertropfen hinzugießt. Denn genau so ist das Verhältnis zwischen unseren beiden Völkern. Der Rest der Welt würde aber sagen, die Ägypter seien so verrückt geworden, daß sie den Namen der Dogon für sich beansprucht hätten. Denn es wäre, als ob der Wein verlangte, daß man ihn Wasser nennt.«

Sie verfolgten aufmerksam die Übersetzung meiner Rede, und ich betrachtete ihre weitaufgerissenen Augen, ihren nachdenklichen Blick. Ich glaubte darin das wahre Gesicht des Stolzes zu erkennen, auch seine Härte; und wie diese Regung, die nur dem Menschen eigen ist, eine Tugend oder eine Schwäche sein kann, je nachdem, ob sie den Vorzügen oder den Mängeln dessen entspringt, der sie empfindet.

Ich hatte Stolz in den Augen meines Bruders und in den Augen Amenhoteps gesehen. Beim ersten war es ein Prahlen mit der eigenen Niedertracht und Grausamkeit, beim zweiten das ruhige Bewußtsein der eigenen Begabung. Bei diesen Menschen aber war es eine bedingungslose Liebe, die eher dem Namen »Dogon« als ihnen selbst galt. So als hätten zweihundert Jahre der Vergessenheit in jenem Winkel Ägyptens ein unbändiges Verlangen nach der Achtung ihres Vaterlandes geweckt. So als gäbe es eine alte Wunde, die man jetzt mit diesem Stolz behandelte.

Es mag sein, daß wir sie vernachlässigt hatten. Aber sie hätten sich durch ihre Werke in Erinnerung rufen müssen. Denn dies ist der einzige Weg, über den der Mensch verfügt.

Die Erkenntnis, daß Sopdet aus drei Sternen besteht, ihre uralten Forschungen und Deutungen des Gestirns hatten genügt, um zwei von ihnen berühmt und geachtet zu machen, aber nicht das ganze Volk. Sie zogen es also vor, an ihrer hochmütigen Ablehnung und feierlichen Weigerung festzuhalten.

Ich erkannte, daß sie, obwohl sie sich als Krieger bezeichneten, kein starkes Volk waren, und sah Schlimmes auf sie zukommen. Ich erkannte aber auch, daß wir sie nicht zurückhalten konnten. Deshalb sagte ich:

»Zu Recht oder zu Unrecht seid ihr vielleicht vernachlässigt worden, doch nun überlegt euch eure Schritte gut. Ihr habt keinen wirklichen Grund, euch zu weigern, Ägypter zu sein.

Welchen Nutzen versprecht ihr euch in Zukunft von dieser Trennung, wenn ihr auf dem Weg der Kultur doch in unsere Fußstapfen treten werdet? Welchen Nutzen werdet ihr aus der politischen Unabhängigkeit ziehen, wenn ihr in Gedanken und Werken von uns abhängig bleibt? Nur die Gedanken eines Menschen können einen anderen Menschen bezwingen, so daß der eine dem anderen folgt, ihm nachgeht, in gewisser Weise von ihm abhängt.

Wenn in der Zukunft von Sopdet und seinem Sternbild die Rede sein wird, wird man euch erwähnen. Man wird sagen, daß alle Völker der Erde, auch die Ägypter, in dieser Erkenntnis von euch abhingen. Aber für alles andere außer Sopdet und seinem Sternbild wird man sagen, daß alle Völker der Erde von Ägypten abhingen, ganz gleich, ob sie innerhalb oder außerhalb seiner Grenzen lebten.

Deshalb haben wir es nicht nötig, die Welt zu erobern oder euer Volk in das unsere aufzunehmen. Also sage ich euch: Der Pharao Ägyptens erlaubt euch, sein Land zu verlassen. Ihr dürft gehen. Doch die Entfernung von uns wird euch nicht freier machen. Sie wird euch einsamer machen. Geht und seid glücklich, dies ist mein Wunsch. Ich wünsche euch Erfolg im Ackerbau und in der Viehzucht, denn das ist lebensnotwendig. Aber vor allem wünsche ich euch, daß ihr unbekannte Sterne entdeckt und sie nach euch benennt.

All dies wünsche ich euch, aber auch, daß ihr dadurch aufhört, hochmütiger zu sein, als es sich für ein so kleines Volk schickt. Ihr werdet nun losziehen und euch für freie Menschen halten. Aber über euch werden nicht nur die Götter und die Krankheit und die Dürre ihre Gewalt ausüben, sondern auch der große Stolz, den ihr an den Tag legt. Er wird nämlich an die Stelle des Pharaos treten, und ich fürchte, dies wird sehr zu eurem Nachteil sein.«

Das Herz tat mir weh, als ich sah, wie sie sich verabschiedeten und ihren Irrtum wie eine Standarte stolz vor sich hertrugen, in der festen Überzeugung, mit ihrem Entschluß menschliche und politische Würde demonstriert zu haben! Es war die gleiche Selbstsicherheit, mit der sie ihre unförmigen, bunten Gewänder zur Schau trugen, so als wollten sie uns ihre unübertreffliche Eleganz vor Augen führen.

Teje und ich blieben allein im großen Saal und sahen uns traurig an, als hätten wir soeben von geliebten Menschen Abschied genommen. Und doch hatte ich bis zu dem Tag kaum gewußt, daß es die Dogon überhaupt gab; und obwohl Teje ihre Sprache kannte, weil sie manchen Dialekten der Gegend um Napata ähnelte, hatte sie sich vorher nie mit ihnen beschäftigt.

Und doch hatten sie eine große Leere hinterlassen.

Die Neugier trieb mich dazu, das Schweigen zu brechen:

»Erzähle mir noch mehr über die Wörter mit dem bösen Zauber, Teje. Wie viele gibt es noch, außer ›Freiheit‹?«

»Nicht viele, aber alle sind wichtig und schrecklich!«

»Nenne mir eines.«

»Kennst du ›Gerechtigkeit‹? Das ist wieder ein solches Wort. Und ›Glück‹. Kennst du es?«

»Ja, ich kenne diese Wörter und habe sie oft benutzt.«

»Nun gut, es sind Wörter, die einen bösen Zauber besitzen. Es sind nichts als Wörter, denn nichts von dem, was sie durch ihren bloßen Namen versprechen, ist Wirklichkeit. Es sind nur Gespenster, die seit eh und je die Menschen quälen.«

Wir schwiegen eine Weile, dann sah Teje mir in die Augen und sagte:

»Nofretete, ich weiß, daß du gerne schreibst und es auf schöne Weise tust. Schreibe bitte die Geschichte dieser Wörter nieder.«

»Aber ich kenne sie nicht.«

»Ich werde sie dir erzählen. Hör zu . . .«

Wie süß waren die Tage, als sich meine Aufmerksamkeit noch von Tejes Erzählung fesseln ließ und ich unter dem Zauber ihrer Vision, erfüllt von ihrer Wahrheit, gleich beginnen konnte, sie niederzuschreiben, um ihr Andenken zu bewahren.

Jetzt ist Teje weit weg. Sie blieb in Malkata, als Vertreterin des Königshauses in der alten Hauptstadt. Und ich muß ohne ihre Gesellschaft, ohne ihren Rat und ihre Worte auskommen.

Dabei hätte ich sie so nötig.

Vor einigen Tagen wurde nämlich die Ernennung Semenchkares zur »Stütze des Greisenalters« offiziell bekanntgegeben. Obwohl viele Anzeichen bereits darauf hindeuteten, schlug die Nachricht wie ein Blitz ein und erregte allgemeines Aufsehen.

Unter dem Volk wird gemunkelt und gespottet, und obszöne Zeichnungen tauchten zum Beispiel auf den Wänden des Aton-Tempels in Theben auf, in Anspielung auf das intime Verhältnis zwischen dem König und seiner »Stütze«. Es sind entsetzliche, unerhörte Vorfälle, die jedem unbegreiflich sein müßten.

Dies ist nicht das Ägypten, von dem ich geträumt habe. Es ist das Land, um das ich oft Tränen vergieße.

Noch quälender ist der Gedanke an Meritaton, die, so wie die Dinge nun aussehen, sich mit der Vorstellung abfinden muß, diesen widerlichen Menschen zu heiraten.

Sie kam heute verzweifelt zu mir, und ich versprach, mein möglichstes zu tun, um die Hochzeit zu verschieben und vielleicht sogar zu verhindern. Wenn es aber auch gelingen sollte, Meritaton zu retten, könnte er ohne weiteres eine meiner anderen Töchter von mir verlangen.

Ich fühle mich so verzweifelt und ohnmächtig. Wenn nur Echnaton wieder zur Vernunft käme! Wenn nur die Liebe, die er seinen Töchtern in der Öffentlichkeit immer entgegenbrachte, ihn daran hindern würde, die Erstgeborene einem so grausamen Schicksal zu überlassen.

Aber er ist nun in einer solchen Verfassung, daß er nicht nur seine Tochter, sondern ganz Ägypten in die Hände dieses Menschen geben würde.

Er geht so weit, Semenchkare vor aller Augen zu liebkosen, wenn dieser im Thronsaal zu seinen Füßen kauert und ihm schamlos die Schenkel streichelt, während die Staatsangelegenheiten vor mir und sämtlichen Würdenträgern besprochen werden.

Das ist nun aus meinem Ehemann geworden.

Damals, als ich an Deck des »Funkelnden Aton«, vor dem Standort des künftigen Achet-Aton zum ersten Mal mit gebotener Härte seine Charakterschwäche angriff, habe ich das letzte Überbleibsel unserer Liebe vernichtet. Danach entfachte jeder meiner Versuche, sich seinem zunehmenden Wahn zu widersetzen, nur Zorn und Haß. Und wie oft mußte ich mir anhören, daß ich ihn verraten und mich auf die Seite der Amun-Priester geschlagen hätte, daß ich mich mit Amenhotep und Haremhab gegen ihn verbündete, um Aton zu stürzen.

29. Tag des Monats Epifi

Ich bat Amenhotep um eine Unterredung, und wir saßen lange beisammen auf der großen Terrasse vor meinen Gemächern, im Schatten der wuchernden Weinreben.

Wir besprachen die innenpolitische Lage.

Amenhotep behauptet, wir müßten den schweren Führungsmängeln durch eine sogenannte »Regierung der allgemeinen Weisheit« entgegenwirken.

Und er erläuterte seinen Gedanken, indem er mir wohlbekannte Tatsachen vor Augen führte.

»Wenn Haremhab im Retschenu nicht energisch vorgegangen wäre und selbst gegen das königliche Gebot des ›Friedens um jeden Preis‹ das Heer eingesetzt hätte, wo immer es geboten war, wären wir jetzt Untertanen des Hethiterreichs. Er hat sich im Grunde immer so verhalten, wie es ihm für Ägypten vorteilhaft erschien, und sein Vorgehen war richtig und erfolgreich.

Was mich betrifft: Ich habe eine meiner Meinung nach wirksame Außenpolitik betrieben, auch wenn ich dabei einige Verbote des Königs umgehen mußte. Zum Beispiel das Verbot des Eisenimports von den Kaschka, da Eisen ›der schlimmste Feind des Friedens‹ sei und alle Waffen abgeschafft werden sollten. Und du, Nofretete, hast auf ihn Einfluß genommen, solange du nur konntest. Du hast versucht, seine allzu drastischen und voreiligen Vorstellungen zu mäßigen und dabei die ursprüngliche Reinheit und Gültigkeit der Religion beizubehalten, die uns zum alleinigen Gott führen soll.

Aja leitete mit fester Hand und ohne die übertriebene Milde, die der König forderte, die Gerichte des Landes. Und er konnte auf diese Weise die Korruption ausmerzen. Ramosis überwachte zeit seines Lebens die Priester mit aufmerksamem Auge und erstickte jeden Auflehnungsversuch im Keim; und sein Nachfolger Nacht setzt das Werk mit gleicher Entschlossenheit fort.«

»Werden wir so fortfahren können?« warf ich ein.

»Es bleibt uns nichts anderes übrig.«

»Aber wie wird es weitergehen? Was geschieht, wenn Semenchkare an die Macht kommt?«

»Ich fürchte, das wird tatsächlich geschehen. Doch im Augenblick bereitet mir das Urteil des Volkes die größten Sorgen. Es ist gegen uns, Nofretete. Und das ist es, was mich am meisten betrübt.

Das Volk hat nichts dagegen, von einer Königin geführt zu werden; aber es duldet nicht die Herrschaft eines Königs, der zur Königin wird; es verachtet sein Verhalten und betrachtet es als feige, dekadent und gegen jede Tradition. Überdies schüren die fortgesetzten Verleumdungskampagnen der Priester den Haß gegen den Pharao in den Herzen der Menschen, und sie vergessen, daß er immer noch die höchste staatliche Autorität darstellt.

Es ist ihnen gelungen, den Menschen einzureden, daß die in den letzten Jahren aufgedeckten Mißstände in Wirklichkeit von dem sittlichen Verfall des Königshauses herrühren, und daß die darin verwickelten Priester zu Unrecht verurteilt und bestraft wurden. Es ist ihnen gelungen, die Wahrheit auf den Kopf zu stellen. Außerdem sollen sie, obwohl wir noch keine Beweise dafür haben, wieder begonnen haben, Männer anzuheuern, um eine bewaffnete Garde im Dienste der Priesterschaft aufzustellen.«

Ich schüttelte den Kopf:

»Wenn das Volk nur begreifen würde, daß Aton gerade für es geschaffen wurde!«

»Vielleicht war niemand da, der es ihm erklärte.«

»Vielleicht«, pflichtete ich ihm bei und spürte den Vorwurf in Amenhoteps Worten. Ich wußte, daß ich hätte »gewiß« antworten müssen. Deshalb sagte ich noch: »Es wurde zu wenig getan in dieser Richtung. Die Diener des Aton haben sich nicht bewährt. Vielleicht wurde ihre Zahl zu niedrig gehalten, aus übertriebener Angst vor einer neuen Priesterkaste. Übertrieben war auch die Forderung, daß ein Volk, das seit eh und je an die Vermittlerrolle der Priester gewohnt war, sich nun einem neuen, unbekannten Gott zuwenden sollte, und dies allein mit dem eigenen Herz und Sinn.«

Wir verfielen in Schweigen.

Amenhotep seufzte tief und ließ seinen Blick über die Stadt schweifen. Eine Stadt, die ganz anders ist als Theben, still wie ein Tempel, entrückt wie ein verzaubertes Königsschloß. Ohne Verkehr, ohne Gerüche, ohne Lärm und Kindergeschrei. Mit einer Bevölkerung von Beamten, Offizieren, Baumeistern, ausgesuchten Handwerkern, Diplomaten, Adeligen, würdevollen Dienern.

Er betrachtete mit finsteren Augen diese Stadt, die er aus der Wüste erschaffen hatte und die allmählich wuchs, aber noch keine Seele besaß. Vielleicht hielt er sie für die würdige Hauptstadt eines vollkommenen Reiches. Er hatte sie so schön gemacht, und sie wirkte wie eine wunderbare Braut, die eine unglückliche Ehe eingegangen ist. Und er, der Vater, schien darunter zu leiden.

Jenseits der königlichen Allee sah man den prachtvollen Palast, der mit unseren Wohngebäuden durch das »Fenster der Erscheinungen« verbunden ist: Dies ist eine überdachte Loge, in der wir (Echnaton, unsere Töchter und ich) uns offiziell zeigen, um die Bevölkerung Achet-Atons mit Geschenken und Gunsterweisungen zu erfreuen.

Im Norden der Aton-Tempel mit seinem riesigen heiligen Bezirk und den noch im Bau befindlichen Palästen, den Unterkünften der Krieger und weiter entfernt jenen der Arbeiter. Im Osten das Beamtenviertel und in der Ferne der felsige Hügel, in dem bereits das Grab Maketatons und die der wenigen Würdenträger liegen, die ihr Leben hier beschlossen.

Im Süden, wegen der üppigen Vegetation, die es abschirmt, kaum zu erkennen, das Maruaton: ein Lustschlößchen mit einem großen Teich, einem der Meditation vorbehaltenen Bezirk, einem Rasen für die in Freiheit lebenden Tiere, den Stallungen und Hundezwingern, den Fischteichen und Volieren.

Ganz in der Nähe, unmittelbar an die königlichen Wohngebäude anschließend, das Haus des Lebens, das Haus des Wesirs und Amenhoteps Wohnhaus, der kleine, private Aton-Tempel, das Künstlerviertel ... Dort ist eine hohe, geräumige Halle aus einfachen Ziegeln, der sich ein niedriger, eleganter Steinbau anschließt.

Auf einmal bekam ich Herzklopfen, und mir wurde bewußt, daß meine Augen über die ganze Stadt geschweift waren, nur um dorthin zu gelangen. Beim Anblick dieses Hauses lächelte ich, als wäre in dieser dunklen Stunde ein Licht in mir aufgegangen.

Es war, als sei jene Halle in dieser zu schnell entstandenen, unecht wirkenden Stadt der einzige mit Leben erfüllte Ort.

In diesem Augenblick begriff ich auch, warum ich wieder begonnen habe, die täglichen Ereignisse aufzuzeichnen: Das Leben hat mir einmal wieder die jugendlichste aller Freuden geschenkt. Alle anderen Erklärungen waren nichts als Versuche, mich selbst zu belügen.

Als ich die Augen von Thutmosis' Werkstatt abwandte, begegnete ich Amenhoteps Blick.

»Wärest du gerne dort?« fragte er schroff.

»Ja«, antwortete ich.

Wir sahen uns schweigend an, und ich las in seinen Augen ein nur mühsam unterdrücktes Bedauern. Er sagte:

»Du bist die Königin, du darfst alles. Aber Ägypten hat nur dich.«

Wie immer genügten ihm wenige Worte, um mein Herz anzusprechen. Spontan entgegnete ich:

»Ich wünschte, du wärest der künftige Pharao.«

Er schloß kurz die Augen und lächelte kopfschüttelnd.

»Nein … von jetzt an bist du der Pharao.« Er schwieg nachdenklich und fügte dann hinzu:

»Echnaton ist krank. Er leidet ebenso darunter wie wir. Etwas Bösartiges wächst in seinem Schädel, das seine Natur, seinen Charakter, sein Geschlecht und seinen Körper negativ verändert und Geist und Herz belastet. Sein Kopf ist merklich verunstaltet, wenn man ihn ohne das Chepresch sieht. An dieser Krankheit wird er früher oder später sterben, Nofretete.«

20. Tag des Monats Mesore

Es sind dies sehr geschäftige Tage, die ich einem seit langem gehegten Vorhaben widme.

Als erstes nahm ich mich der neu angeworbenen Diener des Aton an, die die Lehre unter dem Volk verbreiten sollen. Sie werden Inspektionsreisen zu den verschiedenen Tempeln Ägyptens unternehmen und dort Zusammenkünfte veranstalten, um der Bevölkerung die Grundsätze der neuen Religion und des alleinigen Gottes zu erklären.

Ich versammelte sie im großen Tempelhof und erklärte unter anderem:

»Es stimmt nicht, wie vielfach behauptet wird, daß Aton nur der Gott des Pharaos oder nur der Gott Ägyptens ist. Er ist der Gott aller Menschen, denn es gibt keinen Menschen, der von seinen Strahlen nicht erreicht wird. Und es gibt keinen Menschen, der, einmal von seinen Strahlen erleuchtet, nicht imstande wäre, sie widerzuspiegeln und die Gaben, die er von Gott erhalten hat, weiterzugeben: Milde und Liebe zum Frieden und zur Schönheit in all ihren vielfältigen Erscheinungen.«

Sie werden nun aufbrechen, um das Wort und den Traum des Aton zu verbreiten. Wird man ihnen Gehör schenken? Wird man sie richtig verstehen?

Ich betete zu Aton, er möge sie in ihrer schwierigen Aufgabe unterstützen und aus ihnen blanke Spiegel machen, die treu seinen Glanz wiedergeben.

Ferner kümmerte ich mich um die Überlebenden der Dogon, die nach Ägypten geflüchtet waren und bei unseren Grenzposten um Schutz und Aufnahme gebeten hatten. Es sind insgesamt zweihundert Menschen: Die Hälfte davon wird in Theben angesiedelt und von Teje betreut werden, die übrigen werden in den landwirtschaftlichen Betrieben des Staates eingesetzt. Ein Dutzend gab an, Astronomie zu betreiben: sie wurden auf meinen Wunsch hin in das hiesige Haus des Lebens aufgenommen.

Ich hörte sie mit Hilfe eines Dolmetschers an und erfuhr viele Einzelheiten über die blutigen Ereignisse, die zur Ausrottung ihres Volkes geführt haben. Eine Handvoll soll in südwestliche Richtung geflohen sein und sich in den unwirtlichen Wäldern versteckt halten, in die kein Mensch einzudringen wagt. Die Häuptlinge, mit denen wir vor fünf Jahren verhandelten, sind sicher tot.

Als einzige Bedingung für ihre Aufnahme befahl ich, daß sie unsere Sprache erlernen und zumindest den barbarischen Brauch der Beschneidung der Mädchen aufgeben.

Schließlich die angenehmste Aufgabe: die Gründung der Königlichen Musik- und Tanzakademie in Achet-Aton. Diese Stiftung wird unweigerlich einen Wettbewerb zwischen der neuen Anstalt und der seinerzeit in Theben gegründeten Schule in Gang setzen. Und daraus erhoffe ich mir einen Ansporn für beide.

Ich machte Bekanntschaft mit den Lehrern, die aus allen Gegenden Ägyptens hierherkamen, und beauftragte den alten Ibu, sie zu prüfen und die verschiedenen Lehrgänge zu organisieren. Der Musikunterricht soll nach Instrumenten, der Tanzunterricht in Einzel- und Gruppentanz aufgeteilt werden.

So hatte ich die Gelegenheit, vielen Musik- und Tanzvorführungen beizuwohnen, was mir großes Vergnügen bereitete.

Besonders beeindruckt war ich von einer Tänzerin, die wie ein Reiher durch die Luft fliegt und atemberaubende Kunststücke vorführt. Es ist ein dreizehnjähriges Mädchen namens Checil, sie kommt aus Abodu, ist aber mittanischer Abstammung.

Sie besitzt eine angeborene Anmut, die sie sehr weiblich erscheinen läßt, trotz der noch unreifen Figur mit dem kaum angedeuteten Busen und Gesäß und der strengen Haartracht.

Sie ist größer, aber viel leichter als ich. Ihr Körper ist so zart, schmal und biegsam, daß er schwerelos wirkt. Wenn sie tanzt, ist es, als nähme die Musik in ihrem schönen Körper Gestalt an. Man fragt sich, wer sie eigentlich sei, und antwortet unwillkürlich: sie, und nur sie, sei der Tanz selbst.

Zu anderen Zeiten hätte mich dieses Mädchen erregt, und ich hätte dem Verlangen nicht widerstehen können, sie an mich zu drücken. Doch jetzt ist es nicht so. Ein anderes Gefühl hat mein Herz vollkommen in Anspruch genommen. Ich möchte so sehr darüber reden, aber ich fürchte, durch eine Beschreibung könnte der Zauber zerbrechen und verfliegen. Ich werde nichts darüber schreiben, nicht erzählen, wie es entstanden und gewachsen ist. Ich werde es in mir aufbewahren und nicht wagen, es direkt anzusehen.

30. Tag des Monats Mesore

Durch die häufigen Begegnungen mit Ibu konnte ich endlich ein Rätsel lüften, das mir seit vielen Jahren Kopfzerbrechen bereitete. Wir unterhielten uns unter vier Augen über Musikinstrumente, über ihre Anwendung und die schwierige Kunst, sie herzustellen.

Da fragte ich ihn:

»Guter Ibu, du wirst mir nicht glauben und vielleicht über mich lachen: Doch wie ist es möglich, daß ich manchmal eine süße Flötenmusik zu hören glaube und keiner der in meiner Nähe Anwesenden sie wahrnimmt?«

Er lächelte und schien gar nicht überrascht zu sein.

»Geschieht dieses Wunder etwa in der Nacht?«

»Ja, nur nachts.«

»Dann handelt es sich um eine nächtliche Flöte«, erklärte Ibu mit großer Selbstverständlichkeit. »Eine Zauberflöte, wie sie gewisse Priester der Göttin Hathor in alten Zeiten herstellten. Sie besaß, neben ihrer Zauberkraft, die Eigenschaft, mit elf Löchern, statt der zehn gewöhnlichen versehen zu sein. Man konnte auf ihr spielen wie auf jeder anderen Flöte; deckte aber der Spieler das elfte Loch zu und dachte dabei fest an einen bestimmten Menschen, so hörte dieser, und nur er, die Musik, wo immer er sich auch befand. Die einzige Voraussetzung war, daß es nachts geschah und daß der Spieler diesen Menschen liebte.«

»Muß ich also daraus folgern, daß ein Flötenspieler mich liebt?«

»Ich würde eher sagen, daß jemand, der dich liebt, eine solche Flöte besitzt und sie spielt, wenn er an dich denkt.«

Ich grübelte lange über den Unbekannten nach, der mir seit Jahren seine heimliche Liebe in den verschwiegenen Nachtstunden so zärtlich erklärt.

21. Tag des Monats Thot

»Nun, Herrin, lege das Haupt nach hinten auf die Kopfstütze. So ... drehe das Gesicht nach oben, zum Licht, als würdest du den Himmel befragen wollen. So werden sich die Gesichtsmuskeln entspannen und die Spuren der Leidenschaften werden weggewischt. Und man wird erkennen, daß du über einen langen Weg der Meditation an den verzauberten Ort der Weisheit gelangt bist.«

So sprach Thutmosis, während er mich zurechtmachte, damit ich ihm Modell säße. Solche Worte wären mir bei jedem anderen übertrieben schmeichelhaft erschienen, doch aus seinem Mund klangen sie aufrichtig und störten mich nicht. Er beugte sich tief herunter, als wolle er meine Schläfe berühren, und sprach leise und eindringlich wie einer, der seine Liebe erklärt.

Ich konnte nicht zusehen, wie seine Hände mit der Kreide arbeiteten, stellte mir aber ihre Bewegungen vor, die die Regungen des Herzens wiedergaben.

Fast flüsternd sagte er auf einmal:

»Es gibt Dinge, die in der Tiefe liegen und ihre Geschenke an der Oberfläche hervorzaubern wie das Wasser in den Oasen. Deine Augen, Nofretete. Wie viele Blicke und Bilder haben sie aufgenommen, wieviel Liebe und Leid sind durch diese Pupillen gegangen. Hinter ihren Lidern öffnet sich ein unermeßlicher Abgrund. Wie kann ich sie anders darstellen als durch einen unergründlichen Schatten? Ihre Umrisse gleiche ich meiner Seele an, um sie zu besänftigen, indem ich ihr einen Zugang zu ihnen verspreche.«

Er verstummte, und zum ersten Mal spürte ich die Schönheit und begriff, daß Thutmosis dabei war, durch seine Stimme den guten Zauber der Worte heraufzubeschwören. Er sah mich noch lange an und sprach dann:

»Ach Herrin, verzeih, daß ich es wage, dich so eindringlich anzusehen und anzusprechen. Doch nur so kann mein Werk entstehen.«

Er kniete vor dem Brett, auf dem der Entwurf meines Kopfes allmählich Gestalt annahm, und seine Lippen waren nun meinem Ohr ganz nahe. Er streckte die rechte Hand aus und berührte mit der rauhen Spitze seines lehmigen Zeigefingers die Haut unter meinen Augen. Als spräche er zu sich selbst, murmelte er:

»Ach diese Augenschatten! Diese zarte Andeutung von Müdigkeit wirkt so, als könnte sich dein Gesicht der Last seiner Schönheit nicht entziehen. Oder als habe leidenschaftliche Liebe eine Spur der Erschöpfung hinterlassen. Und dein Mund ...«

Ich spürte, wie er meine Unterlippe zwischen zwei Finger nahm, als wolle er ihre Festigkeit prüfen, doch so zärtlich, als handele es sich um das Augenlid eines Neugeborenen. Da überkam mich ein angenehmes Gefühl der Schwäche.

»Ich werde beim Zeichnen der Vorstellung des Aton nachgehen, als er deinen Mund schuf. Er wird süß und bitter zugleich sein, wird Schweigen und Lächeln andeuten. Von diesen Lippen wird man freudige und schreckliche Worte ablesen, ein gehauchtes Ja vernehmen und zugleich harte Ablehnung fürchten. Und man wird begreifen, daß sie Glück und Verzweiflung spenden können, daß sie Gegensätzliches in sich vereinen.«

Als er nun schwieg, zog ich seinen lehmverschmierten Kopf zu mir hin und flüsterte:

»Du verdienst diesen Mund, Thutmosis. Laß auch diesen Kuß auf ihm sichtbar werden.« Und ich küßte ihn zärtlich.

Er war sehr verwirrt, wollte die Arbeit wieder aufnehmen, doch seine Hände zitterten. Da nahm ich seine Rechte zwischen meine beiden Hände und betrachtete sie.

»Ich wollte schon immer diese Hand anfassen. Seitdem ich jene sitzende Frauengestalt in meinem Zimmer aufgestellt habe. Und seit ich erkannte, daß die vier Göttinnen um Pentus' Kanopen meine Gesichtszüge tragen.«

Sie ist so groß, diese Hand, daß man sich über die Feinheit wundern muß, mit der sie arbeitet. Ich legte sie auf meine Wange, schloß die Augen und fühlte sogleich, wie mein Kopf zwischen seinen Fingern lag und mein Mund an seinem Mund und mein Körper in seinen festen Armen. Und ich spürte ein längst vergessenes Gefühl wieder in mir aufsteigen.

1. Tag des Monats Paofi

Heute morgen war ich voll Lebenslust, als müßte mein Herz gleich vor Glück zerspringen. Ich schickte Juja eine Botschaft mit der Bitte, meinen alten Wagen wieder instand setzen zu lassen, und in der Mittagszeit, als Atons Sonnenscheibe in ihrem höchsten Glanz erstrahlte, fuhr ich hinaus, um mich in der Wüste östlich der Stadt vor den Hügeln Hatnubs auszutoben.

Ich fuhr in der Sonne und dankte dem Aton für diese Fülle des Herzens, erreichte bald die Schneise, die zwischen die steinigen Hügel führt, und erkannte die Stele, die die Grenze des Stadtgebiets von Achet-Aton bezeichnet. Ich schlug den unebenen Pfad zwischen den Felswänden ein, kam aber mit dem Wagen nur langsam vorwärts: Es war, als wolle die Natur mich aufhalten, als wäre dieser Ort verzaubert. Ich zügelte die Pferde und fuhr im Schritt, sah mich um und suchte den Schatten, den die Bergrücken in diesen ersten Nachmittagsstunden bereits warfen.

Plötzlich fuhren die Pferde nervös zusammen. Zwischen den Felsen tauchten Männer auf, die sich sehr über die unerwartete Begegnung zu wundern schienen. Als sie mich erkannten, lief einer von ihnen mir sofort entgegen. Es war der gute Bak, der Hofmaler und Bildhauer, der in seinem übergroßen Eifer und durch den dicken Bauch erheblich behindert hin- und herwankte, als er sich gleichzeitig vor mir zu Boden werfen und die Zügel ergreifen wollte. Schließlich stolperte er und fiel hin, während sich die Pferde aufbäumten.

Man half ihm wieder auf die Beine, und ein wenig keuchend konnte er mich endlich begrüßen.

»Welch unerwartete Ehre, meine Königin! Gerade ruhten wir ein bißchen, bevor wir wieder an die Arbeit gehen. Würdest du uns die Ehre erweisen, das Haus des Westens, das wir gerade für unseren Pharao und seine königliche Familie errichten, zu besichtigen und uns mit deinem erlauchten Urteil darüber zu erfreuen?«

Ich hieß alle aufstehen und dankte Bak mit den Worten: »Wie sollte ich eine so höfliche Einladung des lieben Bak ausschlagen – auch wenn ich diesen Besuch eigentlich nicht vorhatte? Ich will eine Weile an der Schwelle jenes Raumes stehenbleiben, in dem ein Teil von mir bereits ruht: bei meiner Tochter Maketaton.«

Von der freien Luft der Wüste mit ihrem triumphierenden Licht stieg ich in die finsteren Eingeweide des Berges hinab, trat widerstrebend über die Schwelle und wäre doch so gern mit meinen Pferden einfach davongaloppiert!

Über eine Treppe und einen an die vierzig Ellen langen Gang erreichten wir im Schein vieler Fackeln eine Stelle, von der ein weiterer Gang nach rechts abbog. Bald tat sich vor uns ein großer Raum auf, dann ein zweiter, schließlich standen wir vor einer mit den Zeichen des Aton versiegelten steinernen Tür.

Ich erinnerte mich an den Augenblick, als die Tür geschlossen und die Siegel angebracht wurden: Es war, als habe sich ein steinerner Vorhang über mein Herz gesenkt und es in zwei Teile geteilt. Dort drüben lag Maketaton, die von der Welt nur Ungerechtigkeit erfahren hatte, und hier stand ich, die sie vielleicht zu wenig geliebt hatte, als daß sie hätte weiterleben können.

Meine Erinnerung brannte wie das tanzende Licht der Fackeln, das in der unheimlichen Stille seltsame Schatten auf unsere Gesichter warf, so als gehörten wir alle bereits dem Reich der Toten an.

Nach einer Weile sah ich zu Bak hinüber. Er flüsterte behutsam: »Möchtest du dein künftiges Haus besichtigen?«

Vor einigen Monaten hatte er mich um Audienz gebeten, damit ich ihm meine Wünsche bezüglich der Gestaltung meiner Grabkammer mitteile. Nun wollte er mir offenbar zeigen, wie treu er meinen Anweisungen gefolgt war.

Es ist ein schmaler, länglicher Raum am Ende eines verwinkelten Ganges, der wie der andere rechts vom Haupttrakt abzweigt.

Meine Grabkammer: Sie ist fertig und scheint auf mich zu warten. Der Horus-Falke mit den gegen Erde und Himmel gerichteten Flügeln tritt als Dekoration wiederholt auf. Dann, auf jeder Wand, die Fresken der vier wichtigsten Ereignisse meines Lebens: Die erste Nilfahrt mit Amenhotep an meiner Seite; der sterbende Amenophis', dessen Hand ich in meinen Händen halte; Echnaton und ich sitzend auf dem Porphyrthron vor der Anlegestelle in Malkata; und als letztes das gleiche Bild, das für das Grab meiner Tochter gemalt wurde: Echnaton und ich als trauernde Eltern.

Ich weiß noch genau, wie ich ihm unter Tränen die Anweisungen für das Grab meines Kindes gab. »Zeige meinen Schmerz, Bak!« schrie ich. »Warum schämen sich die Ägypter, ihr Leid zu zeigen? Laß aus deinem Bild die Schreie unserer Herzen heraushören!«

So wurden wir auf eine Weise dargestellt, wie noch kein Pharao und keine Königin Ägyptens jemals gezeigt worden sind: zwei Bauersleute, die sich verzweifelt die Haare raufen, vor dem leblosen Körper ihres Kindes. Es gefiel mir sehr, denn es war so wahr.

Wir verweilten stumm in der stickigen Luft, die durch die brennenden Fackeln und den Schweißgeruch der Arbeiter fast unerträglich wurde.

Ich lobte Bak nachdrücklich für sein Werk, aber es drängte mich hinaus in die Sonne, und ich schlug die Einladung aus, Echnatons Grabkammer zu besuchen. Als er mich hinausbegleitete, bat er mich noch um den Text des Gebetes, das ich mir für das Innere meines Sarkophags wünsche.

Ich versprach, mich darum zu kümmern, und eilte hinaus, stieg in den Wagen und fuhr bald in Windeseile durch die Wüste.

Wie schwer fällt es mir, mich in dieser Beziehung als Ägypterin zu fühlen. Diese übertriebene Sorge um den eigenen toten Leib zu teilen, der über den Tod hinaus eingewickelt, gebettet und versorgt werden muß.

Einem Menschen ein Denkmal errichten, warum nicht. Zu seiner Ehre oder Schande, damit das Andenken an ihn erhalten bleibt, denn der Mensch lebt von Andenken.

Aber warum sich dagegen wehren, daß der Körper zu Staub wird? Ist die Wüste nicht etwa aus Staub? Wäre es nicht schön, auf ewig im Wind über die Wüste zu fliegen?

Wenn etwas von uns in der Duat weiterleben wird, dann gewiß nicht unser Körper.

13. Tag des Monats Paofi

Mein Leben hat sich verändert, seit ich weiß, daß Thutmosis mich liebt. Und noch mehr, seitdem ich fühle, daß auch ich ihn liebe. Sooft ich kann, besuche ich ihn in der kleinen Kammer, in der er an den Entwürfen für die Statuen arbeitet. Ich betrachte die Zeichnungen auf den großen Papyrusbogen, und er erklärt mir, was an ihnen »gesehen« und was »gefühlt« werden soll.

Ein paar riesige, mindestens zwanzig Ellen hohe Standbilder Echnatons stehen immer noch in der großen Werkstatt, und seine Augen, die mir einmal als die eindringlichsten der Welt erschienen, sehen auf uns herab, als wollten sie uns beobachten. Schade, denn ich würde mich sonst so gerne in diesem Raum aufhalten: Hier leitet Thutmosis eine ganze Mannschaft von Steinmetzen an und klettert selbst auf Leitern und Gerüste, um jedes Detail der überlebensgroßen Statuen, an denen er arbeitet, aus der Nähe zu prüfen.

Wir führen lange Gespräche, lassen ihnen lange Schweigepausen folgen.

Ich betrachte seinen sehnigen, gedrungenen Körper, während er mit Hammer und Meißel um einen Steinblock geht und beharrlich nach dem richtigen Weg sucht, um seine Vorstellung auszudrücken. Ich betrachte sein derbes Gesicht, das unter der Staubschicht selbst zur Statue erstarrt und sich dann und wann wieder belebt, wenn er mir von weitem einen lächelnden Blick zuwirft.

Und die müßigen Stunden der Hingabe, zu denen uns die Liebe verführt. An einem späten Nachmittag, als sich das Licht schon neigte und der Arbeitstag zu Ende war, kam ich einmal in den geschlossenen Hof neben der Werkstatt, in dem sich ein kleines Schwimmbecken befindet. Ich entließ die Diener und wartete auf Thutmosis. Lächelnd empfing ich ihn mit diesen Worten:

»Die Königin Ägyptens tritt heute abend an die Stelle der Sklaven, um den zu waschen, der als König der Schönheit Ägypten durch seine Kunstwerke verschönert.«

In solchen Augenblicken erwidert er mein Lächeln nicht: Er wird ernst und sieht mich verwirrt an, als ob etwas Gewaltiges ihn niederdrückt. Seine Erregung überträgt sich sofort auf mich, und gemeinsam lassen wir uns entführen, bebend und gebrochene Worte stammelnd.

An jenem Abend stieg ich mit ihm in das laue Wasser. Demütig reinigte ich seinen Körper von Staub und Schweiß, breitete ein Leinentuch aus und trocknete und rieb ihn mit duftendem Öl liebevoll ab. Ich legte mich dann neben ihn und wartete auf die dunkle, mondlose Nacht. In der Finsternis sah ich in seine Augen, die vor Glück und Dankbarkeit leuchteten, ich tauchte darin ein und gab und nahm die Liebe, nach der uns verlangte.

29. Tag des Monats Paofi

Gewiß liebe ich ihn, wenn mein Herz vor Freude schwebt und der Gedanke, daß es ihn gibt, dieses Glück immer wieder erneuert. Gewiß liebe ich ihn, wenn sich mein Herz bei der Vorstellung einer möglichen Trennung zusammenzieht.

Und vielleicht ist es auch, weil ich ihn liebe, daß mir das Schicksal Ägyptens und all die Dinge um mich herum belanglos und fremd erscheinen.

Manchmal glaube ich, bei den Menschen, die mir zweifellos

teuer sind, bei Amenhotep, meinen Töchtern, Philae, den Dienerinnen, einen leisen Vorwurf zu spüren, wenn ich durch manche meiner Reaktionen unwillkürlich mein tiefes Glück verrate.

Wenn ich mich bei Thutmosis über die Fragen, die unsere Zeit bewegen, ausspreche, hört er schweigend und geduldig zu. Wenn er aber antwortet, merke ich, daß all diese Probleme ihm ebenso fremd sind.

In seinen Augen erscheint jedes Ding gering gegenüber dem Ideal, von dem er erfüllt ist. Das Alltägliche, aber auch seltene und bemerkenswerte Ereignisse werden unbewußt an der Ewigkeit gemessen und zerfallen sogleich zu wertlosem Staub, zu Splittern einer großen Skulptur.

Einmal klagte ich über seine Gleichgültigkeit gegenüber dem Schicksal Ägyptens und darüber, daß er mir in dieser Hinsicht so wenig Rückhalt gibt. Darauf erwiderte er:

»Du hast sicher recht. Aber meine Lebensaufgabe ist es nicht, dieses große Land zu führen oder zu verbessern, sondern es zu verschönern. Ich muß es für die Zukunft an Denkmälern bereichern, und in dieser Richtung möchte ich weit gehen. Aber ich kann dir keine Richtung weisen, um sicher zwischen den Dingen der Welt einherzugehen. Ich kenne einen Weg, der nur mir gehört. Doch ich kann ihn niemandem zeigen, nicht einmal dir, die ich so sehr liebe. Aber ich kann dir sagen, wie ich ihn fand.«

»Sag es mir.«

»Als ich noch sehr jung war, beschloß mein Vater, ein in Theben angesehener Steinmetz, mich in die Bildhauerschule beim Haus des Lebens in Memphis zu schicken. Er ließ mich aber versprechen, daß ich vorher die Ebene von Giseh bei On besuchen würde, was einen ziemlichen Umweg bedeutete. ›Erst nachdem du alles, was an jenem Ort großartig ist, aufmerksam betrachtet hast, darfst du zu deiner Schule weiterreisen. Doch vorher schreibe mir darüber.‹ Ich versprach, so zu tun, wie er wollte, und brach auf.

Tief in der Nacht erreichte ich Giseh und sah in der Dunkelheit die Umrisse der großen Pyramiden wie Berge aus der Ebene aufragen. Doch ich war so erschöpft von dem langen Fußweg, daß ich mich einfach am Fuß eines Felsens niederlegte, der ein wenig von der Wärme des Tages gespeichert hatte. Ich verschob meine Erkundung auf den nächsten Tag und ließ mich in den tiefen Schlaf der Jugend fallen.

Bei Tagesanbruch wachte ich auf, öffnete die Augen und dachte, noch etwas schlaftrunken, Gottes Gesicht im ersten Sonnenlicht über mir zu sehen. Doch alsbald begriff ich, daß es sich um das berühmte Haupt des Pharaos Chepren handeln mußte: Vor eintausendfünfhundert Jahren war aus einem natürlichen Felsblock eine große Löwengestalt mit dem Kopf des Pharaos herausgehauen worden. Viel später wurde sie dann auf Geheiß des jungen Thutmosis, des künftigen Pharaos und Großvaters Echnatons, aus dem Sand wieder ausgegraben. Als er nämlich während einer Jagd gerade an jener Stelle schlief, hatte er einen Traum. Chepren erschien ihm und sagte: ›Mein Sohn, befreie mich vom Sand und gib mich der Welt wieder, denn ich liege hier unter deinen Füßen. Ich werde dir beistehen und dich führen, denn du wirst die weiße und die rote Krone tragen.‹ Und ich, der ich ebenfalls Thutmosis heiße, hatte am selben Ort eine ebenso wichtige Offenbarung, als ich das menschliche Antlitz des riesenhaften Löwen betrachtete.

Alles, was darüber gesagt wird, genügt sicher nicht, es zu beschreiben. Denn es übersteigt das, was Worte auszudrücken vermögen. Aber ich sah, daß die Morgenröte aus dem Stein Fleisch machte. Und ich sah, daß ein Lächeln jenes unbewegte Gesicht erhellt. Ich sah, daß es sich dem Menschen widersetzt, obwohl es sich ihm an die Seite stellt. Ich sah, daß es spricht, obwohl es in der unendlichen Stille schweigt. Nichts ist erbarmungsloser und hilfsbereiter zugleich. Und ich sah, dies alles gehört der Vergangenheit und der Zukunft an. An jenem frühen Morgen aber war ich die Gegenwart, unbedeutend und vergänglich, und doch so wichtig wie der Punkt, der zwischen zwei Ewigkeiten liegt.

Ich sah all diese Dinge, verstand sie aber nicht sofort. Ich begriff sie später, als erwachsener Mann: nach und nach, im Laufe der Jahre und der Besuche, die ich jener Statue immer wieder abstattete. Denn sie ist für mich zweifellos die schönste auf der ganzen Welt.

Damals war ich jedoch nur ein junger Bursche voll Illusionen und Hoffnungen auf dem Weg zur Bildhauerschule von Memphis; und mich berührte vor allem die fachliche Seite des Kunstwerks. Ich sah ein, daß es nicht ausreichte, gut oder gar ausgezeichnet zu sein; daß Talent zwar unbedingt erforderlich, aber noch nicht genug ist; daß es einer besonders begnadeten Liebe und angeborenen Bildung des Herzens bedarf, um wie der Bildhauer zu sein, der das Haupt des Chepren geschaffen hatte. Und daß eine solche Natur auch bescheiden genug ist, um, so wie er, unbekannt bleiben zu wollen. Ich ging also nach Memphis, und nach langem Überlegen schrieb ich an meinen Vater. Nur drei Worte: ›Ich habe gesehen.‹«

Thutmosis schwieg eine Weile nachdenklich, bevor er schließlich erklärte:

»Damit wollte ich dir sagen, daß es für mich nur eine Richtung gibt, der mein Blick folgen kann: jene, die Cheprens Augen genommen haben.«

5. Tag des Monats Athyr

»Jene, die Cheprens Augen genommen haben.«

Um dies zu erfahren, hatte ich beschlossen, nach Giseh zu fahren. Denn ich konnte es nicht länger ertragen, so unglaublich ungebildet zu sein und die großen Pyramiden noch nicht aus der Nähe gesehen zu haben; und jenes Haupt, das den »Uräus der Schönheit« auf Thutmosis' Stirn zauberte, als er es mir beschrieb.

Doch ich mußte die Reise verschieben, zunächst weil Setpenre unwohl war und dann wegen Haremhabs Rückkehr aus dem Retschenu und der vielen damit verbundenen offiziellen und privaten Begegnungen.

Ich sah Lahariat wieder, die ich vor vier Jahren Haremhab geschenkt hatte, um ihm und vor allem ihr eine Freude zu machen. Sie folgte ihrem neuen Herrn auf all seinen Reisen durch das Retschenu, wurde von ihm aus der Sklaverei entlassen und schenkte ihm einen Sohn, der inzwischen zwei Jahre alt ist.

Wir unterhielten uns lange, sie wirkt sehr glücklich und ist mir sehr dankbar. Ich bat sie, ohne Hemmung von ihrem Kind zu erzählen; denn wenn ich sie auch darum beneide, so freue ich mich doch für sie. Also brachte sie es einmal mit, und ich war entzückt über seine Schönheit und schenkte ihm einen winzigen Stuhl aus schön eingelegtem Ebenholz.

Was Haremhab betrifft, so erschien er einigermaßen ruhig und zufrieden. Im Retschenu soll die Spannung etwas nachgelassen haben, nachdem Schuppiluliuma Truppen abgezogen hat und sich vorwiegend in Chattuschasch und Waschukkanni aufhält.

Dies erzählte mir Haremhab unter vier Augen; selbstverständlich fiel der offizielle Bericht vor dem König weit weniger beruhigend aus.

Unsere Beziehungen zu den anderen Völkern scheinen also im Augenblick gut zu sein, und es herrscht Ruhe entlang unserer Grenzen. Wenn der Friede nur ewig währte und sich die Menschen den Werken des Geistes und des Herzens widmen könnten!

Haremhab erschien dagegen sehr aufgewühlt, als der Name Semenchkare fiel. Mit finsterer Miene erklärte er: »Das ist ein Problem, das unbedingt gelöst werden muß.« Als Antwort auf meinen fragenden Blick setzte er mit einem seltsamen, fast unheimlichen Lächeln hinzu: »Irgend jemand muß sich wohl um ein würdiges Hochzeitsgeschenk für deine entzückende Meritaton kümmern.«

Diese zynische Anspielung machte mich schaudern. Hinter dem scherzhaften Ton verbarg sich zweifellos ein sehr ernstes, wenn auch noch unbestimmtes Vorhaben. Ich konnte auf diese Worte nichts erwidern, so furchtbar und erbarmungslos erschien mir ihre Bedeutung, und ich spürte, wie sie den Schatten einer schrecklichen Verantwortung auf mich warfen.

Haremhab bemerkte meine Bestürzung und wechselte sofort das Thema. Er erkundigte sich nach der innenpolitischen Lage, und ich erzählte ihm, daß unser Verhältnis zur Amun-Priesterschaft gegenwärtig unproblematisch ist, daß jedoch der Schein möglicherweise nur trügt. Es wird gemunkelt, daß die Priester in entlegenen Städten unter der ländlichen Bevölkerung Leute anwerben und sie kriegerisch ausbilden.

Haremhab lachte sarkastisch und erklärte:

»Also will ich mir in dieser Hinsicht Sicherheit verschaffen. Sollte es sich wirklich so verhalten, werde ich abwarten, bis die Ausbildung erfolgreich abgeschlossen ist, und dich dann bitten, die Verantwortlichen festnehmen zu lassen, die bewaffneten Kräfte zu beschlagnahmen und sie meinem Heer zuzuführen. Damit wären sie aus dem Spiel, und im Retschenu könnte man sie gut gebrauchen, um die dortigen Truppen zu ersetzen, die eine Ruhepause verdient haben. Ich denke, daß sogar Echnaton damit einverstanden wäre.«

Dabei lachte er, und ich dachte, daß er wirklich ein großer Feldherr ist, der scharfsinnig und schnell wie ein Falke die Gefahren erkennt und sie zu seinem Vorteil zu wenden vermag.

16. Tag des Monats Athir

In wenigen Tagen wird Teje zu einem offiziellen Besuch in Achet-Aton eintreffen. Philae ist bereits nach Malkata gefahren, um sie abzuholen und an Bord des »Funkelnden Aton« hierher zu geleiten. Der offizielle Anlaß der Reise ist die Eröffnung des neuen Aton-Tempels.

Ich freue mich sehr auf sie. Seit meinem letzten Besuch in Theben vor fast zwei Jahren haben wir uns nicht mehr gesehen und nur selten Botschaften ausgetauscht.

Ich ordnete an, daß sie aufs feierlichste empfangen wird. Ihr zu Ehren soll es auch verschiedene Tanz- und Musikaufführungen geben.

27. Tag des Monats Athir

Vier Tage nach Tejes Ankunft fand die Zeremonie im Tempel statt, anschließend zeigten sich die Herrscher am »Fenster der Erscheinungen«. Echnaton stellte sich zwischen Teje und mich, zu meiner Linken war Semenchkare, hinter uns die fünf Prinzessinnen.

Vom »Fenster« der Galerie aus, die auf die königliche Allee hinausgeht, überreichte Echnaton Amenhotep, Haremhab, May, Nacht, Aja, Thutmosis und Bak kostbare Geschenke mit dem für alle gleichlautenden Spruch: »Für ihre Verdienste um die Erhebung des Aton und ihre Liebe zu Ägypten und dem Pharao«.

»Für die Liebe zum Pharao komme eigentlich nur ich in Frage«, murmelte Semenchkare mit einem spöttischen Lächeln und sah mich herausfordernd an.

Ich wandte mich überrascht zu ihm hin. Der stumpfe Blick aus den wässrigen Augen verriet seine Trunksucht, und sein Gesichtsausdruck war der eines beschränkten und zugleich verdorbenen Menschen.

Ich dachte an die Mühe, die ich noch wenige Jahre zuvor an ihn vergeudet hatte, beim vergeblichen Versuch, ihn zu erziehen; und an die Unverschämtheiten, die er sich mir gegenüber herausnahm, zunächst unter dem Schutz des kindlichen Alters, später seine königliche Herkunft vorschiebend. Bis ich ihn schließlich aufgab und seinem Schicksal überließ.

Ich antwortete ihm leise, damit niemand es hörte:

»Also wirst du auch bestimmt belohnt.«

30. Tag des Monats Athir

Ich hatte alle Vorbereitungen getroffen, um Teje durch einen herzlichen Empfang und kunstvolle Darbietungen zu erfreuen; doch die schönste Überraschung bereitete sie mir mit der Hilfe Ibus.

Nach den großartigen Vorführungen unserer Musiker und Checils atemberaubendem Tanz ging der große Empfang, den ich ihr zu Ehren veranstaltet hatte, nun langsam zu Ende.

Der Pharao hatte sich wortlos zurückgezogen, und der sichtlich betrunkene Semenchkare war ihm torkelnd gefolgt. Eine trübe Stimmung breitete sich nun unter den Anwesenden aus.

Da setzte sich Teje neben Ibu nieder und verkündete:

»Ibus Harfe wird mich jetzt begleiten, während ich euch ein altes Märchen aus Ägypten vorlese. Vor einigen Jahren habe ich es eurer Königin erzählt, und sie hielt es auf wunderbare Weise in Worten fest, die sie niederschrieb und die ihr nun hören werdet.«

Ich blickte überrascht auf und sah, daß die Augen aller sich erfreut und erwartungsvoll auf mich richteten.

In der tiefen Stille erklang Ibus Harfe, und Teje begann mit bewegter Stimme vor unseren Augen Bilder heraufzubeschwören. Und ich erinnerte mich jenes Tages, als wir den Dogon nachblickten, die dem sinnlosen und grausamen Schicksal entgegenliefen, das sie vor kurzem ereilt hat.

In uralten Zeiten flehte ein Pharao zum Horus-Falken, er möge zu ihm kommen, und als dieser seinen Wunsch erfüllte, bat er:
»Trage mich auf deinen Flügeln hinauf zu Re, denn ich will ihn um Hilfe bitten, um Ägypten aus der Gefahr zu retten.«
Horus liebte Ägypten und erfüllte diesen Wunsch. Er ließ seine Flügel riesengroß wachsen und trug den Pharao vor Re.
Da sprach der Pharao:
»Großer Re, ich kann nicht mehr so weiterleben. Wie alle meine Vorgänger regierte ich Ägypten allein, doch meine Untertanen nannten mich Tyrann.
Also ließ ich einige wenige über die anderen regieren, doch diese beklagten sich über die Ungerechtigkeit. Also ließ ich viele über einige wenige regieren, doch diese wenigen beklagten sich, die Freiheit verloren zu haben. Also ließ ich alle über alle regieren, doch es wurde noch schlimmer, denn es herrschte Chaos und alle waren unglücklich.«
»Was dann?« fragte nun Re.
»Dann hast du mir offenbar nicht alle Mittel gegeben, um richtig zu regieren.«
Da erhob sich Re von seinem Thron und setzte sich auf einen steinernen Schrein. Er sah den Pharao an und sagte:
»Ich gab dir alles, was ich konnte. Es ist an dir, den richtigen Weg zu finden.«
»Du lügst!« rief der Pharao. »Gib mir die Mittel, um gut zu regieren, damit ich meine Untertanen glücklich mache!«

»Du wagst es, mich einen Lügner zu nennen! Ich habe nicht, was du verlangst!« entgegnete Re, doch der Pharao schrie nur noch lauter:
»Du bist ein Lügner, weil das, was ich verlange, in dem Schrein ist, auf dem du sitzst! Ist es nicht so? Öffne also den Schrein und gib mir, was darin ist!«
»Das ist unmöglich. Dieser Schrein kann nicht geöffnet werden. Und ich werde dir niemals geben können, was darin ist.«
Der Pharao wurde so zornig, daß er sein Schwert an die Brust des Gottes setzte und drohte:
»Gib mir das, was im Schrein ist. Es ist bestimmt das, was ich brauche.«
»Du wagst es, deinem Gott zu drohen! Ich werde dich für dein Aufbegehren bestrafen. Du wirst in die Unterwelt geworfen und nicht länger Ägyptens Pharao sein.«
Doch der Pharao zog sein Schwert nicht zurück und schrie weiter:
»Ich will nicht Pharao sein, wenn ich nicht so regieren kann, wie ich es wünsche. Und wenn du mich in die Unterwelt wirfst, werde ich dich mit hinabziehen.«
Nun überredete Horus den Pharao, das Schwert hinzulegen; er wandte sich an Re und sagte:
»Nicht für sich spricht der Pharao, sondern für sein Volk. Deshalb verzeih sein Ungestüm, großer Re, und gewähre ihm, was du ihm gewähren kannst.«
Alle schwiegen, während der große Re nachdachte. Schließlich sagte er:
»Es kamen bereits andere Könige zu mir mit demselben Wunsch. Und alle konnte ich durch meine Worte überzeugen und durch mein Angebot zufriedenstellen.«
»Welches Angebot?« fragte der Pharao.
»Hör zu. Dieser Schrein kann nicht geöffnet werden, denn er hat keine Öffnung ...«
»Gib mir also den ganzen Schrein mit seinem Inhalt, denn ich bin mir sicher, daß ich ihn haben muß«, unterbrach ihn der Pharao schroff.
»Ich kann nicht!« wiederholte Re. »Täte ich dies, würdest du

werden wie ich, und ich wäre nicht mehr der Gott des Alls! Das einzige, was ich für dich tun kann, ist dir zu sagen, was der Schrein enthält. Nimm mein Angebot an und gib dich damit zufrieden.«

»Wie heißen also die Dinge, die darin sind, wie viele sind es?« fragte der Pharao und schien fast bereit, auf das Angebot einzugehen.

»Es sind drei, und sie heißen Freiheit, Gerechtigkeit und Glück. Nun kennst du ihre Namen: Geh und verwende sie bei deinem Volk. Vieles kann man bei den Menschen erreichen, wenn man diese Wörter nur ausspricht. Denn es sind die Namen für uralte Wünsche, und als solche sind es Zauberworte.«

Einen Augenblick lang glaubten Re und Horus, der Pharao würde annehmen. Doch nachdem er kurz überlegt hatte, rief dieser aus: »Ein betrügerisches Angebot! Es mag vielleicht andere Könige zufriedenstellen, aber nicht mich. Ich bin der Pharao Ägyptens und werde niemals mit Worten regieren, mit bloßen Namen. Für mein Volk will ich wirklich die Freiheit, die Gerechtigkeit und das Glück. Und wenn du sie mir nicht gewährst, nehme ich sie mir einfach!« Und er wollte erneut zum Schwert greifen. Doch Horus hielt ihn nochmals zurück und sagte zu Re:

»Er hat recht, ein Pharao darf sein Volk nicht belügen. Er braucht diese Dinge wirklich, nicht nur ihren Namen. Und es ist wahr, daß er anders ist als die anderen Könige, weil das ägyptische Volk anders ist als die anderen Völker: Du weißt es, großer Re. Wenn du ihm also den Schrein, auf dem du sitzst, nicht geben kannst, gib ihm dafür andere Dinge.«

Re schwieg nachdenklich. Dann erhob er sich und holte einen zweiten, viel kleineren steinernen Schrein. Er stellte ihn dem Pharao vor die Füße und sagte:

»Nimm dies, Pharao. Anstelle dessen, das ich dir nicht geben kann, schenke ich dir etwas, das noch kein Mensch auf Erden besaß. Es ist so kostbar, daß es jeden anderen Wunsch vergessen läßt.«

»Was ist es?« entgegnete der Pharao mißtrauisch.

»Sieh selbst.« Re öffnete den kleinen Schrein, und ein unvorstellbarer Glanz strömte heraus und erhellte den Himmel. Und die Herzen der Menschen und der Götter öffneten sich, um dieses unglaubliche Geschenk aufzunehmen, das die einen in ihrem mühseligen Leben und die anderen in ihrer Einsamkeit tröstete.

Der Pharao schien wie verzaubert und fragte leise: »Du willst mir zum Ausgleich wirklich dieses geben?«

»Ja«, antwortete Re. »Es soll dir und deinem Volk gehören.«

Der Pharao betrachtete die Erscheinung wie gebannt und fragte dann: »Wie heißt es?«

»Es gibt keinen Namen dafür. Aber es ist da und es gehört dir.«

Der Pharao beugte sich vor, um das Innere des Schreins besser zu betrachten. Seine Augen waren geblendet, und es war klar, daß er den anderen Schrein vergessen hatte. Ohne den Blick abzuwenden sagte er:

»Was ich hier sehe und fühle, ist so wunderbar, daß ich es Schönheit nennen werde, auch wenn es sich nicht, wie du sagst, durch einen bloßen Namen bezeichnen läßt. Es ist so überwältigend und unerreichbar, daß es mich beinahe traurig stimmt.«

Und Re erwiderte:

»Es stimmt traurig, ich weiß. Es gibt uns aber auch das Gefühl, frei und gerecht und sogar glücklich zu sein.«

In der Tat schien der Pharao nun glücklich. Er wollte schon das unschätzbare Geschenk an sich nehmen und fortgehen, als er sich vielleicht wieder dessen bewußt wurde, daß er nicht nur ein Mensch, sondern auch ein König war. Plötzlich schrie er:

»Und doch ist dies nicht genug, Re! Ich will alles, was du hast!«

Er zog das Schwert und versetzte dem steinernen Schrein einen furchtbaren Hieb. Der Schrein zerbrach und ging in Scherben. Und man sah, daß er leer war.

In der tiefen Stille brach der Pharao in Tränen aus und sah entgeistert auf die Scherben.

Da sagte Re:
»Dummer Pharao, begnüge dich doch mit dem, was da ist und namenlos ist. Und wisse, daß es viele Namen gibt für Dinge, die nicht existieren.«

22. Tag des Monats Choiak

Philaes Sohn ist tot. Er soll in Theben während einer Nilfahrt von Karnak nach Malkata verunglückt sein, doch die näheren Umstände seines Todes sind nicht bekannt.

Philae selbst erzählte es mir vor seinem Aufbruch. Er zitterte und schien um Jahre gealtert. Als ich ihn umarmte, fiel er auf die Knie und ließ den Tränen, die er mühsam hatte zurückhalten wollen, freien Lauf.

Amenhotep, dem unter ähnlich verdächtigen Umständen bereits ein solcher Schmerz zugefügt wurde, will ihn auf der Fahrt begleiten und ihm beistehen. Ich schickte ihm deshalb eine dringende Botschaft mit der Bitte, sich um die Bereitstellung eines Grabmals in Qurn zu kümmern. Es soll ganz auf meine Kosten und so schnell wie möglich entstehen.

14. Jahr des Horus Echnaton

24. Tag des Monats Tybi

Eine große Ruhe scheint seit einiger Zeit über dieser Stadt und über Ägypten zu liegen. Es ist, als richte sich das Leben nach den langsamen Atemzügen eines schlafenden Gottes.

Jede Erscheinung wirkt majestätisch und bedeutungsvoll, jedes Ding unabänderlich: So und nicht anders, erklärte mir Amenhotep vor vielen Jahren, soll es bleiben, dafür bete er unablässig zur Göttin Ma'at.

Die Stadt wächst, und am westlichen Nilufer sind vereinzelte landwirtschaftliche Siedlungen entstanden. Meist sind es Bauern aus den südlichen Regionen, die sich von der Abgabenfreiheit, die den Gebieten um Achet-Aton für die nächsten Jahre gewährt wird, hierher locken ließen.

Dort ist auch der Bau eines Bewässerungsnetzes im Gange, das es ermöglichen wird, die Anbauflächen über das von der Nilschwemme betroffene Gebiet hinaus beträchtlich zu erweitern.

Alles scheint also in bester Ordnung zu verlaufen, gemäß den Gesetzen, die seit eh und je das Leben Ägyptens bestimmen, auch wenn sie nirgendwo anders geschrieben stehen als im Herzen dieses Volkes.

Und die Natur ist von ähnlich heiterer Ruhe beseelt: Dieselbe, die ich auf den bemalten Wänden im Palast zu Malkata bewunderte und hier in Baks Gemälden wiederfinde.

Die Flußpferde und Krokodile in der Gegend von Hatnub ließen sich durch die Entstehung dieser neuen Stadt nicht stören: Sie traten dem Menschen einen Teil der Nilauen ab und verlegten ihre Spiel- und Jagdgebiete einfach ein Stück weiter weg; die Wasservögel dagegen fanden sich mit der Anwesenheit des Menschen ab, als hätten sie sich davon bereits einen Vorteil erhofft: Und sie vermehren sich genauso wie die Palme und die Sykomore, der Feigenbaum, der Olivenbaum, der Oleander, der Schneeball und der Hibiskus, die alle prächtig gedeihen, ungeachtet der Sorgen, die das menschliche Herz belasten.

Manchmal frage ich mich, was sich hinter all dieser Ruhe verbirgt und was uns die Zukunft bringen mag: Was wird auf die Regierung Echnatons folgen? Bei diesem Gedanken spüre ich eine große Verwirrung in mir aufsteigen, wie vor den unüberschaubaren Gängen im Palast der Täuschung. Ich möchte auf die Knie fallen und Aton anflehen, er möge mir zeigen, was zu tun ist, was getan werden kann.

Aber er schweigt, er will meiner Schwäche als Königin und als Frau nicht abhelfen. Gott ist nicht der einzige, der mich nicht erhört, auch die Menschen antworten nicht auf meine Fragen. Amenhotep nicht, Haremhab nicht. Auch Teje und zu anderen Zeiten Echnaton gaben mir keine Antwort. Meine Töchter schweigen und warten ihrerseits auf Antworten.

Allein Thutmosis ist mir nahe: Auch er hat keine Antwort auf die Fragen der Königin, ist aber der einzige, der die Zweifel einer nach Liebe und Illusion dürstenden Frau besänftigt.

Er kann mir keinen Weg zeigen oder mich beraten. Aber er zieht mich in seinen Bann und erzählt mir mit überzeugenden Worten, wie vergeblich jeder Weg sei, außer dem Weg der Kunst. Um mich zu beruhigen, erklärt er, die Ohnmacht, die wir beide gegenüber dem Leben empfinden, sei schon der Beweis, daß wir die Macht des Lebens wenigstens kennen, auch wenn wir sie nicht selbst besitzen. Und dies sei nicht wenig. Es sei vielleicht das beste, was uns beschert wurde. Denn wer dieses Bewußtsein besitzt, wird sich kaum zu kleinlichen Taten hinreißen lassen.

Doch wenn wir uns nachts heimlich treffen und im Augenblick der Liebe unsere Schicksale miteinander vereinigen, und all die Vorzüge und Mängel, die Schuld und die Irrtümer, und die Sehnsüchte, die uns ausmachen: Dann, glaube ich, empfangen wir durch unsere Liebe diese Macht und erheben uns über unsere eigene Ohnmacht.

8. Tag des Monats Mechir

Thutmosis hat ein neues Porträt von mir gefertigt: Es ist aus Quarzit und durch die fleischfarbenen, mit dunklen Schatten überzogenen Gesichtspartien erhält mein Antlitz einen Ausdruck vibrierender Schönheit.

Durch ein solches Werk wird mir erst klar, wie gut er mich versteht und wie groß seine Liebe ist.

Diesmal stellte er mich mit leicht zurückgeworfenem Kopf dar, als wolle ich gerade den Himmel befragen, ohne jedoch auf einen gewissen Anspruch auf weltliche Herrschaft zu verzichten. In höchstem Maße besitzt er die Fähigkeit, im Stein festzuhalten, was im Menschen nur unsichtbarer Geist ist. Dadurch erhält das Kunstwerk jedoch eine Gewißheit, die es besser nicht ausdrücken sollte: Denn wir sind in Wirklichkeit nicht immer, nicht nur und nicht genau so, wie diese Darstellung vermuten lassen könnte.

Bezüglich des Todes von Philaes Sohn stellte man fest, daß das Boot auf dem Nil von einem größeren Fahrzeug gerammt wurde. War es ein Unfall? Amenhotep ist anderer Meinung: Er hat den Verdacht, die Amun-Priester hätten ihn beseitigt, nachdem sie ihn als Informanten des Königlichen Hauses entlarvt hatten. Genauso verfuhren sie ja mit seinem eigenen Sohn.

Philae geht es ein wenig besser. Gleich nach der Bestattungszeremonie wird er wohl nach Achet-Aton zurückkehren.

Die Zeit scheint stillzustehen, nicht nur in Ägypten, sondern auf der ganzen Welt. Es ist keine Frage von Tagen, Jahreszeiten, Jahren oder Jahrhunderten. Es geht um Jahrtausende. Ich glaube wirklich, daß sich die heutige Welt von der vor tausend Jahren kaum unterscheidet.

Und doch glaube ich fest daran, daß vieles sich ändern kann, nur weiß ich nicht wie.

Ich sehe die Welt als ein riesiges Kind, das sich auf einmal, unmerklich oder offensichtlich, zum Wachsen entschließt; oder als einen verbohrten, hinfälligen Greis, der unvermutet ein Elixier entdeckt und wiederauflebt.

Ich glaube, die ganze Menschheit steht dann und wann still. Sie zögert lange, sie stolpert, ergibt sich der Starre, der Gewohnheit und beruft sich auf die immer brauchbare, ehrwürdige Überlieferung.

Es gibt aber auch Augenblicke, die im Menschen eine ruckartige Bewegung auslösen: Mit einem einzigen Hieb kann er dann viele Knoten durchtrennen. Er kann sich schlagartig unzähliger Fesseln entledigen, die ihn lange Zeit gefangenhielten.

Dann macht er sich auf zu neuen Dingen, stellt neue Zusammenhänge her, stößt immer wieder auf Neues, und nichts kann ihn mehr aufhalten.

Es ist wie beim mühsamen Erlernen einer Fremdsprache: Man macht lange Zeit keine Fortschritte, obwohl man viele neue Wörter lernt. Dann kommt der Augenblick, da die einzelnen Wörter, die man im Gedächtnis aufbewahrt, einander zu suchen beginnen, sich plötzlich finden und miteinander verbinden. So entsteht der zusammenhängende Satz.

Vielleicht befinden wir uns in einem Zeitalter (und ich weiß nicht genau, was ich mit diesem Wort meine, es könnten Tausende, es könnten Hunderte von Jahren sein) des Stillstandes: Wir erweitern zwar mit zäher Langsamkeit die Grenzen unseres Wissens, schreiten aber nicht fort.

Wie der Nil, der sich in den südlichsten Sümpfen verläuft, von denen mir Sipturi schrieb, und sich dort zu verlieren scheint. Ein stehendes Gewässer, das die einfältigen Eingeborenen für Morast halten, ohne zu ahnen, daß es sich um einen freien und mächtigen Strom handelt.

23. Tag des Monats Mechir

Ich bin Echnaton begegnet. Zufällig sah ich, wie er auf Neferneferaton zuging, als sie mit Setpenre und den Ammen im Garten spielte. Setpenres Hund war selbstverständlich auch dabei, als treuer Wächter und Beschützer.

Unbemerkt beobachtete ich sie aus einiger Entfernung. Der Pharao ging mit der unsicheren Gangart eines Greises auf sie zu, in einen weiten Umhang gehüllt. Ich mußte gleich an seinen Vater Amenophis denken, so wie ich ihn in Erinnerung habe.

Als der Hund die ungewöhnliche Gestalt sich nähern sah, begann er aufgeregt zu bellen und stellte sich vor seine kleine Herrin. Die Dienerinnen versuchten ihn zu beruhigen und warfen sich gleichzeitig zu Boden, um dem Pharao ihre Ehrerbietung zu erweisen.

Echnaton näherte sich dem Hund und sagte mit deutlicher Stimme, so daß auch ich seine Worte vernahm:

»Wer Setpenre so liebt, muß auch mein Freund sein.« Und er streichelte den Kopf des Tieres, das ihn nun unsicher ansah.

Er wandte sich an die beiden Mädchen, kniete sich vor sie hin und sprach leise mit ihnen, nahm sie dann an der Hand und führte sie spazieren. Nubi, so heißt der Hund, lief neben ihnen her, immer noch auf der Hut.

Ungesehen sah ich ihnen eine Weile nach: Ich bemerkte echte Zuneigung in der Art, wie er sich mit ihnen unterhielt, sanft mit der Hand über ihren Kopf fuhr und der einen oder der anderen zuhörte und antwortete. Ich konnte sein Gesicht nicht sehen, spürte aber in seinem Verhalten die wehmütige Zärtlichkeit des Vaters, der weiß, daß er von seinen Kindern Abschied nehmen muß.

Als ich mich schließlich zeigte und auf sie zuging, zuckte er mißmutig zusammen. Er verabschiedete sich hastig von den Mädchen und führte sie zu den Ammen zurück, während der sichtlich erfreute Nubi es sich nicht verkneifen konnte, ihn noch ein paarmal anzubellen.

»Wie geht es dir, Echnaton?« begrüßte ich ihn.

Er sah mich flüchtig an, wie ein ertappter Dieb, der Blicken ausweicht.

»Schlecht«, entgegnete er lakonisch.

Sein Gesicht war noch mehr verfallen: Kinnpartie und Wangen hingen noch schlaffer herunter, seine einst geheimnisvollen Augen mit dem scharfen Blick sahen glasig aus geschwollenen dunklen Höhlen. Der weite Umhang konnte die Fettleibigkeit nicht verdecken, und auch das Chepresch wirkte für den Kopfumfang zu eng und machte für jeden die grausamen Kopfschmerzen sichtbar, unter denen er leidet.

Ich wollte nach seiner Hand greifen, doch er zog sie abweisend zurück.

»Ich möchte dir helfen, Echnaton«, sagte ich.

»Du kannst es nicht. Niemand kann es.«

»Dann werde ich für dich zu Aton beten.«

»Niemand kann für mich zu Aton beten: Der Aton und ich sind von allen verlassen worden. Nur ich kann zu ihm beten im Namen Ägyptens und der Welt.«

Ich sah ihn schweigend an. Er hatte etwas von einem Kind und von einem Wahnsinnigen an sich, was seinen Hochmut irgendwie rührend machte.

»Wie ist das möglich, wenn Aton der Gott aller Menschen ist?« erwiderte ich.

Er warf mir einen kurzen Blick zu und bemerkte sicher meine tränenerfüllten Augen, denn er zögerte einen Augenblick. Doch ohne auf meine Frage einzugehen, erklärte er unvermittelt:

»Haremhab hat mich um Audienz gebeten und möchte, daß du ebenfalls anwesend bist. Ich werde dich rufen lassen, wenn ich ihn empfange.«

Ohne ein weiteres Wort wandte er sich ab und entfernte sich langsam. Er schien eine schwere Last hinter sich herzuziehen. Eine ebenso schwere hatte er auf mein Herz gelegt.

Ich stand eine Weile wie versteinert unter dem Eindruck dieser Begegnung und der Erinnerung an vergangene Zeiten, dann ließ ich mich auf einer Bank nieder.

Vor meinem geistigen Auge sah ich Liebe, die Heiterkeit glücklicher Tage, zärtliche Geborgenheit, Eintracht mit ihrer beruhigenden Stärke, gemeinsames Streben im Zeichen einer tiefen Freundschaft. Und die Zuneigung und die Hoffnungen, die wir gemeinsam für unsere Töchter gehegt hatten. Ich sah all das Gute wieder, das wir einst miteinander geteilt hatten, bis zu jenem Scheideweg, der uns trennte.

Sein Abweichen vom schönsten Ideal hin zu einem krankhaften Wahn, der durch die geistigen Verirrungen seines Jugendalters noch gesteigert wurde.

Ach mein Gefährte, wie grausam und enttäuschend hast du dich verändert! Wie viele Scherben nach diesem Zusammenbruch!

4. Tag des Monats Famenant

Echnaton ließ viele Tage verstreichen, bevor er endlich Haremhab empfing. Er hielt sein Versprechen und ließ auch mich rufen.

Kalt und abweisend benahm er sich gegenüber dem Heerführer, dem er große Dankbarkeit schuldet; er zeigte sich wenig interessiert an dessen Ausführungen und ließ bereits erahnen, wie seine Antwort ausfallen würde.

Haremhab trug die goldene Halskette, die ihm vom »Fenster der Erscheinungen« offiziell überreicht worden war. Sehr ehrerbietig legte er dem König sein Anliegen mit großem Sachverstand und Scharfsinn dar, dabei berief er sich auch auf die Auskünfte unserer Informanten im Ausland.

Er schilderte die Lage im Osten und unterstrich, daß die momentane Ruhe nicht über die künftigen Absichten der Hethiter hinwegtäuschen dürfe. Anhand vieler Einzelheiten, die er uns ausführlich schilderte, versuchte er klarzumachen, daß der Feind nur auf den günstigen Augenblick wartet, um wieder loszuschlagen.

Er beschrieb dann die seiner Ansicht nach notwendigen kriegerischen und politischen Abwehrmaßnahmen und beschwor buchstäblich den Pharao, seine Pläne zur Modernisierung und Stärkung des Heeres zu billigen.

Echnaton antwortete kalt und fast verächtlich mit der Ablehnung jeder Forderung. Um dies zu begründen, griff er immer wieder auf sein altes Schlagwort vom Frieden zurück und von dem Weg, ihn herbeizuführen.

»Der Friede!« schrie er auf einmal. »Nur der Friede zählt. Doch er wird niemals die Erde verschönern, wenn keiner den Anfang machen will und trotz aller Gefahren als erster die Waffen niederlegt! So will es Aton!«

Abschließend erklärte er: »Es wird dir dieses Mal nicht gelingen, mir Angst zu machen, Haremhab. Kein einziges Deben wird aus der Staatskasse entnommen, um deinen Anträgen zu entsprechen!«

Haremhab fühlte sich gedemütigt. Waren seine Tapferkeit und sein Scharfsinn umsonst gewesen? Er entgegnete:

»Was auch immer ein Volk dazu bewegt, sich nicht zu wehren, immer ist es etwas Böses, auch wenn es als eine Tugend erscheint. Man darf sich nicht von der Angst vor dem Krieg erpressen lassen, so häßlich und grausam er auch sein mag. Ganz einfach deshalb, weil man vor nichts Angst haben und sich von nichts erpressen lassen darf. Tust du dies aber, dann betrachte dich nicht als einen, der den Frieden liebt, sondern als einen, der Angst hat und sich erpressen läßt.

Wenn du den Frieden ehrlich liebst, heißt das noch lange nicht, daß du ihn über alles andere stellen mußt. Es genügt, wenn du selbst keinen Verstoß begehst, der den Frieden auch im geringsten gefährden könnte.«

Nun schwiegen wir alle. Wir hatten nichts getan, als bereits früher Gesagtes zu wiederholen, jeder hatte die eigenen Ansichten noch einmal vorgetragen. Und wir hatten noch keinen einzigen Schritt zu einer gemeinsamen Erkenntnis getan. Und doch waren es vor allem die Worte des Königs – einmal mehr wie ein unantastbares Dogma verkündet –, die sich gegen die Realität zu wehren schienen.

Ich fragte mich, welcher Fluch uns so gegensätzliche Haltungen einnehmen ließ, die uns dazu verdammten, einander auf ewig zu bekämpfen.

Ich betrachtete Echnatons finstere Miene, und mir wurde der Unterschied zwischen den beiden bewußt: Haremhab sprach von Krieg, und sein Herz war voller Frieden, der Pharao aber sprach von Frieden und war voller Haß für seine Gesprächspartner.

Genau in diesem Augenblick wurde mir klar, auf welche Seite ich mich stellen mußte. Da wandte sich Echnaton an mich:

»Ich begreife nicht ganz, warum du dich eigentlich hier befindest. Ich vermute aber, daß du in diesem Streit gegen mich bist, nicht wahr?«

»Ja, Echnaton«, antwortete ich. »Ich bin gegen dich, weil ich glaube, daß das Heil Ägyptens mehr als das schönste Wort der Welt zählt: Friede. Ich denke auch, daß dieses Wort eines von denen ist, die einen bösen Zauber ausüben.«

28. Tag des Monats Famenant

Unerwartet wie ein Dolchstoß aus dem Hinterhalt kam die entsetzliche Nachricht, daß ein junger Diener Semenchkares im Schlafgemach des künftigen Pharaos umgebracht wurde.

Er war wohl einer seiner »jungen Freunde«, und Semenchkare soll ihn während eines wilden Gelages eigenhändig erdrosselt haben. Der einzige Grund sei »das Lustgefühl angesichts eines sterbenden Körpers« gewesen, wie er sich wörtlich gegenüber einem Zeugen ausdrückte.

Dies kann diejenigen, die Ägypten lieben, nur bestürzt machen, und es ist eine Schande für diesen Hof. Die Abneigung und Verachtung unserer Feinde innerhalb und außerhalb des Landes scheint angesichts solcher Vorfälle nur allzu gerechtfertigt.

Selbstverständlich verbreitete sich die Nachricht über Achet-Aton hinaus, und es herrscht allgemeine Empörung.

Ich werde heute noch den Pharao aufsuchen. Egal, in welcher körperlichen Verfassung er ist: Er muß mir Rede und Antwort stehen. Inzwischen habe ich einen Boten nach Theben geschickt, um

Teje zu benachrichtigen und sie zu einem privaten Treffen einzuladen. Ich will Amenhotep, Haremhab, Aja und Nacht dafür gewinnen und ihre Meinung über diesen Menschen und seine künftige Rolle als Pharao hören.

Ich habe bereits mit Amenhotep über mein Vorhaben gesprochen. Er erklärte sich damit einverstanden und bat mich zu meinem Erstaunen, auch Philae zu dem Treffen einzuladen.

30. Tag des Monats Famenant

Trotz seines Verbots suchte ich Echnaton in seinem Gemach auf. Leider hatte er gerade einen schrecklichen Anfall: Kopfschmerzen und Brechreiz quälten ihn, und er konnte nicht einmal das starke Beruhigungsmittel im Magen behalten, das Amenhotep ihm verschrieben hatte. Die Augen unter den angeschwollenen Lidern halb geschlossen, das Gesicht aschfahl, machte er, als er mich den Raum betreten sah, eine verzweifelte Geste der Abwehr und beschwor mich mit abgehackten Worten, ihm ein Gespräch zu ersparen.

Ich sah, wie furchtbar er litt, und zog mich betreten zurück, doch heute habe ich ihm diese Botschaft geschickt:

> »Ich wünsche mir sehnlichst und bete, daß Aton Dich unverzüglich von Deinem Leiden befreit, damit Du Dich mit dem beschämenden Vorfall befassen kannst. Ich, der Hofstaat Achet-Atons und das ganze ägyptische Volk erwarten, daß der Blitz Deiner göttlichen und irdischen Gewalt den Urheber dieser Schandtat trifft. Er, der die Gesetze des Aton schmähte, ist nicht würdig, Dein Nachfolger zu werden.«

5. Tag des Monats Farmuti

Ich erhielt keine Antwort, obwohl sich der Zustand des Königs gewiß gebessert hat. Nichts rechtfertigt also sein Schweigen, nichts als seine Unfähigkeit, das Verderben Ägyptens zu sehen und abzuwenden.

Die Empörung, die ich fühle, ist die gleiche, die unter dem Volk wächst und ihn verurteilt: Ihn, der einmal versprach, die Welt zu verändern, und der nun die königliche Würde seines Amtes befleckt; ihn, der die Gesetze des Gottes verrät, dessen Vater und Sohn und Prophet er zu sein behauptet.

Alles darf ein König, nur nicht sein Wort brechen. Worauf sollten die Menschen vertrauen, wenn nicht auf das Wort eines Königs? Niemals darf er seine Untertanen verraten.

22. Tag des Monats Farmuti

Gestern entging Meritaton knapp dem Versuch Semenchkares, sie zu vergewaltigen. Verzweifelt wehrte sie sich gegen den Rasenden, der sie in einem entlegenen Teil der königlichen Gärten überfallen hatte. Zum Glück kam Anchesenpaaton hinzu und rief die Diener zu Hilfe. Sie stellten sich schützend vor die beiden Schwestern, die weglaufen konnten und bei mir Zuflucht suchten.

Bittere, demütigende Erinnerungen stiegen in mir auf und ich empfand wieder den brennenden Zorn meiner Kindheit, obwohl meiner Tochter noch keine wirkliche körperliche Gewalt zugefügt worden war.

Ich gab sofort Anweisungen, die mutigen Diener in meinen Wohntrakt zu verlegen, um sie vor der Rache der »Stütze des Greisenalters« zu bewahren.

Ich informierte den Pharao über den Vorfall, doch er konnte sich nur zu einer unverbindlichen Antwort durchringen:

»Wir wollen aus jugendlichem Übermut kein unnötiges Drama machen. Ich werde den Betroffenen ermahnen wegen alldessen, was man ihm vorwirft.«

Eine einfache Mahnung soll also »für alles« genügen. Offenbar wird auch der Mord an jenem Jüngling als »jugendlicher Übermut« bewertet.

Es sieht so aus, als wolle Semenchkare durch all diese Gewalttaten sein Recht behaupten, sich ungestraft über jegliche Regel hinwegzusetzen. Und Echnaton scheut sich nicht, ihn auf beschämende Weise zu decken.

Die Lage ist also außerordentlich ernst und läßt noch Schlimmeres für die Zukunft befürchten.

Meritaton schwor mir unter Tränen, daß sie um nichts auf der Welt diesen Mann heiraten wird. Ich wollte sie nicht daran erinnern, daß niemand sich seiner Pflicht entziehen kann, verschwieg ihr jedoch auch, daß man nach einem Weg sucht, um diesen Menschen unschädlich zu machen.

Es ist sehr spät, kein Mondschein erhellt den nächtlichen Himmel. Ich unterbreche mein Schreiben und betrachte den großen Falter, der in der letzten Stunde im Zimmer umhergeflattert ist: Er kreiste um die Flamme der Tischlampe, kam immer näher, streifte sie mehrmals und flog schließlich durch sie hindurch. Er verbrannte sich, fiel knisternd und vor Schmerz summend zu Boden, erhob sich und flog abermals zum Feuer, hartnäckig, immer wieder.

Nun liegt er sterbend am Boden, und ich betrachte gequält sein schwaches Zucken: Wären seine Flügel stark genug, würde er sich bestimmt wieder zur Flamme emporschwingen.

Die Natur machte ihn zum Nachttier: Warum liebt er dann das Licht so sehr? Und warum fesselt mich das Schicksal eines Insektes, warum verfolge ich es mit bangem Herzen? Weckt der unheilvolle Flug Erinnerungen in mir, oder eher Vorahnungen?

12. Tag des Monats Pacons

Ich verbringe meine Zeit entweder bei Thutmosis oder draußen in der Wüste. Mit dem geliebten Mann bewege ich mich in den Bereichen der Kunst und des Geistes, des Herzens und der Lust, ich erfahre immer wieder neue Gefühle. Mit meinem Wagen erforsche ich die Gegend. Ich wagte mich hinaus bis hinter die Hügel von Hatnub, durchfuhr die herrlichen Schluchten, vorbei an den Felsengräbern bis hin zu den neuen Alabasterbrüchen, und weiter noch bis zur östlichen Wüste, die sich unter der sengenden Sonne in alle Richtungen ausdehnt.

Ich fahre allein, denn das ist die Voraussetzung, um Dinge und Landschaften wirklich zu erkennen. In der Abgeschiedenheit begreift man nicht nur bereits Bekanntes besser, sondern auch Dinge von sich selbst, die noch im Dunkeln lagen. Man lernt die Grenzen der eigenen Furcht kennen und die Erinnerung an die entdeckten Orte besser behalten. Und die Orte selbst müßten ihrerseits den Menschen im Gedächtnis behalten, der ihre ursprüngliche Zurückhaltung mißachtet, ihre Geborgenheit, Abgeschiedenheit, Unzugänglichkeit angetastet, ihre Einsamkeit durch die eigene Einsamkeit gebrochen hat. Es ist eine entweihende Berührung, die zur Liebesbeziehung wird.

Und doch wäre es falsch und ungerecht, meine Fahrten als »einsam« zu bezeichnen. Ich fühle mich nie einsam mit meinen lieben Rössern Isi und Osi. Sie ziehen nicht nur den Wagen: Sie schenken mir Gehör und legen die Ohren nach hinten, um Antwort zu geben, und sind in ihrem Urteil immer geduldig und großzügig, gleichviel, ob ich sie gerade ansporne oder laut die Hymne singe und andere Verse, die mir plötzlich einfallen: für Aton, den Himmel, die Wüste und für sie, für meine Gefährten.

Sie verlangen von mir nicht, daß ich weise oder vorsichtig bin, oder rücksichtsvoll zu ihnen, oder daß ich über mein wirres Phantasieren oder über meine Absichten Rechenschaft ablege. Sie sind ganz einfach auf meiner Seite.

Wenn ich nach dem stundenlangen Fahren unter der Sonne, im Wind und durch den Sand zu den Stallungen zurückkehre, treffe ich jedesmal Philae an, der besorgt auf mich wartet. Er gehorcht widerstrebend meinem Verbot, mir selbst bei größeren Entfernungen nachzufahren; und beim Versorgen der Pferde versäumt er niemals die Gelegenheit, murrend seine Mißbilligung zu zeigen. Er tadelt meinen Leichtsinn, mich ganz alleine und viel zu weit in die Wüste hineinzuwagen.

»Mit der Wüste ist nicht zu spaßen, Herrin«, wiederholt er jedes Mal. »Was in vertrauter Umgebung ein leichtes Hindernis ist, kann in der Wüste tödliche Gefahr bedeuten. Du solltest mir wenigstens sagen, welche Richtung du einzuschlagen gedenkst!«

»Unmöglich, mein guter Philae! Die Wüste dehnt sich in alle Richtungen aus: Wie kann ich dir eine angeben, wenn ich das ganze Gebiet erforschen will?«

Daß ich eines Morgens, hinter der Hügelkette Hatnubs zwischen den Felsen in einiger Entfernung eine Löwenfamilie entdeckte, verschweige ich ihm lieber.

Die Wüste ist vielfältig und grenzenlos, und jeder Ort in ihr öffnet sich auf eine neue Wüste. Sie ist niemals gleich, sondern verändert sich unablässig, sie liebt nicht die Zeit, sondern die Ewigkeit. Sie entzieht sich jedem Bezug, denn sie zielt auf das All, und doch ist es, als sei jede Düne, jeder Fels und jeder Busch der Mittelpunkt einer eigenen Welt.

Die Wüste kann sich auf magische Weise vervielfachen und doch ihre Einheit bewahren. Sie kann ein Feuerwerk von Bildern entfachen.

Ihre Farbe ist unverwechselbar. Sie umfaßt Tausende von Schattierungen, die im Laufe der Stunden wie kurze Träume, wie ziehende Wolken einander ablösen, in einem fieberhaften Wechsel von glühenden und kühlen Tönen, die das Herz des Betrachters weiten oder es stillstehen lassen.

In der Wüste ringen Sonne und Erde verzweifelt miteinander. Aus ihrem Kampf gehen sie geschlagen und siegreich, erschöpft und gestärkt, geschmälert und vervielfältigt hervor: Als vollzögen Götter hier einen Liebesakt, um den Haß und die Liebe zu stillen, die sie für alle Zeiten füreinander empfinden.

In kindlicher Begeisterung ereiferte ich mich, Thutmosis meine Gedanken zu schildern. Ich war gerade von einer wilden Fahrt zurückgekehrt, stand schweiß- und sandbedeckt vor ihm, der mich schweigend betrachtete.

Plötzlich faßte er mich bei der Hand und führte mich hastig in den kleinen Innenhof. In der Mittagssonne zog er mich aus, ließ mich in das Becken steigen und begann sanft meinen Körper zu waschen. Tropfnaß lag ich dann auf dem glühenden Marmor, und er nahm mich, und wir stammelten die fieberhaften Worte der Liebe, und ich fühlte, wie die Sonne meine Augen und meine Haut und mein Herz durchdrang.

Ich war die Wüste, und er war die Sonne. Und ich hatte noch nie so viel Lust und so viel Liebe empfunden.

24. Tag des Monats Pacons

Ganz unerwartet treffe ich in letzter Zeit vor den Stallungen häufig mit Semenchkare zusammen, denn er läßt sich von einigen Offizieren im Führen des Streitwagens unterrichten.

Sein überhebliches Auftreten erregt Mißmut unter den Soldaten, die ihn oft betrunken zum Unterricht kommen sehen und gelegentlich seine plumpen Annäherungsversuche über sich ergehen lassen müssen.

Sie erklären sich Semenchkares Einfall mit der Eifersucht, die er für mich und Tutanchaton empfindet. Trotz seiner schwächlichen Konstitution hat dieser nämlich in den letzten Monaten gelernt, den Streitwagen zu führen.

Von Anchesenpaaton erfuhr ich, weshalb sich Tutanchaton solchen Strapazen unterzieht: Er liebt sie und will trotz seiner Schwäche und seiner kurzen Lebenserwartung Eindruck auf sie machen. Also zeigt er sich als schneidiger Wagenlenker in königlicher Aufmachung und mit flatterndem Umhang.

Tutanchaton, der nur um ein Jahr jünger ist als Semenchkare, wäre als erklärter Sohn des Amenophis III. Echnatons unmittelbarer Thronfolger. Aber sein schlechter Gesundheitszustand und, wie man weiß, gewisse andere Überlegungen haben den Pharao dazu bewogen, nicht ihn, sondern Semenchkare zur »Stütze des Greisenalters« zu ernennen.

Übrigens strebt Tutanchaton die Herrschaft überhaupt nicht an: Sein Geist und all sein Trachten werden vom allgegenwärtigen Gedanken an den eigenen Tod bestimmt.

Als er mich neulich zusammen mit Anchesenpaaton besuchte,

schenkte ich ihm den hethitischen Dolch mit der Eisenklinge und dem goldenen Griff, den Haremhab mir gab, nachdem der Pharao sich geweigert hatte, ihn anzunehmen. Er war sehr glücklich über das Geschenk und erklärte begeistert:

»Es ist ein wunderschöner, ausgefallener Gegenstand: Ich werde verfügen, daß er als Amulett mit mir begraben wird.«

Im weiteren Gespräch äußerte er den Wunsch, in Theben neben seinem Vater bestattet zu werden, dort, wo ein Grabmal schon auf ihn wartet. Denn selbstverständlich glaubt er, der Sohn Amenophis' III. zu sein.

Er scheint nun Anchesenpaaton, die ihm offiziell bestimmte Braut, zu lieben. Aber seine unüberwindbare Melancholie überschattet und lähmt seinen Geist. Ich hoffe nur, Anchesenpaaton wird sich nicht in ihn verlieben.

5. Tag des Monats Paini

Schon seit einiger Zeit habe ich mit dem Gedanken gespielt, meine Töchter zu einer Unterredung einzuladen. Natürlich ist es schon öfter zu Gesprächen gekommen, aber diesmal wollte ich die Aussprache feierlicher gestalten, damit sich meine Worte ihrem Geist dauerhafter einprägen.

Übergroße Liebe oder vielleicht auch nur Gewohnheit haben dazu geführt, daß die Mädchen viel zu stark von mir abhängen; sie halten es für selbstverständlich, daß ich immer für sie da bin, und suchen meine Hilfe, noch bevor sie versucht haben, sich selbst mit ihrem Problem auseinanderzusetzen.

Als sich die Gelegenheit bot, die drei Älteren bei mir zu haben, sprach ich sie deshalb an:

»Ich bin glücklich, eure Mutter zu sein. Trotzdem bereitet ihr mir manchmal Sorgen.

Du, Meritaton, lebst in der ständigen Angst, zu einer abscheulichen Ehe gezwungen zu werden. Du weißt, daß ich alles, was in meiner Macht steht, versuchen will, um das zu verhindern. Es muß dir aber klar sein, daß dein Jammern zwecklos ist und überhaupt nichts bewirken wird. Alles ist möglich, auch daß ich scheitere und du zur Heirat gezwungen wirst. In diesem Fall wird dein ›Ich will nicht‹ so peinlich und lächerlich klingen, wie das ›Ich nehme das Urteil nicht an‹ auf den Lippen eines Verurteilten.

Dich, Anchesenpaaton, bitte ich zu bedenken, daß die Augenblicke des Glücks im Leben die Ausnahmen darstellen, nicht die Regel. Man muß sich dessen bewußt sein, um sie zu schätzen und intensiver zu genießen, sie sich tief einprägen, damit die Erinnerung an sie wie der Kornvorrat in Zeiten der Hungersnot ist. Und solltest du einmal unglücklich sein, denke daran, daß die Augenblicke gegenwärtigen Leidens nicht mehr Bestand haben als die Augenblicke vergangenen Glücks. Sei zärtlich zu Tutanchaton, damit er einmal mit der Erinnerung an deine Zärtlichkeit aus dieser Welt geht. Aber mache ihn nicht zum Mittelpunkt deiner Gedanken, wenn du ahnst, daß du eines Tages unter seiner Abwesenheit schrecklich leiden könntest. Und sollte es wirklich so sein, denke nicht, du hättest dich falsch verhalten. Beiße die Zähne zusammen. Sei tapfer und bedenke, daß auch der Schmerz die Seele größer macht und sie zur Reife bringt wie die Sonne das Obst.

Du, Neferneferaton, bist noch sehr jung, und ich weiß nicht, ob du meine Worte bereits verstehst. Du versprichst die schönste von allen zu werden, aber dies sollst du wissen: Schönheit allein ist nicht genug, sie ist nicht das Wichtigste für eine Frau und kann andere Vorzüge nicht ersetzen. Auch wenn viele versuchen werden, dich dies glauben zu machen: höre nicht auf sie. Das Gegenteil ist wahr: Schönheit bedarf der anderen Vorzüge, damit du sie ohne Schaden ertragen kannst und die anderen sie dir nicht übelnehmen. Du darfst dir auf deine Schönheit ebensowenig etwas einbilden wie auf deine Jugend.

Euch allen dreien sage ich: Bereitet euch auf das Leben, auf Leid und auf Einsamkeit vor, denn niemand bleibt von diesen Dingen verschont, am wenigsten eine Prinzessin. Ihr sollt wissen: Jeder Adelstitel hat seinen Preis, aber es genügt manchmal nicht, den Preis zu bezahlen, um Adel zu erlangen.

Bereitet euch auf eine unsichere und finstere Zeit vor, denn sie wird vielleicht eintreten, wenn euer Vater einmal von uns geht. Ich werde zu Aton beten, er möge seine Strahlen fortwährend auf euch richten und das Anch-Kreuz vor euren Mund halten.«

1. Tag des Monats Epifi

Die Zeit vergeht, und Echnatons Zustand verschlimmert sich von Tag zu Tag.

Es ist, als habe Aton ihn verlassen, und dieser Gedanke macht ihm das Leben sicher noch viel unerträglicher.

Bak fragte erneut nach dem Text des Gebets, das auf die Innenseite meines Sarkophags geschrieben werden soll. Ich schickte ihm nun die Zeilen, nachdem ich sie Thutmosis zum Lesen gegeben hatte:

»O Du großer Aton, mein Gott, welchen Namen hat das Namenlose, das sich in uns regt? Diese Schlange, anders als der unbewegliche Uräus auf der Königskrone, das Zeichen weltlicher Herrschaft, regt sich in unserem Geist. Und ihre Regungen bereiten uns Freude und Schmerz, entzücken uns und machen uns selbstvergessen.

Diese Schlange erhebt sich nicht auf unserer Stirn, sie ist in unserem Kopf. Sie ist kein Symbol, sondern Wirklichkeit. Sie wird nicht gesehen, sondern gefühlt. Sie ist ein Zeichen unsichtbarer Macht, einer Macht, die keiner für sich allein beanspruchen kann und die der Mehrheit der Menschen gar unbekannt ist. Anders als andere Mächte, schenkt sie nicht Vorteile, sondern Gefahr, Unsicherheit, Bangigkeit, und oft beraubt sie uns der Härte, die ein erfolgreiches Leben erfordert. Und doch stellt sie eine Macht dar, denn sie erweitert und bereichert das Leben derer, die sie besitzen. Wie nennst Du, Großer Aton, dieses Namenlose?

Ist dieses, das Du verschweigst und doch so gut zu kennen scheinst, vielleicht das Wesen der Göttlichkeit selbst?

Denn alles steht still, wenn der Uräus sich regt. Und Du erscheinst, um alles, was stillsteht, auszulöschen.
Es genügt wenig, damit der Uräus sich regt. Und immer regt er sich, wenn man ihn nur besitzt. Es genügen die lichtvollen und abwesenden Augen einer Statue, der Klang einer Flöte, die Harmonie eines Schultergelenkes oder das Pochen der Lust im Innersten unseres Körpers.
Welchen Namen hat, o Aton, dieses Namenlose? Warum wurde es uns geschenkt, warum wurde es uns auferlegt?«

Thutmosis las zu Ende, dann seufzte er und sah mich eindringlich an. Er sagte:

»Du hast das Gebet geschrieben, das sich immer wieder in meinem Herzen erhob und das ich niemals aussprechen konnte. Ich glaube, daß ich ebenfalls diesen Uräus auf der Stirn trage. Ich beneidete Amenhotep, als ich erkannte, daß er diesem Namenlosen, das man nur unzureichend als ›Berufung zum Schönen‹ beschreiben könnte, den richtigen Namen gab.«

Ich antwortete ihm:

»Gewiß wurdest auch du mit diesem Uräus geboren, darum gab ich dir dieses Gebet. Damit wir teilen, was uns gemeinsam ist.«

22. Tag des Monats Mesore

Mit Bestürzung und Schaudern erfahren wir, daß zwei Diener des Aton vor ihrem Tempel in Theben erstochen wurden.

Es soll sich um die Tat einer Handvoll Fanatiker handeln, die den Anschlag mit lauten Beschimpfungen gegen Aton und den Pharao begleiteten. Aus der Menge der Zuschauer sollen sich einige zu den Mördern gesellt haben, sie zerrten die Leichen der beiden Unglückseligen durch die Stadt bis zum Hafen und warfen sie dort auf ein nach Achet-Aton abfahrendes Schiff.

Einmal heißt es, eine riesige Volksmenge habe anschließend aufgebracht gegen die Regierung demonstriert; dann wieder, es habe sich nur um ein kleines Grüppchen aus dem niederen Volk gehandelt. Es ist schwer, sich Klarheit über die Einzelheiten zu verschaffen. Wie dem auch sei, es ist gewiß ein ernstzunehmender Vorfall, und ich warte gespannt auf weitere Nachrichten.

Etwas mehr über die Täter erfuhren wir von den Schnellboten, die der Nomarch von Theben entsandte. Es steht fest, daß es sich bei den Angreifern um ein Dutzend bewaffneter Männer handelte. Sie machten nicht den Eindruck von gewalttätigen Wirrköpfen, sondern schienen diszipliniert und planmäßig vorzugehen. Wahrscheinlich handelt es sich um die berüchtigten Wächter des Amun, die endlich ans Licht treten und ihre Absichten unmißverständlich klarmachen.

Über das Verhalten des Volkes angesichts des Verbrechens gibt es nach wie vor widersprüchliche Meinungen. Tatsache ist, daß sich die Menge der Beteiligten auf dem Weg vom Tempel zum Hafen mindestens verdreifachte und daß sich darunter ganz unterschiedliche Menschen befanden.

Am Abend sprach ich mit Haremhab und Amenhotep. Beide hatten den Pharao vergeblich um dringende Audienz ersucht und die Antwort erhalten, der König werde sie zu gegebener Zeit rufen lassen. Also ist er der Meinung, es gäbe keinen dringlichen Anlaß, sie zu empfangen.

Haremhab bat mich um die Erlaubnis, unverzüglich folgende Anweisungen nach Theben zu senden: Die Standortbesatzung soll mobilisiert und durch das Heranziehen der nubischen Abteilung verstärkt werden, die sich zur Zeit im Hafen von Safaga am östlichen Meer befindet; jeglichen Gewalttätigkeiten und Aufwiegelungsversuchen soll man entschlossen entgegengetreten und Rebellionen erbarmungslos niederschlagen. Man soll die Urheber des Mordes ermitteln, sie festnehmen und so unauffällig wie möglich einschiffen, um sie unter strengster Überwachung sofort in die neue Hauptstadt zu überführen.

»Du erteilst mir also deine Erlaubnis, diese Befehle nach Theben zu entsenden, meine Königin?« schloß Haremhab ehrerbietig seine Rede.

Ich sah ihm in die Augen. Bereits etliche Stunden vorher hatte ich beobachtet, wie zwei Gruppen von bewaffneten Schnellboten seine Gärten verlassen hatten und im Galopp nach Osten und nach Süden aufgebrochen waren.

»Selbstverständlich billige ich diese Befehle«, antwortete ich mit einem Lächeln. »Ich bin nur überrascht, daß du auf meine Zustimmung gewartet und kostbare Zeit vergeudet hast.«

Er tat, als sei er beschämt, schüttelte den Kopf und fuhr sich lächelnd mit der Hand über die Augen. Auch Amenhotep konnte ein Auflachen nicht unterdrücken.

Und doch war keinem von uns zum Scherzen zumute.

Amenhotep erklärte sich mit Haremhabs Vorgehen einverstanden. Er sagte, daß wir von nun an auf weitere Provokationen dieser Art gefaßt sein müssen, aber nicht den Fehler machen dürfen, uns dadurch von der weitaus gefährlicheren Lage im Retschenu ablenken zu lassen, die unsere Hauptsorge bleiben soll.

Ich bot ihnen Speisen und Getränke an, und wir unterhielten uns über verschiedene Dinge. Amenhotep zeigte sich über den Ertrag der nächsten Ernte ein wenig besorgt: Die Nilvermesser sagen eine unterdurchschnittliche Überschwemmung voraus, und auch diese Nachricht stimmte mich traurig.

Es war schon Nacht, als sie um die Erlaubnis baten, sich zurückziehen zu dürfen. Da fühlte ich mich plötzlich einsam und beklommen. Mit Bitterkeit erkannte ich, daß über Ägypten eine unheilvolle Zeit hereingebrochen ist. Ich sah meine einzigen Freunde an und bat sie, ein Geschenk von mir anzunehmen. Ich überreichte ihnen eine schwere goldene Platte und sagte, ich weiß selbst nicht, warum:

»Nehmt dies als Andenken an diesen Tag.«

Vor kurzem, es ist tief in der Nacht, weckte man mich wegen der Ankunft eines Boten, den Teje persönlich geschickt hat.

Sie schreibt, daß der verbrecherische Überfall sich ereignete, als sie gerade im Begriff war, sich inkognito nach Achet-Aton zu begeben, und zwar mit dem Schiff, auf das die Leichen der Diener des Aton geworfen wurden. Sie ließ die Überreste in das Haus des Todes tragen und gab Anweisungen, sie würdig einzubalsamieren und in Qurn zu bestatten.

Nun hält sie es für besser, unter diesen Umständen Theben nicht zu verlassen, und bittet mich, bei der geplanten Versammlung die erforderlichen Beschlüsse ohne sie zu fassen.

Ihrer Meinung nach zielt der Plan der Amun-Priesterschaft eindeutig auf den baldigen Sturz des jetzigen Königs und auf die Beseitigung des Aton. Dies wäre unter anderem die logische Reaktion auf den Erfolg, den die Diener des Aton in jüngster Zeit in Theben erzielt haben und der zu einem beträchtlichen Zuwachs der Anhänger der neuen Religion geführt hat.

»Soeben sprach Ptahmosis zu der Menge, die sich vor seinem Tempel versammelt hatte«, schreibt Teje weiter. »Er erklärte, er trage keine Verantwortung für den Vorfall. Er sagte, all dies sei ein Beweis der Liebe, die das Volk dem großen Gott Amun entgegenbringt, nachdem er schon zu lange von dem Lästerer beleidigt wurde, der die Gottheit entmachten und sich selbst zum Gott erheben will.«

Noch nie hatte dieser Mensch gewagt, solche Dinge öffentlich auszusprechen. Daß dies nun möglich ist, bedeutet, daß die Lage eine gefährliche Wende genommen hat. Und Teje kommt zu demselben Schluß, wenn sie schreibt:

»So unverschämt kann nur derjenige lügen, der sich seiner Sache völlig sicher ist. So viel wagt nur derjenige, der sich bereits für den gewaltsamen Weg entschieden hat. Ich glaube, wir müssen uns auf den Bürgerkrieg vorbereiten, denn er steht offenbar schon vor unserer Tür.«

Ich schickte einen zuverlässigen Sklaven zu Amenhotep mit der Bitte, Tejes Brief zu lesen und ihn unverzüglich an Haremhab weiterzugeben.

Nun verblaßt die Nacht hinter den Hügeln Hatnubs, und dann und wann stimmt ein Vogel zaghaft seinen Gesang an. In der tiefen Stille kündigt sich der Aufgang des Aton im Osten an, und die Skarabäen erwachen und kriechen aus dem Sand hinauf an das Licht.

Während die Menschen sich zum Kampf rüsten und danach trachten, einander den größtmöglichen Schaden zuzufügen, und ihre Herzen von unzähligen Sorgen erbeben, scheint die Natur sie keines einzigen Blickes zu würdigen. Erhaben setzt sie ihren Lauf fort, und keine Wolke trübt ihren Horizont und ihre Gedanken.

Erst im Morgengrauen gelang es mir einzuschlafen, nachdem ich den Dienerinnen befohlen hatte, mich beim Eintreffen einer Botschaft sofort zu verständigen.

In der Tat wurde ich zwei Stunden vor Mittag geweckt: Haremhab war mit Amenhotep und Nacht gekommen, und ich ließ sie sofort zu mir.

Amenhotep ergriff als erster das Wort:

»Der Pharao weigert sich nach wie vor, uns zu empfangen. Wir wissen nicht, wie er vorzugehen gedenkt und inwieweit er über die Lage informiert ist. Tejes Botschaft läßt keinen Zweifel über die Dringlichkeit unserer Stellungnahme. Wenn sich Echnaton bis morgen über das beabsichtigte Vorgehen nicht klar äußert, werden wir dich bitten, die Gestaltung der Innenpolitik auf Dauer zu übernehmen.«

»Ich habe die Verantwortung bereits gestern auf mich genommen«, entgegnete ich.

Haremhab schaltete sich ein: »Die Anweisungen von gestern reichen heute wahrscheinlich schon nicht mehr aus.«

Inzwischen war ein Offizier aus der Stadt eingetroffen und bat um eine Unterredung mit Nacht. Er wurde zu uns geführt und aufgefordert, seine Botschaft mitzuteilen. Anfangs hatte ich die Blässe auf seinem jungen Gesicht der Befangenheit zugeschrieben, die er vor so wichtigen Persönlichkeiten empfinden mußte, doch bald wurde mir klar, daß die Aufregung, die ihn so kreideweiß erscheinen ließ, von der Botschaft herrührte, die er uns überbrachte. Er sah mich fest an und begann:

»Wir wissen mit Sicherheit, daß vor weniger als vier Tagen ungefähr zur gleichen Stunde sowohl die zwei Diener des Aton im Tempel von Behedet als auch die vier von Abodu auf einer Straße in der Nähe der Tempel erschlagen wurden. In beiden Fällen handelte es sich bei den Tätern um ungefähr zwanzig Bewaffnete, die nach dem blutigen Überfall die Menge aufforderten, sich gegen den Pharao zu erheben. Sie verwüsteten die Tempel des Aton und ermahnten die Leute, zum Kult des Amun zurückzukehren. Diese Nachricht wurde bereits überprüft und ist glaubwürdig.

Es geht außerdem das Gerücht, daß viele ähnliche Gruppen von Bewaffneten in Städten und Dörfern der südlichen Regionen bis hin zum Lande Kusch auf der Jagd nach den Dienern des Aton sind.«

Wir sahen uns entgeistert an, und ich murmelte:

»Es gibt keinen Zweifel mehr, dies ist offener Krieg.«

Es herrschte ratloses Schweigen, und jeder fragte sich wohl, ob der Pharao unterrichtet sei und was er zu tun gedenke, als gemeldet wurde, der Schreiber Merire bitte um Einlaß. Er warf sich vor mir zu Boden und reichte mir wortlos ein kleines Blatt: Darin las ich die Aufforderung, mich heute um Mitternacht im Großen Königlichen Versammlungssaal einzufinden. Dasselbe Schreiben wurde auch Amenhotep, Haremhab und Nacht übergeben.

Auf meine Frage nach weiteren Empfängern der Botschaft antwortete Merire, er habe sie auch an Aja und Tutanchaton zu überbringen.

Nachdem er sich entfernt hatte, wagte keiner zu sprechen. Schließlich sagte Nacht:

»Heute morgen habe ich ein reges Hin und Her von Eilboten und allerlei Kurieren im Innenhof des Königlichen Wohntraktes bemerkt. Man sah mindestens zweihundert von ihnen kommen und gehen, es war jedoch unmöglich, etwas über ihre Aufgaben und Ziele zu erfahren, die immer streng geheim sind, wenn der Pharao persönlich sie beauftragt.«

»Wenn dies in Zusammenhang mit kriegerischen Maßnahmen stünde, hätte der Pharao mich hinzuziehen müssen«, bemerkte Haremhab. Und Amenhotep fügte hinzu:

»Es ist nicht ausgeschlossen, daß er möglicherweise mit Ptahmosis und den anderen Führern der jeweiligen Priesterschaften verhandeln will. Doch wir werden erst heute nacht etwas mehr erfahren.«

Ich dagegen befürchte weitaus Schlimmeres. Ich kann nur hoffen, daß meine Vermutung nicht bestätigt wird.

Wenn sich je die Nachfahren zusammenfinden sollten, um ihre Klage über den Untergang Ägyptens anzustimmen, müßte man eine Stele an dem Ort errichten lassen, an dem alles seinen Anfang nahm: im großen königlichen Versammlungssaal.

Echnaton saß auf seinem hohen Thron, neben ihm Semenchkare in der üblichen unzüchtigen Haltung. Echnaton brach das Schweigen und las mit gedämpfter Stimme aus einer Papyrusrolle:

»Über die Verbrecher, die in Theben und im Süden des Landes den Glanz des Aton mit Blut befleckten, haben wir unser unerbittliches Urteil gefällt ...« Eine starke Erregung schien sich Echnatons zu bemächtigen, er unterbrach sich und bedeckte die Augen mit einer Hand. Für alle hörbar bat er nun Semenchkare, weiterzulesen. Dieser erhob sich, griff nach der Rolle und fuhr in dreistem Ton fort. Dabei scheute sich der Dummkopf nicht, die entsprechenden Sätze mit »Ich« anzufangen, als wäre das, was hier verkündet wurde, tatsächlich sein eigenes Wort.

»Von diesem Augenblick an wird jede Gottheit im Reich des Nordens und im Reich des Südens für abgeschafft erklärt. Der alleinige, allumfassende und herrliche Gott Ägyptens ist Aton. Wenn er in wenigen Stunden aufgeht, wird er Ägypten von allen alten Göttern befreit vorfinden. Und allein und unangefochten wird er über das ganze Reich herrschen.

Ich, der Pharao von Ober- und Unterägypten, ordne an: Alle Tempel, außer den Tempeln des Aton, werden geschlossen; Bild und Name des Amun werden überall weggemeißelt und für immer getilgt.

Es wird weiter verfügt: Alle Priester des Amun in Abodu, in Theben und in Behedet werden verhaftet und als Zwangsarbeiter in das Land Kusch geschickt. Die Priester der übrigen Tempel werden zur Arbeit auf den staatlichen Landgütern und in den Betrieben des Staates eingezogen.

Alle Güter, Waren und Besitztümer der einzelnen Priester und der jeweiligen Priesterschaften werden beschlagnahmt und in die örtlichen staatlichen Lagerhäuser gebracht. Grundeigentum und

Liegenschaften werden enteignet und gehen in den Besitz des Staates über.

Die Gemeinschaften, die sich zu anderen Gottheiten bekennen, dürfen zunächst ihre gewöhnlichen Erwerbstätigkeiten fortsetzen. Die Ausübung der alten Religion ist ihnen jedoch streng untersagt. Es wird ihnen aber die Möglichkeit gewährt, sich zur Religion des Aton zu bekennen und den neuen Gott in ihren Tempel aufzunehmen, nach Durchführung der erforderlichen baulichen Veränderungen auf Staatskosten.

Ich, der Pharao Ägyptens, befehle dem Oberbefehlshaber Haremhab, sofort das Kommando der Truppen zu übernehmen, die er für nötig erachtet, und sie nach Abodu, Theben und Behedet zu führen. Er soll dort die notwendigen Verhaftungen vornehmen, die Aufständischen entwaffnen und die weiteren Verfügungen dieses Beschlusses in die Tat umsetzen. Dabei wird ihm größte Handlungsfreiheit gewährt. Jedes Blutvergießen wird ihm dagegen feierlich verboten, gemäß dem Gebot des Aton.«

Und nach kurzer Pause der Schluß:

»Dieser Beschluß wurde bereits an alle Nomarchen Ägyptens geschickt und der darin zum Ausdruck gebrachte Wille des Pharaos ist rechtskräftig. Die mit dem Text beschriebenen Skarabäen werden in Kürze in allen Ämtern des Landes und an die Botschafter und Herrscher des Auslands verteilt.«

Schmerz und Verzweiflung ließen unsere Herzen erstarren, und wir saßen versteinert wie die Statuen in Thutmosis' Werkstatt.

Es war schwer, wieder ins Leben zurückzufinden, Vernunft und klares Denken walten zu lassen. Wo sollte man ansetzen, um einem solchen Wahnsinn entgegenzutreten und sich ihm zu widersetzen?

Mit Lachen und Spott, als wären wir Zuschauer eines gelungenen Streichs gewesen?

Oder sollte man einfach aufstehen und den Menschen verjagen, der da auf dem Thron saß? Oder Ruhe vortäuschen und mit großer Geduld das soeben Gehörte Punkt für Punkt widerlegen und die Wahnsinnigen von ihrem Wahnsinn zu überzeugen suchen?

Doch gleich nachdem Semenchkare geendet hatte, erhob sich Echnaton. Er hielt ein Leinentuch gegen den Mund gepreßt und verließ, von zwei Dienern gestützt, taumelnden Schrittes den Saal. Rasch stand Amenhotep auf und ging durch die gleiche Tür hinaus.

Semenchkare stand immer noch auf dem Podest vor dem Thron. Er musterte uns einen nach dem anderen mit einem ironischen Grinsen, ließ sich an Echnatons Stelle auf dem Thron nieder, sah uns erneut an und sagte mit honigsüßem Lächeln:

»Es ist mein Recht, meine Herrschaften: Ich bin die ›Stütze des Greisenalters‹.«

Lange betrachtete er uns mit stolzen Blicken und erklärte dann:

»Ich bin der Verfasser des Beschlusses.«

Er ist so dumm, daß er sich tatsächlich Beifall von uns versprach. Als wir unbewegt schwiegen, beschloß er, das Thema zu wechseln. Natürlich bot ich ihm den besten Stoff für seine einfältigen Spötteleien.

Er legte eine Hand auf den daneben stehenden Sitz, der mir vorbehalten ist, und wandte sich mit einem raschen Blick zu mir:

»Dies ist doch dein Platz, Nofretete ... Warum sitzst du nicht hier? Steht er dir denn nicht mehr zu?«

»Nicht mehr, Semenchkare!« gab ich, ohne zu zögern, zurück. »Nicht mehr, seitdem du neben dem Pharao sitzst.«

»Wie schade!« klagte er. »Du könntest mir noch so viel beibringen! Wie früher.«

»Das werde ich auch so tun«, entgegnete ich.

In der allgemeinen Stille lächelte er verlegen. Dann versuchte er eine ernste Miene aufzusetzen und sprach Haremhab an:

»Und du, Befehlshaber, hast du deinen Auftrag auch gut verstanden?«

Haremhab sagte kein Wort: Er blickte ihm mit einem mitleidigen Lächeln in die Augen, nickte langsam mit dem Kopf und erhob sich. Er verbeugte sich vor dem riesigen Bild des Aton und verließ ohne weiteres den Saal.

Ich verhielt mich genauso, und nach mir entfernten sich alle anderen auf die gleiche Art und Weise. Semenchkare blieb allein, ohne es zu wagen, von uns größere Ehrbezeigungen zu verlangen.

Der ungeschickteste aller politischen Beschlüsse ist also gefaßt worden. Die Abschaffung der Kultfreiheit, einer der Grundpfeiler ägyptischer Weisheit und Kultur, ist nicht nur der schlechteste Einfall, den dieses Königshaus überhaupt haben konnte, nicht nur der schnellste Weg, sich selbst zu vernichten. Es ist auch eine Maßnahme, die beim ganzen Volk denkbar schlecht ankommen wird.

Wie konnte die Absicht, die jüngsten Verbrechen beispielhaft zu bestrafen, nur dazu führen, daß die Mehrzahl der Ägypter ab morgen nicht mehr den Gott haben wird, an den sie jahrhundertelang geglaubt haben?

Dies ist die wahre Lästerung, besser gesagt die Schändung des Gefühls, des Glaubens und der Liebe vieler Menschen.

Wie kann man so dumm sein, zu glauben, man könne einen Gott mit Gewalt aufzwingen? Kann man einen Vater, eine Mutter, eine Ehefrau aufzwingen? Darf man die Gefühle eines Volkes so mißachten? Gibt es etwas Schädlicheres für das Ideal des Aton als diesen Beschluß? Nicht einmal unsere Feinde hätten uns einen größeren Fehler einflüstern können. Und ich sehe keinen Weg, um ihn wiedergutzumachen.

Schon in den frühen Morgenstunden warteten Amenhotep, Haremhab und Nacht in meinem Vorzimmer auf ein gemeinsames Gespräch. Obwohl wir uns erst kurze Zeit vorher getrennt hatten, beeilte ich mich, sie zu empfangen, und ließ für sie Milch, Honig, Brot, Bier und Obst bringen.

Ich bat sie, Platz zu nehmen, und erteilte Amenhotep als dem Ältesten das Wort.

»Ich habe die Nacht am Bett des Pharaos verbracht und kann euch bestätigen, daß sich sein Zustand weiter verschlechtert hat. Stechende Kopfschmerzen und häufiges Erbrechen haben ihn praktisch außer Gefecht gesetzt. Es gibt keinen Zweifel, daß die gefaßten Beschlüsse tatsächlich Semenchkares Werk sind und daß der Pharao sie nur in einem Zustand billigen konnte, in dem sein Geist durch den Schmerz völlig benebelt war. Dies mindert zumindest seine Verantwortung, wenngleich nicht die Tragweite und den Ernst der Lage. Auch wenn sich sein Zustand etwas bessert – wahrscheinlich nur für kurze Zeit –, fest steht, daß er nicht mehr lange zu leben hat. Dies müssen wir uns bei unseren Entscheidungen immer vor Augen halten.

Ich möchte euch nun in Erinnerung rufen, welches unsere Feinde sind, damit wir uns über unser Vorgehen einigen. Denn ich bin überzeugt, daß nur wir in der Lage sind, Ägypten zu retten oder zumindest das bereits über uns hereingebrochene Unglück in Grenzen zu halten.

Im Nordosten warten die Hethiter nur darauf, daß wir in Schwierigkeiten geraten, um wie die Geier über uns herzufallen und so viel Land wie möglich an sich zu reißen. Möglicherweise wollen sie sogar unsere Unabhängigkeit bedrohen. Ich betrachte Schuppiluliuma als unseren gefährlichsten Feind und glaube, daß er sich diese günstige Gelegenheit nicht entgehen lassen wird.

An zweiter Stelle kommt zweifellos die Amun-Priesterschaft. Sie haßt uns zutiefst und führt nun mit ihren bewaffneten Einheiten einen regelrechten Krieg gegen den Staat. Wahrscheinlich haben wir in der Vergangenheit ihre Bedeutung unterschätzt. Und wir wissen bis heute noch nicht genau, ob sie zahlreich und stark genug sind, um unsere Truppenstandorte ernsthaft zu gefährden. Da sie sich dazu entschlossen haben, uns anzugreifen, sind sie offenbar von ihrer Überlegenheit überzeugt.

Unser dritter Feind, den wir nun wirklich nicht voraussehen konnten und den wir einzig und allein diesem irrsinnigen Beschluß verdanken, der leider das Siegel des Pharaos trägt, ist das ägyptische Volk. Es wurde heute dessen beraubt, was ihm wohl am teuersten ist: der Kultfreiheit.

Der Beschluß des Pharaos ist mehr als nur ein dummer Fehler, er ist politischer Selbstmord. Er ist ein fataler Fehltritt, der aus Rachsucht entstanden ist und nun das ganze Volk trifft. Und der überdies, zum Glück möchte ich sagen, kaum durchführbar ist.

Was können wir gegen all dies tun? Jeder Versuch, mit der Amun-Priesterschaft zu verhandeln, würde natürlich als Eingeständnis unserer Schwäche ausgelegt werden. Genauso der Widerruf des Aton als alleiniger Gott: Er würde das Ansehen unserer Herrschaft noch mehr beeinträchtigen.

Und wir haben schließlich einen vierten Feind: den größten und kleinsten, den geringsten und gefährlichsten. Er hat uns in diese Lage gebracht und kann uns auch künftig in den Ruin treiben, durch seinen kleinlichen Geist, seinen Mangel an Bildung, seinen rücksichtslosen Ehrgeiz und seine verbrecherischen Neigungen. Sein jugendliches Alter entschuldigt ihn nicht im geringsten, noch kann es unser Urteil mildern. Es handelt sich, wie jeder von euch weiß, um Semenchkare.«

Amenhotep sah jedem von uns fest in die Augen und sagte betont langsam:

»Dieser Mensch kann und darf nicht Echnatons Nachfolger werden.«

Wir sahen uns an, und es war klar, daß jeder diese Meinung teilte.

»Ihr stimmt also mit mir darin überein: Ich möchte, daß wir in diesem Punkt noch vor Haremhabs Abreise eine Entscheidung treffen, also nicht später als heute abend. Bei dem Treffen wird auch Philae anwesend sein und einen Sonderauftrag von uns erhalten.«

Ein betretenes Schweigen breitete sich nun aus, und mir war, als lege sich dieses Schweigen wie eine Schlinge um mich, um mich zu erdrosseln. Wie der Bauer, der die Ente am Hals packt und sie zum Markt trägt und durch seine Geste das Todesurteil schon vorwegnimmt.

Nur Amenhoteps Augen kamen mir zu Hilfe: Es war, als wolle ihr ruhiger, verständnisvoller Blick mir Mut machen.

Also faßte ich mir ein Herz, und ich hörte mich mit einigermaßen fester Stimme sagen:

»Sprich nun du, Haremhab.«

»Nichts ist in schwierigen Lagen wichtiger als ein klarer Kopf. Und keiner kann besser als Amenhotep Umstände, Gefühle, Gefahren und notwendige Entscheidungen erläutern. Es ist, als wäre er dabei, uns aus der Sicht der Zukunft eine bereits geschehene Geschichte zu erzählen und zöge aus ihr kostbare Erkenntnisse für unser Leben. Ich glaube, seine Darstellung entspricht vollkommen der Wirklichkeit. Wir können uns nur daran halten und entsprechend handeln.

Also werde ich heute nacht gen Süden aufbrechen, mit fünf Streitwagen und hundertfünfzig von den dreihundert Mann dieses Standorts, der für den Augenblick noch nicht gefährdet zu sein scheint. Zusammen mit den örtlichen Besatzungskräften und nubischen Truppen aus Safaga werde ich in jeder der drei Städte mindestens dreihundert Mann zur Verfügung haben. Mein Ziel ist, den von den Amun-Priestern angezettelten Aufstand niederzuschlagen, Ptahmosis zu verhaften, die Wächter des Amun zu stellen und wenn möglich festzunehmen. Gleichzeitig werde ich aber der Bevölkerung klarmachen, daß das Verbot, eine andere Religion als die des Aton auszuüben, zunächst nicht in Kraft treten wird. Insbesondere werden Tempel und Gemeinden, die sich zu anderen Gottheiten bekennen, keinerlei Einschränkungen erfahren, mit Ausnahme der Amun-Anhänger.

Ich werde hart gegen diejenigen vorgehen, die sich gegen den Staat erheben, um an dessen Stelle ein Reich des Amun zu errichten. Aber ich werde auch alles tun, um dem Volk ein friedliches Leben wie in der Vergangenheit zu sichern. Ich werde mich bemühen, all dies möglichst schnell zu erledigen, um dann unverzüglich in den Norden zu ziehen, denn dort lauert die größte Gefahr für Ägypten, wie Amenhotep schon sagte. In diesem Sinne habe ich May bereits über die Gesamtlage unterrichten lassen, damit er auf jede Gefahr vorbereitet ist. Wie wir wissen, überwacht er das Retschenu-Gebiet mit unzureichenden Kräften, und gerade dort muß das Heer in Alarmbereitschaft versetzt und müssen die Städte auf eine lange Belagerung vorbereitet werden.«

Die zwei wertvollsten Männer Ägyptens hatten gesprochen, und ich war ein wenig beruhigt. Ich bat jetzt Nacht, seinen Plan darzulegen. Der junge, treue Staatsdiener sprach mit großer Bescheidenheit und mit Scharfsinn:

»Wenn niemand einen besseren Vorschlag hat und angesichts der zu erwartenden Entwicklungen, würde ich empfehlen, in Achet-Aton eine Truppe gut geschulter Krieger auszubilden, die je nach Bedarf für Einsätze im Norden oder im Süden des Landes verwendet werden könnten.

Besonders Haremhab wird eine große Anzahl berittener Boten brauchen, um die Verbindungen aufrechtzuerhalten. Und es werden weitere Streitwagen notwendig werden, sowohl für den Fall, daß die Hethiter angreifen, als auch bei Volksaufständen. Ich schlage vor, die unzähligen Bauarbeiten in Achet-Aton zu unterbrechen und einen großen Teil der damit beschäftigten Arbeiter zu Kriegern auszubilden. Handwerker und Zimmerer sollten sich dem Bau von Streitwagen widmen. Allen sollte man dafür gute Löhne in Aussicht stellen. Schließlich würde ich ein Überwachungsnetz spannen, von hier bis in die nördlichen Gebiete, die noch nicht von Unruhen betroffen sind.«

Sowohl Amenhotep wie auch Haremhab zeigten sich sehr erfreut über Nachts Worte. Nun sahen sie alle drei zu mir und erwarteten meine Stellungnahme. Ich begann:

»Wäre die Lage auch zehnmal ernster und unsere Aussichten noch schlechter: Durch die Hilfe solcher Freunde scheint alles erträglicher.

Eure Haltung zeugt von solcher Erhabenheit des Geistes und der Gesinnung, von so großer Hingabe für das Wohl aller Menschen, von einem solch tiefen Bewußtsein für unsere Geschichte und solcher Liebe zum Staat: Euer Beispiel kann die Größe unseres Landes erklären. Und es läßt die Gewißheit erlangen, daß Ägypten ungeachtet jeden Unglücks seine Größe behalten und niemals untergehen wird, solange solche Menschen hier geboren werden. Da ihr so beschaffen seid, kann es für euch keine angemessene Belohnung geben: Geschenke und Reichtum beeindrukken euren Geist nicht, der auf anderes gerichtet ist; sie können niemals wertvoller sein als ihr selbst und deshalb kein Begehren in euch wecken.

Also gehen die jetzigen und künftigen Herrscher Ägyptens euch gegenüber eine Schuld ein, die niemals bezahlt werden kann. Deshalb spreche ich euch, meine Freunde, für heute und für die Zukunft meinen Dank aus, ich, die Königin Ägyptens.«

Haremhab ist heute bei Tagesanbruch abgereist, nachdem gestern abend ein letztes Treffen mit Amenhotep, Nacht und Philae stattgefunden hatte.

Wir alle wußten, worum es ging und was beschlossen werden sollte: Semenchkare darf Echnaton nicht überleben.

Amenhotep erklärte einleitend:

»Gewiß werden wir uns eines Tages vor Ma'at und Thot für diesen Tod verantworten müssen. Aber keinem anderen Gott liegt das Heil Ägyptens mehr am Herzen als ihnen: Darum werden sie uns vielleicht freisprechen.

Verurteilen sie uns dagegen, so werden wir annehmen, was uns in der Duat auferlegt wird, und bei dem Gedanken Trost suchen, daß wir zum Wohl Ägyptens gehandelt haben. Jedenfalls wissen die Götter, wieviel Überwindung uns diese unvermeidlich gewordene Tat abverlangt. Sie werden gewiß die Qual, die wir jetzt schon empfinden, berücksichtigen und unsere Strafe entsprechend mildern. Und sie wird weniger schrecklich ausfallen.«

Philae hörte aufmerksam zu, und auf seinem blassen Gesicht lag der ernste Ausdruck von damals, als er an Bord des »Funkelnden Aton« Amenhoteps Anweisungen für die Schlacht gegen die Libyer entgegennahm. Amenhotep fuhr fort:

»Wir alle wissen, welcher Missetaten und Fehler sich der junge Thronfolger schuldig gemacht hat. Wäre er ein Knecht aus der übelsten Kneipe Thebens, würden wir ihn genauso verachten, aber ihn schließlich am Leben lassen. Doch der Zufall wollte, daß ein solch Elender dazu bestimmt wurde, über Ägypten zu herrschen. Dies kann von keinem Menschen und keinem Gott geduldet werden.

Ich habe Philae gebeten, uns von ihm zu befreien, bevor unser jetziger Pharao dahinscheidet, und Philae hat sich dazu bereit erklärt. Wir geben ihm uneingeschränkte Unterstützung und treten vor den Menschen und den Göttern für ihn ein. Wir versichern ihm unsere brüderliche Freundschaft und vor allem unsere ewige Dankbarkeit für diese Tat, für die wir alle im gleichen Maße Verantwortung tragen.«

So sprach Amenhotep und legte dabei seine Rechte auf Philaes linke Schulter. Haremhab und Nacht folgten seinem Beispiel. Ich aber spürte das Bedürfnis, etwas mehr zu tun als diese förmliche Geste. Ich sah ihm tief in die Augen und sagte:

»Philae, ich habe soeben zu diesen Männern gesagt, daß die jetzigen und künftigen Herrscher Ägyptens ihnen gegenüber eine Schuld eingingen, die niemals aufgewogen werden kann. Denn dies macht die Größe eines Dieners des Staates aus: daß er unbezahlbar ist. Fehlt diese Voraussetzung, so handelt es sich nicht um Größe, sondern um eine gewöhnliche Dienstleistung, für die man entschädigt wird.

Wenn ich dir jetzt meinen Dank ausspreche, Philae, werden viele Erinnerungen in mir wieder wach: Du warst einer der ersten Ägypter, die mir begegneten. Seitdem hatte ich immer wieder Anlaß, dir dankbar zu sein für das, was du für mich, für uns, für den Staat getan hast. Jetzt wird etwas von dir erwartet, das nicht einmal vom großmütigsten und treuesten Diener des Staates verlangt werden kann. Etwas, das nur ein Mitgestalter der Geschichte, nicht ein Diener, zu vollziehen imstande ist. Wir verlangen von dir, daß du den Frieden deines Herzens auf Erden und deinen ewigen Frieden in der Duat aufs Spiel setzt. Aber wir stellen uns vor Aton oder, wenn du willst, vor allen Göttern, an deine Seite. Danke, Philae!«

Ich war unfähig weiterzusprechen, erhob mich und schloß ihn unter den überraschten Blicken der Anwesenden in meine Arme. Er aber wurde so bleich, daß ich fürchtete, er würde gleich vor Verwirrung ohnmächtig werden.

3. Tag des Monats Thot

Wir haben noch keine Meldung von Haremhab, aber dazu ist es wohl noch zu früh.

Nach längerer Zeit habe ich Thutmosis wiedergesehen und fand ihn unverändert und so in seine Arbeit vertieft, als könnten ihm die Vorfälle der Außenwelt nichts anhaben.

Ich berichtete ihm ausführlich von der Lage, doch nichts scheint ihn zu überraschen oder gar zu beunruhigen. Während ich sprach, betrachtete er eindringlich mein Gesicht, als wolle er sich einzelne Züge einprägen.

»Welch eine Königin du bist! Ich werde ein neues Porträt von dir machen, in dem dein königlicher Glanz deiner Schönheit die Hand reichen wird.«

»Ach Thutmosis, mein unverbesserlicher Freund! Dies ist nicht die Zeit für ein Porträt! Ägypten brennt, und ich bin nicht mehr so schön, wie ich dir vielleicht erscheine! Mein wahres Gesicht wird bald eine schlimme Schmach erfahren.«

»Ich weiß nicht, was du meinst, meine Königin. Aber ich weiß, daß dies nicht wahr ist. Nur ich kann klar in deine Augen hineinsehen. Nicht als der Mann, der dich liebt, sondern als der Bildhauer, der in dem Blick der Menschen lesen und in die Augen der Statuen schreiben kann.«

»Dann mache es, dieses neue Porträt. Zeige mich so, wie ich bin, damit ich mich selbst erkennen kann.«

Und gleich erkannte ich mich, während ich in seinen Armen lag, die mich hart wie Mühlsteine niederdrücken und mich gleichzeitig hochheben.

Ich kann nicht aufhören, an Philae zu denken. Er verdient die furchtbare Last nicht, die wir ihm auferlegten, und leidet sicher schrecklich darunter. Aber die Treue und das Pflichtgefühl, die es ihm verboten, sich zu weigern, werden ihn auch dazu zwingen, seinen Auftrag zu Ende zu führen. Ich bin vielleicht die einzige, die weiß, wieviel ihn das kostet.

14. Tag des Monats Thot

Erst vor fünf Tagen erhielt ich endlich Nachricht von Haremhab.

Mitten in der Nacht erreichte er Abodu und ließ sofort den Amun-Tempel umstellen. Die im Schlaf überraschte Wache, an die fünfzig Mann, darunter drei Krieger des dortigen Standorts, und sämtliche Priester wurden festgenommen, und unmittelbar darauf wurde ihnen der Prozeß gemacht. Den Wächtern des Amun wurde die Todesstrafe erlassen, unter der Bedingung, daß sie sich bereit erklärten, in unserem Heer gegen die Hethiter in den Kampf zu ziehen.

Im ersten Morgengrauen, noch bevor die Bevölkerung von den Ereignissen erfahren hatte, verließ ein großes Schiff Abodu in Richtung Norden: An die Ruderbänke gekettet saßen Priester und Wächter des Amun unter der Aufsicht einiger Krieger. Diese hatten den Auftrag, sofort nach On zu steuern und die Gefangenen bei dem als Nachhut dort stationierten Posten, der May unterstellt ist, zu übergeben.

Die drei Standortkrieger, die bei den ersten Anzeichen von Aufruhr desertiert und auf die Seite der Priester übergetreten waren, wurden ohne weiteres enthauptet: Dadurch wurde jedem sofort klar, daß Haremhab sich nicht an Atons Gesetze hält, sondern schlicht Kriegsrecht anwendet.

Nachdem sich die Nachrichten mit unglaublicher Schnelligkeit im Lande verbreiten, konnte er nicht mehr damit rechnen, überraschend in Theben einzufallen. Deshalb ließ er in der alten Hauptstadt das schreckliche Gerücht kursieren, daß alle Priester und Wächter in Abodu hingerichtet worden seien.

Darauf gerieten die Anhänger des Amun in Panik, und als die beiden Schiffe mit Haremhabs Männern am folgenden Tag in den Hafen einliefen, waren viele der Aufständischen bereits abtrünnig geworden und boten ihm ihre Unterstützung an. In der Nähe des Tempels von Karnak jedoch stellten sich ihm ungefähr hundert Wächter und mindestens zweihundert herbeigeeilte Bürger in den Weg. Nach Rücksprache mit den dortigen Besatzungskräften und den aus Safaga angekommenen nubischen Truppen ließ Haremhab die Volksmenge vor dem Tempel von seinen Streitwagen zerstreuen und stürmte mit seinen Leuten vorwärts. Gleichzeitig erstiegen die Nubier die Tempelmauern an der Südseite, drangen ins Innere ein und nahmen alle anwesenden Priester fest.

Unter Haremhabs Ansturm waren die Amun-Wächter und die Aufständischen zurückgewichen und suchten nun Zuflucht im Inneren des Tempels. Dort stießen sie aber auf die Nubier und hatten keine andere Wahl, als sich zu ergeben. Insgesamt zählte man dreiundzwanzig Tote vor dem Tempel, darunter nur drei Männer Haremhabs.

Die aufständischen Bürger wurden alsbald wieder freigelassen. Die Wächter des Amun, an die achtzig Mann, wurden zunächst von einem Kriegsgericht zum Tode verurteilt und anschließend begnadigt unter der Bedingung, daß sie künftig in unserem Heer im Retschenu dienen. Sie wurden ebenfalls eingeschifft und unter nubischer Aufsicht nach On gebracht. Dort wird man sie von den Fesseln befreien und in die regulären Truppen aufnehmen.

Reich war die Beute an Geld und beschlagnahmten Waffen.

Angeblich sollen ungefähr zwanzig Wächter, die dem Tempel in Luxor zugeteilt waren, unter der Führung Ptahmosis' geflohen sein, und man weiß nicht, wo sie sich im Augenblick versteckt halten.

Dies ist also der einigermaßen tröstliche Bericht Haremhabs aus dem Süden. Abschließend schreibt er:

»Am Ende hieß ich die Bevölkerung Thebens sich vor dem Tempel in Karnak versammeln und gab folgendes bekannt: Entgegen früheren Verlautbarungen würden alle Tempel für religiöse Kulthandlungen wieder geöffnet, und auf meinen Befehl hin dürfe kein Götterbild zerstört werden. Nur Amuns Tempel würden vorläufig geschlossen, nicht aber, weil diese alte, glorreiche Gottheit Ägyptens etwa abgeschafft wäre, sondern nur wegen der vielen Missetaten seiner Priesterschaft, darunter Hochverrat, Staatsgefährdung und Mordanschlag auf zahlreiche Diener des Aton. Denn Kultfreiheit muß für die Anhänger des Aton nicht weniger als für die des Amun gewährt bleiben.

Dies erklärte ich vor den Bewohnern Thebens und erhielt von ihnen deutlichen Beifall. Daß ich damit meinem Pharao nicht gehorchte, kümmert mich nicht, denn ich tat, was ich für richtig und notwendig halte. Ich werde nun in Theben eine starke Besatzung zur Erhaltung der wiederhergestellten Ruhe zurücklassen und nach Behedet weiterziehen. Ich hoffe, dort eine weniger ernste Lage vorzufinden.«

21. Tag des Monats Thot

Es gibt wieder schlechte Nachrichten. Die Nilschwemme ist heuer gering, und man erwartet eine sehr magere Ernte. Bei den jetzigen Aussichten auf Krieg und drohende Volksunruhen ist dies das Schlimmste, was geschehen konnte.

Echnatons Zustand hat sich weiter verschlechtert. Entweder leidet er unter unerträglichen Kopfschmerzen und Brechanfällen oder er liegt betäubt unter dem Einfluß der starken Schmerzmittel, die ihm Amenhotep einflößt. Im Grunde kann man ihn nicht länger als politischen Gesprächspartner oder gar als Vertreter der Staatsgewalt betrachten.

Keine Nachricht von Haremhab.

Ich sah Philae, und er versicherte mir, daß er seine Mission bald durchführen wird. Genau so drückte er sich aus: »die Mission durchführen«.

Hinter diesem Ausdruck, durch den er wahrscheinlich versucht, sich Mut zu machen, verbirgt sich eine unendliche Traurigkeit, die an Verzweiflung grenzt. Ich kann seine Gefühle gut verstehen. Und habe ihm gegenüber Gewissensbisse, denn es ist etwas Ungerechtes in der Forderung, die wir an ihn gestellt haben.

24. Tag des Monats Thot

Heute hat sich verschiedenes ereignet.

In den ersten Morgenstunden traf Haremhabs langersehnte Nachricht ein, aber sie bereitete mir große Sorge, denn er wirkt kurz angebunden und nervös, vielleicht verbirgt er mir etwas. Er schreibt:

»In Behedet kam es anders als in Abodu und Theben. Ich stieß auf unerwarteten Widerstand: Er war hartnäckiger und in taktischer Hinsicht durchaus ernst zu nehmen. Ich verlor an die dreißig Mann und war gezwungen, mindestens fünfzig Gegner zu töten.

Außerdem wurde eines meiner Schiffe in Brand gesteckt und zerstört in der Absicht, meine Fahrt in den Norden zu verhindern. Ich werde dir Genaueres mitteilen, sobald ich kann.«

Seine Worte gingen mir nicht aus dem Kopf, und ich überlegte unablässig, wie ich ihm helfen könnte: ob man ihm ohne weiteres Verstärkung schicken oder lieber warten sollte, bis er selbst danach verlangt. Mit diesen Gedanken beschäftigt, ging ich zu den Königlichen Stallungen, um meinen Wagen zu holen und in die Wüste hinauszufahren.

Außerhalb der Umzäunung fanden gerade Militärübungen mit vielen Reitern und Wagenkämpfern statt. Drinnen bemerkte ich, wie sich der Oberaufseher der Königlichen Reitställe und einige andere bei Semenchkare aufhielten, der gerade einen Offizier wütend beschimpfte.

Ich näherte mich und sah Philae. Er stand etwas abseits, und als er mich bemerkte, beeilte er sich, meinen Wagen vorführen zu lassen. Er war leichenblaß und schien nur mit halbem Ohr den Worten der »Stütze des Greisenalters« zu folgen. Dieser schrie:

»Seit wann werden die Arbeiter zu Truppenübungen herangezogen und von ihren Tätigkeiten abgehalten?«

Der Offizier antwortete, dies geschehe seit acht Tagen auf Befehl von Nacht.

Ein Peitschenhieb traf ihn im Gesicht:

»Wie wagst du es, mit mir zu sprechen, ohne auf die Knie zu fallen, du elender Krieger?«

Alle Anwesenden fuhren entsetzt zusammen. Der Offizier warf sich zu Boden, während ein zweiter Peitschenhieb ihn traf. Nun war sein Gesicht blutüberströmt.

»Magst du die Peitsche, du Bastard? Nun geh zu Nacht und sag ihm, er soll sofort hierherkommen und auf meine Rückkehr warten!«

Und er ließ einen dritten Hieb auf den jungen Mann niedersausen.

Dann stieg Semenchkare auf den Wagen, trieb die Rösser mit wütenden Schreien an und fuhr davon, ohne mich eines Blickes zu würdigen.

Ich fühlte mein Herz vor unbezwingbarem Haß überlaufen. Ich zitterte, und doch wäre ich imstande gewesen, mit großer Ruhe einen Bogen zu spannen, und mein Haß hätte den Pfeil treffsicher zu seinem Ziel geführt. Wie eine Schlange in ein leeres Tongefäß war der Haß in mich hineingekrochen. Er machte mich entschlossen und unbarmherzig. Ich fühlte, daß er mich unbesiegbar machte.

Ich wandte mich an Philae, der gerade Isi und Osi am Zügel heranführte und befahl:

»Niemand soll sich von der Stelle rühren. Laß nach Nacht Ausschau halten, doch ohne Hast.«

Ich stieg in den Wagen, und als ich mich fertigmachte, um loszufahren, bemerkte ich einen Wagenführer, der eine Kampfpeitsche mit einem besonders langen, mit unzähligen kleinen Knoten verstärkten Riemen in der Hand hielt: Echnaton hatte mich früher gelehrt, meisterhaft mit ihr umzugehen. Ich warf dem Jungen meine Peitsche hin und rief:

»Laß uns tauschen!« Und er gab mir schnell die seine, während sich die Pferde schon in Bewegung setzten.

Ich stürmte vorwärts in die Wüste: Vor mir sah ich, wie einen kleinen Punkt, der sich in einer Staubwolke rasch entfernte, Semenchkares Wagen, der dann und wann in der Sonne glänzte. Er raste auf die Hügel zu und verlangsamte das Tempo erst in der Nähe der Schlucht, die zu den Königsgräbern führt. Dort holte ich ihn ein, kurz vor der Stelle, an der ich einmal Bak begegnet war.

Mit unglaublicher Mühe zwang ich mich dazu, ihn in ruhigem Ton anzusprechen.

»Prächtige Rösser hast du, Semenchkare. Aber du kannst sie nicht richtig anfeuern, wie ich sehe. Mit einer guten Führung könnten sie viel schneller laufen.«

Seine Dummheit trieb ihn unvermeidlich in die einfache Falle, die ich ihm stellen wollte.

»Wenn wir erst in der östlichen Wüste sind, wirst du schon merken, ob ich sie führen kann. Vorausgesetzt, du schaffst es, nicht zu weit hinter mir zurückzubleiben.«

Er grinste spöttisch und setzte hinzu:

»Kapiert, du alte Hure?«

Ich strengte mich an wie ein Schütze, der seinen Bogen spannt. Eine stille, konzentrierte, gegen sich selbst gerichtete Anstrengung, die die ganze Kraft an sich zieht, um sie im nächsten Augenblick geballt von sich zu schleudern.

»Na gut!« gab ich zurück. »Wir wollen sehen!«

Er lenkte den Wagen dem Ausgang des Wadis zu, und kurz darauf tauchten wir ins gleißende Licht der Wüste ein.

Wir jagten auf die grenzenlose Ebene zu, das Rollen der Wagenräder war wie das Brüllen meines Hasses. Ich hielt mich hinter ihm zurück, als würde ich es nicht schaffen, ihn zu überholen, und er drehte sich immer wieder um und sah mich spöttisch an.

Ich sah vor mir das blutige Gesicht des jungen Offiziers, als wäre dies Semenchkares einziges Verbrechen gewesen. Dies war es, das in mir ein wildes Verlangen nach Strafe entfesselt hatte; aber ich spürte auch eine grenzenlose Erleichterung bei dem Gedanken, Philae eine widerwärtige Tat zu ersparen. Es war das befreiende Gefühl, endlich eine viel zu lange ausstehende Rechnung zu begleichen.

Deshalb sah ich hinauf zum Himmel und rief mit lauter Stimme:

»Führe meine Hand, o Aton, wenn du auf meiner Seite bist!«

»Was?« schrie Semenchkare in den Wind zurück.

Ich fuhr näher an ihn heran, unerbittlich und unbezwingbar. Ich steckte den Griff der Peitsche in die Halterung an der einen Seite des Wagens und machte ihn mit dem Lederriemen fest. Dann begann ich sie zu schwingen, und bevor ich zum Hieb ansetzte, rief ich Semenchkare zu:

»Magst du die Peitsche, du Bastard?«

»Was?« wiederholte er und drehte den Kopf, ohne zu merken, was ihm geschah: Blitzartig schlang sich der Riemen dreimal um seinen Hals. Er schrie auf und ließ die Zügel los, ich aber ließ meine Pferde scharf zur Seite fahren, und Semenchkare flog von seinem Wagen und prallte zu Boden. Eine Staubwolke erhob sich und folgte mir für lange, endlose Augenblicke. Und in der Staubwolke sah ich Semenchkares Kopf, der gegen einen großen Stein schlug und ihn fortrollen ließ, und dann noch einen Stein. Dabei zog er eine tiefe Furche in den Sand, die immer länger wurde, bis der Kopf an einem kleinen Felsen hängenblieb und der ganze Körper sich in der Luft aufbäumte, sich überschlug und gleich wieder auf den Boden prallte und schlaff wie eine Stoffpuppe liegenblieb.

Dann hielt ich meine Rösser an, stieg aus dem Wagen und ging langsam zurück, um die Peitsche von Semenchkares Hals loszumachen.

Sein Gesicht war ein unkenntlicher Klumpen aus blutigem Sand, und ich betrachtete es mit Bestürzung: Dieser leblose Körper schien nicht mehr ihm zu gehören, es war nur der erbärmliche Leib eines Unbekannten, der aus Versehen getötet wurde.

Ich ging zurück zum Wagen, Isi und Osi betrachteten mich still, ihre Nüstern vor Anstrengung leicht gebläht. Ich versteckte meinen Kopf zwischen ihren Köpfen vor der Sonne. Lange Zeit war ihr feuchtes, vibrierendes Schnauben neben meinem Schluchzen das einzige Lebenszeichen in der Wüste ringsum.

Als ich zurückfuhr, war der Platz vor den Stallungen leer. Schon von weitem aber sah ich Philae und Nacht neben der Wache am Haupttor stehen.

Beim großen Bogentor hielt ich an und sagte ihnen:

»Holt Semenchkare: Er ist verunglückt. Er wurde vom Wagen herabgeschleudert und über eine lange Strecke geschleift.«

Sie sahen mich wortlos an, ich aber senkte meinen Blick in den von Philae.

»Er ist tot«, fügte ich hinzu.

Wahrscheinlich sah ich aus, als würde ich gleich ohnmächtig werden. Nacht breitete seinen Mantel aus und bat mich, mich hinzusetzen.

Kraftlos ließ ich mich mit einer komischen Bewegung auf die Knie fallen, als wolle ich mich nicht ausruhen, sondern beten. Während Nacht nach einer Sänfte rief, glitt Philaes Blick von meinem Gesicht zu meiner rechten Hand, die die aufgewickelte Peitsche mit dem blutigen Riemen fest umklammerte. Er nahm sie mir ab und entfernte sich rasch, um den Wagen in die Stallungen zu bringen.

30. Tag des Monats Thot

Als Echnaton von Semenchkares Tod erfuhr, verfiel er in tiefe Verzweiflung, und auch sein gesundheitlicher Zustand erfuhr eine weitere Verschlechterung. Er soll nun viele Stunden am Tag halb bewußtlos daliegen und ein schreckliches Bild bieten, da das ständige Erbrechen und die dürftige Ernährung seinen Körper erbärmlich zugrunde gerichtet haben.

Ich bat Amenhotep mehrmals darum, mich zu ihm zu lassen; er riet jedoch ab und erklärte, daß der König praktisch unfähig sei, ein Gespräch zu führen. Da das Licht seine Kopfschmerzen noch verschlimmert, soll er fast immer im Dunkeln liegen: Nur das riesige Bild des Aton über seinem Bett richtet seine Strahlen auf ihn, mit der kleinen Hand, die das Anch-Zeichen hält. Ein seltsames Schicksal für den Sohn und Höchsten Propheten des Aton!

Mit Ausnahme des Königs machte der Tod Semenchkares alle Menschen am Hof glücklich und zuversichtlicher. Sogar die Sklavinnen zeigen sich ehrerbietiger, und jeder sieht mich mit leuchtenden, mitwissenden Augen an.

Meritaton macht aus ihrer Freude keinen Hehl, es ist, als wäre sie wiedergeboren.

Ich sprach mit Anchesenpaaton: Bald wird sie Tutanchaton heiraten, denn er ist nun der Nachfolger des Pharaos. Amenhotep hat ihn darauf schon angesprochen. Tutanchaton wird sich in sein Schicksal fügen, aber er zeigte sich natürlich nicht sehr begeistert. Was kann man anderes von einem Jüngling erwarten, der einem frühzeitigen Tod geweiht ist? Und was wird nach ihm aus Ägypten werden?

8. Tag des Monats Paofi

Ich weiß, daß vieles in mir abgestorben ist.

Die Fähigkeit, mich zu entflammen und zu leben in der Erwartung, mich zu entflammen.

Wie unglaublich kurz ist alles gewesen.

Die Jahre waren wie Jahrhunderte, damals. In jedem von ihnen lagen grenzenlose Hoffnung, Tiefe und unendliche Aussichten für die Zukunft. Eine Illusion, die das Leben erfüllte und das geduldige Warten auf künftige Dinge süß machte.

Damals liebte ich die Zukunft und hielt Ausschau nach ihr wie eine schmachtende Braut: in den Gärten und auf den Terrassen Malkatas, an den Ufern des Nils und in der Ebene Hatnubs, in Echnatons Bett, beim Gebären und Aufziehen meiner Töchter, und wenn ich der Bewässerung und Bepflanzung in den neuen Gärten Achet-Atons zusah.

Dann kam die Enttäuschung und holte schnell jede Illusion ein.

Einen nach dem anderen zerstreute sie all meine Träume: Echnatons Liebe, die Illusion des Aton, der Thronfolger, Ägyptens Fortschritt.

Nichts war von Bestand in meinem Leben als Königin. Und in dem der Frau sind von all meinen Gefühlen nur die Liebe zu Thutmosis und zu meinen Töchtern übriggeblieben.

Nicht einmal meine Seele ist heil, denn durch das begangene Verbrechen wird mein Herz viel zu schwer auf Ma'ats Waage lasten.

Aber vielleicht führt ein gewundener Weg durch Irrtum und Sünde, um in der Niederlage wenn nicht Heil, so doch wenigstens Selbstachtung zu erlangen. Nur danach kann ich nun trachten.

21. Tag des Monats Paofi

Es kam die Meldung, daß sich Haremhab auf der Rückreise befindet. Gleichzeitig erfuhr ich aber von neuen Unruhen in Nubt, südlich von Theben, und in Sijut, ungefähr auf halbem Weg zwischen Theben und Achet-Aton. In beiden Städten wurden die Krieger des Standorts und die Diener des Aton überfallen. In Sijut jedoch kam der Angriff nicht ganz unerwartet: Die ziemlich zahlreichen Diener des Aton fanden beim Volk eine gewisse Unterstützung und konnten sich mit den anwesenden Wächtern zusammentun, um die Verteidigung zu organisieren. Sie verschanzten sich in dem noch im Bau befindlichen Tempel und hielten tapfer den Überfällen der von den Amun-Priestern geführten Leute stand. Es gab zahlreiche Tote auf beiden Seiten. Haremhab teilt mit, daß er den Überfallenen zu Hilfe kommen und die Belagerung beenden will.

Nichts sagt er zum Ausgang der Ereignisse in Behedet, doch es ist offensichtlich, daß in Ägypten immer mehr Blut vergossen wird. Gerade dies hätte nicht geschehen dürfen, denn nichts ist schmerzlicher für den Aton und für diejenigen, die ihn lieben wie ich.

Es ist unwichtig, wer zuletzt Sieger sein wird. Einen einzigen großen Verlierer wird es geben: Ägypten.

Jedesmal, wenn ich über all dies nachdachte, zog sich mein Herz betrübt zusammen.

Der Gedanke an den mit den Kindern verbrachten Nachmittag und an den Abend bei Thutmosis konnte mich nicht über diese tiefe Trauer hinwegtrösten. Ich stand auf meiner Terrasse, die die am Tag gespeicherte Hitze bis in die nächtlichen Stunden hinein bewahrt, neben mir die Statue der sitzenden Frau, und beide schienen wir den Mond zu befragen. Und nun vollzog sich wieder einmal das Wunder, das schon sehr lange ausgeblieben war: Die Flöte spielte, und ihr Klang war behutsam, besonnen und weise.

Nicht traurig, nicht bekümmert, anders als ich; liebevoll und beharrlich sprach sie mir von einer aufregenden Gegenwart, ohne ihre Einsamkeit und Verbitterung zur Kenntnis zu nehmen: mit einer augenzwinkernden Fröhlichkeit, die nicht ganz frei von Wehmut war, aber der Trauer eine Grimasse schnitt und Zeit für ein offenes Lächeln fand.

Keine menschliche Stimme konnte mir je so viel Mut machen, kein Tanz und keine Musik meine Seele so beruhigen und mein Herz so sehr trösten und heilen.

Mehrmals wiederholte die Flöte ihr liebevolles Lied. Als sie dann schwieg und nur feierliche Nachtstille um mich war, fühlte ich, daß sie in mir einen ungeahnten Frieden hinterlassen hatte.

Unerwartet und sehr aufschlußreich war Rechabs Besuch vor einigen Tagen. Er kam aus Tanis, der Stadt, in der er nun schon seit vielen Jahren seine Rolle als erfolgreicher Vermittler zwischen den Habiru-Minderheiten und der ägyptischen Bevölkerung im Deltagebiet spielt. Nachdem ihm Echnaton diese Aufgabe übertragen hatte, schickte er uns zweimal im Jahr einen sehr gewissenhaften Bericht über die soziale, wirtschaftliche und politische Lage und zeigte sich immer bestrebt, den Frieden und die Zusammenarbeit zwischen den Habiru und den Ägyptern zu fördern.

Nun hatte er sich aber unter dem Druck der gegenwärtigen Ereignisse zu diesem außerordentlichen Besuch entschlossen.

Im wesentlichen handelt es sich um dies: Er selbst und zahlreiche andere Führer der Habiru-Gemeinden glauben zu wissen, daß die Gesandten Schuppiluliumas und Vertreter der Amun-Priesterschaft Verbindungen angebahnt und ein Bündnis geschlossen haben. Die Ziele sind offensichtlich: Die Eroberung des ganzen Retschenu, vielleicht ganz Ägyptens, durch die Hethiter. Als Gegenleistung die Abschaffung des Aton-Kults und die Wiedereinsetzung des Amun als des althergebrachten und vorrangigen Gottes, mit den damit verbundenen Pfründen und Privilegien für seine Priester.

Der bloße Gedanke daran ist schrecklich genug. So weit kann der Egoismus einer Sekte gehen, daß sie das Allgemeinwohl eines ganzen Volkes mißachtet und das Land an die Fremden verkauft!

»Was glauben sie denn!« rief ich unbeherrscht. »Daß die Hethiter, wenn sie einmal das Land erobert haben, sich groß um den einen oder anderen Gott kümmern werden?«

Aber Rechab verfügt wahrscheinlich über einen klareren Verstand als ich, denn er fuhr unbewegt fort:

»Wenn die Aufstände bis jetzt immer in Oberägypten und niemals im Delta ausbrachen, dann nur deshalb, weil man Haremhab mit so vielen Streitkräften wie möglich in den Süden zu locken versucht und sich davon einen geringeren Widerstand im Retschenu erhofft, wenn Schuppiluliuma sich zum Angriff entschließt.«

»Wenn es so wäre, warum haben sie dann noch nicht angegriffen? Haremhab ist doch schon seit Wochen im Süden im Einsatz.«

»Die Hethiter wollen Echnatons Tod abwarten. Sie meinen, daß sich zu diesem Zeitpunkt die Lage in ganz Ägypten zuspitzen wird.«

Endlich haben auch sie sich verschätzt, fuhr es mir durch den Kopf, doch ich konnte mich gerade noch rechtzeitig zurückhalten. Ich dachte nur: Anscheinend wissen sie nicht, daß es schon seit langem keinen Pharao mehr gibt.

Ich verzichtete darauf, zu fragen, woher er all seine Informationen hatte, und wechselte das Thema:

»Wie geht es den Habiru im Lande Ägypten, Rechab? Werden sie geachtet, führen sie ein gutes, zufriedenes Leben?«

Er breitete die Arme aus und zuckte mit den Schultern:

»Man bringt ihnen viel Achtung und wenig Liebe entgegen, meine Königin. Aber sie leben gut und sind dem Pharao und der Regierung Ägyptens sehr dankbar. Keiner kann die neue ägyptische Religion höher schätzen als die Habiru. Durch die Verehrung eines einzigen Gottes ist sie der unseren sehr nahe gekommen.«

Ich entgegnete:

»Dies erklärt deine Bereitschaft zur Mitarbeit, Rechab?«

»Auch dies. Doch vor allem die Tatsache, daß ich ein Beamter und Untertan Ägyptens bin.«

Ich empfinde Zuneigung für diesen Mann, kann jedoch nicht umhin, mich zu fragen: Wäre er morgen imstande, einem der vielen Habiru, die hethitische Beamte und Untertanen sind, einen Gefallen abzuschlagen, wenn dieser ihn darum bäte?

Ich kann diese Frage nicht beantworten. Aber aufgrund der Tatsachen und gefühlsmäßig neige ich dazu, ihm mehr Vertrauen zu schenken als einem Priester des Amun.

Wir haben herzlich voneinander Abschied genommen; ich bat ihn noch, zu Nacht zu gehen und ihm alles noch einmal zu erzählen und einen schriftlichen Bericht für den Pharao zu hinterlassen.

Als er mir seine besten Wünsche für die Gesundheit des Pharaos aussprach, tat er dies jedoch in einem Ton, als versichere er eine Witwe seines Beileids. Und kein Wort verlor er über den erst kürzlich erfolgten Tod des ersten Thronfolgers.

Ich sehe oft vor mir jene Maske aus Erde und Blut. Und jedes Mal durchfährt mich ein Stich und ich führe meine Hände zum Gesicht, als wäre es das seine und ich wollte versuchen, es zu säubern und zu glätten.

Es ist keine Reue, das weiß ich. Ich habe keinen Zweifel daran, daß es der einzige Ausweg zum Wohle Ägyptens war.

Und doch, wenn ich an seinen leblosen Körper zurückdenke, den der Tod von seiner zweideutigen und anmaßenden Haltung befreit hatte; wenn ich auf seinem Gesicht nicht mehr die Spuren der Dummheit entdecke, die es immer verfinsterte, sondern nur noch den beinahe nachdenklichen Ausdruck, der auf jenem blutigen Klumpen lag; wenn ich daran denke, wie der Tod seltsamerweise nur seine Jugend unterstrichen hatte und eine Art Naivität, die meinen Überfall anscheinend begünstigte; wenn ich an die Überreste dieses Jungen denke, der auf ewig verletzt und auf ewig wehrlos liegenblieb: Da erscheinen mir der Entschluß und die Lösung, die ich wählte, vielleicht übertrieben.

Und es hilft mir nicht, mir in Erinnerung zu rufen, mit wieviel Liebe ich mich um seine Erziehung gekümmert hatte, als er noch ein Kind war, und wie jeder Versuch, seinen Geist und sein Herz anzusprechen, an seiner hoffnungslosen Stumpfheit scheiterte. Es tröstet mich nicht der Gedanke, daß ich mich wie eine Mutter um ihn bemüht und allerlei Demütigungen hingenommen und es immer wieder von neuem versucht habe. Nur eines mildert den Schmerz, seinen Tod verursacht zu haben: jenes Unwiderrufliche und Unbesiegbare, das die menschliche Dummheit und der Tod gemeinsam haben.

16. Tag des Monats Athir

Thutmosis schreibt mir:

> »Königin, Herrin und Geliebte, komm, sobald Du kannst, in meine Werkstatt. Das schönste Bildnis aller Zeiten ist vollendet: Dein Porträt. Dir verdankt es seine Schönheit, mir lediglich das Verdienst, sie für die Zukunft erhalten zu haben. Ich erwarte Dich, bis nach Sonnenuntergang werde ich hier sein.«

Seit Monaten arbeitete Thutmosis nur noch an diesem Bildnis. Alles, was in Ägypten geschieht, berührt ihn nicht: Er ahnt sicher nicht einmal, was mir zustieß, ansonsten würden unsere Gespräche ganz andere Themen berühren.

Und doch ist seine Weigerung, in unserem Verhältnis jede Berührung mit der Wirklichkeit zuzulassen, etwas sehr Schönes. Mir ist nicht klar, ob es unsere Liebe auf einen kleineren Raum einschränkt, oder ob sie gerade dadurch so wachsen konnte.

Ich ging zu ihm, um das neue Porträt anzusehen. Er war außerordentlich aufgeregt und konnte seine Begeisterung kaum verbergen: Offensichtlich hält er es für sein absolutes Meisterwerk. Meiner Ansicht nach ist dies nicht das schönste, aber zweifellos das sorgfältigste, ich würde fast sagen, das verliebteste aller Bildnisse, die er von mir schuf.

Es ist eine Steinbüste, die mit feinem Gips überzogen und naturgetreu bemalt ist. Ich trage auf dem Kopf die Krone der Großen Königsgemahlin mit einem seltsamen Uräus und das goldene Halsband mit buntem Emaileinsatz. Das Bildnis ist so vollkommen, daß man den Eindruck hat, vor einem lebendigen Menschen zu stehen. Der wache, geistesgegenwärtige Ausdruck, der sprechende Mund, alles verrät hinter der königlichen Haltung eine Woge verhaltener Sinnlichkeit.

»Wann wird es fertig?« fragte ich ihn.

»Es ist schon fertig«, erwiderte Thutmosis.

»Ein Auge fehlt noch«, wandte ich ein.

»Nicht ein Auge, sondern eine Iris mit ihrer Pupille. Vielleicht sehe ich dich als eine Königin, die mich nur mit einer Pupille ansieht, die mir nur die Hälfte ihrer Gedanken schenkt.«

Ich schüttelte abwehrend den Kopf, und er lächelte sanft.

»Nein«, sagte er, »ich mache nur Spaß. In der Bildsprache Ägyptens stellt das Auge mit Iris die Sonne dar, das weiße Auge ohne Iris und Pupille den Mond. Also enthalten deine Augen alles Licht des Himmels.«

Er flüsterte mir diese Worte ins Ohr, und ich fühlte die starke Erregung, die seine Stimme jedesmal in mir weckt.

»Und der seltsame Uräus?« fragte ich, obwohl ich die Antwort schon kannte.

»Es ist der Uräus der Schönheit«, erwiderte er leise, und sein Lächeln wich jäh dem Drang unserer wachsenden Erregung.

Und die Erregung wurde zu Lust, und die Lust entlud sich in einem lauten, unerhörten Schrei, als ob ich versuchte, die vielen Gedanken, die wie altes Dorngestrüpp meinen Geist überwuchern, mit Blut und Schmerz auszureißen.

24. Tag des Monats Athir

Echnaton ist gestorben: In der Stille des Palastes, nachdem sein leidvolles Klagen bereits seit vielen Tagen verstummt war. In der Dunkelheit seines Gemaches, in das das angebetete Sonnenlicht nicht mehr eindringen durfte. In der Einsamkeit, mit der er sich seit Wochen umgab, nachdem er beschlossen hatte, jeden Besucher außer Amenhotep abzuwehren. Ohne sich von seiner Großen Königsgemahlin zu verabschieden, bei der er doch Liebe erfahren hatte.

Von der rätselhaften Krankheit besiegt, die ihn körperlich und geistig veränderte, seine Männlichkeit grotesk verunstaltete und seine Vorzüge und Verdienste vernichtete, starb Echnaton: gegen Ende des vierzehnten Jahres seiner Regierung, um die dritte Stunde nach Mittag am vierundzwanzigsten Tag des Monats Athir.

Ich ging gerade durch den Garten, nachdem ich meine Töchter besucht hatte, als Amenhotep plötzlich erschien: Er stand wortlos vor mir und sah mich mit einem seltsamen, starren Blick an.

Ich blieb ebenfalls betroffen stehen und verstand sofort, was geschehen war; ich lief zu ihm und griff nach der Hand, die er mir hinstreckte. Wir tauschten einen langen, stummen Blick, beide waren wir verwirrt und aufgewühlt. Dann führte er mich sanft zu einem steinernen Sitz im Schatten.

Ohne ein einziges Wort auszusprechen, hatte mir Amenhotep die unheilvollste aller Botschaften übermittelt. Ich sah ihn unverwandt an, denn mir war, als hätte ich in seinen Augen eine sichere Zuflucht gefunden: den Blick abzuwenden, hätte bedeutet, sich der furchtbaren Wirklichkeit stellen zu müssen. Er aber glaubte, eine stumme Frage darin zu erkennen, und erklärte:

»Er starb friedlich im Schlaf, nachdem er schon viele Tage bewußtlos gelegen hatte und nichts mehr ihn wecken konnte.«

Ich schloß die Augen und flüchtete mich in längst vergangene Bilder.

»Wie seltsam«, sagte ich, »wie seltsam ist mein Schicksal. Mit Amenophis III. hatte ich nur wenige Worte gewechselt, in einer einzigen kurzen Nacht: Und doch war ich diejenige, der er seine Botschaft hinterließ. Und seine letzte Geste galt meiner Hand, an die er sich so fest klammerte, daß ich heute noch ihren Druck spüre.

Mit seinem Sohn teilte ich dagegen mein Leben, lernte ich die Liebe kennen, vereinigte ich mich unzählige Male und empfing sechs Kinder von ihm. Wir erlebten zusammen geschichtsträchtige Augenblicke, hegten eine große Hoffnung und die Illusion, etwas Nützliches für die Welt zu tun ... Und er starb ohne mich, hielt mich von sich fern, lehnte mich ab, als wäre ich eine Fremde. Er zog mir Semenchkare vor, und er folgte ihm in den Tod.«

»Sei nicht traurig darüber, Nofretete. Er konnte nichts für das, was in seinem Kopf geschah.«

Wie um etwas Abstand von dem Schmerz zu gewinnen, schlug er einen lehrhaft sachlichen Ton ein:

»In den Streitgesprächen mit meinen heilkundigen Kollegen behaupte ich seit Jahren, daß Tugend oder Laster, Verstand, Sprache und Verhalten nicht im Herzen des Menschen ihren Ursprung haben, sondern hier.« Und er führte den Zeigefinger zu seiner Schläfe. »Und genau hier saß Echnatons Krankheit. In dieser schwammigen Masse, die in unserem Schädel eingeschlossen ist: Sie ist weich wie eine Wolke und empfindlich wie Schmetterlingsflügel, und doch enthält sie unser ganzes Wesen.«

Mit einem tiefen Seufzer fuhr er fort:

»Wir sind so zerbrechlich, Nofretete, so vergänglich wie ein Windhauch. Deshalb lieben wir den Stein und errichten Denkmäler, die die Ewigkeit herausfordern sollen. Deswegen vertrauen wir auf die Götter, halten an ihnen fest und erfinden uns neue, in der Hoffnung, daß sie Wirklichkeit werden. Deswegen brauchen wir eine Beständigkeit, die wir selbst nicht besitzen, und die sich Wahrheit nennt.«

Lange antwortete ich nicht, dann fragte ich auf einmal, ohne zu wissen, warum:

»Was ist denn Ägypten ohne Pharao?«

»Wir werden bald einen Pharao haben.«

»Bald werden wir einen Pharao haben und kein Ägypten mehr«, gab ich zurück.

Amenhoteps bitteres Lächeln zeigte, daß er meine Meinung teilte. Wieder schwiegen wir im ohrenbetäubenden Lärm der Zikaden, der sich in der Mittagsstunde zum Thriumphgesang steigerte. Es war, als spräche eine göttliche Macht aus diesem Chor. Und sie erhob ihre Stimme, um Dinge zu verkünden, die weitaus wichtiger waren als unsere Gefühle und Gedanken.

Ich überließ mich dem Gesang und fand allmählich zu der gefaßten Haltung zurück, die meine Unterhaltungen mit Amenhotep immer kennzeichnet. Ich fand mich mit diesem seit langem erwarteten Ereignis langsam ab, empfand sogar eine Spur von Erleichterung. Und doch: Trotz allem fühlte ich, daß mein Herz gerade eine furchtbare Verstümmelung erlitten hatte. Denn Echnaton war nicht mehr da, und ein Teil von mir war mit ihm gestorben.

Meine Wunde war viel größer, als ich jemals hätte ahnen können. Ich suchte die Stille und die Einsamkeit, um meinen Tränen freien Lauf zu lassen.

27. Tag des Monats Athir

Schwere Unruhen in der Stadt Tentyris und in den umliegenden Gegenden: Man spricht von Hunderten von Toten. Anscheinend brodelt es bereits im ganzen Süden, und die Nachricht vom Tod des Pharaos wird die Lage für die Aton-Partei noch verschlechtern. Denn das Volk wird diesen Tod sicher als Rache und Triumph des Amun deuten.

Haremhab ist auf dem Heimweg. Seine Vorposten sind auf dem Wasserweg bereits in Theben eingetroffen. Er kündigte mir durch einen Boten seinen Besuch für morgen an.

Offensichtlich waren seine Versuche, das Volk umzustimmen und die Unruhen niederzuschlagen, erfolglos. Die Aufwiegler scheinen inzwischen breite Zustimmung zu finden, und die Umstände sprechen für sie.

Dies ist also das Ergebnis einer schlechten Politik, die ihr edles und weitsichtiges Ideal nicht in die Tat umzusetzen vermochte.

Manchmal sickert das Böse als Nebenstrom des Guten in dessen Flußbett ein: Wer kann dann die Gewässer noch unterscheiden und den Hauptstrom erkennen?

Um richtig zu handeln genügt es nicht, im Recht zu sein: Auch Ehrlichkeit und Klugheit braucht es dazu.

Und im Unrecht zu sein ist keine Schuld, solange nicht Niedertracht und Dummheit im Spiel sind.

Nicht immer, eher selten, setzt sich das Gute durch, und meist braucht es dafür lange Zeit.

29. Tag des Monats Athir

Haremhab kam zu mir und berichtete von dem dreimonatigen Krieg, den er hinter sich hat. Sein Gesicht war ausgemergelt und traurig, älter, als ich ihn in Erinnerung hatte. Ich hatte den Eindruck, durch die verworrene Lage und das wechselhafte Glück sei eine allgemeine Verunsicherung entstanden, sowohl in unseren Reihen als auch bei den Gegnern.

Die Verhältnisse im Süden bezeichnete Haremhab als schwankend und noch unentschieden, im großen und ganzen aber besorgniserregend. Anders als in Theben und Abodu, wo das Heer die Lage fest im Griff zu haben scheint, fühlen sich unsere Standorte in Behedet, Nubt und Sijut stark bedroht und müssen ständig auf der Hut sein; anderswo, in Tentyris zum Beispiel, kommt es immer wieder zu Zusammenstößen mit wechselndem Ausgang, doch der baldige Sieg der Feinde des Aton erscheint immer wahrscheinlicher.

»Ich bin zurückgekommen«, erklärte mir Haremhab, »weil mir klar wurde, wie zwecklos die sporadische Eroberung einzelner Ortschaften doch ist: Das Problem muß politisch gelöst werden. Ich war außerdem der Meinung, daß Echnatons Tod unsere Gegner zusätzlich stärken wird, vor allem die Hethiter, und dies macht meine Anwesenheit im Norden dringend nötig. Was Rechab berichtete, hatte ich schon lange geahnt, und es stärkte meinen Entschluß, zurückzukehren.«

Er wirkte nachdenklich und niedergeschlagen und ging bei seiner Schilderung nur widerwillig ins Detail; gewiß quälte ihn die Vorstellung, all das vergossene Blut sei vielleicht vergeblich geflossen. Plötzlich unterbrach er seinen Bericht und rief aus:

»Gibt es ihn denn wirklich, diesen Aton, für den all dies geschieht? Gibt es die anderen Götter? Welch ein Wahnsinn, wenn wir nur für Hirngespinste, für Einbildungen kämpften!«

Ich wollte ihm antworten, doch er sprach weiter:

»Ich sehe ja ein, daß ein einziger Gott besser ist als viele. Und was die Priester angeht: Das Gesindel kann meinetwegen ganz verschwinden. Doch ist das überhaupt möglich?«

»Ich glaube nicht«, antwortete ich lakonisch.

»Weshalb also einen Krieg unter den Ägyptern heraufbeschwören?«

Mit diesen Worten hatte er bei mir einen wunden Punkt berührt. Und für seine Direktheit haßte ich ihn einen Augenblick lang. Aber er hatte den schmerzenden Punkt endlich angesprochen, und dafür war ich ihm dankbar.

»Echnatons Tod gibt uns eine größere Handlungsfreiheit in der Innenpolitik«, antwortete ich. »In den siebzig Tagen zwischen dem Tod des Pharaos und Tutanchatons Thronbesteigung werde ich Ägypten regieren. Und ich werde alles versuchen, um den Frieden im Land wiederherzustellen.

Ich habe heute eine Verfügung erlassen, die offiziell bestätigt, was du in Theben bereits angekündigt hast: Nämlich die Wiedereinführung vollkommener Religionsfreiheit für das Volk und die Wiedereröffnung aller Kultstätten mit Ausnahme der Amun-Tempel. Gleichzeitig habe ich Amenhotep beauftragt, sofort Ptahmosis aufzusuchen, um ihm die Wiedereröffnung seiner Tempel und die Versöhnung mit dem Staat in Aussicht zu stellen, wenn er auf ihre Verwaltung verzichtet. Diese muß nach wie vor dem Pharao vorbehalten bleiben oder zumindest vom Staat streng überwacht werden. Nur so können wir die Übermacht der Priester und die damit verbundene Korruption verhindern.«

»Dies ist ein weiser Entschluß und eine tröstliche Nachricht, meine Königin«, antwortete Haremhab. »Nun bleibt uns nichts anderes, als auf Amenhoteps großes diplomatisches Geschick zu hoffen.«

3. Tag des Monats Choiak

Vor drei Tagen ist Amenhotep nach Theben gefahren. Vor seiner Abreise hatten wir eine lange Unterredung.

So erfuhr ich, daß eigens zu meinem Schutz und zur Verteidigung des Palastes eine Wache aus hundert Mann unter Philaes Führung aufgestellt wurde. Und Amenhotep bat mich, seine diplomatische Tätigkeit mit einigen politisch eindeutigen Maßnahmen zu unterstützen, um den neuen Kurs der Versöhnung nach Echnatons Tod zu bestätigen.

Die Prinzessinnen sollen nach Theben geschickt werden und künftig bei Teje in Malkata wohnen. Ebenfalls Tutanchaton, der seinen alten Namen Tutanchamun wieder annehmen und als solcher den Thron besteigen wird. Nach Ablauf der für die Einbalsamierung vorgeschriebenen Zeit sollen Semenchkare und Echnaton nach Theben übergeführt und in Qurn bestattet werden. Schließlich äußerte Amenhotep eine letzte, wirklich unerwartete Bitte:

Ich möge ihm für seine Fahrt nach Theben den »Funkelnden Aton« zur Verfügung stellen; zuerst solle das Schiff jedoch auf einen neuen Namen meiner Wahl umbenannt werden.

Nachdem er sein Anliegen vorgetragen hatte, sah er mich traurig an und sagte:

»Es tut mir leid, von dir etwas verlangen zu müssen, das dir sicher weh tut, meine Königin. Aber ich muß zu jedem Hilfsmittel greifen, das für meine Aufgabe von Nutzen sein kann.«

Ich dachte, wenn er sich zu solchen Schachzügen gezwungen sieht, muß er schon jetzt von der Niederlage des Aton überzeugt sein. Es wurde mir klar, daß all dies nur der Anfang ist, nur ein kleiner Teil des Preises, den ich werde zahlen müssen. Aber ich fühlte auch, daß man nicht jeden Preis von mir fordern darf. Deshalb antwortete ich:

»Ich werde veranlassen, daß deine Bitten sofort erfüllt werden ... bis auf diejenigen, die Echnatons Bestattung und das Schiff des Pharaos betreffen.

Ein Grab erwartet Echnaton in den Felsen Hatnubs, nah bei der Stadt, von der er träumte. Ich weiß nicht, was bei ihm überwog, ob Schuld oder Unglück. Doch ganz gewiß steht es uns nicht zu, über ihn zu urteilen und ihn zur Strafe in ein Grab zu verbannen, das nicht das seine ist. Immerhin ist dies seine Stadt, und hier soll er begraben werden.

Dies gilt natürlich nicht für Semenchkare, dessen Überreste sofort nach Theben überführt werden sollen. Die siebzig Tage sind auch bald abgelaufen, und sein Leichnam ist bereit für die Bestattung. Er wird in deinem Schiff mitfahren, und du kannst als Vertreter des Königshauses der Beisetzung beiwohnen.

Was den ›Funkelnden Aton‹ betrifft, so handelt es sich um ein von Amenophis III. gebautes und von ihm selbst so benanntes Schiff. Und es trägt den Namen des Gottes, an den ich glaube. Andere können es umbenennen, ich werde es nicht tun. Auf diesem Schiff fuhr ich als ganz junges Mädchen mit dir meinem Schicksal entgegen. Und meine schönste und gewiß unvergeßlichste Erinnerung fährt immer noch mit ihm.«

Ich sah, wie meine Worte wie nistende Vögel von seinem Herzen Besitz ergriffen. Bewegt antwortete er:

»Meine Königin, als dein Beamter danke ich dir für das, was du mir gewährst; noch dankbarer bin ich dir jedoch als Mensch für das, was du mir verweigerst. Auch meine Erinnerungen hängen an jenem Schiff und an jener Fahrt. Kein Auftrag war mir jemals so willkommen, keine Erfahrung so kostbar. Noch nie hatte jemand meinen Worten so aufmerksam zugehört, niemals sonst achtete ich so sehr auf das, was ich sagte und was ich hörte.«

Er zögerte einen Augenblick und fügte hinzu:

»Niemals sonst war mein Herz so verwirrt, und niemals erschien mir der Preis meiner Treue zum Pharao so hoch.«

Mit einer Spur von Groll fuhr es mir durch den Kopf: Ach du lieber Dummkopf, warum gibst du mir jetzt nicht den Kuß, den du mir damals verweigertest? Es gibt keine Grenzen mehr, die eingehalten werden müssen, es gibt kein Risiko mehr.

Als hätte er in meinen Gedanken gelesen, sagte er:

»Das Wichtigste im Leben ist, sein eigenes Selbst zu erkennen und ihm bis zuletzt treu zu bleiben. Daran will ich mich auch jetzt halten. Wenn ich aber vor die Göttin Ma'at und vor Thot trete, wie auch ihr Urteil über mich ausfallen mag: Dann werde ich nach dir fragen und ... ich werde ganz anders auftreten: Da werden sie mir nichts weniger gewähren können als eine Ewigkeit an deiner Seite. Sie werden es müssen.«

Ich hob eine Hand, um sein Gesicht zu streicheln und er nahm sie und drückte sie sanft, hauchte einen Kuß auf die Handfläche und verließ hastig das Gemach.

Es sieht fast so aus, als hätte ich einen großen Teil meines Lebens damit verbracht, mich von Amenhotep zu verabschieden, der gerade zu irgendeiner Mission aufbricht. Doch als diesmal seine Gestalt durch die Tür verschwand, geriet ich in Panik: Ich mußte meine Beine zurückhalten, die ihm nachlaufen wollten, und meine Stimme, die ihn am liebsten zurückgerufen hätte. Ich verzichtete darauf und spürte sogleich eine schmerzliche Einsamkeit, erfüllt von düsteren Vorahnungen.

Er war nicht mehr in meiner Nähe, aber der Gedanke an ihn und die Vorbereitung der Beschlüsse, die ich ihm versprochen hatte, beschäftigten mich für den Rest der Nacht.

Ich habe die letzten Tage fast ausschließlich mit meinen Töchtern verbracht und nur zwei Nächte mit Thutmosis, für den ich immer seltener Zeit finde.

Heute sind die Prinzessinnen mit zwei Schiffen nach Theben abgereist: May hat den Auftrag, sie nach Malkata zu geleiten. Zu ihrem Gefolge aus Kriegern und Sklaven gab ich zur Verstärkung fünfundzwanzig der hundert Männer hinzu, die Amenhotep zu meinem persönlichen Schutz zurückgelassen hat.

Diese letzten Tage mit ihnen waren nicht leicht: Ich mußte tausend Fragen beantworten und Ratschläge für jetzt, für die Zukunft und für die Ewigkeit erteilen. Ich versuchte, Meritaton klarzumachen, in ihrem Alter könne das Alleinsein nur vorübergehend sein, also kaum lästiger als ein Schnupfen. Ich erinnerte Anchesenpaaton daran, daß sie in wenigen Wochen als Tutanchamuns Große Königsgemahlin den Thron besteigen wird.

»Fürchte dich nicht vor dem, was auf dich zukommt«, sagte ich zu ihr. »Wenn es auch gewaltiger ist als du, verliere nicht den Mut: Das Leben ist immer größer als wir selbst. Bewahre die Ruhe und benutze immer deinen Verstand, so wirst du die Lage besser beherrschen.

Vor großen Menschen werden die Dinge klein. Und vor einer klugen und schönen Frau werden selbst große Männer klein. Vergiß nicht, daß jeder Mann in dir vor allem die Schönheit suchen wird; doch nicht ihretwegen wird er dich am meisten schätzen, sondern wegen deiner Klugheit. Er wird sie als ein ungeheures Geschenk betrachten. Wer dieser Mann auch sein wird: Er wird sie wahrnehmen, sobald er merkt, daß du deiner Schönheit keine so große Bedeutung beimißt.«

Sie alle hörten mir aufmerksam zu. Plötzlich rief Neferneferure mit kläglicher Stimme:

»Was wird aus mir, die ich nicht schön bin?«

»Ihr seid alle schön«, erwiderte ich bestimmt, »doch ich hätte dieses Wort gar nicht gebrauchen sollen. Ihr alle seid Frauen, und entgegen der landläufigen Meinung muß eine Frau nicht Schönheit besitzen, sondern Weiblichkeit: jene Seite des Schönseins, die sich nicht auf eine bestimmte Form zurückführen läßt, sondern sich im Wesen offenbart. Die das männliche Herz weich macht und es zwingt, euch zu lieben.«

Ich glaube nicht, daß ich Neferneferure überzeugt habe. Und Neferneferaton, deren Aussehen immer wieder gepriesen wird, hörte befremdet zu und setzte eine überlegene Miene auf.

Nichts davon verstand Setpenre, die noch viel zu klein ist; Meritaton und Anchesenpaaton wirkten verwirrt und konnten mangels eigener Erfahrung weder meine Worte bestätigen noch mir widersprechen.

Dadurch wurde mir klar, wie sehr sie mich noch brauchen. Und doch muß ich mich von ihnen trennen. Wie grausam, wie widersinnig.

Jetzt denke ich bestürzt, daß ich vielleicht nicht genug für sie getan habe. Doch nun ist es zu spät, und wir müssen uns trennen.

Ich gab ihnen eine lange Botschaft für Teje mit. Unter anderem schrieb ich: »Sollten meine Töchter einmal das Wort ihrer Mutter entbehren müssen, werden sie dafür Deines haben. Dies ist mir Trost und Hoffnung.«

Die innigste Umarmung galt Setpenre, aber sie sah sich bereits nach ihrem Hund Nubi um, um sich zu vergewissern, daß er auch ja mitfahre.

Lange sah ich den Schiffen nach, die sich auf dem Nil entfernten, und je kleiner sie wurden, desto schmerzlicher zog sich mein Herz zusammen.

11. Tag des Monats Choiak

Der Palast wirkt leer, seit kein Pharao mehr da ist. Der Umzug ist in vollem Gange: Sklaven und Leibdiener, Beamte der Königlichen Kanzlei, Schreiber, Ärzte, Verwalter der Königlichen Besitztümer und Pfleger des Staatsarchivs siedeln nach Theben über. Heute bat mich der Vorsteher des Archivs um Audienz: Er fragte, ob die diplomatischen Urkunden aus der Zeit, in der Achet-Aton Hauptstadt war, ebenfalls nach Theben gebracht werden sollten. Ich entgegnete, es wäre sehr unvorsichtig, in dieser gefährlichen Zeit solch vertrauliche Unterlagen wegzuschicken und befahl ihm, sie an einem sicheren Ort, im Keller des Palastes etwa, zu verstecken oder sie gar zu vergraben. Außerdem gab ich ihm Anweisung, den neuen Pharao nach der Thronbesteigung sofort davon zu unterrichten.

Bald wird sich auch der Trakt, den die Prinzessinnen bewohnten, leeren, und ich werde noch einsamer sein in der stillen, aussterbenden Hauptstadt.

Am Abend besuchte mich Haremhab in Begleitung von Nacht. Ich bot ihnen etwas Obst und kühles Bier an, während wir besorgt über die schlechte Ernte sprachen.

Nacht erzählte von seinen Schwierigkeiten bei der Umschulung der Arbeiter zu Kriegern, von seinen Bemühungen, sie sowohl körperlich wie auch in ihrer geistigen Haltung zu stärken. Er beklagte die mangelhaften Einrichtungen und die fehlenden Fachkräfte für den Bau der Streitwagen und erzählte, daß einige Beauftragte nach Theben geschickt worden seien, um erfahrene Handwerker anzuwerben.

Haremhab ist von der Untätigkeit der Hethiter überrascht: Immerhin sind seit dem Tod des Pharaos bereits drei Wochen verstrichen. Er kam zu dem Schluß, daß sie bestimmt auf ein Zeichen von Ptahmosis warten.

Daraufhin sprachen wir über Amenhoteps Auftrag, und ich malte mir aus, welche Überwindung ihn diese Aufgabe kosten muß: ein so weiser, bescheidener und geistreicher Mann, der aus einer schwachen Position heraus mit einem eitlen und engstirnigen Dummkopf verhandeln muß. Was für unglückliche und demütigende Umstände!

Bevor er ging, rückte Haremhab endlich mit dem wahren Grund seines Besuchs heraus. Unvermittelt sagte er:

»Meine Königin, diese Stadt wird immer verlassener, und allein deine Anwesenheit macht sie noch zur Hauptstadt. Aber nach Tutanchamuns Thronbesteigung in wenigen Wochen wird Achet-

Aton nur mehr ein Heeres-Stützpunkt und ein landwirtschaftliches Zentrum sein. Dann wird dein Bleiben hier nicht mehr erforderlich sein, und es ist nicht einmal sicher, ob wir dir hier künftig genügend Schutz bieten können. Kehre zurück nach Theben, ich bitte dich.«

Ich sah die beiden Männer an und las in ihren Augen ehrliche Freundschaft. Doch ich schwieg zunächst, damit sie ihrerseits meine Gefühle erkennen konnten. Schließlich erwiderte ich mit einem ironischen Lächeln, als wolle ich über einen ungehörigen Vorschlag hinwegsehen:

»Ich sollte nach Theben zurück, als wäre nichts geschehen? Wie von einer Reise, von der man sagt: ›Ich hatte ein Erlebnis, es war ein Versuch, doch jetzt wird alles wieder wie früher?‹

Nein, mein Freund. Ich werde diese Stadt nicht verlassen. Bald werde ich nicht mehr die Königin Ägyptens sein. Ich werde in diesem Land nichts mehr gelten. Aber ich werde hierbleiben. Wenn ein Fehler begangen wurde, will ich hier dafür büßen. Wenn es eine gute Tat war, die von diesem Zeitalter mißachtet wurde, will ich hier ihrer gedenken. Doch beides spielte hier eine Rolle, also wird diese Stadt gleichermaßen an Irrtum und an Wohltat erinnern. Und ich werde, solange ich kann, hierbleiben, um diese Stadt am Leben zu erhalten. Um die Erinnerungen, die in ihr leben, zu erhalten.

Die Nachkommen werden durch sie erfahren, daß jeder Fehler, der in großmütiger und weitsichtiger Absicht begangen wurde, eine Errungenschaft bedeuten kann, selbst wenn diese weiterhin ein Fehler bleibt.«

Haremhab und Nacht betrachteten mich mit Verwunderung, aber auch mit der Aufmerksamkeit, die zum Verständnis führen kann. Der wortkarge Nacht erklärte:

»Und doch ist es wichtig, daß du nach Theben zurückkehrst. Tutanchamun ist zu jung, und er interessiert sich nicht für das Königtum, er wird dich brauchen, um zu regieren. Du solltest ihm helfen, Nofretete.«

»Regieren ist nicht immer das Wichtigste. Zuerst kommt das Nachdenken über die Ideen, die die künftige Herrschaft leiten sollen.«

»Doch Regieren ist die dringendste Aufgabe!«

»Mit nichts hat der Mensch es so eilig wie damit, Fehler zu begehen. Er irrt immer wieder und erkennt es doch nie. Er glaubt seinen Fehler zu verbessern, sich selbst zu bessern, dabei geschieht dies nur, um gleich darauf besser zu irren.

Einmal hat Amenhotep gesagt, damit Fortschritte in der Heilkunst erzielt werden, müssen die Ärzte anfangen, wie Balsamierer die Leichen zu sezieren. Er hat gesagt, was uns heute noch als schreckliche Schandtat erscheint, wird in Zukunft wirklich werden. Aber selbst wenn damit einige Krankheiten besiegt werden sollten, sagte er, werden die Menschen weder glücklicher noch gesünder, geschweige denn unsterblich sein. Eine solche Errungenschaft wird also weiterhin ein Fehler bleiben. Aber ein so faszinierender Fehler, daß er als unvermeidlich gelten und von großem Erfolg gekrönt sein wird.

Einmal hat Echnaton gesagt, Barmherzigkeit sei etwas Unentbehrliches für die Menschen, und Aton sei der einzige Gott, der sie fördert und vorschreibt. Als ich erwiderte, daß sie die Gleichheit aller Menschen voraussetzt, erklärte er, genau aus diesem Grund verkünde Aton den Grundsatz der Gleichheit und gebe ihm den Vorrang über alles andere. Es ist ein tragischer Fehler, gegen alle Tatsachen an einem Grundsatz festzuhalten! Denn gerade unter den Menschen wird der Sieg der Ungleichheit in aller Deutlichkeit offenbar. Und welch hohen Preis fordert doch dieser Fehler!

Eines Tages jedoch wird diese falsche Vorstellung Erfolg haben, und man wird sie annehmen müssen. Dann werden wir vielleicht eine unvollkommene oder eine unbarmherzige Barmherzigkeit haben; gewiß werden wir aber einen vollkommenen Fehler haben. All dies kann nicht verhindert werden; noch weniger darf man so tun, als könnte man es verhindern. Aus diesem Grund kann ich nicht nach Theben zurück. Deshalb ist Achet-Aton meine Stadt. Damit der Irrtum, den wir liebten, in Erinnerung bleibt: Da er geliebt wurde, wird man ihn wieder begehen; da es ein Irrtum ist, wird er weiteres Leid verursachen. In Wahrheit ist all dies unvermeidlich, denn es ist notwendig.«

Nun wirkten Haremhab und Nacht verwirrt durch meine Worte. Sie schwiegen, vielleicht fragten sie sich beunruhigt, ob nicht ein wenig Wahnsinn darin läge. Ich wünschte mir, Amenhotep wäre da, denn sicher hätten sie sich bei ihrem Urteil nach seinem Gesichtsausdruck gerichtet.

Nach einer langen Pause der Stille, in der jeder von uns den gleichen Gedanken nachhing, nahmen wir Abschied voneinander, als der Mond schon verblaßte.

19. Tag des Monats Choiak

Heute früh kam die längst gefürchtete Meldung vom hethitischen Angriff im Retschenu. Byblos, Berut und Jurusalim werden belagert. Durch große Truppenbewegungen in Richtung Süden wurden die Verbindungen zu diesen Städten abgeschnitten, und die zu den übrigen Zentren sind zunehmend gefährdet.

Es wurde auch die Ankunft weiterer berittener Boten angekündigt, die uns auf dem laufenden halten sollen.

Nach Sonnenaufgang fand sich Haremhab bei mir ein, um die Lage zu besprechen. Er erklärte mir, daß er noch heute mit dem Heer aufbrechen wird, das Nacht in Achet-Aton aufgestellt hat.

Während er mir gerade versicherte, die Städte seien auf die Belagerung gut vorbereitet und sein Stellvertreter May bestens über seine Aufgabe unterrichtet, traf eine neue Botschaft ein. Als wir das Absendedatum lasen, bewunderten wir die Schnelligkeit, mit der sie uns erreicht hatte. Doch als Haremhab zu lesen begann, wurde er bleich und mußte sich hinsetzen. Er ließ den Boten hereinrufen und reichte mir wortlos die Meldung. Und ich las:

»Von May, dem Führer des östlichen Heeres, an Haremhab, den Oberbefehlshaber der ägyptischen Streitkräfte.
Unglaublicher feindlicher Schachzug bewirkte die völlige Vernichtung der Streitwagenabteilung ›Nofretete‹. Der Überbringer dieser Botschaft wird dich über das Geschehen informieren, er ist der einzige Überlebende der Abteilung.

Stark geschwächt durch den unerwarteten Verlust bin ich auf dem Rückzug nach Süden, wie geplant.«

Beim Lesen fühlte ich einen schmerzlichen Stich im Magen, und mir wurde klar, wie unerbittlich mich das Schicksal verfolgt. Doch gleichzeitig, als wolle mein Geist sich weigern, diese Macht anzuerkennen, stieg eine süße Erinnerung in mir auf: Ein Bild von jenem Tag, an dem die jungen Krieger ihre neue Abteilung nach mir benannt hatten, um ihre Liebe für mich und den Aton zu bezeugen. Damals hatte ich die Farben gewählt, ihrer Vorführung beigewohnt und die Goldkartuschen mit meinem Namen verteilt.

Wieder sah ich das knabenhafte Gesicht vor mir, das im Namen aller Kameraden gesprochen hatte, und der Name Thuer war auf meinen Lippen.

Doch Haremhabs Stimme holte mich jäh in die Gegenwart zurück. Er sprach in einem Ton, den ich bei ihm nie erwartet hätte:

»Ach, ihr Götter Ägyptens! Welche Katastrophe!« rief er gequält und fassungslos. »Jene Abteilung war die Hauptstütze unserer Verteidigung! An Geschicklichkeit und Stärke übertraf sie mindestens drei feindliche Abteilungen, sie war unvergleichlich schnell, begeisterungsfähig und diszipliniert. Nun kann unsere große, zahlenmäßige Unterlegenheit durch nichts mehr wettgemacht werden. Wie konnte so etwas überhaupt geschehen?«

Der Überbringer der Botschaft, der einzige Überlebende der vernichteten Abteilung kniete vor uns: Seine Stirn berührte den Boden, doch er sah eher erschöpft aus denn als um Ehrerbietung bemüht, staubig, mit struppigem Bart und blutverkrustetem Haar. Um den Hals trug er einen schmutzigen, blutbefleckten Verband, und er hatte zahlreiche Schrammen und blaue Flecken am ganzen Körper. Ich kam Haremhab zuvor und hieß ihn aufstehen und auf einem Sitz Platz nehmen, winkte die Diener heran und befahl, Getränke für ihn zu bringen.

Unverzüglich wurde ihm ein Tablett vorgesetzt, darauf ein großer Becher und Krüge voller Wein, Wasser, Milch und Bier. Mit unsicheren Gesten goß er sich Wasser ein und trank gierig. Er rutschte unbehaglich am Rand seines Sitzes hin und her, und seine unruhigen Augen verrieten, wie unangenehm es ihm war, vor der Königin und dem Oberbefehlshaber der Streitkräfte sitzenzubleiben.

»Beruhige dich, Krieger, und sage mir deinen Namen.«

»Ich heiße Psammi und war Wagenführer in deiner Abteilung, meine Königin.«

Um seine Erregung zu mildern, fragte ich beschwichtigend:

»Sage: Kanntest du einen Mann namens Thuer? Oder war er bereits Offizier geworden?«

»Thuer, meine Königin, war seit einem Jahr unser Kommandant ... ich sah mit eigenen Augen, wie er starb ...«

»Erzähle uns doch, was sich zugetragen hat«, unterbrach ihn Haremhab ungeduldig. »Sprich ruhig und genau.«

»Wir befanden uns etwa vier Iteru westlich von Jurusalim und hatten unser Lager in einer kleinen Oase aufgeschlagen. General May befahl uns, einige Fußtruppen im Auge zu behalten, die sich aus unerklärlichen Gründen ungefähr drei Iteru südlich von unserem Lager, also hinter uns, aufhielten. Wir dachten, daß sie uns möglicherweise nicht bemerkt hätten. Oder daß sie wahrscheinlich versuchen wollten, uns nachts anzugreifen, wenn die Pferde nicht angespannt waren. Also erhielten wir den Befehl, mindestens die Hälfte der Wagen immer einsatzbereit zu halten und die Wache zu verstärken. Da sich die allgemeine Lage verschärfte und die bedrohlichen Absichten der Hethiter immer offensichtlicher wurden, erklärte May, wir müßten bei den ersten Anzeichen eines feindlichen Angriffs das Lager erstürmen und zerstören.«

»War euch während der Erkundungen irgend etwas Merkwürdiges aufgefallen?«

»Ja, Herr. Neben ungefähr sechshundert Fußkrieger befanden sich zahlreiche Saumtiere im Lager, und auch vier Pferde mit ganz ungewöhnlichem Sattelzeug: Es war eine Art große Decke, die über dem Hinterteil und an den Seiten fast bis zum Boden reichte. Manche von uns behaupteten, es handle sich um riesige Wassersäcke, andere hatten dafür die merkwürdigsten Erklärungen. Als Thuer davon erfuhr, zeigte er sich jedoch unbesorgt und erklärte, es könne sich jedenfalls um nichts handeln, was unseren Ansturm auf irgendeine Weise beeinträchtigen würde.«

»Und dann?«

»Am Morgen nach dem Tag, an dem die Hethiter mit der Belagerung unserer Städte begonnen hatten, beschloß unser Kommandant, den Gegner anzugreifen. Im ersten Morgengrauen stießen wir zu, als sie gerade in Richtung Norden aufbrechen wollten. Das Feld war für einen Ansturm vom Osten und von Westen ideal; und Thuer teilte uns auf, um zwei Flügel zu je zwanzig Wagen zu bilden. So stürmten wir von beiden Seiten aufeinander zu, wie bei einer vorbildlichen Übung.«

Psammi fuhr sich plötzlich mit den Händen über die Augen, und ich sah Tränen über sein Gesicht laufen. Auf eine ungeduldige Geste Haremhabs hin fuhr er aber mit zitternder Stimme fort:

»Verzeih mir, Herr, es ist die Wut ...«, entfuhr es ihm, und dieses Wort klang wie ein Schluchzer und ein Aufschrei, »die Wut ... weil wir den Sieg in der Hand hatten ... und plötzlich tauchten zwei Reiter zwischen uns und ihnen auf: Einer von rechts, der andere von links ritten sie quer über das Feld, bis sich ihre Wege kreuzten. In diesem Augenblick wurden unsere Pferde wahnsinnig. Ich fühlte, wie die Zügel in meiner Hand nutzlos wurden: Die Pferde rannten in Windeseile hinter den hethitischen Reitern her, und nichts konnte sie aufhalten. Einer meiner Wagengefährten schrie: ›Es sind rossende Stuten!‹ Die ganze Kraft meiner Arme bewirkte weniger als die Berührung eines Kindes, die Rösser waren wie Ungeheuer, die sich nicht mehr halten ließen, obwohl ich sie anbrüllte, so laut ich konnte.

Es waren die zwei feindlichen Reiter, die uns durch ihre besessenen Stuten, jene Ausgeburten des Seth, geschickt lenkten. Und schon zogen zwei weitere Reiter die Streitwagen des anderen Flügels auf sich, so daß die Wagen, die wegen der überhöhten Geschwindigkeit noch nicht umgekippt waren, mit den von vorne oder seitlich stürmenden Fahrzeugen der Kameraden zusammenprallten.

Es folgte ein unbeschreibliches Gemetzel: Viele Pferde stürzten, und von unbändigem Ungestüm zu den Stuten getrieben, versuchten sie rasend, wieder aufzustehen, was in unseren Reihen noch größere Unordnung verursachte; andere schleiften die umgekippten Wagen mit sämtlicher Mannschaft hinter sich her; einige wurden von den Hethitern abgeschlachtet, damit sie kein Durcheinander in deren eigenen Reihen hervorriefen. Alle unsere Männer wurden von den Wagen geschleudert, und auf jeden von ihnen warteten mindestens fünf Hethiter. Ich sah, wie Thuer beim Fallen den Helm verlor und wie sein Schädel durch einen Keulenschlag zertrümmert wurde. Mein Wagen zerschellte an einem anderen, und ich blieb eingekeilt unter einem Haufen zerbrochener Teile liegen. Während meine Kameraden getötet wurden, lag ich blutüberströmt und am Hals verwundet halbverdeckt unter dem Wagen und hörte die Schreie der hingemetzelten Freunde, bis ich die Besinnung verlor.

Ich weiß nicht, nach wie langer Zeit ich wieder zu mir kam, aber die Sonne stand hoch am Himmel, und die Hitze war unerträglich. Ich vernahm wieder die Stimmen und den Siegesgesang der Hethiter, in einiger Entfernung hörte ich Krieger auf dem Schlachtfeld hin- und hergehen, um aus den Resten der Wagen und von den Leichen alles zu holen, was von einigem Wert sein konnte. Allmählich entfernten sich die Stimmen, und ich blieb weiter liegen bis nach Sonnenuntergang. Ich glaubte vor Durst zu sterben, aber erst als es dunkel wurde, wagte ich mich zu rühren. Die Göttin Sachmet zeigte sich nun versöhnlich, denn in derselben Nacht stieß ich bald auf unser Heer, das sich in Richtung Süden bewegte.«

Psammi verstummte, und Haremhab und ich sahen uns endlich in die Augen. Keiner konnte auch nur ein Wort sagen. Er dachte an Ägypten, meine Gedanken aber hingen merkwürdigerweise nur an dem Mann, der hier vor mir saß. Ich befahl einer Sklavin, den Soldaten zu waschen und zu pflegen, Speisen und Kleidung herzurichten und ihn ruhen zu lassen, während seine Wunden von einem Arzt versorgt werden.

Die Sklavin eilte aus dem Zimmer, Psammi jedoch rührte sich nicht und sah zu Haremhab auf.

Da sprach der ihn an:

»Ich könnte dich gut gebrauchen; wärest du in der Lage, mit mir heute nacht aufzubrechen?«

»Gewiß, Herr.«

»Dann gehe jetzt, dich auszuruhen, Wagenführer.«

Er verbeugte sich schon, da trat ich zu ihm:

»Warte, Psammi.« Ich legte meine Hand auf das Leinengewand, auf dem die orangefarbenen und gelben Streifen noch zu erkennen waren, und sagte:

»Wenn du es ablegst, wirf dieses Kleidungsstück nicht weg, bewahre es, so wie es ist, blutverschmiert, für mich auf. Es wird für mich ein altes und neues Andenken sein.«

»In diesem Fall hoffe ich, dies behalten zu dürfen«, antwortete er und zog die Kette heraus, an der die goldene Kartusche mit meinem Namen hing. Er hielt sie mir hin:

»Es ist die einzige, die uns geblieben ist«, erklärte er. »Alle anderen sind jetzt Trophäen in den Händen der Hethiter.«

»Das macht nichts«, antwortete ich. »Jetzt bist also du die Abteilung Nofretete.« Und ich hängte ihm die Kette wieder um den Hals.

Er fiel auf die Knie und sagte:

»Ich war jung, als du sie mir schenktest.«

Ich legte eine Hand auf seinen blutverkrusteten Kopf und antwortete:

»Ich auch, Wagenführer.«

Um Mittag kamen Haremhab und Nacht wieder zu mir. Lange sprachen wir über die überraschende List der Hethiter auf dem Schlachtfeld und die Probleme, die sie für uns aufwirft.

Wir erörterten die Möglichkeit, bei unseren Streitwagenabteilungen ausschließlich Stuten zu verwenden oder alle Hengste sofort kastrieren zu lassen. Diese Maßnahmen sind allerdings alles andere als leicht und schnell durchzuführen und nicht ganz unbedenklich. Und wir erwogen die Möglichkeit, ebenfalls rossende Stuten gegen den Feind einzusetzen.

Nacht schien besonders besorgt um diese Frage des Pferdegeschlechts, anders als Haremhab, der das Thema beiseite schob mit der Bemerkung:

»Wir werden nach und nach versuchen, das Problem zu lösen; ich glaube übrigens nicht, daß sich der Erfolg einer solchen List leicht wiederholen läßt.«

Anschließend kamen wir schnell darin überein, Nacht unverzüglich auf diplomatische Reise nach Babylon und Assyrien zu entsenden, um ein sofortiges Einschreiten unserer Verbündeten gegen die hethitische Großmacht zu fordern. Ich verfaßte die Beglaubigungsschreiben, und wir setzten sein Geleit und die Geschenke, die er mitnehmen wird, fest; weiter die politische Linie und die Ziele, die wir damit verfolgen. Es ist sicher keine leichte Aufgabe für Nacht, von heute auf morgen den Diplomaten zu spielen und anstelle von Amenhotep aufzutreten, der immer der geschickteste und bei unseren östlichen Nachbarn willkommenste Gesprächspartner war.

Besser wäre es in der Tat, abzuwarten, bis Amenhotep wieder hier ist. Aber der Überfall der Hethiter macht die Lage so dramatisch und dringend, daß wir uns keine Verzögerung mehr leisten können.

Am Schluß dieses endlosen Gesprächs nahm ich also Abschied von Nacht und wünschte ihm guten Erfolg für seine Mission.

Wie Haremhab zeigt sich auch Nacht unerschrocken und selbstsicher. Und doch steigt die Angst in mir auf, und ich fürchte, daß all unser Tun zu spät und unzulänglich ist. Noch gelingt es mir, mein Gefühl zu verbergen und die Ruhe zu zeigen, die eine Königin unter jeden Umständen, auch in der Gefahr, bewahren muß.

Es war auch von den Truppen die Rede, die Nacht in letzter Zeit hier in Achet-Aton vorzubereiten versucht hatte: an die tausend Krieger zu Fuß, etwa dreißig Streitwagen mit den dazugehörigen Mannschaften und ungefähr fünfzig berittene Boten, allesamt nur unvollkommen ausgebildet.

Es sind fast alles Arbeiter, die zu Kriegern gemacht wurden und morgen mit Haremhab zur schwierigen Verteidigung der Grenzen ausziehen werden.

Sie werden sich unserem östlichen Heer anschließen, das zur Zeit aus nicht mehr als viertausend Mann und zwei Streitwagenabteilungen besteht. Sehr wenig im Vergleich zu den fünfzehntausend Mann und den zehn Streitwagenabteilungen, die Schuppiluliuma laut Haremhabs Ansicht gegen uns einsetzt.

Wir überlegten, von den westlichen und südlichen Grenzen die dort stationierten Männer abzuziehen, kamen aber zu dem

Schluß, daß dies fast wie eine Einladung an die Libyer wäre, sich auf unserem Gebiet breitzumachen und das Land zu verwüsten und noch ärmer zu machen, als es durch die örtlichen Kleinkriege und die erneut schlechte Ernte ohnehin schon ist.

Ich sah sehr wohl, wie der arme Haremhab nach Kriegern hungert, deshalb beschloß ich, ihm mindestens fünfzig der fünfundsiebzig Krieger zur Verfügung zu stellen, die als Wachen hier im Palast geblieben sind. Ich erklärte, fünfundzwanzig Männer unter Philaes Führung reichten zu meinem Schutz völlig aus. Haremhab nahm das Angebot gerne an, denn es sind, wie er sagte, im Nahkampf ausgezeichnet ausgebildete Männer, die ihm sehr nützen werden.

Bevor Nacht ging, streifte ich den schweren goldenen Reif ab, den ich am Arm trug, und legte ihn um sein Handgelenk. In seine Hand legte ich einen Ring mit meinem Siegel und sagte:

»Erkläre jenen Menschen, daß die Welt Ägypten braucht um des Friedens und um des Wohlstands willen. Und daß die Erde ohne Ägypten wäre wie die Wüste ohne den Nil.«

Heute wollte der Tag kein Ende nehmen.

Der letzte Abschied, diesmal von Haremhab, fand eine Stunde vor Sonnenuntergang statt. Er war nicht kurz und nicht leicht, unvergeßlich für die Königin und für die Frau. Scharf wie ein Messerschnitt trennte er jede Verbindung zu einer Welt, die, fürchte ich, für mich für immer vergangen ist.

Echnaton, Teje, Amenhotep, Haremhab, auch May, und jetzt Nacht.

Nur Philae ist mir geblieben, mit der offiziellen Aufgabe, mich zu beschützen, der er treu und diskret wie immer nachkommt.

Haremhab beschrieb mir, was er zu tun gedenkt. Gemäß seinem bereits feststehenden Plan wird er sich nach Süden und ins Delta zurückziehen. Er wird die offensichtliche Unterlegenheit seines Heeres zur Schau stellen, um die Hethiter ins Sinaigebiet zu locken, wo sie wohl auf einen leichten und endgültigen Sieg hoffen. Dagegen wird es für Haremhabs Soldaten ein leichtes sein, sich in der Gegend frei zu bewegen, sich zu verstecken und mit neuen Vorräten einzudecken: Seit geraumer Zeit hat man nämlich damit begonnen, große Mengen von Wasser, Lebensmitteln und Futter an geheimen Orten einzugraben. Kleinere Überfallkommandos sollen von den Bergen in die Täler und ins Küstengebiet vordringen und die Lieferungen für das feindliche Heer abfangen, vor allem das Wasser: Damit werden den Hethitern sowohl das Vorrücken ins Delta wie auch der Rückzug nach Norden erschwert.

»Könnte nicht auch vom Meer her Gefahr drohen?« fragte ich.

»Richtig«, gab Haremhab zu. »Aber von unseren Flottenstützpunkten im Delta aus werden Schiffe die Sinaiküste überwachen: Sie sind den hethitischen nicht nur zahlenmäßig überlegen. Sollten die feindlichen Schiffe doch nicht aufkreuzen, werden wir Sonderkommandos an Land gehen lassen, die das gegnerische Heer umzingeln und sich den von den Bergen kommenden Einheiten anschließen werden.«

Also ist die Lage in vieler Hinsicht günstiger für uns, als ich dachte. Dies tröstete mich ein wenig, aber ich gab noch etwas zu bedenken:

»Wenn Schuppiluliuma aber merkt, welche Gefahr ihm droht, wird er doch in seiner Bedrängnis ins Delta vorwärtsstürmen, um sich dort Wasser – und den Sieg zu sichern.«

»Und dort werden wir mit sämtlichen Kräften, die uns zur Verfügung stehen, auf ihn warten. Vorher aber werde ich mein Bestes tun, um bei ihm den Eindruck zu erwecken, der größte Teil unseres Heeres befände sich in seinem Rücken, auf dem Sinai. Wenn er fürchten muß, zwischen zwei Fronten zu geraten, wird er den Schritt vielleicht nicht wagen. Einen Vorteil haben wir ihm gegenüber.«

»Welchen?« fragte ich neugierig.

»Daß er sich unsere Schwäche gar nicht vorstellen kann.«

»Ein seltsamer Vorteil!« entgegnete ich mit einem bitteren Lächeln.

»Im Krieg geschehen oft seltsame Dinge, und auch die Logik wird seltsam und hört auf, logisch zu sein. Eine wichtige Rolle spielt natürlich auch das Glück: das, was sich die Götter für die Menschen ausdenken.«

Er sah mich lächelnd an und fuhr fort: »In jüngster Vergangenheit hat man Ägypten wie ein Lamm betrachtet, das es dem Gott Aton zu opfern galt. Jetzt wäre es an diesem Gott, uns seine Gunst zu erweisen.«

»Ich werde zu ihm beten«, sagte ich.

»Dann frage ihn, ob er für die Rettung Ägyptens das Leben von General Haremhab haben möchte. Aber ich glaube nicht, daß er darauf eingehen wird: Zuviel hat man ihm in der Vergangenheit versprochen, als daß er sich jetzt mit so wenig zufriedengäbe.«

Ich sah ihm fest in die Augen und erwiderte:

»So wenig wäre das nicht.«

Da sprang er plötzlich auf und nahm mich in die Arme, er drückte mich an sich, und ich fühlte nur noch seine Finger an meinem Nacken und seine Zunge in meinem Mund und seine Zähne gegen meine Lippen wie ein glühendes Feuer.

Genauso jäh ließ er mich wieder los und murmelte:

»Verzeih mir ...«

Ich kämpfte mit den Tränen und spürte ein großes Verlangen, ihn zu ohrfeigen und ihm um den Hals zu fallen. Aber ich tat gar nichts, statt dessen sagte ich atemlos:

»Sei doch nicht wie die Hengste in Jurusalim ...«, und ich lachte und weinte zugleich, und er sah mich überrascht an und lachte dann mit mir. Wieder ernst, sagte ich nun zu ihm:

»Rette Ägypten, Haremhab. Rette es jetzt und auch in Zukunft ... wenn du der Pharao sein wirst.«

»Ich werde alles dafür tun. Aber ich möchte nur Pharao werden, indem ich eine Königin heirate.«

»Nein, du wirst es ohne mich werden. Und du wirst ein guter Pharao sein, denn du besitzt die nötige Größe und ziehst die Weisheit der Dinge der der Ideen vor.«

Ich zögerte einen Augenblick, als wolle ich noch etwas hinzufügen. Doch dann sagte ich nur:

»Leb wohl, mein General.«

Und langsam flüsterte er:

»Auf Wiedersehen, meine Königin.«

26. Tag des Monats Choiak

Immer noch keine Nachricht von Amenhotep. Was die Lage an der nördlichen Front angeht, traf eine einzige Meldung wenige Stunden nach Haremhabs Abreise ein. May berichtete, er habe an der Sinaiküste eine ägyptische Karawane abgefangen, die, wie es sich herausstellte, aus Priestern des Amun bestand. Sie kamen von Norden mit einer Lieferung hethitischer Waffen, die für die Aufständischen im Delta bestimmt waren. Mays Botschaft, die ich sofort an Amenhotep weiterschickte, endete mit dem Hinweis, die Waffen seien für unser Heer beschlagnahmt und sämtliche Karawanenmitglieder enthauptet worden.

Obwohl ich jede Bluttat verabscheue, konnte ich Mays Vorgehen nicht tadeln. Es ist mir unbegreiflich, wie sich ein Bürger Ägyptens, um seine politischen Ziele zu erreichen, mit dem Feind verbünden kann. Diese Nachricht machte mich in zweifacher Hinsicht betroffen und verschärfte die Trauer, die mein Herz in letzter Zeit zunehmend bedrückt.

Heute nacht hatte ich einen schrecklichen Traum.

Ich stand vor Amenophis, dem Vater Echnatons, und zwischen uns lag der nackte Körper meiner Tochter Meritaton. In ihrem Nacken steckte die Spitze eines hethitischen Eisendolches.

Amenophis verlangte von mir, daß ich den Dolch tiefer hineinstoße, und um mich dazu zu bewegen, drückte er kräftig meine Hand, so wie er es im Sterben getan hatte, und zärtlich lächelnd wiederholte er jenen letzten Satz, den er damals nicht hatte zu Ende sprechen können. »Nur Ägypten zählt«, sagte er.

Von dieser Wahrheit überzeugt und doch mit einem schmerzlichen Aufschrei, drückte ich die ganze Klinge in den zarten Hals hinein, der Körper zuckte und drehte sich auf den Rücken, wandte das Gesicht zu mir, und ich sah, daß es nicht Meritaton war. Es war das geschwollene und entstellte Gesicht des toten Semenchkare. Ich schrie laut und versuchte meine Hand frei zu machen, wachte auf und sah, daß es mir tätsächlich gelungen war, sie den Händen Thutmosis' zu entziehen. Er sprach beschwichtigend zu mir:

»Ich bin es, Nofretete. Es ist alles gut ...« Er nahm mich zärtlich in die Arme, doch ich machte mich auch von seiner Umarmung los. Ich saß auf dem Bett und schüttelte wortlos den Kopf, während er lächelnd wiederholte:

»Es ist nichts geschehen ...«

Ich aber schüttelte weiter den Kopf und entgegnete mit erstickter Stimme:

»Ach Thutmosis! Es ist nicht wahr. Es sind so viele Dinge geschehen ...«

Seit einigen Tagen hat Thutmosis freien Zutritt zu meinen Gemächern, und er besucht mich oft und bleibt manchmal die ganze Nacht bei mir. Seit dem Tod Echnatons und nachdem alle Bauarbeiter zu Kriegern ausgebildet und von Haremhab eingezogen wurden, liegen die Baustellen in Achet-Aton still; Thutmosis hat keine Aufträge mehr, und er widmet sich ganz einer Statue, die mich in Lebensgröße auf dem Thron sitzend darstellt. Die Insignien des Pharaos kreuzen sich auf meiner Brust, und auf meinem Kopf ragt ein dreifacher Uräus empor: der Geierkopf als Zeichen der Gewalt über Oberägypten, die Schlange Unterägyptens und eine kleinere, nur uns bekannte Schlange, die den Uräus der Schönheit darstellt.

Mit Ausnahme des Gesichts, das deutlich zu erkennen ist, ist der Rest der Statue nur in Umrissen angedeutet. Wenn ich sie betrachte, erscheinen mir die unvollständigen Formen nicht als der Ausdruck von etwas, das im Entstehen ist und eine künftige Vollkommenheit erahnen läßt, sondern im Gegenteil als etwas, das verfällt und sich von einer längst abgeschlossenen Vergangenheit loslöst.

14. Tag des Monats Tybi

Ich ernannte Philae offiziell zum Nomarchen Achet-Atons und zum Befehlshaber meiner Leibgarde.

Die Zeremonie gestaltete sich bei weitem nicht so feierlich, wie es zu anderen Zeiten der Fall gewesen wäre, aber ich achtete darauf, ihm die Ernennung in der Amtssprache bekanntzugeben und begleitete sie mit der entsprechenden Papyrusrolle, die einer der im Haus des Lebens noch verbliebenen Schreiber auf mein Geheiß gefertigt hatte.

Diese Auszeichnung traf ihn unvorbereitet, denn im allgemeinen setzt sie zumindest den Stand eines Schreibers voraus, den Philae nicht besitzt. In dem Schreiben hob ich jedoch seine Klugheit und Bildung hervor, seine selbstlose Treue, seinen Mut, seine Ehrlichkeit und seinen festen Charakter. Während ich ihm meinen kostbarsten Halsbehang umhängte, sagte ich zu ihm:

»Nimm dies als Zeichen deines Amtes und meiner Dankbarkeit, da ich in Abwesenheit der zuständigen Beamten nicht über das vorschriftsmäßige Abzeichen verfüge.«

Sein Gesicht verriet die Aufregung einer jungen Braut, und er fiel vor mir auf die Knie wie vor einer göttlichen Erscheinung.

15. Jahr des Horus Echnaton

21. Tag des Monats Tybi

Heute erhielt ich ein Gesuch von den Musik- und Tanzschulen: Angesichts der gegenwärtigen Trauerzeit, die jede musische Tätigkeit verbietet, bat man mich um die Erlaubnis, die Mitglieder der Anstalten vorläufig zu ihren Familien zurückzuschicken.

Ich erteilte die Genehmigung und ließ Ibu wissen, es würde mich freuen, wenn auch er nach Theben zurückkehre und am dortigen Hof meine Töchter in Musik unterrichte. Er nahm den Vorschlag gerne an und kam gleich, um mir seine Ehrerbietung zu erweisen. Ich gab Anweisung, daß einige Schüler ihn auf seiner Reise begleiten, und er wird baldmöglichst mit dem Schiff in die alte (oder neue?) Hauptstadt zurückkehren.

4. Tag des Monats Mechir

Ich quälte mich, weil keine Meldung aus dem Süden eintraf und konnte mir Amenhoteps Schweigen nicht erklären.

Jetzt wurde mir der Grund klar: Die Straßen zwischen Theben und hier sind äußerst unsicher, ein von Amenhotep gesandter berittener Bote wurde unterwegs von aufständischen Amunanhängern erkannt und festgenommen, man nahm ihm das Pferd und die Botschaft ab und mißhandelte ihn. Ein zweiter verschwand auf unerklärte Weise, man nimmt an, daß er ermordet wurde, obwohl seine Leiche noch nicht gefunden wurde.

All dies erfuhr ich von einem dritten, soeben eingetroffenen Boten. Er konnte mit Mühe und Not seinen Verfolgern entkommen, die ihn wenige Iteru von hier entfernt überfallen hatten: Er warf sich mit seinem Pferd in den Nil und konnte so sein Leben und die Botschaft retten.

Amenhotep schreibt:

»Fast nichts hat sich gegenüber meinem letzten Bericht geändert. Ptahmosis tut alles, um die Verhandlungen in die Länge zu ziehen, offenbar wartet er, wie der Krieg gegen seine hethitischen Freunde, auf deren Seite er offensichtlich ist, ausgehen wird. Diese Haltung, die ihm die Unterstützung Schuppiluliumas einbrachte (Mays Meldungen bestätigen dies), schadete ihm jedoch auch, denn zumindest hier in Theben hat er beim Volk bereits viel an Zustimmung eingebüßt. Unabhängig von allen religiösen Vorstellungen, die man haben mag, ist dieser Mensch nichts als ein Verräter, und als solchen müßte man ihn festnehmen und hinrichten. Dennoch beging May einen großen Fehler, als er die Priester der abgefangenen Karawane sofort enthaupten und die Waffen unter seinen Leuten verteilen ließ: Denn sowohl die einen wie die anderen waren der Beweis für Ptahmosis' Verbrechen. Wenn ich sie zur Verfügung gehabt hätte, wäre es möglich gewesen, ihn festzunehmen und im Eilverfahren abzuurteilen, solange in Theben noch ein Anschein von öffentlicher Ordnung vorhanden ist und wir auf die Unterstützung eines nicht unbedeutenden und sehr treuen Militärstandorts rechnen können. Auf der anderen Seite steht allerdings die zahlreiche Schar der Amun-Wächter.

Auch darf man nicht vergessen, daß andere Städte wie Nubt und Tentyris fest in der Hand der Aufständischen sind; daß in den übrigen Städten sich staatstreue Streitkräfte und Aufständische die Waage halten; und schließlich, daß die Tempel und Symbole des Aton fast überall geschändet oder gar zerstört wurden.

Ich kann es kaum erwarten, daß Tutanchamun den Thron besteigt: Dies wird das Volk und das Heer von der Ungewißheit befreien, die sie bedrückt, seitdem sie ohne die Führung des Pharaos sind.
Ich werde Dir sobald wie möglich weitere Nachricht zukommen lassen. Inzwischen verbeuge ich mich vor Deiner Majestät, gute und weise Königin.«

Zusammen mit diesem Schreiben kam ein Brief von Meritaton: Sie schreibt, auch im Namen ihrer Schwestern, daß sie große Sehnsucht nach mir haben, und fragt, ob wir uns bald wiedersehen werden.

Ich schickte Amenhotep folgende Antwort:

»Großer Amenhotep, Du mußt wissen, daß nur der dritte Deiner Boten bis zu mir kam, nachdem er sich geschickt vor dem Überfall einiger Aufständischer retten konnte. Dein erster Bote wurde seines Pferdes und des ihm anvertrauten Schreibens beraubt und übel zugerichtet, der andere gilt als verschollen.
Diese Unsicherheit unserer Verbindungswege ist vielleicht der Grund, warum May beschloß, selbst zu handeln und nicht erst die Gefangenen und die belastenden Beweise nach Theben zu schicken. Ich kann also nur hoffen, daß dieser Brief Dich überhaupt erreicht: Ich werde dem Boten eine entsprechende Tarnung für unterwegs nahelegen.
Ich halte mich nicht für eine gute und weise Königin, wie Du sagst. Wäre ich dies, dann wäre ich schon längst nach Theben umgezogen und würde versuchen, durch meine Anwesenheit den Mangel an königlicher Autorität wettzumachen, von dem Du sprichst und der den Geist unserer Bürger und Soldaten verwirrt.
Wenn ich aber hiergeblieben bin, an diesem Ort, der schon aufgehört hat, eine Hauptstadt zu sein und vielleicht bald keine Stadt mehr sein wird; wenn ich bereit war, in den Schatten zu treten und bei den Ägyptern bald in Vergessenheit zu geraten oder, noch schlimmer, nur noch wegen mei-

ner Fehler in Erinnerung zu bleiben; wenn ich beschlossen habe, meine Töchter in einer schwierigen Stunde zu verlassen und mich von fast allen Menschen zu trennen, die ich liebe; wenn all dies geschehen konnte, so war es deshalb, weil ich, statt eine Königin zu sein, die ihren Aufgaben dem Volk gegenüber nachkommt, es vorgezogen habe, die Verfechterin eines Ideals der Liebe zu sein, die die ganze Welt umfaßt.
Alle betrachten Echnaton als einen Pharao, der aus willkürlicher Leidenschaft für eine Idee dem Land Schaden zugefügt hat. Das Schicksal hat ihn verfolgt und grausam entstellt, und schon beginnen seine Untertanen, sein Bild und seinen Namen überall auszulöschen, denn er wird keinen bewundernden Nachruf seitens der Nachkommen erfahren. Doch sein Ideal war ein Traum von unvergleichlicher Größe.
Aton ist ›Gott‹, denn er ist der einzige Gott, der FRIEDEN, GLEICHHEIT und dadurch BARMHERZIGKEIT verficht. Ob diese Dinge nur leere Worte sind oder nicht, kann ich heute, wenn ich ehrlich bin, nicht mit Sicherheit sagen. Also bin ich nicht sicher, ob ich mich für die richtige Idee entschieden habe, das heißt diejenige, die von einer wahrhaft hohen Intelligenz zeugt. Ich fürchte im Gegenteil, daß ich Wörtern Gestalt gegeben habe, die wunderschön klingen, aber trügerisch sind, wie alle Wörter, die den bösen Zauber ausüben.
Wenn es aber kein Wahnsinn ist, einen Traum wachzuhalten, der die Menschen ohne Zweifel wieder heimsuchen wird – dann will ich hierbleiben, um dies zu tun und meines Gemahls, des Pharaos Echnaton, zu gedenken.
Und sollte jemand es nicht begreifen oder sich über meine Abwesenheit wundern, und sei es auch eine meiner Töchter, einer meiner Soldaten, oder das ganze Volk von Theben und von Ägypten: Erkläre Du ihnen mein Handeln, ich bitte Dich.«

Vor einigen Tagen ging ich zu den Stallungen und war betrübt über den trostlosen Anblick. Da Haremhab fast alle Pferde und kampftüchtigen Männer requiriert hat, ist der Ort nun so gut wie verlassen. Selbst der alte Juja ist gegangen: Er ist nach Theben zurückgekehrt, ohne mich davon zu unterrichten und sich zu verabschieden. Zu anderen Zeiten wäre ein solches Benehmen gegenüber der Königin schlicht undenkbar gewesen.

Philae begleitete mich zu Isi und Osi, die zusammen mit seinen beiden Pferden in einem abgelegenen Raum des riesigen Gebäudes nun als einzige übriggeblieben sind.

»Ich habe sie hier untergebracht und komme jeden Tag, um sie zu versorgen.«

»Mußt du das tun, Philae? Haben wir denn nicht einmal mehr einen Sklaven, der das übernehmen kann?«

»Nicht hier in den Stallungen. Und die Sklaven, die noch im Palast sind, verstehen sich nicht auf Pferde.«

Ich bat ihn, mich zum Grab des Pharaos zu begleiten. Wir spannten die Pferde an und fuhren mit unseren Wagen im Galopp durch die Wüste bis nach Hatnub. Hier traf ich Bak, der mit einer Handvoll Gehilfen die letzten Nachbesserungen am Grabmal Echnatons vornahm.

Er schien sehr erfreut, mich zu sehen, und bot wie immer respektvoll an, mir alles zu zeigen, was ich jedoch ablehnte. Da versicherte er mir, daß alles fertig und in bester Ordnung sein wird, wenn in zehn Tagen die Bestattung vollzogen wird.

Ich bedankte mich und wollte mich verabschieden, als er mir sagte, mein Gebet an Aton, das Gebet vom Uräus der Schönheit, sei auf die Innenseite meines Sarkophages geschrieben worden. Er zögerte und wollte offenbar noch etwas hinzufügen. Ich ermutigte ihn dazu, und er erklärte:

»Es ist das schönste Gebet, das ich jemals gehört habe.«

»Danke, Bak. Wenn du es wünschst, darfst du es auf deinen Sarkophag schreiben lassen.«

Vor Freude rang er die Hände und rief aus:

»Wirklich?«

»Gewiß, niemand verdient es mehr.«

Während ich nach unserer Rückkehr Philae half, die Pferde zu versorgen, fragte ich ihn:

»Wer verwaltet nun die königlichen Besitztümer in Achet-Aton?«

»Ich selbst, meine Königin.«

»Dann bitte ich dich, dafür zu sorgen, daß Bak und seine Leute am Tag der Bestattung des Pharaos sofort ihren Lohn erhalten. Und gib ihnen das Dreifache des festgesetzten Betrages.«

Bevor wir uns trennten, bat mich Philae, nicht allein durch die Stadt zu gehen, und als ich ihn nach dem Grund fragte, antwortete er:

»Es wurden verdächtige Menschen beobachtet, kleine Diebe, die die verlassenen Häuser plündern. Aber es ist nicht auszuschließen, daß bald die Anhänger des Amun mit ganz anderen Absichten hier auftauchen. Ich habe nur fünfundzwanzig Männer, um alles zu überwachen, und fürchte, daß ich es nicht schaffe.«

»Wir müssen das Mögliche tun, Philae. Aber dein Mögliches ist wirklich schon sehr viel, und ich bin dir dankbar dafür.«

22. Tag des Monats Mechir

Mitten in der Nacht auf der Terrasse, eine leichte Brise wehte von Norden her und trug den süßen Geruch vom Nil heran.

Thutmosis und ich betrachteten das Leuchten der Sterne am Himmel. Von jenseits des Flusses klang dann und wann Hundegebell herüber, sonst herrschte überall eine tiefe, fast unnatürliche Stille. In der Dunkelheit suchten wir uns mit den Augen, als wolle sich jeder des anderen vergewissern, und des Ortes und des Augenblicks. Mehrmals setzten wir an zu sprechen, und jedes Mal zogen wir es vor zu schweigen.

Ich hatte das Gefühl, daß jedes Wort und jede Geste unangebracht gewesen wären und den Zauber zerstören würden.

Der Sternenhimmel über uns war wie ein weites Meer, in dem sich jede Angst auflöste und ihre beklemmende Macht verlor.

Ich konnte nicht anders, als mich vor der Größe der Natur, die, sobald man sie wahrnimmt, das Herz beunruhigt oder tröstet, zu ergeben: Sie bot mir keinen Schutz, ließ mich aber als einen Teil des Ganzen und weniger einsam fühlen.

Doch plötzlich kam Thutmosis näher, nahm mich in die Arme und legte mich neben sich auf den Teppich. Er flüsterte mir Liebesworte ins Ohr, ich aber legte meinen Finger auf seinen Mund und sagte:

»Schweige, ich bitte dich ...«.

In der Dunkelheit trafen seine Lippen auf eine Träne, die neben meinem Mund herabrollte.

»Warum weinst du?«

»Ich weiß nicht ...«

Ich schloß die Augen, und er sagte:

»Weine nicht... es wird mir nie gelingen, Tränen zu meißeln ...«

Mit einem Lächeln entgegnete ich:

»Es ist wahr! Man hat noch nie eine weinende Statue gesehen.«

Ich öffnete wieder die Augen, aber bevor ich weitersprechen konnte, bemerkte ich hinter ihm einen seltsamen rötlichen Schein am Himmel.

»Thutmosis, was geschieht da drüben?«

Das unverwechselbare Leuchten eines Brandes war plötzlich westlich des Königspalastes, in der Nähe des Nils, zu sehen, und schon stieg eine Rauchwolke hinauf in den dunklen Himmel. Und bald sahen wir die Flammen über den Gipfeln der Palmen immer höher aufflackern.

Wir standen am westlichen Ende der Terrasse und betrachteten machtlos den thriumphierenden Siegeszug des Feuers: Bald waren es lange, vereinzelte Zungen, bald knisternde Bälle, die durch die Luft wirbelten. Das Feuer hatte die Farbe des Goldes, es schien um sich zu greifen, um etwas zu verschlingen, das selbst leuchtete.

»Vielleicht ist ein Schiff im Hafen«, sagte Thutmosis.

»Nicht ›ein‹ Schiff, Thutmosis: es ist ›das‹ Schiff.«

Wenig später, als der Brand schon schwächer zu werden begann, meldete eine Sklavin, der Nomarch von Achet-Aton sei eingetroffen.

Philae trug den leichten kupfernen Panzer, den ich damals in Schedet an ihm gesehen hatte, und all den Schmuck, den er im Laufe der Jahre von mir geschenkt bekommen hatte. Sein Gesicht und seine Arme waren schwarz von Ruß.

Ohne Thutmosis zu beachten verbeugte er sich tief vor mir, und ich kam ihm zuvor und fragte:

»Es war der ›Funkelnde Aton‹, nicht wahr?«

»Ja, meine Königin. Das Schiff wurde absichtlich in Brand gesteckt und konnte nicht gerettet werden, denn die Mannschaft hatte es verlassen, und im Hafen war kein einziger Mann.«

»Du warst beim Bau dieses Schiffes dabei, wenn ich mich recht erinnere.«

»So ist es, meine Königin.«

»Und es stand unter deinem Kommando, nicht wahr?«

»Ich war der Kapitän.«

»Du hast es also geliebt?«

»Selbstverständlich.«

»Auch ich liebte es sehr.«

»Ich weiß.«

Wieder war ein Stück meines Lebens zu Asche geworden, etwas, das ich mit Philae teilte. Und er stand mit entsetztem Gesicht vor mir, um mich daran zu erinnern. Da lächelte ich ihn an und sagte zu ihm:

»Nun, mein guter Philae, wir dürfen niemals vergessen, daß alles, was leuchtet, auch brennen kann.«

Er sah mich überrascht an wegen dieses Wortspiels. Wollte ich ihm damit dieselbe Gleichgültigkeit ans Herz legen, die ich doch nur vortäuschte? Ratlos fragte er:

»Darf man also über die Ereignisse, die uns am schlimmsten treffen, lächeln?«

»Man ›darf‹ nicht nur, Philae: Man muß.«

26. Tag des Monats Mechir

Kein Pharao wurde jemals mit einer so dürftigen und eiligen Totenfeier bestattet wie die, die der Mumie Echnatons bei der Grablegung in den Felsen Hatnubs zuteil wurde.

Es waren ungefähr dreißig Leute anwesend: Die drei Diener des Aton beim hiesigen Tempel, von denen einer die althergebrachte Handlung der Mundöffnung vollzog, ich, Thutmosis, Bak mit sechs Gehilfen, die den Sarg trugen und das Grab versiegelten, Philae, drei Wächter und an die fünfzehn Anhänger aus der landwirtschaftlichen Siedlung westlich vom Nil.

Die Mumie wurde auf einem Wagen befördert, den Bak normalerweise zum Transport des Baumaterials benutzte. Der Trauerzug, der ihn durch die Ebene Hatnubs begleitete, bestand aus meinem und Philaes Wagen und einigen Eseln, auf denen die Bauern ritten. Zu anderen Zeiten hätte man es für die Totenfeier eines Bauaufsehers halten können, nicht einmal die eines Beamten.

Doch so und nicht anders war es heute. Dies wollte Aton für den größten und ergebensten seiner Söhne.

1. Jahr des Horus Tutanchamun

2. Tag des Monats Famenant

Neuigkeiten von Haremhabs Front: Sie riefen bei mir einen Hoffnungsschimmer und ein Lächeln hervor, zumindest als ich folgendes las:

»... Nun ist Schuppiluliuma von Zweifeln gequält. Umzukehren würde für ihn bedeuten, die Niederlage einzugestehen; andererseits wagt er nicht, weiter vorzudringen. Es ist mir gelungen, ihn glauben zu machen, daß ein mächtiges Heer auf dem Sinai nur darauf wartet, ihn von hinten anzufallen, sobald er Anstalten macht, in Richtung Nil zu marschieren. Denn nachts brennen unzählige Feuer an den Hügelhängen gleich hinter der Küste, als lagerten dort Abertausende von Kriegern.

Und tagsüber sehen ihre Aufklärer riesige Staubwolken am Horizont aufsteigen, wie sie nur große Truppenbewegungen verursachen. Und so mancher Spähtrupp kam von seinem Streifzug nicht mehr zurück. Und weiter: Nachts schleichen sich die unseren in die feindlichen Lager, nicht um über Menschen, sondern vor allem über Wasserbehälter herzufallen, während größere Trupps die Karawanen mit Proviantnachschub überfallen und vernichten. Ich glaube, daß sie das Problem der Wasserversorgung bald dazu zwingen wird, einen Entschluß zu fassen: Einige Einheiten mußten deswegen bereits ihre Pferde opfern. Dies bedeutet eine allmäh-

liche Verringerung ihrer Überlegenheit bezüglich der Streitwagen, denn sie verfügen nicht über genügend Wasser für Menschen und Tiere.
Nacht ließ mich wissen, daß er gute Aussichten hat, in Kürze mit einem kleinen Heer von Babylon aus auszurücken, um die belagerten Städte zu befreien. Wenn ihm dieser Streich gelingt, wird Schuppiluliuma sicher beschließen, sich nach Norden zurückzuziehen. In diesem Fall könnten wir sämtliche Kräfte versammeln, alle Standorttruppen des Retschenu gleichzeitig ins Feld schicken und versuchen, das zahlenmäßig überlegene, aber allmählich erschöpfte hethitische Heer zu umzingeln und zu schlagen.«

Ich hatte gerade diese Botschaft zu Ende gelesen, als mir gemeldet wurde, daß Philae mich sprechen wolle. Ich empfing ihn also mit einem Lächeln und Freude in der Stimme.

»Lies dies«, sagte ich zu ihm, »vielleicht will Aton sich uns wieder zuwenden und für Ägypten eine bessere Zeit heraufführen.« Ich betrachtete ihn, während er las. Unter dem Panzer, den er in letzter Zeit gewöhnlich trägt, hatte er all seine Abzeichen angelegt; ein leichter Umhang fiel von den Schultern bis zu den Hüften, wo eine Verdickung an der Taille mich eine im Gürtel versteckte Waffe vermuten ließ.

Er reichte mir das Schreiben zurück und erklärte:

»Haremhab wird uns sicher vor den Hethitern retten. Aber es sind nicht unsere schlimmsten Feinde.«

»Ich weiß es, Philae.«

»Meine Königin, als Nomarch von Achet-Aton habe ich vom Nomarchen von Theben die offizielle Mitteilung erhalten, daß Tutanchamun als Pharao von Ober- und Unterägypten gekrönt und zur gleichen Zeit die Hochzeit zwischen ihm und deiner Tochter Anchesenpaaton gefeiert wurde.«

»O Aton!« rief ich aus, »mein Kind ist also die Große Königsgemahlin! Mögen ihr alle Götter der Welt beistehen!«

Ich merkte, daß Philae meine Freude nicht zu teilen schien. Sein Ausdruck war ernst, fast finster.

»Was ist mit dir, Philae? Freust du dich denn nicht?«

»Nein, meine Königin.«

»Ich bin keine Königin mehr, ich bin jetzt eine einfache Bürgerin Ägyptens. Doch wieso freust du dich nicht? Geht es um den Bürgerkrieg?«

»Ja. Der neue Pharao hat Amenhotep seines Amtes enthoben und begonnen, selbst mit Ptahmosis zu verhandeln. Man weiß nicht, was er dadurch erreichen will, aber eines steht fest: Die Anhängerschaft des Amun wächst in ganz Ägypten von Stunde zu Stunde.

Die Verbindungen zu Theben werden sowohl auf dem Wasser- als auf dem Landweg durch die Aufständischen blockiert. Die Diener des Aton und die wenigen Männer, die noch Widerstand leisten, werden überall niedergemetzelt. Und alle Tempel des Aton wurden zerstört, einschließlich des Tempels in Theben.«

»Also ist nur noch unser Tempel übriggeblieben?«

Philae blieb stumm und sah mich mit großen, verzweifelten Augen an.

»Wenn es so ist, laß ihn uns noch ein letztes Mal aufsuchen, bevor er ebenfalls verschwindet.«

Wenig später gingen wir zusammen in den großen Aton-Tempel: Ich war früher nur selten dort gewesen und wußte gar nicht mehr, wie schön er war.

Die riesigen Säulen und die Standbilder Echnatons entlang der Wände schienen dem lichtüberfluteten Raum zuzustreben, der uns am Ende des Tempels erwartete. Der Text meiner Hymne steht auf allen senkrechten Flächen geschrieben.

Die Mittagssonne fiel von der Kuppel des Heiligtums fast senkrecht auf die sich am Boden ausbreitenden goldenen Strahlen des Aton-Bildes und ließ sie aufleuchten, und von hier übertrug sich der glänzende Widerschein auf die vier Wände, die den heiligen Raum umschließen.

Das Licht feierte in diesem bis vor kurzem dunklen Raum seinen Triumph; die Strahlen schienen eine greifbare Konsistenz zu besitzen und drangen durch den Schatten hindurch, wie der Gedanke, daß es einen Gott gibt, in das menschliche Herz dringt und es in seiner Einsamkeit und in seinen Zweifeln tröstet.

Als die Diener des Aton mich bemerkten, eilten sie wortlos herbei, und breiteten einen Teppich vor dem Heiligtum aus. Ich kniete darauf nieder und verharrte dort eine Weile, unfähig, einen Gedanken zu formulieren. Ich flüsterte: »O Aton, ich kann dir jetzt und hier mein Herz nicht öffnen. Ich werde in dein Reich kommen, um vor dir mein Gebet auszusprechen.«

Ich wandte mich an die Diener des Aton und sagte:

»Freunde, wir, die den Aton erkannten und ihn lieben lernten; die sein Licht in uns aufnahmen und dadurch weit in die Zukunft und in das Herz der Menschen sehen konnten: Wir werden jetzt gehaßt, bekämpft und vernichtet. Dies ist der göttliche Wille, dem wir uns beugen müssen.

Ihr wart mutig und treu, also sage ich euch: Ihr habt Frieden und Barmherzigkeit gepredigt, also dürft ihr keines von beiden erwarten. Man wird diesen Tempel zerstören, und ich bitte euch, nicht mit ihm unterzugehen. Ich erlaube euch, ihn zu verlassen und fordere euch auf, in eurem Herzen den künftigen Tempel des Aton zu errichten. Denn es wird eine Zeit kommen, in der man unseren Gedanken begreifen wird. Geht nun in Frieden und vergeßt nicht die, die eure Königin war.«

Die drei Männer knieten vor mir nieder, und ich legte zum Abschied meine Hand auf ihr Haupt.

Als wir zum Palast zurückkehrten, standen fünf Männer vor dem Eingang Wache, doch keiner von ihnen nahm Haltung an, als ich vorbeiging.

Philae blieb bei ihnen stehen, und ich zog mich in meine Gemächer zurück. Kurz darauf kam Philae und meldete, tobende Anhänger des Amun seien durch die Stadt gezogen, um leerstehende Häuser zu plündern, und lagerten nun im Freien in den Straßen Achet-Atons.

Die gestrige Nacht verlief unruhig, von weit her vernahm ich den grölenden Gesang der Betrunkenen und wütend schimpfende Stimmen.

Anscheinend werden die in der Stadt umherstreifenden Aufwiegler immer zahlreicher, aber in der Nähe des Palastes und des Tempels wurde noch keiner gesichtet. Vielleicht ist der Wein, den sie aus den Kellern der vom Adel verlassenen Häuser rauben konnten, unser großer Verbündeter und verzögert ihren Einfall in den königlichen Bezirk.

Angeblich ist ihr Treffpunkt der Hafen, und sie sollen den Tag damit verbracht haben, in der Nähe des verkohlten Rumpfes des »Funkelnden Aton« die Reste der Goldverkleidung, die durch den Brand geschmolzen und ins Wasser geflossen ist, vom Grund heraufzufischen.

Heute nacht ließ Philae einen Teil der Wächter beim Haupteingang und einige Bogenschützen auf den unteren Terrassen aufstellen. Er selbst hat sich im Erdgeschoß einquartiert, wo auch seine Männer sich zwischen den Wachschichten ausruhen können.

Es ist nun stiller als in der vergangenen Nacht, doch gerade dies wirkt beunruhigend. Auch Thutmosis zeigte sich besorgt, und er verließ mich schon früh am Abend, um die Nacht in seinem Haus zu verbringen. Ich blieb aber noch lange Zeit auf und unterhielt mich mit Philae.

Wir sprachen von vielen Dingen: von der Nilfahrt nach Theben und der Schlacht bei Schedet, von dem Besuch im Palast der Täuschung; auch von den häufigen inoffiziellen Anlässen, bei denen er immer an meiner Seite war, um mich zu beschützen; sogar von dem denkwürdigen Besuch der Thebaner Kneipe, in der ich den »Skorpionschwanz« getrunken hatte.

Ich bemühte mich, ihm zu zeigen, wie sehr ich ihn immer geschätzt habe und wie dankbar ich ihm bin. Am Ende wirkte er entspannt und voll Selbstvertrauen.

Dann gab ich ihm den Auftrag, eine Anordnung zur Freilassung meiner sämtlichen Sklaven zu verfassen, und das, was vom

Königsschatz übrig ist, unter ihnen, den Soldaten und den Dienern des Aton zu verteilen.

Ich vertraute ihm meinen Wunsch an, all meine Aufzeichnungen zu verstecken, und er erzählte mir, unweit vom abgelegenen Stall, in dem unsere Pferde untergebracht sind, gebe es eine zwanzig Ellen tiefe und zehn Ellen breite Grube, die während der Erbauung Achet-Atons für Bauschutt und Abfall benutzt wurde. Er versprach, morgen dorthin zu gehen und eigenhändig den Weidenkorb mit den Aufzeichnungen zu versenken.

Sollte ein künftiger Pharao in den Besitz dieser Papyrusrollen gelangen, wird er erfahren, wie mein Leben in Wahrheit war, denn ich habe beim Schreiben nichts zu meinen Gunsten beschönigt. Doch wie wird sie aussehen, diese Wahrheit?

Beinahe jeder Mensch wird seine eigene Wahrheit haben, dem entsprechend, was er geliebt, vorgezogen oder gelernt hat, oder auch nur gehört, gefühlt, ertragen, erlitten und geleistet. Entsprechend dem, was er verstand oder was ihm unbegreiflich war, je nachdem, ob er Freude oder Schmerz, Befriedigung oder Enttäuschung empfand. Unter dem Einfluß all dieser Dinge gestaltet sich die Wahrheit verschieden.

Bevor er sich zurückzog, erwähnte Philae ein Fischerboot, das morgen nacht, um die dritte Stunde nach Sonnenuntergang, den Nil stromaufwärts in Richtung Theben fahren wird. Es handele sich um treue Anhänger des Aton, die glücklich wären, ihre Königin in Sicherheit zu bringen.

Ich lächelte ihn an und verneinte mit einem stummen Kopfschütteln. Seine Antwort war ebenfalls ein Lächeln, wissend und resigniert.

5. Tag des Monats Famenant

Nun hört man auch tagsüber wildes Geschrei, vermengt mit Flüchen gegen Aton und Schmähreufen gegen Echnaton und Nofretete.

Vielleicht wollen sie abwarten, bis sie noch zahlreicher sind, um den Palast zu stürmen. Der Tempel wurde bereits umzingelt und geschändet. Laut Philae wollten die drei Diener des Aton ihn nicht verlassen und wurden gewiß umgebracht.

Und doch: Heute früh gleich nach Sonnenaufgang geschah etwas Seltsames und Wunderbares, das meinen Tag mit Freude erfüllte.

Ich war an das »Fenster der Erscheinungen« getreten, um von dort aus einen Blick auf die Stadt zu werfen. Alles war still und menschenleer, doch als ich genauer hinsah, entdeckte ich eine sitzende Gestalt am Rande der Königsallee: Es war ein weißhaariger, dunkelhäutiger Greis, in Lumpen gekleidet und mit einem Stock und dürftigem Gepäck neben sich. Er sah unschlüssig um sich, und sein Blick blieb schließlich am Königspalast haften. Es war keine bloße Neugier, eher das Suchen nach einem Weg, um hineinzugelangen, was ihn beschäftigte. Der Mann schien ganz alleine zu sein und sah auch wirklich harmlos aus, war also gewiß kein Aufständischer. Andererseits verriet sein Zögern, sich dem Palast zu nähern, daß er unmöglich ein getarnter Bote sein konnte, der durch die Verkleidung als Bettler den Aufwieglern zu entgehen suchte.

Um mir Klarheit zu verschaffen, schickte ich eine Wache zu ihm mit der Aufforderung, zu mir zu kommen. Er gehorchte begeistert und trat sofort vor mich, mit einem breiten Lächeln.

Aus der Nähe hatte er eher das Aussehen eines Schiffbrüchigen als den eines Bettlers. Mir fiel auf, daß seine Haut außergewöhnlich faltig und sonnenverbrannt war, dazu mit Narben und Schürfwunden am Körper und im Gesicht übersät.

Sein Blick und auch das Lächeln auf seinem Mund mit den vielen Zahnlücken verrieten, daß er viel jünger war, als seine Haarfarbe vermuten ließ.

»Meine Königin …«, sprach er und verbeugte sich sichtlich bewegt.

Diese vibrierende Stimme, die eindringlichen Augen und die ehrerbietige Haltung, die mehr der Frau als der Königin zu gelten schien: All dies beschwor das längst vergessene Bild des jungen Mannes herauf, der feurig, wagemutig, ja tollkühn genug gewesen war, mit Begeisterung jenen Vorschlag anzunehmen, den nur ein ohnehin dem Tod geweihter Mensch in Erwägung ziehen kann.

»Sipturi ... bist du es wirklich? Welches Glück, dich wiederzusehen!«

»Meine Königin ...«, flüsterte er wieder, und als er zu mir aufsah, waren seine Augen voller Tränen.

»Du lebst also ... Welche Freude! Steh bitte auf. Wie viele Jahre, Sipturi ...«

»In der Tat viele, Majestät.«

»Ich bin keine Königin mehr ... ich war auch damals keine, als du wegfuhrst ... doch ich war es die ganzen Jahre hindurch, während du unterwegs warst.«

»Du warst schon damals meine Königin und wirst es immer sein.« Er schüttelte lächelnd den Kopf und setzte hinzu: »Du herrschst ... hast immer über ein Reich geherrscht, das ich in meinem Herzen trage. Ich werde nie aufhören, dich Königin zu nennen.«

Schweigend sahen wir uns an. Ich kostete still diese Worte aus, die ehrlich und leidenschaftlich klangen, und plötzlich schienen es mir die schönsten, die je ein Mann an mich gerichtet hatte.

Sipturi hatte eine Wunde auf der Stirn und Blutergüsse um das rechte Auge und den Backenknochen. Ein Fuß war stark angeschwollen, so daß er hinken mußte, und an einer Hand trug er einen dürftigen Verband.

»Setz dich hin, Sipturi. Ich werden einen Arzt rufen, damit er dich versorgt.«

»Danke, Königin«, entgegnete er und ließ sich erleichtert auf einem Sitz nieder, »doch bitte, laß niemanden rufen.«

»So nimm wenigstens etwas zu dir.« Ich zeigte auf ein Tablett mit Speisen und Getränken.

»Ich danke dir.« Er schenkte sich etwas Milch ein und trank genüßlich mit halbgeschlossenen Augen.

»Wie gut das schmeckt!« rief er aus.

Ich sah ihn an und wußte nicht genau, wie ich es anfangen sollte, ihn auszufragen. Doch er begann von selbst zu erzählen:

»Im Lande Punt fand ich ein ägyptisches Schiff und fuhr damit bis nach Safaga. Als ich vor einem Monat dort ankam, herrschte ein unerklärliches Chaos in der ganzen Stadt. Ich wollte versuchen, mich einer Karawane auf dem Weg nach Theben anzuschließen und zeigte ahnungslos das Beglaubigungsschreiben mit deinem Siegel. Da sahen mich viele Menschen mit Ekel an, sie begannen mich zu beschimpfen und zu schreien, ich sei einer deiner Spione, und machten Anstalten, mich zu steinigen. Zum Glück nahm mich ein Priester des Amun, der bei ihnen war, in Schutz und rettete mich. Nach und nach erfuhr ich, was sich in all den Jahren in Ägypten zugetragen hatte. Also beschloß ich, mich auf eigene Faust bis nach Achet-Aton durchzuschlagen. Viele Male war ich in außerordentlicher Gefahr gewesen, doch niemals habe ich einen so sinnlosen Tod riskiert wie in Safaga.«

Nun begann ich, ihm Fragen zu stellen, und er erzählte, und viele Stunden vergingen, und alles andere um uns war einfach vergessen.

Ich segelte mit ihm nilaufwärts und erforschte ein grenzenloses Land: wunderschön, feindlich und fremd, voller Farben, unzugänglich, lieblich, finster trotz gleißender Sonne, von wilden schwarzen Menschen bewohnt, die sich noch im Kindesalter der Menschheitsgeschichte befinden.

Ich teilte seine Furcht vor neuen unbekannten Wüsten, undurchdringlichen Sümpfen und Wäldern. Das Grausen vor Ungeziefer und Schlangen, die entsetzliche Angst vor Raubtieren. Ich wurde von Fieber, Krankheiten, Schweißausbrüchen gequält. Ich litt unter eisigen Winden und brennendem Durst. Ich ertrug mit ihm die gewaltsamen Überfälle jener Wilden, die über seine weiße Haut staunten und ihn ihretwegen anfeindeten und folterten; oder ihn ihretwegen vergötterten und zu ihrem König machten; oder sich seiner als eines seltenen Gegenstandes bemächtigten und ihn zwangen, ihre Frauen zu begatten und Kinder zu zeugen.

Ich war sehr beeindruckt, als er sagte:

»Ich hatte schon mehr als tausend Iteru zurückgelegt und dachte, unheimlich weit gekommen zu sein; aber ich befand mich immer noch an jenem Nil, den wir kennen. Und auf einmal stand ich an dem Punkt, an dem zwei große, aus verschiedenen Richtungen kommende Ströme zusammenfließen, und ich mußte entscheiden, welchem der beiden ich nun folgen sollte. Und es war dies nicht das einzige Mal, daß ich beklommen vor einer solchen Wahl stand! Wie viele Gabelungen fand ich auf meinem Weg, wie viele quälende Zweifel!«

»Wofür hast du dich denn damals entschieden?«

»Ich folgte dem südlicheren Strom und ging abermals mehrere Tausend Iteru. Und unzählige Male wähnte ich mich am Ende meiner Reise und wurde eines Besseren belehrt.«

Mehr als drei Jahre lang wanderte er unverdrossen, durchlebte unglaubliche Abenteuer, war Jäger und Fischer, mußte sich selbst Schuhwerk, Kleidung, Waffen und Flöße herstellen, lebte in ständiger Todesgefahr und in dem unerschütterlichen Glauben, bald am Ziel zu sein. Er mußte lernen, gegen die Einsamkeit und den Wahnsinn anzukämpfen und die Verzweiflung zu unterdrücken. Seine einzige Stütze waren der Wille und der Wunsch, die Ferne und das Geheimnis zu besiegen. Sein einziger Lohn waren Naturschauspiele, die noch nie zuvor ein Mensch gesehen hatte, denn er sah Pflanzen und Blüten, Tiere und Landschaften, Flüsse und Berge, die jenseits unserer Vorstellungskraft liegen.

Eines Tages stand er dann an einem großen See und umwanderte ihn, bis er den Fluß fand, der ihn speiste. Er ging flußaufwärts weiter und entdeckte, daß dieses Wasser aus einem anderen See floß. Und der war so unendlich weit, daß er, wäre nicht das Süßwasser gewesen, ihn sicher für das Meer gehalten hätte.

»In einem Becken ist die Hauptquelle des Nils, doch darin versammeln sich überdies unzählige andere Bäche und kleine Flüsse.«

Er brauchte weitere zwei Jahre, um flußabwärts wieder zu der großen Gabelung zu gelangen. Dann beschloß er, auch den zweiten Nilarm zu erforschen.

Er unternahm also weitere gewaltige Anstrengungen und folgte dem Lauf nach Südosten, dann nach Osten, schließlich sogar nach Norden. Er drang durch andere gefährliche und unbekannte Gebiete, setzte abermals sein Leben aufs Spiel und stieß endlich auf den Ursprung dieser zweiten Wurzel: noch ein See, umschlossen von so hohen Bergen, daß sie die große Cheops-Pyramide um mehr als das Zehnfache überragen würden. Berge, deren

Gipfel so weiß sind wie der Mond und oft von Wolken verhüllt, nur den größten Falken und fremden herrlichen Göttern zugänglich.

Hier vermutete er aus vielerlei Anzeichen, in die Nähe des Landes Punt gelangt zu sein: Er stieg hinab durch die Täler zu einem süßen und warmen Meer, das reich an bunten Fischen und wunderbaren Perlen ist.

Die Jahre vergingen, und er verbrauchte sein Leben im Erforschen von Ländern, die uns ferner sind als selbst die Götter .

Ja, niemand auf der Welt sah so viel wie Sipturi: Er lernte nicht nur die Quellen des Nils kennen, sondern auch, wie weit die Welt und wie vielfältig und wundervoll die Natur ist. Und mehr noch, er lernte und kann uns nun lehren, daß Mut das Unbekannte besiegen muß und kann.

In der zweiten Stunde nach Mittag merkte ich, daß Sipturi immer müder wurde. Ich holte selbst nochmals Brot, Datteln, Milch und Honig, und schweigend aßen wir zusammen. Dann bat ich ihn, sich ein wenig auszuruhen und richtete ihm einige Kissen hinter einem Vorhang.

Dankbar sah er mich an und sagte:

»Ich weiß, daß auch du dich auf eine sehr schwierige Reise gewagt hast, Königin. Und sie war noch mutiger als die meine, weil du, anders als ich, sie nicht auf eigene Faust unternehmen konntest, sondern das Verständnis der ganzen Menschheit dazu gebraucht hättest. Dein Ziel waren nicht irdische, sondern himmlische Quellen. Und die sind weitaus verborgener und rätselhafter als die Quellen des Nils, obwohl sie unserer eigenen Sehnsucht entspringen.«

»Lieber Sipturi, unser beider Unternehmen waren verfrüht. Die Menschen werden die Wahrheit, die wir entdeckt haben, einmal erkennen: aber nicht heute und nicht bald. Wenige waren bereit, meinem Gott Glauben zu schenken; und niemand würde dir heute glauben, denn du hast weder Beweise noch Zeugen für das, was du gesehen hast.«

»Ich weiß, meine Königin ... Ich weiß.«

Kurz darauf schlief Sipturi bereits so tief, wie er es seit einer

Ewigkeit nicht mehr getan hatte. Lange blieb ich bei ihm sitzen und betrachtete ihn, seinen zerschundenen, hoffnungslos gealterten Körper, der so hingegeben dalag. Ein göttlicher Friede ging von ihm aus, und ich spürte, wie sich sein Mut auf mich übertrug.

Während Sipturi in den heißen Nachmittagsstunden schlief, erschien Philae, um zu bestätigen, daß mehrere Aufwiegler den Tempel des Aton besetzt und die drei dort verbliebenen Diener tatsächlich getötet hatten; im Augenblick seien sie noch zu sehr damit beschäftigt, die riesigen Standbilder Echnatons zu zertrümmern, um sich um den Königspalast zu kümmern.

Während er sprach, rief ich nach einer Sklavin, damit man uns Getränke bringe. Aber Philae schüttelte den Kopf und erklärte:

»Du hast keine Diener mehr, Königin. Und ich habe keine Krieger. Nachdem ich die Entlassungsschreiben ausgehändigt und das noch vorhandene Geld ausgeteilt hatte, haben sich alle davongemacht.«

»Ich wollte sie bitten, genau dies zu tun. Sie haben mir die Sache leichter gemacht, nur hätte ich mich gerne von ihnen verabschiedet.«

»Sie hatten Angst.«

»Ich weiß, es ist natürlich. Doch jetzt habe ich einen Befehl an dich.«

»Du hast mir noch niemals etwas befohlen, meine Königin.«

»Nun aber höre mir zu: Hinter diesem Vorhang liegt ein Mann in tiefem Schlaf. Es ist jener Sipturi, den ich vor vielen Jahren vor der Todesstrafe bewahrt und losgeschickt habe, um die Quelle des Nils zu suchen. Nun ist er zurückgekehrt und sieht aus wie ein elender und gebrechlicher Greis. Aber er weiß inzwischen sehr viele Dinge, die die Welt erfahren muß. Ich will, daß du ihn in dem Fischerboot, von dem du sprachst, nach Theben begleitest und zu Amenhotep bringst.«

»Der Mann wird Theben erreichen, ich verspreche es dir.«

Bevor er ging – er hätte es beinahe vergessen –, gab Philae mir eine Botschaft, die ein Diener Thutmosis' soeben hinterlassen hatte. Sie lautet:

»Heute abend, sobald es dunkel wird, komm bitte zu mir. Ich warte auf Dich im großen Arbeitsraum. Thutmosis.«

Eine seltsame Bitte, die nicht wie die Einladung zu einem Liebestreffen klingt.

Eine Stunde vor Sonnenuntergang zogen mehrmals schreiende Scharen von Aufständischen am Königspalast vorbei. Wer weiß, wohin und mit welchen Absichten …

Ihre Stimmen zeugen nur von blinder Gewalt und einem dumpfen Eifer, der ihrem Sieg jede Größe nimmt und ihre geistige Begrenztheit anzeigt. Auch aus ihren Liedern spricht nur Haß.

Haß auf Aton und Ablehnung seiner Botschaft, sonst nichts.

Ich weckte Sipturi und sagte zu ihm:

»Es ist besser, wenn du jetzt keine saubere Kleidung anziehst, sondern eher wie ein Dieb aussiehst. Die Aufständischen treiben sich in der Stadt herum, und deine Lumpen werden dich besser schützen; verstecke auch ein paar Dinge in deinem Gepäck, um dich im Notfall als Plünderer auszugeben.«

Ich nahm dann den Schmuck ab, den ich noch trug, und gab ihn Sipturi:

»Dies sollst du aber gut verstecken und als Andenken an mich aufbewahren. Heute nacht wird Philae dich mit einem Boot nach Theben begleiten. Verstecke auch diesen Brief und gib ihn dann Amenhotep. Er wird dich viel besser belohnen als ich und sich dafür einsetzen, daß man deinen Erzählungen Glauben schenkt, wenn die Zeit einmal dafür reif ist.«

»Das Schicksal ist seltsam, meine Königin. Einmal habe ich mein Leben gerettet, indem ich eine künftige Königin davon überzeugen konnte, daß ich kein Dieb war. Heute kann ich nur entkommen, wenn ich den Pöbel glauben mache, ich sei einer. Ich muß daraus folgern, daß sich die Zeiten mächtig verändert haben.«

Gemeinsam lachten wir über diese Situation. Dann fragte er mich:

»Und du, was wirst du tun?«

Mit gespielter Strenge entgegnete ich:

»Es ziemt sich nicht für dich, deiner Königin eine solche Frage zu stellen.«

»Dann bitte ich dich um Verzeihung.«

»Da du jedoch danach fragst, sollst du wissen, daß ich dasselbe tun werde wie du. Weitergehen, bis ich die Quelle finde.«

Am frühen Abend nahm ich dann Abschied von ihnen. Sipturi schien erfreut, nach Theben zu gehen: Er macht sich zwar keine Illusionen, daß man ihm viel Glauben schenken wird, hat aber das Bedürfnis, nochmals von seinen Entdeckungen zu erzählen.

Meine Augen und mein Herz waren trocken wie die Wüste, und ich gab mich knapp an Worten und unbekümmert, als würden wir uns bald wiedersehen.

Uns allen fiel es schwer, Worte zu finden, denn die Zeit drängte und unter dem Aufwallen der Gefühle lähmte die Rührung unsere Gedanken.

Sie knieten vor mir nieder, und ich konnte nur sagen:

»Ich danke euch, Freunde. Ihr wart für mich ein großes Geschenk. Möge Aton euch schützend auf eurem Weg begleiten.«

Ich blieb alleine im dunklen, verlassenen Palast Echnatons zurück. Jetzt aber will ich zu Thutmosis eilen und in seinen Armen Trost suchen. Wie ein Becher voll starken und süßen Weines wird es mir helfen, den Gedanken an den Morgen zu lindern.

Mit schnellen Schritten lief ich verstohlen in der Dunkelheit den kurzen Weg zu Thutmosis.

Wozu noch weiter schreiben? Ich kann nur noch zu dir sprechen, mein Gott. Damit du erfährst, was geschieht, wenn du deinen Blick von der Welt und von mir abwendest.

Auf dem Weg dahin zitterte ich vor Angst, entdeckt zu werden, als ich aber zurückkam … ach, da hatte ich keine Angst mehr: Ich wünschte mir im Gegenteil, von den Aufständischen überrascht und gleich auf der Straße umgebracht zu werden.

Ich betrat die große Werkstatt, in der der Staub der Verwüstung noch in der Luft hing. Die großen Standbilder Echnatons lagen umgeworfen am Boden, daneben Köpfe mit zertrümmerten Gesichtern, verstreutes Werkzeug, zerfetzte und beschmutzte Skizzenbogen. Die letzte Skulptur, die mich darstellte, war geköpft worden, Holzleiter, Gerüste und Zeichentische zerschlagen. Hinter einem Trümmerhaufen lag meine Büste mit dem weißen Auge, das Gesicht im Sand vergraben, als wolle es sich von dem schändlichen Anblick abwenden oder die eigene Schönheit verbergen.

Aus einer Ecke des Raumes drang jedoch ein wenig Licht in die Finsternis: Es war eine winzige Lampe, die auf einem unversehrten Tisch stand und offenbar erst vor kurzem angezündet worden war. Sicher war Thutmosis nach dem Überfall in der Werkstatt gewesen. Ich trat näher und sah unter der Lampe einen Papyrusbogen liegen, eine Botschaft, die für mich hinterlassen worden war. Ich las:

> »Ich konnte der Gewalt der Barbaren knapp entkommen und mit meiner Frau und meinen Kindern fliehen. Ich weiß von einem Boot, das nach Theben fährt, und will die Gelegenheit ergreifen, sie dorthin zu begleiten. Sobald sie in Sicherheit sind, werde ich aber zu Dir zurückkehren. Auf Wiedersehen, Geliebte.«

Ein Schluchzer schüttelte meine Brust. Es war Lachen und Weinen zugleich, beides konnten diese Worte hervorrufen.

Nein, Geliebter. Du wirst nicht zu mir zurückkehren. Du weißt es auch.

Und die Gewißheit, daß er es wußte, ließ mich meine ganze Einsamkeit spüren: nicht weil ich als einzige in der toten Stadt zurückblieb, sondern weil ich mich betrogen wußte.

Die Frau, die Kinder. Ich wußte nichts von ihnen. Es war meine Schuld, weil ich niemals danach gefragt hatte. Es war seine Schuld, weil er mir nie davon erzählt hatte. Jetzt ist er aber mit ihnen auf dem Weg nach Theben. Und ich bin hier ohne ihn. Ich glaubte, daß Liebe ... Ach, es ist jetzt so unwichtig, was ich glaube ... Nun wird mir klar, daß ich jeder Liebe beraubt werden muß, bevor ich sterben darf.

Es ist eine wunderbare Nacht: Eine schmale, scharf gezeichnete Mondsichel zieht durch den Himmel, wie ein Auge, das furchtsam und staunend erstmals auf die Erde hinunterblickt.

Ich möchte im Freien schlafen, den Mond ansehen und dabei einschlafen. Aber ich kann nicht, ich bin hellwach, wie am Ende eines zu langen Tages, eines zu kurzen Lebens.

6. Tag des Monats Famenant

Im ersten Morgengrauen fuhr ich erschrocken aus dem leichten Schlummer, der mich am Ende der Nacht übermannt hatte. Mit rasendem Herzklopfen vernahm ich Kampfgeräusche und eine Stimme, die immer wieder rief: »Männer, zu mir!«

Es war Philaes Stimme, die zu mir hinaufdrang. Ich blickte hinaus und sah ihn. Er war zurückgekommen und kämpfte nun gegen vier Aufständische, um ihnen den Zugang zum Palast zu verwehren. Er sah hinauf zu mir, und im gleichen Augenblick wurde er getroffen. Die Angreifer warfen sich über ihn, erschraken aber vor seinem Schrei und fürchteten vielleicht, die Krieger würden nun gleich erscheinen. Als sie sahen, daß er zu Boden fiel, ließen sie von ihm ab und flohen.

Ich lief hinunter und fand ihn in einer Blutlache liegen. Ich rief laut seinen Namen, drückte seine Hände, aber alles war vergebens und schrecklich.

»Das Boot ist abgefahren, mit den Menschen, die noch zu leben haben«, sagte er und fügte hastig hinzu: »Sipturi wird Theben erreichen, mache dir deswegen keine Sorgen, und auch Thutmosis. Ein anderes Boot wartet auf uns, und ich möchte der Steuermann sein ... in der Duat: So wie damals, als alles begann, auf dem ›Funkelnden Aton‹.«

»Philae, mein Freund ...«

»Sieh hier! Man hat mir all deine Geschenke weggenommen.« sagte er und faßte sich an den Hals, an dem keine Kette mehr hing. Dann ließ er die Hand fallen, und ich antwortete: »Dies kann dir niemand stehlen.«

Ich küßte ihn, doch wer weiß, ob er es noch wahrnahm: Auf einmal wurde sein Kopf schwer, und als er sich ein letztes Mal aufbäumte, fiel der Mantel zurück und entblößte die blutige Wunde an der Seite. Da sah ich die Flöte, die im Gurt steckte.

Nun sitze ich hier, noch blutverschmiert, im entlegensten Winkel des Palastes.

Bei mir habe ich nur Philaes Zauberflöte mit den elf Löchern, Psammis blutiges Hemd und die Papyrusrolle, auf der ich immer weiterschreiben muß. Es sind die einzigen Dinge, von denen mich zu trennen mir schwerfällt. Doch bald werde ich sie in den tiefen Schacht werfen, in dem schon die Truhe mit all meinen Aufzeichnungen liegt.

Durch einen Spalt sehe ich die kleine Schar, die sich finster und bedrohlich dort unten versammelt hat. Sie wissen, daß ich hier bin und sind fest entschlossen, mich aufzuspüren, in der Meinung, daß ich ihnen nicht entkommen kann.

Sie können nicht wissen, daß ich zwei Flügel namens Isi und Osi besitze; sie müßten aber wissen, daß jeder Mensch, und erst recht eine Königin, immer über den allmächtigen Flügel des Todes verfügt, um sich der Schmach zu entziehen.

Also werde ich über einen Geheimgang die Stallungen erreichen, wo die Pferde ungeduldig darauf warten, ihre unbändige Kraft in der Wüste zu entfesseln. Ich werde Philaes Rösser freilassen und die meinen anspannen, den Hof überqueren und in der Königsallee meine Fahrt beginnen.

Wie ein Wind werde ich über die weite gepflasterte Straße hinwegfegen, die Zeugin von Atons Triumphen hätte sein sollen; vorbei an dem »Fenster der Erscheinungen«, vorbei an allen vergänglichen Erinnerungen; wie ein wirbelnder Sandsturm durch die lärmende Menge.

Nicht an sie werde ich mein Wort richten, sondern an dich, Großer Aton. Zu dir werde ich kommen, jenseit der Felsen Hatnubs. Und Echnaton wird die Erde unter den Rädern meines Wagens zittern hören, und er wird seine Braut anlächeln, die der Sonne entgegenfährt, wie am Morgen unserer ersten Begegnung in Malkata.

Ich werde in der östlichen Wüste, dort, wo mich niemand erreichen kann, den Wagen anhalten und die Rösser freilassen, damit sie zum Nil zurückkehren, ihren Durst zu stillen.

Wie eine Geliebte werde ich dir entgegenschreiten, während du hoch am Horizont aufsteigst, um mein Haupt, meine Brust und Schultern zu berühren.

Du wirst mir das Feuer, ich dir mein Lächeln schenken, denn ich habe keine Furcht vor dem, den ich liebe.

O Aton, warum sollte ich dich fürchten? Wegen des Bösen, das ich tat? Wegen des Guten, das ich unterließ? Vorausgesetzt, daß ich wirklich Böses tat und Gutes unterließ. Vorausgesetzt, daß Gut und Böse das sind, was wir Menschen dafür halten. Vorausgesetzt, daß es dem Menschen gegeben ist, zwischen beidem zu wählen. Vorausgesetzt, daß Tun und Unterlassen echte Sünden sind und nicht nur Fehler.

Bestrafe mich, wenn du es mußt. Alles werde ich von dir annehmen. Doch welche strengere Strafe kannst du verhängen, als mir das Leben zu nehmen? Und welche strengere Strafe kannst du verhängen, als mir ein anderes Leben zu geben?

Dies will ich zu ihm sagen, wenn ich alleine und nackt in der Wüste vor ihn trete. Lächelnd werde ich dies sagen. Er wird mich in seine Arme nehmen und mich verbrennen, und ich werde nicht aufhören, ihn anzulächeln. Und er wird mein Lächeln nicht auslöschen können, außer er löscht sich selbst aus und wirft die Welt in die Finsternis zurück.

Anhang

Die Zeitrechnung im alten Ägypten

Um die Zeit zu berechnen, bezogen sich die alten Ägypter nicht auf ein bestimmtes Datum wie wir uns auf die Geburt Christi. Einerseits weil sie, wie alle Völker des Altertums, nicht über ein solches Datum verfügten; andererseits, weil Begriffe wie Jahre oder Jahrhunderte der ägyptischen Weltanschauung nicht entsprachen, für die der Bezug auf die Ewigkeit naheliegender war.

Um ein bestimmtes Jahr anzugeben, verwendete man also die laufende Jahreszahl der Regierungszeit des jeweiligen Pharaos. Alle Ereignisse, die vor der Inthronisation dieses Pharaos stattgefunden hatten, gehörten dem Zeitalter anderer Könige an. Die »Ewigkeit«, als die Gesamtdauer des Pharaonentums, beläuft sich auf ungefähr dreitausend Jahre: Damit ist es das dauerhafteste politische System der Menschheitsgeschichte.

Es steht jedoch außer Zweifel, daß die Altägypter als erste einen rationalen Sonnenkalender entwickelten. Das Jahr bestand aus 360 Tagen, beziehungsweise aus zwölf Monaten zu je dreißig Tagen, an seinem Ende wurden fünf zusätzliche Tage hinzugefügt, insgesamt waren es also 365 Tage.

Die zwölf Monate wurden ihrerseits zu drei Jahreszeiten zusammengefaßt, die jeweils ein Quartal (Vierteljahr) andauerten: Achet, die Zeit der Nilschwemme; Peret, die Zeit der Saat; Shemu, die Zeit der Ernte. Die Monate der ersten Jahreszeit hießen Thot, Paofi, Athir und Choiak; die der zweiten Jahreszeit Tybi, Mechir, Famenant und Farmuti; und die der dritten Jahreszeit Pacons, Paini, Epifi und Mesore.

Der erste Tag eines Monats entspricht dem fünfzehnten Tag des jeweiligen Monats nach unserer Zeitrechnung. Das neue Jahr begann zum Zeitpunkt des Wiedererscheinens des Morgensterns Sirius (Sopdet oder Sothis) am Himmel über Memphis, das die beginnende Nilschwemme ankündigte. Es entspricht in unserem Kalender dem fünfzehnten Juni.

Da das altägyptische Jahr 365 Tage umfaßte, das Sonnenjahr aber 365 Tage und sechs Stunden, verschob sich der Beginn des neuen Jahres alle vier Jahre um einen Tag. Dies bedeutete eine allmähliche Abweichung der Jahreszeiten gegenüber dem amtlichen Kalender: Nur alle 1461 Jahre fielen Sonnenjahr und Kalenderjahr zusammen. Die Bauern richteten sich für die landwirtschaftliche Arbeit nach dem Verlauf der Jahreszeiten, nicht nach dem amtlichen Kalender.

Aufbau des altägyptischen Kalenders:

ACHET Zeit der Nilschwemme 15. Juni–14. Oktober (Herbst)	PERET Zeit der Saat 15. Oktober – 14. Februar (Winter)	SHEMU Zeit der Ernte 15. Februar – 14. Juni (Sommer)
Thot 15. Juni – 14. Juli	Tybi 15. Oktober–14. November	Pacons 15. Februar – 14. März
Paofi 15. Juli – 14. August	Mechir 15. November–14. Dezember	Paini 15. März – 14. April
Athir 15. August – 14. September	Famenant 15. Dezember – 14. Januar	Epifi 15. April – 14. Mai
Choiak 15. September–14. Oktober	Farmuti 15. Januar – 14. Februar	Mesore 15. Mai – 14. Juni

Personen-, Sach- und Ortsverzeichnis

Abodu Alter Name der heutigen Stadt Abydos.

Achet-Aton Der Name bedeutet »Horizont des Aton«. Reichshauptstadt unter Echnaton; von ihm gegründet, um die neue Religion des Sonnengottes Aton zu feiern. Entspricht dem heutigen Tell el-Amarna.

Alasia Altorientalischer Name der Insel Zypern.

Ambi Stadtstaat, der dem Reich Amurru im Retschenu angehörte. Genaue Lage unbekannt.

Amun Nach Re die zweifellos meistverehrte Sonnengottheit. Vor seiner Priesterschaft wurde er dem Re gleichgesetzt und häufig als Amun-Re bezeichnet. (Vgl. auch Re.)

Seit der 11. Dynastie wurde Amun in Theben verehrt. Zum ersten Mal wurde er in Zusammenhang mit der Kosmogonie der acht Urzeitwesen (Achtheit) der Stadt Schmunu (Hermopolis) erwähnt. Demnach wird das Universum von vier Paaren von Urzeitwesen regiert. Jedes Paar repräsentiert eine Urkraft: das Urwasser, die Unendlichkeit, die Finsternis und die Unsichtbarkeit. Über die letztere regiert das Paar Amun/Amaunet (sein weibliches Gegenstück). In der Ikonographie wird Amun in Menschengestalt mit doppelter Federkrone dargestellt. Der Kult verbreitete sich von Theben aus über ganz Ägypten und gewann unter der 12. und 13. Dynastie zunehmend an Bedeutung. Unter der Fremdherrschaft der Hyksos und im Befreiungskrieg wurde Amun als Nationalgottheit verehrt. Die wachsende Macht der Amun-Priesterschaft gab ab der 18. Dynastie Anlaß zu unterschwelligen Konflikten mit dem Staat. Aus dem Machtkampf wurde ein offener Bürgerkrieg, als Amenophis IV. unter dem Namen Echnaton das Sonnengestirn Aton zur alleinigen Gottheit Ägyptens erhob.

Amurru Das »Westland« und seine Bewohner, d.h. das Land westlich des mittleren Euphrats. In der zweiten Hälfte des 2. Jahrtausends v.

Chr. (bis etwa 1200) gehörte Amurru, wie aus den Amarnabriefen hervorgeht, als eigener Staat zwischen der heutigen Stadt Homs und der Mittelmeerküste, zeitweise zum ägyptischen Einflußbereich oder war (im 14./13. Jh. v. Chr.) vertraglich an das Chatti-Reich gebunden. Später bezeichnet Amurru etwa Syrien bzw. das Gebiet an der Mittelmeerküste.

Anch Auch Henkelkreuz genannt; der obere Teil des senkrechten Armes besteht aus einer ovalen Schleife, die auf dem waagrechten Arm angebracht ist. Symbol des Lebens, »Lebenshauch«, »Lebensatem«, »Heil«, »Lebensfluidum«. In der hier beschriebenen Zeit bestand das Symbol des alleinigen Gottes Aton aus einer Sonnenscheibe mit Strahlen. Auf Bildern des Pharaos und seiner Angehörigen endeten die Strahlen in Anch-Zeichen vor der Nase oder dem Mund der königlichen Gestalten.

Assyrer Dieses Volk spielte im mittelöstlichen Teil des Retschenu eine bedeutende politische und militärische Rolle – von der Hälfte des dritten Jahrtausends bis 612 v. Chr., als die Hauptstadt Ninive unter dem Druck der verbündeten Heere Babylons, der Meder und Skythen fiel.
Assyrien war ursprünglich das zur Stadt Assur gehörige Land am Oberlauf des Tigris und im Gebiet der Unterläufe des Großen und Kleinen Zab, begrenzt von Babylonien, dem armenischen Bergland und dem oberen Zweistromland, dem eigentlichen Mesopotamien. Entspricht dem heutigen Grenzgebiet zwischen dem Irak und der Türkei.
Eine Zeitlang war es Vasallenstaat von Mittani; mit Babylon gab es ein ständiges Wetteifern um die Vorherrschaft, die sie abwechselnd innehatten. Zum Zeitpunkt der Romanhandlung waren die Assyrer seit längerer Zeit wieder unabhängig und in starkem politischen Aufstieg begriffen. Unter dem damaligen König Assur-uballit (etwa 1363–1328 v. Chr.) unterhielten sie gute diplomatische Beziehungen zu Ägypten. In den diplomatischen Briefen, die Babylon nach Ägypten sandte, werden die Assyrer jedoch als Untertanen Babylons bezeichnet.
Hundert Jahre später gelingt es dem assyrischen Herrscher Tukulti-Ninurta (1244–1208 v. Chr.), nach einem vernichtenden Eroberungskrieg Babylon zu unterwerfen. (Vgl. auch Babylon.)

Aton Unter den altägyptischen Göttern war Aton der kurzlebigste und umstrittenste. Er erscheint zuerst unter der 18. Dynastie, während der Herrschaft Thutmosis' VI., vielleicht bereits unter dessen Vater Amenophis II.: Sie waren der Vater und der Großvater Amenophis' III. Erst von Amenophis IV., dem Sohn Amenophis' III., der sich fortan Echnaton nannte, wurde Aton für kurze Zeit zum alleinigen

Gott Ägyptens erklärt. Dieses Ereignis bildet eines der Leitmotive dieses Romans.
Der Gott Aton tritt also in Theben (wahrscheinlich am Königshof) auf, obwohl er ursprünglich auf theologische Überlegungen der On-Priesterschaft zurückzugehen scheint. Seine Figur weist neue, fortschrittliche, geradezu revolutionäre Eigenschaften auf.
Zum ersten Mal besitzt ein ägyptischer Gott weder antropomorphische noch zoomorphische Züge. Er wird lediglich durch ein Symbol dargestellt, das eindeutig von dem Hieroglyphzeichen der Sonne abgeleitet und mit einer bzw. zwei Uräusschlangen oder zwei Flügeln versehen ist. Später gehen von der Sonnenscheibe gegen die Erde und die Menschheit gerichtete Strahlen aus. An deren Enden sieht man kleine stilisierte Hände mit dem Anch-Zeichen, allerdings nur vor dem Mund des Pharaos und dessen Familienangehörigen.
Zum ersten Mal kann man von einem »Gott des Pharaos« und von einem »Pharao des Gottes« sprechen: In der Art, in der Echnaton, der Verfechter der neuen Religion, das Kommen des Aton ankündigt und sich als dessen Sohn erklärt, liegt eine emphatische Feierlichkeit, eine radikale mystische Haltung, die die angestrebte endgültige Abschaffung des Vielgötterkultes bereits erahnen läßt.
Ebenfalls neu sind die ethischen Gebote und der offensichtliche Ökumenismus dieses Gottes: Sie kommen in der berühmten Hymne zum Ausdruck, in der Echnaton das Kommen des Aton verkündet, sowie in manchen Veränderungen der Sitten. (Vgl. auch Amun.)

Athribis Wichtige Stadt im Nildelta, Heimatort Amenhoteps. Heute Kom el-Atrib.

Atum Sonnengottheit, schon seit uralten Zeiten mit Re verbunden. Als Schöpfer der Welt in der heliopolitanischen Neunheit wurde er vor allem in der Region On verehrt. Er wird in Menschengestalt mit der Doppelkrone von Unter- und Oberägypten dargestellt und hält die Machtinsignien Nekhekhev und Hekat in den Händen. In der Ikonographie wird er manchmal mit dem Pharao verwechselt. In der Erscheinung der untergehenden Sonne verehrt. (Vgl. auch Re.)

Babylon Das biblische Babel, Hauptstadt des babylonischen Staates, jetzt Ruinenstätte nahe dem heutigen Hille am Euphrat. Der Name Babylon wurde wahrscheinlich aus einem nichtsemitischen Namen in akkadisch Babili(m), »Tor Gottes«, umgedeutet.
Zu Beginn des vierten Jahrtausends war Babylon bereits ein wichtiges Zentrum des religiösen und zivilen Lebens. Ab dem zweiten Jahrtau-

send unter der Herrschaft Hammurapis (1728–1686 v. Chr.) wurde aus dem Stadtstaat eine Großmacht, nachdem die zwei kleineren Gebiete Akkad und Sumer (die die ethnischen Wurzeln des babylonischen Volkes darstellten) vereinigt wurden. Babylon spielte in der Folge eine entscheidende Rolle in der Geschichte des Mittleren Ostens und brachte eine hochentwickelte, der altägyptischen ebenbürtige Kultur hervor. Babylons Geschichte ist eng verknüpft mit der der Assyrer: Ein dauerhafter Konflikt zwischen den beiden Völkern führte dazu, daß sie sich abwechselnd bekriegten und verbündeten, sich gegenseitig unterwarfen, mehrmals einen gemeinsamen Herrscher hatten, die feindliche Hauptstadt zerstörten und wiederaufbauten, die jeweiligen Götter übernahmen. Ein wechselseitiges Abhängigkeitsverhältnis also, das auf der kriegerischen Stärke der einen (Assyrer) und der bürgerlichen Stärke der anderen (Babylonier) fußte. Zum Zeitpunkt der Romanhandlung zwang die von den Hethitern ausgehende Gefahr Assyrer und Babylonier, ihre diplomatischen Beziehungen zu Ägypten zu intensivieren, um ein diplomatisch-militärisches Gegengewicht zu schaffen. (Vgl. auch Assyrer.)

Behedet Alte Stadt, heute Edfu.

Berut(a) Wichtiger Stadtstaat des Retschenu am Mittelmeer, heute Beirut.

Byblos Phönikische Hafenstadt am Mittelmeer, nördlich von Beirut, heute Dschebeil im Libanon. Byblos war einer der Stützpunkte der ägyptischen Vorherrschaft im Retschenu, außerdem der bedeutendste Handelshafen für die Verbindungen zwischen Ägypten und dem Retschenu: Hier wurde das Holz aus den Wäldern des Libanons eingeschifft und nach Ägypten befördert.

Bubastis (ägypt. »Haus der Bastet«), arab. Tell Basta. Ägyptische Stadt im Ostdelta des Nils, Hauptstadt des 18. unterägyptischen Nomos.

Buhen Ägyptische Festung (seit dem 2. Jt. v. Chr.) in Unternubien, an der Grenze zwischen Ägypten und der Demokratischen Republik Sudan. Die Ruinen der Festung und der gleichnamigen Ortschaft liegen auf dem Grund des Nasser-Sees.

Buto (ägypt. »Haus der Uto«), heute Tell el Farain, ägyptische Stadt im Westdelta des Nils, im 6. unterägyptischen Nomos.

Caftor Altägyptischer Name der Insel Kreta.

Chatti Das ursprünglich von den Chattiern, später von den Hethitern bewohnte Gebiet in Zentralanatolien und der hethitische Staat bis 1200 v. Chr.

Chattuschasch war die Hauptstadt des hethitischen Staates nahe dem heutigen Dorf Boghazköy, 150 km östlich von Ankara. Die zu Beginn des 2. Jt. v. Chr. in Anatolien eingewanderten Hethiter waren dort wohl auf einige Kleinfürstentümer getroffen und auch mit den altassyrischen Handelsniederlassungen in Kontakt getreten. Den hethitischen Staat begründete Anfang des 16. Jh. v. Chr. Chattuschili I., der eine Expansionspolitik betreiben konnte, deren Ziel anscheinend die Kontrolle der Handelswege in Syrien und Mesopotamien und der Zugang zu den reichen landwirtschaftlichen Ressourcen dieser Gebiete war.

Im 14. Jh. v. Chr. stieg der hethitische Staat unter Schuppiluliuma I. zum Großreich auf. Es kam zum Sieg über den Staat von Mittani und zur Eroberung Syriens. Man nennt diese Periode nach 1380 auch »Großreichszeit«. Die Nachfolger Schuppiluliumas hatten den Bestand des hethitischen Herrschaftsgebietes vor allem in Syrien gegen den ägyptischen Einfluß zu sichern.

In der Schlacht bei Kadesch trafen 1284 v. Chr. das ägyptische Heer unter Ramses II. und das hethitische aufeinander. Obwohl beide Seiten den Sieg für sich beanspruchten, scheint der Kampf mit einem Vorteil für die Hethiter ausgegangen zu sein.

Der Einfall der »Seevölker« um 1200 – indoeuropäischer Stämme, die wohl von Südosteuropa kamen – könnte mitverantwortlich für den Untergang des Reiches von Chatti gewesen sein.

Chepre Der Skarabäus als Verkörperung des Sonnengottes. Da dieses Insekt bei Sonnenaufgang aus dem Sand hervorkriecht und oft eine kleine Kugel Mist vor sich herschiebt, sahen die phantasievollen Mythenschöpfer darin die Verkörperung eines Gottes, der die Sonnenscheibe auf seinem Kopf aus den Tiefen der Duat (Unterwelt) emporhebt: also die Morgensonne.

Nur selten wurde Chepre in Menschengestalt dargestellt, sondern meist als Skarabäus mit der Sonnenscheibe zwischen den Vorderbeinen. Er wurde seit frühester Zeit vor allem im Alten Reich in der Gegend von On und Memphis verehrt.

Im weiteren Sinne ist er ein Symbol der Wiedergeburt, der Erneuerung, des ewigen Kreislaufs des Lebens und der Jahreszeiten.

Als Gebrauchsgegenstand wurde der Skarabäus ohne Sonnenscheibe von den Pharaonen verwendet, um Beschlüsse bekanntzugeben und Botschaften zu übermitteln, die auf die Flachseite der Figur aus Stein, Ton oder Metall eingeritzt wurden. Sehr häufig wurde er auch auf Schmuckgegenständen und als Dekoration verwendet. (Vgl. auch Re.)

Chepresch Königliche Kopfbedeckung, auch Blaue Krone genannt.

Chons (ägypt. »Der Durchwanderer«) Ägyptischer Mondgott, Gott der Freude, Beschützer Ägyptens und Stadtgott von Theben, der »die bösen Geister vertreibt«.

Unter Amenophis III. sehr verehrt, gehörte er mit seinen Eltern Amun und Mut zur Dreiheit von Theben. In Nubt (Kom Ombo) galt er dagegen als Sohn der Hathor und des Sobek. Er wurde häufig als junger Prinz mit der typischen Seitenlocke und in Mumiengestalt dargestellt, oder auch falkenköpfig mit Mondsichel und Mondscheibe auf dem Haupt. Die Griechen setzten ihn dem Herakles gleich.

Deben Tauscheinheit, bestehend aus einer festgelegten, 95,3 Gramm schweren Gold- oder Silbermenge, unterteilt in zehn Kite. Wurde im allgemeinen bei größeren Handelsgeschäften verwendet. Die ägyptische Wirtschaft gründete nicht auf Geld, der Handel wurde vorwiegend durch Tausch von Waren, vorzüglich Lebensmitteln, abgewickelt; erst in späteren Zeiten gab es regelrechte ägyptische Münzen.

Fremde Gold- oder Silbermünzen wurden jedenfalls angenommen und in Umlauf gebracht. Man bewertete sie nach ihrem Gewicht, nicht nach dem Nominalwert. Ansässige Ausländer wie die Habiru durften ihre Zahlungen in der eigenen Währung leisten.

Didi Mandragore, Nachtschattengewächs. Bereits damals galt das Gewächs als Aphrodisiakum, unter anderem sollte es die Fruchtbarkeit bei den Frauen fördern.

Dogon Afrikanisches Volk, heute in der felsigen Hochebene von Bandiagara am rechten Ufer des Nigers angesiedelt, im Staat Mali etwas nördlich der Grenze zu Burkina Faso. Man nimmt an, daß es sich um die Abkömmlinge der Garamanti handelt. Zur Zeit der Pharaonen waren sie ägyptische Untertanen, die die südlichsten Regionen des Landes bewohnten. Sie erlangten später die Unabhängigkeit, wurden jedoch von anderen Völkern dezimiert und nach Westafrika vertrieben.

Aus den Mythen dieses Volkes geht eine sehr interessante astronomische Kultur hervor; wahrscheinlich entwickelte sie sich auf der Grundlage der ägyptischen Astronomie oder trug sogar zu ihr bei (so hat es sich der Autor dieses Romans vorgestellt). In der Mythologie der Dogon befinden sich in der Nähe des Sternes Sirius zwei weitere Sterne, Digitaria und Orgofemmina. Seit frühesten Zeiten werden sie als unsichtbar, aber außerordentlich schwer beschrieben.

Die moderne Astronomie entdeckte erst vor einigen Dutzend Jahren den Stern Sirius B (Digitaria) und vermutet mit einiger Wahrscheinlichkeit die Existenz eines dritten Sterns, Sirius C (Orgofemmina). Beide Gestirne sind tatsächlich unsichtbar, denn ihr Volumen soll äußerst gering, ihre Masse dagegen außerordentlich groß sein.

Duat Die Unterwelt. Nach altägyptischer Vorstellung ging die Sonne am Abend unter und durchreiste die zwölf Regionen des unterirdischen Duat (jede Stunde eine), bevor sie am nächsten Morgen wieder aufging.

Elle Maßeinheit, auch Königselle genannt, entspricht 52,3 cm.

Giseh (Gize) Ägyptisches Dorf am Westufer des Nils gegenüber Kairo, heute Vorstadt. Hier stehen die drei berühmtesten Pyramiden Ägyptens (Cheops, Chephren und Mykerinos) und die Sphinx mit dem Haupt des Pharaos Chephren.

Habiru Alter Name für die Hebräer. Dieses seit Urzeiten in der Geschichte des alten Ägyptens präsente Volk scheint ursprünglich von Osten ins Deltagebiet eingewandert zu sein. Seine Besonderheit bestand darin, dem Monotheismus in einer Zeit anzuhängen, in der eine solche Religionsvorstellung unbekannt war, an einer bestimmten politischen Haltung und eigenen Sitten festzuhalten und kein eigenes Territorium zu besitzen.

Haus der Buchrollen Abteilung im Haus des Lebens. Hier verwahrten die Priester Texte und Urkunden.

Haus des Lebens Den ägyptischen Tempeln war zu allen Zeiten eine Institution angeschlossen, die als »Haus des Lebens« bezeichnet wurde. In ihr wurde das gesamte schriftlich niedergelegte Wissen im religiösen und profanen Bereich archiviert, tradiert und weiterentwickelt. Im Haus des Lebens wurden die geheimen Schriften kopiert und für rituelle Zwecke in großer Zahl vervielfältigt (z. B. Totenbücher). Die Priester und Gelehrten, die hier Dienst taten, stellten auch die Texte und Darstellungen zusammen, die in einem Tempel oder Grab angebracht werden sollten. Je größer im Verlauf der ägyptischen Geschichte die Masse des tradierten und aufgezeichneten Wissens wurde, um so stärker war die Bedeutung der Häuser des Lebens spürbar. Sie waren auf dem Gebiet der Medizin und anderer Wissenschaften (auch Zauberkunde) tätig. Im Haus des Lebens wurde auch gelehrt, Lehrer wie Schüler waren zum Teil Laien, zum Teil Priester.

Haus des Todes Hier behandelten die Balsamierer die Leichen in den siebzig Tagen vor der Bestattung.

Hekat Vgl. Nekhekhev.

Horus Sohn der Isis und des Osiris. Er wurde nach dem Tod des Vaters geboren und von der Mutter in der Absicht großgezogen, dessen Tod zu rächen. Er kämpft gegen den bösen Seth und verliert dabei ein Auge. Nachträglich erlangt er das Auge wieder und bestraft Seth endgültig, indem er ihn entmannt (wegen seiner Unfruchtbarkeit wird Seth zum Gott der Wüste).

Die Versammlung der Götter wird den Streit schließlich beilegen. Der Gott Thot schlägt vor, Ägypten zu teilen: Seth soll über Unterägypten und Horus über Oberägypten herrschen. Am Ende wird jedoch beschlossen, Horus die Herrschaft über das ganze Land zu überlassen.

Dieser Mythos geht aus den Pyramidentexten und aus Plutarchs Studie hervor; allerdings stellt die sogar ins vordynastische Zeitalter zurückgehende Überlieferung Horus als eine unter vielen Himmelsgottheiten dar; erst später entstand die klassische synkretistische Göttergestalt als Sohn der Isis und des Osiris.

Horus wird bevorzugt als Falke, Herr des Himmels, dargestellt, später in Menschengestalt und falkenköpfig. Seine Augen sind die Sonne und der Mond. Auch Sopdet, der Stern Sirius, wird als Auge des Horus bezeichnet. (Vgl. auch Isis und Osiris.)

Hyksos »Herrscher der Fremdländer«, Bezeichnung der nichtägyptischen Pharaonen der 15. und 16. Dynastie (1650–1541 v. Chr.). Die Hyksos waren Repräsentanten einer Bevölkerungsgruppe, die zu Beginn des 2. Jahrtausends v. Chr. aus Vorderasien in großer Zahl nach Ägypten strömte, dort seßhaft wurde und zu ansehnlicher Macht kam. Als in der 13. Dynastie (1785–1650 v. Chr.) die Zentralgewalt hauptsächlich durch die steigende Machtfülle und Selbständigkeit der Beamten schwand, konnten sie zuerst Unterägypten, später das ganze Land in ihre Gewalt bringen und den Pharaonenthron besetzen.

Der erste Hyksoskönig war Salitis (etwa 1650–1615 v. Chr.) Er gründete die neue Hauptstadt und förderte dort den Kult des Seth, der mit Baal identifiziert wurde. Die Hyksos beherrschten das Delta nur unmittelbar, der rechtmäßige ägyptische Staat konnte sich als Vasallenstaat in der Stadt Sais im Westdelta erhalten (wo es eine Reihe königlicher Nachfolger gab, die unter die 14. Dynastie gezählt werden) und in Theben, mit den letzten Königen der 13. Dynastie. Nach Manetho und nach den Angaben des Turiner Königspapyrus soll ein weiteres Verzeichnis von Hyksos-Pharaonen (das mit Sicherheit auch zahlreiche einfache Wesire und lokale Machthaber einschließt) die sogenannte 16. Dynastie auflisten, die gleichzeitig zur 15. und 14. bestanden haben soll.

Gegen 1650 geht die 13. Dynastie der thebanischen Fürsten zu Ende, und es beginnt die 17. Dynastie, der nach den Berechnungen Manethos fünfzehn Herrscher angehören. Um 1567 führt Sekenenre, der letzte König dieser Dynastie, mit dem Beistand seiner beiden Söhne Kamose und Ahmose den Aufstand gegen die Hyksos an. Daraus wird ein Befreiungskrieg, der drei Jahre später mit der endgültigen Vertreibung der Hyksos endet. Ahmose gründet die 18. Dynastie, der die in diesem Roman beschriebenen Pharaonen angehören.
Unter der Fremdherrschaft der Hyksos befanden sich die Ägypter in einer bis dahin unbekannten Lage: Aus den Herrschern waren plötzlich Geknechtete geworden. Was die Technik anbelangt, führten die Hyksos allerdings beachtliche Neuerungen ein: etwa das Pferd, den Streitwagen, neue Waffen und Kriegstechniken.

Irqta Staat-Fürstentum im Reich Amurru und dessen Hafen im Mittelmeer. Entspricht wahrscheinlich dem heutigen Arqa bei Tripolis im Libanon.

Isis Schwestergemahlin des Osiris, die wichtigste und beliebteste Göttin des ägyptischen Pantheons. Mit Osiris und dem gemeinsamen Sohn Horus bildet sie eine Art »Heilige Familie«, die in jeder Epoche als fester Bezugspunkt für das ägyptische Volk galt. Als treue Ehefrau und liebevolle Mutter versinnbildlicht sie durch ihre Parteinahme für Osiris und Horus das Positive, das Gute im Kampf gegen die Grausamkeit, den Neid und das Böse, die der Schwager Seth verkörpert.
Die offizielle Ikonographie zeigt sie im allgemeinen als schöne, schlanke Frau mit Kuhhörnern und Sonnenscheibe auf dem Haupt, ähnlich der Göttin Hathor. Seltener trägt sie eine seltsame Kopfbedeckung mit einem stilisierten Thron (Isis bedeutet Thron), manchmal ein Flügelpaar.
Sie wacht über das Familienleben, die eheliche Liebe, die Mutterschaft, ist aber auch die Göttin der Natur, der Magie, der Elemente und des Himmels. Gemeinsam mit den drei anderen Göttinnen Selket, Neith und Nephthys wacht sie im Grab über das Gefäß, das die vier Kanopen mit den Eingeweiden des Toten enthält. Sie ist die auch außerhalb Ägyptens am meisten und am längsten verehrte Göttin. (Vgl. auch Osiris.)

Ischtar Hauptgöttin der Mittani, außerdem im ganzen Mittleren Osten unter dem Namen Astarte verehrt. Einige Zeit vor den hier beschriebenen Ereignissen, ebenfalls unter der Regierung Amenophis III., kam sie in Ägypten zu einem gewissen Ansehen, nachdem ihr

Standbild von Schuttarna II. (König der Mittani) dem kranken Pharao geschickt worden war und sich Amenophis' Gesundheitszustand deutlich gebessert hatte. Ein späterer Versuch zur Zeit unserer Erzählung blieb allerdings erfolglos.

Iteru Maßeinheit, entspricht 5000 Ellen, d. h. 2615 m.

Itjtaui Alte Stadt, entspricht dem heutigen Lischt bei El-Faijum.

Jurusalim Das heutige Jerusalem, schon damals von den Habiru ersehnte Stadt.

Ka Religiöser ägyptischer Begriff. Der Ka bezeichnete die körperliche und geistige Kraft des Menschen, ursprünglich vielleicht nur die männliche Zeugungskraft. Der Ka wurde nach ägyptischer Vorstellung dem Menschen durch die Götter bei der Geburt verliehen, erst durch ihn wurde ein Mensch lebensfähig. Er durchlief mit dem zugehörigen Menschen alle Etappen des Lebens, ihm Lebenskraft gebend.

Die Forschung hat sich mit der Bedeutung des Begriffs lange auseinandergesetzt und ist dabei zu unterschiedlichen Ergebnissen gekommen: Ka ist »das Wesen, die Person, die Individualität« (Pierret); der Schutzgott bzw. »Schutzengel«, der »Gute Geist« des Menschen (Lepage-Renouf); »die lebhafte und bunte Projektion der menschlichen Gestalt, ein Doppelgänger, der die ganze Gestalt des Individuums wiedergibt« (Maspero); »die Zeugungsfähigkeit bzw. die Geschlechtskraft und die Fruchtbarkeit« (Lefebvre und Jacobson). Guy Rachet weist außerdem darauf hin, daß bei den Ägyptern »zu seinem Ka gehen« gleichbedeutend ist mit »sterben«; und daß die Mehrzahl »Kau« die »Vorfahren« bezeichnet.

Kadesch Stadtstaat im Retschenu am Oberlauf des Orontes, heute Tell Nebi Mend.

Kanope Bezeichnung für den Krug, in dem die Ägypter bei der Einbalsamierung der Mumie die Eingeweide (ausgenommen das Herz) konservierten und beisetzten.

Keftiu Die Einwohner von Caftor, d. h. der Insel Kreta, die Urheber der minoischen Kultur.

Kite Vgl. Deben.

Kusch Geographische Bezeichnung für den südlichen Teil Nubiens zwischen dem dritten und dem fünften Nilkatarakt; entspricht dem heutigen Mittelsudan. Eine entlegene, seit Urzeiten von Ägypten beherrschte Region, die reich an Goldminen war.

Ljibiu Nomadenvolk, das die libysche Wüste bewohnte.

Malkata Vorort von Theben am linken Nilufer, am Fuß des Tals der Königinnen. Hier erbaute Amenhotep einen märchenhaften Palast für Amenophis III. und legte später einen großen künstlichen See für Königin Teje an.
Offenbar wurde beim Bau des Palastes ungewöhnlich viel Holz verwendet, weshalb keine Reste erhalten geblieben sind. Der sehr bald wieder verschwundene See war schiffbar und mit dem Nil durch ein Kanalnetz verbunden. Der Standort des Palastes entspricht der heutigen Ortschaft Medinet Habu.

Megiddo Arabisch Tell el-Mutesellim, östlich von Haifa. Städtische Siedlung und strategisch wichtiges Zentrum zwischen der Mittelmeerküste und dem Jordan. Stand mehrmals unter ägyptischer Herrschaft.

Mer-wer-See Entspricht dem heutigen Birket Karun in der Oase El-Faijum. Herodot nannte ihn später Moeris-See. Im Zeitalter der Pharaonen hatte er die zehnfache Ausdehnung.

Mittani Auch Mitanni, in den älteren Quellen auch Maitani. Der etwa im 16. Jh. v. Chr. in den vorwiegend von Hurritern besiedelten Teilen Obermesopotamiens und Nordsyriens entstandene Staat von Mittani ist bisher nur in den schriftlichen Quellen seiner Nachbarn nachgewiesen. Die Hauptstadt Waschukkanni ist noch nicht sicher lokalisiert.
Anhand der Namen der mittanischen Herrscher von über sechs Generationen kann die Geschichte des Staates verfolgt werden. Als Oberherr des Idrimi von Alalach ist ein Paratarna von Mittani durch ein Siegel unter dem Herrschernamen Schuttarna bekannt. Artatama (um 1420 v. Chr.) knüpfte Beziehungen zu Ägypten, die in Verbindung mit diplomatischen Bemühungen um einen Friedensschluß zu einer dynastischen Ehe führten, ebenso unter Schuttarna II. (um 1400 v. Chr.), der Amenophis III. auch das als heilkräftig geltende Standbild der Ischtar von Ninive übersandte, und unter Tuschratta (1. Hälfte des 14. Jh. v. Chr.).
Die friedliche Entwicklung der Beziehung zu Ägypten (so hatten die Pharaonen oft mittanische Prinzessinnen als Nebenfrauen) führte zu einer genauen Abgrenzung der Einflußbereiche beider Staaten in Syrien und ermöglichte Mittani wohl eine innere Konsolidierung, die jedoch in den Thronwirren nach Schuttarnas Tod anscheinend teilweise verlorenging. Im Ergebnis der dynastischen Kämpfe konnte sich Tuschratta die Herrschaft sichern. Seiner Niederlage gegen den hethiti-

schen König Schuppiluliuma I. und der baldigen Ermordung durch einen seiner Söhne folgten neuerliche Thronwirren, in deren Verlauf Artatama und sein Sohn Schuttarna Herren der Lage wurden, während unter Anerkennung ihres rechtmäßigen Anspruchs ein Sohn Tuschrattas, Mattiwaza, dank der Unterstützung Schuppiluliumas und aufgrund eines Vertrages mit den Hethitern den Thron besteigen konnte. – In der Rivalität zwischen den Hethitern und den Assyrern sind die Reste des mittanischen Staates bald untergegangen.

Month Alter Ortsgott von Theben, besonders unter der 11. und 12. Dynastie (2. Jahrtausend v. Chr.) verehrt und später weitgehend von Amun abgelöst.
Er ist Kriegsgott und Beschützer des Heeres, Förderer der pharaonischen Eroberungszüge. Manchmal auch als Month-Re bezeichnet, erfuhr er wie viele andere Lokalgötter durch diese Verschmelzung mit dem Sonnengott Re eine Aufwertung. Dementsprechend wurde er dann falkenköpfig mit Sonnenscheibe und mit der doppelten Federkrone dargestellt, die später das typische Merkmal des Amun wurde.

Mut Als Gattin des Amun wurde sie als die symbolische Mutter einiger Pharaonen angesehen. Sie war die zweite Frau des Gottes, nach Amaunet, mit der sie manchmal gleichgesetzt wird. Ihr Hauptheiligtum befand sich in Karnak. Sie wird als schöne und schlanke Frauengestalt dargestellt, wie es für ägyptische Göttinnen typisch war. Sie trägt eine Geierhaube mit Uräus und Doppelkrone auf dem Haupt und hält Zepter und Anch-Kreuz in den Händen. Manchmal wurde sie auch löwenköpfig dargestellt, was eine Verschmelzung mit der Göttin Sachmet vermuten läßt.

Napata Religiöses und anfänglich auch politisches Zentrum des meroitischen Reiches, Residenz der Könige der 25. Dynastie, jetzt Ruinenplatz bei Merowe (Demokratische Republik Sudan), beim vierten Nilkatarakt, am Fuße des »heiligen Berges« Gebel Barkal gelegen. Zum Zeitpunkt unserer Erzählung die Hauptstadt von Kusch.

Neith »Die Schreckliche«. Ägyptische Göttin des Krieges, zumeist in Menschengestalt dargestellt, die unterägyptische Krone tragend und ihr Symbol, ein Futteral mit zwei Bogen, in den Händen haltend. Ursprünglich Stadtgöttin von Sais im Westdelta, wurde sie später im ganzen Land verehrt. Sie wacht gemeinsam mit Isis, Nephthys und Selket über die Kanopen. Die Griechen setzten sie der Athene gleich.

Nekhekhev Eine der beiden Insignien der göttlichen Macht des Osiris und der Pharaonen; deshalb werden Nekhekhev und Hekat gekreuzt auf der Brust der Statuen dargestellt. Nekhekhev ist die dreifache Geißel, die in der rechten Hand gehalten wird, Hekat der Hirtenstab.

Nephthys Ägypt. »Herrin des Hauses«. Schwester von Isis, Osiris und Seth, dessen Gemahlin sie außerdem war. Da Seth der Gott der Unfruchtbarkeit ist, bekam sie von ihm kein Kind. Beim großen Streit zwischen Isis und Seth ergriff Nephthys gegen ihren Mann die Partei ihrer Schwester. Von Osiris angezogen, benutzte sie jedoch Isis' duftendes Gewand, um ihn zu verführen, und empfing von ihm den hundsköpfigen Gott Anubis. Gemeinsam mit Isis, Neith und Selket wacht sie über die Kanopen.

Nomarch Vorsteher eines Verwaltungsbezirks (Nomos) und Vertreter der Zentralmacht. Ihm wurden Aufgaben in der Verwaltung, in der Rechtsprechung, im militärischen und religiösen Bereich übertragen. Sein unmittelbarer Vorgesetzter war der Wesir. Ihm unterstanden die Bürgermeister der einzelnen Städte des Nomos.

Nomos Verwaltungsbezirk, in etwa der heutigen Provinz entsprechend. Die Zahl und Größe variierten im Lauf der Geschichte. Im Neuen Reich war Oberägypten in zweiundzwanzig, Unterägypten in zwanzig Nomoi unterteilt.

Nubt Alter Name der heutigen Stadt Kom Ombo.

On Wichtige Stadt an der Spitze des Deltas, heute Kairo.

Osiris Die umfassendste Quelle des Osiris-Mythos ist der Bericht Plutarchs. Der Weltentstehungslehre (Kosmogonie) der Neunheit (vgl. Re) zufolge zeugten Geb (die Erde) und Nut (der Himmel) zwei Söhne, Osiris und Seth, und zwei Töchter, Isis und Nephthys. Osiris wird König und regiert zusammen mit Isis, seiner Schwestergemahlin. Er zeigt hier alle Merkmale, die später dem Pharao zugeschrieben werden, und erscheint mit den königlichen Attributen, einschließlich der weißen Krone Oberägyptens.

Er herrscht über die Ägypter wie ein Pharao und bringt dem Land die Errungenschaften der Landwirtschaft und der Religion bei. Seine Macht und seine Weisheit rufen beim Bruder Seth Eifersucht hervor, die ihn zu einer Verschwörung verleitet. Während eines Festmahls lockt Seth Osiris in eine Falle, er sperrt ihn in einen Sarg, den er dann in den Nil wirft.

Die verzweifelte Isis begibt sich auf die Suche nach dem Sarg ihres Gatten, den die Wellen des Flusses und des Meeres bis nach Byblos getrieben haben und der nun als Erikabaum am Ufer wächst. Sie befreit Osiris' Leichnam und zeugt mit ihm den Sohn Horus. Als sie den Körper jedoch kurze Zeit unbewacht läßt, bemächtigt sich der böse Seth seiner, er zerreißt ihn in vierzehn Teile, die er über das Land verstreut. Isis beginnt die verstreuten Teile des Geliebten zu suchen. An jedem Fundort läßt sie einen Tempel für ihren Herrn errichten. Von nun an bleibt Osiris nach einigen Quellen im Totenreich und wird zum Herrscher der Unterwelt. Andere Quellen berichten dagegen, daß die Götter Thot, Anubis, Isis und Nephthys die Teile des göttlichen Leichnams wieder zusammenfügen und ihn unsterblich machen, indem sie die Mumifizierung erfinden. Interessanterweise neigt die ägyptische Überlieferung dazu, den Osiris-Mythos und den Begriff des Pharaos miteinander zu verschmelzen, bis hin zur ausdrücklichen Vergöttlichung des Pharaos und im Gegenzug zur Anerkennung des königlichen Charakters des Gottesbegriffs.

Palast der Täuschung Phantasiename, mit dem der Autor dieses Romans den berühmten Bau bezeichnet, der wahrscheinlich das größte architektonische Wunder des alten Ägyptens war. Herodot berichtet darüber im zweiten Buch seines Geschichtswerks und bezeichnet ihn als »Labyrinth«. So wird dieser Name zum Synonym für einen großen, unüberschaubaren Ort, in dem man sich leicht verirren kann.
Der Bau war ein Totentempel und schloß sich an die Pyramide Amenemhets III. in Hauara, beim heutigen El-Faijum, an. Er bestand aus zwei Stockwerken, die in zwölf Innenhöfe unterteilt waren; auf die Höfe und die sich kreuzenden Gänge jedes Stockwerks öffneten sich 1500 Räume. Von diesem sagenumwobenen Bau sind nur noch vereinzelte Mauerreste zu sehen.

Ptah Ägyptischer Schöpfergott, seit dem frühesten Beginn der Geschichte Ägyptens verehrt, vor allem in Memphis. Seine dortige Priesterschaft ist im theologischen Bereich besonders aktiv und zeichnet sich durch die Ausarbeitung einer Kosmogonie aus, in der zum ersten Mal der Begriff des »Wortes« als Schöpfungsprinzip erscheint.
Demnach schuf Ptah die Welt durch die Verbindung der liebevollen Vorstellung der Schöpfung, die in seinem Herzen entstand, und des Wortes, das die magische Fähigkeit besaß, sie zu verwirklichen. Er wird in Gestalt einer Mumie mit enger Kappe und dem göttlichen Zepter in den Händen dargestellt. (Vgl. auch Re.)

Punt In ägyptischen Texten belegte Bezeichnung einer afrikanischen Landschaft an der Küste des Roten Meeres. Die genaue Lokalisierung ist umstritten. Aus Punt bezogen die Ägypter durch Tauschhandel be-

sonders Weihrauch, aber auch Tierhäute, Straußenfedern und andere Luxusmaterialien.
Berühmt ist die Expedition, die die Königin Hatschepsut (1490–1468 v. Chr.) ausrüstete und die in den Reliefs in ihrem Totentempel in Deir el Bahari dargestellt und ausführlich geschildert wird. Auch Haremhab bemühte sich, nachdem er Pharao geworden war, die Verbindungen zu diesem Land durch eine neue, großangelegte Expedition zu festigen.

Qurn-Gebirge Bergkette im oberen Teil des Tals der Könige und des Tals der Königinnen.

Re Urgott und Sonnengott. Obwohl er der älteste Vater und Schöpfer des Universums ist, ist er jedoch nicht der einzige Sonnengott, sondern wird häufig, je nach Ort und Zeitalter, mit anderen Sonnengottheiten verschmolzen oder gleichgesetzt: Amun, Atum, Chepre und Aton, bisweilen auch Ptah, der zwar ein Schöpfergott ist, aber im Gegensatz zu den vier anderen nicht als Sonnengottheit betrachtet wird. Re stellt bezeichnenderweise die Mittagssonne dar, er steht also über den anderen Sonnengottheiten. Chepre dagegen ist die Morgensonne und Atum die untergehende Sonne. In Verbindung mit Re entstehen die Verschmelzungen Amun-Re, Atum-Re, Chepre-Re und Aton-Re, unter deren Namen diese Götter manchmal verehrt werden.
Res einzigartige Stellung unter den altägyptischen Sonnengottheiten ist jedoch eindeutig dadurch belegt, daß nur er in seiner Barke am Tag von Osten nach Westen über den Himmel fährt und nachts die umgekehrte Fahrt durch die unterirdische Duat zurücklegt.
Nach der heliopolitanischen Neunheit, die von den Priestern von On verkündet wurde, erschuf Re in seiner Erscheinung als Atum-Re die Welt, indem er aus seinem eigenen Samen den Sohn Schu (Luft) und die Tochter Tefnet (Feuchtigkeit) entstehen ließ. Diese zeugten zusammen Geb (Erde) und Nut (Himmel). Aus der Verbindung dieser beiden wurden die Söhne Osiris und Seth und die Töchter Isis und Nephthys geboren. Die neuen Geschwisterpaare (Osiris/Isis und Seth/Nephthys) bilden die Grundlage der religiösen Mythologie Ägyptens: das Gute (Osiris) und das Böse (Seth) kämpfen heftig gegeneinander, obwohl sie beide einer Art »Heiliger Familie« entstammen.

Retschenu Gleichzusetzen mit dem heutigen Nahen Osten. Entspricht den heutigen Gebieten Syrien, Libanon, Israel und Westjordanien. Im Osten grenzte es an das Assyrisch-Babylonische Reich, im Norden an

das Reich der Hethiter und das Königreich Mittani, im Süden an Ägypten und die arabische Wüste, im Westen an das Mittelmeer. Seit Urzeiten ein Begegnungspunkt und Schmelztiegel verschiedener Völker, Kulturen und Religionen aus dem Mittelmeerraum, dem Kaukasus, dem Fernen Osten und Afrika. Dies machte die Region, damals noch mehr als heute, zum politischen Brennpunkt der Welt. Zum Zeitpunkt dieser Erzählung befand sich die politische Geographie in ständiger Bewegung: Im ununterbrochenen Wechsel der Kräfteverhältnisse gewannen und verloren kleinere und größere Fürstentümer, Stadtstaaten und Königreiche die Vorherrschaft und wurden zeitweise Vasallen der mächtigeren Nachbarn.
Die Interessen von Großmächten wie Ägypten, dem Hethiterreich, Babylon, Assyrien und Mittani, deckten sich zwar auf der Handelsebene, verliefen jedoch in politischer und militärischer Hinsicht konträr.

Schedet Heute die Stadt El-Faijum.

Selket, Selkis Über diese Göttin ist wenig bekannt. Sie ist Behüterin der Toten und der Kanopen, gemeinsam mit Isis, Neith und Nephthys. Außerdem ist sie die Schutzgöttin des jungen Horus und Beschützerin des Pharaos. Verehrt wurde sie vor allem in Unterägypten. Sie wird als Skorpion mit Frauenkopf oder als Frauengestalt mit großem, stilisiertem Stachel auf dem Haupt dargestellt.

Seth Nach der heliopolitanischen Neunheit ist Seth der Bruder von Isis, Osiris und Nephthys, und Gemahl der letzteren. Er war der Mörder seines Bruders und Erzfeind des Horus. Er wird immer in Menschengestalt dargestellt, mit dem Kopf eines unbekannten Tieres.
Er ist das Symbol des Bösen und ewiger Widersacher des Osiris, der das Gute, die Vernunft, die Weisheit, die menschlichen und königlichen Tugenden vertritt. Zudem ist er ein Symbol der Gewalt und der Niedertracht, Gott der Finsternis, des Unreinen, des Chaos, des Sturms und, nachdem er von Horus entmannt wurde, auch der Unfruchtbarkeit der Wüste. Diese negativen Eigenschaften machten aus ihm das genaue Gegenstück zum Pharao-Begriff; trotzdem kommt man auf ihn zurück, wenn Gewalt und Furcht vor der Macht des Pharaos unterstrichen werden sollen. (Vgl. auch Osiris, Isis und Horus.)

Sphag Wahrscheinlich die heutige Stadt Saphaga. Damals ein wichtiger Hafen am Roten Meer, Handels- und Verbindungsknoten mit Punt.

Sistrum Der Hathor heiliges Musikinstrument, eine Rassel oder Klapper. Über einem Handgriff mit Hathorkopf befindet sich ein Metallbügel, in den Metallplättchen lose eingelegt sind.

Sijut Heute Asiut, ägyptische Stadt, ca. 400 km südlich von Kairo, Hauptstadt des 13. oberägyptischen Nomos.

Sobek (Suchos) Krokodilgott. Er wird als Krokodil, häufiger als krokodilköpfiger Mann, dargestellt. Er wurde vor allem im Faijum (Schedet) und in Ombos (Kom Ombo) verehrt. Er war auch Symbol des göttlichen Willens des Pharaos.

Sopdet, auch Sothis Der Stern Sirius. Am Himmel erschien er am ersten Tag des Monats.

Tanis Wichtige Stadt im Ostdelta des Nils, Hauptstadt des 14. unterägyptischen Nomos, mit der Hyksos-Hauptstadt Awaris und mit Ramsesstadt identifiziert. Heute San el Hagar.

Tentyris (koptisch Nitentore) Heute Dendera, ägyptische Stadt 665 km südlich von Kairo, Hauptstadt des 6. Oberägyptischen Nomos, seit dem 3. Jahrtausend v. Chr. ständig besiedelt. Eine der ältesten und berühmtesten Städte Ägyptens.

Thot Nach unserem Kalender der 15. Juni. Diesen Tag setzten die Ägypter als Beginn des neuen Jahres fest.

Ugarit Heute Ras(esch-)Schamra, nördlich von Latakia an der syrischen Mittelmeerküste, mit dem natürlichen Hafen Minet el-Beda, seit 1929 ausgegraben. War einer der Umschlagplätze des Fernhandels zwischen Mesopotamien, Ägypten und der Ägäis. Bis zum 14. Jahrhundert v. Chr. blieb Ugarit im Einflußbereich Ägyptens, das dort einen Militärstandort unterhielt.

Uräus »Die Aufbäumende«. Name der vom ägyptischen König an der Stirn getragenen Kobra. Die Ägypter stellten sich den Uräus als eigene kriegerische und gefährliche Macht vor, die feuerspeiend ihre Gegner bekämpft. Der Uräus galt als Symbol der Königsmacht.

Wesir Nach dem Pharao das höchste politische Amt. »Auge und Ohr des Pharaos« genannt. Ein Statthalter, dem alle Nomarchen unterstanden. Seine Macht und Zuständigkeit waren unermeßlich, er war oberster Richter, Vorsteher der Staatsverwaltung, d.h. der Abgabenverwaltung, der Polizei, des Transportwesens, u.a.m. Während des Neuen Reichs, zum Zeitpunkt unserer Handlung, war das Amt des Wesirs bereits geteilt: Es gab einen Wesir für Oberägypten und einen für Unterägypten.

Waschukkanni Hauptstadt des Königreichs von Mittani, Geburtsort Nofretetes. Ist noch nicht mit Sicherheit zu lokalisieren. Die vermutete Identität mit Tell Fecherije, einem größeren Ruinenhügel im Quellgebiet des Haburs, der Überreste aus dem 15–13. Jh. v. Chr. aufweist, ist bisher unbestätigt.